LA NUIT DES CAFARDS

OUVRAGES DE LA COLLECTION « TERREUR »

IAIN BANKS
Le seigneur des guêpes

CLIVE BARKER
Secret Show

WILLIAM P. BLATTY
L'Exorciste : la suite

ROBERT BLOCH
L'écharpe
Lori
Psychose
Psychose 2
Psychose 13

RANDALL BOYLL
Froid devant
Monssstre
Territoires du crépuscule

RAMSEY CAMPBELL
Envoûtement
La secte sans nom

MATTHEW J. COSTELLO
Cauchemars d'une nuit d'été

MARTIN CRUZ-SMITH
Le vol noir

JOHN FARRIS
L'ange des ténèbres
Le fils de la nuit éternelle

RAYMOND FEIST
Faerie

RAY GARTON
Crucifax
Extase sanglante

LINDA C. GRAY
Médium

WILLIAM HALLAHAN
Les renaissances de Joseph Tully

THOMAS HARRIS
Dragon rouge
Le silence des âgneaux

JAMES HERBERT
Dis-moi qui tu hantes
Fluke
Fog
La lance
Les rats
Le repaire des rats
L'empire des rats
Le survivant

SHIRLEY JACKSON
Maison hantée

STEPHEN KING
La part des ténèbres
Salem

DEAN R. KOONTZ
Le masque de l'oubli
Miroirs de sang
La mort à la traîne
La nuit des cafards
La nuit du forain
La peste grise
Une porte sur l'hiver
La voix des ténèbres
Les yeux des ténèbres

STEVEN LAWS
Train fantôme

CHARLES DE LINT
Mulengro

GRAHAM MASTERTON
Démences
Le démon des morts
Le djinn
Le jour J du jugement
Manitou
Le miroir de Satan
La nuit des salamandres
Le portrait du mal
Les puits de l'enfer
Rituels de chair
Transe de mort
La vengeance de Manitou

ROBERT MCCAMMON
L'heure du loup
La malédiction de Bethany
Scorpion

MICHAEL MCDOWELL
Les brumes de Babylone
Cauchemars de sable

ANDREW NEIDERMAN
L'avocat du diable

ANNE RICE
Lestat le vampire
Entretien avec un vampire
La reine des damnés
La momie

FRED SABERHAGEN
Un vieil ami de la famille

JOHN SAUL
Cassie
Hantises
Créature

PETER STRAUB
Ghost Story
Julia
Koko
Mystery

MICHAEL TALBOT
La tourbière du diable

SHERI S. TEPPER
Ossements

THOMAS TESSIER
L'antre du cauchemar

THOMAS TRYON
L'autre
La fête du maïs

JACK VANCE
Méchant garçon

LAWRENCE WATT-EVANS
La horde du cauchemar

CHET WILLIAMSON
La forêt maudite

DOUGLAS E. WINTER
13 histoires diaboliques

BARI WOOD
Amy girl

BARI WOOD/JACK GEASLAND
Faux-semblants

T.M. WRIGHT
L'antichambre
Manhattan Ghost Story
L'autre pays

COLLECTION TERREUR
dirigée par Patrice Duvic

DEAN R. KOONTZ

LA NUIT DES CAFARDS

POCKET

Titre original :
WHISPERS

Traduit par Martine Leroy-Battistelli
et Gérard Coisne
et publié pour la première fois
aux États-Unis par G. P. Putman's Sons

Si vous souhaitez recevoir régulièrement
notre zine « **Rendez-vous ailleurs** », écrivez-nous à :

« Rendez-vous ailleurs »
Service promo Pocket
12, avenue d'Italie
75627 PARIS Cedex 13

PRESSECO

PAPIER RECYCLÉ
NATURE PROTÉGÉE

ISBN 2-266-03855-9
ISSN : 1144-7214

Je dédie ce livre à Rio
et Battista Locatelli, deux êtres
merveilleux qui méritent
ce qu'il y a de mieux

PREMIÈRE PARTIE

LES VIVANTS ET LES MORTS

Les forces qui pèsent sur notre vie, les influences qui nous forment et nous façonnent, sont souvent comme des murmures venant d'une pièce éloignée, qui nous importunent par leur caractère indistinct et qu'on ne saisit qu'avec difficulté.

Charles Dickens

CHAPITRE I

Mardi matin, à l'aube, un tremblement de terre secoua Los Angeles. Les vitres se mirent à vibrer dans leur châssis. Dans les patios, les carillons tintèrent gaiement, bien qu'aucun souffle de vent ne soit venu les agiter, et certains habitants virent même la vaisselle dégringoler des placards.

Aux premières minutes de l'heure de pointe du matin, l'événement faisait la une de toutes les stations de radio. La secousse avait atteint 4,8 sur l'échelle de Richter. Mais bientôt, la nouvelle rétrograda à la troisième place, derrière un reportage sur des attentats terroristes à Rome et le compte rendu d'un carambolage sur l'autoroute de Santa Monica. Après tout, aucun bâtiment ne s'était effondré. A l'heure du déjeuner, seule une poignée d'habitants de Los Angeles (principalement des gens qui s'étaient établis tout récemment dans l'Ouest) estimait que l'affaire était digne de quelques commentaires.

Assis au volant de sa camionnette, une Dodge grise, l'homme ne s'était aperçu de rien. Il roulait sur la bordure nord-ouest de la ville et se dirigeait vers le sud par l'autoroute de San Diego lorsque le séisme se produisit. Quand on se trouve dans un véhicule en marche, on ne sent que les secousses les plus violentes et ce ne fut que lorsqu'il s'arrêta dans un restauroute pour prendre son petit déjeuner qu'il apprit ce qu'il s'était passé.

Il comprit aussitôt que ce tremblement de terre était

un signe qui lui était particulièrement destiné, un signe qui lui disait que sa mission à Los Angeles allait réussir ou qui, au contraire, lui prédisait un échec. Le tout était de savoir quel message était le bon.

Tout en mangeant, il se mit à réfléchir à la question. C'était un homme grand et costaud — un mètre quatre-vingt-quinze pour cent dix kilos, tout en muscles — et il mit plus d'une heure pour achever son repas. Pour commencer, il avait pris deux œufs au bacon, des frites, des toasts et un verre de lait. Il mastiquait lentement, méthodiquement, les yeux rivés sur son assiette, comme si elle l'hypnotisait. Quand il eut terminé, il demanda une grosse pile de crêpes et un autre verre de lait. Après les crêpes, il engloutit une omelette au fromage, avec trois tranches de bacon canadien, une seconde fournée de toasts et un jus d'orange.

A sa troisième commande, on ne parlait plus que de lui dans les cuisines. La fille qui le servait était une rousse prénommée Helen et qui pouffait à tout bout de champ. Cependant, ses collègues trouvèrent toutes un prétexte pour passer à côté de la table de ce client singulier afin de le voir de plus près. Il était conscient de l'intérêt qu'il suscitait, mais cela le laissait indifférent.

Quand enfin il demanda l'addition, Helen lui déclara : « Je parie que vous êtes bûcheron », ou quelque chose de ce genre.

Il leva les yeux vers elle et lui adressa un sourire glacial. C'était la première fois qu'il venait dans cet établissement ; il ne connaissait Helen que depuis quatre-vingt-dix minutes et pourtant, il savait très précisément ce qu'elle allait lui dire. On lui avait fait cette réflexion des centaines de fois.

Elle partit d'un rire gêné, mais ses yeux bleus se posèrent sur lui sans faiblir.

« Je voulais dire que vous mangez comme quatre.

— C'est bien vrai. »

Elle était debout près de lui, une hanche appuyée contre le bord de la table, légèrement penchée en avant, façon de lui faire comprendre de façon assez peu subtile qu'il avait peut-être ses chances.

« Et pour quelqu'un qui mange autant, vous n'avez pas un pouce de graisse. »

Tout en continuant à sourire, il se demanda ce qu'elle pouvait bien donner au lit. Il se vit en train de la posséder puis il imagina ses mains autour de son cou, serrant, serrant jusqu'à ce qu'elle devienne violette et que ses yeux sortent de leurs orbites.

Elle l'évalua du regard, comme si elle se demandait s'il satisfaisait tous ses appétits avec autant de constance et d'acharnement qu'il en avait déployé pour manger.

« Vous devez faire beaucoup de sport.

— Je fais de l'haltérophilie, dit-il.

— Comme Arnold Schwarzenegger.

— Ouais. »

Elle avait un cou frêle et gracieux. Il savait qu'il pouvait le briser comme une brindille sèche et cette pensée le remplit de chaleur et de bonheur.

« Vous avez de ces bras », susurra-t-elle d'un ton appréciateur.

Il portait une chemise à manches courtes et elle posa un doigt sur son avant-bras.

« Je comprends, avec tous ces exercices, vous pouvez manger tout ce que vous voulez, ça se transforme en muscle.

— Oui, c'est un peu ça. Mais il y a aussi le métabolisme.

— Hein ?

— Je brûle beaucoup de calories en dépenses nerveuses.

— Vous ? Nerveux ?

— Comme un chat siamois.

— Je ne crois pas. Je parie que rien ne peut vous énerver. »

C'était une femme agréable d'une trentaine d'années, dix ans de moins que lui, et il se dit qu'il pourrait bien l'avoir s'il en avait envie. Il n'aurait qu'à lui faire un peu de plat, mais pas trop, juste assez pour qu'elle soit persuadée qu'il lui avait fait perdre la tête, comme Rhett Butler avec Scarlett, et qu'il l'avait renversée sur le lit contre son gré. Bien entendu, s'il couchait avec elle, il faudrait qu'il la tue ensuite, qu'il enfonce un couteau entre ses deux jolis seins ou qu'il lui tranche la gorge. Or, il n'en avait pas vraiment envie. Elle ne valait pas tant de mal et tant de risques. Elle n'était pas son type, tout simplement ; jamais il n'avait tué de rousses.

Il lui laissa un bon pourboire, régla la note à la caisse et sortit. Après l'atmosphère climatisée du restaurant, la chaleur de ce mois de septembre lui fit l'effet d'un oreiller qu'on lui écrasait sur le visage. Il se dirigea vers sa camionnette en sachant que la serveuse le regardait mais ne se retourna pas.

Il s'arrêta au premier centre commercial qu'il rencontra et immobilisa son véhicule à l'extrémité du vaste parking à l'ombre d'un dattier, aussi loin des magasins que possible. Il enjamba les sièges baquets pour passer à l'arrière de la camionnette, baissa le store de bambou qui séparait la cabine du conducteur du reste de la Dodge et s'allongea sur un matelas épais mais en fort piteux état et trop court pour lui. Il avait conduit toute la nuit sans se reposer, depuis St. Helena, dans la région des vignobles. Maintenant, avec ce petit déjeuner pantagruélique dans l'estomac, il sentait le sommeil le gagner.

Il se réveilla quatre heures plus tard, après avoir fait un mauvais rêve. Agrippé au matelas d'une main, donnant des coups de poing dans le vide de l'autre, il transpirait, frissonnait, brûlait et gelait en même temps. Il voulut crier mais sa voix resta coincée dans sa gorge ; il n'émit qu'un son rauque et haletant.

Il ne savait plus où il était. L'arrière de la camionnette était préservé des ténèbres totales par trois minces bandes de lumière pâle qui filtraient par les fentes étroites du store de bambou. Il faisait chaud et l'habitacle sentait le renfermé. Il s'assit, palpa la paroi métallique d'une main, plissa les yeux pour essayer d'y voir et finit par se repérer. Quand enfin il réalisa qu'il était dans la camionnette, il se détendit et se recoucha sur le matelas

Il tenta de se rappeler son cauchemar mais n'y parvint pas. C'était classique. Depuis toujours, presque chaque nuit, il était la proie de rêves affreux desquels il se réveillait épouvanté, la bouche sèche et le cœur battant, mais jamais il n'arrivait à se les remémorer.

Bien qu'il se fût maintenant repéré, il se sentait mal à l'aise dans l'obscurité. Il entendait sans cesse des craquements furtifs, des bruits étouffés qui lui hérissaient les poils de la nuque, malgré la certitude que tout cela n'était que le fruit de son imagination. Il souleva le store de bambou et cligna des yeux pendant un instant jusqu'à ce que sa vue s'habitue à la lumière.

Il prit le petit paquet enveloppé dans des peaux de chamois, posé par terre à côté du matelas et attaché avec une ficelle marron, défit le nœud et écarta une à une les quatre peaux souples qui protégeaient deux grands couteaux. Deux couteaux au tranchant très aiguisé ; il avait passé un temps fou à affûter leurs lames si merveilleusement effilées. Il en prit un et eut l'impression étrange et grisante de tenir en main un couteau sacrificiel, une arme dont le pouvoir magique passait dans ses veines.

Le soleil avait tourné et le palmier sous lequel il avait garé sa Dodge ne faisait plus d'ombre. La lumière filtrait par le pare-brise, frôlait son épaule et venait frapper l'acier de la lame qui luisait d'une lumière froide.

Les yeux rivés sur le couteau, il sourit lentement de ses lèvres minces. Malgré le cauchemar, ce petit somme lui avait fait du bien. Il se sentait reposé et sûr de lui. Maintenant, il était absolument certain que le tremblement de terre du matin était un bon signe pour lui. Tout se passerait bien. Il la retrouverait. Il la surprendrait. Aujourd'hui, mercredi au plus tard. A la pensée de ce corps chaud et lisse, du grain sans défaut de sa peau, son sourire s'épanouit.

Dans l'après-midi du mardi, Hilary Thomas alla faire des courses à Beverly Hills. Quand elle rentra chez elle, tôt dans la soirée, elle arrêta sa Mercedes couleur café sur l'allée circulaire, près de la porte d'entrée. Maintenant que les couturiers avaient décidé que les femmes avaient de nouveau le droit d'avoir l'air féminin, Hilary avait enfin pu acheter les vêtements qu'elle n'avait pu trouver tant qu'avait sévi la fièvre du style militaire qui s'était emparée de l'industrie de la mode depuis ces cinq dernières années au moins. Elle dut faire trois voyages pour vider le coffre de la voiture.

Au moment où elle prenait le dernier paquet, elle eut tout à coup l'impression d'être observée. Elle se retourna et regarda dans la rue. Vers l'ouest, le soleil déclinant, zébrant tout d'or, dardait ses rayons entre les grandes maisons et à travers les frondaisons duveteuses des palmiers. A quelques mètres de là, deux enfants jouaient sur une pelouse et un épagneul aux oreilles tombantes trottinait gaiement le long du trottoir. En dehors de cela, tout était silencieux et d'un calme presque surnaturel. Deux voitures et une camionnette Dodge grise stationnaient de l'autre côté de la rue mais, pour autant qu'elle pouvait en juger, il n'y avait personne à l'intérieur.

Tu te conduis parfois comme une véritable idiote, se dit-elle. Qui donc pourrait te surveiller ?

Pourtant, quand elle eut rentré le dernier carton et qu'elle ressortit pour mettre la voiture au garage, elle eut de nouveau l'impression très nette que quelqu'un l'épiait.

Quelques heures plus tard, aux environs de minuit, alors qu'elle lisait, assise dans son lit, Hilary crut entendre des bruits au rez-de-chaussée de la maison. Elle posa son livre et tendit l'oreille.

Des craquements. Dans la cuisine. Près de la porte de service. Juste sous sa chambre.

Elle se leva et enfila le peignoir de soie d'un bleu profond qu'elle avait acheté dans l'après-midi. Un revolver automatique de calibre 32 se trouvait dans le tiroir du haut de la table de nuit. Elle hésita, écouta les craquements quelques instants et décida de prendre l'arme.

Elle se sentait un peu ridicule. Il ne s'agissait très probablement que de bruits de tassement, de sons naturels produits par toute maison, de temps à autre. Pourtant, elle vivait là depuis six mois et n'avait encore jamais rien entendu de semblable.

Elle s'arrêta en haut de l'escalier et scruta les ténèbres.

« Il y a quelqu'un ? »

Pas de réponse.

Tenant le revolver braqué devant elle de la main droite, elle descendit et traversa la salle de séjour, la respiration courte et accélérée, incapable d'empêcher sa main de trembler. Elle alluma toutes les lampes au passage et, continuant à entendre des bruits étranges, poussa jusqu'à la partie arrière de la maison. Cependant, quand elle entra dans la cuisine, après avoir allumé la lumière, elle constata que seul le silence régnait.

La pièce avait son aspect habituel. Un parquet en lattes de pin foncé, des éléments du même bois avec des accessoires en céramique blanche rutilante, des plans de travail, en faïence blanche, d'une propreté impeccable et que rien n'encombrait, des récipients et des ustensiles en cuivre accrochés au plafond haut et blanc. Personne et rien qui indiquât que quelqu'un était entré là.

Elle resta un moment sur le pas de la porte et attendit que le bruit se manifeste de nouveau.

Rien. Uniquement le ronronnement assourdi du réfrigérateur.

Finalement, elle avança, contourna le bloc de service central et vérifia la porte du fond. Elle était fermée à clef.

Elle alluma les lumières du jardin et releva le store qui voilait la fenêtre au-dessus de l'évier. Dehors, vers la droite, l'eau de la piscine de douze mètres de long miroitait agréablement. A gauche, les fleurs éclatantes des rosiers resplendissaient comme des éclairs phosphorescents sur le vert sombre du feuillage. Là aussi, tout était immobile et silencieux.

C'est sûrement la maison qui craque, pensa-t-elle. Mon Dieu, j'ai tout d'une vieille fille qui voit des revenants partout.

Elle se prépara un sandwich et l'emporta en haut avec une bouteille de bière bien fraîche. Elle laissa toutes les lumières allumées au rez-de-chaussée en se disant que cela découragerait les malfaiteurs éventuels — au cas où il y aurait quelqu'un qui rôderait dans les parages.

Elle se sentait ridicule d'avoir laissé la maison aussi éclairée. Elle savait très exactement ce qui ne tournait pas rond chez elle. Cette nervosité à fleur de peau était une manifestation du syndrome « je ne-mérite-pas-tant-de-bonheur », trouble mental dont elle avait parfaitement conscience. Elle sortait de nulle part, de rien, et, aujourd'hui, elle avait tout. Dans son subconscient, elle avait peur que Dieu ne la remarque et ne décide qu'elle ne méritait pas ce qui lui avait été octroyé. Alors, le glaive tomberait. Tout ce qu'elle avait accumulé serait réduit en miettes et balayé : sa maison, sa voiture, ses comptes en banque... Sa vie actuelle lui semblait être un rêve, un merveilleux conte de fées, trop beau pour être vrai et, en tout cas, trop beau pour durer.

Non, mille fois non ! Il fallait qu'elle cesse de se sous-estimer et de faire semblant de croire que sa réussite n'était due qu'à un heureux hasard. La chance n'avait rien à voir là-dedans. Née dans une maison où régnait le désespoir, nourrie non de lait et d'amour, mais d'incertitudes et de frayeurs, mal aimée par son père et tout juste tolérée par sa mère, élevée dans un foyer d'où la rancœur et l'amertume avaient chassé toute espérance, elle avait tout naturellement grandi sans acquérir le sentiment de sa réelle valeur. Des années durant, elle s'était débattue avec un complexe d'infériorité. Mais tout cela était derrière elle, désormais. Elle avait suivi un traitement. Elle voyait clair en elle-même. Il n'était pas question que ses vieux démons resurgissent. Sa maison, sa voiture, son argent, rien ne lui serait repris. Tout cela, elle l'avait mérité. Elle travaillait d'arrache-pied et avec talent. Jamais, elle n'avait obtenu d'emploi parce qu'elle avait un parent ou une connaissance dans la place. Quand elle était arrivée à Los Angeles, elle ne connaissait personne. Personne ne lui avait offert un pont d'or pour ses beaux yeux. Attirées par la prospérité de l'industrie du spectacle et par le mirage de la célébrité, des cohortes de jolies filles débarquaient tous les jours à Los Angeles où, généralement, elles étaient traitées pire que du bétail. Si elle était parvenue au premier rang, c'était pour une seule raison : elle écrivait bien, elle possédait un merveilleux savoir-faire, elle était une artiste débordante d'allant et d'imagination, et elle avait le chic pour trouver des sujets de films qui déplaçaient les foules. Elle méritait ce qu'elle gagnait et les dieux n'avaient aucune raison de vouloir la punir.

« Allons, calme-toi », se dit-elle tout haut.

Personne n'avait essayé d'entrer par la porte de la cuisine. Son imagination lui jouait des tours.

Elle termina le sandwich et la bière puis descendit éteindre les lumières.

Elle dormit à poings fermés.

La journée du lendemain fut l'une des plus belles de sa vie. Ce fut aussi l'une des plus atroces.

Ce mercredi avait bien commencé. Le ciel était sans nuages. L'air était doux et pur. La lumière du matin avait cette qualité particulière qu'on ne trouve qu'en Californie du Sud, et certains jours seulement. C'était une lumière cristalline, dure mais chaude comme des rayons de soleil dans un tableau cubiste, et on avait à tout moment l'impression que l'air allait s'écarter comme un rideau de théâtre pour dévoiler un autre univers.

Hilary Thomas passa toute la matinée dans son jardin. Ce demi-arpent de terre situé sur l'arrière d'une maison à un étage de style néo-espagnol était illuminé par deux douzaines d'espèces de rosiers grimpants, en parterres ou en haies. Il y avait là la rose Frau Karl Druschki, la rose Madame Pierre Oger, la rosa muscosa, la rose Souvenir de la Malmaison ainsi qu'une grande variété d'hybrides modernes et le jardin flamboyait de roses blanches, rouges, orangées, roses, jaunes, violettes et même vertes. Certaines fleurs étaient grosses comme des soucoupes ; d'autres auraient pu passer au travers d'une alliance. Le vert velouté de la pelouse était parsemé de pétales de toutes les couleurs déposés par le vent.

Presque tous les matins, Hilary travaillait deux ou trois heures dans son jardin. Quel que fût l'état de ses nerfs quand elle y arrivait, elle le quittait toujours détendue et apaisée.

Elle aurait largement eu les moyens de s'offrir un jardinier. Elle touchait encore des revenus trimestriels de son premier film à succès, *Pete, le roublard de l'Arizona*, qui était sorti depuis plus de deux ans et avait connu une carrière exceptionnelle. Son dernier film, *Le Cœur froid*, qui passait sur les écrans depuis moins de deux mois, marchait encore mieux que le précédent. Cette maison de douze pièces à Westwood, à la lisière de Bel Air et de Beverly Hills, lui avait coûté une fortune ;

pourtant, elle l'avait payée comptant il y avait six mois. Dans le milieu du cinéma, on disait qu'elle avait le vent en poupe. Oui, elle avait bien mené sa barque. Quelle sensation extraordinaire ! Elle était devenue un auteur de films terriblement recherché ; oui, elle avait décroché la timbale et pouvait engager toute une escouade de jardiniers si cela lui chantait.

Elle s'occupait personnellement de ses fleurs et de ses arbres parce que ce jardin était pour elle un lieu privilégié, presque sacré. C'était le symbole de son évasion.

Elle avait grandi dans un immeuble délabré situé dans l'une des banlieues les plus déshéritées de Chicago. Encore maintenant, même ici, au milieu de ses roses odorantes, elle pouvait, en fermant les yeux, revoir chaque détail de cet univers lointain. Dans le hall d'entrée, les boîtes à lettres étaient éventrées par les voleurs qui y cherchaient des chèques de l'Assistance sociale. Les couloirs étaient étroits et mal éclairés. Les pièces étaient minuscules et tristes, le mobilier en mauvais état. Dans la petite cuisine, l'antique cuisinière à gaz semblait toujours prête à exploser. Pendant des années, Hilary avait vécu dans la peur de ces flammes bleues, crachotantes et irrégulières. Le frigo était jauni par l'âge ; il sifflait, crépitait, et la chaleur du moteur attirait ce que son père appelait la « faune locale. » Aujourd'hui, dans son joli jardin, Hilary se souvenait encore très nettement de cette faune au milieu de laquelle elle avait passé son enfance et elle frissonna. Bien que sa mère et elle aient toujours maintenu la maison dans un méticuleux état de propreté et qu'elles aient utilisé d'énormes quantités d'insecticide, elles n'avaient jamais pu venir à bout des cafards, étant donné que ces maudites bestioles traversaient les minces cloisons les séparant des autres appartements, où les gens n'étaient pas tous aussi à cheval sur l'hygiène.

Parmi ses souvenirs d'enfance, l'un des plus vivaces était la vue qu'elle avait de l'unique fenêtre de sa minuscule chambre. Elle y avait passé bien des heures solitaires, s'y cachant quand son père et sa mère se disputaient. Cette chambre était le refuge où elle fuyait leurs terribles assauts d'injures et cris, ou bien alors le silence morne, les jours où ses parents ne s'adressaient plus la parole. La vue qu'on avait de cette fenêtre n'était guère encourageante : rien qu'un mur noirci par la suie à l'extrémité d'une allée de deux mètres de large qui desservait les différents bâtiments. La fenêtre ne s'ouvrait pas; la peinture la maintenait fermée. Elle parvenait à entrevoir une mince bande de ciel en appuyant son visage contre la vitre et en regardant tout en haut de l'étroit goulet.

Dans une volonté désespérée d'échapper à l'univers désolé où elle vivait, la petite Hilary avait alors appris à se servir de son imagination pour voir au travers du mur de brique. Elle partait à la dérive et se retrouvait sur des collines ondulantes, parfois même au milieu de l'océan Pacifique ou au sommet de vastes chaînes de montagnes. Mais, la plupart du temps, c'était un jardin qui surgissait, un lieu enchanté, serein, avec des massifs bien entretenus et des treillages entrelacés de rosiers grimpants. Dans ses rêves, il y avait toujours plein de meubles de jardin en fer forgé peint en blanc. Des parasols aux rayures pimpantes jetaient des taches d'ombre fraîche sur la lumière cuivrée. Des dames vêtues de merveilleuses robes longues et des messieurs en costumes d'été dégustaient des boissons glacées tout en bavardant aimablement.

Aujourd'hui, je le vis, ce rêve, se dit-elle. Ce lieu imaginaire est devenu réalité et il m'appartient.

Pour elle, soigner les rosiers et les autres végétaux — palmiers, fougères, gazon vert jade et toute une foule de plantes — n'était pas une corvée. C'était une joie. A chaque minute qu'elle passait au milieu de ses fleurs, elle avait conscience du chemin parcouru.

A midi, elle rangea ses outils de jardinage et prit une douche. Elle resta un long moment sous le jet brûlant, comme pour se débarrasser d'autre chose que de la sueur et de la saleté. Dans le sinistre appartement de Chicago, dans la minuscule salle de bains où les robinets fuyaient et où les tuyaux se bouchaient au moins une fois par mois, l'eau chaude manquait toujours.

Elle fit un repas léger dans le patio vitré qui donnait sur la roseraie. Tout en grignotant un morceau de fromage et une pomme, elle parcourut les journaux professionnels du spectacle — *Hollywood Reporter* et *Daily Variety* — qui étaient arrivés au courrier du matin. Dans *Reporter*, son nom figurait dans la rubrique de Hank Grant, sur une liste de personnalités du cinéma et de la télévision dont c'était l'anniversaire. Pour quelqu'un qui venait juste d'avoir vingt-neuf ans, elle avait déjà fait un long, très long chemin.

Aujourd'hui, les dirigeants de la Warner Brothers discutaient de *L'Heure du loup*, son dernier scénario. Ils devaient en acheter les droits avant la fin de la journée. Elle attendait anxieusement le coup de téléphone tout en le redoutant, parce qu'il risquait de lui apporter une déception. Ce projet de film était plus important pour elle que tout ce qu'elle avait fait jusque-là.

Elle avait écrit le script sans la sécurité d'un contrat en bonne et due forme, sur un simple pari, et elle avait résolu de ne le vendre que si elle en assurait la mise en scène et qu'on lui garantissait le montage final. Les gens de la Warner avaient laissé entendre qu'ils étaient prêts à lui faire une proposition sans précédent si elle voulait bien reconsidérer ses desiderata. Elle savait qu'elle demandait beaucoup ; cependant, étant donné sa cote, ses exigences n'étaient pas entièrement déraisonnables. Elle était prête à parier n'importe quoi que les producteurs finiraient, même à contrecœur, par lui laisser réaliser le film. La pierre d'achoppement, c'était son exigence d'avoir le dernier mot sur le montage. Contrairement à ce qui se passe en Europe, par exemple, cet honneur, ce pouvoir de décider exactement de ce qui apparaîtrait sur l'écran, ce contrôle ultime sur toutes les prises de vue, sur toutes les nuances du film, n'était accordé qu'aux metteurs en scène ayant déjà fait leurs preuves dans des films à succès : il était rarement octroyé à des réalisateurs novices, encore moins à des réalisatrices novices. Son insistance pour obtenir la haute main sur le film risquait de faire capoter toute l'affaire.

Dans l'espoir de distraire un peu son esprit de cette préoccupation, Hilary passa l'après-midi du mercredi dans le bureau qui donnait sur la piscine. La grande table de travail en chêne massif comportait une douzaine de tiroirs et deux douzaines de casiers. Plusieurs bibelots en cristal dus à la patte de Lalique reflétaient la douce clarté émanant de deux lampes de piano en cuivre. Elle se plongea dans la seconde rédaction d'un article qu'elle écrivait pour *Film Comment*, mais ses pensées revenaient sans cesse sur *L'Heure du loup*.

A quatre heures, le téléphone retentit et la surprise la fit sursauter, bien qu'elle eût attendu cette sonnerie tout l'après-midi. C'était Wally Topelis.

« C'est votre agent, mon petit. Il faut que nous parlions.

— Ce n'est donc pas ce que nous sommes en train de faire ?

— Je voulais dire dans les yeux.

— Ah ! fit-elle d'un air accablé, c'est qu'il s'agit d'une mauvaise nouvelle.

— Ai-je dit ça ?

— Si c'était une bonne nouvelle, vous me l'annonceriez au téléphone. Les yeux dans les yeux, cela veut dire que vous voulez me préparer en douceur.

— Vous êtes une pessimiste-née, mon petit.

— Les yeux dans les yeux, cela veut dire que vous allez me prendre les mains et me persuader de ne pas me suicider.

— Quelle chance que votre goût du mélodrame ne transparaisse jamais dans ce que vous écrivez !

— Si la Warner refuse, dites-le-moi simplement.

— Ils n'ont pas encore pris leur décision, mon chou.

— Je serai courageuse.

— Voulez-vous bien m'écouter ? L'affaire n'est pas ratée. Je suis en train de comploter quelque chose et je voudrais discuter de la tactique avec vous. Voilà tout. Il n'y a rien d'autre. Puis-je vous voir dans une demi-heure ?

— Où ça ?

— Je suis au Beverly Hills Hotel.

— Au Polo Lounge ?

— Bien entendu. »

Au moment où Hilary quittait Sunset Boulevard, elle

se dit que le Beverly Hills Hotel semblait une chose irréelle, tel un mirage miroitant dans la chaleur. Ce bâtiment étrange, émergeant des palmiers majestueux et d'une verdure luxuriante, était une vision féerique. Comme à chaque fois qu'elle y venait, le crépi rose lui parut d'un meilleur goût qu'elle ne s'y attendait. Les murs semblaient translucides et on aurait dit qu'ils resplendissaient d'une lumière intérieure. Dans son genre, l'hôtel était plutôt élégant — plus qu'un tantinet décadent, mais incontestablement élégant. Devant l'entrée principale, des portiers en uniforme garaient et ramenaient les voitures des clients ; deux Rolls-Royce, trois Mercedes, une Studebaker et une Maserati rouge.

Me voilà bien loin de Chicago, pensa-t-elle, avec bonheur.

En arrivant au Polo Lounge, elle aperçut une demi-douzaine d'acteurs et d'actrices de cinéma, quelques visages connus et deux importants directeurs de studios, mais aucune de ces personnes n'était assise à la table 3, table considérée comme la plus recherchée, car elle faisait face à l'entrée et c'était le meilleur endroit pour voir et être vu. Wally Topelis était assis à cette table 3 parce qu'il était un des agents les plus en vue d'Hollywood et parce qu'il savait faire du charme au maître d'hôtel, comme il en faisait à tout le monde. C'était un homme d'une cinquantaine d'années, petit, mince et très bien habillé. Sa chevelure blanche était épaisse et brillante. Il portait aussi une fine moustache blanche. Il était extrêmement distingué. C'était tout à fait le genre d'homme qu'on s'attendait à voir à la table 3. Il parlait dans un téléphone qu'on avait placé devant lui quand il vit Hilary arriver. Il mit rapidement fin à la conversation, posa le récepteur et se leva.

« Hilary, vous êtes superbe...comme toujours.

— Et vous, le pôle d'attraction...comme toujours ».

Il sourit. Il parlait sur un ton feutré et conspirateur.

« Je parie que tout le monde nous regarde.

— Je le parie aussi.

— Sans avoir l'air de rien.

— Naturellement, dit-elle.

— Parce qu'ils ne veulent pas que l'on sache qu'ils nous regardent », fit-il tout joyeux.

Tout en s'asseyant, elle poursuivit :

« Et nous, nous n'osons pas les regarder pour voir s'ils nous regardent.

— Grands dieux, non ! »

Ses yeux bleus brillaient de malice.

« Il ne faudrait pas qu'ils s'imaginent que nous y attachons de l'importance.

— Jamais de la vie.

— Ce serait maladroit.

— Très maladroit. »

Il rit. Hilary soupira.

« Je n'ai jamais compris pourquoi une table pouvait être plus convoitée qu'une autre.

— Eh bien, on peut en rire, mais moi je le comprends, déclara Wally. En dépit de ce que pensent Marx et Lénine, les animaux humains prospèrent dans un système de classes — du moment que ce système est assis sur l'argent et la réussite et non sur la naissance. L'homme établit et entretient un système de classes partout, même au restaurant.

— J'ai l'impression que je viens d'avoir droit à une des fameuses tirades de Topolis. »

Un serveur arriva portant un sceau à glace rutilant posé sur un trépied. Il le plaça à côté de leur table, sourit et s'en alla. Apparemment, Wally avait pris la liberté de passer la commande avant son arrivée.

« Pas une tirade, répliqua-t-il. Une simple observation. Les gens ont besoin d'un système de classes.

— Et pourquoi ?

— D'abord, parce que les hommes doivent avoir des aspirations et des envies autres que leurs besoins matériels fondamentaux, des désirs irrépressibles qui les poussent à en faire plus pour avoir plus. Par conséquent, du moment qu'il existe une table mieux placée que les autres au Polo Lounge, tous ceux qui viennent ici auront à cœur d'être suffisamment riches ou suffisamment célèbres — en bien ou en mal — pour s'y asseoir. Ce désir presque maladif d'une position sociale engendre la prospérité, contribue au produit national brut et crée des emplois. Après tout, si Henry Ford n'avait pas voulu tenir le haut du pavé, il n'aurait pas créé une société qui emploie maintenant des dizaines de milliers de personnes. Le système de classes est l'un des moteurs qui fait tourner les roues du commerce ; il maintient un niveau de vie élevé. Il fournit un but aux gens et donne au maître d'hôtel cet agréable sentiment de puissance qui rend enviable un métier qui, sinon, serait insupportable. »

Hilary secoua la tête.

« Malgré tout, le fait que je sois assise à la meilleure table ne signifie pas automatiquement que je sois supérieure au type qui en a une moins bonne. Ce n'est pas une réussite en soi.

— C'est le symbole de la réussite, de la position sociale, objecta Wally.

— Je ne comprends toujours pas le sens de tout cela.

— C'est juste un jeu sophistiqué.

— Auquel vous savez très bien jouer, j'en suis sûre.

— Vous croyez ? demanda-t-il, ravi.

— Je n'arriverai jamais à en apprendre la règle.

— Mais si, mon chou. C'est complètement idiot, mais c'est très utile dans les affaires. Personne n'aime travailler avec un perdant, mais tous ceux qui jouent à ce jeu cherchent à avoir affaire à une personne susceptible d'obtenir la meilleure table du Polo Lounge. »

Wally Topelis était la seule personne de sa connaissance qui pût appeler une femme « mon chou » sans avoir l'air protecteur ou mielleux. Bien qu'il fût petit, à peu près de la taille d'un jockey professionnel, il lui rappelait le Gary Grant de *La Main au collet*. Il avait le style Grant : des manières excellentes, mais sans ostentation ; une grâce de danseur dans chacun de ses mouvements, même dans les gestes les plus ordinaires ; un charme discret ; un regard légèrement amusé, comme s'il trouvait que la vie était une aimable plaisanterie.

Le sommelier arriva. Wally l'appela Eugene et lui demanda des nouvelles de ses enfants. Eugene paraissait tenir Wally en grande affection et Hilary se dit que si celui-ci avait toujours la meilleure table au Polo Lounge, c'était peut-être aussi parce qu'il traitait les membres du personnel comme des amis et non comme des domestiques.

Eugene venait apporter le champagne et, après avoir bavardé quelques minutes, il présenta la bouteille à Wally.

Hilary jeta un coup d'œil sur l'étiquette.

« Du Dom Pérignon ?

— Vous méritez ce qu'il y a de meilleur, mon chou. »

Eugene ôta le papier qui entourait le goulot de la bouteille et commença à enlever le fil de fer qui maintenait le bouchon.

Hilary regarda Wally d'un air inquiet.

« C'est donc bien une mauvaise nouvelle que vous avez à m'apprendre.

— Qu'est-ce qui vous fait dire ça ?

— Une bouteille de champagne à cent dollars... dit-elle en le considérant pensivement. Je suppose qu'elle est destinée à apaiser mes sentiments offensés, à cautériser la blessure. »

Le bouchon sauta. Eugene était un as ; une infime quantité du précieux liquide s'échappa de la bouteille.

« Quelle pessimiste vous faites, remarqua Wally.

— Réaliste, corrigea-t-elle.

— La plupart des gens se seraient exclamés : "Ah ! du champagne ! Que fêtons-nous ?" Mais pas Hilary Thomas. »

Eugene versa un doigt de Dom Pérignon dans la coupe de Wally qui le goûta et fit un signe de tête approbateur.

« Nous fêtons quelque chose ? » demanda Hilary.

Cette idée ne lui était pas venue à l'esprit et son cœur se mit à battre.

« Absolument », dit Wally.

Eugene remplit lentement les deux coupes et vissa la bouteille dans la glace pilée qui remplissait le seau d'argent. Il semblait clair qu'il faisait tout pour rester dans les parages le plus longtemps possible afin de savoir ce qu'ils fêtaient.

Il était également clair que Wally désirait que le sommelier intercepte la nouvelle pour aller ensuite la répandre. Il se pencha vers Hilary avec son sourire à la Gary Grant et lui dit :

« Ça marche avec la Warner. »

Elle écarquilla les yeux, battit des paupières, ouvrit la

bouche pour parler et ne sachant que dire, elle finit par articuler :

« Ce n'est pas vrai.

— Mais si !

— Ce n'est pas possible.

— Mais si !

— Les choses ne sont jamais si faciles.

— Je vous l'ai dit : ça marche.

— Ils ne vont pas me laisser faire la mise en scène.

— Oh ! que si !

— Ils ne m'accorderont pas le montage final.

— Ils vous l'accorderont.

— Mon Dieu ! » Elle était pétrifiée. Elle se sentait tout engourdie. Eugene lui présenta ses compliments et s'éclipsa. Wally secoua la tête en riant.

« Vraiment, vous auriez pu jouer cette petite scène beaucoup mieux, au bénéfice d'Eugene. Dans un instant, les gens vont s'apercevoir que nous fêtons quelque chose, ils demanderont à Eugene de quoi il retourne et il le leur apprendra. Il faut que le monde entier soit persuadé que vous obtenez toujours ce que vous voulez. Ne manifestez jamais le moindre doute ni la moindre crainte quand vous nagez au milieu des requins.

— Vraiment, vous ne plaisantez pas ? Ils ont dit oui à tout ?

— Un toast, déclara Wally en levant son verre, un toast à ma plus adorable cliente, avec l'espoir qu'elle finira par s'apercevoir qu'un nuage n'en cache pas forcément un autre et que le ver n'est pas toujours dans le fruit ! »

Ils entrechoquèrent leurs coupes.

« Les studios ont certainement rajouté une foule de conditions draconiennes, s'entêta-t-elle. Un budget ridicule. Salaire au tarif syndical. Aucune participation aux bénéfices. Des trucs dans ce genre.

— Cessez donc de faire la soupe à la grimace, fit-il, exaspéré.

— Je ne suis pas en train de manger de la soupe.

— Pas de pirouette, je vous prie.

— C'est du champagne que je bois.

— Vous m'avez très bien compris. »

Elle se mit à contempler les bulles qui dansaient dans sa coupe de Dom Pérignon. Des centaines de bulles, des guirlandes d'éclatantes petites bulles de joie, se mirent à monter en elle ; toutefois, une partie de son être faisait office de bouchon et contenait son effervescence et son émotion, les gardant sous pression, claquemurées, étroitement emprisonnées. Elle avait peur d'être heureuse. Elle ne voulait pas évoquer le destin.

« Vraiment, je n'y comprends plus rien, dit Wally. A vous voir, on croirait que l'affaire a raté. Vous avez bien entendu ce que je vous ai dit, n'est-ce pas ?

— Je suis désolée, sourit-elle. C'est seulement parce que... quand j'étais petite, j'ai appris à toujours m'attendre au pire. De cette façon, je n'étais jamais déçue. C'est le mieux qui puisse arriver quand on vit entre deux alcooliques violents et désabusés. »

Le regard de Wally était plein de bonté.

« Vos parents ne sont plus là, lui dit-il avec tendresse. Morts tous les deux. Ils ne peuvent plus vous atteindre, Hilary. Ils ne pourront jamais plus vous faire de mal.

— Voilà douze ans que je passe le plus clair de mon temps à essayer de m'en persuader.

— Vous n'avez jamais envisagé une analyse ?

— J'en ai suivi une pendant deux ans.

— Ça vous a aidée ?

— Pas beaucoup.

— Un autre analyste, peut-être...

— Ce serait pareil. Il y a un vice de forme dans la théorie de Freud. Les psychanalystes s'imaginent que du moment qu'on est arrivé à faire resurgir les traumatismes de l'enfance qui ont fait de vous un adulte névrosé, et qu'on les a compris, on peut changer. D'après eux, le plus dur est de trouver la clef, mais une fois qu'on l'a, on peut ouvrir la porte en un clin d'œil. En fait, ce n'est pas si simple.

— Il faut vouloir changer.

— Ce n'est pas si facile, non plus. »

Il fit tourner sa coupe dans ses petites mains soigneusement manucurées.

« En tout cas, si vous avez besoin de quelqu'un à qui parler de temps en temps, je suis toujours disponible.

— Je vous ai déjà bien assez embêté depuis des années.

— Ne dites pas de bêtises. Vous ne m'avez presque rien raconté. Tout juste les grandes lignes.

— C'est affreusement ennuyeux.

— Pas du tout, je vous assure. L'histoire d'une famille craquant sur toutes les coutures, l'alcoolisme, la folie, le meurtre, le suicide, une enfant innocente coincée au milieu... En tant qu'auteur de films, vous devriez savoir que c'est le genre de sujet qui n'ennuie jamais. »

Elle eut un mince sourire.

« C'est parce que je crois qu'il faut que je m'en sorte toute seule.

— En général, ça aide de parler de...

— C'est possible, mais j'en ai déjà parlé à mon psychanalyste, je vous en ai parlé et je n'en ai tiré qu'un réconfort très mesuré.

— Cela vous a tout de même aidée.

— Je m'en suis débarrassée autant que j'ai pu. Maintenant, ce qu'il faut, c'est que je m'en parle à moi-même. Il faut que j'affronte le passé seule, sans compter sur votre soutien ou celui d'un médecin, et c'est une chose que je n'ai jamais pu encore faire. »

Ses longs cheveux noirs s'étaient rabattus sur l'un de ses yeux. Elle les rejeta en arrière et les coinça derrière les oreilles.

« Tôt ou tard, je me remettrai d'aplomb. Ce n'est qu'une question de temps. »

Wally la regarda pendant un moment, puis il lui dit :

« Est-ce que j'y crois vraiment ? songea-t-elle.

« Je suppose que vous savez ce que vous faites. En attendant, ajouta-t-il en levant sa coupe, buvez. Efforcez-vous de prendre l'air radieux pour tous ces gens importants qui nous surveillent, vous envient et qui meurent de ne pas travailler avec vous. »

Elle aurait bien voulu se renverser contre le dossier de son fauteuil en buvant des flots de champagne frappé et en laissant le bonheur la consumer, mais elle ne parvenait pas à se détendre totalement. Elle avait toujours une conscience aiguë de ces ténèbres spectrales qui enveloppaient le bord de toutes choses, de ce cauchemar tapi qui attendait de surgir et de la dévorer. Ses parents, Earl et Emma, l'avaient plongée dans une petite caisse de peur, puis ils avaient rabattu le lourd couvercle en le fermant à clef et, depuis ce temps, elle regardait le monde depuis cette sombre prison. Earl et Emma lui avaient inoculé une névrose légère mais omniprésente et inexpugnable qui lui gâchait ses plus beaux moments.

A cet instant, elle ressentit pour ses parents une haine aussi froide, violente et immense que par le passé. Les années bien remplies et les milliers de kilomètres qui la séparaient de l'époque infernale de Chicago cessèrent tout à coup de faire écran à sa détresse.

« Qu'avez-vous ? demanda Wally.

— Rien. Tout va très bien.

— Comme vous êtes pâle ! »

Elle prit sur elle de chasser ses souvenirs et de repousser le passé à sa juste place. Elle effleura de sa main la joue de Wally et l'embrassa.

« Excusez-moi. Je me conduis très mal. Je ne vous ai même pas dit merci. Je suis très heureuse de cette nouvelle, c'est merveilleux ! Vous êtes vraiment le meilleur agent sur la place.

— C'est vrai, remarqua-t-il. Mais cette fois, je n'ai pas eu à me donner beaucoup de mal. Le script leur a tellement plu qu'ils étaient prêts à nous concéder n'importe quoi pour l'avoir. La chance n'a joué aucun rôle dans cette affaire, ni le fait que vous avez un agent astucieux. Je voudrais que vous le compreniez. Mettez-vous ça dans la tête, mon petit, vous méritez votre succès. On n'a sans doute rien écrit de mieux pour l'écran ces derniers temps. Vous ne pouvez pas continuer à vivre dans l'ombre de vos parents et à vous attendre au pire comme vous l'avez toujours fait jusqu'ici. A partir d'aujourd'hui, vous ne connaîtrez que le meilleur. Aussi, je vous donne ce conseil : prenez-en l'habitude. »

Elle voulait désespérément le croire et se rendre à son optimisme, mais les sinistres herbes folles semées à Chicago continuaient à proliférer. Elle distinguait ces monstres familiers, tapis aux abords du paradis que lui décrivait Wally. Elle croyait fermement en la loi de

Murphy : *S'il y a une chance pour que ça tourne mal, ça tournera mal.*

Néanmoins, l'assurance de Wally était si communicative et son ton si convaincant, qu'elle parvint à lui adresser un sourire radieux et sincère.

« Voilà, dit-il, satisfait. C'est mieux ; vous avez un très joli sourire.

— J'essaierai de l'utiliser plus souvent.

— Et moi je vais continuer à conclure le genre de transactions qui vous y forcera. »

Ils burent leur champagne et se mirent à parler de *L'Heure du loup*, en faisant des projets et en riant comme elle ne se rappelait pas avoir ri depuis longtemps. Son humeur s'égaya peu à peu. Une vedette de cinéma style macho — regard glacé, lèvres fines et pincées, beaucoup de muscles, démarche balancée sur l'écran —, mais chaleureux, prompt à rire et un peu timide dans la vie, dont le dernier film avait rapporté cinquante millions de dollars, fut le premier à s'approcher d'eux pour leur dire bonjour et se renseigner. Un directeur de studio à la mise impeccable et au regard aigu tenta, mine de rien d'abord, puis ouvertement, d'obtenir des indications sur l'intrigue du *Loup*, dans l'espoir de s'en servir pour un feuilleton télévisé à deux sous. En un rien de temps, la moitié des clients s'étaient mis à zigzaguer entre les tables et s'arrêtaient en passant pour féliciter Hilary et Wally, avant de s'éclipser pour discuter entre eux de ce succès et s'interroger sur le pourcentage attribué à Wally. Après tout, *L'Heure du loup* nécessiterait des producteurs, des vedettes, un compositeur pour la musique... Par conséquent, la meilleure table de l'établissement se trouva être le théâtre d'un grand festival d'embrassades, de claques dans le dos et de poignées de mains.

Hilary savait que la plupart des riches habitués du Polo Lounge n'avaient pas l'esprit aussi mercantile qu'ils le montraient parfois. Beaucoup d'entre eux avaient débuté tout en bas de l'échelle, pauvres, affamés, comme elle. Ils avaient beau avoir fait fortune et placé avantageusement leurs capitaux, ils ne pouvaient s'empêcher de jouer des coudes. C'était une habitude si ancienne qu'ils ne pouvaient s'en débarrasser.

L'image que le public se fait de Hollywood est fort éloignée de la réalité. Quel que soit son travail ou son emploi, secrétaire ou serveuse, vendeur ou employé de bureau, mécanicien ou chauffeur de taxi, col blanc ou col bleu, en rentrant chez soi après une rude journée de travail, tout le monde s'assied devant la télévision et rêve de l'existence dorée des vedettes de l'écran. D'un bout à l'autre du pays, des îles Hawaii aux forêts du Maine et de la Floride à l'Alaska, pour la rumeur publique Hollywood est synonyme de folles réceptions, de filles faciles, d'argent rapidement gagné, de flots de whisky, de montagnes de cocaïne, de farniente au soleil, de cocktails au bord de la piscine, de vacances à Acapulco et à Palm Springs, de parties de jambes en l'air sur la banquette arrière, recouverte de fourrure, d'une Rolls-Royce. Mirages que tout cela. Illusions. Illusions dont avait peut-être besoin pour survivre une société abusée depuis des décennies par des politiciens corrompus, une société aux bases sapées par l'inflation et l'augmentation incessante des impôts, une société sur laquelle planait en permanence l'ombre menaçante d'une soudaine annihilation nucléaire. Les gens du cinéma et de la télévision travaillent plus que n'importe qui, même si le résultat de leur labeur n'est pas toujours, et même pas souvent, à la mesure du mal qu'ils se donnent. La vedette d'une série télévisée à succès est sur le pied de guerre de l'aube au coucher du soleil, c'est-à-dire quatorze à seize heures par jour, parfois. Bien entendu, les gains sont énormes. Mais, en réalité, les réceptions ne sont pas plus folles qu'ailleurs ; les femmes pas plus faciles qu'à Philadelphie, à Des Moines ou à Tampa ; si les journées sont ensoleillées, elles sont rarement oisives et les secrétaires de Boston ou les vendeuses de Pittsburgh s'envoient en l'air de la même façon que celles de Californie.

Wally dut partir à six heures un quart, car il avait un rendez-vous à sept heures. Hilary, prétextant un engagement, déclina deux invitations à dîner qu'on lui fit.

Dehors, la lumière de ce soir d'automne était toujours éclatante. Quelques nuages croisaient, très haut dans le ciel technicolor. Le soleil colorait l'atmosphère d'un blond platine et l'air était singulièrement clair pour un milieu de semaine à Los Angeles. Deux jeunes couples descendaient d'une Cadillac bleue en riant et en discutant bruyamment et, un peu plus loin, sur Sunset Boulevard, les pneus crissaient, les moteurs grondaient, les klaxons rugissaient tandis que les derniers automobilistes de l'heure de pointe tentaient de rentrer chez eux vivants.

Pendant qu'ils attendaient leurs voitures, Wally demanda à Hilary :

« Vous dînez vraiment avec quelqu'un ?

— Oui, moi et moi même.

— Venez donc avec moi.

— Celle qu'on n'a pas invitée.

— Je viens juste de vous inviter.

— Je ne veux pas contrarier vos projets.

— Ne dites pas de sottises. Vous serez la bienvenue.

— De toute manière, je ne suis pas habillée pour un dîner.

— Vous êtes parfaite.

— Je veux rester seule, insista-t-elle.

— Vous faites votre Garbo. Allons, venez dîner avec moi s'il vous plaît. C'est une soirée sans façons au Palm avec un client et sa femme. Un jeune acteur de télévision plein d'avenir. Des gens charmants.

— Ça ira très bien, Wally. Je vous assure.

— Une jolie femme comme vous, par une soirée comme celle-ci où il y a tant de raisons de faire la fête. Il faudrait des bougies, de la musique douce, du bon vin et aussi quelqu'un pour la partager.

— Comme vous êtes romantique, Wally ! sourit-elle.

— Je parle sérieusement. »

Elle posa une main sur son bras.

« C'est gentil à vous de vous inquiéter pour moi, Wally. Mais je me sens en pleine forme. Je suis très heureuse quand je suis seule. Je me tiens très bien compagnie. J'aurai tout mon temps pour des relations sérieuses avec un homme, des week-ends de ski à Aspen et des soirées à bavarder au Palm quand *L'Heure du loup* sera terminée et que le film passera dans les salles. »

Wally fronça les sourcils.

« Si vous n'apprenez pas à vous détendre un peu, vous ne survivrez pas longtemps dans un milieu sous pression comme le nôtre. Dans deux ans, vous n'aurez pas plus de ressort qu'une poupée de chiffon déchirée, effrangée, usée. Croyez-moi, mon petit, vous vous rendrez soudain compte que lorsque la vigueur physique s'éteint, la vitalité mentale, le flot créateur se tarit avec elle.

— Ce projet est un tournant dans ma vie. Après, ma vie ne sera plus pareille.

— D'accord, mais...

— J'ai travaillé dur, sacrément dur, avec acharnement, pour avoir cette chance. Mon travail m'obsède, je le reconnais, mais une fois que j'aurai acquis la réputation d'un bon écrivain et d'un bon metteur en scène, je me sentirai en sécurité. Je pourrai enfin échapper à tous mes démons — mes parents, Chicago, tous ces mauvais souvenirs. Je pourrai alors me laisser aller et mener une vie plus normale. Mais pour le moment, je ne peux pas me reposer. Si je lève le pied maintenant, j'échouerai. Ou du moins, je crois que j'échouerai, et ça revient au même.

— Très bien, soupira-t-il. Pourtant, on se serait bien amusé au Palm. »

Un chasseur arriva avec la voiture d'Hilary. Elle embrassa Wally.

« Je vous appellerai certainement demain, histoire de m'assurer que cette affaire avec la Warner n'est pas un rêve.

— Il faudra quinze jours pour établir les contrats, lui dit-il. Mais je ne prévois aucun problème sérieux. Nous aurons le projet de contrat dans le courant de la semaine prochaine, ensuite, on pourra mettre sur pied une rencontre au studio. »

Elle lui envoya un baiser, courut vers sa voiture, donna un pourboire au chasseur et démarra.

Elle prit la route des collines, longeant des maisons à un million de dollars, des pelouses plus vertes qu'un billet de banque, tourna à droite, puis à gauche, au hasard, sans but particulier. Rouler à l'aventure était l'une des rares détentes qu'elle s'accordait. Les rues étaient presque toutes enveloppées d'ombres pourpres jetées par le feuillage des arbres. Près du sol, la nuit s'insinuait furtivement, mais il faisait encore clair au-dessus de l'entrelacs des palmiers, des chênes, des érables, des cèdres, des cyprès, des jacarandas et des pins. Elle alluma ses phares et partit en exploration sur les corniches, jusqu'à ce que son angoisse se fût un peu apaisée.

Un peu plus tard, quand la nuit eut tout envahi, elle s'arrêta devant un restaurant mexicain de La Cienega Boulevard. Murs en crépi beige. Photos de bandits mexicains. Odeurs fortes de sauce piquante, de tacos et de tortillas. Serveuses vêtues d'un chemisier au décolleté arrondi et d'une jupe plissée. Muzak country en guise de fond sonore. Hilary commanda des enchiladas au fromage, du riz et de la purée de haricots. Ces mets lui semblaient aussi délicieux que si elle les avait dégustés à la lumière des bougies, avec des violons en arrière-fond et un homme à côté d'elle.

Il faudra que je pense à le dire à Wally, songea-t-elle tout en faisant passer l'ultime enchilada avec une gorgée de Dos Equis, une bière brune mexicaine.

Toutefois, en réfléchissant un peu, elle l'entendit déjà répliquer : « Cette remarque est le fait d'un esprit affreusement rationnel, ma bichette. Il est vrai que la solitude ne change pas le goût des aliments, la qualité de la lumière des bougies ou le son de la musique ; mais cela ne signifie pas que la solitude soit souhaitable, ou bonne, ou saine. » Il ne pourrait pas résister au plaisir de se lancer dans un petit discours paternaliste sur l'existence, d'autant plus difficile à entendre que tout ce qu'il dirait serait juste.

Tu feras aussi bien de ne rien dire, conclut-elle *in petto*. Tu n'auras jamais raison avec Wally Topelis.

En remontant dans sa voiture, elle boucla sa ceinture, mit le contact, alluma la radio et resta ainsi un moment à contempler le flot de voitures qui déferlait sur La Cienega. C'était le jour de son anniversaire. Vingt-neuf ans. Et, bien que ce fait eût été mentionné dans la rubrique mondaine du *Hollywood Reporter*, elle semblait être seule au monde à s'en être avisée. Après tout, c'était très bien ainsi. Elle était solitaire et l'avait toujours été.

N'avait-elle pas affirmé à Wally qu'elle était heureuse en sa seule compagnie ?

Les voitures passaient sans discontinuer, emportant des gens — des couples surtout — vers quelque lieu, quelque occupation.

Elle n'avait pas envie de rentrer chez elle, mais où aurait-elle pu aller ?

La maison était noire. A la lueur des réverbères, la pelouse paraissait plus bleue que verte.

Hilary rentra sa voiture au garage et se dirigea vers la porte d'entrée. Ses talons sonnaient étrangement fort sur l'allée empierrée...

La nuit était douce. La chaleur du soleil disparu montait encore de la terre, et la brise marine qui balayait la ville en toute saison n'avait pas encore rafraîchi l'atmosphère. Tout à l'heure, vers minuit, il faudrait mettre un manteau.

Les grillons chantaient dans les haies.

Elle entra dans la maison, éclaira le vestibule et referma la porte à clef. Elle alluma également les lumières de la salle de séjour et, soudain, entendit quelque chose bouger derrière elle et se retourna.

Un homme émergea de la penderie de l'entrée. Alors qu'il s'extrayait de l'étroit réduit, un manteau glissa de son cintre et la porte se rabattit contre le mur avec un grand bang. Il avait une quarantaine d'années. Il était grand, vêtu d'un pantalon noir et d'un pull-over jaune très collant et il portait des gants de cuir. Il avait ce genre de muscles durs et très développés que seule peut donner une longue pratique de l'haltérophilie. Même ses poignets — qu'on apercevait entre le bas de ses manches et ses gants — étaient épais et nerveux. Il s'arrêta à trois mètres d'elle, lui adressa un signe de tête avec un large sourire et passa sa langue sur ses lèvres.

Elle ne savait trop comment réagir devant cette soudaine apparition. Il ne s'agissait pas d'un intrus ordinaire, ni d'un inconnu total, ni d'un paumé, ni de quelque malheureuse épave au regard de drogué. Il n'était pas d'ici, mais elle le connaissait et il était bien le dernier qu'elle s'attendît à voir surgir de la sorte. Voir jaillir du placard le charmant petit Wally Topelis ne lui aurait pas causé une surprise plus grande. Elle était plus perplexe qu'effrayée. Elle avait fait la connaissance de cet homme trois semaines auparavant, alors qu'elle se documentait pour un scénario dont l'intrigue se déroulait dans la région vinicole du nord de la Californie, tâche à laquelle elle s'était attelée sitôt bouclé le script de *L'Heure du loup*, à charge maintenant pour Wally de trouver un producteur. C'était un des plus riches notables de la vallée de Napa. Cependant, toutes ces considérations n'expliquaient pas sa présence chez elle, dissimulé dans un placard.

« Monsieur Frye, dit-elle, d'un air hésitant.

— Salut, Hilary. »

Il avait une voix grave et rocailleuse qui lui avait semblé rassurante et paternelle quand il lui avait fait visiter ses vignobles de St. Helena, mais qui lui paraissait maintenant rauque, vile et menaçante.

« Que faites-vous ici ? demanda-t-elle en s'éclaircissant la gorge d'une toux nerveuse.

— Je suis venu vous voir.

— A quel sujet ?

— J'avais simplement envie de vous revoir.

— Oui, mais pourquoi ? »

Il continuait à sourire. Il avait un regard dur et carnassier. Son sourire était celui du loup qui s'apprête à refermer ses mâchoires sur un lapin aux abois.

« Comment êtes-vous entré ?

— Belle.

— Quoi ?

— Très belle.

— Arrêtez.

— C'est une femme comme vous que je cherche.

— Vous m'effrayez.

— Vous êtes vraiment belle. »

Il avança d'un pas. Maintenant, elle savait, sans aucun doute possible, ce qu'il voulait. Mais voyons, c'est insensé, impensable ! Pourquoi un homme riche et influent ferait-il des centaines de kilomètres et risquerait-il sa fortune, sa réputation, sa liberté, pour un bref moment de plaisir charnel obtenu par la violence ?

Il avança encore d'un pas. Elle recula.

Un viol. Cela n'avait pas de sens. A moins... S'il avait l'intention de la tuer ensuite, le risque serait moins grand. Il portait des gants ; il ne laisserait pas d'empreintes et personne ne croirait qu'un respectable vigneron de St. Helena était venu jusqu'à Los Angeles pour violer et assassiner. Même si des gens parvenaient à l'admettre, ils n'auraient aucune raison de penser à lui. Jamais la police n'irait enquêter dans cette direction.

Il continuait à avancer. Lentement. Impitoyablement. A pas lourds, jouissant du suspense. Son sourire s'élargit encore quand il vit dans son regard qu'elle avait compris ce qui allait se passer.

Elle recula jusqu'à la grande cheminée de pierre, pensa une brève seconde à s'emparer du lourd tisonnier de bronze, mais réalisa qu'elle ne serait pas assez rapide pour s'en servir. C'était un athlète vigoureux et en parfaite condition physique. Il serait sur elle avant qu'elle ait pu saisir l'ustensile et le balancer contre son crâne épais.

Il plia ses grosses mains. Les jointures tendirent le cuir qui les moulait.

Elle recula en direction d'un groupe de meubles — deux fauteuils, une table basse et un grand canapé. Elle fit quelques pas sur la droite, essayant de mettre le canapé entre Frye et elle.

« Quels beaux cheveux ! » dit-il.

Etait-elle en train de devenir folle ? Cet homme ne pouvait pas être le Bruno Frye qui l'avait accueillie à St. Helena. Il n'avait pas manifesté alors la moindre trace de cette folie qui déformait ce soir sa grosse figure luisante de sueur. Ses yeux étaient deux éclats de glace gris-bleu et la froide passion qui brillait en eux était trop monstrueuse pour qu'il ait pu la dissimuler le jour où elle avait fait sa connaissance.

C'est alors qu'elle aperçut le couteau, et cette vision fut pareille à un grand coup de vent qui balaya ses doutes. Il avait bien l'intention de la tuer. Le couteau était fixé à sa ceinture, sur la hanche droite. La lame était glissée dans un simple fourreau ; il suffisait de faire sauter le bouton-pression de la lanière de cuir. En une seconde, il pouvait tirer le couteau de son étui et l'empoigner. En deux secondes, il pouvait l'enfoncer dans son ventre lisse, entailler sa chair tiède, et faire jaillir son sang précieux.

« J'ai envie de vous depuis que je vous aie vue, dit Frye. Je voulais vous retrouver. »

Le temps semblait s'être arrêté.

« Je vais me régaler, poursuivit-il. Vraiment me régaler. »

Soudain, elle eut l'impression de vivre un film au ralenti. Chaque seconde durait une minute. Elle le regarda s'approcher comme s'il était une créature de cauchemar, comme si l'atmosphère était devenue dense comme du sirop.

En découvrant le couteau, Hilary était restée pétrifiée. Elle avait cessé de reculer, alors que Frye continuait à avancer. Tel est l'effet produit par un couteau. Sa vue vous fait suffoquer, vous glace le cœur et communique à tout votre être un tremblement incontrôlable. Curieusement, très peu de gens ont le courage de se servir d'un couteau contre un de leurs semblables. Plus que toute autre, cette arme fait prendre conscience de la fragilité de la chair, de la terrible vulnérabilité de la vie ; en raison des dégâts qu'il opère, l'agresseur prend vraiment conscience qu'il est lui-même mortel. Le revolver, le poison, une grenade, un instrument contondant, la cordelette de l'étrangleur, tous ces moyens peuvent s'utiliser proprement, souvent à distance. En revanche, l'homme armé d'un couteau doit être prêt à se salir et il faut qu'il s'approche de très près, de si près qu'il percevra la chaleur qui se dégage des blessures qu'il a causées. Poignarder quelqu'un et ne pas être dégoûté par le sang tout chaud qui vous jaillit sur les mains nécessite un courage particulier ou une certaine forme de folie.

Frye était sur elle. Il posa une de ses grandes mains sur son corsage, lui caressa et lui serra sauvagement les seins à travers l'étoffe soyeuse.

Ce rude contact la fit sortir de l'état d'hébétude dans lequel elle était tombée. Elle se dégagea de son étreinte et courut se réfugier derrière le canapé.

Il éclata d'un grand rire franc, curieusement agréable,

mais ses yeux luisaient d'une gaieté morbide. C'était une plaisanterie démoniaque, un comique inspiré par Satan. Il souhaitait qu'elle riposte, car il aimait la chasse.

« Allez-vous-en ! cria-t-elle. Sortez !

— Je n'ai pas envie de sortir, dit Frye, qui secouait la tête avec un sourire. Je veux entrer. Mais oui, c'est comme ça, je veux entrer en vous, ma petite dame. J'ai envie de vous arracher cette robe, de vous mettre toute nue et d'entrer directement là où c'est chaud, humide, noir et doux. »

L'espace d'un instant, la peur qui lui ramollissait les jambes et lui liquéfiait les entrailles fit place à des émotions plus fortes : la colère et la fureur. Cette colère n'était pas le sentiment raisonné d'une femme face à un homme qui lui vole sa dignité et ses droits ; ce n'était pas une colère intellectuelle basée sur l'injustice sociale et biologique d'une pareille situation ; il s'agissait d'une chose plus fondamentale. Cet homme était entré sur son territoire, il s'était introduit de force dans sa caverne moderne, et elle était la proie d'une fureur primitive qui lui brouillait la vue et lui faisait bondir le cœur. Elle lui montra les dents et un grondement monta de son arrière-gorge. Elle en était réduite à une réaction animale quasi inconsciente, et elle cherchait à échapper au piège.

Une tablette en verre, basse et étroite, était placée contre le dos du canapé. Deux statuettes de porcelaine, hautes d'une cinquantaine de centimètres, y étaient posées. Elle se saisit de l'une d'elles et la lança sur Frye. Il esquiva le tir avec une rapidité instinctive. L'objet alla heurter la cheminée et explosa comme une bombe. Les morceaux tombèrent en pluie devant l'âtre et sur le tapis qui le bordait.

« Essayez encore », railla-t-il.

Elle prit la seconde statuette et hésita. Elle regarda Frye en plissant des yeux, soupesa le bibelot et fit semblant de le lancer.

Trompé par cette feinte, il se jeta sur le côté pour éviter le projectile. Avec un petit cri de triomphe, elle lança la statue pour de bon. Cette fois, la surprise l'empêcha d'esquiver le choc et l'objet l'atteignit sur le côté de la tête. Le coup avait dévié et se révéla moins meurtrier qu'elle ne l'avait espéré ; cependant, il recula d'un pas ou deux en vacillant. Il ne s'effondra pas ; la blessure n'était pas assez grave. Il ne saignait même pas. Toutefois, il avait mal et la douleur le transformait. Son euphorie perverse l'avait abandonné. Son sourire vicieux avait disparu. Sa bouche s'était pincée en une ligne dure. Il avait la figure écarlate. La fureur le tordait comme un ressort de montre et, sous cette pression, les muscles de son cou massif saillaient, tendus et impressionnants. Il se recroquevilla légèrement, prêt à charger.

Hilary pensait qu'il allait se précipiter vers le canapé, aussi avait-elle l'intention de tourner autour et de s'en servir comme rempart contre lui, jusqu'à ce qu'elle trouve quelque chose d'autre à lui lancer à la tête. Mais, quand enfin il se remit en mouvement, il n'essaya pas de la pourchasser. Au lieu de cela, il bondit droit sur elle, n'ayant pas plus d'imagination qu'un taureau en furie. Il se rua sur le canapé, l'empoigna à deux mains, le souleva et, d'un seul mouvement coulé, le renversa comme s'il n'avait pesé que quelques kilos. Hilary fit un saut de côté au moment où le lourd canapé s'écrasait à l'endroit même où elle se trouvait quelques instants auparavant. Frye bondit par-dessus le canapé pour essayer de l'attraper. Il y serait parvenu s'il n'avait pas trébuché et n'était pas tombé sur un genou.

La colère d'Hilary céda et la peur la reprit. Elle courut vers le vestibule et la porte d'entrée, tout en sachant qu'elle n'aurait pas le temps de débloquer les verrous et de sortir de la maison avant qu'il ne la rattrape. Il était bien trop près, à deux ou trois pas d'elle, pas plus. Elle se précipita vers la droite et grimpa l'escalier quatre à quatre.

Elle respirait fort, mais malgré cela, elle l'entendit arriver. Ses pas faisaient un énorme fracas. Il se mit à l'injurier.

Le revolver. Dans la table de nuit. Si elle arrivait dans sa chambre suffisamment à temps pour lui claquer la porte au nez et la fermer à clef, cela le retiendrait quelques secondes, le temps au moins de prendre le revolver.

Arrivée en haut de l'escalier, au moment où elle posait

le pied sur le palier du premier étage, et alors qu'elle était persuadée d'avoir mis quelques mètres entre elle et lui, Frye la saisit par l'épaule droite et l'attira à lui. Elle se mit à crier mais n'essaya pas de se dégager, contrairement à ce qu'il attendait ; au lieu de cela, elle se laissa agripper et se tourna vers lui. Elle se plaqua contre lui, sans lui laisser le temps de l'immobiliser d'un bras et, collée contre lui au point de sentir son érection, lui donna un grand coup de genou dans le bas-ventre. On aurait dit qu'il avait été frappé par la foudre. La rougeur dont la colère avait empreint son visage disparut et, en une fraction de seconde, il devint blanc comme un linge. Il la lâcha, recula en chancelant, glissa sur le bord de la première marche, agita les bras comme les ailes d'un moulin à vent, culbuta, hurla, empoigna la rampe et réussit à se retenir *in extremis*.

De toute évidence, il n'avait guère l'habitude des femmes qui savaient se défendre. Elle l'avait feinté par deux fois. Il s'était imaginé avoir affaire à une gentille petite proie timide et sans défense, qu'il aurait facilement matée, utilisée, puis brisée d'un coup de poignet. Mais voilà qu'elle se défendait avec bec et ongles et que le saisissement de son agresseur semblait lui redonner de la vigueur.

Elle avait espéré qu'il dégringolerait jusqu'en bas des marches et se romprait le cou. Elle estimait que ce coup porté dans ses parties génitales le neutraliserait pour une minute ou deux, le temps pour elle de reprendre le dessus. Aussi, fut-elle stupéfaite quand, avant même qu'elle ait pu se retourner pour fuir, elle le vit lâcher la rampe et, grimaçant de douleur, revenir vers elle.

« Salope, dit-il entre ses dents, ayant tout juste repris son souffle.

— Non, dit-elle. Non, restez là où vous êtes. »

Elle avait l'impression d'être un personnage d'un de ces films d'épouvante que les studios de la Hammer réussissaient si bien. Elle luttait avec un vampire ou un zombie, sans cesse confondue et découragée par les surnaturelles réserves de vigueur et d'endurance de la bête.

« Salope. »

Elle se précipita dans le couloir obscur et entra dans sa chambre. Elle claqua la porte, chercha la poignée à tâtons dans le noir, finit par trouver l'interrupteur et donna un tour de clef.

Une rumeur étrange et terrifiante emplissait la pièce. Les yeux hagards, elle regarda autour d'elle pour essayer d'en découvrir l'origine, quand elle réalisa qu'il s'agissait de ses propres sanglots furieux et incontrôlables.

Elle était à deux doigts de succomber à la panique, mais elle savait qu'elle devait garder son sang-froid si elle voulait rester en vie.

Tout à coup, elle entendit Frye essayer d'ouvrir la porte, puis se jeter dessus de tout son poids. Le rempart tint bon, mais il ne résisterait certainement pas assez longtemps pour qu'elle puisse appeler la police et attendre du secours.

Son cœur cognait furieusement ; elle tremblait comme si elle était nue sur la banquise mais n'en était pas moins déterminée à ne pas laisser la peur lui faire perdre ses moyens. Elle courut vers la table de nuit et passa devant une grande glace murale qui lui renvoya l'image d'une inconnue, d'une femme échevelée, au visage blême comme celui d'un pierrot.

Frye donnait de grands coups de pied dans la porte. Elle tremblait dans ses gonds, mais ne cédait pas. Le calibre 32 était rangé dans le tiroir de la table de nuit ; le chargeur était placé à côté. Elle saisit le revolver et enfonça le chargeur avec des gestes nerveux et désordonnés. Elle se retourna vers la porte.

Frye s'était mis à cogner sur le verrou. Il n'était guère solide et était uniquement destiné à empêcher des enfants ou des invités fouineurs d'entrer dans la pièce. Il ne pouvait rien contre le genre d'intrus qu'était Frye. Au troisième coup de pied, les ferrures sautèrent et la porte s'ouvrit toute grande.

Soufflant, suant, il faisait plus que jamais penser à un taureau furieux au moment où elle le vit apparaître sur le seuil, émergeant du couloir sombre. Il avait le dos courbé et les poings serrés. Tête baissée, il semblait prêt à charger, à piétiner et à anéantir tout ce qui se trouverait sur son passage. Une soif sanguinaire luisait dans ses yeux. Il était décidé à tout briser dans le magasin de porcelaine et à fondre sur son propriétaire.

Hilary braqua le revolver sur lui. Elle le tenait fermement à deux mains.

Il avançait toujours.

« Je vais tirer ! Oui, je vais tirer ! Je le jure ! » hurla-t-elle.

Frye s'arrêta, la regarda et découvrit le revolver.

« Dehors », ordonna-t-elle.

Il ne bougea pas.

« Foutez le camp ! »

Contre toute raison, il avança encore d'un pas. Ce n'était plus le violeur calculateur, suffisant et persifleur de tout à l'heure. Il s'était passé quelque chose en lui ; au tréfonds de son être, un déclic s'était opéré, actionnant dans son esprit des mécanismes nouveaux, des désirs, des exigences et des besoins plus pervers et plus répugnants encore que ceux qu'il avait déjà manifestés. Il n'avait plus toute sa raison. Son comportement était celui d'un déséquilibré. Ses yeux n'étaient plus de glace ; humides, brûlants, enfiévrés, ils lançaient des éclairs. La sueur ruisselait sur son visage. Ses lèvres remuaient sans arrêt, bien qu'il n'en sortît pas une seule parole ; elles se plissaient, se tordaient, s'étiraient sur les dents, puis elles avancèrent dans une moue enfantine, formèrent un rictus et enfin un étrange petit sourire suivi d'une grimace farouche et d'une expression à laquelle il était impossible de donner un nom. Il n'était plus guidé par la concupiscence et le besoin de la soumettre à sa merci qui l'animaient tout à l'heure. C'était une autre motivation, plus obscure, qui le faisait agir ; Hilary avait l'horrible certitude qu'il en tirerait assez d'énergie pour parer à tous les coups et passer intact sous une pluie de balles.

Il tira son grand couteau de l'étui fixé à sa hanche droite et le pointa en avant.

« Reculez ! hurla-t-elle désespérément.

— Salope !

— Je ne plaisante pas ! »

Il continua à avancer vers elle.

« Pour l'amour du ciel, dit-elle, réfléchissez un peu ! Votre couteau ne peut rien contre mon revolver. »

Il se trouvait à environ quatre mètres d'elle, de l'autre côté du lit.

« Je vais vous faire sauter la cervelle ! »

Frye agita son couteau et traça rapidement de petits cercles avec la pointe de la lame, comme si c'était un talisman capable de chasser les mauvais esprits qui le séparaient d'Hilary.

Il avança encore d'un pas.

Elle le visa en plein milieu du ventre pour être sûre de l'atteindre à un endroit vital, même si le recul faisait dévier le tir. Elle pressa la détente.

Rien ne se produisit.

Oh ! mon Dieu, je vous en prie !

Il fit deux pas en avant.

Elle regarda le revolver, les yeux fixes, abasourdie. Elle avait oublié de retirer le cran d'arrêt.

Il était maintenant à deux mètres cinquante du lit. A deux mètres seulement, peut-être.

Furieuse contre elle-même, elle repoussa les deux petits ergots sur le côté du revolver et deux points rouges apparurent sur le noir du métal. Elle le visa et pressa sur la détente pour la deuxième fois.

Rien.

Non ! Non ! Il ne s'est tout de même pas enrayé !

Frye était à ce point déconnecté de la réalité, si totalement possédé par sa folie, qu'il ne s'aperçut pas tout de suite qu'elle avait des ennuis. Quand, enfin, il se rendit compte de la situation, il se précipita, profitant de son avantage. Il atteignit le lit, sauta dessus, se redressa et traversa le matelas comme un homme qui franchit un pont flottant, vacillant sur les ressorts.

Elle avait omis de charger le barillet. Elle répara cet oubli et recula de deux pas, se retrouvant le dos au mur. Elle appuya sur la détente sans même viser, au moment où il fondait sur elle, tel un diable sorti de l'enfer.

Le bruit de la détonation emplit la chambre. Il se répercuta contre les murs et les fenêtres. Elle vit le couteau se briser et les fragments s'échapper de la main droite de Frye. Les morceaux d'acier acérés voltigèrent, puis retombèrent, étincelants, dans le rai de lumière qui s'échappait du sommet de la lampe de chevet.

Au moment où son couteau lui échappait, Frye poussa un hurlement. Il tomba à la renverse et roula loin du lit. Cependant, il se releva aussi vite, en tenant sa main droite.

Hilary ne croyait pas l'avoir touché. Il n'y avait pas de sang. La balle avait dû heurter le couteau, le brisant et l'arrachant des mains de Frye. Le choc lui avait certainement cinglé les doigts plus violemment qu'un coup de fouet.

Frye beuglait de douleur, bramait de rage. C'était un mugissement sauvage, un hurlement de chacal et assurément pas le cri d'un animal aux abois. Il avait bien l'intention de continuer.

Elle fit feu de nouveau et, une nouvelle fois, il s'effondra. Cette fois, il ne se releva pas.

Avec un petit gémissement de soulagement, Hilary se laissa mollement aller contre le mur, sans quitter des yeux l'endroit où Frye était tombé et où il gisait, dissimulé par le lit.

Pas un bruit.

Pas un mouvement.

Le fait de ne pas le voir la mettait mal à l'aise. Le cou tendu, l'oreille aux aguets, elle alla prudemment jusqu'au pied du lit, avança au milieu de la chambre et fit quelques pas vers la gauche. Enfin, elle l'aperçut. Il était étendu à plat ventre sur le tapis Edward Fields brun chocolat, le bras droit replié sous lui et le gauche rejeté en avant, la main légèrement repliée, les doigts inertes pointés vers le sommet de son crâne. Il lui tournait la tête. Le tapis était foncé et épais ; rien n'arrêtait l'œil et il lui était donc difficile de juger, à cette distance, s'il y avait du sang dessus. Manifestement, il n'y avait pas cette énorme flaque poisseuse qu'elle s'attendait à découvrir. Si la balle l'avait atteint à la poitrine, il était normal que le sang n'ait pas coulé. Le projectile l'avait peut-être même atteint en pleine tête, le tuant net et stoppant brutalement les battements de son cœur. Dans ce cas, il n'y aurait que quelques gouttes de sang.

Elle l'observa pendant une minute, puis deux. Elle ne détecta aucun mouvement, aucun signe de respiration.

Mort ?

Lentement, timidement, elle s'approcha de lui.
« Monsieur Frye. »
Elle n'avait pas l'intention d'avancer davantage. Elle ne voulait prendre aucun risque, mais il fallait qu'elle le voie mieux. Elle gardait le revolver toujours braqué sur lui, prête à tirer de nouveau s'il bougeait.
« Monsieur Frye ? »
Pas de réponse.
Comiquement, elle persistait à l'appeler M. Frye. Après ce qui s'était passé entre eux, après ce qu'il avait essayé de lui faire, elle conservait tout son quant-à-soi et ses bonnes manières. Peut-être était-ce parce qu'il était mort. Une fois mort, le plus horrible individu a droit au respect silencieux de tous, même de ceux qui savent qu'il a été un menteur et une crapule toute sa vie. Comme chacun d'entre nous doit mourir un jour, bafouer un cadavre, c'est un peu comme se bafouer soi-même. De plus, parler d'un mort de façon inconvenante, c'est plus ou moins tourner l'ultime mystère en dérision et risquer d'inciter les dieux à nous punir de notre effronterie.
Hilary ne le quittait pas des yeux, laissant s'écouler une autre minute.
« Je vous préviens, monsieur Frye. Je ne vais prendre aucun risque avec vous. Je crois bien que je vais vous mettre une autre balle dans la peau. Oui, parfaitement. En plein dans la nuque. »
Elle en était tout à fait incapable, bien entendu. Elle n'était pas violente de nature. Elle avait essayé son revolver dans une salle de tir, peu de temps après l'avoir acheté, mais jamais elle n'avait tué la moindre créature vivante, en dehors des cafards qui peuplaient l'appartement de Chicago. Si elle avait trouvé la force de tirer sur Frye, c'était uniquement parce qu'elle s'était sentie directement menacée. Un instinct de conservation tout primitif avait déchaîné sa violence, l'espace d'un court moment. Mais, maintenant qu'il était à terre, immobile et silencieux, pas plus impressionnant qu'un tas de vieux chiffons, elle ne pouvait se résoudre à appuyer sur la détente. Elle ne se sentait décidément pas capable de faire sauter la cervelle d'un cadavre. Cette pensée lui soulevait le cœur ; toutefois, cette seule menace était un

moyen de se protéger. Si Frye faisait semblant d'être mort, le risque d'être abattu à bout portant l'inciterait à se manifester.

« Oui, en pleine tête, espèce d'ordure », dit-elle en tirant une balle dans le plafond.

Il ne bougeait toujours pas.

Elle abaissa son arme avec un soupir.

Mort. Il était mort.

Elle venait de tuer un homme.

Songeant avec terreur qu'elle allait devoir affronter la police et les journalistes, elle se dirigea vers la porte en contournant le bras tendu.

Soudain, le mort reprit vie.

Il l'avait percée à jour. Il avait parfaitement compris qu'elle tentait de le tromper. Il avait deviné sa ruse et ses nerfs étaient d'acier. Il n'avait même pas frémi !

Il se hissa sur le bras replié sous lui, rampa vers elle comme un serpent et, de sa main gauche, la saisit par la cheville. Elle tomba en hurlant et en se débattant ; ils roulèrent l'un sur l'autre, véritable méli-mélo de bras et de jambes. Avec un grondement animal, il avança les dents vers son cou et elle fut saisie d'une terreur folle à l'idée qu'il allait la mordre, lui déchirer la jugulaire et lui sucer tout son sang. Elle parvint cependant à placer une de ses mains entre eux deux et à la remonter sous son menton, lui repoussant la tête, tandis qu'ils roulaient une dernière fois et venaient heurter violemment le mur. Ils s'immobilisèrent, étourdis et le souffle court. Il était sur elle, telle une énorme bête déchaînée ; il l'écrasait durement de tout son poids, la lorgnait avec concupiscence de ses yeux froids, hideux, épouvantablement proches, profonds et vides ; son haleine puait la bière et l'oignon. Il était parvenu à glisser une main sous sa robe et à déchirer son collant ; il essayait maintenant de passer ses sales pattes sous son slip, cherchant avidement son sexe, non avec l'ardeur d'un amant mais avec toute la fureur d'un combattant ; à l'idée des ravages qu'il pouvait faire au plus tendre de sa chair, elle suffoquait d'horreur ; on pouvait tuer une femme ainsi, la déchirer et la vider de ses entrailles. Frénétiquement, elle lança ses doigts en avant, cherchant à l'aveugler en griffant ses yeux de cobalt. Mais il rejeta la tête en arrière et ils s'immobilisèrent brusquement l'un et l'autre au moment où ils se rendirent compte en même temps qu'elle n'avait pas lâché le revolver quand elle était tombée à terre. L'arme était coincée entre eux deux, le canon pressé contre le bas-ventre de Frye et, bien qu'elle eût le doigt posé sur le pontet et non sur la détente elle-même, elle parvint à le faire glisser à la bonne place.

La grosse main de Frye était toujours sur son pubis. Spectacle obscène. Une main de cuir, démoniaque, répugnante. Elle en sentait la chaleur, même au travers du gant. Il avait lâché son slip. Il tremblait. Sa grosse main tremblait.

Il a peur, l'ordure !

Leurs regards étaient rivés l'un à l'autre par un fil invisible, un fil solide qui ne se romprait pas aisément. Ils ne parvenaient, ni l'un ni l'autre, à détourner les yeux.

« Si vous faites un seul geste, murmura-t-elle, je vous fais sauter les couilles. »

Il cilla.

« Compris ? » demanda-t-elle, incapable de donner de la force à sa voix.

L'effort mais surtout la peur avaient rendu sa respiration courte et sifflante.

Il se passa la langue sur les lèvres.

Cligna lentement des yeux.

Comme un sale lézard.

« Vous avez compris ? répéta-t-elle, cette fois avec plus de dureté.

— Ouais.

— Et n'essayez pas encore de me jouer un sale tour.

— Ça va, j'ai entendu. »

Sa voix était toujours aussi grave et rocailleuse. Elle ne tremblait pas. Sa voix, ses yeux, son visage étaient bien ceux d'un homme dur et vigoureux. Mais sa main gantée, toujours posée au creux des cuisses d'Hilary, continuait à frémir nerveusement.

« Bien, dit-elle. Nous allons changer de place tout doucement. Très, très doucement. Quand je donnerai le signal, nous roulerons très lentement. Jusqu'à ce que je sois dessus et vous dessous. »

Sans être amusée le moins du monde, elle réalisa soudain que ce qu'elle venait de dire aurait pu passer pour la requête pressante d'une femme en plein milieu de transports amoureux.

« Quand je vous le dirai, et pas une seconde avant, vous roulerez sur la droite.

— Entendu.

— Et je roulerai avec vous.

— Bien.

— En douceur.

— D'accord.

— Et je garderai le revolver dirigé sur vous. »

Ses yeux étaient toujours durs et froids, mais la folie et la fureur les avaient quittés. L'idée qu'elle pouvait lui tirer dans les organes génitaux l'avait fait revenir à la réalité, temporairement du moins. Elle lui enfonça le canon de l'automatique dans les parties et il grimaça de douleur.

« Bon, roulez maintenant, doucement. »

Il obéit très exactement, glissa sur le côté avec des précautions exagérées et se mit sur le dos, les yeux toujours fixés sur elle. Tandis qu'ils échangeaient leur place, il retira sa main de dessous sa robe, sans faire la moindre tentative pour lui prendre son arme.

Elle s'agrippa à lui de la main gauche, le revolver serré dans la droite, le canon toujours appuyé sur son bas-ventre, et se retrouva sur lui, l'un de ses bras coincé au milieu d'eux et l'automatique toujours stratégiquement pointé.

Sa main droite commençait à s'ankyloser à cause de sa mauvaise position et aussi parce qu'elle serrait l'arme si fort que ses doigts et même les muscles de son bras lui faisaient mal. Elle redoutait qu'il ne s'en aperçoive et elle avait peur de lâcher son revolver malgré elle au cas où ses doigts s'engourdiraient totalement.

« Bon, dit-elle. Maintenant, je vais me dégager. Le revolver restera là où il est et je vais me glisser à côté de vous. Pas un geste. Pas même un battement de cil. »

Il la regardait fixement.

« C'est compris ?

— Ouais. »

L'automatique toujours collé sur le bas-ventre de Frye, elle se détacha de lui comme si elle s'éloignait d'une nappe de nitroglycérine. Ses muscles abdominaux étaient douloureusement contractés. Elle avait la bouche sèche et un mauvais goût sur la langue. Leurs deux respirations bruyantes semblaient emplir la pièce comme une bourrasque de vent et, pourtant, elle avait l'ouïe si aiguisée qu'elle percevait le tic-tac étouffé de sa montre Cartier. Elle glissa sur le côté, se mit à genoux, hésita un peu avant de se lever carrément et se plaça rapidement hors d'atteinte, avant qu'il puisse lui faire un nouveau croc-en-jambe.

Il s'assit.

« Non ! s'exclama-t-elle.

— Quoi ?

— Recouchez-vous !

— Je ne vais pas vous poursuivre.

— Recouchez-vous !

— Calmez-vous !

— Recouchez-vous, bon Dieu ! »

Il refusa d'obéir. Il restait assis.

« Et maintenant ?

— Je vous ai dit de vous recouchez ! dit-elle en le menaçant de son arme. Sur le dos. Allons ! Vite ! »

Sa bouche se tordit dans un de ces affreux sourires qu'il faisait si bien.

« Et moi, je vous ai demandé ce qui allait se passer maintenant. »

Il essayait de reprendre le contrôle de la situation et cela ne lui plaisait guère. Mais, dans le fond, était-il vraiment important qu'il fût assis ou couché ? Même assis, il ne pourrait se relever et traverser l'espace qui les séparait avant qu'elle ait eu le temps de lui envoyer deux balles au travers du corps.

« Entendu, dit-elle à contrecœur. Restez assis puisque vous y tenez. Mais faites le moindre mouvement dans ma direction et je vous vide le chargeur dessus. Vos boyaux iront gicler dans toute la pièce. Je le ferai. Je vous le jure devant Dieu. »

Il hocha la tête en souriant.

« Maintenant, je vais me diriger vers le lit, poursuivit-elle en frissonnant. Je vais m'asseoir et appeler la police. »

Elle gagna le lit à reculons et en oblique, comme un crabe. Un pas après l'autre. Le téléphone était posé sur la table de nuit. Au moment où elle s'asseyait et saisissait le récepteur, Frye désobéit. Il se leva.

« Eh ! là ! »

Elle lâcha l'appareil et agrippa son arme à deux mains, s'efforçant de ne pas trembler. Frye tendit les mains dans un geste d'apaisement, les paumes tournées vers elle.

« Attendez ! Attendez une minute ! Je ne vous toucherai pas.

— Rasseyez-vous !

— Je ne m'approcherai pas de vous.

— Asseyez-vous ! Immédiatement !

— Je vais sortir d'ici.

— Je voudrais bien voir ça !

— Sortir de cette chambre et de cette maison.

— Non !

— Si je m'en vais, vous ne me tirerez pas dessus.

— Essayez un peu, pour voir !

— Vous ne le ferez pas, dit-il d'un air assuré. Vous n'êtes pas du genre à tirer, sauf si vous ne pouvez pas faire autrement. Vous ne pourrez pas m'abattre dans le dos. Ça jamais. Pas vous. Vous n'avez pas cette sorte de courage. Vous êtes faible. Trop fichtrement faible. »

Il lui adressa de nouveau un sourire atroce, un grand sourire de tête de mort, et il fit un pas vers la porte.

« Quand je serai parti, vous pourrez appeler les flics. »

Un autre pas.

« Ce ne serait pas la même chose si j'étais un inconnu. J'aurais une chance de m'en tirer. Mais vous pouvez leur dire qui je suis. »

Encore un pas.

« Ils me retrouveront bien assez vite. Rudement trop vite. »

Un nouveau pas.

« Vous voyez, vous avez gagné et j'ai perdu. J'essaie seulement de gagner un peu de temps. Un tout petit peu de temps. »

Il avait raison. Elle le savait bien. Elle aurait pu le tuer s'il attaquait, mais elle était incapable de lui tirer dans le dos.

Sentant qu'elle reconnaissait implicitement qu'il disait vrai, Frye lui tourna le dos. Son assurance et sa suffisance la mettaient en fureur mais elle ne parvenait pas à presser la détente. Après s'être prudemment avancé vers la porte, il franchit résolument le seuil de la chambre, sans même jeter un regard derrière lui. Il disparut et le bruit de ses pas décrut dans le couloir.

Quand elle l'entendit parvenir au bas de l'escalier, elle pensa soudain qu'il risquait de ne pas sortir de la maison. Il pouvait très bien se glisser sans être vu dans une pièce du rez-de-chaussée, se cacher dans un placard, y attendre patiemment que la police soit venue puis repartie, puis se faufiler hors de sa cachette et la prendre par surprise.

Elle se précipita sur le palier juste à temps pour le voir arriver dans l'entrée et, un instant plus tard, elle l'entendit manipuler les verrous et sortir en claquant la porte avec un grand bang !

Elle était presque arrivée en bas quand elle se dit qu'il avait peut-être fait une fausse sortie. Il avait très bien pu faire claquer la porte et l'attendre dans le vestibule.

Hilary tenait son revolver à la main, le canon prudemment dirigé vers le sol, mais l'appréhension le lui fit relever. Elle finit de descendre l'escalier et s'arrêta un long moment sur la dernière marche, l'oreille aux aguets.

L'entrée était vide. La porte de la penderie était grande ouverte, Frye était bien parti.

Elle referma le placard.

Elle se dirigea vers la porte d'entrée et la ferma à double tour.

D'un pas légèrement chancelant, elle traversa la salle de séjour et pénétra dans le bureau. La pièce sentait la cire parfumée au citron. Les deux femmes de ménage de l'entreprise de nettoyage étaient venues la veille. Hilary alluma la lumière et alla vers sa table de travail. Elle posa le revolver sur le sous-main. Près de la fenêtre, un vase rempli de roses blanches et rouges était placé sur un guéridon. Les fleurs dégageaient une senteur douce qui contrastait avec l'odeur citronnée de la cire.

Elle s'assit devant le bureau et tira le téléphone vers elle, puis chercha le numéro de la police.

Soudain sans crier gare, des larmes brûlantes vinrent brouiller sa vue. Elle tenta de les retenir. Elle était Hilary Thomas et Hilary Thomas ne pleurait pas. Jamais. Hilary Thomas était coriace. Hilary Thomas pouvait tout encaisser sans jamais craquer. Hilary Thomas savait se tenir. Merci bien. Cependant, elle avait beau fermer les yeux de toutes ses forces, le flot ne voulait pas s'arrêter. De grosses larmes roulèrent sur ses joues, faisant des petites rigoles salées aux coins de sa bouche et lui dégoulinant sur le menton. Elle pleura d'abord silencieusement, sans émettre le moindre son, puis un bruit humide et étouffé monta de son arrière-gorge et se changea rapidement en un petit cri aigu de désespoir. Elle craquait. Elle partit d'une grande lamentation chevrotante et serra ses bras autour d'elle. Elle sanglotait, crachotait et cherchait son souffle. Elle se moucha avec un Kleenex, se ressaisit un peu, puis frissonna et se remit à pleurer.

Elle ne pleurait pas parce qu'il lui avait fait mal. Elle n'avait eu à endurer aucune souffrance intolérable — physiquement, du moins. Elle bouillait d'indignation et de honte. Même s'il ne l'avait pas violée et n'avait même pas réussi à lui arracher ses vêtements, il avait brisé la bulle de cristal de sa vie privée, la barrière qu'elle avait édifiée avec tant de soin et qui était si précieuse. Il était entré par effraction dans son univers douillet et il avait touché à tout avec ses grosses pattes dégoûtantes.

Ce même soir, à la meilleure table du Polo Lounge, Wally Topelis avait presque réussi à la convaincre de se laisser un peu aller et, pour la première fois depuis vingt-neuf ans, elle avait envisagé sérieusement la possibilité de vivre un peu moins sur la défensive qu'elle ne l'avait fait jusque-là. Du fait de la bonne nouvelle de la journée et sur les conseils réitérés de Wally, elle avait commencé à caresser l'idée de mener une vie moins gouvernée par la peur, perspective qui lui avait même paru séduisante. Une existence peuplée d'amis plus nombreux. Une vie plus décontractée, plus drôle. C'était un rêve alléchant, difficile à réaliser, mais qui valait la peine qu'on lutte pour l'atteindre. Et voilà que Bruno Frye venait de tordre le cou à ses fragiles espoirs. Il lui avait rappelé que le monde était un sombre caveau, un endroit dangereux où des êtres de cauchemar étaient tapis dans les coins sombres. Alors qu'elle commençait juste à remonter la pente et se faisait à l'idée de vivre comme tout le monde à la surface, il lui avait jeté sa haine et sa monstruosité au visage et l'avait renvoyée d'où elle venait, dans son monde fait de doutes, de frayeurs et d'interrogations, un monde où elle était en sécurité, mais dans la plus abominable des solitudes.

Elle pleurait parce qu'elle se sentait moralement violée et parce qu'il l'avait humiliée. Et aussi, parce qu'il lui avait ravi ses espérances pour mieux les piétiner, comme un enfant qui casse le jouet préféré d'un camarade plus faible que lui.

CHAPITRE II

Anthony Clemenza était fasciné par le comportement de ses semblables.

Dans la soirée, avant qu'Hilary Thomas fût rentrée chez elle, alors qu'elle roulait sur les corniches de l'arrière-pays, Anthony Clemenza et son collègue, l'inspecteur Frank Howard, étaient allés interroger le barman d'un établissement de Santa Monica. Derrière les grandes baies vitrées qui perçaient le mur ouest, le soleil couchant dessinait des harmonies pourpres et orange, des motifs semés d'argent, sur la mer obscurcie.

Le Paradise était un bar pour personnes seules, un lieu de rencontre pour les solitaires chroniques, les obsédés congénitaux des deux sexes, à une époque où tous les lieux de rencontres traditionnels — dîners paroissiaux, bals de quartier, pique-niques de groupe, associations diverses — ont disparu sous les chenilles des bulldozers, sociologiques là où les engins de démolition ne sont pas passés. A leur emplacement, s'élèvent aujourd'hui des immeubles de bureaux ou d'appartements en copropriété, tours de verre et de béton, des pizzerias et des parkings sur plusieurs niveaux. Les bars pour célibataires sont des lieux où peuvent se rencontrer les garçons et les filles de l'ère spatiale. Là, la nymphomane n'a qu'à choisir pour trouver l'étalon de son choix ; ce sont les seuls endroits où la petite secrétaire timide de Chatsworth et le programmeur en informatique de Burbank peuvent briser les barrières sociales qui les séparent ; parfois, même, le violeur y rencontre la violée.

Aux yeux d'Anthony Clemenza, le manège des clients du Paradise était typique de l'endroit. Les femmes les plus belles et les hommes les plus beaux étaient assis, très droit, sur les tabourets du bar ou autour des tables minuscules, accompagnés de leur cocktail, les jambes croisées au millimètre près, les coudes pliés juste ce qu'il fallait. Vénus et Apollons s'observaient et ne frayaient qu'entre eux ; chacun était là pour faire étalage de son charme et de sa beauté ; c'était à qui prendrait la pose la plus avantageuse, à qui ferait le plus assaut d'élégance. Ceux qui étaient moins physiquement attirants que la *crème de la crème* mais n'en étaient pas moins indéniablement séduisants, avaient tendance à adopter une attitude moins raide et compassée, soucieux d'améliorer leur image pour approcher du *nec plus ultra*. La pose très étudiée, le message en était clair : je suis bien, détendu, sûr de moi ; je suis mon propre maître et peu importent ces gravures de mode qui aimeraient mieux se casser une jambe plutôt que de condescendre à vous regarder. Ce deuxième groupe s'appliquait à ne s'asseoir et à ne se lever qu'en cas d'absolue nécessité, avec bien sûr toute la grâce et la nonchalance souhaitées, préférant jouer de l'effet gratifiant produit par un corps au repos pour cacher de menues imperfections. Le troisième groupe, le plus nombreux, était composé du tout-venant, de ceux qui n'étaient ni beaux ni laids ; ce groupe-là était nettement plus fébrile et moins détendu que les deux autres ; chacun restait serré dans son coin ou déambulait de table en table, le sourire béat, pour échanger nerveusement les derniers potins, anxieux d'attirer l'œil de quelqu'un.

Le sentiment général qui se dégageait des lieux était la tristesse, songea Tony Clemenza. Tristesse des désirs insatisfaits. Tristesse de la solitude, omniprésente. Le Paradise ? Un clinquant artificiel sur fond de désespoir tranquille.

Mais Anthony Clemenza n'était pas venu là pour étudier les harmonies crépusculaires ou le comportement des clients. Frank Howard et lui étaient là pour essayer de retrouver la piste de Bobby « Ange » Valdez.

En avril dernier, Bobby Valdez était sorti de prison

après avoir purgé sept ans et quelques mois d'une condamnation de quinze ans pour viol et assassinat. Selon toutes probabilités, on avait fait une grave erreur en le libérant.

Huit ans auparavant, Bobby avait violé entre trois et seize femmes de Los Angeles. La police avait réussi à prouver sa culpabilité dans trois de ces viols ; les autres n'avaient pu que lui être attribués. Une nuit, Bobby avait accosté une femme sur un parking. Il l'avait forcée à monter dans sa voiture sous la menace de son arme et l'avait emmenée jusque sur une petite route peu fréquentée des hauteurs d'Hollywood où, après avoir déchiré ses vêtements, il l'avait violée à plusieurs reprises. Son forfait accompli, il l'avait poussée hors de la voiture et avait pris la fuite. Il s'était garé tout contre la berge et l'accotement, très étroit, donnait à pic sur le vide. Violemment éjectée du véhicule, la femme avait perdu l'équilibre et basculé par-dessus bord. Elle avait atterri sur une clôture à demi effondrée. Une palissade de piquets pointus reliés par du fil barbelé rouillé. La malheureuse s'était sévèrement écorchée sur les barbelés et empalée sur un piquet, un morceau de pin d'une dizaine de centimètres de large qui l'avait traversée de part en part. Détail à peine croyable, pendant que Bobby la soumettait à ses volontés, la femme avait trouvé par hasard en se débattant, oublié sur le plancher du véhicule, un récépissé carbone de règlement par carte bleue ; elle avait immédiatement compris de quoi il s'agissait et n'avait pas lâché le morceau de papier, l'emportant avec elle dans la mort. Qui plus est, la morte ne portait qu'un seul genre de sous-vêtements, cadeau de son petit ami. Tous ses slips arboraient cette légende, brodée sur la soie de l'enfourchure : J'APPARTIENS A HARRY. Un slip pareillement brodé, déchiré et souillé, avait été retrouvé dans l'appartement de Bobby, qui collectionnait les petites culottes de ses victimes et ceci, ajouté au récépissé de paiement, avait conduit à son arrestation.

Malheureusement pour les citoyens de la Californie, les circonstances s'étaient liguées en faveur de Bobby. La police avait commis une légère erreur de procédure lors de son arrestation, à la suite de quoi ses avocats n'avaient pas eu assez de trémolos dans la voix pour hurler à la violation de ses droits constitutionnels. Le procureur de cette époque, un certain Kooperhausen, était lui-même en butte à des accusations de corruption. Conscient que l'erreur commise au cours de l'arrestation pouvait compromettre la suite du procès, cerné de tous côté par la presse à scandales qui avait juré d'avoir sa peau, le procureur avait été sensible aux arguments de l'avocat de la défense et avait accepté que Bobby plaide coupable sous quatre chefs d'accusation, trois pour viol et un pour homicide involontaire. Comme Tony Clemenza, nombreux étaient ceux à la police criminelle qui estimaient que Kooperhausen aurait pu l'inculper de meurtre, d'enlèvements, de coups et blessures volontaires, de viols et d'actes de sodomie. Les preuves étaient accablantes. Mais le sort en avait décidé autrement et Bobby avait su tirer son épingle du jeu.

Et voilà qu'aujourd'hui, Bobby Valdez était un homme libre.

Peut-être pas pour longtemps, songea Tony.

En mai, un mois après sa sortie de prison, Bobby « Ange » Valdez avait omis de se présenter au commissariat. Il avait déménagé sans avertir les autorités compétentes de son changement d'adresse. Il avait disparu.

En juin, il s'était remis à commettre des viols. Tout simplement. Aussi naturellement que d'autres recommencent à fumer après une interruption de plusieurs années. Un regain d'intérêt pour un vieux passetemps, en quelque sorte. Il avait attaqué deux femmes en juin, deux autres en juillet, trois en août et deux dans les dix premiers jours de septembre. Après quatre-vingts mois passés derrière les barreaux, Bobby se sentait une grande fringale de chair féminine.

La police était persuadée que neuf de ces attentats — ainsi peut-être que quelques autres qui n'avaient pas été signalés — étaient l'œuvre d'un seul homme et que cet homme était très certainement Bobby Valdez. D'abord, toutes les victimes avaient été abordées de la même façon, le soir, dans un parking, au moment où elles descendaient de voiture. Ensuite, l'agresseur leur enfonçait un revolver dans les côtes en leur disant à peu près ceci : « Je suis un gros marrant. Venez avec moi et je ne vous ferai pas de mal. Si vous refusez, je vous tire dessus tout de suite. Allons, acceptez et vous n'aurez pas d'ennuis. Vous verrez, avec moi, on s'amuse, je suis un gros marrant. » C'était presque toujours le même discours et ses victimes insistaient tout spécialement sur ce « gros marrant » qui sonnait si étrangement, surtout dans la bouche de Bobby, avec sa voix haut perchée, presque une voix de fille. Valdez employait déjà la même entrée en matière huit ans auparavant, au cours de sa première carrière de violeur.

Par-dessus le marché, les neuf victimes avaient donné une description identique de leur agresseur. Elancé, 1,65 mètre, 65 kilos, teint foncé, une fossette au menton, des cheveux et des yeux bruns. Et puis cette voix de fille. Ses amis l'avaient surnommé « Ange » à cause de sa voix douce et de sa belle gueule de bébé. Bobby avait trente ans, mais il en paraissait seize. Les neuf femmes qui avaient été violées avaient toutes déclaré qu'il avait l'air d'un gamin, mais qu'il s'était conduit comme un malade violent, cruel et habile.

Le barman en chef du Paradise délégua ses fonctions à deux subalternes et examina les trois clichés de Bobby Valdez que Frank Howard venait de poser sur le comptoir. Il s'appelait Otto. C'était un bel homme au visage barbu et bronzé. Il était vêtu d'un pantalon blanc et d'une chemise bleue déboutonnée dans le haut. Son torse cuivré était couvert d'une toison blonde et bouclée. Autour de son cou, se balançait une dent de requin accrochée à une chaîne d'or. Il regarda Frank d'un air méfiant.

« J'ignorais que la police de Los Angeles avait juridiction sur Santa Monica.

— Nous sommes ici par autorisation de la police de Santa Monica, répliqua Tony.

— Hein ?

— La police de Santa Monica coopère avec nous pour cette enquête, s'impatienta Frank. Et maintenant, dites-nous si vous avez déjà vu ce type.

— Ouais, bien sûr. Il est venu ici deux ou trois fois.

— Quand ça ?

— Oh ! ça doit faire un mois... peut-être un peu plus.

— Et pas récemment ? »

Après une pause de vingt minutes, l'orchestre réattaqua avec un morceau de Billy Joel. Otto éleva la voix pour couvrir le vacarme.

« Je ne l'ai pas vu depuis un bon mois. Si je me souviens de lui, c'est parce qu'il ne m'avait pas paru avoir l'âge d'être servi. Je lui ai demandé ses papiers et il s'est mis dans tous ses états. Il a fait un scandale.

— Quel genre de scandale ?

— Il a demandé à voir le directeur.

— C'est tout ?

— Il m'a injurié, poursuivit Otto d'un air sombre. Jamais personne ne m'avait injurié comme ça. »

Tony mit la main en cornet sur son oreille pour essayer de canaliser ce que disait le barman. Il aimait la plupart des chansons de Billy Joel, mais n'appréciait guère quand l'orchestre compensait sa médiocrité par la puissance des amplificateurs. Des baffles oui, des baffes, non.

« Ainsi, il vous a injurié ? s'écria Frank. Et après ?

— Après, il s'est excusé.

— Comme ça ? Il demande à voir le directeur, il vous injurie et puis il s'excuse.

— Ouais.

— Pourquoi ?

— Je le lui avais demandé », aboya Otto.

Frank se pencha davantage encore sur le comptoir. La musique n'était qu'un brouhaha assourdissant.

« Il s'est excusé simplement parce que vous le lui avez demandé ?

— Euh...d'abord, il voulait se battre.

— Vous vous êtes battu avec lui ? hurla Tony.

— Non, je n'ai pas besoin de toucher à un client qui fait du tapage pour le calmer, même si c'est le plus costaud et le plus salaud de tous les fils de pute.

— Vous devez avoir un charme fou », beugla Frank.

L'orchestre venait de finir le chorus et le nombre de décibels décrut notablement jusqu'à retrouver un niveau normal ; les tympans martelés, et non plus crevés, c'était une vraie bénédiction. Le chanteur se lança dans une mauvaise imitation de Billy Joel sur un accompagnement d'apocalypse.

Une superbe blonde aux yeux verts était assise au bar, près de Tony. Elle avait écouté la conversation.

« Vas-y, Otto. Montre-leur ton truc, fit-elle.

— Vous êtes magicien ? demanda Tony. Quelle est votre spécialité ? Vous faites disparaître les clients indisciplinés ?

— Il leur fait peur, dit la blonde. Ce n'est pas compliqué. Allez Otto. Fais-leur voir ton numéro. »

Otto haussa les épaules, puis il se pencha et sortit une grosse chope de bière de sous le comptoir. Il la leva en l'air pour que ses interlocuteurs puissent l'examiner, comme si c'était la première fois qu'ils voyaient une chope. Soudain, il mordit dedans et cracha un morceau de verre acéré dans la poubelle.

L'orchestre explosa dans le dernier chorus du morceau et gratifia enfin l'auditoire d'un calme miséricordieux.

Dans le brusque instant de silence qui sépara la dernière note des quelques maigres applaudissements, Tony entendit le barman faire craquer un nouveau morceau de verre dans sa bouche.

« Ben, merde ! » s'exclama Frank.

La blonde laissa échapper un gloussement.

Otto continua à mâchonner le verre, jusqu'à ce qu'il l'eût réduit à une pulpe, une bouillie de menus morceaux trop durs pour des mâchoires humaines. Il cracha les tessons dans la poubelle et sourit.

« Quand un type fait des histoires, je déguste un verre devant lui. Ensuite, je prends un air de serpent fielleux et je lui ordonne de se calmer. Je lui dis que s'il ne se calme pas, je lui bouffe sa saloperie de nez.

— Et vous l'avez déjà fait ? demanda Frank Howard, ébahi.

— Quoi donc ? Bouffer le nez d'un client ? Non. La menace suffit pour les faire rentrer dans le rang.

— Vous devez en voir de toutes les couleurs ici, remarqua Frank.

— Non. C'est un endroit chic. Il nous arrive de tomber sur un mariole une fois par semaine, en gros, mais pas davantage.

— Comment vous y prenez-vous ? demanda Tony.

— Pour mordre le verre ? J'ai un petit secret, mais ce n'est pas très difficile. »

Les musiciens se lancèrent dans une interprétation du *Still the Same*, de Bob Seeger, comme s'ils n'étaient pas un orchestre mais une bande de jeunes délinquants qui vient d'entrer en force dans une maison avec l'intention de tout casser.

« Vous ne vous êtes jamais coupé ? hurla Frank à l'adresse d'Otto.

— Oh, ça arrive de temps en temps. Pas souvent. En tout cas, jamais la langue. Celui qui veut réussir ce truc doit avoir la langue en parfait état. Moi, je ne me suis jamais coupé la langue.

— Mais il a dû vous arriver de vous blesser ?

— Sûr. Les lèvres, quelquefois. Pas souvent.

— Mais ça ne fait qu'ajouter à la beauté de la chose, dit la blonde. Vous devriez le voir quand il se coupe. Otto continue à vaquer à ses occupations, planté devant le gugusse qui cherche à faire le malin, et fait semblant de ne pas s'apercevoir qu'il s'est blessé. Il laisse le sang couler. »

Ses yeux verts luisaient de plaisir et d'une petite étincelle de passion animale qui mit Tony mal à l'aise, sur son tabouret.

« Il est là, avec du sang plein les dents et la barbe, et conseille alors au type d'arrêter son foin. C'est recta, les mecs se calment illico.

— Je veux bien le croire, dit Tony, l'estomac barbouillé, soudain.

— Bon... dit Frank Howard en secouant la tête.

— Oui, surenchérit Tony, incapable de reprendre la maîtrise de la conversation.

— Ouais, reprit Frank en tapotant les clichés posés sur le comptoir. Revenons-en à Bobby Valdez.

— Eh bien, comme je vous le disais, il n'est pas venu ici depuis au moins un mois.

— Ce soir-là, quand il s'est mis en colère et que vous l'avez calmé avec votre truc, est-ce qu'il est resté et a pris un verre ?

— Je lui ai servi deux consommations.
— Il vous a montré ses papiers, alors ?
— Ouais.
— Lesquels ? Son permis de conduire ?
— Ouais. Il avait trente ans, ce tordu ! On aurait dit qu'il allait encore au lycée et il avait trente ans !
— Vous vous souvenez du nom qui figurait sur son permis de conduire ? demanda Frank.
— Son nom ? Vous le connaissez déjà, dit Otto en triturant la dent de requin qu'il avait autour du cou.
— La question que je me pose, c'est de savoir s'il vous a montré un faux permis.
— Il y avait sa photo dessus, objecta le barman.
— Ça ne prouve rien.
— Pourtant, on ne peut pas changer la photo sur un permis de conduire californien. Vous savez bien que la carte s'autodétruit si on essaie de la trafiquer.
— Je veux dire que la carte elle-même pouvait être un faux.
— Des faux papiers ? s'étonna Otto. Qu'est-ce que c'est ? Une affaire d'espionnage, ou quoi ? voulut-il savoir, ayant manifestement vu des centaines de vieux films d'espionnage.
— Je crois que ça suffit comme ça, répliqua Frank sur un ton impatienté.
— Hein ?
— C'est nous qui sommes censés poser des questions. Vous, contentez-vous d'y répondre. Compris ? »
Le barman faisait partie de ces personnes qui réagissent rapidement, violemment et négativement face à un flic désagréable. Son visage se ferma. Ses yeux se vidèrent.
Réalisant qu'ils risquaient de perdre le concours d'Otto alors qu'il avait peut-être quelque chose d'important à leur apprendre, Tony posa sa main sur l'épaule de Frank et dit en plaisantant :
« Tu ne voudrais tout de même pas qu'il se mette à croquer un verre ?
— Moi, j'aimerais bien, fit savoir la blonde, sourire fendu jusqu'aux oreilles.
— Tu préfères employer tes méthodes ? demanda Tony.

— Je crois.
— Alors, vas-y.
— Vous êtes curieux et nous aussi, voyez-vous, dit Tony en souriant à Otto. Ça ne nous gêne pas de satisfaire votre curiosité, du moment que vous acceptez de satisfaire la nôtre.
— C'est comme ça que je vois les choses, moi aussi, répondit Otto en laissant tomber ses défenses.
— Parfait, déclara Tony.
— Entendu. Qu'a donc fait ce Bobby Valdez pour que vous vous intéressiez à lui ?
— Violation de liberté conditionnelle.
— Et agression, ajouta Frank, rancunier.
— Et viol également, renchérit Tony.
— Dites donc, les gars, fit Otto, je croyais que vous étiez de la crime ? »

L'orchestre acheva *Still the Same* dans un ramdam qui évoquait le déraillement d'un train de marchandises lancé à grande vitesse et il s'ensuivit quelques minutes d'accalmie pendant lesquelles le chanteur, le temps de laisser les musiciens faire semblant d'accorder leurs instruments, se livra à quelques petites plaisanteries d'une drôlerie toute relative avec les clients massés près de la scène, assis au milieu d'un nuage de fumée qui, Tony en était sûr, était dû autant à la cigarette qu'aux tympans électrisés.

« Quand Bobby Valdez tombe sur une femme peu coopérative, expliqua Tony, il la frappe avec la crosse de son revolver pour qu'elle fasse preuve d'un peu plus de bonne volonté. Il y a cinq jours, il s'en est pris à sa dixième victime et, comme elle lui résistait, il lui a donné de si violents coups sur la tête qu'elle est morte à l'hôpital dix heures après. Et voilà pourquoi la criminelle est dans le coup.
— Ce que je ne comprends pas, dit la blonde, c'est qu'un type cherche à obtenir par la force ce que d'autres femmes seraient toutes prêtes à lui accorder. »

Elle décocha un clin d'œil à Tony, mais celui-ci ne réagit pas.

« Avant de mourir, poursuivit Frank, cette femme nous a donné un signalement qui colle comme un gant à celui de Bobby. Aussi, si vous savez quelque chose sur cette petite ordure, il faut nous le dire. »

Otto ne s'était pas limité aux films d'espionnage ; il avait également vu bon nombre de polars.

« Alors, vous le recherchez pour assassinat, conclut Otto.

— Oui, pour assassinat. Exactement.

— Et pourquoi vous adressez-vous à moi ?

— Parce qu'il a abordé sept de ses dix victimes dans le parking d'établissements comme le vôtre.

— Pas chez nous, se défendit Otto. Notre parking est très bien éclairé.

— C'est vrai, reconnut Tony. Mais nous faisons toutes les boîtes pour célibataires de la ville afin de questionner le personnel et les habitués, et de leur montrer ces photos, dans l'espoir de retrouver la piste de Bobby Valdez. Des gens nous ont dit qu'ils pensaient l'avoir vu chez vous, sans pouvoir l'affirmer.

— C'est vrai. Il est bien venu ici. »

Maintenant Otto s'était amadoué, Frank reprit l'interrogatoire en main.

« Pour nous résumer, il a causé un esclandre, vous lui avez fait le coup du verre et il vous a montré ses papiers.

— C'est ça.

— Quel nom figurait dessus ?

— Je ne sais plus trop, répondit Otto, les sourcils froncés.

— Robert Valdez ?

— Je ne crois pas.

— Essayez de vous en souvenir.

— C'était un nom chicano.

— Valdez est justement un nom chicano.

— C'était encore plus chicano que ça.

— Que voulez-vous dire ?

— Eh bien...c'était plus long...et avec deux z.

— Deux z ?

— Oui, et un q. Vous voyez bien ce genre de nom. Quelque chose comme Velazquez.

— C'était Velazquez, alors ?

— Non, mais un nom dans ce goût-là.

— Ça commençait par un V ?

— Je n'en suis pas sûr. Je vous parle seulement de la sonorité.

— Et son prénom ?

— Je crois que je m'en souviens.

— Et c'était quoi ?

— Juan.

— J-U-A-N ?

— Oui. C'est très chicano.

— Vous avez remarqué son adresse.

— Ce n'était pas ce que je voulais savoir.

— Il vous a dit où il habitait ?

— On n'était pas vraiment copains.

— Il vous a parlé de lui ?

— Il s'est contenté de boire un verre et il est parti.

— Il n'est jamais revenu ?

— Jamais.

— Vous en êtes sûr ?

— Pas pendant que j'étais de service, en tout cas.

— Vous avez une bonne mémoire.

— Seulement pour les emmerdeurs et les jolies filles.

— Nous aimerions montrer ces photos à quelques-uns de vos clients.

— D'accord. Allez-y. »

La blonde assise près de Tony Clemenza se mêla de nouveau de la conversation.

« Je peux les voir de plus près ? demanda-t-elle. J'étais peut-être là le soir où il est venu. Peut-être même que je lui ai parlé. »

Tony ramassa les photos et pivota sur son tabouret. Elle se tourna vers lui au même moment et elle pressa ses jolis genoux contre les siens. Quand elle prit les photos, ses mains s'attardèrent un instant sur les siennes. La chère petite était apparemment une adepte du contact rapproché. Les yeux rivés à ceux de Tony, elle semblait essayer de lire dans ses pensées.

« Je m'appelle Judy. Et vous ?

— Tony Clemenza.

— Je savais bien que vous étiez Italien. Je l'avais deviné à vos yeux noirs et si expressifs.

— Ils me trahissent toujours.

— Et aussi à vos cheveux épais et bouclés.

— Et aux taches de sauce tomate sur ma chemise ? »

Elle examina la chemise de Tony.

« Non, il n'y a pas de taches, dit-elle d'un air vexé.

— C'était pour rire.

— Ah !

— Vous reconnaissez Bobby Valdez ? »

Elle finit par regarder les clichés.

« Non. Je ne devais pas être là le jour où il est venu. Il est pas mal, hein ? C'est le genre mignon.

— Une gueule d'ange, ouais.

— J'aurais l'impression de coucher avec mon petit frère. C'est dingue », dit-elle avec une moue chagrinée.

Il lui reprit les photos.

« Vous avez un très beau costume, remarqua-t-elle.

— Merci.

— Il est vraiment bien coupé.

— Merci. »

Son attitude n'était pas uniquement celle d'une femme libérée qui exerçait son droit à l'agressivité sexuelle. Tony aimait les femmes libérées ; mais elle avait quelque chose de bizarre. Elle était du genre à aimer les chaînes et le fouet. Ou pis encore. En face d'elle, il avait l'impression d'être un mets délicat prêt à être gobé tout cru, une pauvre petite caille sur canapé, le dernier toast au caviar sur son plateau d'argent.

« On ne voit pas beaucoup d'hommes en costume ici.

— C'est vrai.

— Des tee-shirts, des jeans, des blousons de cuir, le style Hollywood, quoi. Voilà tout ce qu'on trouve ici.

— Bon, dit-il en toussotant parce qu'il se sentait un peu mal à l'aise. Je vous remercie de votre aide.

— J'aime les hommes bien habillés », continua-t-elle.

Leurs regards s'accrochèrent de nouveau et il y revit cette flamme dévorante et animale. Il avait l'impression que s'il la suivait chez elle, la porte se refermerait sur lui comme les mâchoires d'un piège. Elle se précipiterait aussitôt sur lui en virevoltant comme une étoile de mer, le terrasserait pour l'engloutir dans sa poche digestive et le drainer de tous ses fluides vitaux, l'utiliserait, encore et encore, jusqu'à ce qu'il ne soit plus qu'une enveloppe vide, et l'abandonnerait à son sort, ayant absorbé toute la substance de son être.

« Faut que j'aille travailler, dit-il en se laissant glisser de son tabouret. A un de ces jours.

— Je l'espère. »

Pendant un quart d'heure, Tony et Frank firent le tour des clients du Paradise pour leur montrer les photos de Bobby Valdez. L'orchestre entonna successivement des morceaux des Rolling Stones, d'Elton John et des Bee Gees, si fort que Tony en eut des vibrations dans les dents. Ce fut du temps perdu. Personne ne se souvenait d'avoir vu le tueur à la figure d'ange.

Après avoir fait le tour de la salle, Tony s'arrêta devant le long comptoir de chêne derrière lequel Otto préparait des Margaritas.

« Dites-moi, cria-t-il pour couvrir la musique.

— Oui ? cria Otto à son tour.

— Les gens viennent bien ici pour faire des rencontres ?

— Lier connaissance. Tout à fait, oui.

— Alors pourquoi diable tant de bars pour célibataires éprouvent-ils le besoin d'avoir un orchestre ?

— Pourquoi ? Qu'est-ce qui vous déplaît, dans celui-là ?

— Beaucoup de choses. Mais surtout il joue trop fort.

— Ouais ?

— Dans ces conditions, pouvez-vous me dire comment les gens peuvent faire pour se parler ?

— Se parler ? se récria Otto. Mais, mon cher monsieur, les gens ne viennent pas ici pour se parler. On vient ici pour rencontrer quelqu'un, on s'observe, on se plaît et ça se termine au pieu.

— Aaah. Alors personne ne se parle ?

— Regardez-les. Ouvrez les yeux et regardez-les bien. De quoi pourraient-ils donc parler ? Si l'orchestre ne jouait pas assez fort, ils ne se diraient plus rien du tout et deviendraient nerveux.

— Si je comprends bien, le silence les rendrait fous ?

— Absolument. Et ils iraient voir ailleurs.

— Où la musique serait plus forte et où ils n'auraient pas besoin de parler ?

— C'est l'époque qui veut ça, confia Otto en haussant les épaules.

— Peut-être aurais-je dû naître à une autre époque », dit Tony.

Dehors, la nuit était douce, mais Tony savait que le temps allait se rafraîchir. Une mince brume arrivait de la mer. Ce n'était pas encore véritablement du brouillard, mais une sorte de souffle humide et gras qui planait dans l'atmosphère et faisait des halos autour des lumières.

Frank l'attendait, assis au volant d'un véhicule banalisé. Tony s'installa à côté de lui et attacha sa ceinture.

Ils avaient encore un établissement à visiter avant de terminer leur journée. On leur avait dit que Bobby Valdez était allé dans une boîte appelée le Big Quake, sur Sunset Boulevard, à Hollywood.

Il y avait une circulation assez dense en direction du centre. Parfois, il arrivait à Frank de s'impatienter et de passer d'une file à l'autre en jouant de l'avertisseur et en faisant crier ses freins pour essayer de gagner quelques mètres. Mais pas ce soir. Ce soir, il suivait le flot.

Pour être aussi calme, peut-être avait-il discuté philosophie avec Otto ?

« Tu aurais pu l'avoir, dit Frank au bout d'un moment.

— Qui ça ?

— La blonde. Cette Judy.

— J'étais en service.

— C'était facile d'arranger quelque chose pour plus tard. Elle te dévorait des yeux.

— Elle n'est pas mon type.

— Je l'ai trouvée splendide.

— Une dévoreuse, oui.

— Une quoi ?

— Elle m'aurait avalé tout vivant. »

Frank réfléchit quelques secondes, puis il déclara :

« Tu dis des conneries. Je me la serais bien envoyée si j'avais pu.

— Tu sais où la trouver.

— J'irai peut-être y faire un tour, tout à l'heure.

— Et moi, je viendrai te voir à la maison de repos quand elle en aura terminé avec toi.

— Dis donc, qu'est-ce qui te prend ? Elle n'avait rien de bien terrible. C'est le genre de fille qu'on peut avoir facilement.

— C'est peut-être pour ça qu'elle ne me faisait pas envie.

Tony Clemenza était fatigué. Il s'essuya la figure d'un revers de la main, comme si la lassitude était un masque qui pouvait s'ôter.

— Elle était trop facile, trop disponible.

— Depuis quand es-tu si puritain ?

— Je ne suis pas puritain. Oh ! si, après tout, je le suis un peu ! Je dois avoir un petit fonds de puritanisme quelque part. Dieu sait que j'ai eu pas mal de rapports approfondis, comme on dit. Je ne suis pas un enfant de chœur, loin de là, mais je ne me vois pas fréquenter un endroit comme le Paradise pour draguer, chercher de la chair fraîche et finir la nuit avec une "chienne", puisque c'est comme ça qu'on appelle les femmes. D'abord, je ne pourrais pas supporter le genre de propos futiles qui circulent entre chaque morceau. Tu vois la scène ? "Salut, je m'appelle Tony. Et vous, comment vous appelez-vous ? De quel signe êtes-vous ? Vous vous intéressez à la numérologie ? Aux sciences occultes ? Croyez-vous que nos actes soient influencés par l'énergie cosmique qui nous entoure ? Que nous ne sommes que des jouets entre les mains d'une entité cosmique toute-puissante qui manipule notre destin ? Nous étions destinés à nous rencontrer, vous ne trouvez pas ? Vous croyez qu'on va pouvoir se débarrasser de nos énergies négatives individuelles et parvenir à créer un gestalt d'énergie positive ? Vous voulez baiser ?"

— En dehors du cul, dit Frank, je n'ai pas compris un traître mot de tout ce que tu as dit.

— Moi non plus. Mais c'est tout à fait ce que je veux dire. Dans un endroit comme le Paradise, tout est faux, surtout les conversations ; sous des dehors brillants, tout se résume à quelques phrases passe-partout destinées à faire fondre la nana qui est en face de toi pour mieux la glisser dans ton lit. Au Paradise, tu ne peux pas parler de quelque chose d'important avec une femme. Tu ne peux pas l'interroger sur ses sentiments, ses émotions, ses dons, ses craintes, ses espoirs, ses besoins ou ses rêves. En définitive, tu te retrouves au lit avec une étrangère, une de ces soi-disant tigresses, une de ces pseudodéesses échappées des pages des magazines masculins, une image et non une vraie femme, un tas de viande mais pas un être humain. Bref, moi, je n'appelle pas ça faire l'amour. L'amour physique devient la simple satisfaction d'un besoin : tu baises quand ça te chatouille, tu te grattes quand ça te démange et tu te remplis la panse quand tu as faim. Si c'est ça l'amour, autant rester chez soi et se faire reluire soi-même. »

Frank freina pour s'arrêter à un feu rouge et dit :

« Tu diras ce que tu voudras, si tu n'es pas l'homme-caoutchouc, tu ne pourras jamais te faire un pompier toi-même.

— Bon Dieu, Frank, ce que tu peux être vulgaire, parfois.

— Je vois le côté pratique des choses, c'est tout.

— Ce que je voudrais te faire comprendre, c'est que, selon moi tout au moins, ce n'est pas la peine d'entrer dans la danse si tu ne connais pas ta partenaire. Merci, mais tous ces ploucs qui se trémoussent sur une musique disco en se trouvant merveilleux, très peu pour moi. Moi j'ai besoin d'avoir une partenaire en face de moi, j'ai besoin de connaître ses pas, de savoir comment elle bouge ; il faut que je sache ce qu'elle pense, ce qu'elle ressent. S'envoyer en l'air, c'est tout de même autre chose si la femme que tu tiens dans tes bras signifie quelque chose pour toi, non ? Ça a tout de même une autre signification si c'est un véritable individu, un être humain avec toutes ses bizarreries et pas seulement un corps avec des creux là où il faut et des bosses là où il faut, non ? Il me semble que tu prends tout de même un autre plaisir si tu sais que tu fais l'amour avec quelqu'un d'unique, quelqu'un qui a vécu et a été marqué par la vie.

— J'ai peine à en croire mes oreilles, dit Frank en passant en première. Toujours cette vieille rengaine du sexe qui ne vaut rien sans amour.

— Je ne te parle pas d'amour éternel, répliqua Tony. Je ne te parle pas de serments de fidélité indestructibles. On peut aimer une personne pendant un certain temps et on peut continuer à l'aimer quand tout est fini. Je suis resté ami avec certaines de mes anciennes maîtresses parce qu'on ne se considérait pas mutuellement comme un trophée de plus sur un tableau de chasse ; on a toujours quelque chose en commun, même si on ne partage plus le même lit. Vois-tu, avant de me lancer dans une partie de jambes en l'air avec une femme, avant de me mettre à poil et de me sentir vulnérable devant elle, je veux être sûr de pouvoir lui faire confiance. Il faut qu'elle ait quelque chose de spécial, en quelque sorte, qu'elle vaille la peine d'être connue, qu'elle mérite que je me démasque devant elle et qu'elle fasse momentanément partie de moi-même.

— Foutaises ! ricana Frank.

— C'est mon opinion.

— Laisse-moi te dire quelque chose.

— Vas-y.

— Le meilleur conseil qu'on te donnera jamais.

— Je t'écoute.

— Si tu crois vraiment qu'il existe une chose qui s'appelle l'amour et qui soit aussi forte et aussi réelle que la haine ou la peur, alors tu vas au-devant de sérieuses déceptions. C'est un mensonge. Un énorme mensonge. Ce sont les écrivains qui ont inventé l'amour pour vendre leurs bouquins.

— Tu ne crois pas à ce que tu dis.

— Mais si, Bon Dieu ! (Frank cessa un instant de regarder la route pour poser sur son collègue un regard apitoyé.) Quel âge as-tu ? Trentre-trois ans ?

— Presque trente-cinq, répondit Tony.

— Alors, j'ai dix ans de plus que toi. Fie-toi à la sagesse de tes aînés. Tôt ou tard, tu vas te figurer que tu es amoureux d'une quelconque nana et, pendant que tu te baisseras pour baiser ses jolis pieds, elle te flanquera un grand coup en pleine poire. Aussi sûr que deux et deux font quatre, elle te brisera le cœur, si tu as l'imprudence de lui laisser voir que tu en possèdes un. L'affection ? Très bien. Magnifique. Mais le désir ? Le désir, mon vieux, tout est là. C'est le désir qui est important, pas l'amour. Tu vas me faire le plaisir d'oublier toutes ces balivernes. Amuse-toi et prends du bon temps tant que tu es jeune. Tu connais le dicton, tire et tire-toi. C'est la seule façon de ne pas se faire baiser. Si tu continues à rêvasser à toutes ces cuculteries sur l'amour, tu te retrouveras tout seul comme un con, tout seul jusqu'à ce qu'un beau jour on te mette dans le trou.

— Ce raisonnement est trop cynique pour moi. »

Frank haussa les épaules. Il était divorcé depuis six mois et cette expérience lui avait laissé une profonde amertume.

« En réalité, dit Tony, tu n'es pas aussi cynique que tu voudrais le faire croire. Je ne peux pas croire que tu penses réellement ce que tu dis. »

Frank ne répondit pas.

« Au fond de toi, tu es un homme sensible. »

Frank se contenta d'un nouveau haussement d'épaules.

Pendant quelques minutes, Tony essaya de faire repartir la conversation, mais Frank avait dit tout ce qu'il avait à dire sur ce sujet et il s'installa dans son silence de sphinx habituel. Ce flot de paroles avait d'ailleurs surpris Tony, car Frank n'était pas bavard. En fait, à bien y réfléchir, cette discussion était la plus longue qu'ils avaient jamais eue ensemble.

Tony faisait équipe avec Frank Howard depuis un peu plus de trois mois. Il ne savait pas encore trop bien si leur association allait marcher.

Ils étaient différents dans bien des domaines. Tony, lui, était bavard et, ordinairement, Frank lui répondait par des grognements. Tony s'intéressait à une foule de choses en dehors de son travail : cinéma, littérature, cuisine, théâtre, musique, arts, ski et course à pied. Apparemment, Frank n'avait que son boulot comme horizon. Tony estimait qu'un policier disposait de bien des moyens pour obtenir des renseignements d'un témoin : l'amabilité, la gentillesse, l'humour, la sympathie, la compréhension, le charme, l'obstination, l'habileté et, bien entendu, l'intimidation accompagnée, le moins possible, de l'usage modéré de la force. Frank trouvait qu'il y arrivait très bien en employant uniquement l'obstination, l'habileté, l'intimidation et une dose de violence un peu supérieure à ce que le service jugeait acceptable ; il n'avait que faire du reste. Résultat, deux fois par semaine au moins, Tony était obligé de le retenir, subtilement mais fermement. Frank avait tendance à montrer les dents et à se mettre dans des rages folles quand trop de choses allaient mal en même temps. Tony, en revanche, gardait presque toujours son calme. Frank était de taille moyenne, trapu et solide comme un blockhaus. Tony était grand, maigre et anguleux. Frank était un blond aux yeux bleus ; Tony était brun. Frank était une nature pessimiste ; Tony était plutôt optimiste. Leurs personnalités étaient si opposées qu'il semblait parfois que leur association ne pouvait pas être un succès.

Et pourtant, ils avaient bien des points communs. D'abord, ils n'étaient ni l'un ni l'autre des flics du genre huit-heures-midi-deux-heures-six-heures. Plus souvent qu'à leur tour, ils faisaient une, deux, voire trois heures supplémentaires sans être payés et sans récriminer. Quand une enquête était près d'aboutir et que les événements se précipitaient, ils travaillaient pendant leur jour de repos, s'il le fallait. Personne ne le leur demandait ; c'était un choix strictement personnel.

Si Tony était toujours volontaire pour en faire plus, c'était parce qu'il avait de l'ambition. Il n'avait pas l'intention de rester simple inspecteur toute sa vie. Il espérait grimper plus haut, là où le salaire et la retraite seraient bien autre chose que ce dont il bénéficierait s'il restait là où il était. Il était né dans une famille nombreuse où l'épargne était une religion presque aussi respectée que le catholicisme. Son père, Carlo, était un immigrant italien qui exerçait le métier de tailleur. Le vieil homme avait travaillé dur et longtemps pour élever ses enfants et il s'était retrouvé souvent au bord de la misère et de la faillite. La famille avait malheureusement souvent connu la maladie ; les frais d'hôpitaux et de médicaments avaient plus d'une fois quasiment englouti tout ce que le vieil homme s'esquintait la santé à mettre de côté. Alors que Tony n'était encore qu'un gosse incapable de comprendre quoi que ce soit à l'argent ou à la nécessité d'un budget familial, un gamin qui ignorait tout de la misère noire dans laquelle son père s'était débattu toute sa vie, il avait dû subir des centaines, pour ne pas dire des milliers, d'exposés magistraux sur les difficultés de tenir les cordons de la bourse. Quotidiennement, ou presque, Carlo sermonnait son fils sur l'importance du travail, du flair en affaires, de l'ambition et de la sécurité de l'emploi. Son père aurait dû travailler pour la C.I.A., dans le département lavage de cerveau. Tony avait été à ce point endoctriné et si profondément imbibé par les hantises et les principes paternels qu'aujourd'hui encore, à trente-cinq ans, avec un solide compte en banque et un emploi stable, il se sentait mal à l'aise s'il n'allait pas travailler pendant deux ou trois jours d'affilée. Chaque fois qu'il prenait des congés, très vite, ceux-ci devenaient une corvée au lieu d'être un plaisir. S'il faisait ainsi des heures supplémentaires chaque semaine, c'était parce qu'il était le fils de Carlo Clemenza. Impossible pour lui de faire autrement.

Quant aux raisons qui poussaient Frank à donner beaucoup de lui-même au service, elles étaient différentes. Il ne semblait pas avoir plus d'ambition qu'un autre ni se soucier particulièrement de gagner plus d'argent. Tony en était arrivé à la conclusion que Frank faisait des heures supplémentaires parce qu'il ne s'épanouissait que dans son travail. Le rôle de policier était le seul qu'il savait jouer, l'unique occupation qui lui donnât le sentiment d'avoir un but et une certaine valeur.

Tony cessa de regarder les feux arrière des voitures qui les précédaient et se mit à examiner le visage de son collègue, sans que celui-ci en ait conscience, car son attention était fixée sur la route et sur le ruban mouvant des véhicules qui envahissaient Wilshire Boulevard. La lumière verte du tableau de bord faisait ressortir ses traits accusés. Il n'était pas beau au sens classique, mais il avait un certain charme. D'épais sourcils ; des yeux bleus profondément enfoncés dans leurs orbites ; le nez droit et un tantinet pointu ; la bouche bien dessinée mais le plus souvent figée dans une expression maussade qui rompait l'arc de la mâchoire, son visage avait incontestablement quelque chose de puissant et d'attirant et exprimait la plus grande droiture. Tony l'imaginait parfaitement, une fois rentré chez lui, chaque soir que Dieu faisait, tomber dans une transe dont il ne ressortait qu'à huit heures le lendemain matin

En dehors de leur conscience professionnelle, d'autres points rapprochaient Tony et Frank. Même si une grande partie de leurs collègues avaient jeté leur tenue traditionnelle aux orties pour la troquer contre un jean ou des vêtements décontractés, ils étaient restés tous les deux fidèles au costume et à la cravate. Ils estimaient être des spécialistes exerçant un métier exigeant des dispositions et une formation particulières, un métier aussi vital et prenant que celui d'un avocat, d'un professeur ou d'un travailleur social — plus prenant, en fait — et, pour eux, se présenter en jean ne contribuait pas à donner une image de marque sérieuse de leur fonction. Ils ne fumaient ni l'un ni l'autre et ne buvaient jamais pendant le service. Aucun d'eux, non plus, n'essayait de se débarrasser sur son collègue des corvées de paperasserie.

En définitive, se dit Tony, il se peut qu'on finisse par s'entendre. Avec le temps, peut-être arriverai-je à le persuader qu'il vaut mieux utiliser le charme plutôt que la force avec les témoins. Je pourrai peut-être l'initier au cinéma et aux plaisirs de la table, à défaut de la littérature, des arts ou du théâtre. Si j'ai tant de mal à me faire à lui, c'est sans doute parce que je suis trop exigeant. Ah ! si seulement, il était un peu plus bavard !

En fait, Tony était difficile parce que, jusqu'au sept mai dernier, il avait fait équipe pendant cinq ans avec un collègue exceptionnel, Michael Savatino. Michael et lui étaient tous les deux d'origine italienne et étaient donc issus du même fonds culturel. Ils se comprenaient et partageaient les mêmes joies et les mêmes peines. Mais, surtout, ils avaient les mêmes méthodes de travail et des goûts extra-professionnels semblables. Michael était un fou de lecture, un passionné de cinéma et un excellent cuisinier. Leurs journées étaient ponctuées par de fascinantes discussions.

En février dernier, Michael et sa femme, Paula, étaient allés passer un week-end à Las Vegas. Ils avaient assisté à deux revues, avaient dîné deux fois au Battista's Hole in the Wall, le meilleur restaurant de la ville, avaient joué une douzaine de fois au keno, une sorte de loto, mais n'avaient rien gagné. Ils avaient joué au vingt-et-un et perdu soixante dollars. Mais, une heure avant leur départ, Paula avait glissé un jeton dans une machine à sous qui promettait un gros lot fabuleux ; elle avait abaissé la poignée et gagné un peu plus de deux cent vingt mille dollars.

Michael n'était pas entré dans la police par vocation ; comme Tony, il cherchait la sécurité. Toujours pour des questions de sécurité financière, une fois sa période de formation achevée, il était passé relativement rapidement de simple agent de police au poste d'inspecteur. En mars, cependant, il avait envoyé sa lettre de démission et en mai, ses deux mois de préavis effectués, il était parti. Il avait toujours rêvé de posséder un restaurant. Cinq mois plus tard, il ouvrait un modeste mais authentique *ristorante*, le Savatino's, sur Santa Monica Boulevard, non loin du complexe de Century City.

Le rêve était devenu réalité.

Serait-il possible que mon rêve se matérialise, lui aussi ? songeait Tony, les yeux perdus dans la nuit. Ne pourrais-je pas aller à Las Vegas, gagner deux cent mille dollars, quitter la police et tenter ma chance dans la peinture ?

Inutile de poser la question tout haut. Inutile de demander son avis à Frank Howard. Il connaissait la réponse. Il avait presque autant de chances d'y arriver que d'apprendre soudain qu'il était le fils d'un richissime prince arabe.

De même que Michael Savatino avait toujours rêvé de devenir restaurateur, Tony aspirait à gagner sa vie avec un pinceau. Il avait du talent. Il faisait de très jolies choses tant à la plume qu'à l'encre, à l'aquarelle ou à l'huile. Ses dons n'étaient pas seulement manuels ; il possédait aussi une imagination créatrice aiguë et personnelle. S'il était né dans une famille de la classe moyenne jouissant d'une aisance financière, même relative, peut-être aurait-il fréquenté une bonne école où les meilleurs professeurs lui auraient donné la formation voulue et auraient fait fructifier ses dispositions innées. Au lieu de cela, il avait appris tout seul, plongé dans des centaines de livres d'art, et en passant d'interminables heures à dessiner. Il souffrait de ce pernicieux manque de confiance en soi, si fréquent chez tous les autodidactes. Bien qu'il eût participé à quatre expositions et remporté deux prix dans sa catégorie, il n'avait jamais sérieusement songé à quitter son métier pour se consacrer totalement à la création. Ce n'était rien de plus qu'une agréable fiction, un rêve lumineux. Quand on est le fils de Carlo Clemenza, on ne renonce pas à un chèque mensuel pour les atroces incertitudes d'un travail indépendant, à moins d'avoir au préalable touché le gros lot à Las Vegas.

Il était jaloux de la bonne fortune de Michael Savatino. Ils étaient naturellement restés bons amis et Tony était sincèrement heureux pour Michael. Ravi. Réellement. Mais également jaloux. Il n'était qu'un homme, après tout, et, dans un coin de son esprit, la même éternelle petite question revenait, lancinante, comme une enseigne lumineuse qui ne cesse de clignoter : *Pourquoi pas moi ?*

Frank écrasa la pédale des freins, faisant sortir Tony de sa rêverie, et gratifia d'un concert de coups de klaxon une Corvette qui venait de lui couper la route.

« Sale con !

— Du calme, Frank !

— Je te jure que des fois, j'aimerais me retrouver simple agent de la circulation. Je te les distribuerais, moi, les contredanses !

— Tu dis ça mais tu serais bien emmerdé.

— En attendant, j'aurais bien aimé lui botter le cul, à celui-là !

— Tu parles, si ça se trouve, c'est un des ces fous furieux ou un de ces camés complètement à côté de leurs pompes. Quand tu bosses trop longtemps sur le bitume, tu as tendance à oublier que le monde est plein de cinglés. Tu te crées des habitudes ; tu tombes dans la routine et tu négliges les précautions. Tiens, tu lui fais signe de s'arrêter, tu t'amènes tout fringant avec ton beau carnet de contraventions et le mec te balance son flingue sous le nez. Tu t'imagines, un peu ? Se faire sauter la tête pour une infraction au code de la route ? Non, merci. Je suis bien content que cette époque soit maintenant derrière moi. Au moins, dans un cas d'homicide, tu sais tout de suite à quelles sortes de gens tu as affaire ; tu ne risques pas d'oublier qu'il peut toujours y avoir un type en train de guetter avec un revolver, un poignard ou une bonne longueur de tuyau de plomb. Non, non, à la criminelle, tu risques beaucoup moins de te faire zigouiller par le premier barjot venu.

Frank refusa de se laisser entraîner dans une nouvelle discussion. Il gardait les yeux sur la route, grommelait entre ses dents d'un air renfrogné, puis retombait dans un silence buté.

Tony soupira. Il regardait le paysage qui défilait sous ses yeux avec un œil d'artiste, à l'affût d'un détail inattendu ou dont la beauté ne l'aurait encore jamais frappé.

Des sujets d'inspiration.

Chaque sujet — que ce soit une marine, un paysage, une rue, un immeuble, une pièce dans un immeuble, une chose, une personne — possède ses propres constituants. Si vous parvenez à en percevoir l'essence, alors vous êtes capable de discerner, au-delà des apparences, la structure sous-jacente qui sous-tend chacun de ces constituants. Si vous parvenez à distinguer et à saisir comment des éléments disparates se combinent pour présenter une harmonie apparente, en d'autres mots comment les différentes parties d'un tout s'assemblent pour former ce tout, alors vous comprendrez la signification profonde et les mécanismes de n'importe quel sujet et vous pourrez en faire un bon tableau. Si vous prenez vos pinceaux et vous présentez devant le chevalet sans avoir accompli cette analyse, vous vous retrouverez peut-être avec une belle toile, mais vous n'aurez pas produit une œuvre d'art.

Des sujets d'inspiration.

Frank tourna dans Wilshire Boulevard ; leur but était le Big Quake, un autre bar pour célibataires d'Hollywood ; Tony scrutait la nuit et fouillait la ville des yeux, à la recherche de nouveaux sujets d'inspiration. Son regard balaya d'abord les rues de Santa Monica, les maisons assoupies en bordure du front de mer et les plumets d'ébène des palmiers — signes d'ordre, de sérénité et d'un indéniable confort matériel. Les limites de Westwood franchies, le paysage changea du tout au tout, passant de l'horizontale des demeures tapies à ras de terre à la verticale des tours et des immeubles de bureaux ; seuls quelques rectangles lumineux perçaient çà et là l'anonymat des façades aveugles. Cet alignement de cubes et de rectangles maniaquement ordonné était le symbole même de la réussite et du pouvoir, le symbole aussi d'une richesse encore plus grande que les quartiers résidentiels de Santa Monica. De Westwood, ils obliquèrent vers Beverly Hills, boutonnière piquée sur le tissu de l'immense métropole. Là, la police de Los Angeles jouissait du droit de passage mais n'avait aucune autorité. Beverly Hills était un havre de douceur et d'opulence. Là, se succédaient parcs, boutiques de luxe et immenses demeures, nichées dans des écrins de verdure ; là, on trouvait plus de limousines de luxe au mètre carré que partout ailleurs sur la terre. De Wilshire Boulevard à Doheny Drive en passant par Santa Monica, l'impression dominante était celle d'une richesse sans cesse croissante.

La voiture prit la direction du nord par Doheny, escalada des collines escarpées et déboucha sur Sunset Boulevard, au cœur d'Hollywood. Sur quelques centaines de mètres, la célèbre avenue était à la hauteur de son renom et de sa légende. Sur la droite, Scandia, un des plus chics restaurants de la ville et des États-Unis tout entiers ; des discothèques ruisselantes de lumière ; une boîte de nuit spécialisée dans la magie, une autre dans l'hypnotisme ; des petits théâtres, des clubs de rock and roll ; de gigantesques panneaux lumineux consacrés à la publicité des films du moment et des grandes vedettes du disque. Des lumières, des lumières et encore des lumières. Initialement, l'artère justifiait pleinement les études universitaires et les rapports gouvernementaux qui proclamaient à l'envi que Los Angeles et ses banlieues formaient l'agglomération la plus riche du pays, peut-être même du monde, mais, au bout d'un moment, à mesure qu'on se dirigeait vers l'est, l'éclat de l'enchantement se ternissait. Los Angeles elle-même était atteinte de sénescence. Un cancer, marginal mais indubitable, la rongeait. Dans l'organisme sain de la ville, quelques excroissances malignes surgissaient çà et là : bars minables, boîtes de strip-tease, stations-service croulantes, instituts de massage louches, librairies pornographiques, immeubles manifestant un urgent besoin de rénovation étaient de plus en plus nombreux à mesure qu'on avançait. Dans ce quartier, la maladie n'était pas encore incurable, contrairement à ce qui se passait dans des îlots voisins, mais, chaque jour, elle contaminait de nouvelles parcelles de tissu sain. Toutefois, Frank et Tony n'eurent pas à s'enfoncer jusqu'au cœur de la tumeur, car le Big Quake se trouvait à la lisière de la gangrène. Le bar apparut soudain dans un flamboiement de lumières rouges et bleues.

A l'intérieur, l'établissement ressemblait au Paradise, avec davantage de lumières colorées, de chromes et de glaces. La clientèle était un peu plus chic, encore plus dans le coup que celle du bar de Santa Monica. Cependant, Tony y décela aussitôt le même climat sous-jacent de solitude, de convoitise et de détresse.

Le barman ne leur fut d'aucun secours, mais une grande brune aux yeux violets leur affirma qu'ils trouveraient Bobby au Janus, une discothèque de Westwood. Elle l'y avait vu les deux soirées précédentes.

« Une chose en entraîne une autre, remarqua Frank en sortant sur le parking, alternativement baigné de rouge et de bleu.

— Comme toujours.

— Il se fait tard.

— C'est vrai.

— On essaie le Janus maintenant ou tu préfères qu'on attende demain ?

— Maintenant, répondit Tony.

— D'accord. »

Ils firent demi-tour et quittèrent le secteur qui manifestait des signes de cancer urbain, pour retrouver l'embrasement de Sunset Boulevard, puis la verdure et le luxe, les belles villas et les interminables rangées de palmiers de Beverly Hills.

Comme il le faisait souvent quand il soupçonnait Tony de vouloir entamer une nouvelle conversation, Frank se mit en communication radio avec le poste de police. Il ne se passait pas grand-chose dans le secteur : une querelle de famille, un accrochage à l'intersection de Westwood Boulevard et de Wilshire Boulevard, un individu suspect repéré dans une voiture stationnée dans une paisible rue résidentielle, près de Hilgarde, et dont il fallait vérifier l'identité.

Dans la plupart des seize autres postes de police que comptait la ville, la nuit était beaucoup moins calme et tranquille qu'à Westwood, un des quartiers les plus privilégiés. Dans ceux de la 77e rue, de Newton et du Sud-Ouest, qui desservaient le ghetto noir, de l'autre côté de l'autoroute interurbaine de Santa Monica, les hommes de service cette nuit n'auraient certainement pas le temps de s'ennuyer ; dans leurs secteurs, la nuit était toujours chaude. Dans la partie est de la ville, dans les quartiers mexicains, les gangs continueraient à donner une mauvaise image d'une communauté dans son immense majorité respectueuse des lois. Au moment du changement d'équipe, sur le coup de trois heures du matin, la violence démentielle des bandes armées y aurait déjà fait plusieurs victimes : bagarres au couteau entre paumés, fusillade, peut-être une mort ou deux. Dans ces quartiers en effet, pour les maniaques de tout poil, verser le sang est un signe de virilité ; depuis des générations, on s'y affronte au cours de rixes stupides, éternellement recommencées, et on s'y étripe avec fureur et une constance toute hispanique. Pendant ce temps à l'autre bout de la ville, au nord-ouest, la jeunesse dorée des beaux quartiers s'ennuyait ; c'était à qui boirait trop de whisky, à qui fumerait trop de marihuana jeanne, à qui reniflerait trop de cocaïne — moyennant quoi, chaque soirée apportait son lot d'accidents, tout ce beau monde ayant bien sûr qui sa voiture, qui sa moto, toutes lancées à des vitesses effarantes.

Au moment où leur voiture passait devant l'entrée du domaine de Bel Air et commençait à monter vers le campus de l'U.C.L.A., le secteur de Westwood s'anima brusquement. La radio faisait état de l'appel téléphonique d'une femme en difficulté. On avait peu de détails. Il s'agissait apparemment d'une tentative de viol et d'assassinat. On ne savait pas trop si l'agresseur était encore sur les lieux. Des coups de feu avaient été tirés, mais on ignorait à qui appartenait l'arme. On ne savait pas, non plus, s'il y avait un blessé.

« Va falloir se débrouiller avec ça, remarqua Tony.

— C'est tout près d'ici, dit Frank.

— On pourrait y être dans une minute.

— Sans doute bien avant la voiture de patrouille.

— On va leur donner un coup de main ?

— Bien sûr.

— Je les préviens. »

Tony décrocha le micro pendant que Frank prenait la première rue à gauche en écrasant le champignon autant que le permettait l'étroite chaussée bordée d'arbres. Le cœur de Tony s'accéléra en même temps. Il ressentait une excitation familière qui lui nouait les entrailles.

Il se rappelait Parker Hitchison, un coéquipier particulièrement morose et totalement dénué d'humour qu'il avait dû supporter quelque temps lors de sa deuxième année dans la police, bien avant de gagner ses galons d'inspecteur. Chaque fois qu'ils recevaient un appel, chaque putain de fois, que ce soit un appel général ou un chat resté perché dans un arbre, Parker Hitchison soupirait lugubrement et disait : « Cette fois, on est bon comme la romaine. » Le constat était inquiétant et surtout énervant mais, à chaque appel, nuit après nuit, avec un pessimisme sincère et inébranlable, Hitchison répétait imperturbablement : « Cette fois, on est bon comme la romaine ! » Tony avait cru en devenir fou.

Le ton funèbre de son ancien coéquipier et ces huit mots sinistres le hantaient encore par moments.

Cette fois, on est bon pour la romaine.

Frank prit un nouveau virage sur les chapeaux de roues, manquant de peu percuter une BMW noire garée trop près de l'intersection, et dit :

« Cette adresse ne devrait pas être très loin d'ici. »

Tony cligna des yeux pour mieux distinguer les maisons plongées dans l'ombre de la rue que les réverbères n'éclairaient qu'en partie.

« Je crois que c'est là », dit-il en tendant le bras.

La maison en question était une grande habitation de style néo-espagnol, construite en retrait de la route et entourée d'un grand jardin. Toit de tuiles rouges, murs crépis, fenêtres à petits carreaux. Deux grandes lanternes de fiacre en fer forgé encadraient la porte d'entrée.

Frank arrêta la voiture sur l'allée circulaire. Ils en descendirent tous les deux et Tony glissa la main sous sa veste pour sortir son revolver de son étui.

Quand elle eut fini de pleurer sur son bureau, Hilary décida, dans une demi-hébétude, de monter remettre de l'ordre dans sa toilette avant d'appeler la police. Elle avait les cheveux en bataille, la robe déchirée, et son collant lacéré lui pendait lamentablement sur les jambes. Elle ne savait pas combien les journalistes mettraient de temps pour arriver, une fois que la nouvelle aurait été diffusée par la radio de la police, mais elle était certaine qu'ils se montreraient tôt ou tard. Auteur de deux films à succès dont l'un, *Pete, le roublard de l'Arizona*, avait même reçu une nomination aux oscars deux ans auparavant, elle était en quelque sorte devenue une célébrité. Elle protégeait jalousement sa vie privée et faisait tout pour en tenir la presse à l'écart, mais elle savait très bien qu'elle serait obligée de répondre à un certain nombre de questions au sujet de ce qui venait de lui arriver. Ce n'était pas de la bonne publicité. Elle se trouvait dans une situation embarrassante. C'était toujours humiliant d'être la victime de ce genre d'affaire. Même si cette agression lui attirait la sympathie et la sollicitude du public, elle passerait aussi pour une idiote, une fille qui s'est mise dans un mauvais pas. Elle avait réussi à repousser Frye mais cela ne ferait pas taire les amateurs de scandale. Sous l'éclat hostile des projecteurs de la télévision et sur les photos grises et plates des journaux, elle apparaîtrait en position de faiblesse. Le public impitoyable se demanderait pourquoi elle avait laissé Frye entrer chez elle. Tout le monde penserait qu'elle avait bien été violée et que son récit était une fable. Il se trouverait même certaines personnes pour soutenir qu'elle l'avait invité et qu'elle avait tout fait pour être violée. La sympathie qu'elle allait susciter serait largement entachée par une curiosité malsaine. La seule chose qui restait en son pouvoir, c'était de se rendre présentable pour affronter les journalistes. Elle ne pouvait absolument pas se laisser photographier dans l'état pitoyable où Frye l'avait laissée.

Elle alla donc se laver la figure, se coiffer et se changer, et ne lui vint pas à l'idée que cela risquait de compromettre sa crédibilité vis-à-vis de la police. Elle ne se rendait pas compte qu'elle pouvait ainsi prêter le flanc à des soupçons et être accusée de fausse déclaration.

Bien qu'elle se crût maîtresse d'elle-même, Hilary se remit à trembler quand elle eut changé de robe. Elle avait les jambes en compote et elle dut s'appuyer un instant contre la porte de la salle de bains.

Des images de cauchemar envahirent soudain son esprit, des éclairs aveuglants, des souvenirs indésirables. Elle vit d'abord Frye arriver sur elle avec un couteau, grimaçant comme une tête de mort, puis se transmuer et se fondre dans une autre forme, une autre identité, celle de son père, Earl Thomas, qui, à son tour, s'approchait d'elle, ivre, hors de lui, vociférant et la frappant avec ses grandes mains. Secouant la tête, elle fit un violent effort pour chasser cette vision.

Toutefois, elle ne pouvait s'arrêter de trembler.

Elle crut entendre des bruits suspects dans une pièce voisine et, tout en se disant qu'ils étaient certainement produits par son imagination, elle pensa que c'était Frye qui revenait la persécuter.

Quand, enfin, elle courut vers le téléphone pour appeler la police, elle n'était plus en état d'expliquer sa situation clairement et calmement comme elle en avait eu l'intention. Les événements l'avaient affectée plus profondément qu'elle ne l'avait cru, et il lui faudrait certainement des jours, voire des semaines, pour s'en remettre

Une fois qu'elle eut raccroché, elle se sentit un peu mieux, à présent qu'elle savait qu'on allait venir à son secours.

« Garde ton calme, dit-elle tout haut en regagnant le rez-de-chaussée. Garde bien ton calme. Tu es Hilary Thomas. Tu es solide. Solide comme un roc. Tu n'as pas peur. Jamais. Tout ira bien. »

C'était cette même litanie qu'enfant elle se répétait si souvent la nuit, dans l'appartement de Chicago, et quand elle arriva en bas des marches elle avait déjà commencé à se ressaisir.

Elle était immobile dans l'entrée, les yeux rivés sur l'étroite fenêtre placée près de la porte, quand elle vit une voiture s'arrêter dans l'allée. Deux hommes en descendirent. Malgré l'absence des sirènes et de lumières rouges, elle était certaine que c'étaient des policiers. Elle leur ouvrit la porte.

Le premier à apparaître sur le seuil était un homme bien bâti, aux cheveux blonds et aux yeux bleus. Il parlait sur ce ton sévère et cassant, caractéristique des flics.

« Police. Comment vous appelez-vous ?

— Thomas, répondit-elle. Hilary Thomas. C'est moi qui vous ai appelés.

— Cette maison est à vous ?

— Oui. Un homme est... »

Le second policier, qui était brun et plus grand que l'autre, sortit de l'ombre et l'interrompit avant qu'elle ait pu achever sa phrase.

« Il est encore ici ?

— Comment ?

— L'homme qui vous a agressée est-il encore ici ?

— Oh ! non ! Parti. Il est parti.

— Par où est-il sorti ? demanda le blond.

— Par cette porte.

— Avait-il une voiture ?

— Je ne sais pas.

— Il était armé ?

— Non. C'est-à-dire oui.

— Décidez-vous.

— Il avait un couteau, mais il ne l'a plus maintenant.

— Dans quelle direction s'est-il enfui quand il a quitté votre maison ?

— Je n'en sais rien. J'étais en haut. Je...

— Depuis combien de temps est-il parti ? coupa le grand brun.

— Un quart d'heure, vingt minutes, peut-être. »

Ils échangèrent un regard dont elle ne comprit pas la

signification, mais elle se rendit compte aussitôt que ce n'était pas bon pour elle.

« Pourquoi avez-vous attendu si longtemps avant de nous appeler ? » demanda le blond.

Il avait l'air légèrement hostile.

Elle sentait bien qu'elle était en train de perdre un point important, sans trop savoir quoi.

« D'abord, je... je ne savais plus où j'en étais. J'étais dans tous mes états. Il m'a fallu un moment pour me ressaisir.

— Vingt minutes ?

— Quinze seulement, peut-être. »

Les deux policiers rangèrent leurs revolvers.

« Il nous faut un signalement, dit le brun.

— Je peux vous donner mieux que ça, répondit-elle en se mettant de côté pour les laisser entrer. Je peux vous donner un nom.

— Un nom ?

— Oui, son nom. Je le connais. L'homme qui m'a attaquée, je sais qui il est. »

Cette fois encore, les deux policiers se regardèrent.

Qu'est-ce que j'ai fait de mal ? pensa-t-elle.

Tony trouvait qu'Hilary Thomas était l'une des plus belles femmes qu'il eût jamais vues. Elle devait avoir quelques gouttes de sang indien. Ses cheveux étaient longs, épais, très bruns, avec de magnifiques reflets de jais. Ses yeux, eux aussi, étaient noirs et la cornée était d'un blanc nacré. Elle avait un teint sans défaut, légèrement bronzé, résultat, sans doute, d'une exposition savamment calculée au soleil californien. Son visage un peu long était rééquilibré par la taille de ses yeux, immenses, la parfaite ciselure de son nez aristocratique et le gonflement presque provocant de ses lèvres. Elle avait un visage sensuel, mais qui exprimait également l'intelligence et la douceur ; c'était le visage d'une femme capable de beaucoup de tendresse et de compassion. On y lisait aussi la souffrance qui provenait de l'expérience et de la connaissance. Tony avait compris qu'elle n'était pas uniquement causée par ce qui venait de lui arriver, mais qu'elle remontait à très, très loin.

Hilary était assise sur le canapé de velours gratté, dans le bureau aux murs tapissés de livres. Tony était installé à l'autre bout. Ils étaient seuls.

Frank était allé dans la cuisine pour téléphoner au commissariat central.

En haut, deux agents de police, Whitlock et Farmer, étaient en train d'extraire les balles du mur.

Il n'y avait pas une seule empreinte digitale dans la maison, puisque, selon les dires de la plaignante, l'agresseur portait des gants.

« Qu'est-ce qu'il fait maintenant ? demanda Hilary Thomas.

— Qui donc ?

— L'inspecteur Howard.

— Il appelle le quartier général pour demander que quelqu'un se mette en rapport avec le shérif du comté de Napa, là où habite Frye.

— Pour quoi faire ?

— Premièrement, le shérif pourra peut-être découvrir comment Frye s'est rendu à Los Angeles.

— Quelle importance ? demanda-t-elle. Ce qui compte, c'est qu'il est venu ici, qu'il faut le retrouver et l'arrêter.

— S'il a pris l'avion, cela n'a pas d'importance, en effet. Mais s'il est venu en voiture, le shérif du comté de Napa pourra peut-être dire quel véhicule il a utilisé. Avec le signalement de la voiture et le numéro d'immatriculation, on aura plus de chances de le coincer avant qu'il aille trop loin. »

Elle réfléchit un moment, puis demanda :

« Pourquoi l'inspecteur Howard est-il allé dans la cuisine ? Il aurait très bien pu téléphoner d'ici.

— J'imagine qu'il avait envie de quelques minutes de calme et de tranquillité, répondit Tony d'un air gêné.

— Moi, je crois qu'il voulait simplement que je n'entende pas ce qu'il avait à dire, répliqua Hilary.

— Oh ! non ! C'était seulement...

— Voyez-vous, j'ai une impression bizarre. L'impression que je suis le suspect et non la victime.

— Parce que vous avez les nerfs à vif. C'est bien compréhensiblc.

— Non, ce n'est pas ça. C'est quelque chose dans votre façon d'agir avec moi. Enfin... pas vous, mais lui.

— Frank est parfois très glaçant, dit Tony. Mais c'est un excellent policier.

— Il pense que je mens. »

Tony était surpris de tant de perspicacité. Il se tortilla sur le canapé d'un air embarrassé.

« Je suis sûr qu'il ne pense rien de tel.

— Si, insista-t-elle. Et je comprends très bien pourquoi, ajouta-t-elle en le regardant fixement. Allons, parlez-moi franchement. Qu'est-ce qu'il y a ? J'ai dit quelque chose qu'il ne fallait pas dire ?

— Vous êtes très fine, soupira-t-il.

— Je suis scénariste. C'est mon métier d'observer les choses d'un peu plus près que ne le font la plupart des gens. Je suis également très têtue. Aussi, vous feriez mieux de me répondre si vous voulez vous débarrasser de moi.

— Ce qui tracasse l'inspecteur Howard, c'est que vous connaissez l'homme qui vous a attaquée.

— Et alors ?

— C'est embêtant, marmonna-t-il.

— Expliquez-moi pourquoi.

— Euh... commença-t-il en toussotant. La sagesse policière traditionnelle prétend que lorsque la victime d'un viol ou d'une tentative de viol connaît son agresseur, il y a de fortes chances qu'elle ait une part de responsabilité dans l'affaire en ayant plus ou moins provoqué l'accusé.

— Quelle connerie ! »

Elle se leva, alla vers son bureau et tourna un instant le dos à Tony. Il se rendait compte qu'elle luttait pour garder son calme. Ses paroles l'avaient mise dans une violente fureur. Quand enfin elle se retourna, elle avait le visage empourpré.

« C'est horrible ! C'est honteux ! Ainsi, à chaque fois qu'une femme est violée par un homme qu'elle connaît, vous pensez qu'elle l'a voulu.

— Non, pas toujours.

— Mais presque toujours ; voilà ce que vous pensez, dit-elle avec colère.

— Mais non. »

Les yeux d'Hilary lançaient des éclairs.

« Cessons de tourner autour du pot. Dans mon cas, vous le croyez. Vous croyez que je l'ai provoqué.

— Non, répéta Tony. Je vous ai seulement expliqué quelle était la position traditionnelle de la police en pareille circonstance. Je n'ai jamais dit que je prêtais foi à cette théorie. Je n'y adhère pas, contrairement à l'inspecteur Howard. Vous m'avez questionné à son sujet. Vous vouliez savoir ce qu'il pensait ; je vous l'ai dit.

— Alors, vous... vous me croyez, dit-elle avec une petite moue.

— Y a t-il une raison pour que je ne vous croie pas ?

— Tout s'est passé exactement comme je vous l'ai dit.

— C'est parfait.

— Pourquoi ? demanda-t-elle en le regardant fixement.

— Pourquoi quoi ?

— Pourquoi me croyez-vous et pas lui ?

— Je ne vois que deux raisons qui puissent pousser une femme à accuser faussement un homme de viol. Et aucune de ces deux raisons ne semble s'appliquer à votre cas. »

Elle s'appuya sur le bureau, croisa les bras, inclina la tête et le considéra avec intérêt.

« Quelles sont ces raisons ?

— Premier cas, il a de l'argent et elle n'en n'a pas. Elle cherche à le mettre dans une situation difficile, dans l'espoir de lui extorquer une grosse somme, en échange de quoi elle retirera sa plainte.

— Oui, mais moi j'ai de l'argent.

— Il semble en effet que vous en ayez beaucoup, remarqua-t-il en jetant un regard admiratif autour de lui.

— Et l'autre raison ?

— Un homme et une femme ont une liaison, mais il la quitte pour une autre. Elle se sent blessée, rejetée, méprisée. Elle veut lui rendre la pareille. Elle veut le punir, aussi l'accuse-t-elle de tentative de viol.

— Comment pouvez-vous savoir si je n'entre pas dans cette catégorie ? demanda-t-elle.

— J'ai vu les deux films qui ont été réalisés d'après vos scénarios et je crois savoir un peu comment fonctionne votre esprit. Vous êtes une femme intelligente. Je ne crois pas que vous puissiez être assez folle, mesquine ou rancunière pour envoyer un homme en prison parce qu'il vous a laissée tomber. »

Elle le regardait attentivement. Il se sentait pesé et jugé.

Définitivement convaincue qu'il n'était pas son ennemi, elle alla se rasseoir sur le canapé dans un bruissement de soie bleu nuit. Sa robe la moulait et il s'efforçait de ne pas montrer l'émoi que ses formes parfaites provoquaient chez lui.

« Je me suis mise en colère, dit elle enfin. Excusez-moi.

— Non, non. La doctrine officielle de la police me met en fureur, moi aussi.

— Je suppose que si cette affaire arrive devant le tribunal, l'avocat de Frye essaiera de faire croire aux jurés que j'ai provoqué ce salaud.

— Vous pouvez en être sûre.

— Et ils le croiront ?

— C'est souvent ce qui se passe.

— Il ne voulait pas seulement me violer, mais aussi me tuer.

— Il faudra en faire la preuve.

— Et le couteau brisé, là-haut ?

— Impossible d'affirmer qu'il était bien à lui. Il n'a pas laissé d'empreintes. Et, de plus, c'est un simple couteau de cuisine. Il n'y a aucun moyen de savoir où il a été acheté et d'en attribuer la possession à Frye.

— Mais il avait l'air d'un fou. C'est un déséquilibré. Les jurés s'en apercevront. Vous aussi, vous vous en rendrez compte quand vous l'arrêterez. Peut-être n'y aura-t-il même pas de procès. On se contentera de l'enfermer.

— Si c'est un fou, il sait se faire passer pour un individu normal, objecta Tony. Jusqu'à ce jour, il a toujours été considéré comme un citoyen particulièrement responsable et éminent. Quand vous avez visité ses vignes, vous ne vous êtes pas aperçue que vous aviez affaire à un désaxé, n'est-ce pas ?

— Non.
— Ce sera pareil pour les jurés.
— Alors, il va certainement s'en tirer, dit-elle en fermant les yeux et en fronçant le nez.
— Il y a de fortes chances, j'en ai peur.
— Et ensuite, il reviendra chez moi.
— Peut-être.
— Mon Dieu !
— Vous m'avez demandé la vérité toute crue.
— C'est vrai, reconnut-elle en ouvrant ses beaux yeux. Et je vous en remercie. »

Elle réussit même à lui adresser un sourire qu'il lui rendit. Il avait envie de la prendre dans ses bras, de la serrer contre lui, de la consoler, de l'embrasser et même de lui faire l'amour. Mais tout ce qu'il pouvait faire, c'était rester assis bien droit sur son coin de canapé, comme le parfait représentant de la loi qu'il était, sourire de son sourire le plus niais et déclarer :

« Quel foutu système !
— Et quelles sont les autres raisons ? demanda Hilary.
— Pardon ?
— Vous avez dit que l'une des raisons qui incitaient l'inspecteur Howard à ne pas me croire, c'était que je connaissais mon agresseur. Quelles sont les autres ? »

Tony allait lui répondre quand Frank Howard entra dans la pièce.

« Voilà. C'est fait, dit-il d'un ton brusque. Le shérif du comté de Napa va essayer de savoir quand et comment Bruno Frye a quitté la ville. Nous avons également lancé un appel à toutes les voitures, d'après le signalement que vous nous avez donné. Je suis allé prendre un formulaire de déclaration d'agression dans la voiture, ajouta-t-il en leur montrant une feuille de papier rectangulaire fixée sur un support rigide et en sortant un stylo de la poche intérieure de sa veste. Il va falloir que vous nous racontiez une nouvelle fois comment les choses se sont passées pour que je puisse noter très exactement vos propres termes. Après cela, on vous laissera tranquille. »

Elle les conduisit dans l'entrée et commença son récit

par une description détaillée de l'apparition soudaine de Frye émergeant de la penderie. Ensuite, Tony et Frank la suivirent jusqu'au canapé renversé et dans la chambre à coucher, tout en lui posant des questions. Au cours des trente minutes que durèrent ces formalités, sa voix se brisa à plusieurs reprises et Tony fut de nouveau obligé de la calmer.

A l'instant précis où le rapport était achevé, quelques journalistes se présentèrent. Hilary descendit pour les recevoir. Au même moment, Frank fut appelé au téléphone et il alla prendre la communication dans la chambre.

Tony descendit attendre Frank en bas ; il souhaitait également voir comment Hilary se débrouillait avec les journalistes.

Elle s'y prenait à merveille. Prétextant la fatigue et la nécessité de préserver son intimité, elle ne les laissa pas entrer dans la maison. Elle sortit sur l'allée empierrée et les journalistes se groupèrent face à elle. Une équipe des actualités télévisées était là, complète avec la régie vidéo et un de ces présentateurs vedettes qui devaient leur emploi à la régularité de leur visage, au velouté de leur œil et à la profondeur paternelle de leur voix. Il n'y a pas besoin d'être intelligent ou professionnellement capable pour devenir présentateur de journal télévisé ; une trop forte dose de ces deux qualités serait même plutôt un désavantage. Afin de gagner le maximum d'audience, le présentateur soucieux d'arriver devra s'attacher à ne surtout jamais sortir du cadre qui lui est imparti ; découpé en tranches de trois à cinq minutes, son discours ne devra pas s'appesantir plus longtemps sur un même sujet, s'interdisant par là même de traiter quoi que soit en profondeur. L'équipe dépêchée jusque chez elle comprenait en outre un rédacteur et un photographe, moins gaillards que le commentateur et la tête encore un peu dans le sac. Hilary filtrait les questions avec aisance et ne répondait qu'à celles auxquelles elle voulait bien répondre, éludant discrètement toutes celles qui étaient impertinentes ou trop personnelles.

Tony admirait particulièrement sa façon de tenir les journalistes hors de sa maison et loin de ses pensées les plus intimes, sans toutefois les vexer. Ce n'était pas facile. Il existe une foule d'excellents journalistes, capables de déterrer la vérité et d'écrire des articles honnêtes sans violer le droit et la dignité individuels ; mais il y a les autres, les chasseurs de têtes, les charlatans. Avec la montée de ce que le *Washington Post* appelle fièrement le « journalisme judiciaire », le penchant méprisable d'un petit nombre de journalistes et de rédacteurs en chef à se servir de l'actualité pour mieux promouvoir leurs croyances personnelles ou leurs idées politiques a concentré entre les mains d'une certaine presse un pouvoir énorme doublé d'une irresponsabilité sans précédent. Quand on prend un journaliste à rebrousse-poil, qu'on court-circuite ses ruses trop évidentes et quand il se sent froissé dans son orgueil, il peut décider de se servir de sa plume pour vous faire passer pour un imbécile, un menteur ou un criminel avec une parfaite bonne conscience, car il se considérera alors comme le champion de la vérité dans le combat contre le mal. De toute évidence, Hilary avait parfaitement saisi la situation, car elle faisait preuve d'un remarquable doigté. Elle répondait à un maximum de questions, faisant du charme aux journalistes, les traitait avec de grands égards et arrivait même à sourire pour les caméras. Elle ne mentionna pas le nom de Bruno Frye. Elle ne désirait pas que les médias échafaudent des histoires sur ses relations avec son agresseur.

Cette lucidité contraignit Tony à réviser encore son jugement. Il savait déjà qu'elle avait du talent et de l'intelligence ; il se rendait compte qu'elle était aussi très adroite. C'était la femme la plus étonnante qu'il lui avait été donné de rencontrer depuis longtemps.

Elle en avait presque terminé avec les journalistes quand Frank apparut sur le seuil, là où Tony respirait l'air frais de la nuit. Il regarda Hilary qui était en train de répondre à une question et déclara d'un air dur :

« Il faut que je lui parle.

— Que voulait le quartier général ? demanda Tony.

— C'est justement à ce propos que je veux lui parler », grommela Frank.

Il était déterminé à ne rien dire. Il ne révélerait son

information que lorsque tout serait parfaitement au point. Encore une de ses irritantes manies.

« Elle a presque fini, dit Tony.

— Fini de se pavancr et de se faire mousser, précisa Frank.

— Pas du tout.

— Je te jure que si. Elle est aux anges.

— Elle s'en sort très bien, répliqua Tony. Mais elle ne semble pas être aux anges.

— Ces gens du cinéma, dit Frank d'un ton méprisant, ils ont besoin d'attirer l'attention et se faire de la publicité, comme toi et moi nous avons besoin de manger. »

Les journalistes n'étaient qu'à quelques mètres d'eux et, malgré le brouhaha des questions, Tony craignait qu'ils n'entendent Frank.

« Moins fort, lui dit-il.

— Peu m'importe qu'ils sachent ce que je pense, répliqua Frank. Je peux même leur faire une déclaration au sujet des amateurs de publicité qui inventent des histoires pour qu'on parle d'eux dans les journaux.

— Tu veux dire qu'elle a monté cette affaire de toutes pièces ? C'est absurde.

— Tu verras », prédit Frank.

Tout à coup, Tony se sentit mal à l'aise. Hilary Thomas avait réveillé en lui le chevalier servant ; il avait envie de la protéger. Il ne voulait pas qu'on lui fasse du mal, mais il semblait que Frank eût des choses désagréables à lui dire.

« Il faut que je lui parle tout de suite, dit ce dernier. Je ne vais pas rester ici à me geler les os en attendant qu'elle ait fini son petit numéro.

— Attends, dit Tony en posant une main sur l'épaule de son collègue. Je vais la chercher. »

Frank était furieux depuis que le quartier général lui avait téléphoné et Tony savait que si les journalistes s'en apercevaient, ils deviendraient agressifs. S'ils pensaient que l'enquête avait progressé — et surtout si l'affaire prenait un tour scabreux et alléchant —, ils resteraient ici toute la nuit à harceler leur monde. Si Frank avait vraiment découvert des renseignements peu flatteurs pour Hilary Thomas, la presse en ferait ses gros titres et le claironnerait avec la sainte allégresse qu'elle réservait aux scandales de choix. Ensuite, si les informations se révélaient inexactes, la télévision ne ferait sans aucun doute aucun rectificatif, et si la presse écrite, quant à elle, publiait un démenti, ce serait l'affaire de quatre lignes en page 20. Tony tenait à ce qu'Hilary ait la possibilité de réfuter les dires de Frank, une chance de se disculper avant que tout soit étalé dans les journaux.

« Mesdames, messieurs, excusez-moi, dit-il en s'approchant du cercle des journalistes. Je crois que Mlle Thomas vous en a déjà raconté plus qu'à nous. Vous ne l'avez pas ménagée. Maintenant mon collègue et moi allons nous reposer quelques heures, car nous avons eu une rude journée à tabasser des suspects innocents et à encaisser des pots-de-vin. Aussi, si vous nous laissiez en finir avec elle, nous vous en serions reconnaissants. »

Tout le monde se mit à rire et à lui poser des questions. Il répondit à quelques-unes, sans rien révéler d'autre que ce qu'avait dit Hilary. Quand les journalistes furent partis, Tony la fit entrer dans la maison et referma la porte.

Frank attendait dans l'entrée. Sa colère n'était pas retombée. La fumée semblait prête à lui sortir des oreilles.

« Mlle Thomas, j'ai quelques questions à vous poser.

— Très bien.

— Un bon nombre de questions. J'en ai pour un moment.

— Bon... voulez-vous qu'on aille dans mon bureau ? »

Frank Howard passa devant.

« Que se passe-t-il ? demanda Hilary à Tony.

— Je n'en sais rien, dit-il avec un haussement d'épaules. J'aimerais bien être au courant. »

Au milieu de la salle de séjour, Frank s'arrêta et se retourna vers Hilary.

« Mlle Thomas ? »

Elle le suivit dans le bureau en compagnie de Tony.

Hilary s'assit sur le canapé, croisa les jambes et tira sur sa robe de soie. Elle était nerveuse et se demandait pourquoi Frank Howard avait conçu pour elle une telle haine. Il était glacial. Il débordait d'une colère froide qui transparaissait dans son regard. Elle pensa aux yeux étranges de Bruno Fryc et ne put réprimer un frisson. Howard la toisait méchamment. Elle avait l'impression de comparaître devant le tribunal de l'Inquisition espagnole. Elle n'aurait guère été surprise si le policier avait pointé un doigt vers elle en l'accusant de sorcellerie.

Le gentil, l'inspecteur Clemenza, étais assis dans un fauteuil marron. La lumière ambrée du lampadaire tombait sur lui et jetait des ombres douces autour de sa bouche, de son nez et de ses yeux, lui donnant l'air encore plus avenant et plus cordial que tout à l'heure. Elle aurait préféré que ce fût lui qui posât les questions, mais, pour le moment du moins, son rôle semblait être celui d'un simple observateur.

L'inspecteur Howard se pencha vers elle et la considéra avec un mépris non déguisé. Elle comprit qu'il essayait de lui faire baisser les yeux, avouant ainsi sa honte et sa défaite. Mais elle soutint son regard sans ciller et ce fut lui qui céda. Il se mit à faire les cent pas dans la pièce.

« Mademoiselle Thomas, dit-il, il y a plusieurs points dans votre histoire qui me chiffonnent.

— Je sais, répondit-elle. Ça vous ennuie que je connaisse mon agresseur. Vous vous imaginez que je l'ai attiré. N'est-ce pas la doctrine officielle de la police ? »

La surprise le fit cligner des yeux, mais il se reprit aussitôt.

« Oui, c'est une chose. Mais il y a aussi le fait qu'on n'a pas pu découvrir comment il était entré chez vous. Les agents Whitlock et Farmer ont passé la maison au peigne fin et ils n'ont trouvé aucun indice d'effraction. Aucune vitre cassée, aucune serrure forcée.

— Vous pensez donc que je l'ai fait entrer.

— Je suis bien obligé d'envisager cette solution.

Je vais vous dire une chose : quand je suis allée dans le comté de Napa, il y a quelques semaines, j'ai perdu mes clefs dans ses vignes. Les clefs de la maison et les clefs de la voiture.

— Vous y êtes allée en voiture ?

— Non. Par avion. Mais toutes mes clefs étaient accrochées au même trousseau. Mêmes celles de la voiture que j'avais louée à Santa Rosa. Le porte-clefs qu'on m'avait donné n'était pas solide et, comme j'avais peur de les perdre, je les ai mises avec les miennes. Je ne les ai jamais retrouvées. L'agence de location a dû m'en envoyer un autre trousseau et, quand je suis rentrée à Los Angeles, j'ai dû appeler un serrurier pour qu'il m'ouvre la porte de ma maison et il m'a fait de nouvelles clefs.

— Vous n'avez pas fait changer vos serrures ?

— Je trouvais que c'était une dépense inutile, expliqua-t-elle. Il n'y avait aucun nom sur les clefs perdues. Si quelqu'un les avait trouvées, il n'aurait pas pu s'en servir.

— Vous n'avez pas pensé qu'on avait pu vous les voler ?

— Non.

— Mais aujourd'hui, vous croyez que c'est Bruno Frye qui vous a dérobé vos clefs dans l'intention de venir vous violer et vous tuer ?

— Oui.

— Il a quelque chose contre vous ?

— Je l'ignore.

— A-t-il une raison de vous en vouloir ?

— Aucune.

— Ou une raison de vous détester ?

— Je le connais à peine.

— Il est venu de bien loin.

— Je sais.

— Des centaines de kilomètres.

— Ecoutez, il est cinglé. Les cinglés agissent en cinglés. »

L'inspecteur Howard cessa de faire les cent pas, se planta devant elle et la foudroya du regard, de cet air qu'ont les dieux vengeurs qu'on voit sur les totems.

« Vous ne trouvez pas curieux qu'un cinglé arrive si bien à dissimuler sa folie quand il est chez lui, qu'il ait assez d'emprise sur lui-même pour la contenir jusqu'au moment où il s'en va dans une autre ville ?

— Bien entendu, je trouve cela curieux. C'est bizarre, mais c'est vrai.

— Bruno Frye a-t-il eu une occasion de vous voler vos clefs ?

— Oui. Un contremaître m'avait emmenée visiter les installations. Il fallait grimper sur des échafaudages entre les cuves à fermentation et les fûts de vin. Le passage était extrêmement étroit et mon sac m'aurait gênée. Je l'ai laissé dans la maison.

— La maison de Frye ?

— Oui. »

Howard était survolté ; il débordait de vitalité. Il se remit à marcher du canapé aux fenêtres, des fenêtres aux étagères pleines de livres, puis, à nouveau vers le canapé, ses larges épaules rejetées vers le haut et la tête en avant.

L'inspecteur Clemenza sourit à Hilary, mais elle n'était guère rassurée.

« Quelqu'un, là-bas, se souviendrait-il que vous avez perdu vos clefs ?

— Sans doute. Sûrement, même. J'ai passé une bonne demi-heure à les chercher. J'ai demandé à tout le monde, dans l'espoir que quelqu'un les avait vues.

— Mais personne ne les avait trouvées ?

— C'est ça.

— Où pensiez-vous les avoir mises ?

— Dans mon sac.

— C'est le dernier endroit où vous vous rappeliez les avoir placées ?

— Oui. J'étais venue en voiture à la propriété et j'étais sûre d'avoir rangé les clefs dans mon sac en arrivant.

— En partant, en ne les retrouvant pas, l'idée ne vous est pas venue qu'on vous les avait peut-être volées ?

— Non. Pourquoi m'aurait-on volé mes clefs et pas mon argent ? J'avais deux cents dollars dans mon portefeuille.

— Une autre chose me tracasse. Après avoir chassé Frye de chez vous, pourquoi avez-vous été si longue à nous appeler ?

— Je n'ai pas été longue.

— Vingt minutes.

— Au maximum.

— Quand on a été attaqué et qu'on a failli être assassiné par un maniaque armé d'un couteau, vingt minutes, c'est bougrement long. La plupart du temps, les gens essaient de contacter la police immédiatement. Ils voudraient qu'on arrive dans les trente secondes qui suivent et ils sont furieux si on les fait attendre quelques minutes.

Hilary regarda Clemenza, puis Howard, puis ses propres doigts étroitement entrelacés et tout blancs aux jointures. Elle se redressa et carra les épaules.

« Je crois... Je crois que j'ai craqué. »

C'était pour elle un aveu difficile. Elle s'était toujours enorgueillie de sa force.

« Je suis allée à mon bureau, je me suis assise, j'ai commencé à faire le numéro de la police... et puis... je me suis mise à pleurer. J'ai commencé à pleurer et... je ne pouvais plus m'arrêter.

— Vous avez pleuré pendant vingt minutes ?

— Non, non, bien sûr. Je ne suis pas du genre à pleurer. C'est à dire que je ne me laisse pas aller facilement.

— Combien de temps vous a-t-il fallu pour vous ressaisir ?

— Je ne sais pas exactement.

— Un quart d'heure ? demanda l'inspecteur Howard.

— Pas tant.

— Dix minutes ?

— Cinq, peut-être.

— Quand vous avez retrouvé votre calme, pourquoi ne nous avez-vous pas appelés ? Vous étiez assise juste devant le téléphone.

— Je suis montée me laver la figure et changer de robe, expliqua-t-elle. Je vous l'ai déjà dit.

— Je sais. Je m'en souviens. Vous vous êtes pomponnée pour recevoir la presse.

— Non, lança-t-elle en commençant à s'énerver. Je ne me suis pas « pomponnée. » J'ai seulement pensé que je devrais...

— Voilà le quatrième point qui me fait tiquer dans

votre histoire, coupa Howard. C'est stupéfiant. Après avoir failli être violée et assassinée, après avoir craqué et pleuré, et tandis que vous redoutiez encore que Frye ne revienne pour achever ce qu'il avait commencé, vous avez pris néanmoins le temps de vous arranger. C'est sidérant !

— Excuse-moi Frank, intervint le lieutenant Clemenza. Je vois que tu as appris quelque chose et que tu y viens peu à peu. Je ne veux pas te faire rater tes effets, mais je ne crois pas qu'on puisse faire des suppositions sur l'honnêteté et la sincérité de Mlle Thomas d'après le temps qu'elle a mis pour nous appeler. Nous savons très bien tous les deux qu'il arrive à certaines personnes d'être victimes d'une sorte d'état de choc après une telle expérience et de ne pas faire ce qu'il faudrait. Le comportement de Mlle Thomas n'a rien d'extraordinaire. »

Hilary était sur le point de remercier Clemenza de son intervention, mais elle perçut une hostilité larvée entre les deux policiers et elle ne voulait pas jeter de l'huile sur le feu.

« Tu veux dire que je ferais mieux de tirer un trait ? demanda Howard à son collègue.

— Tout ce que je veux dire, c'est qu'il se fait tard et que nous sommes tous très fatigués, répondit Tony.

— Tu reconnais que son récit comporte beaucoup de points obscurs ?

— Je ne m'exprimerais pas ainsi.

— Et tu t'exprimerais comment ? demanda Frank.

— Disons simplement qu'il y a certains détails qui ne s'expliquent pas encore. »

Howard jeta sur Clemenza un regard irrité, puis il hocha la tête.

« Très bien ! Parfait ! J'essayais seulement de montrer qu'il y a quatre points litigieux dans son histoire. Si tu es d'accord, je vais terminer. Mademoiselle Thomas, dit-il en se tournant vers Hilary, j'aimerais entendre une dernière fois la description de votre agresseur.

— Pourquoi ? Vous connaissez son identité.

— Faites-moi ce plaisir. »

Elle ne comprenait pas pourquoi il continuait à la

questionner. Elle se rendait compte qu'il tentait de l'attirer dans un piège, mais elle n'avait pas la moindre idée de la nature de ce piège, ni de ce qui lui arriverait si elle y tombait.

« D'accord, mais c'est la dernière fois. Bruno Frye est grand ; il mesure environ...

— Pas de nom, s'il vous plaît.

— Pardon ?

— Décrivez votre agresseur sans donner de nom.

— Mais je connais son nom, dit-elle patiemment.

— Faites-le pour m'obliger », dit Howard obligeamment.

Feignant un profond ennui, elle prit une pause nonchalante et poussa un soupir. Elle ne voulait pas montrer à Howard qu'elle avait peur. Qu'avait-il donc derrière la tête, bon sang ?

« L'homme qui m'a attaquée, reprit-elle, mesurait environ un mètre quatre-vingt-quinze et devait peser plus de cent kilos. Il était très musclé.

— Race ? interrogea Howard.

— C'était un blanc.

— Teint ?

— Clair.

— Pas de cicatrices ou de grains de beauté ?

— Non.

— Des tatouages ?

— Vous vous moquez de moi ?

— Des tatouages ?

— Non.

— Aucun signe distinctif ?

— Non.

— Etait-il infirme ou handicapé d'une façon quelconque ?

— Non. C'était un beau salaud en pleine santé, répondit-elle avec humeur.

— Couleur de cheveux ?

— Blond sale.

— Courts ou longs ?

— Entre les deux.

— Les yeux ?

— Oui.

— Comment ?
— Oui, il avait des yeux.
— Mademoiselle Thomas...
— Bon, bon.
— C'est une affaire sérieuse.
— Il avait les yeux bleus. D'un gris-bleu peu courant.
— Age ?
— Quarante ans environ.
— Aucun signe particulier ?
— Quoi, par exemple ?
— Vous avez parlé de sa voix.
— C'est exact. Il avait une voix très profonde, sourde, rocailleuse. Une voix caverneuse, grave et grinçante.
— Très bien, déclara le lieutenant Howard en se balançant légèrement sur les talons, visiblement très satisfait de lui-même. Nous avons là une bonne description de l'agresseur. Maintenant, décrivez-moi Bruno Frye.
— Je viens de le faire.
— Non, non. Faisons comme si vous ne connaissiez pas l'homme qui vous a attaquée. Nous jouons à ce petit jeu pour me faire plaisir, rappelez-vous. Vous venez de nous donner le signalement d'un inconnu. Maintenant, j'aimerais que vous me décriviez Bruno Frye.
— Est-ce vraiment nécessaire ? demanda-t-elle, exaspérée, en se tournant vers le lieutenant Clemenza.
— Frank, dit celui-ci, est-ce qu'on ne pourrait pas abréger un peu ?
— Ecoute, j'ai un point à élucider, dit Howard, et je procède du mieux que je peux. En plus, c'est elle qui ralentit la procédure. »
Il se tourna vers Hilary et elle eut, cette fois encore, l'impression horrifiante qu'Howard était un inquisiteur d'un autre siècle. Si Clemenza n'intervenait pas, il allait se saisir d'elle et la harceler jusqu'à ce qu'elle fasse les réponses qu'il souhaitait, que ce soit la vérité ou non.
« Mademoiselle Thomas, dit-il, si vous voulez bien répondre à mes questions, nous en aurons terminé dans quelques minutes. Acceptez-vous de me décrire Bruno Frye ?

— Un mètre quatre-vingt-quinze, plus de cent kilos, très musclé, blond, yeux bleu-gris, la quarantaine, pas de cicatrices, pas d'infirmité et une voix très rocailleuse », fit-elle d'un air découragé.

Frank Howard sourit, mais son sourire n'avait rien d'amical.

« Les descriptions de votre agresseur et de Bruno Frye correspondent exactement. Pas la moindre différence. Et, bien entendu, vous prétendez qu'ils ne font qu'un seul et même individu. »

Son système d'interrogatoire semblait absurde, mais il avait certainement un but. Howard n'était pas un imbécile. Elle sentit qu'elle avait commencé à glisser dans le piège, même si elle ne voyait pas encore comment.

« Vous ne désirez pas revenir sur vos déclarations ? lui demanda Howard. Vous ne voulez pas dire qu'il peut y avoir une toute petite possibilité pour qu'il s'agisse de quelqu'un d'autre, de quelqu'un qui ressemblerait à Bruno Frye ?

— Je ne suis pas folle, s'impatienta Hilary. C'était lui !

— Il n'y avait pas la moindre différence entre Frye et votre agresseur ? Un détail, même infime ? insista Howard.

— Non.

— Rien dans la ligne de son nez ou dans la forme de sa mâchoire, même ?

— Rien du tout.

— Vous êtes certaine que Frye et votre agresseur ont les cheveux plantés de la même façon, les mêmes pommettes, le même menton ? Et vous affirmez sans l'ombre d'un doute que c'est bien Bruno Frye qui s'est introduit chez vous ce soir ?

— Oui.

— Seriez-vous prête à le jurer devant un tribunal ?

— Oui, oui et oui ! s'écria-t-elle, lasse de ce harcèlement.

— Bien. Très bien. Je crains que si vous persistez dans ce sens, vous vous retrouviez en prison par votre propre faute. Le faux témoignage est un délit.

— Quoi ? Que voulez-vous dire ?

— Mademoiselle Thomas, dit Howard en lui adressant un grand sourire parfaitement inamical, je veux dire que vous mentez. »

Hilary fut tellement saisie par la rudesse et la sécheresse de cette accusation, et si déconcertée par le ton ricanant d'Howard, qu'elle resta sans réponse. Elle ne comprenait pas le sens de ses paroles.

« Vous mentez, mademoiselle Thomas. Tout simplement. »

L'inspecteur Clemenza se leva.

« Frank, dit-il, tu n'as pas peur que nous fassions fausse route ?

— Oh ! que non, répliqua Howard. Pendant qu'elle parlait aux journalistes et posait avec tant de grâce pour les photographes, j'ai reçu un coup de fil du quartier général. Le shérif du comté de Napa les avait rappelés.

— Déjà ?

— Oui, oui. Il s'appelle Peter Laurenski. Il s'est renseigné, comme on le lui avait demandé, et tu sais ce qu'il a découvert ? Il a découvert que M. Bruno Frye n'est jamais venu à Los Angeles, qu'il n'a jamais quitté son domicile. Bruno Frye est en ce moment même dans le comté de Napa, chez lui, et aussi inoffensif qu'une mouche.

— Impossible ! s'exclama Hilary en se levant d'un bond.

— Allons, mademoiselle Thomas, avouez. Frye a déclaré au shérif qu'il avait l'intention d'aller à Los Angeles pour un week-end prolongé, mais que, étant débordé de travail, il avait annulé son voyage afin de pouvoir se remettre à flot.

— Le shérif se trompe ! protesta-t-elle. Il n'a pas pu parler à Bruno Frye.

— Est-ce que vous voulez dire que le shérif est un menteur ? demanda Howard.

— Il... il a pu avoir affaire à une personne qui se faisait passer pour Frye, balbutia Hilary, tout en sachant bien que cette explication n'était guère plausible.

— Non, dit Howard. Le shérif Laurenski a parlé à Frye lui-même.

— Il l'a vu ? Il a réellement vue Frye ? demanda-t-elle. Ou bien a-t-il eu quelqu'un au téléphone, quelqu'un qui disait être Frye ?

— J'ignore s'il l'a vu en personne ou s'il lui a téléphoné. Mais rappelez-vous, mademoiselle Thomas, vous nous avez parlé de la voix particulière de Frye. Une voix très grave, gutturale, rocailleuse. Pensez-vous qu'on puisse l'imiter facilement au téléphone ?

— Si le shérif Laurenski ne connaît pas très bien Frye, il a pu être trompé par une mauvaise imitation. Il...

— C'est un petit pays, là-bas. Un homme comme Frye, une personne de cette importance, est connu de tous. De plus, le shérif le connaît très bien et depuis plus de vingt ans », clama Howard sur un ton triomphant.

L'inspecteur Clemenza paraissait chagrin et, si Hilary ne se souciait guère de l'opinion qu'Howard avait d'elle, elle tenait essentiellement à ce que Tony Clemenza crût à son histoire. La petite lueur de doute qu'elle voyait briller dans ses yeux l'ennuyait tout autant que la hargne de l'autre policier.

Elle leur tourna brusquement le dos et s'approcha de la fenêtre qui donnait sur la roseraie, s'efforçant de contenir son exaspération. Puis, n'y parvenant pas, elle leur fit de nouveau face. Hors d'elle, elle s'adressa à Howard, martelant chaque mot en frappant du poing sur le guéridon.

« Bruno-Frye-est-venu-ici ! »

Le vase de roses se renversa, les fleurs et l'eau se répandant sur l'épais tapis. Elle ne sembla même pas le remarquer.

« Et le canapé renversé ? Et la statuette de porcelaine que j'ai lancée sur lui ? Et les balles que j'ai tirées ? Que faites-vous du couteau brisé qu'il a laissé ici, et de ma robe et de mon collant déchiré ?

— Il peut s'agir d'une habile mise en scène. Vous avez très bien pu faire tout cela vous-même pour étayer vos affirmations.

— C'est complètement ridicule !

— Mademoiselle Thomas, intervint Clemenza, peut-être était-ce réellement un autre homme, un homme qui ressemblait à Bruno Frye. »

Même si elle avait voulu saisir la perche qu'il lui

tendait, c'était trop tard désormais. En l'obligeant à répéter plusieurs fois la description de l'homme qui l'avait attaquée, en lui ayant fait dire maintes et maintes fois que cet agresseur n'était autre que Bruno Frye, le lieutenant Howard lui avait barré toute retraite. De toute manière, elle n'avait pas l'intention de se dédire. Elle était sûre de ne pas se tromper.

« C'était Frye, dit-elle avec force. Frye et personne d'autre que Frye. Ce n'est pas un coup monté. Je n'ai pas tiré dans le mur. Je n'ai pas renversé moi-même le canapé et je n'ai pas déchiré ma robe et mes bas. Je vous en prie, dites-moi pourquoi j'aurais fait une chose aussi absurde ? Quelle raison aurais-je pu avoir d'organiser une pareille plaisanterie ?

— J'ai mon idée là-dessus, rétorqua Howard. Je crois que vous connaissez Frye depuis longtemps et que vous...

— Je vous l'ai dit, je l'ai vu pour la première fois il y a trois semaines.

— Vous nous avez dit bien des choses qui se sont révélées inexactes. Voilà pourquoi je pense que vous connaissez Frye depuis de nombreuses années ou, du moins, depuis un certain temps, et que vous étiez sa maîtresse.

— Non !

— Et que pour une raison quelconque, il vous a laissée tomber. Peut-être en avait-il tout simplement assez de vous, peut-être aimait-il une autre femme. Je n'en sais rien. Par conséquent, je ne crois pas que vous soyez allée dans sa propriété pour vous documenter comme vous le prétendiez. Je crois que vous êtes partie là-bas pour essayer de vous raccommoder avec lui et faire la paix.

— Non.

— Mais il n'a rien voulu savoir. Il vous a repoussée une nouvelle fois. Et, pendant que vous étiez chez lui, vous avez appris qu'il projetait de venir passer quelques jours à Los Angeles ; vous avez alors décidé de vous venger. Vous avez supposé qu'il n'avait sans doute rien prévu pour sa première soirée en ville, qu'il allait probablement dîner tranquillement tout seul et se coucher de bonne heure. Vous étiez pratiquement certaine que personne ne pourrait se porter garant de son emploi du temps si les flics s'avisaient de le vérifier. C'est ainsi que vous avez décidé de l'accuser de tentative de viol.

— Ça, c'est trop fort ! C'est écœurant !

— Mais cette petite comédie vous est retombée sur le nez, poursuivit Howard. Frye a changé ses plans. Il n'est même pas venu à Los Angeles et vous voilà prise en flagrant délit de mensonge.

— Il est venu ! »

Hilary aurait aimé prendre le policier à la gorge et serrer jusqu'à ce qu'il comprenne enfin.

« Ecoutez, j'ai un ou deux amis qui me connaissent assez pour savoir si j'ai eu une liaison avec quelqu'un. Allez les voir. Ils vous diront que je n'ai eu aucune relation avec Bruno Frye. Ils vous diront même que, depuis un certain temps, je n'en ai avec personne. J'ai trop de travail pour m'occuper de ma vie privée. Je n'ai guère de temps pour les affaires de cœur. Et, ce qui est certain, c'est que je n'en ai pas du tout pour avoir un amant qui habite à l'autre bout de l'État. Parlez-en à mes amis. Ils vous le diront.

— Les amis ne sont pas des témoins dignes de foi, dit Howard. En outre, vous auriez très bien pu garder votre petit roman d'amour pour vous seule. Reconnaissez-le, vous voilà coincée. Les faits sont là. Vous dites que M. Frye était chez vous ce soir. Mais le shérif affirme qu'il était chez lui il n'y a pas trente minutes. St. Helena est à près de six cent cinquante kilomètres à vol d'oiseau, plus de huit cents par la route ; il n'a pas pu y retourner aussi vite. Et il ne saurait se trouver en deux endroits à la fois parce que, au cas où vous ne le sauriez pas, ce serait absolument contraire à toutes les lois de la physique.

— Frank, dit l'inspecteur Clemenza, tu pourrais peut-être me laisser en terminer avec Mlle Thomas.

— Qu'y a-t-il à terminer ? Tout est fini, emballé, réglé, ricana Howard en pointant sur Hilary un doigt accusateur. Si Frye était effectivement venu à Los Angeles et si l'affaire avait dû passer devant le tribunal, vous vous seriez rendue coupable de faux témoignage. Vous auriez pu alors vous retrouver en prison. Vous avez également bien de la chance que nous n'ayons aucun moyen de vous punir pour nous avoir fait perdre notre temps.

— Je ne sais pas si nous avons perdu notre temps, déclara Clemenza.

— Et comment que nous l'avons perdu, dit Howard en regardant Hilary d'un air furibond. Je vais vous dire une chose : si jamais Bruno Frye veut vous attaquer en diffamation, je vous jure que j'irai témoigner pour lui. »

Sur ces mots, il tourna les talons et se dirigea vers la sortie. L'inspecteur Clemenza ne semblait pas vouloir s'en aller et il avait manifestement quelque chose à lui dire. Cependant, Hilary ne voulait pas que Howard partît avant que tout soit réglé.

« Attendez une minute, dit-elle.

— Hein ? »

Howard s'arrêta net et se retourna.

« Dites-moi. Qu'allez-vous faire au sujet de ma plainte ?

— Vous parlez sérieusement ?

— Bien sûr.

— Je vais aller dans la voiture, annuler l'appel de recherche concernant Bruno Frye et tirer un trait sur tout ça. Ensuite je rentrerai chez moi et je m'offrirai deux bouteilles de bière bien fraîches.

— Vous n'allez pas me laisser seule ici ? S'il revenait ?

— Doux Jésus, gémit Howard. Vous ne pourriez pas arrêter cette comédie ? »

Elle fit quelques pas dans sa direction.

« Peu importe ce que vous pensez. Peu importe ce qu'a dit le shérif de Napa ; je vous jure que ce n'est pas de la comédie. Pourriez-vous au moins laisser un de vos agents ici pendant une heure ou deux, le temps qu'un serrurier vienne changer les verrous de ma porte ?

— Non, dit Howard en secouant la tête. Je ne gaspillerai pas une seconde de plus le temps de la police ni l'argent des contribuables pour vous assurer une protection dont vous n'avez pas besoin. Allons, laissez tomber. C'est fini ; vous avez perdu. Soyez bonne joueuse. »

Sur ce, Howard sortit de la pièce.

Hilary se laissa tomber dans un fauteuil. Elle était à bout de forces, perdue et épouvantée.

« Je vais dire aux agents Whitlock et Farmer de rester ici tant que les serrures n'auront pas été changées, dit Clemenza.

— Merci, dit-elle en levant les yeux vers lui.

— Je regrette de ne pouvoir faire plus, marmonna-t-il, visiblement mal à l'aise.

— Je n'ai pas inventé cette histoire.

— Je vous crois.

— Frye est bien venu chez moi ce soir.

— Je ne doute pas que quelqu'un soit venu, mais...

— Pas quelqu'un. Frye.

— Si vous vouliez bien reconsidérer cette identification, on pourrait continuer à enquêter et...

— C'était Frye, répéta-t-elle, sans colère mais avec une immense lassitude. C'était lui et personne d'autre. »

Les yeux de Tony se posèrent sur elle avec intérêt et sympathie. C'était un bel homme, mais ce n'était pas la chose qui la séduisait le plus. Elle décelait dans ce visage typiquement italien une chaleur et une générosité si évidentes qu'elle ne pouvait douter qu'il s'inquiétât réellement pour elle.

« Vous venez de vivre une pénible expérience, lui dit-il. Vous êtes ébranlée, c'est parfaitement compréhensible. Un choc de cette nature peut entraîner certaines perturbations. Quand vous aurez retrouvé votre calme, peut-être verrez-vous les choses un peu... différemment. Je passerai demain. Il est possible que vous ayez du nouveau à me raconter.

— Non, dit-elle sans hésiter. Mais merci pour... votre gentillesse. »

Elle avait l'impression qu'il n'avait pas envie de s'en aller. Cependant, il partit tout de même et elle se retrouva seule dans le bureau.

Tout d'abord, il lui sembla qu'elle ne parviendrait même pas à rassembler suffisamment d'énergie pour quitter son fauteuil. C'était comme si elle était tombée dans une vaste zone de sables mouvants et qu'elle avait dépensé toutes ses forces en de vaines tentatives de fuite.

Elle finit pourtant par se lever et elle décrocha le téléphone. Elle songea à appeler le domaine du comté de Napa, mais elle réalisa que cela ne mènerait à rien.

Elle ne connaissait pas le numéro personnel de Frye et, même si elle parvenait à l'obtenir par les renseignements, que gagnerait-elle à essayer de le contacter ? Il n'y avait que deux possibilités : ou bien personne ne répondrait, chose qui ne corroborerait pas son récit et n'infirmerait pas non plus ce qu'avait dit le shérif Laurenski ; ou bien, à sa profonde stupéfaction, elle aurait Frye à l'autre bout du fil. Et alors, que se passerait-il ? Il lui faudrait reconsidérer les événements de la nuit et se persuader que l'homme avec lequel elle s'était battue n'était qu'un individu qui ressemblait à Frye. A moins qu'il ne lui ressemblât pas du tout. Peut-être ses facultés de perception avaient-elles été si troublées qu'elle avait vu une ressemblance là où il n'y en avait aucune. Peut-on savoir à quel moment on perd la notion de la réalité ? Comment commence la folie ? Vous ronge-t-elle peu à peu ou bien s'empare-t-elle de vous en un instant, sans prévenir ? Après tout, il y avait eu des cas de déséquilibre mental dans sa famille. Pendant des années, elle avait eu la hantise de mourir comme son père. Elle le revoyait, les yeux exorbités, en proie à des hallucinations et au délire, et brandissant un fusil pour chasser des monstres inexistants. Tel père, telle fille ?

« Je l'ai vu, dit-elle tout haut. Ce n'était ni une idée ni une vision. Je l'ai vu, bon Dieu ! »

Elle ouvrit l'annuaire aux pages jaunes et appela une serrurerie ouverte de jour et de nuit.

Après s'être enfui de chez Hilary Thomas, Bruno Frye remonta dans sa fourgonnette et quitta Westwood. Il se rendit ensuite à Marina del Rey, petit port de plaisance à la lisière de la ville, regorgeant d'immeubles, de boutiques et de restaurants de luxe, avec une promenade en front de mer et des milliers de bateaux amarrés aux appontements.

Le brouillard était en train d'envahir le rivage ; on aurait dit qu'il émanait d'un grand feu sans chaleur incendiant l'Océan. Il était plus ou moins dense selon les endroits, mais il avait tendance à s'épaissir.

Frye arrêta la Dodge dans un parking désert, non loin du port et il resta là pendant un long moment à méditer sur son échec. La police allait se lancer à sa recherche, mais elle abandonnerait sa piste dès qu'on aurait appris qu'il était resté chez lui toute la journée. En outre, personne ne connaissait sa Dodge et Hilary Thomas n'avait certainement pas pu la voir, car il l'avait garée assez loin de la maison.

Hilary Thomas.

Un faux nom, bien entendu.

Katherine. Voilà qui elle était en réalité. Katherine.

« Sale pute », dit-il à voix haute.

Elle le terrorisait. Au cours de ces cinq dernières années, il l'avait tuée plus de vingt fois, mais elle refusait de rester dans le royaume des morts. Elle ne cessait de revenir à la vie, dans un autre corps, sous une nouvelle identité et dans un environnement habilement recréé. Mais toutes ces précautions n'empêchaient pas Frye de la reconnaître derrière ses différentes personnalités. Cependant, elle refusait de mourir définitivement. Elle connaissait le moyen de sortir de sa tombe et cette faculté l'épouvantait plus qu'il n'osait le lui laisser voir. Si elle en prenait conscience, c'est elle qui finirait par avoir le dessus et elle l'anéantirait.

Pourtant, il est possible de la tuer, se disait Frye. Je l'ai fait. Je l'ai assassinée plusieurs fois et enterré son corps dans des tombes secrètes. Je vais recommencer et peut-être que cette fois, elle ne pourra plus revenir.

Dès que tout danger serait écarté, il retournerait à Westwood et tenterait à nouveau de la tuer. Cette fois, il avait décidé d'accomplir un certain nombre de rites dans l'espoir d'annihiler son pouvoir de régénération. Il avait lu des ouvrages traitant des morts vivants, et bien qu'elle ne fît pas partie de cette catégorie (elle était un être absolument unique), il pensait que certaines méthodes d'extermination utilisées contre les vampires se révéleraient efficaces contre elle aussi. Il lui arracherait le cœur alors qu'il battait encore et y planterait un pieu de bois. Il lui couperait la tête. Lui remplirait la bouche d'ail. Ça marcherait. Mon Dieu, il fallait que ça marche.

Au bout d'un moment, il descendit de sa camionnette et entra dans une cabine téléphonique toute proche. L'air humide sentait le sel, les algues et l'huile de moteur. L'eau clapotait mélancoliquement contre les pontons et la coque des petites embarcations. A travers les parois de plexiglas de la cabine, il voyait des mâts innombrables qui faisaient penser à une forêt défoliée se profilant dans la nuit brumeuse. Frye appela son domicile, dans le comté de Napa, à peu près au même instant où Hilary avertissait la police. Il se lança dans un récit détaillé de son agression manquée.

Quand il eut terminé, l'homme qui était à l'autre bout du fil lui dit :

« Je vais m'occuper de la police. »

Ils conversèrent encore pendant quelques minutes, puis Frye raccrocha. En sortant de la cabine, il scruta attentivement le brouillard obscur qui s'amassait. Il était impossible que Katherine l'ait suivi, néanmoins il craignait qu'elle ne fût quelque part dans les ténèbres, à l'observer et à l'attendre. C'était un homme très vigoureux. Il n'aurait pas dû avoir peur d'une femme et pourtant, il redoutait cette femme qui refusait de mourir, cette femme qui se faisait appeler maintenant Hilary Thomas.

Il revint vers sa Dodge, s'assit quelques instants au volant et s'aperçut brusquement qu'il avait faim. Son estomac gargouillait. Il n'avait rien mangé depuis le déjeuner. Il était suffisamment familier de Marina del Rey pour savoir qu'il n'y avait aucun restaurant digne de ce nom dans les parages. Il se dirigea d'abord vers le sud en empruntant l'autoroute côtière, en sortit à la bretelle de Culver Boulevard, fila vers l'ouest, puis à nouveau vers le sud et Vista del Mar. Il devait rouler lentement car le brouillard s'était transformé en véritable purée de poix ; la brume noyait la lumière des phares et la visibilité ne dépassait pas dix mètres ; il avait l'impression d'avancer sous l'eau, dans une mer d'un blanc sale. Presque vingt minutes après avoir passé son coup de téléphone dans le comté de Napa (au moment même où le shérif Laurenski était contacté par la police de Los Angeles), il finit par dénicher un restaurant qui parut lui convenir, du côté d'El Segundo. Une enseigne rouge et jaune au néon déchirait la brume : Garrido's. C'était une taverne authentiquement mexicaine et non une de ces imitations nord-américaines rutilantes de chrome et de glaces. Il s'arrêta non loin et se gara entre deux dragsters, ces vieux engins sans carrosserie mais au moteur surgonflé si appréciés par les jeunes Chicanos.

A l'intérieur, on se serait cru davantage dans un bar que dans un restaurant, mais il planait dans l'atmosphère de bonnes odeurs de cuisine mexicaine. Sur la gauche, un comptoir de bois plein de taches et de balafres occupait toute la longueur de la grande salle rectangulaire. Une douzaine d'hommes au teint sombre et deux jolies señoritas étaient assis sur des tabourets ou appuyés contre le bar. Ils parlaient tous dans un espagnol très rapide. Au centre de la salle, était alignée une rangée de tables recouvertes d'une nappe rouge. Elles étaient toutes occupées par des convives qui riaient, mangeaient et buvaient copieusement. A droite, contre le mur, il y avait des banquettes en similicuir rouge. Frye s'installa sur l'une d'elles.

La serveuse qui se précipita vers lui était une petite boulotte aussi large que haute avec un visage rond aux traits d'une beauté étonnante. Elevant la voix au-dessus des gémissements enamourés de Freddie Fender qui montaient du juke-box, elle s'enquit de sa commande : une double portion de *chili verde* et deux bouteilles de *Dos Equis* bien fraîches.

Il avait toujours ses gants. Il les retira et fit jouer ses articulations.

En dehors d'une blonde très décolletée qui était en compagnie d'un jeune Chicano moustachu, Frye était le seul parmi la clientèle à ne pas avoir de sang mexicain dans les veines. Il ne prêtait aucune attention à la curiosité qu'il suscitait.

La serveuse lui apporta sa bière sur-le-champ. Sans s'embarrasser du verre, il porta la bouteille à ses lèvres, ferma les yeux, renversa la tête en arrière et avala le contenu en moins d'une minute. Il but la seconde bière avec moins de hâte, mais il la termina avant qu'on lui apporte son dîner. Il commanda deux nouvelles bouteilles de *Dos Equis*.

Il mangeait avec une extrême voracité et une concentration totale, incapable de quitter son assiette des yeux, fermé à tout ce qui se passait autour de lui, occupé uniquement à se nourrir, la tête penchée juste au-dessus du plat pour mieux enfourner sa pitance. Avec des petits grognements animaux de satisfaction, il engloutissait le *chili verde*, enfournant d'énormes morceaux dégoulinants de sauce, et mâchait avec ardeur, les joues gonflées. Une assiette de tortillas chaudes accompagnait le plat ; il les avala goulûment après les avoir trempées dans sa sauce. Il fit descendre le tout à l'aide de grandes rasades de bière fraîche.

Aux deux tiers de son repas, la serveuse vint lui demander si la cuisine était bonne ; au vu de son assiette vide, elle comprit très vite l'inanité de sa question. Frye l'examina avec des yeux légèrement vacillants. D'une voix épaisse qui semblait venir de très loin, il commanda deux *tacos* au bœuf, deux *enchiladas* au fromage, du riz, de la purée de haricots et deux autres bouteilles de bière.

Il termina son reste *de chili verde* et resta plongé dans une espèce de transe, contemplant son assiette vide. Sur chaque table était posé un bol de *tacos*, sans garniture et simplement frits ; il tendit la main vers celui qui était sur la sienne, renversa les *tacos* dans le ravier de sauce piquante qui allait avec, s'enfourna le tout dans le gosier et le fit disparaître à grand bruit avec un plaisir non dissimulé. Lorsque la serveuse arriva, les bras chargés de sa seconde commande, il marmonna un vague merci et se jeta immédiatement sur les *enchiladas* au fromage. Il fit ensuite un sort aux *tacos* et liquida tout ce qui était légumes d'accompagnement. Son cou de taureau palpitait comme un cœur. De grosses veines saillaient sur son front. Tout son visage était baigné de transpiration et des gouttes de sueur lui coulaient des cheveux. Il avala une dernière cuillerée de haricots qu'il fit descendre avec un peu de bière et repoussa son assiette vide. Il resta assis un moment, un main sur une cuisse, l'autre autour de sa dernière bière, le regard vide et inexpressif. Puis il s'épongea le visage et prêta de nouveau l'oreille à la musique du juke-box. Un autre succès de Freddie Fender.

Il sirota le reste de sa bière à petites gorgées et fit lentement le tour de la salle des yeux, remarquant les autres clients pour la première fois. Son attention fut attirée par la table la plus proche de la porte. Deux couples. Deux petites mignonnes à croquer. Deux beaux mecs bruns. Tous à peine vingt ans. Les deux jeunes coqs paradaient devant les deux poulettes, parlant juste un peu trop fort et riant un peu trop haut pour impressionner les deux bécasses.

Frye décida alors de s'amuser un peu. Il réfléchit quelques instants, échafauda une tactique et ne put s'empêcher de sourire à la perspective du bon temps qu'il allait prendre.

Il appela la serveuse, lui demanda la note et laissa largement de quoi couvrir l'addition.

« C'est bon, dit-il. Gardez tout.

— Merci, vous êtes très généreux », dit-elle avec un grand sourire en emportant l'addition à la caisse.

Frye remit ses gants de cuir.

Sa sixième bière était encore à moitié pleine ; il s'en empara et quitta son box. Il se dirigea vers la porte et s'arrangea pour se prendre les pieds dans une chaise en passant devant les deux couples sur lesquels il avait jeté son dévolu. Il chancela légèrement, retrouva facilement son équilibre et agita sa bouteille sous le nez des quatre convives surpris, voulant faire croire qu'il était ivre.

Il s'appliqua à parler doucement, nullement désireux que les autres clients aient vent de l'esclandre qui se tramait. Il savait qu'il pouvait parfaitement venir à bout de deux personnes mais n'était pas préparé à combattre une armée. Il dévisagea d'un regard trouble celui des deux gringalets qui avait l'air le plus costaud et lui fit son plus beau sourire, aussitôt démenti par le ton grinçant sur lequel il l'apostropha d'une voix calme et posée.

« Dis donc, l'espingouin de mes deux, ça t'emmerderait de pas faire traîner ta putain de chaise ? »

Le malheureux souriait bêtement, s'attendant sans doute à quelque excuse d'ivrogne. Il blêmit sous l'insulte et ses yeux se rétrécirent.

Avant qu'il ait pu se lever, Frye se tourna vers le second mecton.

« Eh mec, pourquoi tu vas pas plutôt renifler un beau petit lot comme cette blonde, là-bas ? Qu'est-ce que tu branles avec ces deux morues mexicaines ? »

Il ne s'éternisa pas sur cette fine sortie et gagna rapidement la porte. Il n'avait aucune envie de se battre à l'intérieur du restaurant. Riant déjà en son for intérieur, il poussa la porte, s'enfonça dans la nuit et le brouillard et contourna rapidement le bâtiment pour attendre sur le parking situé derrière.

Il n'était qu'à quelques pas de sa Dodge quand un des deux hommes surgit du brouillard et lui lança, dans un anglais à l'accent fortement hispanique :

« Hé, mec ! Attends une petite minute ! »

Frye se retourna, jouant toujours les ivrognes, les bras en faux et la démarche chaloupée, comme s'il avait du mal à se tenir debout.

« Qu'est-ce t'as ? » demanda-t-il stupidement.

Les deux hommes étaient sortis ; ils s'étaient arrêtés à quelques mètres de lui, côte à côte, tels deux spectres dans le brouillard.

« Dis donc, mec, tu penses que tu vas t'en tirer comme ça ?

— Qu'est-ce qu'il y a, les espingouins ? On cherche des emmerdes ? demanda Frye, l'élocution volontairement pâteuse.

— *Cerdo !* cracha le plus costaud.

— *Mugriento cerdo !* approuva le plus mince.

— Bon Dieu de merde ! Vous avez pas bientôt fini de baragouiner dans votre jargon de macaques ? Si vous avez quelque chose à dire, employez un langage civilisé.

— Miguel t'a traité de porc, dit le dernier qui avait parlé. Et moi, de sale porc. Tu comprends, ça ? »

Frye sourit et leur adressa un bras d'honneur.

Miguel, le plus costaud, chargea ; Frye se contenta de rester immobile, comme s'il ne comprenait rien à ce qui se passait. Miguel se rua sur lui, tête baissée, poings serrés, les bras collés au corps et lui décocha deux violents coups de poing dans l'abdomen ; Frye ne broncha pas, sûr de ses muscles d'acier. Il avait gardé sa bouteille de bière à dessein et l'abattit sur le crâne de Miguel. La bouteille se brisa et des éclats de verre tombèrent sur le macadam du parking avec un bruit dissonant. La mousse aspergea les deux hommes. Miguel poussa un gémissement à glacer le sang et s'affaissa sur les genoux, comme s'il avait reçu un coup de merlin.

« Pablo », dit-il sur un ton suppliant, appelant son ami à la rescousse.

Frye attrapa Miguel à deux mains et lui écrasa son genou sous le menton ; ses dents claquèrent avec un bruit affreux. Frye le lâcha et il s'effondra comme un sac de son, inconscient ; son souffle s'échappait bruyamment de ses narines ensanglantées.

Voyant son ami qui gisait à terre, inerte, Pablo s'avança à son tour. Il était armé d'un couteau. Une arme à la lame longue et fine, probablement un couteau à cran d'arrêt, le tranchant sans doute aiguisé des deux côtés et certainement aussi mortel et dangereux qu'un rasoir. Pablo n'était pas du genre à foncer aveuglément comme son ami Miguel. Il se déplaçait rapidement et gracieusement, presque comme un danseur ; il se coula sur la droite de Frye, cherchant une ouverture, confiant dans sa rapidité et son agilité, prêt à frapper avec la précision d'un serpent. La lame décrivit un grand arc lumineux et si Frye n'avait pas bondi en arrière, elle lui aurait ouvert l'estomac et fendu les boyaux. Fredonnant pour lui-même de façon horripilante, Pablo pressait Frye de tous côtés ; la lame sifflait de droite à gauche, de gauche à droite, partout présente. Frye recula pour se donner le temps d'étudier la façon dont Pablo maniait son arme ; lorsqu'il sentit l'arrière de la Dodge dans son dos, il savait comment il allait en finir avec lui. Pablo utilisait son arme un peu à la façon d'un fleuret et cherchait à faucher son adversaire au lieu de le harceler à petits coups vicieux et rapprochés, comme le font les professionnels du couteau ; Frye avait vite noté qu'à chaque demi-botte portée, après que la lame l'avait manqué en chuintant mais avant qu'elle revienne en sens contraire pour achever son mouvement, il y avait deux ou trois secondes de battement au cours desquelles le couteau n'était plus une menace et Pablo était vulnérable. Voyant que sa proie n'avait aucune possibilité de retraite et ne pouvait pas s'échapper, Pablo n'était pas pressé et procédait méthodiquement ; Frye minutait chacune de ses offensives et s'élança au bon moment, juste après le passage de la lame. Il se jeta sur Pablo, lui bloqua la main, lui tordit le poignet de toutes ses forces et, d'un geste sec, lui brisa l'articulation. Pablo poussa un cri d'agonie et lâcha son arme. Frye passa derrière lui, lui fit un clef au bras, le propulsa tête la première contre l'arrière de la Dodge et ramena sa main à demi désarticulée entre ses omoplates. Il y eut un bruit d'os. De sa main libre, il agrippa ensuite Pablo par le fond de son pantalon, le soulevant littéralement de terre (qu'est-ce que c'était pour lui que soixante-dix malheureux kilos ?), et le projeta contre la tôle de la camionnette une deuxième fois, puis une troisième, une quatrième, une cinquième, une sixième, jusqu'à ce qu'enfin tout hurlement cesse. Quand il le lâcha, Pablo s'effondra comme un ballot de chiffons.

Pendant ce temps-là, Miguel avait réussi à se mettre à quatre pattes, laissant son sang et des éclats de dents sur le macadam.

Frye s'avança jusqu'à lui.

« Alors, on voudrait se lever, l'ami ? »

En riant doucement, il lui écrasa les doigts sous ses semelles. Il lui aplatit la tête d'un coup de talon et se recula.

Miguel hurla et retomba à plat ventre.

Frye lui balança un coup de pied dans les jambes.

Miguel ne perdit pas conscience mais ferma les yeux, espérant que son bourreau allait s'en aller.

Frye avait l'impression d'être parcouru par un courant électrique, qu'il allait exploser sous une décharge de milliards de volts, que chacune de ses cellules allait se désintégrer dans un énorme feu d'artifice ; ce n'était pas une sensation désagréable, au contraire, mais un plaisir sauvage et tumultueux ; il n'aurait pas ressenti plus de plaisir si la main du Dieu tout-puissant s'était posée sur lui et si le Seigneur, auréolé de toute sa gloire, était descendu sur lui.

Miguel rouvrit ses yeux noirs, gonflés par les larmes.

« Tu as encore envie de te battre ? demanda Frye.

— S'il vous plaît », réussit-il à dire malgré ses dents brisées.

Emoustillé, Frye posa le pied sur sa gorge et le força à rouler sur le dos.

« S'il vous plaît. »

Frye ôta son pied de sa gorge.

« S'il vous plaît. »

Enivré par le sentiment de sa force et de sa puissance, survolté, transporté, tétanisé, Frye lui asséna un coup de pied dans les côtes.

Miguel s'étouffa dans son propre hurlement.

Riant comme un dément, Frye lui décocha une volée de coups de pied, encore et encore, jusqu'à ce qu'il entende les côtes craquer.

Miguel fit alors ce qu'il s'était virilement refusé à faire pendant les dix dernières minutes. Il se mit à pleurer.

Frye regagna sa camionnette.

Miguel était étendu juste sous les roues arrière, les bras en croix, inconscient.

Frye mit le moteur en marche et, lancé dans une espèce de rodéo sauvage ponctué de « ouais, ouais, ouais, ouais, ouais, ouais », passa et repassa sur le corps de Pablo, lui broyant les jambes, les cuisses, les hanches, les côtes.

Une voiture surgit sur le parking mais, voyant ce qui se passait et ne voulant pas être mêlé à une sale histoire, le conducteur fit aussitôt marche arrière et la voiture s'éloigna dans un hurlement de pneus.

Frye traîna le corps de Pablo jusqu'à celui de Miguel et les abandonna côte à côte. Il n'avait plus envie de jouer les rouleaux compresseurs. Il ne voulait pas les achever complètement car trop de gens dans le restaurant l'avaient vu et auraient pu donner son signalement. Les autorités ne seraient guère enclines à poursuivre le vainqueur d'un vulgaire combat de rues, surtout si, comme dans ce cas-là, les perdants s'étaient ligués à deux contre un homme seul. S'il les tuait, il devenait un meurtrier et la police recherchait les meurtriers. Il tenait donc absolument à ce qu'il reste un souffle de vie dans les deux pantins qu'il laissait sur le parking.

Sifflotant gaiement, il reprit la direction de Marina del Rey où il s'arrêta dans la première station-service ouverte. Pendant que le pompiste remplissait le réservoir, vérifiait l'huile et nettoyait le pare-brise, Frye alla aux toilettes. Il avait emmené de quoi se raser et s'accorda dix minutes pour se rafraîchir.

Sa camionnette n'était pas aussi pratique qu'un camping-car ; il n'y avait pas l'eau courante. Mais, d'un autre côté, elle était plus maniable, moins repérable et bien plus anonyme. Pour profiter de tous les avantages et du confort qu'offre un terrain de camping — évacuation, alimentation en eau et en électricité —, il aurait fallu qu'il laisse son nom et son adresse partout où il passait. C'était bien trop risqué. Non, sur un terrain de camping, il aurait laissé une piste que le plus inepte des limiers n'aurait eu aucun mal à flairer. Même chose s'il s'arrêtait dans un motel ; la police retrouverait facilement sa trace en interrogeant les employés qui se rappelleraient à n'en pas douter un homme grand et fantastiquement musclé avec des yeux d'un bleu pénétrant.

Une fois dans les toilettes, il retira ses gants et son pull-over jaune, se lava le torse et les aisselles avec des serviettes en papier et du savon liquide, s'aspergea de déodorant et se rhabilla. Il était d'une propreté méticuleuse et tenait à être net et frais en permanence.

Quand il était sale, il se sentait mal à l'aise et même profondément perturbé, comme si cet état réveillait en lui de vagues réminiscences d'une expérience insupportable, oubliée depuis longtemps, et faisait remonter d'atroces souvenirs à la lisière de sa conscience, là où il les sentait sans les voir et les percevait sans les comprendre. Les rares nuits où il s'effondrait sur son lit sans s'être lavé, son cauchemar habituel lui semblait pire qu'à l'ordinaire et une terreur inexprimable le tirait du sommeil. En ces occasions, il s'était comme d'habitude réveillé sans un souvenir très net de son rêve ; il avait seulement l'impression qu'il venait de s'échapper d'un lieu infect et nauséabond, un immonde trou noir et étroit creusé dans le sol.

Plutôt que de risquer d'aggraver son cauchemar, il se lava, se rasa avec son rasoir électrique, s'aspergea le visage de lotion après-rasage et se brossa les dents. Au matin, il irait dans une autre station-service et répéterait la même opération, à ceci près qu'il changerait de vêtements.

Il paya le pompiste et retourna vers Marina del Rey dans un brouillard de plus en plus épais. Il arrêta sa camionnette à l'endroit même où il avait stationné quelques heures avant, entra dans la même cabine téléphonique et composa le même numéro.

— « Allô ?

— C'est moi, dit Frye.

— Le danger est écarté.

— La police a appelé ?

— Oui. »

Ils échangèrent encore quelques mots, puis Frye remonta dans la Dodge.

Il s'allongea sur le matelas et alluma une lampe de poche. Il ne supportait pas de rester dans l'obscurité totale. Il ne pouvait s'endormir sans un rai de lumière filtrant sous une porte ou une veilleuse dispensant une faible lueur. Dans le noir total, il s'imaginait que des créatures étranges prenaient possession de lui, lui couraient sur le visage et s'insinuaient sous ses vêtements. Privé de lumière, il était assailli par des murmures menaçants mais incompréhensibles, qu'il entendait parfois pendant une ou deux minutes après s'être éveillé de son cauchemar, des murmures qui lui glaçaient le sang, lui liquéfiaient les entrailles et affolaient les battements de son cœur.

Si seulement il parvenait à identifier la provenance de ces chuchotements ou à déchiffrer enfin ce qu'ils lui disaient, il saurait à quoi il rêvait. Il connaîtrait la cause de ce cauchemar récurrent et pourrait alors s'en libérer.

Malheureusement, chaque fois qu'il se réveillait et entendait les murmures qui mettaient fin à son rêve, il n'était pas en état de les écouter attentivement pour les analyser. La panique s'emparait de lui et sa seule envie était que ces voix se taisent et le laissent en paix.

Il essaya en vain de dormir. Il se retournait dans tous les sens. Des pensées ne cessaient de défiler dans sa tête. Il était tout à fait réveillé.

Il comprit que c'était son entreprise manquée avec cette femme qui l'empêchait de trouver le sommeil. Il s'était préparé pour tuer et cette satisfaction lui avait été retirée. Il était à bout de nerfs. Il se sentait vidé et dépossédé.

Il avait essayé d'apaiser ses envies de meurtre en se

remplissant l'estomac. Lorsque cela n'avait pas marché, il avait voulu chasser cette femme de son esprit en provoquant ces deux Chicanos. La nourriture et une grande dépense physique étaient les deux moyens qu'il avait toujours utilisés pour contenir ses besoins sexuels et pour éloigner ses pensées des folles envies meurtrières qui l'embrasaient parfois. Ce qu'il voulait, c'était posséder une femme, mais la posséder de façon brutale et violente ; jamais une femme ne consentirait librement au genre d'accouplement bestial dont il rêvait, aussi faisait-il avec les moyens du bord. Quand il sentait monter une envie de meurtre, il passait plusieurs heures à soulever des poids de plus en plus lourds, jusqu'à ce que ses muscles aient gonflé comme un gâteau dans un four et que sa violence se soit évaporée. Les psychiatres nomment cela *sublimation*. Cependant, depuis quelque temps, cette méthode était de moins en moins efficace pour endormir ses penchants pervers.

La femme hantait toujours son esprit.

Sa chair lisse.

Le gonflement de ses hanches et de ses seins.

Hilary Thomas.

Non. Ce n'était qu'un masque.

Katherine.

Voilà qui elle était en réalité.

Katherine. Katherine, cette chienne. Dans un nouveau corps.

Dès qu'il fermait les yeux, il la voyait, allongée nue sur un lit, soumise à tous ses caprices, les cuisses écartées, tordue, ployée, tremblante comme un lapin au bout du canon d'un fusil. Comme s'il y était, il voyait ses mains s'égarer sur ses seins lourds et son ventre tendu, se perdre dans la moiteur de ses cuisses et de son sexe... alors... alors son autre main exhibait un couteau, un grand couteau qu'il enfonçait comme une masse dans sa chair, un grand couteau avec lequel il la fouettait, la fougeait, la fouillait, la fouaillait, la fouinait, la fouissait, la foulait, la fourbissait, la fourchait, la fourrait, la foutait. Alors, comme les fontaines du paradis, son sang jaillissait, clair et haut, ondée salvatrice. Oui, il pouvait voir la folie pure et la douleur atroce qui hantaient ses yeux quand il lui ouvrait la poitrine et lui arrachait le cœur pendant qu'il battait encore. Il pouvait presque sentir l'odeur de son sang chaud, son sang à la légère odeur cuivrée. Quand cette vision se glissait dans ses pensées et prenait le contrôle de ses sens, il sentait ses testicules frémir, son pénis se tendre et se contracter ; comme le couteau, il avait envie de l'enfoncer en elle, d'empaler son corps merveilleux ; tour à tour, il enfonçait la lame et son pénis palpitant, gorgé de sève ; il se vidait en elle de toutes ses peurs et de sa faiblesse avec une arme et absorbait toute sa force et sa vitalité avec l'autre.

Il ouvrit les yeux.

Il était en nage.

Katherine. La garce.

Pendant trente-cinq ans, il avait vécu dans son ombre, existé misérablement dans la crainte perpétuelle qu'elle lui inspirait. Il y avait cinq ans, elle était morte d'une crise cardiaque et il avait goûté à la liberté pour la première fois de sa vie. Seulement, elle ne cessait de revenir d'entre les morts, en faisant semblant d'être une autre, pour trouver un moyen de remettre la main sur lui.

Il voulait abuser d'elle et la tuer afin de lui prouver qu'elle ne lui faisait pas peur. Elle n'avait plus aucun pouvoir sur lui. Désormais, il était plus fort qu'elle.

Il prit le paquet enveloppé de peaux de chamois posé à côté de son matelas. Il dénoua la ficelle et déballa le couteau qui lui restait.

Il ne pourrait pas dormir tant qu'il ne l'aurait pas tuée.

Cette nuit même.

Elle ne devait pas s'attendre à ce qu'il revînt si vite.

Il regarda sa montre. Minuit.

Pour l'instant, les gens devaient encore rentrer du théâtre, d'une réception ou d'un souper tardif. Plus tard, les rues seraient désertes, les maisons noires et silencieuses, et il courrait moins de risques d'être repéré par la police.

Il décida qu'il partirait pour Westwood à deux heures.

CHAPITRE III

Le serrurier arriva pour changer les verrous des deux portes, puis il partit voir un autre client à Hancock Park.

Les agents Whitlock et Farmer s'en allèrent à leur tour.

Hilary resta seule.

Elle se demandait si elle allait pouvoir dormir ; en tout cas, il était certain qu'elle serait incapable de passer la nuit dans sa chambre. Quand elle y entra, elle fut assaillie par des visions terrifiantes. Elle voyait Frye enfoncer la porte et marcher vers elle avec un sourire démoniaque, avancer inexorablement vers le lit, sauter dessus et enjamber le matelas en brandissant son couteau... Puis, par un curieux enchaînement, l'image de Frye fit place à celle de son père et, l'espace d'un instant, elle eut l'impression insensée que c'était Earl Thomas, ressuscité des morts, qui avait tenté de la tuer cette nuit. Mais ce n'étaient pas seulement les relents maléfiques qui étaient demeurés dans la chambre qui l'épouvantait le plus. Elle avait peur de dormir là tant que la porte ne serait pas remplacée, tâche à laquelle il ne fallait songer avant le lendemain matin, si elle arrivait à trouver un menuisier. La fragile barrière n'avait pas résisté longtemps aux assauts de Frye et Hilary se dit qu'elle ferait mettre une porte en bois massif équipée d'un solide verrou. En attendant, si Frye revenait cette nuit même, il entrerait directement dans sa chambre pendant son sommeil — si elle parvenait à dormir.

Car il reviendrait tôt ou tard. Elle en avait la certitude absolue.

Elle aurait pu aller à l'hôtel, mais cette solution lui déplaisait. C'eût été de la lâcheté, en quelque sorte. Elle était secrètement fière de son courage ; jamais elle n'avait fui, devant rien ni devant personne. Elle avait toujours lutté, de toutes ses forces et armée de sa seule naïveté. Elle n'avait pas cherché à échapper à ses parents, violents et qui ne l'aimaient pas. Elle n'avait jamais cherché la moindre échappatoire psychologique au souvenir lancinant de toutes les choses affreuses qui s'étaient déroulées dans le misérable appartement de Chicago ; elle n'avait pas cherché le genre de refuge que certains trouvent dans la folie ou l'amnésie, comme c'est le cas de beaucoup d'êtres qui ont subi de pareilles épreuves. Elle n'avait pas reculé, non plus, devant les obstacles qui s'étaient sans cesse dressés contre sa carrière à Hollywood, d'abord comme actrice, puis comme scénariste. Elle avait trébuché bien des fois, mais elle s'était toujours relevée et, finalement, elle avait remporté la partie. Aujourd'hui encore, elle vaincrait dans cet étrange combat contre Bruno Frye, même si elle devait se battre toute seule.

Que la police aille se faire foutre !

Elle décida de dormir dans une chambre d'amis dont la porte fermait à clef. Elle prépara le lit et mit des serviettes de toilette dans la salle de bains attenante.

Ensuite, elle descendit dans la cuisine et fourragea dans les tiroirs. Elle prit plusieurs couteaux dont elle vérifia le tranchant, entre autres un grand couteau de boucher qui avait vraiment l'air meurtrier. Cependant, il était mal adapté à sa petite main et lui serait de peu d'utilité en cas de combat rapproché car il fallait de l'espace pour pouvoir en faire plein usage. C'était peut-être une excellente arme d'attaque mais il ne valait pas grand-chose pour se défendre. Elle choisit donc, en définitive, un couteau ordinaire muni d'une lame de dix centimètres de long, assez grand pour causer des blessures importantes si elle avait à s'en servir.

L'idée de plonger un couteau dans le corps d'un être vivant la révulsait ; toutefois, elle s'en savait capable si sa vie était menacée. Dans son enfance, il lui était arrivé à plusieurs reprises de dissimuler un couteau sous son matelas pour se protéger des imprévisibles accès de folie meurtrière de son père. Elle ne s'en était servie qu'une seule fois, le jour où Earl Thomas, en proie à une crise de delirium tremens conjuguée à sa pure et simple folie, avait vu des vers géants sortir du mur et d'énormes crabes tenter de s'introduire par la fenêtre. Dans sa furie schizophrénique, il avait transformé le petit appartement de Chicago en un charnier puant et elle avait échappé au carnage grâce à son couteau.

Bien entendu, un couteau ne valait pas un revolver, mais les deux agents avaient emporté son arme en partant.

Qu'ils aillent tous se faire foutre !

Après le départ des inspecteurs Clemenza et Howard, Hilary avait eu une violente discussion avec l'agent Farmer au sujet de la législation sur la détention d'armes. Rien que d'y penser, elle était encore furieuse.

« Ah, mademoiselle Thomas, au sujet de ce revolver...

— Oui, quoi donc ?

— Il faut un permis pour avoir une arme chez soi.

— Je sais. J'en ai un.

— Puis-je le voir ?

— Il est dans le tiroir de ma table de nuit. A côté du revolver.

— Est-ce que l'agent Whitlock peut monter la chercher ?

— Je vous en prie. »

Quelques minutes plus tard :

« Mademoseille Thomas, je suppose que vous avez vécu autrefois à San Francisco ?

— Oui, pendant huit mois. J'y ai fait un peu de théâtre à l'époque où je voulais être actrice.

— L'adresse qui figure sur votre permis de port d'arme est à San Francisco.

— J'habitais à North Beach. Il est préférable d'avoir une arme quand on est une femme seule dans un tel quartier.

— Vous ne savez pas qu'on doit demander une nouvelle autorisation quand on change de comté ?

— Non.
— Vraiment ?
— Ecoutez, j'écris des scénarios de films. J'ignore tout de la législation sur les armes à feu.
— Quand on a un revolver chez soi, on est tenu de connaître les lois qui en régissent la détention.
— Bon, bon. Je m'en occuperai dès que je pourrai.
— Il faudra bien, si vous voulez le récupérer.
— Le récupérer ?
— Je vais être obligé de vous le prendre.
— Vous plaisantez ?
— C'est la loi, mademoiselle Thomas.
— Vous allez me laisser toute seule, et sans arme ? Qui vous a demandé de faire ça ?
— Je ne crois pas que vous ayez besoin de vous inquiéter...
— C'est l'inspecteur Howard qui vous a dit ça ?
— Il m'a seulement suggéré de vérifier votre permis. Mais il ne m'a pas...
— Seigneur !
— Il vous suffira d'acquitter une nouvelle taxe, de remplir un nouveau formulaire et nous vous rendrons votre revolver.
— Et si Frye revient cette nuit ?
— C'est fort improbable.
— Et s'il vient quand même ?
— Appelez-nous. Nous avons toujours des voitures qui patrouillent dans le secteur. On arrivera...
— Juste à temps pour demander un prêtre et un fourgon mortuaire.
— Vous n'avez rien à craindre sauf...
— Sauf la peur elle-même ? Dites-moi, monsieur l'agent, vous avez suivi des cours sur l'emploi des lieux communs avant de devenir flic ?
— Je ne fais que mon travail, mademoiselle Thomas.
— Ah ! ah !.... Je me demande à quoi ça sert. »

Farmer avait donc emporté son revolver et Hilary avait découvert une chose très intéressante, à savoir que la police n'est qu'une émanation du gouvernement et qu'on ne peut pas compter sur un gouvernement pour se protéger individuellement. Quand un gouvernement n'est même pas capable d'équilibrer son budget, de maîtriser la masse monétaire qu'il met en circulation ou d'empêcher la corruption larvée dans ses propres services, quand il a perdu jusqu'à la volonté et ne se donne même plus les moyens d'entretenir une armée pour veiller à la sécurité de la nation, alors à quoi bon espérer qu'il empêche un maniaque de vous trucider tranquillement ?

Elle savait depuis longtemps qu'il n'était pas facile de trouver quelqu'un en qui placer sa confiance. Certainement pas ses parents. Ni la famille, personne ne voulant se mouiller. Encore moins les assistantes sociales, tout juste bonnes à remplir des dossiers, vers qui elle s'était tournée pour obtenir de l'aide lorsqu'elle était enfant. Ni la police. En fait, elle ne voyait qu'une personne digne de ce rôle : elle-même.

Parfait, se dit-elle avec humeur. Parfait. Je me défendrai contre Bruno Frye toute seule.

Mais comment ?

Elle trouverait bien un moyen.

Elle quitta la cuisine, le couteau à la main, et alla dans la salle de séjour pour se servir une généreuse ration de Rémy Martin. Ensuite, elle monta dans la chambre d'amis avec le couteau et le cognac, éteignant, comme par défi, toutes les lumières sur son passage.

Elle ferma la porte de la chambre à clef et chercha un moyen de la barricader. A gauche de la porte, il y avait une grande commode en pin foncé ; elle était trop lourde pour qu'elle puisse la déplacer d'un bloc, aussi Hilary enleva-t-elle tous les tiroirs, puis tira le meuble ainsi allégé sur le tapis, le poussa contre la porte et remit les tiroirs, un à un. Contrairement à l'ordinaire, cette commode n'avait pas de pieds ; elle reposait à plat sur le sol et constituait un obstacle redoutable pour quiconque tenterait de pénétrer de force dans la pièce.

Hilary passa ensuite dans la salle de bains, posa le couteau et le verre par terre et remplit la baignoire d'eau bouillante, à la limite du supportable. Elle se déshabilla et s'immergea progressivement en retenant son souffle. Depuis le moment où Frye l'avait immobilisée sous lui, depuis qu'il avait posé la main sur elle et froissé ses collants, elle se sentait sale et comme contaminée. Le contact de l'eau lui procura un plaisir infini. Elle se frictionna vigoureusement avec un gant de toilette frotté de savon au lilas, tout en buvant son Rémy Martin à petites gorgées. A la fin, quand elle se sentit parfaitement lavée, elle s'enfonça encore davantage dans l'eau parfumée. Les vapeurs conjuguées de l'eau et de l'alcool la plongeaient dans un profond bien-être et des petites gouttes de sueur vinrent perler à son front. Fermant les yeux, elle s'absorba dans les effluves du cognac qui restait au fond du verre.

Le corps humain ne peut fonctionner longtemps sans l'entretien approprié. Après tout, le corps est aussi une machine, une merveilleuse machine faite d'innombrables tissus et fluides, un agglomérat chimique et minéral, un assemblage complexe où le cœur joue le rôle de moteur. Un moteur alimenté par de nombreux autres petits moteurs auxiliaires, doté d'un circuit de lubrification interne et d'un système d'air conditionné, piloté par l'ordinateur du cerveau et se déplaçant grâce à tout un réseau de muscles solidement arrimés à un châssis de calcium. Pour fonctionner correctement, il a besoin de beaucoup de choses, entre autres de nourriture, de repos et de sommeil. Hilary était persuadée qu'elle serait incapable de dormir après ce qui s'était passé. Elle croyait qu'elle resterait toute la nuit aux aguets, dans l'attente du retour de Frye. Pourtant, la fatigue fut la plus forte ; si son esprit conscient répugnait à abaisser ses défenses pour récupérer, son subconscient savait que c'était nécessaire et inévitable. Le temps qu'elle termine son cognac, elle avait tellement sommeil qu'elle pouvait à peine garder les yeux ouverts.

Elle sortit de la baignoire, ouvrit la bonde et s'enveloppa dans une grande serviette moelleuse. Elle reprit le couteau et sortit de la salle de bains en laissant l'électricité allumée et la porte entrouverte. Ensuite, elle se glissa nue dans le lit, après avoir posé le couteau sur la table de nuit.

Elle se sentait toute molle, comme si la chaleur avait distendu ses articulations. Elle était aussi un peu groggy. Le cognac, sans doute.

Elle était couchée face à la porte. La barricade était rassurante. Elle paraissait inébranlable. Infranchissable. Jamais Bruno Frye ne pourrait passer. Même avec un bélier. Une petite armée aurait du mal à renverser le barrage. Un char, même, n'y parviendrait pas. Et un gros dinosaure ? se demanda-t-elle, tout ensommeillée. Un de ces gros tyrannosaures qu'on voit dans les bandes dessinées. Godzilla, par exemple. Godzilla parviendrait-il à enfoncer la porte ?...

Le jeudi au matin, sur le coup des deux heures, Hilary s'endormit.

A deux heures vingt-cinq, Bruno Frye passa lentement devant la maison d'Hilary. Le brouillard avait envahi Westwood, mais il n'était pas aussi dense qu'au bord de l'Océan. La visibilité était suffisante pour qu'il se rendît compte qu'aucune lumière ne brillait aux fenêtres.

Il roula encore pendant quelques mètres, puis fit demi-tour et repassa devant la maison, plus lentement encore, en examinant attentivement les voitures stationnées dans la rue. Les flics n'avaient certainement pas laissé de garde, mais il préférait ne prendre aucun risque. Les voitures étaient vides. Il n'y avait personne.

Il arrêta la Dodge un peu plus loin, entre deux Volvo, et retourna à pied vers la maison, en traversant des nappes d'obscurité brumeuses et les halos de lumière opaque jetés par les lampadaires. Ses chaussures couinaient sur l'herbe humide et ce bruit faisait ressortir encore davantage le silence surnaturel de la nuit.

Parvenu sur le côté de la maison, il se tapit près d'un buisson de lauriers-roses et se retourna pour regarder derrière lui. Rien. Personne ne l'avait suivi. Il continua son chemin vers l'arrière de la maison et escalada un portail fermé à clef. Il leva les yeux et aperçut un petit carré de lumière au premier étage. D'après sa dimension, il en déduisit qu'il s'agissait de la fenêtre de la salle de bains.

Elle était là-haut.

Il en était sûr.

Il la devinait. Il la sentait.

La salope.

Elle attendait d'être prise, utilisée.

Elle attendait d'être tuée.

Ou attend-elle pour me tuer ? se demanda-t-il.

Il frissonna. Il la désirait. Il avait d'elle un besoin impérieux, mais elle lui faisait peur aussi.

Les fois précédentes, elle était toujours morte facilement. Elle revenait de chez les morts dans un nouveau corps, faisant semblant d'être une autre femme, mais elle se laissait tuer pratiquement sans combattre. Pourtant, ce soir, Katherine s'était montrée une véritable tigresse, forte, habile et courageuse. Cette attitude nouvelle ne lui disait rien qui vaille.

Néanmoins, il ne fallait pas la lâcher. S'il ne la poursuivait pas de réincarnation en réincarnation, s'il ne persistait pas à la tuer jusqu'à ce que, finalement, elle reste chez les morts, il ne trouverait jamais la paix.

Il n'essaya même pas d'ouvrir la porte de la cuisine avec les clefs qu'il avait volées dans son sac. Elle avait dû faire changer les serrures et, même si elle n'avait pas pris cette précaution, elle avait certainement dû pousser le verrou intérieur. Le mardi soir, la première fois qu'il avait essayé d'entrer dans la demeure, elle était chez elle et il avait découvert qu'une des serrures n'ouvrait pas si une clef était restée à l'intérieur dans le canon. La serrure du haut s'ouvrait sans résistance, mais celle du bas s'y refusait obstinément. Il n'était pas entré dans la maison, cette nuit-là, et était revenu la nuit suivante, le mercredi, il y avait exactement huit heures ; elle était sortie et il avait pu utiliser les deux clefs. Mais, maintenant, elle était là et, même si elle n'avait pas fait changer les serrures, elle avait certainement enclenché ce verrou de sécurité et laissé une clef à l'intérieur de chaque serrure. Inutile donc, d'essayer d'entrer par là, même s'il avait les clefs.

Il contourna le bâtiment et arriva devant une grande fenêtre à meneaux qui donnait sur la roseraie. Cette fenêtre était composée de petits carreaux de quinze centimètres de large, séparés par une fine baguette de bois noir et laqué. De l'autre côté, se trouvait le bureau, tapissé de livres. Il prit une lampe de poche et dirigea le faisceau lumineux sur la fenêtre. En plissant les yeux, il finit par localiser la poignée, puis éteignit la lampe. Avec un rouleau de papier adhésif qu'il avait sur lui, il recouvrit entièrement le carreau qui était le plus proche de la crémone et, quand ce fut fini, il cogna dessus de son poing ganté. Un seul grand coup sec. La vitre vola en éclats mais ne retomba pas sur le sol car elle était retenue par le papier adhésif. Frye passa la main par le carreau cassé, ouvrit la fenêtre, puis se glissa à l'intérieur. Il faillit provoquer un raffut de tous les diables en butant contre un guéridon.

Immobile au milieu de la pièce, le cœur battant, Frye tendit l'oreille à l'affût du moindre signe témoignant qu'elle l'avait entendu.

Seul le silence régnait.

Elle avait le pouvoir de ressusciter des morts et de revenir à la vie sous une nouvelle identité mais, apparemment, ses facultés surnaturelles avaient des limites. Elle n'était ni voyante, ni omnisciente. Il était chez elle et elle l'ignorait encore.

Il sourit de toutes ses dents.

Il tira son couteau de l'étui fixé à sa ceinture et le garda dans la main droite.

La lampe de poche dans la main gauche, il traversa sans bruit les pièces du rez-de-chaussée. Tout était noir et désert.

Il monta l'escalier en se tenant tout près du mur pour que les marches ne craquent pas. Il arriva sur le palier sans avoir provoqué le moindre bruit.

Il explora les chambres mais n'y rencontra rien d'intéressant. Enfin, il arriva devant la porte de la dernière, sur la gauche. Il crut voir de la lumière filtrer dessous et il éteignit sa lampe. Dans les ténèbres opaques du couloir, un mince trait d'argent filtrait sous la porte. Il s'approcha et tourna doucement la poignée. Fermée à clef.

Il l'avait trouvée.

Katherine.

Qui se faisait passer pour une femme nommée Hilary Thomas.

La garce. La sale garce.

Katherine, Katherine, Katherine...

Le nom résonnait dans sa tête ; il serra le poing autour de son couteau et se mit à donner des petits coups dans le noir, comme si c'était elle qu'il poignardait.

Il se coucha à plat ventre dans le couloir et glissa son regard sous la porte, qui ne touchait pas tout à fait le sol. Un gros meuble, un buffet, peut-être, la bloquait de l'autre côté. Une lumière indirecte et vague, provenant de quelque part vers la droite, baignait la pièce et se faufilait sous le meuble.

Le peu qu'il voyait le remplissait de joie et un flot d'optimisme l'inonda. Elle s'était barricadée, ce qui voulait dire que cette ignoble pute avait peur de lui. Oui, *elle* avait peur de *lui*. Elle avait beau connaître le moyen de sortir de la tombe, elle avait peur de mourir. Ou alors, cette fois, elle avait senti qu'elle ne pourrait plus revenir parmi les vivants. Il allait particulièrement la soigner, une fois qu'elle ne serait plus qu'un cadavre, encore mieux que les autres corps qu'elle avait habités. Il allait lui arracher le cœur. Y planter un pieu. Lui couper la tête. Lui remplir la bouche d'ail. Il avait aussi l'intention d'emporter la tête et le cœur en partant et d'enterrer ces macabres trophées dans des tombes secrètes et séparées, dans deux cimetières différents, eux-mêmes éloignés de tout endroit où le reste du corps risquait d'être enseveli. De toute évidence, elle savait qu'il allait prendre les plus grandes précautions puisqu'elle lui résistait avec un acharnement et une résolution qu'elle n'avait encore jamais manifestés jusqu'ici.

Elle semblait bien calme.

Endormie ?

Non, se dit-il. Elle a bien trop peur pour dormir. Elle doit être assise dans son lit, le revolver dans les mains.

Il l'imagina se terrant comme une souris cherchant refuge contre un chat à l'affût et il se sentit aussi puissant qu'une des forces de la nature. La haine bouillait en lui. Qu'elle se tortille et tremble de peur, comme il avait lui-même tremblé pendant tant d'années. Un besoin presque irrépressible de hurler s'empara de lui ; il avait envie de crier son nom — Katherine, Katherine — et de la couvrir d'injures. Il ne parvint à garder son sang-froid qu'au prix d'un effort sur lui-même qui fit surgir la sueur sur son visage et lui mit les larmes aux yeux.

Il se releva et se mit à réfléchir silencieusement dans le noir à son plan d'action. Il pouvait se jeter contre la porte, l'enfoncer et balayer l'obstacle, mais ce serait une manœuvre suicidaire. Il n'abattrait pas le rempart assez rapidement pour la surprendre. Elle aurait tout le temps pour le mettre en joue et lui tirer une douzaine de balles dans le corps. La seule chose à faire, c'était d'attendre qu'elle sorte. S'il restait toute la nuit dans le couloir sans faire un seul bruit, sa vigilance finirait bien par s'émousser. Au matin, elle penserait peut-être qu'elle ne risquait plus rien et qu'il ne reviendrait pas. Quand elle sortirait enfin de là, il s'emparerait d'elle et la ramènerait de force sur le lit, avant qu'elle ait le temps de comprendre ce qui lui arrivait.

Frye traversa le couloir en deux enjambées et s'assit par terre, le dos au mur.

Au bout de quelques minutes, il commença à entendre des bruissements dans l'obscurité, des bruits de galopades étouffés.

Encore mon imagination, pensa-t-il. Mes vieilles peurs.

Mais ensuite, il sentit quelque chose qui rampait sur sa jambe, sous son pantalon.

Hallucination, se dit-il.

Mais quelque chose s'insinuait vraiment sous sa manche et commençait à grimper le long de son bras, une chose ignoble mais indéfinissable. Quelque chose qui lui courait sur l'épaule, qui gagnait son cou et sa figure, quelque chose de tout petit mais d'absolument effroyable qui cherchait sa bouche (il serra les lèvres), ses yeux (il ferma les paupières), son nez (il se balaya frénétiquement la figure de la main sans parvenir à la localiser ni à s'en débarrasser). Oh ! non !

Il ralluma sa lampe de poche. Il était la seule créature vivante dans ce couloir. Rien ne remuait sous son pantalon. Rien sur ses mains. Rien sur son visage.

Il frissonna et laissa la lampe allumée.

Jeudi matin, à neuf heures, Hilary fut réveillée par le

téléphone. Il y avait un poste dans la chambre d'amis et la sonnerie avait été réglée accidentellement sur sa puissance maximale, probablement par la femme de ménage de l'agence de nettoyage. Le timbre strident tira Hilary de son sommeil et elle s'assit d'un seul coup dans son lit.

C'était Wally Topelis. Il venait de lire le compte rendu de l'agression et de la tentative de viol en prenant son petit déjeuner. Il était bouleversé et inquiet.

Avant de lui fournir de plus amples détails, elle lui demanda de lui lire l'article du journal et fut soulagée de constater qu'il était bref ; quelques lignes et une photo en page 6. Il était entièrement fondé sur les maigres informations que l'inspecteur Clemenza et elle-même avaient communiquées la veille à la presse. On n'y faisait mention ni de Bruno Frye, ni du fait que l'inspecteur Howard était convaincu qu'elle mentait. Les journalistes avaient fait correctement leur travail, sans montrer l'affaire sous ce jour scandaleux et alléchant qui l'aurait fait placer un peu plus près de la première page.

Quand Hilary lui eut tout raconté, Wally entra dans une grande fureur.

« Ce con de flic ! Si seulement il avait fait un effort pour savoir quel genre de femme vous êtes, il aurait compris que vous êtes incapable d'inventer une histoire pareille. Ecoutez-moi, mon petit, je vais m'en occuper. Ne vous inquiétez pas ; je vais faire quelque chose.

— Quoi donc ?

— Je vais passer quelques coups de fil.

— A qui ?

— Que diriez-vous du chef de la police, pour commencer ?

— Oh ! oui !

— Eh ! c'est qu'il a une dette envers moi ! Qui donc organise le gala annuel de la police depuis cinq ans ? Qui s'arrange pour lui avoir gratis les plus grandes vedettes de Hollywood ? Qui fait venir pour son spectacle des chanteurs, des acteurs et des illusionnistes, et tout ça pour pas un clou ?

— Vous ?

— Pardi ! c'est bien moi !

— Mais que peut-il faire ?
— Rouvrir l'enquête.
— Quand un de ses inspecteurs jure ses grands dieux qu'il s'agit d'une supercherie ?
— Cet inspecteur a le cerveau fêlé.
— J'ai dans l'idée que ce Frank Howard doit être bien noté.
— Dans ce cas, c'est que leur façon d'apprécier les gens est désastreuse. Ou alors que le niveau est très bas, ou encore qu'ils se fichent complètement le doigt dans l'œil.
— Vous risquez d'avoir des difficultés pour faire accepter ça au chef de la police.
— Mon chou, je sais être persuasif.
— Et même s'il vous est redevable d'un service, comment pourra-t-il rouvrir l'enquête sans un fait nouveau ? Il a beau être le chef, il est obligé de se conformer au règlement.
— Il pourra toujours contacter le shérif du comté de Napa.
— Qui lui répétera ce qu'il a dit cette nuit, à savoir que Frye était chez lui en train de faire de la pâtisserie ou quelque chose dans ce goût-là.
— Alors, c'est que le shérif Laurenski n'est qu'un imbécile incompétent qui a cru sur parole ce qu'on lui a répondu chez Frye. A moins qu'il ne mente ou qu'il ne soit de mèche avec votre agresseur.
— Si vous exposez cette théorie au chef de la police, j'ai bien peur qu'il ne nous fasse subir des tests pour voir si nous ne sommes pas atteints de paranoïa aiguë.
— Si je n'obtiens rien de la police, je m'adresserai à de bons détectives privés.
— Des détectives privés ?
— Oui, je connais une agence qui conviendra parfaitement. Les gars sont très forts, bien davantage que les flics. Ils iront fouiner dans la vie de Frye et déterreront tous ses petits secrets. Ils récolteront le genre d'informations qui fera rouvrir l'enquête.
— N'est-ce pas très coûteux ?
— Non.
— Si.

— Je prendrai la moitié des frais à ma charge.

— C'est très généreux, mais...

— Je ne suis pas du tout généreux. Vous représentez pour moi un avoir de grande valeur, mon chou. Je possède des parts sur votre personne et ce que je donnerai à l'agence de détectives privés ne sera en fait qu'une prime d'assurance. Je cherche uniquement à défendre mes intérêts.

— Vous dites n'importe quoi et vous le savez bien. Vous êtes généreux, Wally. Mais ne contactez pas encore votre agence. Cet autre policier dont je vous ai parlé, l'inspecteur Clemenza, m'a dit qu'il repasserait dans l'après-midi au cas où de nouveaux détails me seraient revenus en mémoire. Il continue à me faire confiance, mais le témoignage de Laurenski l'a laissé perplexe. Je crois qu'il saisira n'importe quel prétexte pour faire rouvrir l'enquête. Attendons que je l'aie vu et, si la situation est toujours bloquée, on s'adressera à vos détectives privés.

— Bon... Très bien, dit Wally à contrecœur. Mais en attendant, je vais leur demander de placer quelqu'un devant chez vous pour vous protéger.

— Allons, Wally, je n'ai pas besoin d'un garde du corps.

— Si, vous en avez fichtrement besoin.

— Tout s'est très bien passé cette nuit et je ...

— Ecoutez, mon petit, je vais envoyer quelqu'un, un point c'est tout. On ne discute pas avec tonton Wally. Si vous ne voulez pas le laisser entrer chez vous, il restera devant votre porte comme un garde de la reine.

— Vraiment, je...

— Tôt ou tard, poursuivit Wally, il faudra bien que vous compreniez que vous ne pouvez pas vous débrouiller toute seule. Personne n'en est capable ; personne, mon petit. De temps en temps, on est tous obligés d'accepter l'aide d'autrui. Vous auriez dû m'appeler cette nuit.

— Je ne voulais pas vous déranger.

— Mais bon sang, vous ne m'auriez pas dérangé ! Je suis votre ami. En vérité, vous me dérangez bien davantage pour ne m'avoir pas dérangé cette nuit. C'est très bien d'être forte, indépendante et de se suffire à soi-même, mais il y a des limites. Bon, vous laisserez entrer le garde du corps quand il se présentera ?

— D'accord, soupira-t-elle.

— Très bien. Il sera chez vous dans une heure. Et appelez-moi dès que vous aurez vu Clemenza.

— D'accord.

— Promis ?

— Promis.

— Vous avez dormi cette nuit ?

— Aussi surprenant que ça puisse paraître, oui.

— Si vous avez du sommeil à rattraper, faites la sieste cet après-midi.

— Quelle mère poule vous faites ! s'exclama Hilary en riant.

— Je vous apporterai peut-être une grande soupière de velouté de volaille pour le dîner. Au revoir, ma chère enfant.

— Au revoir, Wally. Merci d'avoir appelé. »

En raccrochant le téléphone son regard se posa sur la commode qu'elle avait poussée devant la porte. Après cette nuit calme, cette barricade semblait ridicule. Wally avait raison : le mieux était d'engager un garde du corps et de lancer une équipe de fins limiers sur la piste de Frye. Le plan qu'elle avait conçu pour résoudre le problème était vraiment risible. Elle n'allait tout de même pas transformer la maison en camp retranché et jouer à Fort Alamo avec Frye.

Elle se leva, enfila son peignoir de soie et s'approcha de la commode. Elle sortit les tiroirs et les posa par terre, puis tira le meuble loin de la porte pour le remettre à sa place habituelle indiquée par des marques sur le tapis.

Puis elle prit le couteau posé sur la table de nuit et sourit de sa naïveté. Un combat corps à corps avec Bruno Frye ? Une lutte au couteau avec un maniaque ? Comment avait-elle pu croire qu'elle avait une chance de l'emporter dans un combat aussi inégal ? Frye était des millions de fois plus fort qu'elle. Elle avait eu beaucoup de chance de pouvoir lui échapper, grâce à son revolver. Mais si elle essayait de se battre avec lui, il la couperait en rondelles.

Elle décida d'aller remettre le couteau à la cuisine et de s'habiller avant l'arrivée du garde du corps. Elle débloqua le verrou de la porte, l'ouvrit, fit un pas dans le couloir et poussa un hurlement au moment où Frye la saisissait à bras-le-corps et la plaquait contre le mur. Sa nuque heurta violemment la cloison et un voile noir l'aveugla quelques instants. La serrant à la gorge avec sa main droite, il l'immobilisa. De sa main gauche, il écarta le peignoir d'un coup sec, écrasant sa poitrine nue, la convoitant d'un regard méchant, et la traita de salope et de putain.

Il avait dû entendre sa conversation avec Wally Topelis et il savait sans doute que la police lui avait confisqué son arme, car il ne manifestait aucune peur. Elle n'avait pas parlé du couteau à Wally et Frye ne s'attendait pas à une attaque. Elle plongea toute la longueur de la lame dans son ventre plat et musclé. Pendant quelques secondes, il parut ne pas s'en être rendu compte et sa main glissa de ses seins vers son sexe, essayant d'enfoncer les doigts dans son vagin. Quand elle retira le couteau, il fut saisi d'une atroce douleur. Il écarquilla les yeux et poussa un cri perçant. Hilary le frappa de nouveau, un peu plus haut, cette fois, juste sous les côtes. Sa figure prit soudain l'aspect blanc et graisseux du lard. Il hurla, la lâcha, vacilla en arrière et finit par s'écraser contre le mur d'en face en faisant tomber un tableau.

En réalisant ce qu'elle venait de faire, Hilary fut prise de tremblements nerveux. Cependant, elle ne lâcha pas le couteau, prête à le frapper encore s'il revenait à l'attaque.

Bruno Frye contemplait son abdomen avec stupéfaction. La lame s'était enfoncée profondément. Une mince rigole de sang s'échappait de ses blessures, imprégnant son chandail et son pantalon.

Hilary n'attendit pas que l'expression de stupeur qu'elle pouvait lire sur ses traits se métamorphose en masque d'agonie. Elle rentra précipitamment dans la chambre, claqua la porte et poussa le verrou. Pendant quelques secondes, elle resta là, à écouter les gémissements étouffés de Frye, ses injures et le bruit de ses mouvements maladroits, se demandant s'il lui restait assez de forces pour enfoncer la porte. Elle crut entendre son pas chancelant se diriger vers l'escalier, mais elle n'en était pas certaine. Elle courut vers le téléphone. D'une main roide et glacée, elle saisit le récepteur et appela la police.

La garce ! La sale garce !

Frye passa la main sous son chandail jaune et pressa la blessure de son ventre, car c'était celle qui saignait le plus. Il referma les lèvres de la plaie du mieux qu'il le pouvait, pour tenter d'empêcher la vie de s'écouler de lui. Le sang chaud s'infiltrait par les coutures de ses gants et lui poissait les mains.

Il ne souffrait presque pas. Une brûlure sourde au ventre, un picotement sur le côté gauche, des élancements réguliers réglés sur les battements de son cœur. Rien de plus.

Pourtant, il savait qu'il était grièvement blessé et que son état s'aggravait à chaque seconde. Il se sentit pris d'une faiblesse extrême. Sa force si extraordinaire l'avait déserté, brusquement et totalement.

Se tenant le ventre d'une main et s'agrippant à la rampe de l'autre, il descendit l'escalier qui ondulait comme des montagnes russes ; les marches semblaient tanguer et rouler. Quand il arriva en bas, il ruisselait de sueur.

Dehors, le soleil lui brûla les yeux. Plus éclatant qu'il ne l'avait jamais été, l'astre monstrueux emplissait tout le ciel et lui cognait dessus impitoyablement. Frye avait l'impression qu'il lui transperçait les yeux et allumait de minuscules incendies à la surface de son cerveau.

Courbé en deux, il regagna sa camionnette en traînant les pieds et en jurant. Il se hissa péniblement sur le siège du conducteur et referma la portière comme si elle pesait des tonnes.

Conduisant d'une seule main, il arriva sur Wilshire Boulevard, tourna à gauche, puis à droite, à la recherche d'une cabine téléphonique isolée. Chaque secousse de la route était comme un coup porté à son plexus solaire. Par moments, les automobiles qu'il croisait lui semblaient s'étirer, se plier et se gonfler, comme si elles étaient faites d'un métal élastique, et il devait faire un effort pour les obliger à réintégrer leur forme habituelle.

Il avait beau appuyer sur sa blessure, le sang continuait à sourdre. La brûlure de son ventre empirait. L'élancement qu'il ressentait était devenu un pincement aigu. Pourtant, l'atroce douleur qu'il prévoyait ne s'était pas encore installée.

Il dut rouler pendant une éternité jusqu'à Sepulveda avant de repérer enfin un téléphone à sa convenance. La cabine se trouvait tout au fond du parking d'un supermarché, à une centaine de mètres du magasin.

Il arrêta sa camionnette de façon à cacher la cabine à la vue des gens qui se trouvaient dans le supermarché et des automobilistes passant sur l'avenue. Ce n'était pas une véritable cabine téléphonique, mais un de ces auvents de plastique censés constituer de parfaits écrans contre le bruit, mais qui n'ont aucun effet contre la rumeur ambiante. Malgré tout, il avait l'air de fonctionner et il se trouvait dans un endroit relativement retiré. Derrière, un grand mur de béton séparait le parking du supermarché d'un lotissement. Sur la droite, quelques buissons et deux petits palmiers isolaient la cabine d'une rue latérale rejoignant l'avenue. Personne ne pouvait le voir suffisamment bien pour s'apercevoir qu'il était blessé ; il ne tenait pas à ce que quelqu'un vienne s'inquiéter de son état.

Il se glissa à la place du passager et descendit de la Dodge. En voyant le liquide rouge et gluant suinter au travers de ses doigts plaqués sur sa blessure, il se sentit défaillir et il détourna vivement les yeux. Il n'avait que trois pas à faire pour atteindre le téléphone, mais chacun d'eux lui parut mesurer un kilomètre.

Il ne se souvenait plus du numéro de sa carte de crédit téléphonique qu'il connaissait pourtant aussi bien que sa date de naissance. Il demanda une communication en P.C.V avec le comté de Napa.

La sonnerie retentit six fois.

« Allô ?

— M. Bruno Frye appelle en P.C.V. Acceptez-vous de payer la communication ?

— Passez-le-moi. »

Un léger déclic se produisit au moment où l'opératrice lui passa la ligne.

« Je viens d'être grièvement blessé. Je crois que...je vais mourir, dit Frye à l'homme qui se trouvait à l'autre bout du fil.

— Oh ! non, mon Dieu, non !

— Je vais être obligé d'appeler une ambulance, poursuivit Frye. Et ils... et tout le monde connaîtra la vérité. »

Ils conversèrent encore une minute ; ils étaient tous deux terrifiés et désorientés. Soudain, Frye sentit quelque chose se défaire en lui. Comme un ressort qui aurait sauté ou une poche d'eau qui aurait éclaté. Il hurla de douleur.

A l'autre bout du fil, l'homme cria aussi en écho, comme s'il ressentait la même souffrance.

« Il faut que... j'appelle une ambulance », murmura Frye.

Et il raccrocha.

Le sang coulait maintenant sur ses chaussures et dégoulinait sur le sol.

Il reprit le récepteur et le posa sur la tablette métallique placée à côté du téléphone. Il prit une pièce de monnaie, mais ses doigts ne voulaient plus fonctionner convenablement et il la laissa tomber. Il la regarda rouler sur le macadam d'un air ahuri. Il en sortit une autre. Cette fois il la serra dans sa main aussi fort qu'il le pouvait. Il éleva la pièce comme s'il s'était agi d'un disque de plomb de la dimension d'une roue de voiture et il parvint enfin à la glisser dans la bonne fente. Il essaya de faire le zéro. Il n'en avait même plus la force. Ses bras musculeux, ses larges épaules, son torse imposant, son dos puissant, son ventre dur, ses cuisses massives, tout l'abandonnait.

Il ne pouvait pas composer le numéro ; il ne pouvait même plus se tenir debout. Il tomba, roula et se retrouva face contre terre sur le bitume.

Il ne pouvait pas bouger.

Il ne voyait plus rien. Il était aveugle.

Tout n'était que ténèbres et noirceur.

Il avait peur.

Il essaya de se persuader qu'il reviendrait d'entre les morts, comme Katherine. *Je reviendrai et je l'aurai,* pensa-t-il. *Je reviendrai.* Mais, en réalité, il n'y croyait pas.

Tandis qu'il était étendu là, l'esprit de plus en plus vide, il eut un moment de surprenante lucidité et il se demanda s'il ne s'était pas trompé en croyant que Katherine avait le pouvoir de revenir du royaume des morts. Et s'il s'était fait des idées ? S'il avait tué des femmes qui n'avaient fait que lui ressembler, des femmes innocentes ? S'il était fou ?

Une nouvelle flambée de douleur chassa ces pensées et l'obligea à se replonger dans l'obscurité suffocante qui l'entourait.

Il sentit des choses se promener sur lui.

Des choses qui rampaient.

Qui rampaient sur ses bras et sur ses jambes.

Qui rampaient sur sa figure.

Il essaya de crier. En vain.

Il entendait des murmures.

Non !

Ses entrailles se relâchèrent.

Les murmures s'enflèrent en un chœur de sifflements furieux qui l'emporta, tel un grand flot noir.

Dans la matinée du jeudi, Tony Clemenza et Frank Howard réussirent à mettre la main sur Jilly Jenkins, un vieil ami de Bobby « Ange » Valdez. Jilly n'avait pas revu l'assassin violeur à la gueule de chérubin depuis le mois de juillet. A cette époque, Bobby venait de quitter un emploi qu'il occupait à la teinturerie du Vee Vee Gee, sur Olympic Boulevard.

Jilly n'en savait pas davantage.

La teinturerie était une grande bâtisse d'un seul étage entièrement crépie qui datait du début des années cinquante, époque à laquelle les architectes de Los Angeles avaient eu l'idée absolument géniale de marier architecture espagnole et style industriel. Tony n'avait jamais pu comprendre comment un homme d'art — même le moins sensible à l'esthétique — avait pu voir une quelconque beauté dans cet édifice hybride et grotesque. Le toit de tuiles rouge-orangé était truffé d'une multitude de cheminées de briques et de bouches d'aération en tôle ondulée d'où s'échappait la fumée. Les fenêtres étaient encadrées de grosses poutres rustiques, un peu dans le style de la casa des riches *terratenientes,* mais les vitres façon usine étaient grillagées de fil de fer. A la place des vérandas, on avait construit des sortes de débarcadères. Les murs étaient rectilignes, les angles aigus et l'ensemble faisait penser à une grosse boîte — tout l'opposé des arcades élégantes et des coins arrondis du véritable style espagnol.

« Comment a-t-on pu faire une chose pareille ? dit Tony en sortant de voiture.

— Faire quoi ? demanda Frank.

— Pourquoi a-t-on construit des trucs aussi horribles ? Ça sert à quoi ?

— Qu'est-ce que tu vois d'horrible là-dedans ?

— Ça ne te choque pas ?

— C'est une teinturerie. Il faut bien qu'il y ait des teintureries.

— As-tu un architecte dans ta famille ?

— Un architecte ? Non, pourquoi me poses-tu cette question ?

— Simple curiosité.

— Est-ce que tu sais qu'il t'arrive parfois de dire de drôles de choses ?

— On me l'a déjà dit », répliqua Tony.

Ils entrèrent dans la boutique et la secrétaire se montra carrément hostile quand ils demandèrent à voir le patron, Vincent Garamalkis. La maison avait été condamnée à payer quatre amendes en quatre ans pour avoir employé des étrangers dépourvus de permis de travail. La secrétaire était persuadée qu'elle avait affaire à des inspecteurs du service de l'immigration. Elle se dégela un peu en voyant leur carte de police, mais elle ne consentit à se montrer coopérative que lorsque Tony eut réussi à la convaincre qu'ils se moquaient totalement de la nationalité de leur personnel. Elle finit par avouer avec réticence que Garamalkis était là. Elle allait les conduire auprès de lui quand le téléphone sonna, aussi leur donna-t-elle de rapides instructions, à charge pour eux de trouver Garamalkis tout seuls.

L'immense local sentait le savon, l'eau de Javel et la vapeur. Il y régnait une atmosphère humide, suffocante et bruyante. De grosses machines à laver cognaient, bourdonnaient et clapotaient. Les énormes séchoirs ronflaient et grondaient. Le claquement et le sifflement des appareils à plier le linge agaçaient les dents de Tony. La plupart des ouvriers qui s'affairaient autour des diverses installations, les hommes qui déchargeaient des chariots de linge sale, les gros bras qui bourraient les machines à laver, les femmes qui pliaient des vêtements sur une double rangée de longues tables s'interpellaient bruyamment en espagnol ; en voyant Frank et Tony arriver, chacun s'arrêta de parler et les dévisagea d'un œil soupçonneux.

Vincent Garamalkis était assis derrière un vieux bureau, à l'extrémité de la grande salle. Ce bureau était placé sur une estrade d'un mètre de haut, ce qui permettait au patron de surveiller ses employés. Garamalkis se leva et avança jusqu'au bord de l'estrade. C'était un homme petit et trapu, au crâne dégarni, aux traits accusés et aux yeux noisette remplis de douceur qui ne s'accordaient pas avec le reste de son visage. Les mains sur les hanches, il semblait mettre les deux policiers au défi de monter jusqu'à son niveau.

« Police, déclara Frank en montrant sa carte.

— Ouais, dit Garamalkis.

— Nous ne sommes pas de l'immigration, précisa Tony.

— Et qu'est-ce que j'aurais à voir avec l'immigration ? se défendit Garamalkis.

— Votre secrétaire avait l'air de les connaître, répliqua Frank.

— J'ai rien à me reprocher. J'emploie que des citoyens américains ou des étrangers parfaitement en règle, dit l'homme d'un air furibond.

— Pardi ! ricana Frank. Et le loup s'est transformé en agneau.

— Ecoutez, dit Tony. On se fiche de savoir d'où viennent vos ouvriers.

— Que voulez-vous ?
— Nous aimerions vous poser quelques questions.
— A quel sujet ?
— Au sujet de cet homme, répondit Frank en lui montrant les trois clichés de Bobby Valdez.
— Qu'est-ce que vous lui voulez ? dit Garamalkis en jetant un coup d'œil sur les photos.
— Vous le connaissez ?
— Pourquoi ?
— On le cherche.
— Pour quelle raison ?
— Il s'est évaporé.
— Et qu'est-ce qu'il a fait ?
— Ecoutez-moi, dit Frank agacé par le ton renfrogné du teinturier. Si je veux, je peux vous causer des ennuis et si vous décidez de jouer au plus fin, j'irai chercher le service de l'immigration pour qu'il fourre son nez dans vos affaires. On se fout complètement que vous fassiez travailler des Mexicains, mais si vous refusez de coopérer avec nous, on vous fera épingler. Vous avez bien compris ?
— Monsieur Garamalkis, dit Tony, mon père était un immigrant italien. Il est arrivé dans ce pays avec des papiers en règle et il s'est ensuite fait naturaliser. Cependant, un jour, il a eu maille à partir avec les services de l'immigration. Il s'agissait simplement d'une erreur dans son dossier, une écriture mal passée. Mais il les a eus sur le dos pendant plus de cinq semaines. Ils l'appelaient dans son atelier et débarquaient à l'appartement à n'importe quelle heure de la journée, ou de la nuit. Ils demandaient sans cesse des papiers, des certificats, mais quand mon père les fournissait, ils disaient que c'étaient des faux. Ils ont même utilisé la menace ; ces gens-là ne reculent devant rien. Un moment, ils ont même brandi la menace de l'expulsion ; jusqu'à ce qu'enfin tout soit remis d'aplomb. Il a dû engager un avocat, alors qu'il n'en avait pas les moyens, et ma mère a frôlé bien des fois la crise de nerfs avant que les choses se tassent. Vous voyez donc que je ne porte pas précisément les services de l'immigration dans mon cœur. Ce n'est pas moi qui irais vous chercher des poux dans la tête, vous pouvez en être sûr. »

Garamalkis étudia Tony un instant, puis secoua la tête et soupira.

« Et ça vous met pas en rogne, tout ça ? demanda-t-il. Tenez, y a un an ou deux, quand tous ces étudiants iraniens semaient la merde partout dans Los Angeles, hein, et que je te saccage les voitures, et que je te fous le feu aux maisons, eh ben, qu'est-ce qui z'ont fait, ces fumiers de l'immigration, au lieu de nous foutre tout ça dehors à grands coups de pompe dans le cul ? Hein ? Rien, bon Dieu ! Pas ça ! Non, ces messieurs étaient bien trop occupés à emmerder mon personnel. Moi, monsieur, les gens que j'emploie, y z'ont peut-être pas de papiers mais y foutent pas le feu partout. Y bousillent pas les bagnoles et y canardent pas les flics avec des pavetons. C'est des gens qui travaillent dur. Tout ce qu'y veulent, c'est bosser en paix et mener une petite vie tranquille. Le genre de vie qu'y z'auront jamais de l'autre côté de la frontière. Vous voulez savoir pourquoi les agents de l'immigration passent leur temps à harceler les frontaliers ? Eh ben, je vais vous le dire, moi. Parce qu'on me la fait pas, à moi. C'est uniquement parce que ces Mexicains, eh ben y se tiennent peinards. C'est ni des extrémistes, ni des fanatiques religieux comme la plupart de ces Iraniens. Y sont ni cinglés, ni dangereux. C'est sacrément plus facile de coincer un Mexicain qu'un Iranien, parce qu'en général, eh ben le Mexicain, il emmerde personne. Vous voulez que je vous dise, eh ben ça me dégoûte, tout ça.

— Je comprends tout à fait votre point de vue, dit Tony. Mais si vous vouliez simplement jeter un coup d'œil à ces photos... »

Garamalkis n'était pas prêt à répondre à leurs questions. Il y avait encore deux ou trois petites choses qui lui restaient sur le cœur et il coupa Tony en pleine phrase.

« Y a quatre ans, je me suis fait coller ma première amende. Le truc habituel. Certains de mes Mexicains avaient pas leur permis de travail. Pour d'autres, le permis était expiré. Bon, je passe devant le tribunal et je me dis : maintenant, tu vas y aller réglo. J'étais bien décidé à employer que des Mexicains qu'étaient en règle. Si j'en trouvais pas assez, j'étais même décidé à employer des Américains. Eh ben, vous savez quoi ? C'était une connerie. C'était complètement idiot de croire que je pourrais bosser comme ça. Parce que, moi, tout ce que je peux offrir à ceux qui triment pour moi, c'est le tarif minimum. Et même avec ça, j'ai intérêt à pas m'écarter. Le problème, c'est que les Ricains, eh ben y veulent pas s'esquinter la santé pour des nèfles. Y z'ont d'ailleurs pas intérêt ; avec les allocations de chômage et les allocs pour les mômes, vous gagnez plus à rester chez vous qu'à travailler. Et pis, tout ça c'est net d'impôts, vous comprenez. Bon, pendant deux mois, j'ai donc fait des pieds et des mains pour trouver des employés et bosser à la régulière. Eh ben, j'ai failli en faire une crise cardiaque. Vous voyez, mes clients, c'est des hôtels, des motels, des restaurants, des salons de coiffure et tout ça. Ce qu'y veulent, c'est que ce soit vite fait-bien fait, comme on dit. Eh ben, si j'avais pas recommencé à employer des Mexicains, j'avais plus qu'à mettre la clef sous la porte. »

Frank n'avait pas envie d'en entendre davantage. Il s'apprêtait à lâcher quelque remarque acerbe, mais Tony lui mit la main sur l'épaule pour l'inciter à prendre son mal en patience.

« Remarquez, poursuivit Garamalkis, qu'on donne pas d'allocations ou d'assistance médicale gratuite à des étrangers qui sont pas en règle, passe encore. Mais je comprends vraiment pas pourquoi on expulse des gens dont la seule faute est de se taper les sales boulots dont les autres veulent pas. C'est complètement tarte. C'est même une honte. »

Sur ces paroles désabusées, Garamalkis poussa un nouveau soupir et regarda les photos de Bobby Valdez.

« Ouais, je connais ce type.

— On nous a dit qu'il avait travaillé chez vous.

— C'est exact.

— Quand ça ?

— Avant l'été, y me semble. Le mois de mai et une partie du mois de juin.

— Après qu'il a cessé de se présenter aux autorités, dit Frank à Tony.

— Je suis pas du tout au courant de cette affaire, déclara Garamalkis.

— Quel nom vous a-t-il donné ?
— Juan.
— Et son nom de famille ?
— Je m'en souviens pas. Il n'est resté que six semaines environ. Mais il doit figurer sur mes registres. »

Garamalkis descendit de son estrade et leur fit retraverser l'atelier embué sous les regards méfiants des employés. Ils entrèrent tous les trois dans le bureau et le teinturier demanda à la secrétaire de sortir les registres. Elle trouva aussitôt le double de la feuille de paye. Bobby avait déclaré s'appeler Juan Mazquezza et il avait donné une adresse sur La Brea Avenue.

« Est-ce que c'est bien là qu'il habitait ? demanda Frank.
— Vous pensez bien que pour ce genre de boulot, je vais pas m'amuser à faire une enquête, déclara Garamalkis en haussant les épaules.
— Vous a-t-il dit pourquoi il vous quittait ?
— Non.
— Vous a-t-il dit où il allait ?
— Je suis pas sa nounou. Il s'est barré, c'est tout.
— Si nous ne le trouvons pas à cette adresse, nous reviendrons pour parler un peu avec vos employés, dit Tony. Il est peut-être resté en relation avec certains d'entre eux.
— Revenez quand vous voudrez, mais vous aurez du mal à parler avec mes gars.
— Et pourquoi donc ?
— La plupart ne parlent même pas anglais, expliqua Garamalkis avec un grand sourire.
— *Yo leo, escribo y hablo español,* répliqua Tony en souriant à son tour.
— Ah ! » fit Garamalkis, très impressionné.

La secrétaire leur remit une copie de la feuille de paye et Tony remercia Garamalkis de son aide.

Une fois remontés en voiture, ils prirent la direction de La Brea Avenue et Frank déclara soudain :

« Je te tire mon chapeau.
— Pourquoi ?
— Tu es arrivé à lui tirer les vers du nez bien plus vite que je l'aurais fait. »

Ce compliment surprit Tony. En trois mois de collaboration, c'était la première fois que Frank reconnaissait l'efficacité des méthodes de son collègue.

« Je crois qu'en général ma technique est meilleure. Mais, de temps à autre, on tombe sur un type dont je ne pourrais rien tirer, alors qu'il te déballe tout en un rien de temps. J'aimerais bien avoir un peu de ta diplomatie.

— Ça s'apprend.

— Non. C'est impossible.

— Mais si !

— Tu sais prendre les gens. Pas moi.

— Ça aussi, ça s'apprend.

— Non, non. Et c'est très bien ainsi. On forme le duo classique : le gentil tout plein et le gros méchant. En plus, on ne joue pas ; c'est naturel.

— Allons, tu n'as rien du gros méchant. »

Frank ne releva pas la remarque et, comme il s'arrêtait à un feu rouge, il déclara :

« J'ai autre chose à te dire et j'ai peur que ça ne te fasse pas plaisir.

— Dis toujours.

— C'est au sujet de la fille d'hier soir.

— Hilary Thomas ?

— Elle te plaît, hein ?

— Euh... oui. Elle a l'air bien.

— Ce n'est pas ce que j'ai voulu dire. Elle te plaît vraiment. Elle t'a tapé dans l'œil.

— Oh ! non, c'est une belle fille, mais...

— Ne joue pas les innocents avec moi. J'ai bien vu comment tu la regardais. »

Le feu passa au vert. Ils roulèrent un moment en silence.

« C'est vrai, reconnut enfin Tony. Je ne m'emballe pourtant pas dès que je vois une jolie fille ; tu le sais bien.

— Parfois, j'ai l'impression que tu es un eunuque.

— Hilary Thomas est... différente. Elle n'est pas seulement très belle, il y a autre chose. J'aime sa façon de bouger, sa façon d'être ; j'aime l'écouter parler et pas uniquement pour le son de sa voix, mais à cause de la manière dont elle s'exprime. J'aime sa façon de penser.

— J'aime bien son physique, mais sa façon de penser me laisse complètement froid.

— Elle n'a pas menti, dit Tony.

— Tu sais pourtant ce que le shérif...

— Il est possible qu'il ait perdu les pédales, mais elle n'a pas inventé cette histoire de toutes pièces. Elle a dû voir quelqu'un qui ressemblait à Frye et elle...

— Je voudrais te dire une chose que tu n'as sûrement pas envie d'entendre, coupa Frank.

— Vas-y.

— Même si tu en pinces pour elle, tu n'as aucune excuse pour ce que tu m'as fait hier soir.

— Qu'est-ce que je t'ai fait ? demanda Tony, ébahi.

— Tu es censé soutenir ton collègue.

— Je ne comprends pas. »

Frank était devenu tout rouge. Il ne regardait pas Tony et tenait les yeux fixés droit devant lui.

« Hier, quand je la questionnais, à plusieurs reprises tu as pris son parti contre moi.

— Frank, je n'avais pas l'intention...

— Tu as tenté de m'empêcher de mener à bien l'interrogatoire de la façon dont je l'entendais.

— Je trouvais que tu étais dur avec elle.

— Dans ce cas, tu aurais pu me le faire savoir avec un peu plus de subtilité. Par un regard, par un geste, en me touchant le bras... D'habitude, c'est ce que tu fais, mais hier soir, tu es monté à l'assaut comme un chevalier du Moyen Age.

— Elle venait de subir une terrible épreuve et...

— Tu parles ! Elle n'avait subi aucune épreuve, elle a tout inventé !

— Je ne suis absolument pas d'accord.

— Parce que tu penses avec ta queue et non avec ta tête.

— Ce n'est pas vrai, Frank. Tu es injuste.

— Puisque tu me trouvais si dur, pourquoi ne m'as-tu pas pris à l'écart pour me demander ce que j'avais derrière la tête ?

— Je te l'ai demandé, sacré bon Dieu ! s'écria Tony qui s'emportait malgré lui. Je te l'ai demandé tout de suite après que le Q.G. t'a appelé, pendant qu'elle était en train de parler avec les journalistes. Je voulais savoir ce qu'on t'avait dit, mais tu es resté bouche cousue.

— Parce que je pensais que tu ne m'écouterais pas. Tu la couvais déjà comme un amoureux transi.

— Tu dis n'importe quoi et tu le sais bien, s'écria Tony. Je suis un aussi bon flic que toi. Je ne mêle pas mes sentiments personnels à mon boulot. Mais tu veux que je te dise ? Je crois que ce n'est pas ton cas.

— Pas mon cas ? Qu'est-ce que tu racontes ?

— Tu as pris l'habitude de me cacher tes informations quand tu tombes sur un truc vraiment intéressant. Tiens, maintenant que j'y pense... tu le fais toujours quand il s'agit d'une femme, quand c'est une chose qui peut la blesser, la faire craquer et pleurer. Alors tu te gardes bien de me mettre au courant et tu la prends par surprise, sans aucun ménagement.

— J'obtiens toujours ce que je veux.

— Il existe d'autres méthodes pour y parvenir.

— La tienne, je suppose.

— C'est ce que tu me disais il y a deux minutes. »

Frank ne répondit pas. Il regardait fixement les voitures qui le précédaient.

« Vois-tu, Frank, même si ta femme t'a fait beaucoup de mal, ce n'est pas une raison pour haïr toutes les autres.

— Je ne les hais pas.

— Peut-être pas consciemment. Mais dans ton subconscient...

— Epargne-moi ces conneries freudiennes, s'il te plaît.

— Bon, bon. Mais je te renvoie la balle. Tu m'as reproché d'avoir manqué à mes devoirs, hier soir. Je te fais le même reproche. Point final. »

Frank tourna à droite dans La Brea Avenue. Il s'arrêta à un autre feu rouge et ils restèrent tous deux silencieux pendant quelques minutes.

« Malgré tous tes défauts, tu es un sacré flic », dit enfin Tony.

Frank lui jeta un coup d'œil surpris.

« Je suis sincère, insista Tony. Il y a eu pas mal de frictions entre nous. On s'est souvent pris à rebrousse-poil. On ne pourra peut-être pas continuer à travailler ensemble. Mais ce serait uniquement une question d'incompatibilité de personnalité. Bien que tu sois dix fois plus brutal avec les gens que c'est nécessaire, tu obtiens de bons résultats.

— Euh... toi aussi, bafouilla Frank.

— Merci.

— Sauf que tu es parfois trop... gentil.

— Et toi, il t'arrive d'être un vrai salaud.

— Tu veux demander un autre coéquipier ?

— Je n'ai encore rien décidé.

— Moi non plus.

— Mais on ne pourra pas continuer à travailler ensemble si on ne s'entend pas mieux. Ce serait trop dangereux de continuer comme ça. Tout ce qui arrive quand il y a de l'électricité dans l'air entre deux coéquipiers, c'est que l'un se fasse tuer.

— Je sais, dit Frank. Je sais. Le monde est plein de connards, de paumés et de fanatiques armés jusqu'aux dents. Il faut travailler main dans la main avec son partenaire, comme s'il faisait partie de soi, une sorte de troisième bras. Si tu n'y arrives pas, tu as toutes les chances de te faire descendre.

— Il va donc falloir qu'on réfléchisse sérieusement à la question.

— Ouais », approuva Frank.

Tony se mit à regarder les numéros des immeubles devant lesquels ils passaient.

« On ne doit plus être très loin, dit-il.

— Je crois que c'est ici », déclara Frank, l'index tendu.

L'adresse qui figurait sur le bulletin de paye de Juan Mazquezza correspondait à un immeuble avec jardin qui faisait partie d'un complexe commercial : station-service, un petit motel, un magasin d'accessoires automobiles, une épicerie de nuit. De loin, les appartements avaient l'air neuf et assez luxueux mais, en y regardant de plus près, on décelait des signes d'abandon et de délabrement. La façade était en mal d'une couche d'enduit ; elle était lézardée et craquelée. Les escaliers, les rampes et les portes avaient grand besoin d'être repeints. Un poteau placé près de l'entrée portait l'inscription : *Résidence Las Palmeras*. Une voiture était rentrée dedans, il était sérieusement endommagé mais n'avait pas été changé. A distance, la végétation qui environnait la résidence parvenait à masquer certaines de ses défectuosités, mais en regardant plus attentivement, on s'apercevait que les arbustes n'avaient pas été taillés depuis longtemps, que les arbres étaient déplumés et que les massifs réclamaient des soins urgents.

Le caractère de *Las Palmeras* pouvait se résumer en un seul mot : transitoire. Les quelques automobiles stationnées sur le parking en étaient une preuve supplémentaire. Deux voitures neuves, dans la gamme moyenne, bichonnées avec amour. Le genre de véhicules qui ne pouvait appartenir qu'à quelque jeune couple dynamique, pour qui c'était un signe de réussite. Une Ford vétuste et cabossée qui reposait sur un pneu à plat. A côté, une Mercedes de huit ans d'âge reluisait fièrement, mais la rouille commençait à attaquer le pare-chocs arrière. Son propriétaire avait sûrement connu des jours meilleurs, lui qui pouvait s'offrir une voiture à vingt-cinq mille dollars, mais, aujourd'hui, il semblait incapable de payer une réparation qui en coûtait deux cents. *Las Palmeras* était donc un immeuble pour des gens de passage. Pour certains, c'était la première marche de l'ascension dans l'échelle sociale ; pour d'autres, qui jonglaient avec la corde raide, un pas de plus vers une déchéance totale.

Frank immobilisa la voiture devant l'appartement de la gérante. Tony prit conscience que la résidence symbolisait très bien toute la ville de Los Angeles. La Cité des Anges était peut-être la plus belle terre promise que le monde ait jamais connue. La ville draine des sommes colossales et il y a mille et une façons d'y faire fortune. Les exemples de réussite phénoménale y sont si nombreux qu'ils rempliraient un journal. Mais cette opulence absolument confondante engendre aussi nombres de moyens d'autodestruction, qui à leur tour se banalisent dans tous les milieux. On trouve à Los Angeles toutes les drogues possibles et imaginables et ce, plus facilement et plus rapidement qu'à Boston, New York, Chicago ou Detroit. Herbe, haschisch, héroïne, cocaïne, amphétamines, tranquillisants, acide, P.C.P., etc. La ville est un véritable supermarché pour camés. La fesse y marche également très bien. Les principes et les valeurs victoriennes se sont effondrés à Los Angeles plus vite que partout ailleurs dans le pays, en partie parce que pratiquement toute l'industrie du rock and roll est concentrée là, en partie parce que rock et sexe sont inséparables. Mais beaucoup d'autres facteurs encore plus importants ont contribué à la libération généralisée des mœurs. Le climat californien a quelque chose à voir dans ce déchaînement collectif de libido ; des mois de fournaise, secs et sans eau, un soleil subtropical ; des vents aux effets conjugués — brises, venues de la mer, siroccos, venus du désert —, qui ont une influence indéniable sur le comportement sexuel. Le tempérament latin des immigrants mexicains a largement laissé son empreinte dans toute la population. Mais ce qui est peut-être le facteur le plus décisif, c'est le fait de se trouver à la limite du monde occidental, au bord de l'inconnu, face l'immensité du Pacifique. Cette notion de borne ultime est rarement consciente dans l'esprit des habitants, mais le subconscient doit l'affronter en permanence, sentiment euphorisant mais parfois aussi effrayant. Tous les éléments étaient donc réunis pour faire tomber les inhibitions et surexciter les gonades. Envisager la sexualité sans honte et sans fausse pudeur est bien sûr une chose saine. Mais, dans l'atmosphère spéciale de Los Angeles, où même les goûts sexuels les plus bizarres peuvent être satisfaits sans trop de difficultés, certains hommes (mais certaines femmes aussi) peuvent devenir esclaves du sexe au même titre que l'héroïne. Tony avait pu le constater plusieurs fois. Certains êtres en effet, certains types de personnalité, choisissent de tout jeter, que ce soit en l'air, par la fenêtre ou aux orties — argent, respect de soi-même, réputation —, aveuglés par une soif perpétuelle de contacts sexuels et de plaisirs éphémères. Pour celui qui ne peut trouver l'avilissement qui lui convienne dans le sexe ou la drogue, Los Angeles fournit à l'intention de l'amateur une kyrielle de religions toutes plus marteaux les unes que les autres et de mouvements politiques radicaux prônant tous plus ou moins ouvertement la violence. Et, bien sûr, Las Vegas n'est qu'à une heure d'avion, des services réguliers et bon marché reliant les deux villes ; vous pouvez même voyager gratis si vous étiez connu comme quelqu'un qui mise gros. Avec sa richesse et sa joyeuse célébration de la liberté, Los Angeles offre à la fois l'élixir et le poison, le côté positif et le côté négatif. Certains s'arrêtent dans des endroits comme la résidence *Las Palmeras*, avalent l'élixir de la réussite, déménagent pour Bel Air, Beverly Hills ou Malibu, après quoi il ne leur reste plus qu'à vivre heureux et à ne pas avoir d'enfants ; d'autres, au contraire, goûtent aux eaux amères du poison, et échouent ici sans être certains que la dégringolade s'arrêtera là.

La gérante de la résidence, par exemple, n'avait visiblement pas compris ce qui avait bien pu l'amener là. C'était une femme d'une quarantaine d'années qui s'appelait Lana Haverby. Blonde, bronzée, elle portait un short et un corsage qui lui laissait le dos nu. Elle se croyait très séduisante et donnait tout le temps l'impression de poser. Elle avait de belles jambes, mais le reste n'était déjà plus de toute première jeunesse. Elle avait les hanches et le fessier nettement plus larges qu'elle ne l'imaginait et devait avoir du mal à se glisser dans son short étriqué. Ses seins étaient si énormes qu'ils en devenaient monstrueux. La pauvre petite chose qui lui servait de corsage dévoilait bien un décolleté aux allures de canyon et soulignait bien deux mamelons avidement dressés, mais ne pouvait rien faire pour donner à ses seins l'arrogance et le maintien dont ils avaient désespérément besoin. Quand elle n'essayait pas d'améliorer sa pose ou de jauger l'effet que son physique produisait sur les deux policiers, elle avait un air perdu et désorienté. Son regard ne semblait pas toujours bien centré et elle avait tendance à laisser ses phrases en suspens. A plusieurs reprises, elle jeta un regard étonné sur sa petite salle de séjour obscure au mobilier détérioré, ayant vraiment l'air de se demander comment elle avait échoué là. Elle tendait le cou comme si elle entendait des voix étouffées, des voix qui lui en auraient expliqué la raison.

Elle s'assit sur une chaise et ils s'installèrent tous deux sur le canapé.

« Mouais, dit-elle, après avoir examiné les photos de Bobby Valdez. C'était un amour.

— Il habite ici ?

— Il habitait... ouais. Appartement 9, il me semble. Mais il n'est plus ici.

— Il a déménagé ?

— Ouais.

— Quand ?

— Cet été. Je crois que c'était...

— C'était quand ? demanda Tony.

— Le premier août. »

Elle croisa de nouveau ses jambes nues et rejeta un peu plus les épaules en arrière pour se remonter la poitrine le plus possible.

« Combien de temps est-il resté ici ? demanda Frank.

— Trois mois, je crois.

— Il vivait seul ?

— Vous voulez savoir s'il avait quelqu'un ?

— Une fille, un mec, n'importe qui, répliqua Frank.

— Y avait que lui. Ah ! quel amour c'était !

— Il a laissé une adresse pour faire suivre son courrier ?

— Non. C'est bien dommage.

— Pourquoi ? Il est parti sans payer le loyer ?

— Oh ! non ! C'est pas ça du tout. Mais j'aimerais bien savoir où je pourrais... »

Elle s'interrompit et tendit le cou comme elle l'avait fait quelques instants auparavant pour écouter le murmure des voix.

« Où vous pourriez quoi ? insista Tony.

— Où je pourrais le trouver. Il m'excitait, vous comprenez, expliqua-t-elle en battant des cils. Il me mettait dans tous mes états. J'ai bien essayé de le mettre dans mon lit, remarquez, mais il était... comment dire... un peu timide. »

Elle n'avait pas essayé de savoir pourquoi la police recherchait Bobby Valdez, alias Juan Mazquezza, et Tony se demandait quelle serait sa réaction si elle apprenait que son timide et sympathique joli cœur avait coutume de violer les femmes et de les tuer.

« Y avait-il des gens qui venaient le voir régulièrement ?

— Juan ? Non, pas que je sache. »

Elle décroisa les jambes, écarta les cuisses et attendit la réaction de Tony.

« Vous avait-il dit où il travaillait ?

— Quand il est arrivé ici, il travaillait dans une espèce de blanchisserie. Après, il a trouvé quelque chose de mieux.

— A-t-il dit ce que c'était ?

— Non. Mais il gagnait beaucoup de fric.

— Il avait une voiture ?

— Pas au début. Et puis, il a acheté une Jaguar. Qu'est-ce qu'elle était belle !

— Et chère, compléta Frank.

— Ça oui. Il a dû lâcher un sacré paquet. Et tout en liquide et au comptant.

— Où s'était-il procuré tant d'argent ?

— Je viens de vous le dire. Il gagnait gros dans son nouveau boulot.

— Vous ne savez vraiment pas où il travaillait ?

— Pas du tout. Il n'en parlait jamais. Mais dès que j'ai vu la Jag, j'ai compris qu'il ne resterait pas longtemps ici, dit-elle avec un air de regret. Il grimpait vite. »

Les deux policiers lui posèrent encore quelques questions, mais elle n'avait plus rien d'intéressant à leur apprendre. Elle n'était guère observatrice et le souvenir qu'elle avait de Juan Mazquezza semblait mangé par les mites.

Quand Tony et Frank se levèrent pour prendre congé, elle se précipita vers la porte. Ses seins gélatineux ballottaient et tressautaient de façon inquiétante, offrant un spectacle qu'elle supposait hautement provoquant. Elle affectait ce déhanchement de l'arrière-train et cette démarche sur la pointe des pieds qui est absolument ridicule chez toute femme de plus de vingt ans ; elle en avait le double, c'était une femme mûre, incapable de discerner et de mettre en valeur les charmes et la beauté propres à son âge et cette volonté de passer pour une jeunesse la rendait pathétique. Elle s'arrêta sur le pas de la porte, le dos légèrement arqué contre la porte, un genou plié, copie sans doute d'une pose qu'elle avait vu dans un magazine masculin ou sur ces calendriers pleins de pin-up dont sont friands les routiers, quémandant littéralement un compliment.

En sortant, Frank fut obligé de se mettre de biais pour éviter de lui frotter la poitrine. Il descendit l'allée d'un pas rapide et sans se retourner.

« Merci de votre coopération », dit Tony en souriant.

Elle leva la tête et plongea son regard dans les yeux de Tony avec une précision bien plus grande qu'elle n'en avait manifesté jusque-là. Une lueur de vie brilla au fond de ses pupilles — intelligence, réelle fierté ou peut-être un reste d'amour propre —, en tout cas quelque chose de plus propre que ce qu'on y lisait avant.

« Moi aussi, je partirai un jour, comme Juan. Je n'ai pas toujours été gérante du *Las Palmeras*. J'ai connu la belle vie, vous savez. »

Tony n'avait aucune envie d'entendre ce qu'elle voulait lui dire mais il se sentit piégé, hypnotisé comme quelqu'un qui aurait été arrêté dans la rue par le Juif errant.

« J'avais vingt-trois ans, expliqua-t-elle. J'avais un boulot de serveuse mais j'ai réussi à m'arracher de là. C'était juste au moment où les Beatles ont commencé à percer, voyez, doit y avoir dix-sept ans, et que toute la scène rock a explosé, vous vous rappelez ? A l'époque, une fille qui n'était pas trop laide pouvait approcher les stars. Rencontrer des tas de gens importants. Il suffisait de suivre les groupes dans leurs tournées. On sillonnait le pays. Ah la, la, quelle époque ! On pouvait tout faire, tout, tout avoir. Ils avaient quelque chose, tous ces groupes, vous comprenez, quelque chose qu'ils communiquaient partout où ils passaient. Et j'étais avec eux. Ça, oui. J'ai même couché avec des gens célèbres, vous savez ! Des têtes d'affiche. J'étais très populaire. Ils m'aimaient tous beaucoup. »

Elle se mit alors à débiter une interminable liste de groupes de rock des années soixante. Tony ne savait pas combien d'entre eux elle avait suivis, ou s'imaginait avoir suivis, mais il ne put s'empêcher de remarquer qu'elle ne parlait jamais d'individus, uniquement de groupes. Elle avait couché avec des groupes, pas des individus.

Il ne s'était jamais demandé ce qu'étaient devenues les *groupies*, ces séduisantes jeunes filles qui avaient perdu la plus grande partie de leurs meilleures années à papillonner autour des vedettes de la *pop music*. Au moins, il savait maintenant comment l'une d'entre elles avait fini. Elles suivaient leurs idoles, admiratrices inconditionnelles, se procuraient ainsi la drogue dont elles avaient besoin et offraient leur corps en échange, exutoires sexuels toujours disponibles, absolument insouciantes du temps qui passait et des changements qu'il entraînait. Un beau jour, minées par l'alcool, l'herbe, la cocaïne, parfois même l'héroïne, des pattes d'oie commençaient à leur venir au coin des yeux ; un jour, on ne pouvait plus parler de rides d'expression mais de rides tout court, et la poitrine ferme et rebondie qui les avait sauvées jusque-là commençait à montrer certains signes de fléchissement. Ce jour-là, elles étaient éjectées en douceur du lit du groupe du moment, mais, cette fois, plus personne n'en voulait. Si elles n'étaient pas rebutées par le trottoir, elles pouvaient encore subsister quelques années ; mais pour les autres, celles que cela dégoûtait, celles qui ne se considéraient pas comme des vases à foutre mais comme des « compagnes », c'était la fin. Pour beaucoup d'entre elles, le mariage était hors de question, car elles avaient vu et fait trop de choses pour se contenter d'une plate petite vie familiale. L'une d'elles, Lana Haverby, avait réussi à trouver une place à *Las Palmeras*, emploi qu'elle estimait provisoire, le temps de mettre un peu d'argent de côté pour repartir sur les routes, retrouver les concerts, les tournées, renouer avec les rock stars du temps jadis.

« Tout ça pour vous dire que je n'ai pas l'intention de moisir longtemps ici. Je risque de déménager d'un jour à l'autre. Je sens que je vais entrer dans un période de veine, voyez. »

Le destin de cette fille était d'une tristesse inexprimable et Tony ne trouvait aucune parole d'encouragement à lui répondre.

« Euh... sûrement... je vous souhaite bonne chance », bafouilla-t-il enfin d'un air bête en franchissant la porte.

Toute vie s'évanouit de ses yeux et elle reprit sa pose

pathétique, épaules rejetées en arrière et seins pointés en avant. Mais son visage était las, ses traits étaient tirés. Le ventre comprimé par son short, les hanches boudinées, décidément, ses vingt ans étaient bien loin.

« Dites donc, fit-elle. Si un jour vous avez envie de prendre un verre et de... bavarder un peu...

— Merci, dit Tony.

— Surtout, n'hésitez pas à passer quand vous ne serez pas de service.

— Oui, peut-être », répondit-il lâchement.

Puis, comme il se rendait compte que son ton sonnait faux et qu'il ne voulait pas lui faire de peine, il ajouta :

« Vous avez de très belles jambes. »

C'était vrai mais elle ne sut pas accepter le compliment. Avec un sourire grivois, elle posa les mains sur sa poitrine.

« D'habitude, c'est plutôt mes nichons qui attirent l'attention.

— Bon... à un de ces jours », dit Tony en prenant congé.

Il se retourna au bout de quelques pas et la vit, debout dans l'entrebâillement de la porte, la tête penchée de côté, bien loin de lui et de *Las Palmeras*, écoutant, peut-être, des murmures venus du passé lui expliquer le sens et la signification de sa vie.

Quand il remonta dans la voiture, Frank ricana :

« Je croyais qu'elle t'avait mis le grappin dessus. J'étais sur le point de demander qu'on envoie une équipe de secours. »

Tony ne rit pas.

« Quelle tristesse !

— Quoi ?

— Lana Haverby.

— Quoi, cette pouffiasse ? Dis-moi donc plutôt ce que tu penses de la Jaguar de Bobby ?

— A moins qu'il ait dévalisé une banque, je ne vois qu'un seul moyen pour qu'il ait pu se procurer tant de fric.

— La came, conclut Frank.

— Cocaïne, cannabis, P.C.P. même, peut-être.

— Voilà un terrain tout neuf où chercher cette petite

ordure. On va aller cuisiner les trafiquants les plus connus, leur flanquer la trouille et, s'ils savent où se cache Valdez, ils nous le serviront sur un plateau d'argent.

— En attendant, je vais lancer un appel. »

Tony voulait qu'on vérifie s'il existait bien une Jaguar noire enregistrée au nom de Juan Mazquezza. Si, par chance, ils arrivaient à connaître le numéro d'immatriculation du véhicule, retrouver la piste de Bobby Valdez ne serait plus qu'une simple affaire de routine.

Toutefois, cela ne voulait pas dire qu'on remettrait immédiatement la main sur lui. Dans n'importe quelle autre ville, un homme recherché avec autant d'acharnement qu'on allait en déployer pour Bobby ne pourrait se promener bien longtemps au grand jour. Il serait repéré en l'espace de quelques semaines. Mais Los Angeles est une ville à part. D'abord, elle est plus étendue que toutes les autres agglomérations des États-Unis ; elle s'étale sur plus de cinq cents kilomètres carrés, c'est-à-dire, une fois et demie New York et dix fois Boston, presque la moitié d'un État comme le Rhode Island. En comptant les étrangers clandestins — qui ne sont évidemment pas pris en compte dans les statistiques — la population de cette concentration urbaine approche les neuf millions d'habitants. Dans cet immense labyrinthe de rues, de ruelles, d'impasses, d'autoroutes, de hauteurs escarpées coupées de vallées, un homme recherché peut, s'il est un peu malin, continuer à vivre normalement pendant plusieurs mois et vaquer à ses occupations aussi tranquillement qu'un honnête citoyen.

Tony prit contact avec le groupement pour la première fois de la matinée et demanda à ce que l'on vérifie s'il y avait une Jaguar au nom de Juan Mazquezza.

La femme qui était de service sur la fréquence avait une voix douce et agréable. Elle enregistra le message de Tony et l'informa qu'on cherchait à les contacter depuis deux heures. Il était onze heures quarante-cinq. L'enquête au sujet de l'affaire Hilary Thomas venait d'être rouverte et on les demandait à son domicile de Westwood où d'autres policiers avaient répondu à un appel à neuf heures trente.

« Nom d'une pipe, je le savais ! Je savais qu'elle ne mentait pas, s'exclama Tony en reposant le microphone.

— Ne crie pas victoire trop vite, rétorqua sèchement Frank. Elle a dû encore inventer quelque chose, comme le reste.

— Tu ne t'avoues jamais vaincu, hein ?

— Pas quand j'ai raison. »

Quelques minutes plus tard, ils arrivaient devant la villa d'Hilary Thomas. Deux voitures de presse, un break servant de laboratoire et un véhicule de police noir et blanc encombraient l'allée.

Au moment où ils traversaient la pelouse, un policier en tenue s'avança vers eux. Tony le connaissait ; il s'appelait Warren Prewitt. Ils se rejoignirent à mi-chemin de l'entrée.

« C'est vous les gars qui avez répondu à l'appel de cette femme, la nuit dernière ? demanda Prewitt.

— C'est exact, répondit Frank.

— Vous travaillez vingt-quatre heures sur vingt-quatre, alors ?

— Vingt-six, corrigea Frank.

— Comment est-elle ? demanda Tony.

— Très choquée.

— Pas de blessures ?

— Quelques ecchymoses à la gorge.

— Graves ?

— Non.

— Que s'est-il passé ? »

Prewitt résuma le récit qu'Hilary Thomas lui avait fait un moment auparavant.

« A-t-on une preuve qu'elle ait dit la vérité ? demanda Frank.

— Je sais quel est votre sentiment sur cette affaire, répondit Prewitt. Mais je dois vous dire qu'il y a une preuve.

— Laquelle ?

— Cette nuit, l'homme est entré dans la maison par la fenêtre du bureau. Du beau travail. Il a cassé la vitre à petits coups de façon qu'elle n'entende rien.

— Elle a très bien pu le faire elle-même, répliqua Frank.

— Elle aurait cassé sa propre fenêtre ?
— Oui. Pourquoi pas ?
— En tout cas, ce n'est pas elle qui a laissé du sang dans toute la maison.
— Beaucoup de sang ?
— Pas énormément, mais une certaine quantité quand même. Il y a des taches sur le sol de l'entrée, une grande empreinte de main ensanglantée sur le mur du premier étage, des éclaboussures dans l'escalier, une autre empreinte dans le vestibule et des traces sur le bouton de la porte.
— Du sang humain ?
— Hein ? fit Prewitt, les yeux écarquillés.
— Je me demande si ce n'est pas de la mise en scène.
— Oh ! bon Dieu ! s'écria Tony.
— Les gars du labo sont arrivés depuis quarante-cinq minutes seulement, dit Prewitt. Ils n'ont pas encore donné leurs conclusions mais je suis sûr que c'est du sang humain. De plus, trois voisins ont vu l'homme s'enfuir.
— Ahhh ? » murmura Tony.
Frank fixa le pelouse sous ses pieds d'un air maussade, comme s'il essayait de faire faner l'herbe.
« Il est parti plié en deux, poursuivit Prewitt. Il se tenait le ventre et traînait les pieds, ce qui cadre parfaitement avec la déposition de mademoiselle Thomas qui a dit lui avoir deux donné deux coups de couteau dans l'abdomen.
— Par où est-il parti ? demanda Tony.
— Un témoin l'a vu monter dans une Dodge grise stationnée non loin d'ici et s'en aller.
— On a le numéro de la plaque d'immatriculation ?
— Non, mais on a diffusé le signalement du véhicule avec ordre de l'arrêter.
— Je pense à une chose, dit Frank en relevant la tête. Cette agression n'est peut-être pas en rapport avec l'histoire qu'elle a essayé de nous faire avaler hier. Elle a très bien pu crier au loup la nuit dernière et être réellement attaquée ce matin.
— Tu ne trouves pas que c'est un peu énorme, intervint Prewitt. Elle a juré qu'il s'agissait du même homme. »

Tony et Frank échangèrent un regard.

« Ça ne peut pas être Bruno Frye ! s'exclama ce dernier. Tu sais bien ce qu'a dit le shérif Laurenski.

— Je n'ai jamais prétendu que c'était lui. Je suppose qu'elle a été attaquée hier soir par un homme qui lui ressemblait.

— Elle a insisté...

— Oui, mais elle avait perdu la tête, dit Tony. Elle n'était plus en état de raisonner froidement. La ressemblance l'a abusée. C'est bien compréhensible.

— Et c'est toi qui m'accuses de tabler sur des coïncidences, dit Frank d'un air écœuré.

A cet instant, Gurney, le collaborateur de Prewitt, apparut sur le seuil et leur cria :

« Ça y est, on l'a trouvé. On a retrouvé l'homme qu'elle a poignardé ! »

Tony, Frank et Prewitt se précipitèrent vers lui.

« Le Q.G. vient d'appeler. Deux gamins qui faisaient de la planche à roulettes l'ont découvert il y a vingt-cinq minutes, environ.

— Où ça ?

— Du côté de Sepulveda. Dans le parking d'un supermarché. Il était étendu par terre, près de sa camionnette.

— Mort ?

— Aussi mort qu'on peut l'être !

— Il avait des papiers sur lui ? demanda Tony.

— Oui. C'est bien le type dont la dame nous a parlé. C'est Bruno Frye. »

Brrr.

Le climatiseur ronronnait. Des flots d'air glacé s'échappaient par deux bouches plaquées près du plafond.

Hilary était vêtue d'une robe demi-saison vert d'eau, trop légère pour la protéger de ce froid soudain. Elle se recroquevilla sur elle-même en frissonnant.

Elle était encadrée par l'inspecteur Clemenza et l'inspecteur Howard ; tous deux semblaient légèrement embarrassés.

L'endroit faisait davantage penser à la cabine d'un vaisseau spatial qu'à la morgue. Hilary n'avait aucune peine à imaginer le froid mortel de l'espace, juste au-delà des murs gris. La chanson monotone du climatiseur évoquait le bourdonnement lointain d'un réacteur de fusée. Du reste, Hilary aurait préféré être en route pour la noirceur infinie du vide interstellaire que là où elle se trouvait en ce moment, attendant d'identifier l'homme qu'elle avait tué.

Je l'ai tué, songea-t-elle.

Ces mots, résonnant dans sa tête, accentuèrent encore le froid qu'elle ressentait.

Elle jeta un coup d'œil à sa montre.

Quinze heures dix-huit.

« Ce ne sera pas long », lui dit l'inspecteur Clemenza d'un ton rassurant.

A cet instant, un employé de la morgue entra en poussant un chariot qu'il plaça tout contre la paroi vitrée qui séparait la pièce en deux. Un corps dissimulé par un drap y reposait. L'employé découvrit le cadavre jusqu'à la poitrine et recula de quelques pas. Hilary regarda le corps et sentit le cœur lui manquer. Elle avait la bouche sèche.

Le visage de Frye était blanc et immobile, mais elle eut l'impression insensée qu'il allait se tourner vers elle et ouvrir les yeux.

« C'est lui ? demanda Clemenza.

— C'est Bruno Frye, répondit-elle d'une voix faible.

— Est-ce bien l'homme qui a pénétré chez vous et vous a agressée ? demanda Howard.

— Je vous en supplie, vous n'allez pas recommencer.

— Non, non, expliqua Clemenza. L'inspecteur Howard ne met plus votre déclaration en doute. Nous savons que cet homme est Bruno Frye. Il avait des papiers d'identité sur lui. Il faut simplement que vous nous disiez si cet individu est bien celui qui vous a attaquée et que vous avez poignardé. »

La bouche inanimée avait désormais perdu toute expression. Elle ne grimaçait plus ni ne souriait. Pourtant, Hilary revoyait l'affreux rictus qui la tordait quelques heures auparavant.

« C'est lui, répéta-t-elle. J'en suis sûre. Dès le début, j'ai toujours été sûre de ce que je disais. Je vais faire des cauchemars pendant un bon moment. »

Howard fit un signe à l'employé qui recouvrit le corps.

Une nouvelle pensée, absurde mais glaçante, traversa l'esprit d'Hilary. Et s'il s'asseyait tout à coup sur le chariot et rejetait le drap ?

« Maintenant, nous allons vous ramener chez vous », dit Clemenza.

Elle sortit la première, désespérée d'avoir tué un homme, mais profondément soulagée, et même ravie, qu'il soit mort.

Ils montèrent tous les trois dans une voiture de police banalisée. Frank conduisait, Tony était assis à côté de lui et Hilary était derrière, les épaules légèrement rentrées et les bras croisés, comme si elle avait froid, malgré la tiédeur de cet après-midi de fin septembre.

Tony trouvait sans cesse des prétextes pour se retourner et lui parler. Il ne pouvait plus la quitter du regard. Elle était si belle qu'il éprouvait un peu la même impression qu'il avait dans un musée, quand il se trouvait devant un tableau particulièrement superbe, peint par un maître du passé.

Elle lui répondait ; il lui arriva même de sourire à deux reprises, mais elle n'était pas d'humeur à parler de futilités. Elle était perdue dans ses pensées, silencieuse, et le regard tourné vers l'extérieur.

Quand ils arrivèrent devant la maison, ce fut au tour de Frank de lui adresser la parole.

« Mademoiselle Thomas, je... euh... je vous dois des excuses. »

L'aveu en lui-même ne surprit pas Tony, mais ce qui l'étonnait, c'était l'accent de sincérité de son collègue, son expression contrite et son air de chien battu. Douceur et humilité n'étaient pas les plus grandes vertus de Frank.

« Oh !... bien... je suppose que vous ne faisiez que votre travail, bafouilla Hilary, surprise elle aussi.

— Non, dit Frank. C'est bien là le problème. Je n'ai pas fait mon travail, ou du moins, je ne l'ai pas fait assez bien.

— C'est du passé, maintenant.

— Peut-être, mais acceptez-vous mes excuses ?

— Eh bien... naturellement, fit-elle, embarrassée.

— Je regrette beaucoup de vous avoir traitée comme je l'ai fait.

— Frye ne viendra plus m'ennuyer désormais, et c'est la seule chose qui compte. »

Tony descendit de voiture et vint lui ouvrir la porte. Elle ne pouvait pas sortir seule car il n'y avait pas de poignées intérieures sur les portes arrière, afin de décourager toute velléité de fuite. En outre, Tony avait fort envie de la raccompagner jusque devant sa porte.

« Vous aurez peut-être à témoigner pour l'enquête du coroner, lui dit-il tout en marchant.

— Pourquoi ? J'ai poignardé Frye parce qu'il était une menace pour ma vie.

— Oh ! il ne fait aucun doute qu'il s'agit d'un cas de légitime défense, s'empressa d'ajouter Tony. S'il y a une enquête, ce sera une simple formalité. Ne vous inquiétez pas ; aucune charge ne sera retenue contre vous. »

Elle mit la clef dans la serrure, ouvrit la porte et se tourna vers lui avec un sourire radieux.

« Merci de m'avoir crue hier soir, même après ce qu'avait dit le shérif Laurenski.

— Il va falloir qu'on vérifie sa déclaration. Il nous doit des explications. Si ça vous intéresse, je vous ferai savoir ce qu'il aura donné comme excuse.

— Je serais effectivement curieuse d'entendre ce qu'il a à dire.

— Entendu. Je vous tiendrai au courant.

— Merci.

— De rien. »

Elle franchit le seuil de la maison. Il ne bougeait pas et souriait stupidement.

« Il y a encore quelque chose ? demanda Hilary.

— Oui, tout bien réfléchi.

— Quoi donc ?

— Une dernière question.

— Je vous écoute. »

Jamais il ne s'était senti aussi emprunté de sa vie.

« Voulez-vous dîner avec moi samedi soir ?

— Oh !... euh... je... je ne pense pas que ce soit possible.

— Je comprends.
— Ça me ferait très plaisir.
— Vraiment ?
— Mais je n'ai guère le temps de sortir en ce moment.
— Je vois.
— Je viens de conclure une affaire avec la Warner Bros, et je vais être occupée jour et nuit.
— Evidemment. »
Il avait l'impression d'être un collégien qui vient de se faire éconduire.
« En tout cas, c'est très gentil de me l'avoir proposé.
— Eh bien... bonne chance pour la Warner.
— Merci.
— Je vous tiendrai au courant au sujet du shérif Laurenski.
— Merci. »
Il sourit et elle lui rendit son sourire.
Il se dirigea vers la voiture et entendit la porte se refermer derrière lui. Il s'arrêta et se retourna.
Un petit crapaud sauta d'un buisson et vint atterrir sur l'allée, aux pieds de Tony. L'animal s'immobilisa en plein milieu de l'allée et considéra fixement Tony en roulant des yeux, son minuscule poitrail se soulevant à un rythme accéléré.
Tony regarda le crapaud et lui dit :
« J'ai peut-être renoncé un peu trop facilement. »
Le crapaud émit un son qui tenait à la fois du coassement et du pépiement.
« Après tout, qu'est-ce que j'ai à perdre ? »
Nouveau coassement.
« Rien ? Je savais que tu m'approuverais. »
Il contourna le cupidon amphibie et alla sonner à la porte. Il sentait la présence d'Hilary Thomas de l'autre côté, le regardant par l'œilleton et, quand elle lui ouvrit, une seconde après, il parla avant même qu'elle ait pu ouvrir la bouche.
« Suis-je vraiment aussi moche que ça ?
— Quoi ?
— Est-ce que je ressemble à Quasimodo ou à un monstre du même acabit ?
— Vraiment, je...

— Je ne me cure jamais les dents en public.
— Inspecteur Clemenza...
— C'est parce que je suis flic ?
— Comment ?
— Vous savez ce que certains pensent ?
— Non. Que pensent-ils ?
— Certains pensent que les flics ne sont pas socialement acceptables.
— Je ne fais pas partie de ces gens.
— Vous n'êtes pas snob ?
— Non. C'est seulement...
— Peut-être avez-vous refusé parce que je ne suis pas riche et que je n'habite pas Westwood.
— Inspecteur, j'ai été pauvre très longtemps et je n'ai pas toujours vécu à Westwood.
— Alors, je me demande ce qui ne vous plaît pas chez moi, dit-il en s'examinant des pieds à la tête d'un air faussement interdit.
— Je ne vois pas grand chose à jeter, inspecteur, lui dit Hilary en souriant.
— Merci !
— La seule raison qui m'a fait refuser votre invitation, c'est que je n'ai pas le temps de...
— Le président des États-Unis lui-même arrive à prendre une soirée de détente, de temps à autre, vous savez. Le P-D.G. de General Motors a aussi quelques loisirs et le pape également. Quant à Dieu, il s'est reposé le septième jour. Personne ne peut travailler sans arrêt.
— Inspecteur...
— Appelez-moi Tony.
— Tony, après ce que je viens de vivre ces deux derniers jours, je crains d'être une bien piètre compagnie.
— Si j'avais envie d'une quinte de rire, j'irais au cirque. »
Elle sourit et l'envie le prit de saisir ce beau visage entre ses mains et de le couvrir de baisers.
« Je regrette beaucoup, mais j'ai besoin de rester seule pendant quelques jours.
— C'est précisément ce qu'il ne faut pas faire après ce qui vous est arrivé. Il faut sortir, voir du monde pour

reprendre le dessus. D'ailleurs, je ne suis pas le seul de cet avis », ajouta-t-il en montrant les pierres de l'allée.

Le crapaud était toujours là. Il s'était retourné pour les regarder.

« Un ami à moi. Quelqu'un de très sensé, dit Tony en se baissant vers l'animal. Dites-moi, monsieur le crapaud, n'est-ce pas que cette dame doit sortir et s'amuser ? »

Le batracien battit lentement de ses lourdes paupières et émit un drôle de petit cri parfaitement approprié à la situation.

« Vous avez absolument raison. Et ne pensez-vous pas que je suis tout à fait l'homme qu'il lui faut ?

— *Scriii-ooak*, dit le crapaud.

— Que lui ferez-vous si elle m'envoie encore promener ?

— *Scriii-ooak, scriii-ooak.*

— Oohhh ! dit Tony en hochant la tête de satisfaction.

— Alors, qu'a-t-il dit ? demanda Hilary en souriant. Qu'est-ce qu'il me fera si je ne veux pas sortir avec vous ? Il me donnera des verrues ?

— Pis que ça, répondit Tony avec le plus grand sérieux. Il m'a dit qu'il se faufilerait à travers les murs de votre maison, qu'il irait jusqu'à votre chambre et qu'il coasserait si fort toutes les nuits que vous ne pourrez plus dormir.

— Très bien. Je me rends.

— Samedi soir ?

— Entendu.

— Je passerai vous prendre à sept heures.

— Comment devrai-je m'habiller ?

— Très simplement. »

Il se tourna vers le crapaud et lui dit :

« Merci, mon vieux. »

L'animal sautilla dans l'herbe et disparut dans un buisson.

« Il est tellement heureux qu'il ne sait plus quoi dire », dit Tony.

Elle rit et referma la porte.

Tony remonta dans la voiture en sifflotant joyeusement.

« Tu en as mis du temps, remarqua Frank en démarrant.

— J'ai un rendez-vous.

— Avec elle ?

— Bien sûr, pas avec la reine d'Angleterre.

— Gros veinard.

— Gros crapaud.

— Hein ?

— Rien. Un truc à moi. »

Après quelques minutes de silence, Frank dit tout à coup :

« Il est plus de quatre heures ; le temps qu'on ait ramené la guimbarde au dépôt et qu'on ait fait notre rapport pour la journée, il sera plus de cinq heures.

— Tiens, tu débauches à l'heure, maintenant ? demanda Tony.

— Je ne vois pas trop ce qu'on pourrait faire de plus concernant Bobby Valdez avant demain matin.

— Mmouais, dit Tony. Inutile de s'énerver là-dessus.

— Ça te dirait d'aller boire un verre, une fois qu'on aura torché ce rapport ? »

Tony le regarda avec stupéfaction. Depuis qu'ils faisaient équipe ensemble, c'était la première fois que Frank lui faisait une telle proposition.

« Rien qu'un verre ou deux. A moins que tu n'aies d'autres projets.

— Non. Je suis libre.

— Tu connais un bar ?

— Oui, l'endroit idéal. Le Bolt Hole.

— Ce n'est pas près du Q.G., j'espère ? Pas ce genre de boîtes où on rencontre plein de flics ?

— Pour autant que je sache, je suis le seul représentant de la loi à fréquenter les lieux. C'est sur Santa Monica Boulevard, pas loin de Century City. C'est à deux pas de chez moi.

— D'accord. Rendez-vous là-bas », dit Frank.

Le silence retomba et ils arrivèrent au garage du dépôt sans avoir échangé d'autres paroles. Toutefois, c'était un silence plus amical qu'auparavant.

Que me veut-il ? se demanda Tony. Quelle raison a poussé Frank Howard à sortir de sa fameuse réserve ?

A seize heures trente, le médecin légiste donna l'ordre d'effectuer une autopsie partielle du corps de Bruno Gunther Frye. Dans la mesure du possible, on ne devait pratiquer qu'une seule incision dans la région abdominale, suffisante pour déterminer si les deux coups de couteau étaient les seules causes de la mort.

Le médecin-chef ne pouvant pas pratiquer lui-même l'autopsie, car il avait un avion à prendre à dix-sept heures trente, la tâche fut confiée à un pathologiste de son service.

Immobile sous son linceul blanc, le mort attendait dans une chambre froide en compagnie d'autres défunts.

Hilary Thomas n'en pouvait plus. Tous ses os lui faisaient mal, ses articulations étaient douloureuses et ses muscles moulus. La tension émotionnelle peut produire les mêmes effets qu'un intense effort physique.

Pas question, non plus, de récupérer en faisant un somme ; elle était bien trop énervée. Au moindre craquement (comme il s'en produit normalement dans toutes les maisons), elle se demandait si ce n'était pas le plancher qui grinçait sous les pas d'un intrus. Dès qu'un souffle d'air agitait les palmiers ou les pins plantés près de la fenêtre, elle imaginait que quelqu'un découpait furtivement le carreau et tentait de tourner la poignée. Et, quand le silence était total, elle y voyait un présage menaçant. Ses nerfs étaient tendus à se rompre.

Le meilleur remède qu'elle avait trouvé jusqu'ici pour se calmer était de prendre un bon bouquin. Elle alla dans le bureau et prit le dernier ouvrage de James Clavell, un roman-fleuve dont l'action se situait en Orient. Elle se versa ensuite un Dry Sack *on the rocks*, s'installa dans le grand fauteuil marron et se plongea dans la lecture.

Vingt minutes plus tard, alors qu'elle commençait vraiment à entrer dans le récit, le téléphone se mit à sonner.

Elle se leva pour répondre.

« Allô ? »

Rien.

Son correspondant attendit quelques secondes et raccrocha.

Hilary reposa le téléphone et le contempla un moment d'un air pensif.

Un faux numéro ? Peut-être.

Dans ce cas, pourquoi n'avait-il rien dit ? Vraiment, il y a des gens qui n'ont aucune éducation.

Et si ce n'était pas un mauvais numéro ? Si c'était... autre chose ?

Cesse de voir des fantômes partout, s'enjoignit-elle avec une certaine mauvaise humeur. Bruno Frye est mort. Le coup a été rude, mais c'est bel et bien terminé, maintenant. Tu as besoin de repos, de quelques jours pour te remettre, mais il faut que tu regardes droit devant toi, sans te retourner. Sinon, tu te retrouveras à l'asile.

Elle se pelotonna de nouveau dans son fauteuil puis, comme elle avait froid, elle alla prendre un châle en tricot vert et bleu dans le placard. Elle l'enroula autour de ses jambes et se mit à déguster son scotch.

Elle se replongea dans la lecture du roman de James Clavell. Au bout de quelques minutes, elle ne pensait déjà plus au coup de téléphone.

Sa journée terminée, Tony rentra chez lui, fit un brin de toilette, troqua son complet contre un jean et une chemise à carreaux bleus, et enfila par dessus un blouson de peau. Ensuite, il ressortit pour aller au Bolt Hole.

Frank l'y attendait déjà, assis dans un des boxes du fond derrière un scotch. Il avait toujours son costume et sa cravate.

Le Bolt Hole — ou plus simplement le Hole, comme le nommaient les habitués — était un établissement dont l'espèce était en voix de disparition, c'est-à-dire un bar de quartier ordinaire. Depuis vingt ans en effet, pour répondre à l'émiettement du tissu social, à l'émergence de nouvelles sous-cultures et à la montée en puissance de multiples minorités, une frénésie de diversification et de spécialisation s'est emparée de tout le secteur de la brasserie américaine, qui a dû se reconvertir à la hâte pour suivre le mouvement, du moins dans les villes. Le Hole, lui, avait victorieusement résisté à tous les appels des sirènes de la modernité. Ce n'était pas un bar réservé aux homosexuels, aux célibataires ou à la clientèle *chébran* ; n'y venaient pas uniquement des cyclistes, des routiers, des artistes, des flics ou des cadres supérieurs. Les habitués étaient représentatifs de toutes les couches de la population. Les serveuses n'y faisaient pas dans le style entraîneuse ou mignonne petite queue de lapin dans le bas du dos pour tout vêtement. Le Hole ne promotionnait pas uniquement le *rock and roll* ou le *country*. Dieu merci, ce n'était pas non plus un de ces bars pour intoxiqués du sport avec écran de télévision géant et commentaires du présentateur braillés en quadriphonie. Le Hole n'avait à offrir qu'une lumière tamisée, des tables propres, un personnel aimable, des boxes et des sièges confortables, un juke-box qui ne vous assénait pas les derniers tubes à plein tube, des hot-dogs et des hamburgers confectionnés dans une minuscule cuisine, derrière le bar, et des consommations à des prix raisonnables.

Tony se glissa sur la banquette, en face de Frank.

Penny, une serveuse aux cheveux cendrés, aux joues rebondies et au menton garni d'une fossette, s'approcha de leur table et ébouriffa les cheveux de Tony.

« Qu'est-ce qui lui ferait plaisir aujourd'hui, à Renoir ? demanda-t-elle.

— Un million de dollars en liquide, une Rolls, la vie éternelle et l'adoration des masses, plaisanta Tony.

— Oui. On se contentera de quoi ?

— D'une bouteille de Coors.

— Ça, c'est dans nos moyens.

— Apportez-moi un autre scotch, lui demanda Frank et, quand elle fut partie, il ajouta : Pourquoi t'a-t-elle appelé Renoir ?

— C'est un célèbre peintre français.

— Et alors ?

— Eh bien, je suis peintre, moi aussi, à mes heures. Malheureusement, je ne suis ni français, ni célèbre. Penny adore me charrier.

— Tu peins des tableaux ?

— Bien sûr, pas des maisons.

— Tu ne m'en avais jamais parlé.

— Il m'est arrivé de glisser quelques réflexions sur les

beaux-arts, une fois ou deux, mais tu m'as semblé les accueillir avec autant d'enthousiasme que si je t'avais parlé des subtilités de la grammaire swahili ou des mœurs des coléoptères.

— Des peintures à l'huile ?

— Des huiles, des encres, des aquarelles. Un peu de tout, mais surtout des huiles.

— Ça fait longtemps que tu fais ça ?

— Depuis que je suis tout gosse.

— Et... tu as déjà vendu des tableaux ?

— Je ne peins pas pour vendre.

— Alors pourquoi le fais-tu ?

— Pour mon plaisir personnel.

— J'aimerais bien voir quelques-uncs de tes œuvres.

— Mon musée n'ouvre pas à des heures très régulières. Mais je pense pouvoir organiser une visite pour toi.

— Ton musée ?

— Mon appartement. Il n'y a pas beaucoup de meubles, mais il est bourré de toiles. »

Penny arriva avec les consommations. Ils restèrent un moment silencieux, parlèrent un peu de Bobby Valdez et se turent de nouveau.

Il y avait un peu moins d'une vingtaine de clients. Plusieurs avaient commandé des sandwichs ; une odeur d'oignons hachés et de faux-filet en train de grésiller mettait l'eau à la bouche.

« Je suppose que tu te demandes ce que nous sommes venus faire ici, dit enfin Frank.

— Boire un verre. »

Frank remua son scotch avec un touilleur. Les glaçons firent entendre un discret tintement.

« J'ai des choses à te dire. Je me suis trompé au sujet de cette Hilary Thomas.

— Je croyais que tu avais dit tout ce qu'il y avait à en dire ce matin, en sortant de la blanchisserie de Garamalkis.

— Oublie ce que j'ai dit.

— Chacun a le droit d'avoir ses opinions.

— Arrête, je racontais des conneries.

— Mais non, tu disais ce que tu avais sur le cœur.

— Je te dis que je racontais des conneries.

— Bon, d'accord, s'esclaffa Tony. Tu racontais des conneries.

— Tu aurais pu au moins essayer de me convaincre, dit Frank en retrouvant un semblant de sourire.

— C'est que quand tu as quelque chose dans le crâne, il n'y a pas moyen de t'en faire démordre.

— Oui, mais là, je me suis complètement planté avec cette nana.

— Tu lui as déjà fait tes excuses, Frank.

— Je crois que je te dois des excuses, à toi aussi.

— Ce n'est pas la peine.

— Toi, tu as vu qu'elle disait la vérité. Moi, je ne l'ai même pas flairé. Je suis parti directement sur la mauvaise piste. Tu as eu beau m'avoir mis le nez dedans, je n'ai rien senti.

— Pour en rester à l'imagerie nasale, je dirais que si tu n'as rien senti, c'est peut-être simplement parce que tu l'avais dans le nez. »

Frank approuva d'un air morne. Il avait maintenant la mine d'un de ces chiens de Saint-Hubert, toujours un peu triste.

« C'est Wilma qui m'a faussé l'odorat.

— Ton ex ?

— Ouais. Tu as mis dans le mille ce matin quand tu as dit que je détestais les femmes.

— Elle a vraiment dû t'en faire baver.

— Peu importe ce qu'elle a pu me faire ; je n'ai aucune excuse pour m'être laissé entraîner jusque-là. On ne peut pas ignorer les femmes, Tony.

— En effet, il y en a partout, reconnut Tony.

— Bon Dieu, tu sais depuis combien de temps je n'ai pas couché avec une femme ?

— Non.

— Dix mois. Depuis qu'elle m'a quitté, quatre mois avant le divorce. »

Tony ne trouvait rien à lui dire. Il ne connaissait pas assez bien Frank pour s'embarquer dans une conversation intime sur sa vie sexuelle et, pourtant, il était évident que son collègue avait grandement besoin que quelqu'un l'écoute et s'intéresse à son cas.

« Si je ne repique pas au truc vite fait, autant me faire curé.

— En effet, dix mois c'est long », dit Tony d'un air embarrassé.

Frank ne répondit pas. Il plongea les yeux dans son verre comme si c'était une boule de cristal où il aurait pu lire son avenir. Il était clair qu'il avait envie de parler de Wilma et de son divorce, mais il ne voulait pas avoir l'impression qu'il obligeait Tony à entendre le récit de ses malheurs. Il avait énormément d'amour-propre. Il fallait qu'on le prie, qu'on le cajole, qu'on le presse de questions et qu'on lui témoigne une discrète sympathie.

« Wilma a trouvé un autre type ou quoi ? » demanda Tony, réalisant aussitôt qu'il avait frappé un peu vite au cœur du problème.

Frank n'était pas encore mûr pour aborder cet aspect du sujet et fit semblant de ne pas avoir entendu.

« Ce qui m'embête le plus, c'est de faire des gaffes dans mon travail. J'ai toujours bien fait ce que j'avais à faire. Presque parfaitement, même si je suis mal placé pour le dire. Jusqu'à mon divorce. Ensuite, j'ai pris les femmes en grippe et, très vite, cette amertume a déteint sur mon boulot, remarqua-t-il en avalant une longue gorgée de scotch. Et puis, je me demande bien ce qui a pu se passer avec cet imbécile de shérif de Napa. Pour quelle raison aurait-il voulu couvrir Bruno Frye ?

— Nous le découvrirons tôt ou tard.

— Tu veux boire quelque chose d'autre ?

— Oui, merci. »

Tony se rendait compte qu'il allait devoir rester un bon moment au Bolt Hole. Frank avait envie de parler de Wilma, de se débarrasser de ce poison qui s'était accumulé en lui et qui lui rongeait le cœur depuis près d'un an. Malheureusement, il ne parvenait à le laisser s'écouler que goutte à goutte.

La journée avait été bonne à Los Angeles pour la Grande Faucheuse. Il y avait eu bien sûr nombre de décès dus à des causes naturelles, pour lesquels la justice n'avait pas eu besoin de recourir au scalpel. Mais l'institut de médecine légale avait reçu une moisson de neuf cadavres. Deux personnes avaient trouvé la mort dans un accident de la route très certainement dû à une négligence coupable ; deux autres avaient succombé à des blessures par balles ; un enfant avait apparemment été battu à mort par son ivrogne de père ; une femme s'était noyée dans sa piscine et deux adolescents avaient, selon toute probabilité, eu la seringue un peu trop généreuse. Le neuvième était Bruno Frye.

Le jeudi soir, à dix-neuf heures dix, l'un des médecins légistes de la morgue termina l'autopsie partielle du corps de Bruno Gunther Frye, individu du sexe masculin, de race blanche, âgé de quarante ans. Le médecin avait jugé inutile de poursuivre la dissection au-delà de la région abdominale car il s'était très vite rendu compte que le décès avait été uniquement provoqué par les lésions causées par les deux traumatismes infligés. La blessure supérieure n'était pas mortelle ; le couteau avait déchiré le tissu musculaire et effleuré le poumon. En revanche, la deuxième entaille avait fait d'énormes dégâts. La lame avait, entre autres choses, pénétré dans l'estomac, percé le pylore et endommagé le pancréas. La victime avait succombé à une sévère hémorragie interne.

Le médecin avait recousu les incisions pratiquées, ainsi que les deux blessures, et épongé le sang et la bile. Ensuite, le mort fut transféré de la table d'autopsie (les rigoles d'écoulement en acier inoxydable encore pleines de sang et d'humeurs) sur un chariot qu'un brancardier poussa jusqu'à la chambre froide, où d'autres cadavres, déjà autopsiés, sondés et recousus, attendaient maintenant patiemment leur mise en bière.

Bruno Frye reposait, immobile et muet, goûtant parmi les morts une félicité bien plus grande qu'il n'en avait jamais connu chez les vivants.

Frank Howard était en train de prendre une cuite. Il s'était débarrassé de son veston et de sa cravate, et avait ouvert le col de sa chemise. Le cheveu en bataille, car il ne cessait d'y passer la main, ses yeux étaient rouges et son visage était terreux. Il bafouillait et se répétait si souvent que Tony était parfois obligé de le pousser doucement du coude, comme une aiguille de phono qu'on remet en place sur un disque rayé.

Plus il buvait, plus il parlait des femmes qu'il avait connues et plus il se rapprochait du grand drame de sa vie : la perte de ses deux épouses.

C'est au cours de sa deuxième année dans la police que Frank avait fait la connaissance de sa première femme, Barbara Ann. Elle était vendeuse au rayon bijouterie d'un grand magasin de Los Angeles et elle l'avait aidé à choisir un cadeau pour sa mère. Elle était si charmante, si petite, si jolie, et ses yeux étaient si noirs qu'il n'avait pu s'empêcher de lui demander un rendez-vous, tout en étant certain qu'elle refuserait. Elle avait accepté. Sept mois plus tard, ils étaient mariés. Barbara Ann n'était pas femme à s'engager à la légère ; elle mûrissait ses plans longtemps à l'avance. Avant même leur mariage, elle avait établi le programme détaillé des quatre années à venir. Elle continuerait pour l'instant à travailler mais ils ne toucheraient pas à un sou de ses gains. Tout son salaire irait sur un plan d'épargne-logement qui leur servirait plus tard de premier apport pour acheter une maison. Ils s'efforceraient également d'économiser le maximum sur le salaire de Frank et se contenteraient au début d'un F2, propre, fonctionnel et d'un loyer abordable. Ils vendraient sa Pontiac ; ce n'était pas un diesel et ils habiteraient suffisamment près pour que Barbara Ann puisse aller travailler à pied ; ça ne la dérangeait pas de lui laisser sa Volkswagen pour faire l'aller et retour du studio au Q.G ; d'ailleurs la vente de la Pontiac servirait de premier versement sur le plan d'épargne-logement. Elle avait été jusqu'à établir leurs menus quotidiens pour les six premiers mois ; rien que des choses nourrissantes, compte tenu de leur budget serré. Frank aimait bien ce côté près de ses sous, en totale contradiction avec les autres traits de son caractère. En effet, quand il n'était pas question d'argent, Barbara Ann était une femme gaie, enjouée, toujours prête à rire, parfois même impulsive et étourdie et, avec ça, merveilleuse partenaire au lit, toujours disposée à faire l'amour et manifestant des dons certains en la matière. Dans ce domaine, elle ne comptait ni ne planifiait ; elle n'avait jamais la migraine et se montrait le plus souvent passionnée et spontanée. Elle avait décidé qu'ils n'achèteraient la maison que lorsqu'ils auraient économisé au moins quarante pour cent du prix total, frais de notaire compris. Elle en connaissait déjà le nombre de pièces et la superficie et en avait d'ailleurs dessiné un plan, qu'elle gardait dans un des tiroirs du buffet et sortait de temps à autre pour rêver un peu. Elle voulait des enfants à tout prix, mais il était hors de question d'en avoir avant d'être installés dans leurs meubles. Barbara Ann avait tout prévu, sauf la maladie. Elle avait contracté une forme très virulente de cancer de la lymphe qui avait été diagnostiquée deux ans et deux jours après leur mariage. Trois mois plus tard, elle était morte.

Assis en face de Frank dans le box du Bolt Hole avec sa bière qui tiédissait dans son verre, Tony écoutait son coéquipier lui raconter sa vie. Il se rendait compte, à son étonnement croissant, que c'était la première fois que celui-ci partageait sa peine et sa douleur avec quelqu'un. Barbara Ann était morte en 1958, il y avait vingt-deux ans, et, depuis tout ce temps, Frank n'avait jamais fait part à personne du déchirement qu'il avait éprouvé, jour après jour, à la regarder dépérir, puis mourir. Il est des douleurs qui ne s'effacent jamais ; depuis vingt-deux ans, Frank en crevait à petit feu, et aujourd'hui il était là, à baver dans son scotch et à chercher ses mots pour décrire son calvaire. Tony était proprement stupéfait de découvrir, soigneusement dissimulées derrière ses yeux bleus habituellement si impassibles et son visage austère de Teuton, tant de profondeur et de sensibilité.

Ce drame l'avait laissé anéanti, désorienté, misérable. Cependant, il avait ravalé ses larmes et son chagrin, de peur de ne plus pouvoir se ressaisir s'il leur donnait libre cours. Il savait qu'il avait des tendances suicidaires, à preuve cette terrible attirance pour la boisson, qu'il n'avait jamais éprouvée du vivant de Barbara Ann, et une propension à conduire beaucoup trop vite et beaucoup trop dangereusement, lui qui avait été jusque-là un automobiliste prudent. Il avait alors cherché son salut dans le travail et consacré son existence au service pour tenter d'oublier Barbara Ann. Sa perte avait laissé en lui une douleur lancinante, un grand trou béant que rien ne pourrait jamais combler ; plutôt que de s'y jeter, il avait préféré se plonger dans le travail à corps perdu, oubliant tout ce qui n'était pas le service.

Pendant dix-neuf années, il avait survécu, prospéré même, grâce à cette drogue. Etant à l'époque policier en tenue, il ne pouvait allonger ses journées au-delà de ce que prévoyait le réglement. Il avait donc décidé de suivre des cours du soir et obtenu un diplôme de criminologie qui lui avait permis de devenir policier en civil. Il avait alors pu travailler jusqu'à des dix, douze, voire quatorze heures par jour, pendant lesquelles il ne pensait à rien d'autre qu'aux enquêtes qu'on lui confiait. Même quand il n'était pas au travail, il ne pensait qu'aux affaires en cours, à l'exclusion de quoi que ce soit d'autre, et les récapitulait dans sa tête, qu'il soit sous la douche ou allongé dans son lit sans pouvoir trouver le sommeil, ruminant sans arrêt, à l'affût de nouveaux indices, tout en prenant son petit déjeuner ou son repas de célibataire, quand il rentrait tard le soir. Dix-neuf années durant, il avait été le type même du flic exemplaire.

Pendant tout ce temps, il n'avait eu aucune liaison sérieuse avec une femme. Il n'en avait pas le temps mais, au fond de lui-même, il sentait que ce n'était pas sain. En tout cas, il avait l'impression d'être infidèle à Barbara Ann quand, après des semaines de chasteté, il s'offrait quelques folles nuits de débauche avec des prostituées. D'une façon qu'il n'arrivait pas à s'expliquer totalement, faire l'amour avec une fille rétribuée n'était pas trahir son souvenir ; toute peine méritait salaire et cette philosophie donnait à la chose l'aspect d'une transaction commerciale dans laquelle les sentiments n'avaient absolument rien à voir.

Et, un beau jour, il avait rencontré Wilma Compton.

Affalé sur la banquette du Bolt Hole, Frank faillit s'étouffer en prononçant ce nom. Il promena une main sur son visage, puis dans ses cheveux et dit :

« Il me faudrait un autre double scotch. »

Il faisait de gros efforts pour bien articuler chaque mot, mais le résultat n'en était que plus piteux.

« Bien sûr, dit Tony. Mais on ferait bien aussi de manger un morceau.

— Pas faim, grommela Frank.
— Les croque-monsieur sont excellents ici. On va en commander deux, avec une assiette de frites.
— Non. Pour moi, ce sera seulement un scotch. »
Tony insista ; Frank finit par accepter de manger un croque-monsieur mais refusa les frites.
Penny nota leur commande mais, en entendant que Frank voulait encore un double scotch, crut utile de faire remarquer que cela ne lui semblait pas une bonne idée.
« Ne vous inquiétez pas, je ne conduis pas, la rassura Frank. Je suis venu en taxi parce que je voulais me bourrer la gueule. Je rentrerai en taxi. En attendant, adorable petit oiseau à fossette, apportez-moi céans un autre de ces délicieux doubles scotches.
— S'il n'est pas en état de prendre un taxi, je le ramènerai chez lui », dit Tony à son tour.
Elle renouvela leurs consommations ; Tony n'avait pas fini son dernier verre, mais la bière était chaude et éventée et Penny l'emporta.
Wilma Compton.
De douze ans plus jeune que lui, elle avait trente et un ans quand il avait fait sa connaissance. Elle était charmante, petite, jolie et ses yeux étaient très noirs. Des jambes minces. Un corps souple. Une chute de reins provocante. Un petit cul bien ferme. Une taille fine et des seins un peu trop pleins pour sa taille. Elle n'était pas tout à fait aussi charmante, aussi petite ni aussi jolie que Barbara Ann. Elle n'avait pas sa vivacité d'esprit, son tempérament industrieux et sa nature altruiste mais, en apparence tout au moins, elle ressemblait suffisamment à la morte pour réveiller le cœur engourdi de Frank.
Wilma était serveuse dans une brasserie fréquentée par le personnel de la police. Un jour, Frank lui avait demandé un rendez-vous et elle avait accepté. A leur quatrième rencontre, ils couchaient ensemble. Wilma possédait le même appétit, la même ardeur et les mêmes dispositions qui avaient fait de Barbara Ann une amante merveilleuse.
Elle semblait parfois uniquement préoccupée par la recherche de son propre plaisir et se ficher éperdument du sien, mais Frank était convaincu que cet égoïsme ne

durerait pas : Wilma se comportait de la sorte parce qu'elle n'avait pas connu de relation satisfaisante depuis longtemps. D'autre part, il n'était pas peu fier de la faire jouir aussi totalement, corps et âme. Avec Barbara Ann, amour et plaisir physique avaient toujours été indissolublement liés et il avait cru Wilma animée des mêmes sentiments. Au bout de deux mois de liaison, il lui avait demandé de l'épouser. Elle avait refusé et interrompu là leurs relations ; il ne la voyait plus que lorsqu'il allait déjeuner à la brasserie.

Wilma avait été admirablement franche dans son refus. Elle voulait se marier mais l'homme selon son cœur devait avoir des économies substantielles et une très bonne situation. Jamais un flic, disait-elle, ne pourrait gagner assez d'argent pour lui offrir l'existence et la sécurité qu'elle désirait. L'échec de son premier mariage était dû, en grande partie, au fait qu'elle n'avait cessé de se quereller avec son mari à propos de gros sous. Elle s'était alors rendu compte que les difficultés financières pouvaient tuer l'amour, ne laissant derrière elles qu'amertume et rancœur. Elle ne voulait pas, prétendait-elle, courir le risque de voir une nouvelle union se désintégrer faute d'argent. Elle n'excluait pas totalement un mariage d'amour mais celui qu'elle épouserait devrait être capable de lui apporter l'aisance et la sécurité financières auxquelles elle aspirait si ardemment. Tant pis si elle lui paraissait dure et intéressée, mais elle se refusait à revivre le genre d'expérience qu'elle avait déjà connue, lui avait-elle dit, la voix cassée et les larmes aux yeux. S'il y avait une chose qu'elle ne voulait plus jamais connaître, c'était bien l'échec d'un nouveau mariage à cause du manque d'argent, avec son cortège de larmes et de désespoir.

Curieusement, ce désir de faire un riche mariage n'avait en rien diminué l'admiration et l'ardeur que Frank éprouvait à son égard. Après ces longues années de solitude, il brûlait de poursuivre cette liaison, même s'il lui fallait chausser des œillères pour conserver ses illusions. Il lui avait exposé sa situation financière et l'avait presque suppliée d'examiner ses divers livrets d'épargne, qui donnaient un montant total de trente-deux mille dollars. Il fallait considérer ce qu'il gagnait par mois, tenir aussi compte du fait qu'il pourrait prendre sa retraite, tout en bénéficiant d'une pension confortable, à un âge encore jeune, assez jeune pour investir une partie de leurs économies dans une petite affaire et démarrer une nouvelle vie. Si c'était la sécurité qu'elle recherchait, il était son homme.

Mais trente-deux mille dollars et une retraite d'inspecteur n'étaient pas suffisants pour Wilma Compton. « D'accord Frank, avait-elle dit, c'est un bon petit matelas, mais pour l'instant tu n'as pas de maison, rien. » Elle avait longuement palpé les livrets d'épargne, comme si elle en retirait un plaisir sexuel, mais les lui avait finalement rendus. « Excuse-moi, Frank, mais je vise plus haut. Je suis encore jeune et je ne fais pas mon âge ; j'ai encore quelques bonnes années devant moi. J'ai bien peur que trente-deux mille dollars n'aillent pas chercher bien loin, de nos jours ; s'il nous arrivait un pépin, jamais on ne s'en sortirait. Je ne voudrais pas que ça puisse... dégénérer entre nous... qu'on en arrive à se détester, comme ça s'est passé avec mon ex-mari. »

Frank était effondré.

« Bon Dieu, quel imbécile j'étais ! sanglota-t-il en frappant du poing sur la table pour mieux souligner sa bêtise. Je m'étais mis dans la tête qu'elle était la réplique de Barbara Ann, qu'elle était un être rare et précieux. Elle avait beau se montrer dure, intéressée et insensible, je lui trouvais toujours des excuses. Ah ! la, la ! idiot, triple idiot, âne bâté que j'étais !

— Ta conduite est très compréhensible. Cela faisait très longtemps que tu étais seul. Tu avais connu deux années tellement merveilleuses avec Barbara Ann que tu ne pensais pas pouvoir retrouver quelqu'un qui lui arrive à la cheville. Tu t'es volontairement aveuglé. Tu t'étais mis dans la tête que tu n'avais besoin de personne. Mais on a tous besoin de quelqu'un, Frank. On a tous besoin d'aimer et d'être aimé. L'amour et l'amitié sont aussi nécessaires à l'homme que l'eau et le pain. Ce désir a grandi en toi au cours des années et, le jour où tu as rencontré une femme qui ressemblait à Barbara Ann, le jour où tu as rencontré Wilma, tu n'as pas pu tenir plus longtemps. Ces dix-neuf années de disette et de privations ont fait sauter le bouchon d'un seul coup et c'était fatal que tu fasses des choses insensées. Dommage que tu ne sois pas tombé sur quelqu'un de bien qui aurait mérité ton affection. Mais vois-tu, Frank, ce qui m'étonne le plus c'est qu'une bonne femme dans le genre de Wilma ne t'ait pas pigeonné bien avant.

— Quelle andouille j'étais !

— Non.

— Quel con !

— Non, Frank, c'est humain, tout simplement. »

Penny arriva avec leurs croque-monsieur et Frank lui demanda encore un double scotch.

« Tu veux savoir ce qui l'a fait changer d'avis ? Tu veux savoir pourquoi, en définitive, elle a accepté de m'épouser ?

— Oui, bien sûr, répondit Tony. Mais mange d'abord ton croque-monsieur.

— Mon père est mort en me laissant tout ce qu'il possédait, expliqua Frank en ignorant le croque-monsieur. D'abord, je me suis dit que ça devait représenter dans les trente mille dollars, mais il se trouve que mon vieux avait amassé toute une flopée de polices d'assurances à cinq et dix mille dollars, tout au long de ses trente dernières années. Impôts et droits déduits, je me suis retrouvé avec un joli magot de quatre-vingt-dix mille dollars.

— Mince alors !

— Avec ce que je possédais déjà, je devenais une bonne affaire pour *Wilma*.

— Peut-être aurait-il mieux valu pour toi que ton père soit mort dans la misère. »

Les yeux de Frank s'embuèrent et on aurait dit qu'il allait se mettre à pleurer. Toutefois, il ravala ses larmes et d'une voix empreinte de désespoir, il déclara :

« J'ai honte à le dire, mais quand j'ai vu ce que mon père me laissait, je me suis bien vite consolé de sa mort. Ces primes d'assurances me sont tombées une semaine après que je l'eus enterré et, à l'instant même, j'ai pensé : Wilma. Tout à coup, je me suis senti si heureux que je ne pouvais plus rester en place. C'était comme si mon père était mort depuis vingt ans. J'en suis malade quand j'y repense. On avait beau ne pas être proches, mon père et moi, j'aurais pu au moins avoir un peu de peine à sa mort. Ah ! Tony, je me suis conduit comme le dernier des salauds.

— Allons, Frank, c'est de l'histoire ancienne. Et, comme je te l'ai dit, tu étais un peu fou et donc pas vraiment responsable de tes actes. »

Frank se prit le visage dans les mains et demeura ainsi pendant un moment, à trembler mais sans pleurer. A la fin, il releva la tête et poursuivit son récit.

« Alors, quand Wilma a vu que je possédais près de cent vingt-cinq mille dollars, elle a accepté de m'épouser. En huit mois, elle a tout croqué.

— Vous étiez mariés sous le régime de la communauté. Comment a-t-elle pu te prendre plus de la moitié de tes biens ?

— Oh ! elle n'a rien demandé au moment du divorce.

— Comment ça ?

— Pas un sou.

— Pourquoi donc ?

— Il ne me restait plus rien.

— Plus rien ?

— Pfft !...

— Elle avait tout dépensé ?

— Volé, oui », rectifia Frank d'un air mauvais.

Tony s'arrêta de manger et s'essuya la bouche avec sa serviette.

« Volé ? Mais comment ? »

Malgré son ivresse, Frank se mit soudain à parler avec une clarté et une précision surprenantes. Il lui importait particulièrement, sur ce point plus que sur tout autre, d'être clairement compris. Wilma ne lui avait laissé que son indignation et il avait besoin de la partager avec Tony.

« Dès notre retour de voyage de noces, elle m'a annoncé qu'elle allait s'occuper de nos finances. Elle allait s'occuper de tous nos comptes en banque, suivre nos économies et surveiller nos dépenses. Elle s'est alors inscrite à un cours de gestion des affaires et elle a établi un budget détaillé. Elle était absolument intraitable sur ce point et j'étais ravi parce qu'elle me rappelait Barbara Ann.

— Tu lui avais dit que Barbara Ann s'intéressait aussi à ces problèmes ?

— Eh oui, pardi ! Je me suis laissé tondre comme un mouton. »

Tony s'aperçut soudain qu'il n'avait plus faim.

Frank se passa une main tremblante dans les cheveux. « Vois-tu, il n'y avait aucune raison pour que je la soupçonne ; elle était si gentille avec moi. Elle avait appris à cuisiner mes plats préférés ; le soir, quand je rentrais du travail, elle voulait toujours savoir ce que j'avais fait pendant la journée et elle m'écoutait avec intérêt. Elle ne me demandait ni robes, ni bijoux, ni quoi que ce soit. De temps en temps, je l'emmenais au restaurant et au cinéma, mais elle disait que c'était de l'argent gaspillé et elle prétendait qu'elle aimait autant rester à la maison avec moi à regarder la télé ou à bavarder. Elle n'avait pas l'air pressée d'acheter une maison. Elle était si... si facile à vivre. Si je rentrais à la maison fatigué, elle me massait et, au lit... elle était fabuleuse. Elle était parfaite. Sauf... sauf... que pendant qu'elle me préparait des petits plats, qu'elle m'écoutait, qu'elle me massait et qu'elle me dorait la pilule, elle...

— Elle te saignait à blanc.

— Jusqu'à mon dernier dollar. Tout, sauf dix mille dollars qui étaient placés à long terme.

— Et après, elle est partie, comme ça ?

— Un jour, en rentrant à la maison, j'ai trouvé un mot qui disait : « Si tu veux savoir où je suis, téléphone à ce numéro et demande M. Freyborn. » C'était un avocat. Elle lui avait demandé de s'occuper du divorce. J'étais frappé de stupeur. Tu comprends, rien ne m'avait laissé prévoir une chose pareille... Freyborn a refusé de me donner son adresse. Il m'a dit que c'était une affaire très simple, qui se réglerait sans difficulté puisqu'elle ne réclamait aucune pension. Elle ne demandait pas un sou. Seulement sa liberté. Ah ! Seigneur, quel coup ! Je ne voyais pas ce que j'avais pu faire de mal. J'ai failli devenir dingue à force de me demander quelle faute j'avais bien pu commettre. Je me suis dit que si je changeais, si je devenais meilleur, je pourrais peut-être la reconquérir. Et puis... deux jours après, en voulant retirer de l'argent, je me suis aperçu qu'il ne restait plus que trois dollars sur mon compte. C'est alors que j'ai compris pourquoi elle ne réclamait rien. Elle avait déjà tout pris. Les comptes, les livrets, tout.

— Tu ne l'as tout de même pas laissée s'en tirer comme ça ? »

Frank avala une gorgée de scotch. Il transpirait et son visage était blême.

« Sur le moment, j'en suis resté comme paralysé et... comment dire... avec une envie de suicide. Enfin, je n'ai pas tenté de me tuer, mais je ne tenais plus à la vie. J'étais dans le brouillard, dans une sorte de transe.

— Mais tu as fini par émerger.

— En partie. Je suis encore un peu engourdi. Mais ça va mieux. Après, j'ai eu honte de moi. J'ai eu honte de m'être laissé berner. Quelle andouille ! Quel con ! Je voulais que personne ne le sache, pas même mon notaire.

— Ça, c'est la première véritable bêtise que tu as commise. Pour le reste, je comprends, mais...

— Il me semblait que si les gens apprenaient de quelle façon Wilma m'avait roulé, personne ne croirait plus ce que j'avais dit de Barbara Ann. J'avais peur qu'on pense que Barbara Ann, elle aussi, m'avait embobiné et, pour moi, il était important, plus important que tout au monde, que la mémoire de Barbara Ann demeure sans tache. Aujourd'hui, ça peut paraître idiot, mais c'est ainsi que je voyais les choses à l'époque. »

Tony ne savait pas quoi dire.

« Le divorce a donc été réglé en un rien de temps, poursuivit Frank. En fait, je n'ai même pas eu à revoir Wilma, à part quelques minutes au tribunal, et je ne lui ai plus jamais reparlé depuis le jour où elle est partie.

— Où est-elle maintenant ? Tu le sais ? »

Frank termina son scotch. Quand il reprit la parole, ce fut d'une voix changée, presque un murmure, non pas comme s'il voulait que les autres clients n'entendent pas le reste de son histoire, mais comme s'il n'avait plus assez de force pour parler de façon normale.

« Quand le divorce a été prononcé, j'ai bien sûr cherché à savoir ce qu'elle était devenue. J'ai retiré par anticipation tout ce que pouvais de ce plan d'épargne à long terme qui lui avait échappé et j'ai engagé un détective privé pour savoir où elle était et ce qu'elle faisait. Il a découvert pas mal de choses. Des choses très intéressantes. Elle s'est remariée, neuf jours à peine après l'ordonnance de divorce. Elle a épousé un certain Chuck Pozley, du côté du comté d'Orange. Il possédait une de ces salles de jeux électroniques dans un centre commercial de Costa Mesa. Il devait se faire dans les soixante-dix à quatre-vingt mille dollars par an et cela faisait déjà quelque temps qu'il l'avait demandée en mariage. Wilma allait dire oui quand j'ai bêtement parlé des polices d'assurance souscrites par mon père. Elle m'a donc épousé, m'a complètement ratiboisé et est allée retrouver son Chuck Pozley. Avec mon fric, ils ont ouvert deux nouvelles salles de jeux et depuis, pour eux, ça marche très bien, merci. »

Le matin même, Tony ne savait pratiquement rien de Frank Howard et, ce soir, il savait presque tout. Plus qu'il ne désirait en savoir, à dire vrai. Il savait écouter ; c'était à la fois une chance et une malédiction. Michael Savatino, son ancien collaborateur, lui avait dit bien souvent que s'il était un policier hors pair, c'était, en grande partie, parce que les gens le trouvaient sympathique, qu'ils lui faisaient confiance et qu'ils étaient enclins à parler spontanément devant lui. Si les gens se sentaient tellement en confiance avec lui, disait Michael, c'était parce qu'il savait tendre l'oreille. Toujours selon Michael, rares étaient ceux qui en étaient capables, dans un monde où chacun ne pensait plus qu'à soi. Il était vrai qu'il écoutait volontiers les autres, toutes sortes de gens, même, à vrai dire ; en tant que peintre fasciné par ce qui se cachait derrière les apparences, il était tout autant attiré par les motivations qui réglaient l'existence de ses semblables. C'est ainsi qu'en ce moment même, alors qu'il écoutait Frank parler, il ne pouvait s'empêcher d'évoquer une phrase d'Emerson qu'il avait lue il y avait longtemps. *Le Sphinx doit résoudre sa propre énigme. Si l'histoire de l'humanité réside en un seul homme, alors on peut l'expliquer à partir de l'histoire d'un seul homme.* Chaque homme, chaque femme, chaque enfant était une fascinante énigme, chacun était son propre puzzle et Tony ne se lassait jamais d'écouter ce que les autres avaient à dire.

Parlant d'une voix si basse que Tony devait se pencher pour l'entendre, Frank poursuivit son récit.

« Wilma avait mis ce Pozley au courant de ses projets. Ils se voyaient deux ou trois fois dans la semaine pendant que j'étais au travail. Pendant que madame jouait les épouses attentionnées, elle vidait mes comptes et s'envoyait en l'air avec lui. Plus j'y pensais et plus j'en devenais fou. Finalement, je suis allé voir mon avocat et je lui ai dit ce que j'aurais dû lui dire dès le début.

— Mais est-ce que ce n'était pas trop tard ?

— C'est ce que m'a dit l'avocat. Oh, je pouvais toujours lui faire un procès. Mais le fait de ne pas l'avoir accusée de vol au moment de la procédure de divorce aurait pesé lourdement contre moi. J'aurais dépensé le peu qu'il me restait en honoraires et, de toute manière, j'aurais très certainement perdu. Aussi, j'ai décidé de tirer un trait. J'imaginais que je pourrais trouver un exutoire dans le travail, comme après la mort de Barbara Ann, mais j'étais plus atteint que je ne le pensais. Je n'arrivais plus à faire mon boulot correctement. A chaque fois que j'avais affaire à une femme... je ne sais pas pourquoi... sans doute, je voyais Wilma dans toutes les femmes. Au moindre prétexte, je devenais vicieux avec elles et puis, j'ai commencé à me montrer brutal avec tout le monde, les hommes comme les femmes ; je passais à côté d'indices que même un enfant aurait vus. Je m'engueulais souvent avec mon collègue. Et voilà... dit-il, la voix de plus en plus inaudible et la langue de plus en plus pâteuse. Après la mort de Barbara Ann, il m'était resté au moins mon travail. J'avais tout de même quelque chose, mais Wilma m'a tout pris. Mes sous, le respect de moi-même et jusqu'à mes ambitions. Depuis, je me fous de tout. »

Il se dégagea de la banquette et se mit debout, tanguant comme une marionnette qui aurait des ressorts à la place des chevilles.

« S'cuse-moi. Faut que j'aille pisser. »

Il traversa la salle en titubant, faisant un écart exagéré pour éviter les clients, et disparut en direction des toilettes pour hommes.

Tony ferma les yeux en soupirant. Il était fatigué, aussi bien physiquement que mentalement.

« Vous lui rendriez service en le ramenant chez lui, lui dit Penny au passage. Il est rond comme une barrique.

— Aucun problème, dit Tony, il va rouler jusque chez lui. »

Puis il régla la note et attendit le retour de son collègue. Au bout de cinq minutes, il prit la veste et la cravate de Frank et partit à sa recherche.

Les toilettes des hommes étaient un réduit exigu où régnaient un fort parfum de désodorisant au pin et une vague odeur d'urine. Debout devant le mur couvert de graffitis, le dos tourné à la porte, Frank martelait le mur de ses paumes ouvertes. BAM-BAM-BAM-BAM-BAM ! Dans la salle du bar, Tony n'avait rien entendu à cause de la rumeur sourde des voix et de la musique, mais ici, dans cette petite pièce étroite et haute de plafond, ce bruit lui perçait les tympans.

« Frank !

— BAM-BAM-BAM-BAM-BAM ! »

Tony s'approcha de lui, le prit par l'épaule et l'obligea doucement à se retourner.

Frank pleurait. Ses yeux rougis étaient remplis de larmes. De grosses larmes qui roulaient sur ses joues. Il avait les lèvres molles et gonflées et sa bouche tremblotait de chagrin. Il pleurait sans bruit, sans gémir ni sangloter, comme si sa voix était restée coincée au fond de sa gorge.

« Allons, lui dit Tony. Tu vas t'en sortir. Tu n'as pas besoin de Wilma. Tu es bien mieux sans elle. Tu as des amis. On t'aidera, Frank, si tu veux bien nous laisser t'aider. Moi, je vais t'aider. Je t'aime bien, je t'assure que je t'aime bien. »

Frank ferma les yeux. La bouche pendante, il se mit à sangloter, mais toujours en silence. Il avança la main pour chercher un appui et Tony l'entoura de son bras.

« J'veux rentrer chez moi, marmonna-t-il. J'veux rentrer chez moi.

— Très bien. Je vais te ramener. Tiens-toi à moi. »

Le bras passé sur l'épaule, ils quittèrent le Bolt Hole comme deux vieux copains de régiment en goguette. Ils allèrent jusqu'à l'immeuble où habitait Tony, à cent cinquante mètres de là, et grimpèrent dans la Jeep de Tony.

Ils étaient à mi-chemin de chez Frank quand celui-ci déclara :

« Tony... j'ai peur. »

Tony lui jeta un regard inquiet.

Frank était affalé sur son siège. Il avait l'air faible et misérable ; ses habits semblaient trop grands pour lui. Son visage était inondé de larmes.

« Tu as peur de quoi ?

— Je ne veux pas rester seul, dit Frank en donnant libre cours à ses larmes, crise d'angoisse sans aucun doute due à l'excès d'alcool mais aussi à une peur plus profonde, plus souterraine.

— Mais tu n'es pas seul, dit Tony. Je suis là.

— J'ai peur de... de mourir tout seul.

— Tu n'es pas tout seul et tu ne vas pas mourir, Frank.

— Le temps passe tellement vite... On se retrouve vieux avant d'avoir compris. Je ne veux pas finir seul, je ne veux pas devenir un petit vieux sans rien ni personne.

— Tu trouveras quelqu'un, ne t'en fais pas.

— Je veux que quelqu'un me tienne la main quand je mourrai.

— Oui, ne t'inquiète pas, dit Tony d'une voix blanche.

— Ça me fait peur, tu comprends ?

— Oui. Mais tu trouveras quelqu'un.

— Non. Plus jamais.

— Mais si.

— Jamais. Jamais », dit Frank en fermant les yeux et en se laissant aller contre la vitre de la portière.

Quand ils arrivèrent devant chez lui, Frank dormait comme un bienheureux. Tony essaya de le réveiller mais il ne réussit pas à lui faire reprendre totalement ses esprits. Titubant, grommelant, soupirant, il parvint, mi-marchant, mi-porté, jusqu'à sa porte. Tony le cala contre le mur et lui fouilla les poches pour trouver sa clef. Quand, enfin, ils arrivèrent dans la chambre à coucher, Frank s'effondra sur le lit et se mit aussitôt à ronfler.

Tony le déshabilla et le fourra sous les draps.

Dans un tiroir de la cuisine, il trouva un crayon, un bloc de papier et un rouleau de papier collant. Il écrivit un mot qu'il afficha sur la porte du réfrigérateur.

Cher Frank,

Demain matin, quand tu te réveilleras, tu te souviendras de tout ce que tu m'as raconté et tu te sentiras peut-être un peu gêné. Ne t'inquiète pas. Ce que tu m'as dit restera entre nous et, demain, je te confierai à mon tour mes petits secrets, ainsi nous serons quittes. Après tout, les amis sont faits pour ça.

Tony.

Tout en rentrant chez lui, il se mit à penser à la solitude de Frank et l'idée lui vint que sa propre situation ne valait guère mieux. Son père était encore de ce monde, mais il était souvent malade et n'en avait sans doute plus que pour quelques années à vivre. Ses frères et ses sœurs étaient dispersés dans tout le pays et, de toute façon, il n'avait avec eux aucun lien profond. Il avait une foule d'amis, mais à quoi servent les amis quand on est vieux et qu'on se trouve au seuil de la mort ? Il comprenait ce que Frank avait voulu dire. Quand un homme se retrouve tout seul sur son lit de mort, seules quelques mains peuvent lui donner le courage de s'en aller : celles de sa femme, de ses enfants ou de ses proches. Avec une sorte de frisson intérieur, il prit brusquement conscience qu'il était en train de se construire le genre d'existence qui, une fois qu'il serait parvenu au but qu'il s'était fixé, pourrait très bien n'être qu'un puits sans fond de solitude. Il avait trente-cinq ans et n'avait encore jamais sérieusement songé au mariage. Il eut tout à coup le sentiment que le temps lui filait entre les doigts. Il lui semblait qu'hier encore il avait vingt-cinq ans ; pourtant, dix années s'étaient écoulées depuis.

C'est peut-être Hilary Thomas qu'il me faut, se dit-il

en rangeant sa voiture sur le parking de son immeuble. Elle est différente ; je m'en rends bien compte, tout à fait différente. Si elle pouvait trouver que je suis différent, moi aussi, on pourrait peut-être faire quelque chose tous les deux. Pourquoi ne serait-ce pas possible ?

Il resta un moment assis dans sa Jeep à contempler la nuit étoilée en pensant à Hilary Thomas et à ce que pouvaient représenter la vieillesse et la mort en solitaire.

A vingt-deux heures trente, alors qu'Hilary était totalement plongée dans son roman et qu'elle finissait de grignoter une pomme et un morceau de fromage, le téléphone se mit à sonner.

« Allô ? »

Seul le silence lui répondit.

« Qui est à l'appareil ? »

Rien.

Elle raccrocha violemment. C'est ce qu'on conseille de faire quand on vous adresse des menaces ou des obscénités par téléphone. Raccrochez. N'encouragez pas celui qui est à l'autre bout du fil. Raccrochez rapidement et énergiquement. Elle ne savait pas à qui elle avait affaire mais les oreilles avaient dû lui sonner, même si cela n'était qu'une piètre consolation.

Maintenant, elle était certaine que ce n'était pas un faux numéro. Pas deux fois dans la même soirée et, en plus, sans une seule parole d'excuse. Et puis, il y avait ce silence angoissant, cette menace muette.

Elle n'avait jamais jugé nécessaire de demander à ne pas figurer sur l'annuaire. La célébrité des scénaristes n'est pas comparable à celle des acteurs ou même des réalisateurs. Le grand public ne se préoccupe guère de savoir qui a écrit le scénario d'un film à succès. La plupart de ceux qui se font porter sur les listes rouges le font par pure volonté de prestige, désireux de donner l'image d'un auteur surchargé de travail et trop occupé pour consacrer ses rares moments libres à des appels extra-professionnels. Hilary plaçait sa vanité ailleurs que dans ce genre de pratique.

Seulement voilà, il s'était produit un fait nouveau. Ses démêlés avec Bruno Frye, largement rapportés par les médias, avaient peut-être réussi à faire d'elle un objet d'intérêt général, quand ses deux scénarios n'y étaient pas parvenus. L'histoire d'une femme repoussant une première fois un homme venu pour la violer et le tuant la seconde, voilà qui avait de quoi fasciner certains esprits malades. Cet exemple avait pu donner des idées à un individu désireux de prouver qu'il était capable de réussir là où Bruno Frye avait échoué.

Elle résolut d'appeler le service du téléphone le lendemain matin à la première heure pour demander un nouveau numéro qui ne serait pas porté sur l'annuaire.

A minuit, la morgue municipale était, comme l'avait un jour déclaré en plaisantant le médecin légiste en chef, paisible comme une tombe. Le vestibule faiblement éclairé était silencieux et le laboratoire plongé dans l'obscurité. La pièce où étaient entreposés les corps était noire et glacée, et, en dehors du bourdonnement étouffé du climatiseur qui envoyait de l'air froid par les bouches pratiquées dans les murs, le calme le plus total y régnait.

La nuit, la morgue n'était gardée que par un seul employé. Il était assis devant un affreux bureau en métal et noyer plaqué. Il s'appelait Albert Wolwicz, avait vingt-neuf ans, était divorcé et père d'une petite fille prénommée Rebecca dont son ex-femme avait la garde. Elles vivaient toutes les deux à San Diego. Albert Wolwicz ne voyait aucun inconvénient à travailler la nuit. Il se livra à de menues tâches de classement, écouta un moment la radio sans rien faire, retourna à ses rangements, puis lut quelques chapitres d'un roman passionnant de Stephen King qui narrait les exactions d'une horde de vampires semant la panique dans une petite ville de la Nouvelle-Angleterre. Si le temps restait frais toute la nuit et si aucun incident ne se produisait, il pourrait continuer à se la couler douce en attendant l'heure de rentrer chez lui.

A minuit dix, la sonnerie du téléphone retentit.

« Ici la morgue », dit Albert en décrochant.

Silence.

« Allô ? »

A l'autre bout de la ligne, il entendit un homme gémir et se mettre à pleurer.

« Qui est à l'appareil ? »

Etouffé par ses sanglots, le correspondant ne répondait pas.

C'était presque une parodie de chagrin. Ces plaintes hystériques et démesurées étaient vraiment la chose la plus étrange qu'il ait jamais entendue.

« Si vous me disiez ce qui se passe, je pourrais peut-être vous aider. »

L'homme raccrocha.

Albert garda un moment le récepteur à la main puis le reposa avec un haussement d'épaules.

Il tenta de reprendre le fil de son roman, mais il avait sans cesse l'impression d'entendre des bruits étouffés derrière la porte. Il alla jeter un coup d'œil cinq ou six fois, mais il n'y avait rien ni personne.

CHAPITRE IV

Vendredi matin.

Neuf heures.

Deux employés du funérarium de la Colline des Anges, à West Los Angeles, se présentèrent à la morgue municipale pour prendre le corps de Bruno Gunther Frye. Ils travaillaient en liaison avec le Panorama éternel de la ville de St. Helena, où le défunt avait vécu. Après avoir signé le bon de décharge, les deux hommes allèrent chercher le cadavre dans la chambre froide pour le placer dans le corbillard, une Cadillac noire.

Frank Howard ne semblait pas avoir la gueule de bois. Son teint n'avait pas l'aspect brouillé des lendemains de cuite. Il paraissait en pleine forme. Ses yeux bleus étaient clairs. Apparemment, la confession avait eu sur lui un effet bénéfique.

Au bureau, d'abord, puis dans la voiture, Tony avait perçu la gêne qu'il prévoyait et il fit de son mieux pour mettre Frank à l'aise. Au bout d'un moment, Frank se rendit compte que rien n'avait changé entre eux ; en fait, leur association fonctionnait beaucoup mieux qu'au cours des trois derniers mois. En milieu de matinée, ils avaient réussi à se faire suffisamment confiance pour travailler pratiquement comme un seul et même organisme. Ils ne réagissaient pas encore avec l'harmonie parfaite que Tony avait connue avec Michael Savatino, mais il ne semblait plus y avoir maintenant d'obstacles au développement de cette complémentarité idéale. Ils avaient encore besoin d'un peu de temps pour s'adapter l'un à l'autre ; il allait sans doute falloir encore quelques mois, mais ils parviendraient finalement à ce degré de communion qui rendrait leur travail considérablement plus facile qu'il ne l'avait été jusque-là.

Pendant toute la matinée, ils continuèrent à enquêter sur Bobby Valdez. Les pistes n'étaient pas nombreuses et les deux premières n'aboutirent à rien.

Le rapport du service de l'immatriculation des véhicules leur causa une première déception. Selon toute probabilité, Bobby Valdez s'était servi de faux papiers pour obtenir un permis de conduire au nom de Juan Mazquezza. La dernière adresse que le service des immatriculations avait pu leur fournir était celle de l'appartement que Bobby avait quitté au mois de juillet, à la résidence *Las Palmeras*, sur La Brea Avenue. Il existait deux autres Juan Mazquezza dans le fichier : un jeune homme de dix-neuf ans qui habitait à Fresno et une personne de soixante-sept ans qui, elle, vivait à Tustin. Ils possédaient tous les deux une voiture immatriculée en Californie, mais aucune d'elles n'était une Jaguar. Le Juan Mazquezza domicilié à la résidence *Las Palmeras* n'avait fait aucune demande de carte grise, ce qui signifiait que Bobby avait acheté sa Jaguar sous un second faux nom. De toute évidence, il savait où se procurer de faux papiers d'une qualité parfaite.

L'impasse.

Tony et Frank retournèrent ensuite à la blanchisserie de Vincent Garamalkis pour interroger les employés. Ils espéraient que l'un d'eux serait resté en relation avec lui et pourrait leur dire où il habitait. Mais ils déclarèrent tous que Bobby était un solitaire ; personne ne savait où il était.

L'impasse.

Après avoir quitté la blanchisserie, ils allèrent déjeuner dans une omelettaria où Tony faisait volontiers halte. En plus de la grande salle principale, le restaurant possédait une terrasse en plein air carrelée de briques où une douzaine de tables étaient dressées sous des parasols à rayures blanches et bleues. C'est là qu'ils choisirent de s'asseoir, désireux de profiter de la douceur de cette journée d'automne, et ils mangèrent une salade et une omelette au fromage.

« Tu fais quelque chose, demain soir ? demanda Tony.

— Moi ?

— Oui, toi !

— Non. Rien.

— Parfait. J'ai prévu quelque chose.

— Quoi ?

— Un rendez-vous secret.

— Pour moi ?

— Evidemment.

— Tu parles sérieusement ?

— Je l'ai appelée ce matin.

— Laisse tomber, maugréa Frank.

— C'est exactement ce qu'il te faut.

— Je déteste les rendez-vous arrangés.

— C'est une femme absolument splendide.

— Ça ne m'intéresse pas.

— Douce, avec ça.

— Je ne suis plus un gamin.

— Je n'ai jamais dit ça.

— Je n'ai pas besoin de tes services pour trouver une femme.

— Bien sûr. Mais, parfois, entre copains, il n'est pas interdit de se rendre service, non ?

— Je peux parfaitement me débrouiller tout seul.

— Seul un imbécile ferait le difficile sur cette femme-là.

— Ce n'est pas mon cas.

— Bon, soupira Tony. J'abandonne.

— Ecoute, en ce qui concerne ce que je t'ai dit hier soir, au Bolt Hole...

— Oui ?

— Je ne cherchais pas à me faire plaindre.

— Tout le monde a besoin d'être consolé, de temps en temps.

— Je voulais juste que tu comprennes pourquoi je broie parfois du noir.

— Et je l'ai parfaitement compris.

— Je ne voudrais pas que tu croies que je ne suis

qu'un pauvre branque, le genre de gogo idéal pour un certain type de femmes.

— Ce n'est pas du tout l'impression que tu m'as donnée.

— Je ne m'étais encore jamais écroulé comme ça devant quelqu'un.

— Je le sais bien.

— Je n'ai pas pour habitude de... de chialer comme un gosse.

— Je sais.

— Je suppose que j'étais simplement un peu à cran.

— Ce devait être ça.

— Et puis, j'ai peut-être un peu forcé sur l'alcool.

— Ça, sûrement.

— J'ai picolé comme un trou, hier soir.

— Plutôt, oui.

— L'alcool me rend sentimental.

— Ça fait ça à beaucoup de gens.

— Mais, maintenant, ça va beaucoup mieux.

— Mais oui, là n'est pas la question.

— Je veux simplement dire que je n'ai pas besoin qu'on me prenne la main, Tony.

— Ça va, j'ai compris.

— D'accord ?

— D'accord. »

Chacun piqua du nez sur son omelette.

Plusieurs grosses sociétés avaient des bureaux à proximité et de nombreuses employées en robes légères passaient et repassaient sur le trottoir, qui venant déjeuner, qui retournant travailler.

La terrasse était bordée de fleurs qui embaumaient dans la chaude lumière cuivrée du soleil.

La rumeur de la rue était typique de Los Angeles. Ce n'était pas ce grondement sourd et incessant, fait de brusques coups de frein accompagnés d'un concert d'avertisseurs, qu'on entend à New York, Chicago et dans la plupart des grandes métropoles. Non, à Los Angeles, on n'entend que le ronronnement hypnotique des moteurs. Et le déplacement d'air des voitures qui passent. Un bruit apaisant. Lénifiant. Comme celui des vagues sur la plage. Un bruit fait par des machines, certes, mais en même temps naturel, primal. Subtil, également, et incroyablement érotique. A Los Angeles, même les bruits de la circulation sont conformes à l'âme et au caractère subtropical de la ville.

Au bout de quelques minutes de silence, Frank reprit la parole.

« Comment s'appelle-t-elle ?

— Qui ?

— Joue les innocents, tiens.

— Janet Yamada.

— Japonaise ?

— Ça te semble un nom italien ?

— Comment est-elle ?

— Intelligente, spirituelle et charmante.

— Qu'est-ce qu'elle fait ?

— Elle travaille à l'hôtel de ville.

— Quel âge a-t-elle ?

— Trente-six, trente-sept.

— C'est pas un peu jeune pour moi ?

— Tu n'as que quarante-cinq ans, bon Dieu.

— Comment l'as-tu connue ?

— On est sortis ensemble, quelque temps, dit Tony.

— Qu'est-ce qui a foiré ?

— Rien. On a simplement découvert qu'on était meilleurs amis qu'amants.

— Tu crois qu'elle me plaira ?

— Affirmatif.

— Et que je lui plairai ?

— A condition que tu ne te grattes pas le nez et que tu ne manges pas avec tes doigts.

— D'accord, dit Frank. Je veux bien voir de quoi elle a l'air.

— Oh, si ça doit être une corvée, on ferait peut-être mieux d'oublier tout ça.

— Non. Je veux bien la rencontrer. Ça marche.

— Ecoute, Frank, ne dis pas oui simplement pour me faire plaisir.

— Donne-moi son numéro de téléphone.

— Je ne sais pas si j'ai eu raison, finalement, dit Tony. J'ai l'impression de te forcer à faire quelque chose que tu ne veux pas.

— Laisse tomber, tu veux ?

— Je crois que je ferais mieux de lui téléphoner et d'annuler la petite soirée de demain soir.

— Non. Ecoute, je...

— Je ne voudrais pas jouer les entremetteurs. J'ai horreur de ça.

— Bordel, tu vas la fermer, oui ? Je t'ai dit que c'était d'accord !

— Je sais, dit Tony avec un grand sourire.

— Ça t'amuse de me faire marcher, hein ?

— Tu marches très bien tout seul. »

Frank essaya de prendre un air fâché mais ne réussit qu'à sourire bêtement.

-« Et si tu venais, toi aussi, demain soir ? demanda-t-il.

— Il n'en est pas question. Tu devras te débrouiller comme un grand, mon p'tit gars.

— Je vois, dit Frank d'un air entendu. Monsieur veut se garder son Hilary Thomas pour lui tout seul.

— Exactement.

— Tu crois que ça va marcher, tous les deux ?

— Tu parles comme si on allait se marier. Il s'agit d'un simple rendez-vous.

— Oui, mais même comme ça... il peut toujours y avoir un os.

— Pourquoi devrait-il y en avoir ?

— Eh bien... dit Frank. D'abord, elle est pourrie de fric.

— Voilà bien une remarque de mâle chauvin ou je ne m'y connais pas.

— Tu crois que ça ne risque pas de constituer un problème ?

— Ecoute. Quand un homme a de l'argent, est-ce qu'il doit limiter ses fréquentations aux seules femmes qui ont un compte en banque égal au sien ?

— C'est différent.

— Quand un prince décide d'épouser une bergère, personne n'a assez de mots pour trouver ça romantique, mais quand c'est une princesse qui décide d'épouser un berger, tout le monde pense que c'est la dernière des connes.

— Eh bien... bonne chance.
— Toi aussi.
— Bon. On retourne au boulot ?
— Oui, dit Tony. Allons mettre la main sur Bobby Valdez. »

Vendredi après-midi.
Treize heures.
Le corps était étendu sur la table d'embaumement de l'établissement funéraire de la Colline des Anges, à West Los Angeles. Une étiquette au gros orteil du pied droit du défunt indiquait que celui-ci se nommait Bruno Gunther Frye.
Un spécialiste était en train de préparer le corps pour l'envoyer dans le comté de Napa. Il le nettoya avec un désinfectant à effet prolongé et lui enleva les intestins et les autres organes internes par les voies naturelles. A cause des blessures que la victime avait reçues et de l'autopsie pratiquée la veille au soir, il restait très peu de sang dans le corps ; néanmoins, les dernières gouttes restantes furent ponctionnées et remplacées par le liquide de conservation.
Tout en effectuant sa tâche, le spécialiste sifflotait un petit air à la mode.
L'établissement funéraire de la Colline des Anges n'avait pas reçu la charge de maquiller le cadavre. Ce travail reviendrait aux pompes funèbres de St. Helena. L'homme de l'art se contenta de clore à jamais les yeux aveugles et de coudre les lèvres par une série de petits points invisibles qui figèrent la grande bouche dans un vague sourire éternel. C'était du beau travail. Les personnes qui accompagneraient le cortège funèbre n'y verraient que du feu, si toutefois il se trouvait quelqu'un pour l'accompagner.
Le défunt fut ensuite enveloppé dans un linceul de plastique opaque et déposé dans un cercueil d'aluminium bon marché qui répondait aux normes minimales exigées par l'administration pour le transport des morts. A St. Helena, le cher disparu serait transféré dans un habitacle plus luxueux choisi par la famille ou les amis.
A seize heures, la dépouille mortelle fut conduite à

l'aéroport international de Los Angeles et placée dans la soute d'un appareil de la California Airways à destination de Monterey, Santa Rosa et Sacramento. Le corps devait être débarqué à la deuxième escale.

A dix-huit heures trente, l'avion atterrit sur le petit aéroport de Santa Rosa. Bruno Frye n'était attendu par aucun parent. Il n'avait pas de famille. Il était le dernier rejeton de la lignée. Son grand-père n'avait eu qu'un seul descendant, une fille prénommée Katherine qui, elle, n'avait pas eu d'enfant. Bruno Frye avait été adopté.Il ne s'était jamais marié.

Trois personnes attendaient sur l'aire de débarquement, dont deux représentaient le Panorama éternel. M. Avril Thomas Tannerton était le propriétaire de cette maison funéraire qui desservait St. Helena et les localités environnantes de cette partie de la vallée de Napa. C'était un bel homme de quarante-trois ans, légèrement bedonnant, sans être gros, pourvu d'une abondante chevelure d'un blond-roux et d'un visage parsemé de taches de son ; il avait l'œil vif et un sourire prompt et chaleureux qu'il avait du mal à retenir. Il était accompagné de son assistant, Gary Olmstead, un jeune homme de vingt-quatre ans, plutôt gringalet et guère plus bavard que les morts dont il avait à s'occuper. Autant la figure de Tannerton avait un air malicieux et bon enfant, autant celle d'Olmstead était allongée, funèbre et ascétique, ce qui, au reste, convenait parfaitement à ses fonctions.

La troisième personne était Joshua Rhinehart, avocat et homme d'affaires de Frye. Il était âgé de soixante et un an et possédait une distinction naturelle qui aurait pu faire de lui un diplomate ou un politicien. Epaisse chevelure argentée rejetée en arrière, front large, nez long et fier, mâchoires et menton volontaires, yeux bruns, vifs et limpides.

Le corps de Bruno Frye fut placé dans un corbillard et ramené à St. Helena. Joshua Rhinehart suivait dans sa voiture personnelle.

Ce n'était ni par devoir professionnel ni par obligation personnelle que Rhinehart était venu à Santa Rosa avec Avril Tannerton. Depuis de nombreuses années, il s'occupait de la gestion des Shade Tree Vineyards, société appartenant à la famille Frye depuis trois générations. Il y avait longtemps que les revenus qu'il en tirait ne lui étaient plus nécessaires et, en fait, cette affaire lui causait plus de soucis qu'elle ne lui en rapportait. S'il continuait malgré tout à faire ce travail, c'était surtout parce qu'il n'avait pas oublié l'époque où, trente-cinq ans plus tôt, peinant pour se constituer une clientèle, Katherine Frye lui avait apporté une aide inappréciable en lui confiant la gestion de l'entreprise familiale. La veille, quand il avait appris la mort de Bruno Frye, il n'en avait éprouvé aucune tristesse. Ni Katherine ni son fils adoptif ne lui avaient jamais inspiré la moindre affection et, de leur côté, ceux-ci n'avaient jamais rien fait qui puisse encourager la moindre amitié. Joshua avait accompagné Tannerton à Santa Rosa uniquement parce qu'il désirait être présent au cas où des journalistes se montreraient et tenteraient de faire du battage autour de cette histoire. Sans doute, Bruno Frye était-il un être instable, malade et peut-être même foncièrement mauvais, mais Joshua voulait que ses obsèques se déroulent dans la dignité. Il devait au moins cela au défunt. En outre, ardent défenseur de la vallée de Napa, il s'était fait le chantre de la qualité de la vie et des vins qu'on y trouvait, et il n'aurait pu supporter que les crimes d'un seul homme viennent entacher l'honneur de toute une communauté.

Fort heureusement, pas un seul journaliste ne montra le bout de son nez.

Dans le jour déclinant et l'ombre envahissante, le convoi prit la route de St. Helena, petite ville située à l'est de Santa Rosa, traversa d'abord la vallée de la Sonoma, franchit les monts Macayamas, puis les huit kilomètres de large de la vallée de Napa, parallèle à celle de la Sonoma. Tout en suivant le corbillard, Joshua admirait la beauté du paysage, dont il ne se lassait pas depuis maintenant trente-cinq ans. Au loin, les monts Macayamas disparaissaient sous d'épaisses forêts de pins, de sapins et de bouleaux ; seules les crêtes étaient encore visibles, embrasées par le soleil couchant. Cette chaîne montagneuse était un rempart, songea Joshua, une immense muraille destinée à préserver la vallée des influences corruptrices du monde de rustres et de barbares qui régnait au-delà. Au pied des monts, des collines moutonnaient à perte de vue, le sommet planté de grands chênes et les flancs couverts de vastes prairies. A la lumière du jour, les longues herbes sèches semblaient aussi blondes et soyeuses que de la barbe de maïs mais, à présent privées de toute couleur par les lueurs rasantes du soleil déclinant, ce n'était plus qu'un vaste et sombre océan aux vagues frémissantes couchées à terre par une légère brise. Autour des bourgades au charme suranné, les vignobles grimpaient timidement à l'assaut de quelques coteaux et proliféraient sur tous les terrains plats, où étaient plantés les trois quarts des vignes de la vallée. En 1880, Robert Louis Stevenson avait écrit, en parlant de la vallée de Napa, lui qui écrit plus loin que « le vin est de la poésie en bouteille : Un coin après l'autre, on fait successivement plusieurs essais de cépages. Ici, c'est un échec; là, c'est déjà mieux; là-bas, c'est encore meilleur. Ainsi, à force de tâtonnements, on finit par obtenir un clos-vougeot, un château-lafite. » A l'époque où Stevenson faisait son voyage de noces dans la vallée et qu'il écrivait *La Route de Silverado*, il y avait moins de quatre mille arpents de vigne dans la région. En 1920, quand déferla la grande peste — la prohibition —, il y en avait dix mille. Aujourd'hui, on cultive sur près de quinze mille hectares, soit autant que la vallée de la Sonoma, un raisin bien plus doux et beaucoup moins acide que nulle part ailleurs dans le monde. Nichés au milieu des vignobles, on découvre de grands chais et des maisons dont certaines sont d'anciennes abbayes, monastères ou missions espagnoles. Seules, deux ou trois exploitations ont opté pour cet affreux style industriel qui est une insulte pour l'œil et une plaie pour la vallée. Mais le plus gros du travail de l'homme embellissait, du moins n'allait pas contre, la beauté naturelle proprement étonnante de cet endroit unique et paradisiaque. En route derrière le corbillard pour le Panorama éternel, Joshua voyait les lumières s'allumer peu à peu dans les maisons, havres de chaleur et de civilisation dans la nuit à présent presque totale. Le vin est de la poésie en bouteille, pensait-il, et la terre qui le donne est la plus belle œuvre d'art du Créateur. Ma terre, mon pays, quelle chance j'ai de vivre ici, alors que j'aurais pu moisir dans tant d'autres endroits moins favorisés.

Comme dans un cercueil en aluminium, mort.

Le Panorama éternel s'élevait à moins de cent mètres de la route à deux voies qui passait au sud de St. Helena. C'était une énorme bâtisse blanche de style colonial. Une rangée de lampes de fiacre électrifiées éclairait l'allée qui faisait le tour de l'édifice, en un anneau de lumière ambrée.

Pas de journalistes là non plus. Joshua fut heureux de constater que la presse locale partageait son aversion pour la publicité de mauvais aloi.

Tannerton arrêta le corbillard derrière le bâtiment. Aidé d'Olmstead, il plaça le cercueil sur un chariot et le poussa à l'intérieur.

Joshua rejoignit les deux hommes dans le laboratoire.

On avait essayé de donner à la pièce un petit air de gaieté. Le plafond était recouvert de jolis panneaux isolants. Les murs étaient peints en bleu pâle, de ce bleu des œufs de rouges-gorges, ce bleu des draps de bébé, ce bleu de la vie nouvelle. Tannerton appuya sur un bouton et une musique cadencée s'échappa des haut-parleurs, une musique enlevée sans rien de funèbre ou de pesant. En dépit de tous les efforts déployés par Tannerton pour le rendre accueillant, Joshua trouva que ce lieu puait la mort. Il flottait dans l'air des relents de conservateurs et une odeur douceâtre de brunisateur d'ambiance parfumé à l'œillet qui rappelait le parfum des gerbes mortuaires. Le sol était carrelé de céramique blanche, briquée de frais et légèrement glissante pour une personne non chaussée de semelles de crêpe. Tannerton et Olmstead en étaient pourvus, mais pas Joshua. Au premier abord, ce carrelage donnait une impression d'espace et de propreté mais, en fait, son but était purement utilitaire. Il fallait un revêtement à l'épreuve des taches, qui puisse résister aux effets corrosifs du sang, des humeurs et autres substances nocives.

Les clients de Tannerton, les parents des défunts, ne pénétraient jamais dans cette pièce, car la mort y était trop présente. Sur le devant de l'édifice, dans les salons d'exposition ornés de lourdes draperies rouge lie-de-vin, de tapis épais, de boiseries sombres et de lampes de cuivre qui dispensaient un clair-obscur savamment étudié, il était possible de prendre au sérieux des expressions telles que « parti pour l'autre monde » ou « rappelé à Dieu. » Dans les pièces du devant, régnait une atmosphère qui incitait à croire au paradis et à l'ascension de l'âme aux Cieux, mais, dans le laboratoire carrelé imprégné de l'odeur des produits d'embaumement et où des instruments chirurgicaux luisaient sur des plateaux émaillés, la mort semblait être un phénomène froidement clinique et définitif.

Olmstead ouvrit le cercueil d'aluminium.

Avril Tannerton écarta le linceul de plastique, découvrant le corps jusqu'aux hanches.

Joshua regarda le cadavre qui avait prit une teinte cireuse d'un jaune grisâtre. Il frissonna.

« Horrible.

— Je sais que c'est un moment pénible pour vous, dit Tannerton, du ton affligé du praticien consommé.

— Absolument pas, répliqua Joshua. Je n'ai pas l'intention de faire l'hypocrite et de prétendre que j'ai du chagrin. Je connaissais très mal cet homme et le peu que j'en sais ne me plaît pas particulièrement. Nos relations étaient strictement professionnelles.

— Ah ! bon !... dans ce cas, vous préféreriez peut-être que nous prenions contact avec un ami du défunt pour les obsèques.

— Je ne pense pas qu'il en avait. »

Les trois hommes contemplèrent un moment le cadavre en silence.

« Horrible, répéta Joshua.

— Bien entendu, aucun travail de maquillage n'a été effectué, reprit Tannerton. Absolument aucun. Si j'avais pu m'en occuper tout de suite après le décès, il serait beaucoup plus présentable.

— Vous pouvez... Vous pouvez faire quelque chose ?

— Oh ! certainement, mais ça ne sera pas facile. Il est mort depuis un jour et demi et bien qu'on l'ait mis dans une chambre froide...

— Ces plaies, murmura Joshua d'une voix rauque, les yeux rivés sur l'abdomen atrocement mutilé qui exerçait sur lui une sorte de fascination morbide. Mon Dieu, elle l'a bien arrangé.

— La majorité des entailles ont été pratiquées par le médecin légiste, expliqua Tannerton. Cette petite fente, là, est un coup de couteau. Et voilà l'autre.

— Il a fait du beau travail sur la bouche, remarqua Olmstead en connaisseur.

— Oui, n'est-ce pas ? dit Tannerton en passant un doigt sur les lèvres closes. C'est rare qu'un médecin légiste ait le sens de l'esthétique.

— Rare, en effet, approuva Olmstead.

— Je n'arrive toujours pas a y croire, fit Joshua en secouant la tête.

— Il y a cinq ans, j'ai enterré sa mère. C'est à cette occasion que j'ai fait sa connaissance. Il m'avait paru un peu... bizarre. J'ai pensé à l'époque que c'était le chagrin. C'était un homme si important, une personnalité marquante de notre communauté.

— Froid, ajouta Joshua. C'était un homme extrêmement froid et distant. Terrible en affaires. Remporter une bataille sur un concurrent ne lui suffisait pas ; si c'était possible, il préférait l'écraser totalement. J'ai toujours pensé qu'il était capable de cruauté et de violence. Mais une tentative de viol ? De meurtre ?

— Monsieur Rhinehart, dit Tannerton en regardant Joshua avec attention, j'ai souvent entendu dire que vous ne mâchiez pas vos mots. Vous avez la réputation très flatteuse d'être un homme qui dit toujours ce qu'il pense, quel qu'en soit le prix. Mais...

— Mais quoi ?

— Mais quand vous parlez d'un mort, ne croyez-vous pas que vous devriez... ? »

Joshua sourit.

« Voyez-vous, je suis un vieil ours mal léché et je ne mérite pas qu'on m'admire. Loin de là ! Tant que c'est la vérité qui me sert d'arme, je ne me soucie guère de heurter les sentiments des vivants. Voyez-vous, cher monsieur, peu me chaut de faire pleurer les enfants et les grand-mères aux cheveux blancs. J'ai peu de considération pour les imbéciles et les salauds quand ils sont en vie. Alors pourquoi devrais-je en éprouver une fois qu'ils sont morts ?

— C'est que je n'ai pas l'habitude de ...

— Naturellement, vous n'avez pas l'habitude. Votre profession vous oblige au respect envers les défunts, peu importent ce qu'ils ont été et toutes les ignominies qu'ils ont pu commettre. Je ne vous en veux pas. C'est votre métier. »

Tannerton ne trouva rien à répondre. Il referma le couvercle du cercueil.

« Réglons cette affaire, dit Joshua. J'aimerais bien rentrer pour dîner — si toutefois j'ai encore de l'appétit en partant d'ici. »

Il s'assit sur un haut tabouret placé devant une vitrine qui contenait des instruments utilisés pour les embaumements.

Tannerton se mit à faire les cent pas devant lui, paquet de nerfs et d'énergie.

« Vous tenez absolument à la chapelle ardente ?

— La chapelle ardente ?

— Oui, l'exposition du corps dans un cercueil ouvert. Cela vous ennuierait si nous évitions cette solution ?

— Sincèrement, je n'y avais même pas pensé.

— Pour vous parler honnêtement, je ne sais pas si on parviendra à rendre le défunt très... présentable, dit Tannerton. Les gens de la Colline des Anges ne se sont pas cassé la tête quand ils l'ont embaumé. Ses traits ont un vilain aspect tiré et contracté. Je ne suis pas content. Vraiment pas content. Je pourrais essayer de le retaper en lui insufflant un peu d'air, mais ce genre de rafistolage est rarement satisfaisant. Quant au maquillage... euh... cette fois encore, je me demande si ce n'est pas trop tard. Apparemment, il a séjourné au soleil une heure ou deux avant qu'on le découvre. Et puis, il est resté dix-huit heures en chambre froide avant d'être embaumé. Je pourrais certainement lui donner meilleur aspect que celui qu'il a actuellement, mais quant à ramener l'illusion de la vie sur son visage... Vous comprenez, après ces écarts de température et tout ce temps, la texture de la peau a été considérablement modifiée ; le fard et la poudre ne tiendront pas bien. Je pense que peut-être...

— Mettez-le dans un cercueil fermé, coupa Joshua qui commençait à ne pas se sentir très bien.

— Pas d'exposition, alors ?

— Non, pas d'ouverture.

— Vous êtes sûr ?

— Absolument.

— Bon. Voyons... Souhaitez-vous qu'on l'enterre dans un de ses costumes ?

— Est-ce nécessaire, étant donné que le cercueil sera fermé ?

— Ma tâche serait plus simple si je pouvais me contenter de l'envelopper dans un de nos linceuls.

— Ce sera parfait.

— Et pour le cercueil ? Quel genre vous... ?

— Faites pour le mieux.

— Blanc ou bien alors un joli bleu marine ?

— A pois, alors.

— Un linceul à pois ?

— Oui. Ou avec des rayures. Orange et jaune. »

Tannerton essaya de prendre un air choqué mais son sourire professionnel réapparut bien vite derrière l'image sévère inhérente à ses fonctions. Joshua se dit qu'en privé, Avril Tannerton devait être quelqu'un qui aimait s'amuser ; ce devait même être le genre de joyeux compère à tu et à toi avec tout le monde idéal pour les soirées arrosées. A tout autre moment de la journée, par contre, il s'interdisait visiblement toute forme d'humour et de plaisanterie et il était visiblement gêné aux entournures quand le visage du vrai Avril Tannerton transparaissait sous celui de l'homme public.

« Va pour un linceul blanc, dit Joshua.

— Et pour le cercueil ? Quel style vous... ?

— Je vous en laisse juge.

— Très bien. Et pour le prix ?

— Choisissez ce qu'il y a de mieux. Il peut se le permettre.

— On prétend que sa fortune s'élèverait à deux ou trois millions de dollars.

— Le double, probablement.

— La vie qu'il menait n'était pas celle d'un homme aussi riche, remarqua Tannerton.

— Sa mort non plus », ajouta Joshua.

L'entrepreneur de pompes funèbres consacra quelques secondes à réfléchir à ce propos, puis il demanda :

« Y aura-t-il un service religieux ?

— Il n'était pas pratiquant.

— Dans ce cas, je tiendrai le rôle du pasteur, proposa Tannerton.

— Si vous voulez.

— On fera une très courte cérémonie au cimetière. Je lirai un passage de la Bible ou alors je prononcerai une petite allocution au sens très général. »

On fixa l'heure des obsèques : dimanche après-midi, à deux heures. Bruno Frye reposerait au cimetière du comté de Napa, auprès de Katherine, sa mère adoptive.

Au moment où Joshua allait prendre congé, Tannerton lui dit :

« J'espère que jusqu'ici, vous avez été content de mes services. Soyez certain que je ferai le maximum pour que tout se déroule convenablement jusqu'au bout.

— En tout cas, vous m'avez convaincu d'une chose. Je vais rédiger un nouveau testament dès demain ; quand mon heure viendra, je tiens absolument à être incinéré.

— On peut s'en charger également, dit Tannerton en secouant la tête.

— Eh ! eh ! ne me bousculez pas, mon vieux ! Ne me bousculez pas ! »

Tannerton en rougit.

« Oh ! je n'ai pas voulu dire...

— Je sais, je sais. Ne vous inquiétez pas.

— Je vais... euh... je vais vous raccompagner, dit Tannerton en toussotant d'un air embarrassé.

— Inutile. Je saurai retrouver mon chemin tout seul. »

Dehors, derrière la maison funéraire, la nuit était noire et profonde. Une seule ampoule de cent watts éclairait le seuil et sa clarté mordait à peine sur les ténèbres veloutées.

En fin d'après-midi, la brise s'était levée et, avec la tombée de la nuit, de violentes rafales lui avaient succédé. Il faisait frisquet ; on entendait le vent gémir et siffler.

Joshua regagna sa voiture qui était garée au-delà du maigre demi-cercle de lumière ; en ouvrant la portière, il lui sembla qu'on le regardait. Il se retourna vers la maison funéraire mais ne vit personne aux fenêtres.

Quelque chose remuait dans l'ombre, à moins de dix mètres de lui. Près du garage. Joshua sentait une présence plutôt qu'il ne la voyait. Il plissa les yeux, mais sa vue n'était plus aussi bonne qu'autrefois. Il ne décela rien d'anormal

Ce n'est que le vent, pensa-t-il. Le vent qui agite les arbres et les buissons ou qui fait voler un vieux journal ou une branche morte.

Tout à coup, la chose se remit à bouger. Il la vit, cette fois. Elle était tapie devant une rangée d'arbustes plantés près du garage. Rien de précis. Seulement une ombre, une tache d'un noir violacé, un peu plus claire, sur le manteau bleu foncé de la nuit ; aussi légère, aussi informe et aussi imprécise que les ombres — sauf que celle-là bougeait.

Un chien. Un chien errant. Ou peut-être un gamin en train de faire une bêtise.

« Il y a quelqu'un ? »

Pas de réponse. Il avança de quelques pas.

L'ombre se replia de trois ou quatre mètres et s'immobilisa dans un trou d'obscurité particulièrement dense, toujours tapie. Toujours aux aguets.

Ce n'est pas un chien, se dit Joshua. C'est beaucoup trop gros pour être un chien. Un gosse ? Certainement en quête d'un mauvais coup. Un gosse avec un quelconque méfait en tête.

« Qui est là ? »

Silence.

« Allons, montrez-vous ! »

Pas de réponse. Rien que le murmure du vent.

Joshua avança en direction de l'ombre cachée au milieu des ombres, mais son instinct l'avertit soudain qu'il courait un danger. Un danger effrayant. Mortel. Il éprouva tout l'éventail des réactions animales que l'on ressent en cas de péril extrême : un long frémissement dans l'épine dorsale, les cheveux qui se dressent sur la tête et la nuque, le cœur qui cogne, la bouche qui se dessèche, les mains qui se crispent et l'ouïe qui semble multipliée par rapport à la normale. Il se ramassa sur lui-même en rentrant les épaules, se mettant inconsciemment dans une position de défense.

« Qui est-là ? » répéta-t-il.

L'ombre fit demi-tour, se faufila dans les buissons et disparut dans les vignes qui bordaient la propriété d'Avril Tannerton. Joshua entendit le bruit décroissant d'une fuite précipitée, le *tam-tam-tam* d'une course lourde et le chuintement d'une respiration haletante. Et puis la nuit retrouva son calme que seul troublait le vent.

Il retourna vers sa voiture en jetant par deux fois un coup d'œil en arrière. Il monta, tira la portière et la ferma à clef.

Cet incident commençait déjà à lui paraître irréel et de plus fantasmatique. N'avait-il pas tout imaginé ? Y avait-il eu vraiment quelqu'un qui l'épiait dans les ténèbres ? Après avoir passé une demi-heure dans le macabre laboratoire de Tannerton, il avait le droit de manifester une certaine nervosité en entendant des bruits étranges, et de se mettre à voir des créatures monstrueuses dans l'obscurité. A mesure que ses muscles se relâchaient et que son cœur reprenait son rythme habituel, Joshua était tenté de penser qu'il s'était conduit comme un imbécile. Cette menace qui lui avait paru si présente lui semblait n'être, rétrospectivement, qu'une fantasmagorie, un caprice de la nuit et du vent.

Au pis, c'était un gosse. Un petit vandale.

Il mit le contact et prit le chemin de sa maison, à la fois intrigué et amusé de l'effet que la visite du laboratoire d'Avril Tannerton avait eu sur lui.

Le samedi soir, à sept heures précises, Anthony Clemenza arriva chez Hilary Thomas dans sa Jeep bleue.

Hilary sortit et vint à sa rencontre. Elle portait une robe chatoyante en soie émeraude, avec des manches longues et collantes, et un décolleté assez profond pour être seyant sans pour autant être vulgaire. Cela faisait plus de quatorze mois qu'elle n'avait pas accepté d'invitation et elle avait presque oublié comment il fallait s'habiller pour dîner avec un homme qui vous fait une cour dans les règles. Aussi indécise qu'une collégienne, elle avait mis deux heures à choisir une robe. Elle avait accepté de sortir avec Tony parce qu'elle trouvait que c'était l'homme le plus intéressant qu'elle eût rencontré depuis deux ans — et aussi parce qu'elle voulait faire un effort pour surmonter sa tendance à rentrer dans sa coquille. Les remarques de Wally Topelis l'avaient piquée au vif ; d'après lui, sa capacité à se suffire à elle-même lui servait de prétexte pour se cacher du monde. Elle était bien obligée de reconnaître qu'il avait vu juste.

Elle évitait de se faire des amis ou d'avoir des amants parce qu'elle avait peur de la peine qu'ils pourraient lui causer s'ils la rejetaient ou la trahissaient. Mais, si elle évitait ainsi toute souffrance, elle se privait en même temps du plaisir d'entretenir des relations agréables avec des gens sincères. Pour avoir grandi auprès de parents alcooliques et brutaux, elle avait appris que les démonstrations d'affection étaient généralement suivies par des éclats de violence et des punitions inattendues.

Dans son travail, elle n'avait jamais peur de prendre des risques ; il était temps maintenant d'adopter ce même allant dans sa vie privée. Tandis qu'elle marchait d'un pas vif vers la voiture de Tony, balançant un peu les hanches, elle éprouvait une certaine appréhension à l'idée des risques que comportait toute parade amoureuse mais, en même temps, elle se sentait plus libre, plus femme et beaucoup plus heureuse qu'elle ne l'avait été depuis longtemps.

Tony se précipita pour lui ouvrir la portière.

« Le carrosse de Sa Majesté est avancé, dit-il en s'inclinant très bas.

— Oh ! il doit y avoir une erreur ! Ce n'est pas moi la reine.

— Pour moi c'est tout comme.

— Je ne suis qu'une pauvre servante.

— Vous êtes cent fois plus belle que la reine.

— Mieux vaudrait que vos paroles ne lui reviennent pas aux oreilles. Elle vous ferait trancher la tête, j'en ai peur.

— Trop tard.

— Ah ?

— Vous me l'avez déjà fait perdre. »

Hilary ne put réprimer un petit hoquet de surprise.

« Un peu trop de pommade ? demanda-t-il.

— Ce sera de votre faute si je salis vos sièges.

— Mais vous êtes contente, tout de même ?

— Oui, je dois le reconnaître. Réflexion faite, je crois que j'adore les compliments, dit-elle en s'installant dans la Jeep dans un tourbillon de soie verte.

— Ça ne vous ennuie pas ? lui demanda-t-il en prenant la direction de Westwood Boulevard.

— Quoi donc ?

— Ce genre de voiture ?

— Pourquoi ? Elle parle ? Elle risque de me couvrir d'insultes ?

— Ce n'est pas une Mercedes.

— Une Mercedes n'est pas une Rolls. Et une Rolls n'est pas une Toyota.

— C'est très zen, ce genre de remarque !

— Si vous pensez que je suis snob, pourquoi m'avoir invitée à dîner ?

— Je ne crois pas que vous soyez snob. Mais Frank Howard prétend que nous ne nous sentirons pas à l'aise ensemble parce que vous êtes plus riche que moi.

— D'après mon expérience, vous me permettrez de dire que les jugements de M. Frank Howard me semblent plutôt sujets à caution.

— Il a des problèmes, dit Tony en tournant à gauche sur Wilshire Boulevard. Mais il est en train d'essayer de les résoudre.

— Il faut bien dire qu'il y a peu de voitures comme la vôtre dans Los Angeles.

— D'ordinaire, les femmes me demandent si c'est ma seconde voiture.

— Pour moi, ça m'est complètement égal.

— Dis-moi quelle voiture tu as, je te dirai qui tu es, voilà ce qu'on dit à Los Angeles.

— Ah bon ? Alors, vous êtes une Jeep et moi une Mercedes. Si on cherchait une station pour faire le plein d'essence, au lieu d'aller au restaurant ? Ce ne serait pas une bonne idée ?

— Pas du tout. En réalité, si j'ai acheté cette voiture, c'est pour aller faire du ski le week-end. Avec ça, je suis sûr de pouvoir passer partout, quel que soit le temps.

— J'ai toujours eu envie d'apprendre à skier.

— Je vous apprendrai ; mais il faudra attendre quelques semaines. Il n'y a pas encore de neige à Mammoth.

— Vous m'avez l'air bien assuré que nous serons encore amis dans quelques semaines.

— Et pourquoi pas ?

— On va peut-être se disputer dès ce soir, au restaurant.

— A propos de quoi ?

— De la politique.

— Je pense que les hommes politiques sont tous des salauds assoiffés de pouvoir et qu'ils ne sont même pas capables de lacer leurs souliers.

— Moi de même.

— Je suis un individualiste.

— Comme moi.

— Voici un sujet de discorde qui tourne court.

— La religion, peut-être ?

— J'ai été élevé dans la religion catholique ; disons que je ne suis pas pratiquant.

— Moi non plus.

— Il me semble qu'on va avoir du mal à se fâcher.

— Alors, on fait peut-être partie de cette catégorie de gens qui se chicanent pour des riens, des choses sans importance.

— Quoi, par exemple ?

— Eh bien, puisque nous allons dans un restaurant italien, vous aimerez l'ail et moi je le détesterai.

— Et on se disputerait pour ça ?

— Ça, ou alors les *fettucini* ou les *manicotti*.

— Non. Tout vous plaira. Vous verrez. »

Il avait choisi de l'emmener au restaurant de Michael Savatino, sur Santa Monica Boulevard. Il y régnait une atmosphère intime ; il y avait une soixantaine de couverts mais on avait l'impression qu'il y en avait tout juste la moitié. Chaleureux, agréable, c'était le genre d'établissement où on peut perdre la notion du temps et rester six heures à table si le personnel ne vient pas vous mettre à la porte. La lumière était douce et tamisée. Des airs d'opéra — avec une nette préférence pour Gigli, Caruso et Pavarotti — créaient une ambiance musicale, sans gêner la conversation. Dans l'ensemble, le décor était un peu chargé, mais Hilary remarqua une fresque qui lui sembla absolument magnifique. Elle couvrait tout un pan de mur et représentait des attributs typiques de l'Italie : raisin, vin, pâtes, femmes aux yeux noirs, beaux bruns, *mamma* placide et plantureuse, groupe dansant autour d'un accordéoniste, pique-nique sous les oliviers, ainsi que diverses autres scènes. Hilary n'avait jamais rien vu de semblable ; le style n'était ni totalement réaliste, ni abstrait, ni impressionniste mais on trouvait là un curieux héritage du surréalisme, fruit d'un accouplement fécond entre Andrew Wyeth et Salvador Dali.

Le patron, Michael Savatino, ex-collègue de Tony, était un homme débordant de joie de vivre. Il baisa la main d'Hilary, serra Tony dans ses bras et lui bourra l'estomac de petits coups de poing amicaux en lui recommandant de manger des pâtes pour grossir un peu. Il voulut à tout prix les emmener à la cuisine pour leur faire admirer sa nouvelle machine à café. Comme ils en ressortaient, la femme de Michael, une superbe blonde prénommée Paula, arriva, et on recommença à s'embrasser et à se congratuler. Enfin, Michael prit Hilary par le bras et la conduisit, ainsi que Tony, vers une table placée dans un coin. Il dit au maître d'hôtel d'apporter deux bouteilles de Brunello di Montecilno qu'il déboucha lui-même. Après avoir rempli les verres et porté des toasts, il les quitta en lançant un clin d'œil à Tony pour lui manifester son approbation, puis, s'apercevant qu'Hilary avait surpris son geste, il rit et lui adressa, à son tour, une œillade.

« Il a l'air très sympathique, dit Hilary quand Michael se fut éloigné.

— C'est un sacré type, déclara Tony.

— Vous l'aimez beaucoup.

— Je l'adore. Il a été pour moi un collaborateur exceptionnel. »

La conversation s'aiguilla sur le métier de policier puis sur celui de scénariste. Il était si facile de parler avec

Tony qu'Hilary avait l'impression de le connaître depuis des années. A un moment donné, il remarqua qu'elle regardait la fresque.

« Ça vous plaît ? demanda-t-il.

— C'est magnifique.

— Vous trouvez ?

— Pas vous ?

— Ce n'est pas mauvais.

— Bien mieux que pas mauvais. Qui a peint ça ? Vous le savez ?

— Un pauvre artiste dans la dèche. Il l'a peinte en échange de cinquante repas gratuits.

— Cinquante seulement ? Michael a fait une affaire.

Ils parlèrent ensuite de cinéma, de musique, de littérature et de théâtre.

La qualité des plats était presque à la hauteur de celle de la conversation. Deux crêpes fourrées chacun pour commencer, l'une au sérac, l'autre d'une garniture épicée faite de bœuf émincé, d'oignons, de poivrons, d'ail et de champignons ; puis une énorme salade de champignons crus ; enfin un sauté de veau à la Savatino, une spécialité de la maison, tendre au possible et servi avec de petits oignons revenus dans un roux et des tranches de courgettes grillées. Le capucino était un régal.

A la fin du repas, quand Hilary regarda sa montre, elle fut stupéfaite de constater qu'il était onze heures dix. Michael Savatino s'approcha d'eux pour recueillir leurs louanges, puis il dit à Tony :

« Ça fait vingt et un.

— Ah non ! vingt-trois !

— Pas d'après mes calculs.

— Alors, tes calculs sont faux.

— Vingt et un, répéta Michael.

— Vingt-trois, rétorqua Tony. Et ça devrait même faire vingt-quatre. Il y a deux repas, après tout.

— Non, non, dit Michael. On compte à la soirée et non au couvert.

— Est-ce que c'est moi qui deviens folle ou bien votre conversation qui est totalement insensée ? » intervint Hilary, perplexe.

Michael regarda Tony en secouant la tête d'un air impatienté.

« Quand il m'a peint cette fresque, expliqua-t-il à Hilary, j'ai voulu le payer mais il a refusé. Il m'a dit qu'il me l'échangeait contre quelques repas gratuits. Je lui en ai proposé cent et lui vingt-cinq ; on a transigé à cinquante. Il sous-estime son talent ; ça me met en rogne.

— C'est Tony qui a peint cette fresque ?

— Il ne vous l'a pas dit ?

— Non. »

Hilary regarda Tony qui sourit d'un air contrit.

« C'est pour ça qu'il a acheté cette Jeep, expliqua Michael. Pour aller faire un tour dans les montagnes et travailler ses paysages. Avec un engin pareil, il peut grimper partout.

— Tiens donc ? Il m'avait dit que c'était pour aller skier.

— Ça aussi. Mais c'est surtout par repérer des paysages. Il devrait être fier de son travail, mais croyez-vous qu'il en parlerait ? Non, on lui arracherait plutôt une dent !

— Je ne suis qu'un amateur, répliqua Tony. Rien de plus rasoir qu'un amateur qui vous rebat les oreilles avec son « art ».

— Cette fresque n'est pas l'œuvre d'un amateur, dit Michael.

— Certainement pas, renchérit Hilary.

— Vous êtes mes amis, il est normal que vous soyez trop généreux dans vos éloges. Mais vous n'êtes ni l'un ni l'autre des critiques d'art.

— Il a remporté deux prix, dit Michael à Hilary.

— Voyez-vous ça ? s'exclama Hilary.

— Oh ! rien d'important, bougonna Tony.

— Peut-être, mais c'étaient des premiers prix, s'indigna Michael.

— On peut savoir de quels concours il s'agit ? demanda Hilary.

— Des petits trucs de rien du tout.

— Il rêve de vivre de sa peinture, expliqua Michael. Mais il ne fait rien pour y arriver.

— Parce que ce n'est qu'un rêve, justement. Je serais un imbécile si je pensais pouvoir réussir dans la peinture.

— Il n'a jamais réellement essayé, dit encore Michael.

— Un peintre n'a ni salaire mensuel, ni sécurité sociale, ni retraite, objecta Tony.

— Oui, mais si tu vendais deux toiles par mois, même à la moitié de leur valeur, tu gagnerais plus qu'en étant flic.

— Et si je ne vendais rien pendant un, deux ou six mois, qui payerait le loyer ?

— Son appartement est plein à craquer de tableaux ; ils sont entassés les uns sur les autres, dit Michael à Hilary. Il est assis sur une fortune et il ne fait rien.

— Il exagère, dit Tony.

— Ah ! j'abandonne, tiens ! s'exclama Michael. Vous arriverez peut-être à lui faire entendre raison, Hilary ! »

Puis, comme il partait, il ajouta :

« Vingt et un.

— Vingt-trois », corrigea Tony.

Un peu plus tard, tandis qu'il la raccompagnait, Hilary lui dit :

« Vous pourriez au moins aller montrer certaines de vos œuvres à quelques marchands de tableaux pour voir s'ils ne voudraient pas les exposer dans leur galerie.

— Ils n'en voudront pas.

— Vous pourriez toujours demander.

— Mais je n'ai pas assez de talent, Hilary.

— Cette fresque est excellente.

— Il y a une grande différence entre une fresque de restaurant et l'art véritable.

— Justement, cette fresque est de l'art véritable.

— Je suis obligé de vous dire pour la deuxième fois que vous n'êtes pas un expert.

— J'achète des tableaux à la fois pour le plaisir et comme placement.

— Sur les conseils d'un directeur de galerie pour le côté placement ? demanda Tony.

— Oui. Wyant Stevens, de Beverly Hills.

— Alors, c'est lui l'expert, pas vous.

— Pourquoi ne pas aller lui montrer quelques-unes de vos toiles ?

— Je ne pourrais pas supporter un refus.

— Je parie qu'il ne refusera pas.

— Ne pourrait-on pas changer de sujet ?

— Pourquoi ?
— Ça me fatigue.
— Vous êtes difficile.
— Et fatigué.
— De quoi allons-nous parler ?
— De la question de savoir si vous allez ou non m'inviter à prendre un verre.
— Voulez-vous venir chez moi prendre un verre ?
— Du cognac ?
— Oui, j'en ai.
— Quelle marque ?
— Du Rémy Martin.
— C'est le meilleur, dit-il en souriant. Mais je ne sais pas si je dois. Il est affreusement tard.
— Si vous ne venez pas, dit Hilary en entrant dans le jeu, je serais forcée de boire toute seule.
— C'est très mauvais.
— C'est un signe d'alcoolisme.
— A n'en pas douter.
— Vous ne voudriez tout de même pas être responsable de ma déchéance et de ma plongée dans l'enfer de l'alcoolisme ?
— Je ne me le pardonnerais jamais. »

Un quart d'heure plus tard, ils étaient assis l'un près de l'autre sur le canapé, face à la cheminée, et buvaient leur cognac en contemplant les flammes.

Hilary se sentait un peu grise. Ce n'était pas l'alcool, mais la proximité de Tony et le fait qu'elle était en train de se demander s'ils allaient coucher ensemble. Jamais, elle n'avait fait l'amour avec un homme dès la première rencontre. D'ordinaire, elle manifestait de la méfiance et de la réticence avant de s'engager dans une liaison ; il lui fallait plusieurs semaines — et même parfois un mois ou deux — avant de se jeter à l'eau. Cette lenteur à se décider lui avait fait perdre des hommes qui auraient pu faire de merveilleux amants et des amis fidèles. Pourtant, il avait suffi d'une soirée passée ensemble pour qu'elle se sente parfaitement à l'aise et en sécurité avec Tony Clemenza. Il était on ne peut plus séduisant. Grand, brun, beau mais les traits burinés, l'assurance et l'autorité d'un inspecteur de police, de la douceur, cependant, une douceur tout à fait surprenante. Et sensible, par-dessus le marché. Il y avait si longtemps qu'on ne l'avait pas caressée, ni même touchée. Si longtemps qu'un homme ne l'avait pas possédée et qu'elle n'en avait pas possédé un. Comment avait-elle pu laisser passer autant de temps ? Elle se voyait dans ses bras, nue, écrasée par son corps, puis l'écrasant à son tour, et, tandis que ces images défilaient dans sa tête, elle se disait qu'il pensait très certainement à la même chose qu'elle.

Soudain, la sonnerie du téléphone retentit.

« Merde ! s'exclama-t-elle.

— Quelqu'un à qui vous n'avez pas envie de parler ? »

Elle se retourna vers l'appareil qui était posé sur une table d'angle. Il sonnait, sonnait, sonnait.

« Hilary ?

— Je suis sûr que c'est lui.

— Qui lui ?

— J'ai déjà reçu plusieurs coups de fil... »

La sonnerie stridente ne cessait toujours pas.

« Quels coups de fil ? demanda Tony.

— Ces deux derniers jours, quelqu'un m'a téléphoné six à huit fois en refusant de se nommer.

— Il ne vous a jamais rien dit ?

— Non, il se contente d'écouter. C'est certainement un dingue à qui mon histoire avec Frye a échauffé l'esprit. »

Agacée par l'insistance de la sonnerie, elle se leva et alla vers le téléphone d'un pas hésitant.

« Votre numéro est sur l'annuaire ? demanda Tony, qui s'était levé en même temps qu'elle.

— On doit m'en donner un autre la semaine prochaine. Il ne sera pas répertorié. »

Ils étaient tous deux devant le téléphone et le regardaient sans faire un geste. Il continuait à sonner sans répit.

« C'est lui, fit-elle. Qui d'autre insisterait si longtemps ? »

Tony décrocha brusquement.

« Allô ! »

Aucune réponse.

« Ici le domicile de Mlle Thomas, dit Tony. Inspecteur Clemenza à l'appareil. »

Click.

« Il a raccroché, déclara Tony en reposant le récepteur. J'espère que je lui ai fait peur une bonne fois pour toutes.

— Je l'espère.

— Toutefois, il ne faut pas annuler votre demande. Dès lundi matin, j'appellerai le service du téléphone pour dire que la police aimerait que le travail soit fait dans les plus brefs délais.

— Vraiment ? C'est possible ?

— Naturellement.

— Merci, Tony. »

Elle se pelotonna sur elle-même. Elle avait froid.

« Essayez de ne pas vous faire de souci. Des études ont montré que les énergumènes de ce genre ne vont généralement pas plus loin. Téléphoner suffit d'ordinaire à les défouler. En principe, ce ne sont pas des violents.

— En principe ?

— Presque toujours.

— Mais *pas* toujours », dit-elle avec un faible sourire.

A cause de cet appel, il n'était plus possible désormais qu'ils terminent la nuit dans le même lit. Hilary n'était plus en humeur de jouer les séductrices et Tony s'était aperçu du changement qui s'était opéré en elle.

« Préférez-vous que je reste encore un moment au cas où il rappellerait ?

— Vous êtes gentil. Mais je crois que vous avez raison, il n'est pas dangereux, sinon il serait venu ici au lieu de téléphoner. Il doit penser que la police est chez moi à l'attendre.

— Avez-vous récupéré votre revolver ?

— Oui. Je suis allée en ville hier et j'ai régularisé ma situation. Maintenant, si ce type rapplique, je peux le descendre en toute légalité.

— Je suis sûr qu'il ne vous ennuiera plus ce soir.

— Vous avez certainement raison. »

Pour la première fois de la soirée, une certaine gêne s'installa en eux.

« Bon, il va falloir que je m'en aille, dit Tony.
— Il est tard, reconnut-elle.
— Merci pour le cognac.
— Et merci pour ce merveilleux dîner.
— Vous êtes libre demain soir ? » demanda-t-il au moment où ils arrivaient devant la porte.

Elle faillit lui dire non, mais elle se rappela le bien-être qu'elle avait éprouvé à rester assise près de lui sur le canapé. L'avertissement de Wally Topelis qui lui avait prédit qu'elle allait finir en ermite lui revint également en mémoire. Elle sourit.

« Je suis libre.
— Formidable. Qu'est-ce que vous avez envie de faire ?
— Ce que vous voudrez.
— Et si on passait toute la journée ensemble ? dit-il après un instant de réflexion.
— Euh... pourquoi pas ?
— On ira d'abord déjeuner. Je passerai vous prendre à midi.
— Je serai prête. »

Il l'embrassa affectueusement sur les lèvres.

« À demain, dit-il.
— À demain. »

Elle le regarda partir, puis ferma la porte et tira les verrous.

Toute la journée du samedi, le corps de Bruno Frye resta seul au Panorama éternel, sans aucune surveillance.

Le vendredi soir, après le départ de Joshua Rhinehart, Avril Tannerton et Gary Olmstead avaient placé la dépouille dans un autre cercueil, un modèle plaqué de bronze et capitonné de velours et de soie. Ils avaient revêtu le mort d'un linceul blanc et l'avaient recouvert jusqu'à mi-poitrine d'une courtepointe en velours blanc également. En raison de l'état du cadavre, Tannerton avait jugé inutile de se donner du mal pour essayer de le rendre présentable. Olmstead estimait, pour sa part, qu'il y avait une certaine mesquinerie et un manque de respect à porter un mort au tombeau sans avoir amélioré son aspect à l'aide de fards et de poudre. Toutefois, Tannerton avait fini par le persuader que la cosmétologie ne pouvait plus grand-chose pour Bruno Frye.

« De toute façon, avait-il ajouté, vous et moi sommes les dernières personnes à poser les yeux sur lui. Une fois que nous aurons refermé ce cercueil, il ne sera plus jamais rouvert. »

Le vendredi soir, à neuf heures quarante-cinq, le cercueil fut définitivement clos. Ce travail achevé, Olmstead alla retrouver son épouse chétive et pâlotte ainsi que son petit garçon calme et renfermé. Avril monta chez lui ; il habitait juste au-dessus des chambres mortuaires.

Le samedi matin, de bonne heure, il prit la route de Santa Rosa dans sa Lincoln gris métallisé. Il avait emporté un petit sac de voyage, car il ne comptait pas rentrer avant dix heures, le lendemain matin. Les obsèques de Bruno Frye étaient les seules dont il avait à s'occuper pour le moment et, comme aucune visite n'était prévue, il n'avait aucune envie de rester au Panorama éternel. Il suffirait qu'il soit là pour dimanche.

Il avait une maîtresse à Santa Rosa. C'était la dernière d'une longue série. Avril aimait le changement. Elle s'appelait Helen Virtillion. C'était une belle femme d'une trentaine d'années, mince, soignée et dotée de gros seins fermes qui n'en finissaient pas de le fasciner.

Avril Tannerton plaisait beaucoup aux femmes, non pas en dépit, mais à cause de son métier. Naturellement, certaines se détournaient automatiquement de lui en apprenant qu'il était croque-mort. Mais cette profession inhabituelle intriguait et même excitait la plupart d'entre elles.

Tannerton avait très bien compris pourquoi il avait tant de succès féminins. Quand un homme passe son temps parmi les défunts, une partie du mystère de la mort rejaillit sur lui. Malgré ses taches de rousseur et son air de gamin, malgré son sourire charmeur, son sens de l'humour et ses manières directes, certaines femmes le trouvaient mystérieux et énigmatique. Elles pensaient inconsciemment qu'elles ne pouvaient pas mourir tant qu'elles étaient dans ses bras, comme si les services rendus aux trépassés lui valaient (à lui et à tous ceux qui l'approchaient) une dispense spéciale de l'au-delà. Cette superstition animiste se rapprochait du secret espoir de certaines femmes qui épousent un médecin parce qu'elles sont inconsciemment convaincues qu'elles ne seront ainsi jamais malades.

Donc, toute la journée de samedi, tandis qu'Avril Tannerton rendait hommage à Helen Virtillion, le corps de Bruno Frye resta seul dans la grande maison vide.

Le dimanche matin, deux heures avant le lever du soleil, un soudain branle-bas se produisit dans l'établissement funéraire, mais Tannerton n'était pas le voir.

Les plafonniers du laboratoire sans fenêtres s'allumèrent brusquement, mais Tannerton n'était pas là pour le voir.

Le couvercle du cercueil plombé se souleva. La pièce s'emplit tout à coup de hurlements de colère et de douleur, mais Tannerton n'était pas là pour les entendre.

A dix heures le dimanche matin, Tony était en train de boire un verre de jus de raisin lorsque le téléphone sonna. C'était Janet Yamada.

« Alors, comment ça a marché ? demanda-t-il.

— Merveilleux, absolument merveilleux.

— Vraiment ?

— Il est adorable. D'après ce que tu m'avais dit, je m'attendais plus ou moins à un glaçon ; en fait, je n'ai eu aucun mal à le dégeler.

— Ah bon ?

— Et puis, il est tellement romantique.

— Frank ?

— Mais oui !

— Frank Howard, romantique ?

— C'est devenu une denrée plutôt rare, de nos jours, dit Janet. Depuis la révolution des mœurs et l'apparition des mouvements féministes, la plupart des hommes ont jeté romantisme et galanterie aux orties. Mais Frank, lui, fait partie de ce genre d'homme qui t'aide à passer ton manteau, qui t'ouvre la porte ou qui te pousse ta chaise. Figure-toi qu'il m'a même apporté un bouquet de roses. Magnifiques.

— Et moi qui me disais que ça allait peut-être mal se passer.

— Pas du tout. On a beaucoup de choses en commun.

— Par exemple ?

— Le base-ball, pour commencer.

— Grands dieux ! J'avais oublié que tu aimais le base-ball !

— J'adore ça.

— Alors vous avez parlé de base-ball toute la nuit ?

— Mais non. On a parlé de beaucoup d'autres choses. De cinéma et...

— De cinéma ? Tu voudrais me faire croire que Frank est un mordu du ciné ?

— Il connaît presque tous les vieux films d'Humphrey Bogart. On n'a pas arrêté de se lancer des répliques.

— Ça fait trois mois que je me tue à lui parler de cinéma et c'est comme si je parlais à un mur !

— Il n'a pas vu beaucoup de films récents. Mais demain soir, on ira en voir un.

— Ah, parce que tu le revois ?

— Mmoui. A ce propos, je t'appelais justement pour te remercier de m'avoir arrangé ce coup.

— Moi qui ai dit à Frank que je ne voulais pas jouer les entremetteurs ! C'est gagné.

— Je voulais aussi te dire que même si ça ne donne rien entre nous, je n'ai pas l'intention d'être vache avec lui. Il m'a parlé de Wilma, son ex. Quelle garce ! Il est encore fragile après toutes les saloperies qu'elle lui a faites et je ne voudrais pas le brusquer. »

Tony était sans voix.

« Parce qu'il t'a aussi parlé de Wilma ?

— Il a dit qu'il s'était jusqu'à présent senti incapable d'en parler mais que tu lui avais montré comment s'en sortir.

— Moi ?

— Que tu l'avais aidé à accepter ce qui s'était passé et qu'il pouvait maintenant en parler sans voir rouge.

— Tout ce que j'ai fait c'est de l'écouter sortir tout ce qu'il avait sur le cœur.

— Il pense vraiment que tu es quelqu'un de formidable !

— Disons que ça me rassure sur ses facultés de jugement, parce que depuis quelque temps... »

Peu avant midi, rassuré par l'excellente impression que Frank avait produite sur Janet, optimiste quant à ses propres chances de nouer une idylle, il prit la direction de Westwood. Hilary l'attendait et vint à sa rencontre quand il gara sa Jeep dans l'allée. Pantalon noir, corsage bleu lavande et veste de velours côtelé bleu ciel : elle était belle à croquer. Elle l'embrassa timidement, presque furtivement, sur la joue quand il lui ouvrit la portière et il perçut une bouffée de citronnelle.

La journée promettait d'être splendide.

Epuisé par une nuit sans sommeil passé dans le lit d'Helen Virtillion, Avril Tannerton regagna St. Helena le dimanche matin, peu avant dix heures.

Il ne regarda pas à l'intérieur du cercueil.

En compagnie d'Olmstead, il se rendit au cimetière pour s'occuper des préparatifs de l'enterrement qui devait avoir lieu dans l'après-midi, à deux heures. Ils installèrent l'équipement qui permettrait d'amener la bière au fond de la fosse et, à l'aide de fleurs et de plantes vertes, s'efforcèrent de rendre l'endroit aussi accueillant que possible.

De retour chez lui à midi et demi, Tannerton prit une peau de chamois pour essuyer la poussière et les marques de doigts sur le cercueil de Bruno Frye. Tandis que sa main courait sur les bords arrondis, il se mit à penser aux contours superbes des seins d'Helen Virtillion. Il ne regarda pas à l'intérieur.

A une heure, Tannerton et Olmstead chargèrent le cercueil sur le corbillard.

Ni l'un ni l'autre ne regardèrent dans le cercueil.

A une heure et demie, ils prirent la route du cimetière de la vallée de Napa. Joshua Rhinehart et quelques habitants de la ville suivaient dans leur voiture personnelle. Si l'on songe à la fortune et à la notoriété du défunt, le cortège funèbre était particulièrement réduit.

Le temps était frais et dégagé. Les grands arbres

projetaient leurs ombres raides sur la route et le corbillard passait à travers des bandes alternées de soleil et d'ombre.

Au cimetière, le cercueil fut placé sur des élingues au-dessus de la fosse auprès de laquelle une quinzaine de personnes s'étaient regroupées pour la brève cérémonie. Gary Olmstead prit position derrière le treuil électrique dissimulé par des fleurs. Tannerton se plaça au pied de la tombe et ouvrit un petit opuscule de méditations religieuses dont il lut quelques vers. Joshua Rhinehart se tenait à côté de lui. Les douze autres personnes faisaient cercle autour de la tombe béante. La plupart des assistants étaient des viticulteurs et leurs épouses. Ils étaient venus à l'enterrement parce qu'ils avaient vendu leur récolte à la société Bruno Frye et considéraient leur présence à ses obsèques comme une obligation professionnelle. Les autres personnes étaient des cadres des Shade Tree Vineyards et ce n'était pas non plus une affection particulière pour le défunt qui les avait incités à assister à la cérémonie. Personne ne pleura.

Et personne n'eut l'envie ou l'occasion d'aller regarder à l'intérieur du cercueil.

Tannerton ayant terminé sa lecture, il lança un coup d'œil vers Gary Olmstead et hocha la tête.

Olmstead appuya sur le bouton du treuil électrique. Le puissant moteur se mit à ronronner. Le cercueil descendit lentement et en douceur dans le trou béant.

Hilary ne se rappelait pas s'être jamais autant amusée qu'en cette première journée passée en compagnie de Tony Clemenza.

Ils allèrent d'abord déjeuner au Yamashiro Skyroom, restaurant perché sur les hauteurs de Hollywood. La cuisine manquait un peu d'inspiration, mais l'ambiance et le panorama saisissant en faisaient un endroit agréable pour un repas léger. C'était un authentique palais japonais entouré de cinq hectares de ravissants jardins d'agrément. De ce perchoir, on avait une vue époustouflante sur toute la baie de Los Angeles. Ce jour-là, le temps était si clair qu'on apercevait Long Beach et Palos Verdes.

Après le déjeuner, ils se rendirent à Griffith Park, le zoo de Los Angeles. Ils donnèrent à manger aux ours et Tony se livra à une imitation hilarante de ces animaux. Puis, ils allèrent assister à une fantastique projection holographique à l'observatoire du zoo.

Ensuite, ils passèrent une heure à faire du lèche-vitrines dans Melrose Avenue, entre Doheny Drive et La Cienaga Boulevard. Les boutiques d'antiquaires pullulaient et ils entrèrent dans chacune d'elles, l'une après l'autre, sans rien acheter, histoire de bavarder un peu avec le propriétaire.

Quand vint l'heure de l'apéritif, ils prirent la voiture pour aller siroter un *Mai Tai* au Tonga Lei, à Malibu. Ils admirèrent le coucher de soleil sur l'Océan en se laissant bercer par le déferlement cadencé des vagues qui se brisaient sur le rivage.

Bien qu'habitant Los Angeles depuis déjà quelque temps, Hilary avait vécu jusque-là dans un univers étriqué, un monde limité à son travail, sa maison, ses roses, les studios et quelques restaurants à la mode fréquentés par les gens du cinéma et de la télévision. Elle n'était jamais allée au Yamashiro Skyroom, ni au zoo de Griffith Park avec son spectacle laser, ni chez les antiquaires de Melrose Avenue, ni au Tonga Lei. Tout cela était nouveau pour elle. Elle avait l'impression d'être une touriste s'émerveillant de tout ou plutôt une prisonnière qui vient d'être libérée après un long séjour derrière les barreaux.

Mais tout cela n'aurait rien signifié si Tony n'avait pas été là, si charmant, si spirituel, si drôle et si débordant d'énergie qu'il donnait plus d'éclat encore à cette merveilleuse journée.

Après avoir bu deux Mai Tai chacun, ils se sentirent une faim de loup, ils allèrent dîner dans la vallée de San Fernando, au Mel's Landing — encore un endroit qu'elle ne connaissait pas. C'était un restaurant sans prétention qui pratiquait des prix modérés et les fruits de mer qu'elle y dégusta étaient les plus frais et les plus succulents qu'il lui avait été donné de goûter jusqu'à ce jour.

Tout en se régalant de palourdes farcies, ils se mirent à

évoquer d'autres restaurants. Hilary se rendit alors compte que Tony en connaissait dix fois plus qu'elle qui ne fréquentait guère que la poignée d'établissements coûteux qui drainaient la clientèle des locomotives du monde du spectacle. Les caboulots reculés qui ne payaient pas de mine, les cafés-restaurants avec leurs spécialités maison parfois surprenantes, les petites gargotes avec leurs plats du jour, modestes établissements qui servaient une cuisine simple mais délicieuse, tout cela lui faisait découvrir un aspect nouveau de cette ville qu'elle n'avait pas pris le temps de connaître. Elle réalisa qu'elle était devenue riche sans avoir découvert l'art de profiter de la liberté qu'apporte l'argent.

Palourdes farcies, gambas grillées, vin blanc, ils mangeaient et buvaient si copieusement qu'Hilary se demandait comment ils arrivaient à parler par-dessus le marché. Leur bavardage ne tarissait pas une seconde. D'ordinaire, les premières fois qu'elle sortait avec un homme, elle était très réservée. Mais c'était tout le contraire avec Tony. Elle voulait savoir ce qu'il pensait sur tout : *Mork and Mindy*[1], les pièces de Shakespeare, la politique, les arts, les gens, les chiens, la religion, l'architecture, le sport, Bach, la mode, la cuisine, le mouvement de libération des femmes, les dessins animés du samedi matin. Il lui semblait capital de connaître son opinion sur tous ces sujets et sur des milliers d'autres encore. Hilary tint à lui dire également ce qu'elle pensait de toutes ces questions, puis voulut savoir ce qu'il pensait de ce qu'elle en pensait et, de fil en aiguille, en vint à lui dire ce qu'elle pensait qu'il pensait de ce qu'elle pensait. Leur bagout n'arrêtait pas ; c'était à croire que Dieu allait frapper toute l'humanité de surdité et de mutisme au prochain lever de soleil.

Hilary était ivre, non pas de vin, mais de paroles. Elle était comme intoxiquée par ce déluge verbal, breuvage puissant dont elle avait été sevrée depuis longtemps.

Il la ramena chez elle et accepta sa proposition d'entrer prendre un dernier verre. Elle était certaine qu'ils allaient coucher ensemble. Elle avait une envie folle de lui et cette seule pensée l'inondait de chaleur et

1. Série télévisée très populaire aux États-Unis.

lui donnait des picotements. Elle savait qu'il la désirait aussi. Ça se voyait dans ses yeux. Il fallait seulement attendre que les effets de leur trop copieux dîner se soient un peu dissipés. Dans l'intention de hâter le processus, elle versa un doigt de crème de menthe blanche dans deux verres remplis de glaçons.

Ils venaient tout juste de s'asseoir quand le téléphone sonna.

« Oh ! non ! dit-elle.

— Il vous a rappelée hier soir, après mon départ ?

— Non.

— Et ce matin ?

— Non plus.

— Ce n'est peut-être pas lui. »

Ils s'approchèrent tous les deux du téléphone. Après un instant d'hésitation, Hilary décrocha.

« Allô ? »

Silence.

« Allez vous faire foutre ! cria-t-elle en raccrochant si brutalement qu'elle crut en avoir cassé le combiné.

— Il ne faut pas lui montrer votre affolement, conseilla Tony.

— C'est plus fort que moi.

— C'est un pauvre dégonflé qui ne sait comment s'y prendre avec les femmes. J'ai déjà vu des types comme lui. S'il avait la moindre chance de réussir auprès d'une femme, s'il avait l'occasion d'en rencontrer une qui s'offre à lui sur un plateau d'argent, il détalerait en poussant des cris d'orfraie.

— Il me fait tout de même peur.

— Il n'est pas dangereux. Venez vous rasseoir. Essayez de ne plus y penser. »

Ils se rassirent sur le canapé et dégustèrent leur crème de menthe en silence. Au bout de quelques minutes, Hilary murmura :

« Zut, zut et zut !

— Demain après-midi, vous serez sur liste rouge. Après, il ne pourra plus vous embêter.

— En attendant, il nous a gâché notre soirée. On était si bien.

— Moi, je me sens toujours bien.

— C'est que... je m'étais imaginé qu'on ferait autre chose que de prendre un verre devant la cheminée.

— Vraiment ? dit-il en la regardant fixement.

— Pas vous ? »

Tony ne souriait pas seulement avec les lèvres, mais aussi avec son visage tout entier et en particulier avec ses yeux sombres et si expressifs. Elle n'avait jamais vu un sourire aussi naturel et aussi attirant.

« Je dois avouer que j'espérais goûter à autre chose qu'à votre crème de menthe.

— Maudit téléphone. »

Il se pencha vers elle pour l'embrasser. Elle entrouvrit la bouche et, l'espace d'un bref et délicieux instant, leurs langues se rencontrèrent. Il s'écarta, la contempla, puis lui caressa le visage comme si c'était de la porcelaine fine.

« Je crois que le charme n'est pas rompu.

— Si le téléphone sonne...

— Il ne sonnera pas. »

Il lui baisa les yeux, les lèvres et posa doucement la main sur sa poitrine. Elle se laissa aller en arrière et il l'attira à lui. Elle sentit les muscles durs de ses bras à travers sa chemise.

Sans cesser de l'embrasser, Tony faisait courir ses mains sur son cou et commença à défaire les boutons de son corsage.

Hilary lui toucha la cuisse ; là aussi, les muscles étaient durs. Il était à la fois si mince et si robuste. Sa main remonta peu à peu et elle sentit alors la puissance et la fermeté de son désir. Elle l'imagina entrer et bouger en elle, et fut saisie d'un frisson de plaisir anticipé.

La sonnerie du téléphone retentit.

« Ignorons-le », dit-il.

Elle essaya de faire ce qu'il lui disait. Elle l'enlaça, s'allongea sur le canapé et l'attira contre elle. Ecrasant ses lèvres contre les siennes, elle l'embrassa avec emportement.

Le téléphone sonnait toujours.

« Chierie ! »

Ils se redressèrent.

La sonnerie n'arrêtait toujours pas. Hilary se leva.

« Non, l'arrêta Tony. C'est inutile de lui parler. Je vais m'en occuper. »

Il alla décrocher le téléphone mais ne prononça pas une parole. Il se contenta d'écouter. A son expression, Hilary comprit que l'autre ne disait rien non plus. Tony était décidé à l'avoir à l'usure. Il regarda sa montre.

Cette guerre des nerfs entre les deux hommes faisait bizarrement penser à deux enfants qui jouent à celui qui baissera les yeux le premier. Seulement il n'y avait rien de puéril dans cette affaire ; c'était seulement terrifiant. Elle en avait la chair de poule.

Deux minutes et demie.

Qui semblèrent durer une heure.

Enfin, Tony reposa l'appareil.

« Il a raccroché.

— Sans avoir rien dit ?

— Pas un mot. Mais c'est lui qui a calé le premier et je crois que c'est important. J'ai pensé que si je lui servais un plat de sa façon, il ne l'apprécierait guère. Il s'imagine vous faire peur, mais vous attendez son appel et vous vous contentez d'écouter, comme lui. D'abord, il pense que c'est une ruse et il est sûr de tenir plus longtemps que vous. Mais, à mesure que votre silence se prolonge, il commence à se demander si vous ne lui tendez pas un piège. Votre ligne n'aurait-elle pas été placée sur table d'écoute ? Ne le ferait-on pas lanterner pour que la police ait le temps de repérer d'où provient l'appel ? Est-ce bien vous qui êtes au bout du fil ? Toutes ces idées se bousculent alors dans sa tête, il prend peur et raccroche.

— Il a peur ? Voilà une pensée réconfortante.

— Je ne pense pas qu'il ait le culot de rappeler. En tout cas, pas avant que vous ayez votre nouveau numéro. Et alors, ce sera trop tard.

— Malgré tout, je vais vivre sur les nerfs tant que les employés du téléphone ne seront pas passés. »

Tony lui tendit les bras et elle se serra contre lui. Ils s'embrassèrent encore une fois. La sensation produite était toujours extraordinairement agréable, mais la passion incontrôlée de tout à l'heure avait disparu. Ils constataient tous deux la différence avec tristesse.

Ils regagnèrent le canapé, mais ce fut uniquement pour finir leur crème de menthe et discuter. Ils décidèrent de passer le week-end suivant à faire la tournée des musées. Samedi, ils iraient à Pasadena voir les expressionnistes allemands et des tapisseries Renaissance du Norton Simon Museum. Ensuite, ils consacreraient la plus grande partie du dimanche au musée Paul Getty qui s'enorgueillissait de posséder des collections d'une richesse inégalée. Naturellement, entre les visites, ils se régaleraient de petits plats, bavarderaient à n'en plus finir, et (espéraient-ils ardemment) achèveraient l'entreprise commencée ce soir sur le canapé.

Au moment où ils se quittaient, Hilary comprit soudain qu'elle ne pourrait jamais attendre cinq jours pour le revoir.

« Et mercredi ? fit-elle soudain.

— Qu'y a-t-il mercredi ?

— Vous avez prévu quelque chose pour dîner ?

— Oh ! je me ferai sans doute frire les quelques œufs qui sont en train de pourrir dans mon frigo.

— Attention au cholestérol !

— Et puis je me ferai griller quelques toasts si le pain n'est pas trop moisi. Pour finir, j'arroserai tout ça avec un vieux reste de jus de fruits que j'ai dû ouvrir il y a quinze jours.

— Pauvre petit chat.

— C'est la dure vie du célibataire.

— Je ne peux pas vous laisser manger des œufs pourris et du pain moisi. Pas le soir où je fais justement une salade composée et des filets de sole.

— Un petit souper léger, en somme.

— Il n'est pas question de trop se charger l'estomac et de s'endormir dans son assiette.

— Histoire de se précipiter vers les toilettes au cas où, par exemple.

— Exactement, sourit-elle.

— Alors, à mercredi ?

— Sept heures ?

— Sept heures sonnantes. »

Ils s'embrassèrent, il s'éloigna et une bouffée d'air froid vint prendre la place qu'il occupait quelques secondes auparavant. Il n'était plus là.

Hilary monta se coucher une demi-heure plus tard. Son corps frustré lui faisait mal. Ses seins étaient durs et gonflés ; elle aurait voulu sentir les mains de Tony se poser sur eux et ses doigts les caresser doucement. En fermant les yeux, elle sentait sa bouche sur les pointes raidies. Son ventre se creusait, rien qu'à l'imaginer sur elle, prisonnière de ses bras, puis à s'imaginer sur lui, le chevauchant à son rythme. Elle se tourna et retourna pendant près d'une heure et finit par se lever pour prendre un calmant.

Tandis que le sommeil la gagnait peu à peu, une sorte de dialogue intérieur s'installa.

Suis-je en train de tomber amoureuse ?

— Non. Bien sûr que non.

Peut-être que si.

— Non. L'amour est dangereux.

Avec lui, ça marchera peut-être.

— Souviens-toi d'Earl et d'Emma.

Tony n'est pas pareil.

— Non, non, non ! On serait au mois de mars, je dirais que c'est le printemps qui me travaille.

Tu parles.

Elle s'endormit et rêva. Certains rêves étaient dorés et vaporeux. Dans l'un, elle était couchée nue avec Tony, dans une prairie où l'herbe était douce comme des plumes, une prairie qui voguait très au-dessus de la terre et où soufflait un vent tiède plus pur que le soleil, plus pur que la décharge électrique qui jaillit de l'éclair, plus pur que n'importe quoi au monde.

Mais elle fit aussi des cauchemars. Par exemple, elle se trouvait dans le vieil appartement de Chicago et les murs se refermaient sur elle. Puis, quand elle regardait en l'air, elle s'apercevait qu'il n'y avait pas de plafond et qu'Earl et Emma la regardaient fixement, leurs visages plus grands que celui de Dieu et ils lui souriaient tandis que les murs l'emprisonnaient. Alors, elle ouvrait la porte pour se sauver et butait contre un énorme cafard, un insecte monstrueux et d'une taille phénoménale, qui avait manifestement l'intention de la dévorer vivante.

A trois heures du matin, Joshua Rhinehart se réveilla.

Il poussa un grognement et entama une brève lutte avec ses draps entortillés. Il avait bu un peu trop de vin au dîner, chose qui lui était assez coutumière. L'ivresse était passée, mais sa vessie se rappelait à son bon souvenir. Pourtant, ce n'était pas uniquement un besoin naturel qui l'avait réveillé. Il avait fait un rêve atroce qui se déroulait dans le laboratoire de Tannerton. Plusieurs morts — tous des sosies de Bruno Frye — se levaient de leurs cercueils et des tables d'embaumement. Il s'était enfui dans la nuit, mais les morts s'étaient lancés à sa poursuite, le cherchant avec des mouvements saccadés et criant son nom de leurs voix sans timbre.

Il resta allongé sur le dos dans l'obscurité, le regard fixé sur le plafond invisible. Le seul bruit était le ronronnement presque inaudible du réveil électronique placé sur la table de chevet.

Avant la mort de sa femme, il y avait trois ans de cela, Joshua rêvait rarement. Et il n'avait jamais fait le moindre cauchemar. Pas un seul en cinquante-huit ans. Mais, après le décès de Cora, tout changea. Il se mit à rêver une fois ou deux par semaine et, souvent, c'était un mauvais rêve. La plupart du temps, il était question de la perte d'une chose importante mais indéfinissable et il s'ensuivait presque toujours une recherche effrénée mais sans espoir de l'objet perdu. Joshua n'avait pas besoin d'aller consulter un psychiatre à cinquante dollars de l'heure pour qu'on lui dise que ces rêves avaient un rapport avec Cora et sa disparition prématurée. Il ne s'était pas encore habitué à vivre sans elle ; peut-être n'y parviendrait-il jamais. Tous ses autres cauchemars étaient peuplés de morts en marche qui lui ressemblaient souvent, symboles de sa propre mortalité. Mais cette nuit, ils présentaient tous une ressemblance frappante avec Bruno Frye.

Il se leva, s'étira et bâilla. Il passa dans la salle de bains en traînant les pieds, sans même allumer la lumière.

En regagnant son lit, quelques minutes plus tard, il s'arrêta devant la fenêtre. Les vitres étaient froides au toucher. Un vent vif se pressait contre les carreaux en miaulant comme un animal qui demande à entrer. La vallée était immobile et obscure, à part quelques lumières qui brillaient dans les exploitations vinicoles. Au nord, un peu plus haut dans les coteaux, il apercevait les Shade Tree Vineyards.

Soudain, son regard s'accrocha à un point blanc et floconneux, juste au-dessus des chais, à peu près à l'endroit où s'élevait la maison de Bruno Frye. De la lumière chez Frye ? En principe il n'y avait personne. Bruno avait toujours vécu seul. Joshua plissa les yeux mais, sans ses lunettes, les objets lointains se brouillaient à mesure qu'il essayait de centrer son regard dessus. Il n'arrivait pas à déterminer si la lumière venait de la maison de Frye ou de l'un des bâtiments administratifs se trouvant entre la maison et les chais. En fait, plus il regardait, moins il était sûr qu'il s'agissait bien d'une lumière. C'était vague et terne. Tout compte fait, ce n'était peut-être que le reflet de la lune.

Il alla jusqu'à la table de nuit et, pour ne pas être aveuglé par la lumière, n'alluma pas sa lampe et chercha ses lunettes à tâtons. Il renversa un verre d'eau avant de mettre la main dessus.

Quand il revint à la fenêtre, la mystérieuse lumière dans les coteaux avait disparu. Néanmoins, il resta là pendant un long moment, tel un gardien vigilant. Il était l'homme d'affaires de Frye et son devoir exigeait qu'il veille sur ses biens avant qu'il en soit disposé selon ses dernières volontés. Si des malfaiteurs étaient en train de dévaliser la maison, il fallait qu'il le sache. Il resta aux aguets pendant un quart d'heure, mais la lumière ne reparut pas.

A la fin, convaincu que ses yeux lui avaient joué un mauvais tour, il retourna se coucher.

Lundi matin, Frank et Tony continuèrent à enquêter sur diverses pistes susceptibles de les conduire à Bobby Valdez. Frank ne cessa de parler de Janet Yamada. Elle était si intelligente. Si compréhensive. Si ceci, si cela. Il était intarissable sur Janet Yamada mais Tony le laissa discourir et pérorer tout son soûl. Il était heureux de le voir agir et parler comme un être humain.

Avant de monter dans leur voiture banalisée, ils allèrent s'entretenir avec deux agents du bureau des stupéfiants, les inspecteurs Eddie Quevedo et Carl Hammerstein. D'après eux, Bobby, tout en violant une femme à ses moments perdus, gagnait très certainement sa vie en vendant de la cocaïne ou du P.C.P. Ces deux substances, particulièrement appréciées, drainaient une grosse partie de l'argent qui circulait sur le marché de la drogue de Los Angeles. Un revendeur pouvait aujourd'hui encore faire fortune avec l'héroïne ou la marijuana, mais le commerce de ces deux drogues était devenu beaucoup moins lucratif. Selon les deux inspecteurs, si Bobby se livrait au trafic des stupéfiants, ce ne pouvait être qu'un vulgaire dealer, vendant directement aux consommateurs, et il se trouvait donc à l'échelon le plus bas des réseaux de distribution. Quand il était sorti de prison, en avril dernier, il s'était retrouvé pratiquement sans le sou et il fallait un important capital pour fabriquer ou importer de la drogue soi-même.

« C'est donc un malfrat de toute petite envergure que vous recherchez, avait conclu Quevedo.

— Allez trouver ses congénères, avait ajouté Hammerstein. Nous allons vous donner une liste de noms et d'adresses. Ce sont tous des gars qui se sont déjà fait pincer pour avoir fourgué de la drogue. La plupart ont dû recommencer mais on ne les a pas encore pris la main dans le sac. Insistez un peu ; tôt ou tard, vous tomberez sur un type qui sait où se terre Bobby Valdez. »

Vingt-quatre noms étaient inscrits sur la liste qu'on leur avait remise. Les trois premiers des individus mentionnés n'étaient pas chez eux ; les trois suivants jurèrent qu'ils ne connaissaient ni Bobby Valdez, ni Juan Mazquezza, ni personne qui ressemblait à l'homme figurant sur les photos qui leur furent présentées.

Le septième s'appelait Eugene Tucker. Tony et Frank n'eurent même pas à insister pour qu'il se montre coopératif.

En général, les Noirs ont une couleur de peau qui va du café au lait au brun foncé ; Tucker, lui, était d'un noir absolu. Son visage carré et lisse avait la couleur du goudron ; ses yeux bruns étaient beaucoup plus clairs que son teint. Il portait une barbe embroussaillée, parsemée de quelques poils blancs et frisés ; cette touche de givre était le seul élément de sa personne (en dehors du blanc de ses yeux) à ne pas être noir. En outre, il était vêtu d'un pantalon et d'une chemise couleur d'ébène. C'était un homme massif, avec une large poitrine, des bras impressionnants et un cou épais comme un poteau d'amarrage. C'était le genre de loustic à vous casser en deux une traverse de chemin de fer pour se maintenir en forme — ou pour s'amuser.

Tucker habitait un hôtel particulier sur les hauteurs d'Hollywood, une immense demeure meublée avec parcimonie mais dans le meilleur goût. La salle de séjour ne contenait qu'un canapé, deux fauteuils et une table basse. Rien d'autre, ni guéridon, ni placard, ni chaîne stéréo, ni téléviseur. Il n'y avait même pas de lampes ou de lampadaires ; le seul éclairage provenait d'un plafonnier. Toutefois, les quatre meubles de la pièce étaient d'excellente facture et se mettaient mutuellement en valeur. Tucker était manifestement un amateur d'antiquités chinoises. Les fauteuils et le canapé, en excellent état, massifs et manifestement de style, avaient été récemment capitonnés de velours d'un vert de jade ; le plateau de la table basse, également faite de bois de rose travaillé à la main, était bordé d'ivoire marqueté ; le tout avait au moins une centaine d'années, peut-être même le double. Tony et Frank s'installèrent sur le canapé, tandis que Tucker se perchait en face d'eux sur le bord d'un fauteuil.

« Monsieur Tucker, dit Tony en faisant courir sa main sur l'accoudoir du canapé, c'est une pièce magnifique.

— Ah ! vous êtes connaisseur ? demanda Tucker, surpris.

— Je ne pourrais pas dire de quelle époque exactement, mais je connais suffisamment l'art chinois pour me rendre compte qu'il ne s'agit pas d'une copie achetée chez Sears. »

Tucker sourit, très content de voir que Tony savait apprécier la valeur de son mobilier.

« Je sais ce que vous pensez, remarqua-t-il. Vous vous demandez comment un ex-truand retiré des affaires depuis deux ans à peine peut s'offrir tout ça. Une maison à douze cents dollars par mois. Des meubles chinois d'époque. Vous êtes en train de vous dire que je me suis relancé dans le commerce de l'héroïne ou de quelque chose d'approchant.

— Pas du tout. En effet, j'étais bien en train de me demander comment diable vous vous y étiez pris, mais je sais que vous ne vendez pas de drogue.

— Et qu'est-ce que vous en savez ? demanda Tucker avec un sourire.

— Si vous étiez un dealer atteint par la passion des antiquités chinoises, vous auriez meublé votre maison d'un seul coup, au lieu d'une pièce ou deux à la fois. Il est clair que vous faites quelque chose qui rapporte mais pas autant que le trafic de stupéfiants. »

Tucker rit encore et applaudit pour montrer son admiration.

« Votre collègue est très perspicace, dit-il à Frank.

— C'est un vrai Sherlock Holmes, renchérit celui-ci.

— Pourriez-vous satisfaire ma curiosité ? dit Tony. Dites-moi ce que vous faites. »

Tucker se pencha en avant, fronça brusquement les sourcils et agita le poing. Il semblait colossal et inquiétant.

« Je dessine des robes », lâcha-t-il enfin d'un air goguenard.

Tony ouvrit de grands yeux.

Tucker se renversa contre le dossier de son fauteuil et se mit à rire de plus belle. Jamais Tony n'avait vu quelqu'un s'amuser autant.

« Je dessine des robes, répéta-t-il. C'est la vérité. Je commence déjà à avoir un nom dans le monde de la mode californienne et, un jour, il sera connu partout, vous pouvez m'en croire.

— D'après ce que vous nous avez dit, vous êtes resté quatre ans en prison pour trafic de cocaïne et d'héroïne. Comment en êtes-vous arrivé à vous lancer dans la mode ? demanda Tony, intrigué.

— Jusqu'à ce qu'on me mette au trou, j'ai toujours été un vrai fils de garce. Les premiers mois, j'aurais tué père et mère. J'en voulais à la société pour tout ce qui m'était arrivé. J'en voulais à tous ces putains de salauds de Blancs, à tout le monde, bref, au monde entier. Mais jamais je n'aurais voulu admettre que si j'étais dans la merde, eh bien c'était à cause de ma pomme. Je me prenais pour un dur, un vrai, alors qu'en fait je n'étais qu'un pauvre branleur. On devient un homme le jour où on accepte ses responsabilités. Des tas de gens n'y arrivent jamais.

— Oui, mais qu'est-ce qui vous a fait changer de cap ?

— Un tout petit fait. Je suis parfois stupéfait de voir comment une chose infime peut transformer l'existence. Dans mon cas, ça a été une émission de télévision, un reportage en cinq parties sur des Noirs de Los Angeles qui avaient réussi.

— Je m'en souviens, dit Tony. Il doit y avoir un peu plus de cinq ans, mais je me le rappelle encore.

— C'était fascinant, dit Tucker. C'était une image de l'homme noir qu'on n'avait pas l'habitude de voir. Quand la série a été annoncée, tous les mecs ont commencé à se taper le cul par terre ; pensez qu'on les attendait un peu au tournant, ces gros cons de la télé. Tout le monde se disait que ça allait encore être les éternelles conneries habituelles. Le genre : « Pourquoi que tous ces pauvres Noirs y se prennent pas par la main et se remuent pas un peu le cul pour se sortir de la merde ? Regardez Sammy Davis Jr, il y est bien arrivé, lui ! Seulement, il ne s'agissait pas de chanteurs ou de vedettes sportives. »

Tony se souvenait effectivement de cette série d'émissions particulièrement marquantes et qui tranchaient dans la masse des reportages habituels dont le niveau était généralement affligeant. Les journalistes avaient interviewé des Noirs, hommes et femmes, qui avaient réussi, des gens partis de rien et devenus milliardaires. Certains avaient fait fortune dans l'immobilier, d'autres dans la restauration, un autre encore possédait une chaine d'instituts de beauté. Ils avaient tous reconnu qu'il était difficile de faire fortune quand on était noir, mais s'étaient tous également accordés pour dire que les difficultés avaient été moins grandes qu'ils ne l'auraient cru et qu'il était plus facile pour un Noir de réussir à Los Angeles qu'en Alabama et dans le Mississippi, ou même qu'à Boston et à New York. Les milliardaires noirs étaient plus nombreux dans cette ville que dans toute la Californie et les quarante-neuf autres États réunis. A Los Angeles, tout le monde vit à trois cents à l'heure ; le Californien du Sud moyen ne s'accommode pas seulement volontiers du changement : on peut dire, au contraire, qu'il le recherche activement et s'en délecte. Ce climat et cette volonté de renouvellement constant attirent une foule de marginaux, dont certains ne sont d'ailleurs pas ce qu'il y a de mieux, mais également certains des cerveaux les plus intelligents et les plus innovateurs du pays, ce qui explique pourquoi tant de bouleversements culturels, scientifiques et industriels trouvent leur origine dans cette région. Pour beaucoup de Californiens du Sud, perpétuer des comportements d'un autre âge, l'un de ceux-ci étant les préjugés raciaux, est en effet une pure perte de temps, atermoiements qu'ils n'ont pas la patience de supporter. Evidemment, le fanatisme existe aussi à Los Angeles. Mais là où il faudrait six ou sept générations à une famille de Géorgiens bon teint (c'est-à-dire blanc) pour triompher de ses préjugés envers les Noirs, le même changement d'attitude s'opère souvent en une seule génération en Californie du Sud. Comme l'avait déclaré un des hommes d'affaires noirs du reportage télévisé « Aujourd'hui, les négros de Los Angeles, ce sont les Chicanos. » Mais cela aussi est en train de changer. La culture hispanique est regardée avec un respect sans cesse croissant et les Mexicains se font eux aussi leur place au soleil. Plusieurs des personnes interrogées lors du reportage avaient avancé la même hypothèse pour expliquer la souplesse inhabituelle des structures sociales en Californie du Sud et la rapidité avec laquelle les changements de mentalité s'opéraient ; selon eux, cette disposition d'esprit était en grande partie due à la géographie. Comment, quand on vit sur une des plus grandes failles de la croûte terrestre, quand la terre peut trembler, bouger, changer à tout instant sous les pieds, comment cette conscience du caractère transitoire de toutes choses n'aurait-elle pas une influence sur le regard porté par tout un chacun sur des changements d'une nature autrement moins catastrophique ? Certains des milliardaires noirs interviewés le pensaient et Tony avait tendance à être d'accord avec eux.

« Dans cette émission, on présentait une douzaine de riches Noirs, poursuivit Eugene Tucker. La plupart de ceux qui regardaient la télé avec moi les conspuaient et les traitaient d'oncles Tom. Mais moi, j'ai commencé à réfléchir. Puisque certains Noirs arrivaient à tirer leur épingle du jeu dans un monde de Blancs, alors pourquoi pas moi ? J'étais aussi malin et débrouillard que les autres, et même davantage que certains. C'était pour moi une image complètement nouvelle du Noir, une idée entièrement neuve, comme une ampoule qui se serait subitement allumée dans ma tête. J'étais né à Los Angeles. Si vraiment les chances y étaient plus grandes qu'ailleurs, pourquoi ne pas en profiter ? D'accord, certains devaient parfois jouer les oncles Tom pour arriver à se hisser au sommet. Mais, une fois qu'on y est arrivé, une fois qu'on a un million de dollars à la banque, on n'est plus le larbin de personne. Alors, j'ai décidé de devenir riche, conclut-il avec un sourire.

— Tout simplement ? dit Frank, estomaqué.

— Tout simplement.

— Et pourquoi la mode ? demanda Tony.

— J'ai passé des tests d'aptitude et on m'a dit que j'avais des dispositions pour le dessin et tout ce qui touchait à l'art. J'ai alors cherché quel genre de travail de création me plairait le plus. J'ai toujours aimé choisir les robes de mes petites amies et, quand elles ont sur elle un vêtement que j'ai déniché, on leur fait toujours des compliments. J'ai donc demandé à suivre des cours universitaires pour détenus et j'ai appris à dessiner. Le jour où, enfin, j'ai été libéré, j'ai croqué quelques modèles ; je les ai fait tailler par des couturières et j'ai commencé à colporter mes créations. Au début, ça n'a pas été facile, ça non ! Chaque fois que j'avais une commande, j'allais voir mon banquier et j'empruntais la somme nécessaire à la confection, au coup par coup. On peut dire qu'il a fallu que je m'accroche. Mais, peu à peu, j'ai émergé et, aujourd'hui, les affaires marchent de mieux en mieux. Dans un an, j'ouvrirai une boutique dans un bon quartier et, un jour, aussi sûr que deux et deux font quatre, vous verrez mon nom à Beverly Hills.

— Vous êtes un homme remarquable, lui dit Tony en hochant la tête.

— Pas particulièrement. Mais je vis dans une ville remarquable, à une époque remarquable. »

Frank tenait à la main l'enveloppe de papier bulle qui contenait les photos de Bobby Valdez. Il s'en fouetta légèrement le genou et regarda Tony en disant :

« J'ai peur qu'on n'ait pas frappé à la bonne porte.

— J'en ai bien l'impression, répondit Tony.

— Qu'est-ce que vous aviez à me demander ? » s'enquit Tucker en se penchant vers eux.

Tony lui parla alors de Bobby Valdez.

« Bien, dit Tucker. Je ne fréquente plus le même milieu qu'autrefois, mais je n'ai pas complètement perdu le contact non plus. Chaque semaine, je consacre quinze à vingt heures de mon temps à « Retrouvez votre dignité ». C'est une campagne anti-drogue à l'échelon municipal. J'ai l'impression d'avoir une dette à payer, vous comprenez ? On quadrille les quartiers où l'on sait qu'il y a des revendeurs. On passe la moitié de notre temps à discuter avec les gosses, l'autre à collecter des informations. Mais vous devez être au courant ?

— Oui. Les campagnes « Donnez les dealers », dit Tony.

— Oui. On a un numéro vert que les gens peuvent appeler pour signaler les dealers qui tournent dans leurs quartiers. Mais on n'attend pas que les gens nous appellent. On quadrille les quartiers où on sait que de la drogue circule. On fait du porte-à-porte, on parle avec les parents et les mômes pour essayer de leur tirer les vers du nez. On établit des dossiers sur les dealers et, quand ils sont au point, on les communique à la police. Par conséquent, si ce Valdez traîne dans le coin, il y a de grandes chances pour que je sache au moins un petit quelque chose sur lui.

— Je répète ce que mon collègue vous a déjà dit, dit Frank. Vous êtes un homme remarquable.

— Vous fatiguez pas. Je n'ai pas besoin de grandes tapes dans le dos pour ce que je fais à « Retrouvez votre dignité. » Je ne demande rien, pas de mercis. Avant que je sois coffré, j'ai moi-même contribué à transformer en camés pas mal de gosses qui auraient bien tourné si je n'avais été là pour les tenter. En contrepartie, il est juste que j'essaye d'en sauver au moins autant que ceux que j'ai fait plonger. »

Frank sortit les photos de l'enveloppe et les montra à Tucker.

Celui-ci regarda attentivement les trois clichés.

« Je connais ce petit fumier. Il fait partie de la trentaine de types sur lesquels on est justement en train de constituer un dossier. »

Le cœur de Tony s'accéléra légèrement à l'idée que l'hallali avait peut-être enfin sonné.

« La seule chose, c'est qu'il ne s'appelle pas Bobby Valdez, dit Tucker.

— Juan Mazquezza alors ?

— Non plus. Je crois qu'il s'appelle Ortiz. Je vais appeler le centre de renseignements de « Retrouvez votre dignité », dit Tucker en se levant. Ils ont peut-être son adresse.

— Fantastique », dit Frank.

Tucker fit quelques pas pour aller téléphoner dans la cuisine, puis il se retourna vers eux.

« Ça risque d'être un peu long. En attendant, si vous voulez vous distraire en regardant mes croquis, vous pouvez aller dans le bureau, leur dit-il en montrant une porte à deux battants.

— Avec plaisir, répondit Tony. J'aimerais bien les voir. »

Les deux policiers passèrent donc dans le bureau qui était encore plus chichement meublé que la salle de séjour. Une grande table à dessin, qui avait dû coûter fort cher, trônait dans la pièce, munie d'une lampe d'architecte. Devant, se trouvait un grand tabouret capitonné, flanqué d'un meuble à tiroirs monté sur roulettes. Près d'une des fenêtres, la tête modestement inclinée, un mannequin de grand magasin écartait ses bras lisses et luisants. Des morceaux de tissu aux couleurs éclatantes étaient posés à ses pieds de plastique. Il n'y avait ni étagères, ni casiers de rangement ; des piles de croquis étaient entassées par terre, contre un des murs, à côté d'outils professionnels et de blocs à dessin. De toute évidence, Eugene Tucker avait l'intention de meubler toute sa maison avec des pièces aussi magnifiques que celles de la salle de séjour, mais, d'ici là, malgré les inconvénients que cela présentait, il ne semblait avoir aucune envie de gaspiller son argent pour l'achat d'un mobilier médiocre et provisoire.

Optimisme typiquement californien, conclut Tony en lui-même.

Des esquisses au crayon et quelques croquis définitifs en couleurs punaisés sur un mur permettaient de juger de son travail. Ses robes, ses corsages et ses ensembles deux pièces étaient de coupe classique mais gracieuse, élégante mais sobre. Il avait le sens des couleurs et l'œil pour le genre de petits détails qui rendent un modèle unique. Tucker était indéniablement un styliste de talent.

Tony avait encore du mal à admettre que ce rude gaillard gagnait sa vie en créant des vêtements féminins. Puis, réflexion faite, il se dit que lui-même, avec sa double personnalité, n'était guère différent de Tucker. Le jour, il était un inspecteur de la police criminelle, insensibilisé et endurci par toute la violence dont il était le témoin. Mais le soir, il devenait un artiste et, penché vers sa toile, peignait sans relâche. D'une curieuse façon, Tucker et lui étaient frères de race.

Tony et Frank finissaient de regarder les derniers croquis quand Tucker revint.

« Alors, qu'est-ce que vous en pensez ? demanda-t-il.

— Magnifique, dit Tony. Vous avez vraiment le sens des couleurs et des formes.

— Vous êtes rudement bon, ajouta Frank.

— Je sais, dit Tucker en riant.

— Est-ce que « Retrouvez votre dignité » a un dossier sur Valdez ? demanda Tony.

— Oui, mais il s'appelle bien Ortiz, comme je le pensais. Jimmy Ortiz. D'après les renseignements que nous avons pu glaner sur son compte, il vendrait uniquement du P.C.P. Je sais que je suis mal placé pour condamner les autres, mais, à mon avis, les fourgueurs de P.C.P. sont les pires ordures qui puissent exister. Le P.C.P. est un poison qui bousille les cellules nerveuses plus rapidement que toute autre substance. Notre dossier n'est pas encore assez complet pour qu'on le remette à la police, mais on est en train de travailler dessus.

— Quelle adresse ? » demanda Tony.

Tucker lui tendit un bout de papier sur lequel figurait une adresse, tracée d'une écriture impeccable.

« C'est une résidence de grand luxe qui se trouve près de Sunset Boulevard, à une cinquantaine de mètres de La Cienaga.

— Merci. On trouvera.

— D'après ce que vous m'avez dit et d'après notre enquête, reprit Tucker, j'ai l'impression que ce type n'est pas du genre à se ranger des voitures et à essayer de se racheter. Il vaudrait mieux le mettre à l'ombre le plus longtemps possible.

— On va s'y employer », assura Frank.

Tucker les raccompagna jusque devant la porte, d'où l'on avait une vue très étendue sur tout Los Angeles.

« Ce n'est pas magnifique ? s'extasia Tucker. C'est quelque chose, non ?

— Oui, c'est splendide, dit Tony.

— Los Angeles est vraiment une ville merveilleuse, dit Tucker avec orgueil et affection, comme si la mégalopole qui s'étendait à leurs pieds était l'œuvre de ses propres mains. Vous savez, on dit que les technocrates de Washington ont pondu un avant-projet concernant différents systèmes de transports collectifs. Ils ont sué sang et eau pour nous trouver un système coûte que coûte mais ces ploucs ont été tout étonnés de constater au final que construire un réseau ferré express régional, par exemple, reviendrait au bas mot à cent mille millions de dollars, une bagatelle par où ne transiteraient de toute façon que dix à douze pour cent du trafic quotidien. Ils n'ont pas encore compris à quel point cette ville est vaste ! s'exclama-t-il, littéralement galvanisé, le visage rayonnant de plaisir, le propos souligné de grands gestes péremptoires. Ils n'ont pas encore compris que ce qui symbolise Los Angeles, c'est l'espace — l'espace, la mobilité, la liberté. C'est une ville qui aime ses aises, qui aime avoir les coudées franches, au propre comme au figuré. On a l'esprit large, ici. A Los Angeles, tout le monde a une chance de devenir ce qu'il a envie d'être ; on peut arracher son avenir des mains des technocrates et des planificateurs de tout poil et le modeler à sa façon. C'est fantastique. Bon Dieu de merde, ce que je peux aimer cette putain de ville ! »

Vivement impressionné par la profondeur des liens qui unissaient Tucker et la ville étalée sous leurs yeux, Tony ne put s'empêcher d'entrouvrir la porte de son jardin secret.

« Depuis toujours je rêve de devenir artiste à part entière, de vivre de mon art. Je peins.

— Alors pourquoi êtes-vous flic ? demanda Tucker.

— A cause du chèque en fin de mois.

— Envoyez promener le chèque.

— Je suis un bon flic. J'aime mon travail.

— Et côté peinture, vous êtes bon ?

— Pas mauvais, je crois.

— Alors sautez le pas. Regardez autour de vous, vous vivez au bord du monde occidental, ici, au seuil de toutes les possibilités. Sautez. Lancez-vous. Le grand saut de l'ange ! Il ne faut pas avoir peur du vide ; le fond est tellement loin que vous ne risquez pas de vous écraser avant d'avoir pu vous raccrocher aux branches. En fait, vous éprouverez probablement les mêmes sentiments que moi. On n'a pas du tout l'impression que c'est une chute. On n'a pas l'impression de tomber mais d'être catapulté ! »

Tony et Frank s'engagèrent dans l'allée, sortirent de la propriété bordée d'une haie de plantes grasses aux épaisses feuilles charnues et remontèrent dans la voiture qui était stationnée à l'ombre d'un grand palmier.

« Quel type ! déclara Frank en démarrant.

— Oui », répondit Tony, se demandant quel effet cela faisait de voler de ses propres ailes.

Tandis qu'ils roulaient vers l'adresse que Tucker leur avait donnée, Frank abandonna vite le modéliste noir pour revenir à celle qui accaparait ses pensées, Janet Yamada. Tony, ruminant toujours les conseils d'Eugene Tucker, n'écouta que d'une oreille distraite les propos décousus de son coéquipier, ce que d'ailleurs Frank, tout à son soliloque, ne remarqua même pas.

Un quart d'heure plus tard, ils arrivaient devant la résidence où habitait Jimmy Ortiz. Le parking souterrain était fermé par une porte en fer qui s'ouvrait sur un signal électronique. Impossible, donc, de savoir si une Jaguar noire s'y trouvait.

C'était un ensemble résidentiel d'un seul étage ; les bâtiments étaient disposés de façon irrégulière, reliés par des escaliers et des couloirs à ciel ouvert. La résidence s'articulait autour d'une gigantesque piscine entourée d'une végétation exubérante. La piscine était équipée d'un jacuzi ; deux filles en bikini et un jeune homme extrêmement poilu étaient assis dans l'eau bouillonnante et buvaient un Martini en riant mutuellement de leurs plaisanteries. Frank s'approcha d'eux et leur demanda où habitait Jimmy Ortiz.

« Un petit mignon moustachu ? demanda l'une des filles.

— Gueule d'ange, qu'on l'appelle, dit Tony.

— C'est bien lui, alors, déclara la fille.

— Il a une moustache maintenant ?

— Oui, si c'est bien de lui que vous parlez. Celui-là a une Jag super.

— C'est bien lui, confirma Tony.

— Je crois qu'il habite en face. Bâtiment 4, au premier étage, tout au fond.

— Il est chez lui ? » demanda Tony.

Personne ne le savait.

Arrivés au bâtiment 4, Tony et Frank montèrent au premier étage. Un balcon courait sur toute la longueur de l'immeuble et desservait les quatre appartements qui donnaient sur le patio. En face des trois premiers appartements, le long de la rambarde, on avait placé des pots de lierre et diverses autres plantes vertes qui donnaient aux habitants de l'étage cette agréable impression de verdure dont jouissaient les occupants du rez-de-chaussée. Il n'y avait pas la moindre plante verte devant le dernier appartement.

La porte était entrouverte.

Les yeux de Frank et de Tony se rencontrèrent et ils échangèrent un regard inquiet.

Pourquoi donc la porte était-elle entrouverte ?

Bobby savait-il qu'ils allaient venir ?

Ils se postèrent de chaque côté de l'entrée. Attendirent. Ecoutèrent.

Les seuls bruits provenaient du joyeux trio qui s'ébattait dans la piscine.

Frank leva les sourcils d'un air interrogateur. Tony pointa le doigt vers la sonnette. Après un bref moment d'hésitation, Frank la pressa.

A l'intérieur, le carillon se mit à teinter doucement. Ils attendaient une réaction, le regard rivé sur la porte.

Soudain, l'atmosphère se figea et devint lourde, oppressante. Humide. Epaisse. Sirupeuse. Tony avait du mal à respirer ; il avait l'impression qu'on lui avait insufflé un liquide dans les poumons.

Personne ne se présentait à la porte. Frank sonna une seconde fois. Comme rien ne se produisait, Tony passa la main sous sa veste et sortit son revolver du baudrier. Une sorte de faiblesse s'empara de lui. Des gargouillis acides agitaient son estomac.

Frank tira lui aussi son arme, tendit l'oreille pour tenter de percevoir des signes de mouvement à l'intérieur de l'appartement, puis ouvrit la porte toute grande.

L'entrée était vide.

La salle de séjour, dont on n'apercevait qu'une partie, était obscure et silencieuse. Les rideaux étaient tirés et aucune lumière n'était allumée.

« Police ! » cria Tony.

L'écho de sa voix résonna sous le plafond de la terrasse extérieure. Un oiseau pépiait dans un olivier.

« Sors de là, Bobby. Les mains en l'air ! »

En bas, dans la rue, une voiture klaxonna. Une sonnerie de téléphone, assourdie mais audible, retentit dans un appartement voisin.

« Bobby ! cria Frank. Tu as entendu ? C'est la police. Tu es découvert, alors, sors d'ici ! Allons ! Immédiatement ! »

Dans la piscine, les baigneurs avaient fait silence. Tony eut tout à coup l'impression extravagante qu'il pouvait entendre les occupants de tous les autres appartements se glisser sans bruit jusqu'à leurs fenêtres.

« On ne te fera aucun mal, Bobby ! cria Frank en haussant encore un peu le ton.

— Ecoute ce qu'il te dit. Ne nous oblige pas à tirer. Sors d'ici de toi-même ! » hurla Tony à son tour.

Bobby ne répondait toujours pas.

« S'il était là, déclara Frank, il nous dirait au moins d'aller nous faire foutre.

— Alors, qu'est-ce qu'on fait ?

— On entre.

— Bon Dieu, j'ai horreur de ce genre de bordel. On devrait peut-être demander du renfort.

— Il n'est sûrement pas armé, dit Frank.

— Tu plaisantes !

— Il n'a encore jamais été arrêté pour port d'arme prohibée. Ce n'est qu'un pauvre dégonflé, sauf quand il s'attaque à une femme.

— C'est un assassin.

— Avec les femmes. Il n'est dangereux que pour les femmes.

— Bobby ! se remit à crier Tony. C'est ta dernière chance ! Sors d'ici gentiment, bon Dieu ! »

Silence.

Le cœur de Tony cognait furieusement.

« D'accord, dit Frank. Finissons-en.

— Si ma mémoire est bonne, la dernière fois qu'on a eu droit à ce genre d'opération, c'est toi qui est passé le premier.

— Ouais. L'affaire Wilkie-Pomeroy.

— Alors, c'est mon tour, j'imagine, dit Tony.

— Je savais que ça te ferait plaisir.

— Ah ! ça oui !

— Que tu le souhaitais de tout ton cœur.

— Qui est présentement remonté dans ma gorge.

— Vas-y, saute-lui dessus, tigre assoiffé de sang !

— Couvre-moi.

— L'entrée est trop étroite pour que je puisse te couvrir correctement. Une fois que tu y seras, je ne pourrai plus voir ce qu'il y a devant.

— Je me baisserai le plus possible.

— Avance en canard. Je tâcherai de regarder par dessus-toi.

— Fais pour le mieux. »

Tony avait le ventre noué. Il prit deux profondes

inspirations pour essayer de retrouver son calme. Cette technique eut pour seul effet de faire battre son cœur plus vite et plus fort. Finalement, il se ramassa sur lui-même et franchit le seuil, le revolver pointé. Il s'élança sur le carrelage glissant de l'entrée et s'arrêta à la limite de la salle de séjour, à l'affût du moindre signe de vie et s'attendant à tout moment à recevoir une balle entre les deux yeux.

La pièce était parcimonieusement éclairée par les minces rais de lumière qui parvenaient à se faufiler sous les épais rideaux. Pour autant qu'il était possible de le voir, les formes massives qui se profilaient dans la pénombre n'étaient qu'une table, des chaises, des fauteuils et un sofa. La pièce semblait bourrée de meubles style méditerranéen américanisé, coûteux, encombrants et de très mauvais goût. Une étroite bande de lumière tombait sur un sofa de velours rouge dont les côtés, en faux chêne, étaient grotesquement ornés d'une fleur de lys en fer forgé.

« Bobby ? »

Pas de réponse. On entendait le tic-tac d'un réveil.

« Bobby, on ne veut pas te faire de mal. »

Rien que le silence.

Tony retenait son souffle. Il entendait Frank respirer. Rien d'autre. Lentement, prudemment, il se redressa. Personne ne lui tira dessus. Il palpa le mur pour trouver l'interrupteur. Une lampe munie d'un abat-jour décoré d'une scène de corrida d'un goût douteux s'éclaira dans un coin et il put constater qu'il n'y avait personne dans la salle de séjour et le coin salle à manger attenant.

Frank lui emboîta le pas et fit un signe en direction du placard de l'entrée.

Tony recula un peu et s'écarta.

Le revolver braqué à hauteur du ventre, Frank ouvrit le placard avec précaution. Il ne contenait que deux vestes légères et plusieurs boîtes à chaussures.

Prenant soin de rester loin l'un de l'autre pour ne pas faire une cible unique, ils traversèrent le séjour. Il y avait un bar avec des charnières en fer forgé, ridiculement grandes, et des portes en verre teinté jaune. Une table basse, énorme chose octogonale creusée d'un brasero ornemental en cuivre, occupait le centre de la pièce. Les chaises à haut dossier étaient tendues d'un velours rouge flamboyant et abondamment garnies de franges dorées et de glands noirs. Les rideaux étaient taillés dans un brocart agressif, jaune et orange. Un épais tapis vert à poils longs recouvrait le sol. Comment pouvait-on vivre dans un cadre aussi laid ?

Et y mourir ? songea Tony.

Les deux policiers s'avancèrent dans le coin salle à manger d'où l'on découvrait la cuisine. C'était un vrai champ de bataille. Le réfrigérateur et plusieurs placards étaient grands ouverts. Des boîtes de conserve et des bouteilles gisaient par terre, comme si quelqu'un les avait jetées là dans un violent accès de colère. Des morceaux de verre tranchants brillaient au milieu des détritus. Une flaque de sirop de cerises s'étalait sur le carrelage jaune, telle une grosse amibe rosée ; les cerises au marasquin avaient roulé dans tous les coins. La cuisinière électrique était maculée de crème au chocolat. Des flocons de céréales, des cornichons, des olives et des spaghettis avaient été projetés dans toutes les directions. Sur l'unique mur libre de la pièce, une main avait écrit ces quatre mots avec de la moutarde et de la gelée de raisin :

Cocodrilos

« Qu'est-ce que c'est ? murmura Frank.

— De l'espagnol.

— Qu'est-ce que ça veut dire ?

— Crocodiles.

— Mais pourquoi des crocodiles ?

— Je n'en sais rien.

— Ça me fait froid dans le dos », dit Frank.

Tony approuva d'un hochement de tête. Ils étaient embarqués dans une drôle d'histoire. Perplexe, il ne doutait pas qu'un grand danger était sur le point de s'abattre sur eux et il aurait payé cher pour savoir par quelle porte il allait faire irruption.

Ils inspectèrent ce capharnaüm d'un œil attentif. Pas de Bobby. Nulle part.

Ils regagnèrent l'entrée à pas prudents dans l'intention d'aller visiter les deux chambres et les deux salles de bains. Ils ne faisaient pas le moindre bruit.

Ils ne décelèrent rien d'anormal dans la première chambre et la première salle de bains. En revanche, dans la seconde chambre, ils trouvèrent tout sens dessus dessous. Les vêtements, sortis des placards, étaient éparpillés dans toute la pièce. La plupart étaient complètement en lambeaux ; les manches et les cols des chemises avaient été arrachés et les coutures des pantalons déchirées. La personne qui s'était livrée à ce carnage avait dû agir sous l'emprise d'une fureur aveugle, tout en conservant, cependant, un surprenant esprit de méthode.

Qui avait bien pu faire une chose pareille ?

Quelqu'un qui en voulait à Bobby ?

Ou bien Bobby lui-même ? Mais pourquoi aurait-il saccagé ses propres affaires ?

Et qu'est-ce que les crocodiles venaient faire là-dedans ?

Tony avait l'impression troublante qu'ils étaient allés trop vite et qu'ils étaient passés à côté de quelque chose d'important. Il lui semblait avoir la solution de cette étrange énigme sous les yeux, mais il ne parvenait pas à la formuler.

La porte de la salle de bains attenante était fermée. C'était le seul endroit qu'ils n'avaient pas encore visité.

Frank braqua son arme sur la porte et, sans la quitter des yeux, dit à Tony :

« S'il n'est pas parti avant notre arrivée, il ne peut être que là.

— Qui ça ?

— Bobby, naturellement. Qui d'autre ? répondit Frank, un peu ébahi.

— Tu crois qu'il a saccagé lui-même son appartement ?

— Euh... et toi, qu'en penses-tu ?

— J'ai l'impression que quelque chose nous échappe.

— Ha ! oui ? Quoi, par exemple ?

— Je ne sais pas. »

Frank s'avança vers la porte de la salle de bains.

Tony hésita et tendit l'oreille. Pas un bruit. L'endroit était aussi silencieux qu'une tombe.

« Il y a forcément *quelqu'un* dans la salle de bains », dit Frank.

Ils se placèrent de chaque côté de la porte.

« Bobby, tu m'entends ? cria Frank. Tu ne pourras pas rester ici éternellement. Sors de là, les mains en l'air. »

Rien.

« Même si vous n'êtes pas Bobby Valdez, il faut sortir de là », dit à son tour Tony.

Dix, vingt, trente secondes s'écoulèrent.

Frank saisit le bouton de la porte et le tourna lentement jusqu'à ce que le pêne se fût complètement dégagé de la gâche avec un craquement étouffé. Il poussa vivement la porte et se replia aussitôt contre le mur pour se mettre à l'abri de tout assaut éventuel.

Aucun coup de feu. Aucun signe de vie.

La seule chose qui sortait de la salle de bains était une atroce puanteur. Une odeur d'urine. D'excréments.

« Nom de Dieu ! » murmura Tony en retenant sa respiration, tandis que Frank se bouchait prestement le nez.

La salle de bains était vide. De petites mares d'urine parsemaient le sol et des matières fécales maculaient l'armoire de toilette, le lavabo et la porte vitrée de la douche.

« Mais, bon sang de bonsoir, qu'est-ce qui s'est passé ici ? » chuchota Frank.

Le même mot avait été barbouillé sur le mur avec des excréments :

Cocodrilos

Tony et Frank effectuèrent une prompte retraite vers le milieu de la chambre, enjambant les chemises lacérées et les costumes déchiquetés. Malheureusement, maintenant que la porte de la salle de bains avait été ouverte, ils ne pouvaient fuir cette puanteur qu'en quittant carrément la pièce. Ils se replièrent donc dans l'entrée.

« Il faut vraiment que le type qui a fait ça haïsse Bobby, déclara Frank.

— Tu ne penses donc plus que ce soit l'œuvre de Bobby lui-même ?

— Et pour quelle raison ? Ça n'a pas de sens. Seigneur, je n'ai jamais rien vu de pareil. J'en ai les cheveux qui se dressent sur la tête.

— A glacer le sang », reconnut Tony.

Il avait toujours l'estomac crispé et son cœur battait à peine moins vite qu'au moment où il avait pénétré dans l'appartement.

Ils gardèrent le silence pendant un moment, l'oreille aux aguets, comme s'ils s'attendaient à voir surgir un fantôme. Tony suivit des yeux une petite araignée brune qui escaladait le mur du couloir.

A la fin, Frank rangea son revolver et sortit son mouchoir pour éponger son visage ruisselant de sueur.

Tony remit également son arme en place et déclara :

« On est allés trop loin dans cette affaire pour abandonner maintenant en se contentant de placer un homme en faction devant la porte. Il y a trop de questions qui restent sans réponse.

— Tu as raison, approuva Frank. Il faut aller chercher du renfort, demander un mandat de perquisition et effectuer une fouille systématique.

— Oui. Tiroir par tiroir.

— Tu crois qu'on trouvera quelque chose ?

— Dieu seul le sait.

— J'ai vu qu'il y avait un téléphone dans la cuisine », dit Frank.

Il passa devant et pénétra le premier dans la pièce. Avant même que Tony ait eu le temps d'y entrer à son tour, il entendit son collègue s'exclamer en ressortant aussitôt :

« Nom de Dieu !

— Qu'est-ce qu'il y a ? » s'écria-t-il.

Au moment où il prononçait ces mots, Tony entendit un violent crépitement.

Frank poussa un gémissement, chancela et agrippa le rebord d'un meuble pour ne pas tomber. Un second crépitement très sec résonna à travers tout l'appartement et Tony comprit alors qu'il s'agissait d'un coup de feu.

Pourtant, il n'y avait personne dans la cuisine !

Tony dégaina son revolver. Il avait l'impression étrange d'agir au ralenti, alors que le monde environnant défilait sur un rythme follement accéléré.

Le second coup de feu avait atteint Frank à l'épaule. Il pivota sur lui-même, s'effondra au milieu d'une bouillie de cerises au marasquin, de spaghettis, de flocons de céréales et de verre cassé.

Tony vit alors Bobby Valdez émerger de dessous l'évier. Ils n'avaient pas pensé à regarder là, car l'espace leur avait semblé trop étroit pour qu'un homme puisse s'y cacher. Bobby se tortillait comme un serpent qui sort de son trou. Seules ses jambes étaient encore coincées sous l'évier ; il était couché sur le côté et se propulsait sur un bras, tandis que, de l'autre main, il tenait un revolver de calibre 32.

Il était entièrement nu. Il avait l'air d'un fou. Ses yeux, noyés dans des plis de chair bouffie et violacée, étaient hagards, dilatés, distendus par une expression égarée. Sa figure était affreusement blafarde et ses lèvres étaient exsangues. Les sens aiguisés par un flux soudain d'adrénaline, Tony enregistra tous ces détails en une fraction de seconde.

Frank venait juste de s'écrouler et Tony était encore en train de dégainer son arme, quand Bobby fit feu pour la troisième fois. La balle alla se loger dans l'encadrement de la porte et une pluie de plâtras vint frapper Tony au visage.

Il se jeta à terre, heurta violemment le sol de l'épaule, cria de douleur et roula hors de portée. Il se tapit derrière un fauteuil de la salle de séjour et parvint enfin à tirer son revolver du baudrier.

Il n'avait pas dû s'écouler plus d'une dizaine de secondes depuis que Bobby avait tiré son premier coup de feu.

Quelqu'un implorait le Seigneur d'une voix tremblante et haut perchée.

« Seigneur, Seigneur, Seigneur, Seigneur... »

Tony se rendit compte que ces mots sortaient de sa propre bouche. Il se mordit la lèvre et lutta pour ne pas céder à l'hystérie.

Un déclic venait de se produire dans sa tête. Ce qui lui avait échappé jusqu'à présent lui apparaissait tout à coup. Bobby Valdez vendait du P.C.P. et cela aurait dû le mettre sur la voie quand ils avaient vu dans quel état se trouvait son appartement. Ils auraient dû se rappeler que les dealers sont parfois assez bêtes pour consommer ce qu'ils vendent. Le P.C.P., qu'on appelle aussi poussière d'ange, est un tranquillisant pour animaux qui produit des effets bien connus sur les chevaux et les taureaux. Mais sur des êtres humains, il occasionne des réactions qui vont de l'état de transe débonnaire à la folie furieuse en passant par des hallucinations spectrales. Comme l'avait dit Eugene Tucker, le P.C.P. est un poison ; il ronge littéralement les cellules nerveuses et dévaste le cerveau. Surexcité par la drogue, débordant d'une énergie malsaine, Bobby avait complètement mis son appartement à sac. Pourchassé par des crocodiles aussi féroces qu'imaginaires, cherchant désespérément à se mettre hors d'atteinte de leurs gueules béantes, il s'était réfugié dans le placard placé sous l'évier et en avait refermé la porte. Tony n'avait pas pensé à y regarder car il n'imaginait pas avoir affaire à un déséquilibré. Ils avaient visité l'appartement en prenant les précautions habituellement de mise face à un déséquilibré sexuel, voire un assassin occasionnel, mais ils n'étaient pas préparés à affronter un homme ayant complètement perdu la raison. Les dégâts insensés opérés dans la cuisine et la chambre, les mots apparemment incohérents barbouillés sur les murs et l'immonde fatras qui souillait la salle de bains, tout cela constituait des signes manifestes d'hystérie provoquée par le P.C.P. Tony n'avait jamais fait partie de la brigade des stupéfiants, mais il aurait dû reconnaître ces signes. S'il les avait correctement interprétés, il aurait regardé sous l'évier et dans tous les recoins assez grands pour dissimuler un homme, quel que soit l'inconfort du lieu. En effet, il n'est pas rare qu'une personne ayant absorbé une forte dose de P.C.P. succombe totalement à sa paranoïa et cherche à échapper à un univers hostile en se cachant dans des lieux sombres et exigus, substituts du ventre maternel.

Mais voilà, ils n'avaient pas compris, ni Frank ni lui, et ils étaient maintenant dans le pétrin jusqu'au cou.

Frank avait reçu deux balles. Il était gravement blessé. Mourant, peut-être. Ou mort, même.

Non !

Tout en repoussant cette idée de toutes ses forces, Tony tentait désespérément de trouver un moyen pour reprendre l'initiative sur Bobby qui, à ce même moment, en proie à une authentique terreur, s'était mis à hurler.

« *Hay muchos cocrodilos !* »

Il y a beaucoup de crocodiles, traduisit mentalement Tony.

Cocodrilos ! Cocodrilos ! Cocodrilos ! Ah ! Ah ! Ahhhhh !

Cette clameur répétée dégénéra rapidement en un mugissement de douleur inarticulé.

On dirait vraiment que quelque chose est en train de le dévorer vivant, se dit Tony en frissonnant.

Sans cesser de hurler, Bobby se précipita hors de la cuisine et tira un coup de feu en direction du sol, essayant apparemment de tuer un crocodile.

Tony se ramassa encore davantage derrière le fauteuil. S'il se redressait pour viser Bobby, il risquait de recevoir une balle dans la peau avant même d'avoir pu appuyer sur la détente.

Effectuant une sorte de gigue frénétique pour tenter de soustraire ses pieds nus aux mâchoires des crocodiles, Bobby tira une fois, deux fois, vers le sol.

Ça fait six balles, se dit Tony. Trois dans la cuisine, trois ici. Combien en a-t-il dans son chargeur ? Huit ? Dix ?

Bobby fit de nouveau feu par trois fois. Une des balles ricocha sur quelque chose. Il avait tiré neuf coups. Plus qu'un.

« *Cocrodilos !* »

La dixième détonation retentit dans l'espace clos en faisant un bruit assourdissant. Cette fois encore, la balle ricocha avec un sifflement aigu.

Tony quitta l'abri de son fauteuil. Bobby se trouvait à moins de quatre mètres de lui. Tony tenait son revolver à deux mains, le canon braqué sur la poitrine nue et glabre du forcené.

« Du calme, Bobby. Calme-toi. C'est fini, maintenant. »

Bobby parut surpris de le voir. Il était si profondément plongé dans son hallucination qu'il ne se souvenait pas d'avoir déjà vu Tony dans l'encadrement de la porte de la cuisine, moins d'une minute auparavant.

« Les crocodiles ! dit Bobby sur un ton pressant, mais en anglais cette fois.

— Il n'y a pas de crocodiles.

— Si. Des gros !

— Non. Il n'y a pas de crocodiles », répéta Tony.

Bobby se mit à glapir, à sauter, à tourner sur lui-même pour essayer de tirer par terre, mais son chargeur était vide.

« Bobby », fit Tony.

Bobby se tourna alors vers lui, déchiré de petits sanglots.

« Bobby, tu vas te coucher par terre à plat ventre.

— Mais ils vont me bouffer ! » gémit Bobby.

Les yeux lui sortaient de la tête ; on n'y voyait pratiquement plus que le blanc. Il tremblait de tous ses membres sans pouvoir s'arrêter.

« Ils vont me bouffer !

— Ecoute-moi, Bobby. Ecoute-moi bien. Il n'y a pas de crocodiles. C'est une hallucination. Ils sont dans ta tête. Tu m'entends ?

— Ils arrivent par les toilettes, expliqua Bobby d'une voix chavirée. Par les tuyaux de la douche. Et le conduit de l'évier. Ils sont énormes. Gigantesques ! Monstrueux ! Ils vont me bouffer la queue ! »

En une seconde, sa frayeur vira à la colère. Son visage blême s'empourpra d'un coup ; ses lèvres se retroussèrent sur ses dents comme les babines d'un loup.

« Mais je vais pas les laisser faire ! Ils vont pas me bouffer la queue ! Je vais tous les tuer ! Tous ! »

Tony se désespérait de son impuissance à atteindre l'esprit de Bobby ; à cela s'ajoutait l'angoisse que lui causait l'état de Frank. Il était peut-être en train de se vider de tout son sang, de s'affaiblir de minute en minute ; il avait sans doute besoin, de toute urgence, d'une assistance médicale.

« Ecoute-moi, reprit Tony d'un ton calme et rassurant, décidé à entrer dans le délire de Bobby pour mieux le contrôler. Regarde. Tous les crocodiles sont repartis par les conduites. Tu ne les as pas vus s'en aller ? Tu ne les as pas entendus se glisser par les tuyaux ? Ils nous ont vus venir à ton secours et ils ont compris qu'ils n'étaient pas de taille à lutter avec nous. Ils sont tous partis. »

Bobby le dévisagea d'un regard vitreux qui n'avait plus rien d'humain.

« Ils sont tous partis, répéta Tony.

— Partis ?

— Ils ne peuvent plus te faire de mal.

— Menteur !

— Non. C'est la vérité. Les crocodiles sont tous repartis par les... »

Bobby lui lança son revolver vide à la figure. Tony l'esquiva.

« Saloperie de flic pourri !

— Reste où tu es, Bobby. »

Bobby commença à avancer. Tony recula devant l'homme nu.

Bobby ne contourna pas le fauteuil. Il l'écarta dans un geste de colère et, malgré son poids, le renversa.

Tony n'ignorait pas qu'un individu en proie à la fureur provoquée par la poussière d'ange pouvait faire preuve d'une force surhumaine. Il arrivait parfois que quatre ou cinq policiers robustes aient du mal à maîtriser un drogué d'apparence plutôt chétive. Il y avait plusieurs théories médicales pour expliquer la cause de ce spectaculaire accroissement de vigueur mais aucune ne pouvait être d'une utilité quelconque à un policier confronté à un dément à la force multipliée par cinq ou six. Tony allait sans doute être obligé de faire usage de son arme pour ramener Bobby à la raison, même si, par principe, il était contre ces méthodes

« Je vais te tuer », gronda Bobby.

Ses mains étaient recroquevillées comme des griffes. Sa figure était écarlate et de la bave commençait à se former au coin de sa bouche.

Tony poussa la grande table basse entre eux deux.

« Arrête-toi immédiatement, bon Dieu ! »

Il espérait de tout son cœur ne pas avoir à tuer Bobby. Au cours de toute sa carrière de policier, il n'avait tiré que trois fois sur une homme et toujours en position de légitime défense. Au reste, aucun de ces trois malfaiteurs n'était mort.

Bobby se mit à tourner autour de la table.

Tony fit de même.

« Maintenant, c'est moi le crocodile, ricana Bobby.

— Ne m'oblige pas à tirer ! »

Bobby s'immobilisa, saisit la table, la souleva et l'écarta de son chemin.

Tony recula contre le mur. Bobby se jeta sur lui en criant des propos incohérents. Tony appuya sur la détente, la balle se planta dans l'épaule gauche de Bobby qui pivota sur lui-même et tomba à genoux. Chose à peine croyable, il se releva, son bras gauche ensanglanté pendant misérablement et, hurlant de rage plus que de douleur, il se précipita vers la cheminée, s'empara d'une pelle de bronze et la lança sur Tony qui parvint toutefois à l'éviter. Bobby se rua alors sur lui en brandissant un tisonnier qui atteignit Tony à la cuisse et lui arracha un cri. Le coup n'avait cependant pas été assez violent pour lui briser un os et il réussit à ne pas tomber ; mais il n'eut que le temps de se baisser à l'instant où Bobby allait le frapper de nouveau, à la tête cette fois, et avec une puissance accrue. Tony fit feu à bout portant, en pleine poitrine. Bobby s'écroula à la renverse en poussant un dernier cri sauvage. Son sang giclant en un flot macabre, il se tordit, déglutit bruyamment, griffa les poils du tapis, mordit son bras blessé et finit par s'immobiliser totalement.

Haletant, tremblant, jurant, Tony rengaina son arme et tituba jusqu'au téléphone posé sur un guéridon. Il composa le zéro, dit à l'opératrice qui il était, où il se trouvait et ce qu'il voulait.

« L'ambulance, d'abord, la police ensuite. »

Il raccrocha et se dirigea vers la cuisine en boitillant.

Frank Howard était toujours étendu par terre au milieu des détritus. Il avait réussi à rouler sur le côté mais n'avait pu aller plus loin.

Tony s'agenouilla près de lui. Frank ouvrit les yeux.

« Tu es blessé ? demanda-t-il d'une voix affaiblie.
— Non, répondit Tony.
— Tu l'as eu ?
— Oui.
— Il est mort ?
— Oui.
— Très bien. »

Frank avait une mine épouvantable. Son visage, d'un blanc laiteux, dégoulinait de sueur. Le blanc de ses yeux avait une inquiétante teinte jaunâtre et son œil droit était injecté de sang. Il avait les lèvres légèrement bleutées et la main droite plaquée sur son ventre blessé. Le sang avait coulé en abondance à travers ses doigts blafards, ainsi qu'à l'épaule droite. Sa chemise et le haut de son pantalon étaient imbibés de sang.

« Tu as mal ?
— Au début, c'était affreux. J'ai gueulé comme un veau. Mais ça commence à aller mieux. Ça me brûle un peu, et ça cogne. »

Tony avait été tellement accaparé par sa lutte avec Bobby qu'il n'avait même pas entendu Frank crier.

« Tu veux que je te fasse un garrot ?
— Non. La blessure est trop haute. Il m'a touché l'épaule. Impossible de faire un garrot.
— Les secours arrivent. J'ai téléphoné. »

On entendit une sirène hurler au loin. Il était encore trop tôt pour que ce fût l'ambulance réclamée par Tony. Quelqu'un avait dû appeler la police quand la fusillade avait éclaté.

« C'est sûrement des confrères, dit Tony. Je vais descendre à leur rencontre. Ils doivent avoir ce qu'il faut pour les premiers soins dans leur voiture.
— Ne me laisse pas.
— Mais, s'ils ont une pharmacie de secours...
— C'est bien autre chose qu'il me faut. Ne me laisse pas, répéta Frank d'un ton suppliant.
— Je t'en prie.
— D'accord, Frank. »

Ils frissonnaient tous les deux.

« Je ne veux pas rester tout seul, dit Frank.
— Je ne bougerai pas d'ici.

— J'ai essayé de m'asseoir.
— Non. Il faut que tu restes étendu.
— Mais je n'ai pas pu.
— Ça va s'arranger, tu vas voir.
— Je suis peut-être paralysé.
— Tu viens d'encaisser un gros choc, c'est tout. Tu as perdu du sang. C'est normal que tu te sentes faible. »

Dehors, le hululement des sirènes venait de s'arrêter.

« L'ambulance ne va pas tarder », dit Tony.

Frank ferma les yeux en poussant un gémissement.

« T'en fais pas, mon vieux. Tout ira bien.
— Accompagne-moi à l'hôpital, dit Frank en rouvrant les yeux.
— Je ne sais pas si on me le permettra.
— Insiste.
— Oui, oui. C'est entendu.
— Je ne veux pas rester seul.
— D'accord. Je les obligerai à me laisser monter dans cette putain d'ambulance même si je dois les menacer avec mon revolver. »

Le visage de Frank s'éclaira d'un faible sourire qu'une nouvelle vague de douleur chassa bien vite.

« Tony ?
— Oui ?
— Tu voudrais pas... me tenir la main ? »

Tony lui prit la main droite et les doigts glacés se refermèrent sur les siens avec une vigueur surprenante.

« Tu sais quoi ? demanda Frank.
— Quoi ?
— Tu devrais faire ce qu'il a dit.
— Qui ?
— Eugene Tucker. Tu devrais sauter le pas. Saisis ta chance au vol. Fais-toi la vie que tu souhaites.
— T'occupe pas de moi. Garde tes forces pour quelque chose qui en vaille la peine. »

Frank commença à s'agiter, secouant la tête.

« Non, non, non. Tu dois m'écouter. Ce que j'essaye de te dire... est important. Sacrément important.
— D'accord, acquiesça Tony. Calme-toi. Garde tes forces. »

Frank se mit à tousser et quelques bulles de sang apparurent aux commissures de ses lèvres bleuies.

Le cœur de Tony battait à tout rompre. Que faisait donc cette maudite ambulance ? Pourquoi était-elle si longue à arriver ?

La voix de Frank n'était plus qu'une plainte rauque et il ne respirait plus qu'à petits coups saccadés.

« Si tu veux devenir peintre... alors, fais-le. Tu es encore assez jeune... pour tenter le coup.

— Frank, s'il te plaît, reste tranquille.

— Ecoute-moi ! Fais-le... sans tarder. Cette chienne de vie est sacrément trop courte... pour la gaspiller.

— Arrête de parler comme ça. J'ai encore des années devant moi. Et toi aussi.

— Les années... Ça passe tellement vite... tellement vite... »

Frank hoqueta. Sa main se crispa encore davantage sur celle de Tony.

« Frank ? Qu'est-ce qu'il y a ? »

Frank ne répondit pas. Il fut saisi d'un frémissement et se mit à pleurer.

« Attends, dit Tony. Je vais voir si l'ambulance arrive.

— Non ! Ne me laisse pas. J'ai peur.

— J'en aurai pour une minute.

— Ne me laisse pas ! »

Les larmes ruisselaient le long de ses joues.

« Bon, bon. Je reste. De toute façon, ils seront là dans quelques secondes.

— Oh ! merde ! gémit Frank.

— Tu as mal ?

— Non... pas beaucoup.

— Alors, qu'est-ce qu'il y a ?

— C'est que je suis gêné. Je ne voudrais pas que... que tout le monde sache...

— Sache quoi ?

— Que... je... je viens de pisser dans mon pantalon. »

Tony ne savait pas quoi dire.

« Je ne veux pas qu'on se moque de moi.

— Personne ne se moquera de toi.

— Mais... tu ne te rends pas compte... j'ai pissé dans mon pantalon, comme un mioche.

— Avec toute la merde qu'il y a par terre, personne ne s'en apercevra. »

Frank se mit à rire, ce qui le fit aussitôt grimacer de douleur. Il serra la main de Tony encore plus fort.

Une autre sirène. A quelques centaines de mètres de là. Le son se rapprochait rapidement.

« C'est l'ambulance, dit Tony. Elle sera là dans une minute. »

La voix de Frank devenait plus faible de seconde en seconde ; il n'avait plus qu'un filet de voix.

« J'ai peur, Tony, murmura-t-il.

— Je t'en prie, Frank. Je t'en prie. Ne crains rien. Je suis là. Tout va s'arranger.

— Je voudrais que… que quelqu'un se souvienne de moi.

— Qu'est-ce que tu racontes ?

— Quand je ne serai plus là… Je voudrais que quelqu'un se souvienne de moi.

— Je t'ai dit que tu avais encore des années devant toi.

— Dis, qui se souviendra de moi quand je ne serai plus là ?

— Moi, dit Tony d'une voix sourde. Moi, je me souviendrai de toi. »

La sirène était maintenant toute proche. On aurait dit qu'elle était dans la pièce.

« Tu sais, je crois que… finalement… je vais peut-être m'en sortir. Je n'ai plus mal du tout.

— Oui ?

— C'est bon signe, ça, hein ?

— Oui. »

La sirène cessa de hurler au moment où l'ambulance s'arrêtait dans un crissement de pneus juste sous les fenêtres de l'appartement. Frank parlait maintenant si bas que Tony devait se pencher tout contre lui pour l'entendre.

« Tony… serre-moi contre toi. »

L'emprise de sa main se relâcha. Ses doigts glacés s'ouvrirent.

« Tony, bon Dieu, serre-moi contre toi. Je t'en supplie. Serre-moi contre toi. Dis, tu veux bien ? »

Tony se demanda un instant s'il ne risquait pas d'aggraver ses blessures mais il comprit que cela n'avait plus d'importance. Il s'assit par terre, dans le sang et les détritus, passa un bras sous le corps de son ami et le mit en position assise. Une petite toux secoua Frank et sa main droite glissa de son ventre. La plaie apparut : un trou hideux et irréparable d'où les intestins sortaient. A l'instant où Bobby avait appuyé sur la détente, le sort de Frank était scellé ; il n'y avait aucun espoir qu'il survive.

« Serre-moi contre toi. »

Tony prit Frank dans ses bras, du mieux qu'il pouvait, le serra, le serra contre lui comme un père qui réconforte un enfant effrayé, le berça et se mit à fredonner tout doucement pour l'apaiser. Il continua à chantonner ainsi, même lorsqu'il sut que Frank était mort, il continua à chantonner et à le bercer doucement.

Le mardi après-midi, à quatre heures, un employé de la compagnie du téléphone se présenta chez Hilary. Elle lui montra l'emplacement des cinq postes et il allait commencer à se mettre au travail dans la cuisine quand la sonnerie retentit.

Elle craignait que ce ne fût toujours le même correspondant anonyme. Elle aurait préféré ne pas répondre mais l'employé la regardait d'un air interrogateur. A la cinquième sonnerie, elle surmonta ses craintes et décrocha.

« Allô ?

— Hilary Thomas ?

— Oui.

— Michael Savatino. Le restaurant Savatino, vous vous souvenez ?

— Oh ! oui, je m'en souviens très bien ! Je ne vous ai pas oublié, ni vous ni votre merveilleuse cuisine. Nous avons fait un dîner délicieux.

— Merci. On fait ce qu'on peut. Ecoutez-moi, mademoiselle Thomas.

— Je vous en prie, appelez-moi Hilary.

— Bon. Hilary, avez-vous eu des nouvelles de Tony, aujourd'hui ? »

Soudain, elle perçut une tension dans sa voix. Elle savait, un peu comme une voyante peut le savoir, qu'il était arrivé quelque chose d'affreux à Tony. Elle cessa un instant de respirer et des ombres diffuses s'amassèrent brièvement autour de son champ de vision.

« Hilary ? Vous êtes toujours là ?

— Je n'ai eu aucune nouvelle depuis hier soir. Pourquoi ?

— Je ne veux pas vous alarmer. Ils ont eu des ennuis...

— Ah ! mon Dieu !

— Mais Tony n'est pas blessé.

— Vous en êtes sûr ?

— Juste quelques égratignures.

— Il est à l'hôpital ?

— Non, non. Il va très bien. »

Le nœud qui lui comprimait la poitrine se relâcha un peu.

« Quel genre d'ennuis ? » demanda-t-elle.

Michael lui résuma l'affaire en quelques phrases. Ça aurait pu être Tony. Le cœur lui manqua.

« Tony réagit très mal, dit Michael. Très, très mal. Au début, quand il a commencé à faire équipe avec Frank, ce n'était pas brillant. Mais les choses s'étaient arrangées et, ces derniers temps, ils avaient appris à se connaître. Ils étaient même devenus très amis.

— Où est Tony en ce moment ?

— Chez lui. Le drame a eu lieu ce matin, à onze heures et demie. Il est rentré chez lui à deux heures. J'étais encore avec lui il y a quelques minutes, mais il a insisté pour que j'aille au restaurant comme d'habitude. Je voulais qu'il vienne avec moi mais il a refusé. Il ne veut pas l'admettre, mais il a besoin que quelqu'un lui tienne compagnie.

— Je vais aller le voir.

— J'espérais bien que vous le proposeriez. »

Hilary monta se changer et se rafraîchir un peu. Elle était prête un bon quart d'heure avant que l'employé du téléphone ait eu le temps de finir son travail. Jamais un quart d'heure ne lui avait paru si long.

Dans sa voiture, elle se remémora la sensation qu'elle avait éprouvée pendant cette atroce seconde où elle avait cru que Tony était grièvement blessé, mort, peut-être. Elle en avait presque eu la nausée. Un intolérable sentiment de dépossession l'avait submergée

La nuit dernière, dans son lit, elle avait longuement débattu avec elle-même pour savoir si elle était amoureuse de Tony. Etait-il possible d'aimer quelqu'un, quand on a enduré de telles tortures physiques et morales dans son enfance, quand on a fait l'expérience de l'affreuse duplicité de la nature humaine ? Pouvait-on aimer un homme qu'on ne connaissait que depuis quelques jours ? Le débat n'était toujours pas clos, mais elle savait désormais qu'elle redoutait de perdre Tony Clemenza comme jamais elle n'avait craint de perdre qui que ce fût.

Arrivée devant chez Tony, elle arrêta sa voiture à côté de la Jeep bleue. Il habitait un immeuble d'un seul étage. Un carillon de verre était suspendu à la terrasse de l'un des appartements et tintait mélancoliquement dans la brise du soir.

Il ne fut pas surpris de la voir.

« C'est Michael qui vous a prévenue ?

— Oui. Pourquoi ne m'avez-vous pas appelée ?

— Il a dû vous dire que j'étais au trente-sixième dessous. Comme vous le voyez, il a exagéré.

— Il se fait du souci pour vous.

— Je vais m'en sortir, fit-il avec un sourire forcé. Ça va très bien. »

Il avait beau faire des efforts pour minimiser le choc que la mort de Frank avait produit sur lui, elle voyait bien son air hagard, son regard absent. Elle avait envie de le prendre dans ses bras pour le consoler mais elle qui ne savait déjà pas très bien s'y prendre dans des circonstances ordinaires se sentait encore plus maladroite dans un cas pareil. En outre, il fallait d'abord qu'il soit disposé à accepter le réconfort qu'elle aurait voulu lui apporter.

« Ça ira, ça ira, insista-t-il.

— Je peux tout de même entrer ?

Oh ! bien sûr ! Excusez-moi. »

Son appartement ne comportait qu'une seule chambre, mais le séjour était vaste et aéré. Le plafond était haut et une rangée de grandes fenêtres orientées au nord éclairaient la pièce.

« C'est la lumière idéale pour un peintre, constata-t-elle.

— C'est pour ça que j'ai choisi cet appartement. »

On se serait cru dans un atelier plutôt que dans une salle de séjour. Une douzaine de tableaux qui attiraient l'œil étaient accrochés aux murs. D'autres toiles étaient posées par terre, d'autres encore étaient empilées çà et là. Il y en avait une bonne soixantaine en tout. Deux tableaux, en cours d'exécution, se trouvaient sur des chevalets. Il y avait aussi une grande table à dessin, un tabouret et un meuble à tiroirs contenant du matériel de peinture. Des livres d'art, de grands in-plano, encombraient de hautes étagères. Les seules concessions au fonctionnel étaient constituées par deux petits sofas, deux guéridons, deux lampes et une table basse, le tout disposé de façon à créer un coin de conversation confortable. Malgré l'étrangeté de cet arrangement, la pièce avait un aspect accueillant et chaleureux.

« J'ai décidé de me soûler, dit Tony en refermant la porte. De me soûler à mort. J'étais en train de me verser mon premier verre quand vous avez sonné.

— Qu'est-ce que vous buvez ? demanda-t-elle.

— Un bourbon avec de la glace.

— Ce sera la même chose pour moi. »

Pendant qu'il préparait les boissons à la cuisine, elle examina les tableaux avec plus d'attention. Certains d'entre eux étaient hyperréalistes ; les détails y étaient si fins, si brillamment observés, si exactement rendus que, sur le plan du réalisme pur, ils surpassaient la photographie. Plusieurs autres toiles étaient surréalistes, mais dans un style neuf et magistral qui n'était teinté d'aucune réminiscence de Dali, de Max Ernst, de Miro ou de Tanguy. Elles étaient plus proches de l'œuvre de Magritte et plus spécialement du Magritte du *Domaine d'Arnheim* et du *Bouquet tout fait*. Mais jamais Magritte n'avait déployé dans ses tableaux un souci du détail aussi méticuleux et c'était justement cet aspect plus réel que la réalité qui, dans l'œuvre de Tony, en faisait ressortir de façon encore plus frappante le côté surréaliste.

Quand il revint de la cuisine avec les deux verres de bourbon, Hilary lui dit :

« Vos tableaux sont fascinants.

— Vraiment ?

— Michael a raison. Ils se vendraient comme des petits pains.

— Quelle pensée alléchante ! Quel doux rêve !

— Si seulement vous vouliez essayer...

— Comme je vous l'ai dit, vous êtes très gentille, mais vous n'êtes pas experte en tableaux. »

Tony n'était plus lui-même. Il parlait d'une voix grise et atone. Il avait l'air sombre, déprimé, dégoûté de tout. Espérant lui faire reprendre vie, elle se mit à l'aiguillonner un peu.

« Vous vous croyez très intelligent, mais, en réalité, vous êtes borné. En ce qui concerne votre peinture, vous êtes complètement borné. Vous ne vous rendez pas compte de vos possibilités.

— Je ne suis qu'un amateur.

— Conneries !

— Un amateur doué.

— Ce que vous pouvez être énervant parfois !

— Je n'ai pas envie de parler peinture. »

Il alluma sa chaîne stéréo : Beethoven, interprété par Ormandy. Ensuite, il alla s'asseoir sur un sofa, à l'autre extrémité de la pièce. Hilary le suivit et s'installa à côté de lui.

« De quoi voulez-vous que nous parlions ?

— De cinéma.

— Vraiment ?

— Ou de littérature, peut-être.

— Ha ! oui !

— Ou de théâtre.

— En réalité, ce dont vous avez vraiment envie de parler, c'est de ce qui s'est passé ce matin.

— Non. C'est bien la dernière des choses.

— Vous avez besoin d'en parler, même si vous n'en avez pas envie.

— Ce dont j'ai besoin, c'est d'oublier tout ça, de balayer toute cette histoire de mon esprit.

— Comme un escargot, alors ? Vous vous imaginez pouvoir rentrer la tête sous votre coquille et vous enfermer bien comme il faut ?

— Exactement, rétorqua-t-il.

— La semaine dernière, c'est vous qui vouliez à tout

prix que je sorte de la mienne, alors que j'avais envie de me cacher. Vous prétendiez qu'il était malsain de se replier sur soi-même après avoir subi une épreuve pénible. Vous disiez qu'il fallait que je me confie à quelqu'un.

— J'avais tort.

— Vous aviez raison. »

Il ferma les yeux et ne répondit pas.

« Vous voulez que je m'en aille ? demanda-t-elle.

— Non.

— Je peux partir, si vous préférez. Je ne vous en voudrais pas.

— Restez, je vous en prie.

— Bon. Alors, de quoi parle-t-on ?

— De Beethoven et du bourbon. »

Ils restèrent assis côte à côte, en silence, les yeux clos, la tête appuyée sur le dossier du sofa, bercés par la musique et engourdis par le bourbon, tandis que, derrière les grandes fenêtres, la lumière du soleil prenait peu à peu une couleur ambrée, puis orangée. Lentement, imperceptiblement, l'obscurité envahit la pièce.

Le lundi, en début de soirée, Avril Tannerton s'aperçut que quelqu'un s'était introduit par effraction à l'intérieur du Panorama éternel. Il fit cette découverte en descendant à la l'entresol où était installé un atelier d'ébénisterie magnifiquement équipé. Il remarqua alors que l'un des carreaux de la fenêtre avait été soigneusement recouvert de papier adhésif, puis brisé, de façon à pouvoir passer la main et faire jouer la crémone. C'était une petite fenêtre, mais un individu bien déterminé à entrer pouvait s'y faufiler, même s'il était assez corpulent.

Avril était absolument certain que personne n'était actuellement dans la maison. De plus, il savait que la fenêtre n'était pas cassée le vendredi soir, car il s'en serait aperçu quand il était venu mettre la touche finale à sa dernière œuvre : un meuble pour ranger ses trois carabines et ses deux fusils de chasse. Il pensait que personne n'aurait eu le culot de briser la vitre en plein jour, ou quand il se trouvait dans la maison, comme c'était le cas la veille au soir ; il en conclut donc que l'effraction avait eu lieu dans la nuit de samedi, pendant qu'il était chez Helen Vertillion, à Santa Rosa, et que seul le corps de Bruno Frye reposait au Panorama éternel. Le cambrioleur devait savoir que la maison n'était pas gardée et il en avait profité.

Un cambrioleur.

Etait-ce une supposition plausible ?

Un cambrioleur ?

Il n'avait remarqué aucune disparition, ni dans les salons du rez-de-chaussée, ni dans son appartement, au premier étage. Si un vol avait eu lieu, il s'en serait rendu compte dès son retour, le dimanche matin. En outre, ses fusils étaient toujours là, de même que son importante collection de pièces de monnaie, alors que ces objets auraient dû être les premiers qu'un cambrioleur aurait emportés.

Dans l'atelier, à droite de la vitre brisée, se trouvait toute une panoplie d'outils de première qualité, d'une valeur de deux mille dollars environ. Certains d'entre eux étaient accrochés au mur, d'autres rangés dans des casiers qu'il avait lui-même conçus et confectionnés. Il lui suffit d'un seul coup d'œil pour voir que rien ne manquait.

On n'avait rien emporté. On n'avait rien saccagé.

Qui était donc ce maraudeur qui s'introduisait chez les gens pour le seul plaisir d'y faire une petite inspection ?

Avril contempla tour à tour les morceaux de verre brisé, retenus par du papier adhésif, qui jonchaient le sol, et la fenêtre fracturée ; puis il jeta un regard circulaire dans l'atelier, essayant d'y voir clair dans cette énigme, quand il réalisa soudain qu'il manquait effectivement quelque chose. Trois sacs de ciment sec de vingt-cinq kilos avaient bel et bien disparu. Au printemps dernier, avec Olmstead, il avait abattu la vieille véranda de bois qui flanquait le devant du funérarium. Ensuite, ils avaient tous deux remblayé le sol avec deux chargements de terre qu'ils avaient consciencieusement damée, avant de construire une nouvelle terrasse carrelée. Ils avaient également défoncé les allées bétonnées fissurées et les avaient pavées de briques. A la fin d'un rude labeur de cinq semaines, ils s'étaient retrouvés avec trois sacs de ciment en trop qu'ils conservaient dans l'intention de bâtir un grand patio derrière la maison.

Ces trois sacs avaient justement disparu.

Loin d'éclaircir le mystère, cette découverte ne faisait que l'épaissir. Etonné, perplexe, Tannerton resta un moment le regard fixé sur l'endroit où les sacs de ciment étaient entreposés jusque-là.

Pourquoi un cambrioleur aurait-il dédaigné des armes et des pièces de monnaie de valeur, ainsi que divers autres objets intéressants, pour s'encombrer de trois sacs de ciment qui valaient une bouchée de pain ?

« Bizarre, fit Tannerton en se grattant la tête. Bizarre. »

Dans l'obscurité grandissante, après être resté calmement assis auprès d'Hilary pendant quinze à vingt minutes, après avoir écouté Beethoven et bu plusieurs bourbons, Tony se laissa aller tout naturellement à parler de Frank Howard. Au beau milieu d'une phrase, il réalisa tout à coup qu'il était en train de se confier et ce fut alors un flot de paroles qui ne tarissait plus. Il parla sans discontinuer pendant une demi-heure, ne s'arrêtant que pour boire une gorgée de bourbon, évoquant la première impression que Frank avait produite sur lui, leur mésentente initiale, les mésaventures et les bons moments qui avaient émaillé leur collaboration, la soirée passée au Bolt Hole, le rendez-vous surprise avec Janet Yamada et, enfin, comment ils en étaient venus à se comprendre et à se respecter. Quand il entama le récit des événements qui s'étaient déroulés le matin chez Bobby Valdez, sa voix se fit sourde et hésitante. En fermant les yeux, il revoyait comme s'il y était la cuisine souillée de sang et d'immondices et, alors qu'il tentait de faire comprendre à Hilary ce que représentait le fait de tenir un ami mort entre ses bras, il se mit à trembler. Un grand froid envahit sa chair, ses os, son cœur. Il claquait des dents. Affalé sur le sofa, entouré d'ombres mauves, il pleura pour la première fois sur Frank, et ses larmes brûlantes vinrent inonder ses joues glacées.

Hilary lui prit la main et le serra contre elle un peu

comme il avait lui-même serré Frank. Elle lui essuya la figure avec une serviette en papier. Elle l'embrassa sur les joues, sur les yeux.

D'abord, elle ne chercha qu'à le consoler et il n'en demandait pas plus. Mais, sans que ni l'un ni l'autre n'en ait eu conscience, un changement s'opéra dans la nature de ces caresses. Il l'enlaça et on ne sut plus très bien lequel des deux serrait et réconfortait l'autre. Ses mains courant sur le dos mince d'Hilary, Tony s'émerveillait de ses formes exquises. La souplesse et la fermeté de son corps l'excitaient. Elle aussi l'embrassait, le serrait, admirait la dureté de ses muscles. Elle lui déposa un baiser au coin des lèvres et il le lui rendit avidement. Leurs langues se rencontrèrent, caresse chaude et liquide qui fit s'accélérer leur respiration.

Ils prirent conscience tous les deux en même temps de ce qui était en train de se produire et ils se figèrent subitement en pensant à l'ami mort dont le deuil commençait à peine. S'ils cédaient à leur envie mutuelle, ce serait un peu comme de rire à un enterrement. Ils avaient le sentiment d'être sur le point de commettre un acte sacrilège et inconsidéré.

Cependant, leur désir était si fort qu'il finit par faire taire leurs scrupules. Ils recommencèrent à s'embrasser et à se caresser, timidement d'abord, puis avec violence. Tony comprit alors que leur passion était juste et légitime. Faire l'amour maintenant ne constituerait pas un manque de respect envers le mort. C'était une réaction contre l'injustice de la mort elle-même. Ce désir insurmontable avait plusieurs causes, dont l'une était le besoin animal, viscéral, de prouver qu'ils étaient vivants, totalement, incontestablement, follement vivants.

D'un accord tacite, ils se levèrent et gagnèrent la chambre à coucher.

En passant, Tony alluma une des lampes de la salle de séjour. La lumière éclaboussait le seuil de la chambre et c'était la seule chose qui éclairait le lit. Douce lumière indécise, chaude, et dorée. Il semblait que cette lumière aimait particulièrement Hilary car elle ne se contentait pas de tomber indifféremment sur elle comme sur le lit et sur Tony ; elle la caressait, accentuant merveilleusement le hâle clair de sa peau sans défaut, soulignant l'éclat de ses cheveux noirs et faisant briller ses grands yeux.

Debout près du lit, ils recommencèrent à s'embrasser, puis il se mit à la déshabiller. Il lui déboutonna son chemisier et le lui ôta. Il dégrafa son soutien-gorge et elle le fit tomber à terre d'un coup d'épaule. Elle avait des seins superbes, ronds, pleins et hauts. Il se baissa pour embrasser les pointes dressées et elle lui prit la tête dans ses mains pour élever son visage vers le sien en cherchant sa bouche de ses lèvres. Elle poussa un soupir. Les mains tremblantes, Tony lui ouvrit sa ceinture et fit glisser la fermeture Eclair de son jean.

Il se mit à genoux devant elle dans l'intention de lui retirer son slip et il remarqua alors qu'elle avait une cicatrice d'environ huit centimètres au côté gauche. Elle commençait à l'extrémité du ventre et s'arrondissait sur le dos. Ce n'était pas le résultat d'une opération. Jamais un chirurgien, même peu habile, n'aurait fait ce genre de travail. Tony avait eu bien des occasions de voir d'anciennes cicatrices laissées par des coups de couteau ou une arme à feu et, malgré la faiblesse de l'éclairage, il aurait juré que cette marque avait été faite soit par un revolver, soit par une arme blanche. Un jour, quelqu'un lui avait infligé cette terrible blessure. L'idée qu'elle avait dû beaucoup souffrir éveilla en lui le désir de la protéger. Des questions se bousculaient sur ses lèvres, mais ce n'était pas le moment choisi pour l'interroger. Il baisa tendrement cet endroit de peau légèrement froncée et il la sentit se raidir. Il comprit que cette cicatrice la gênait. Il aurait voulu lui dire qu'elle ne lui enlevait rien de sa beauté et de sa séduction, et qu'en réalité ce défaut intime ne faisait que mettre en relief son physique si parfait.

Mais il fallait des actes et non des mots pour la rassurer. Il tira sur son slip. Lentement, très lentement, il promena ses mains sur ses jambes lisses, sur ses chevilles déliées et sur ses cuisses fuselées. Il embrassa la toison noire et brillante dont les poils lui effleurèrent le visage. Il se releva, referma ses mains sur les globes fermes de ses fesses ; elle se plaqua contre lui et leurs lèvres se rencontrèrent à nouveau. Ce baiser dura quelques secondes, ou quelques minutes, et, lorsqu'il s'acheva, Hilary murmura :

« Dépêche-toi. »

Pendant qu'elle écartait les draps et se glissait dans le lit, il se déshabilla à son tour. Il s'étendit près d'elle et la prit dans ses bras.

Ils s'explorèrent mutuellement, réciproquement fascinés par leurs découvertes, chacun éprouvant l'élasticité et la fermeté du corps de l'autre. Tony frémit quand la main d'Hilary se referma sur son pénis.

Au bout d'un moment, mais bien avant qu'il ne l'ait pénétrée, il eut la sensation étrange qu'il se fondait en elle, comme s'ils ne faisaient qu'un même être, point tant physiquement que spirituellement, et qu'ils se mêlaient l'un à l'autre dans une sorte d'osmose psychique véritablement miraculeuse. Submergé par sa chaleur, électrisé par la promesse de son corps magnifique et profondément sensible à toutes les particularités qui faisaient qu'elle était Hilary et personne d'autre, Tony eut l'impression d'être sous l'effet d'une drogue exotique. Sa perception semblait s'étendre au-delà du champ de ses sens ; c'était presque comme s'il voyait avec les yeux d'Hilary autant qu'avec les siens, qu'il touchait avec ses mains et qu'il goûtait avec sa bouche. Deux esprits, mélangés. Deux cœurs, synchronisés.

Il se mit à couvrir de baisers chaque centimètre de sa peau et, quand enfin il arriva à la jonction de ses cuisses, il lui écarta les jambes et ouvrit de sa langue les plis de chair humide et cachée. Hilary se mit à haleter de plaisir, à gémir et à se tordre sous ses caresses.

« *Tony !* »

Il lui fit l'amour avec la langue, avec les dents, avec la bouche.

Elle s'arqua, s'accrocha aux draps des deux mains, toute vibrante d'extase, et il glissa ses mains sous sa croupe pour la plaquer contre lui.

« *Oh ! Tony ! Oui, oui !* »

Sa respiration s'accélérait. Quand le plaisir devenait trop intense, elle tentait de se dégager, mais une seconde plus tard, elle se collait de nouveau à lui, le suppliant de continuer. Puis, une onde de vibrations secoua son corps tout entier et ces frissons superficiels se muèrent en une vague de plaisir déferlant.

Le souffle court, elle agitait la tête en tous sens, criait, jouissait, les muscles tour à tour tétanisés et relâchés : elle retomba finalement, épuisée, en poussant un grand soupir.

Tony releva la tête, embrassa le ventre frémissant, puis remonta pour lui mordiller le bout des seins. Hilary tendit la main et s'empara de son membre turgescent. A la pensée de l'union finale, de l'union totale qui allait bientôt se produire, elle fut submergée par une nouvelle vague de plaisir.

Il l'ouvrit avec ses doigts et elle le guida en elle.

« Oui, oui, oui, répétait-elle tandis qu'il la pénétrait. Mon beau Tony ! Mon beau, beau, beau Tony ! »

Jamais encore il n'avait connu de plaisir aussi doux. Il se hissa sur ses bras et contempla son beau visage. Les yeux rivés sur ses yeux, il lui sembla qu'il voyait en elle, qu'il s'introduisait dans son être même, jusqu'à son âme. Hilary ferma les yeux. Il l'imita et s'aperçut alors que cette communication extraordinaire n'en était pas rompue pour autant.

Tony avait connu d'autres femmes, mais il ne s'était jamais senti proche d'elles comme c'était le cas avec Hilary. Cette union était si particulière qu'il souhaitait qu'elle dure longtemps, qu'Hilary se mette à l'unisson et qu'ils fassent le plongeon ensemble. Mais il ne se contrôlait pas aussi bien que d'habitude. Il se sentait précipité vers l'abîme et ne pouvait rien faire pour freiner son élan. Ce n'était pas parce qu'elle était plus étroite, plus moite, plus ardente, plus brûlante que toutes les femmes qu'il avait déjà possédées ; ce n'était pas dû à quelque propriété merveilleuse de ses muqueuses ; ce n'était pas parce que ses seins magnifiques le rendaient fou de désir ou parce que sa peau était plus tendre et soyeuse que celle des autres femmes ; tout cela était vrai mais c'était surtout parce qu'il la trouvait unique, unique d'une façon qu'il n'avait pas encore pu totalement définir, qu'il trouvait si incroyablement excitant de faire l'amour avec elle.

Elle comprit qu'il était sur le point de jouir et l'attira

encore plus profondément en elle, plaquant ses mains sur son dos. Il ne voulait pas peser sur elle de tout son poids mais elle ne semblait pas s'en soucier. Les seins écrasés par sa poitrine, elle souleva les hanches et s'ouvrit tout entière à ses coups de boutoir. Le plaisir l'inonda de nouveau et elle le serra de toutes ses forces, ne cessant de murmurer son nom, tandis qu'il s'écoulait et se déversait interminablement au plus profond d'elle. Vidé de sa substance, balayé par une gigantesque vague d'amour et de tendresse, une faim dévorante, il comprit qu'il ne pourrait plus vivre sans elle.

Ils restèrent un long moment couchés côte à côte, les mains entrelacées, tandis que les battements de leur cœur s'apaisaient peu à peu.

Cette expérience avait laissé Hilary physiquement et émotionnellement sans forces. Le nombre et l'intensité de ses orgasmes l'avaient ébranlée. Jamais elle n'avait connu cela. A chaque fois, elle avait eu l'impression d'être transpercée par la foudre, d'être parcourue de part en part d'un courant à haute tension. Mais Tony lui avait donné bien plus que du plaisir physique ; elle avait éprouvé autre chose, un sentiment nouveau, merveilleux, puissant, et que les mots ne pouvaient définir.

Ce que certains appellent l'amour cadrait parfaitement avec ce qu'elle ressentait, mais elle n'était pas encore prête à accepter cette déroutante définition. Depuis son enfance, les mots *amour* et *souffrance* avaient toujours été liés dans son esprit. Elle n'arrivait pas à croire qu'elle était amoureuse de Tony Clemenza (ou lui d'elle), elle n'osait pas y croire, car si cela était, ses défenses tomberaient et elle deviendrait vulnérable.

D'un autre côté, elle avait du mal à imaginer que Tony pourrait un jour lui faire volontairement du mal. Il n'était pas comme Earl, son père. Elle n'avait jamais rencontré quelqu'un comme lui.Il y avait en lui une tendresse, un pouvoir de compassion qui la rassuraient. Pourquoi ne pas essayer ? Il était peut-être le seul homme qui valait la peine de prendre ce risque.

Puis, elle se demanda comment elle réagirait si, une fois qu'elle aurait tout misé sur lui, les choses tournaient mal entre eux. Le coup serait rude. Serait-elle capable d'y faire face ?

C'était un problème pour lequel il n'y avait pas de solution toute faite.

Elle chassa ces idées. Pour le moment, elle n'avait pas envie de penser à tout ça. Son seul désir était de rester couchée près de lui, à se griser de l'instant présent. Elle revit toutes les étapes de leur union, elle pensa aux sensations qui l'avaient laissée pantelante et dont certaines s'attardaient encore dans sa chair.

Tony roula sur le côté, lui faisant face. Il l'embrassa dans le cou, puis sur la joue.

« Un sou si tu me dis à quoi tu penses.

— Ça vaut plus cher que ça.

— Un dollar, alors.

— Ce n'est pas assez.

— Cent dollars.

— Plutôt cent mille.

— Voilà des pensées ruineuses.

— Pas vraiment des pensées. Des souvenirs.

— Cent mille dollars de souvenirs ?

— Mmmmmmm...

— A propos de quoi ?

— De ce qu'on vient de faire.

— Tu m'as étonné, tu sais. Tu as l'air si pure, si comme il faut — angélique, presque —, mais il y a en toi un côté merveilleusement impudique.

— En effet, je peux être très impudique, reconnut-elle. Mon corps te plaît ?

— Il est magnifique. »

Ils se mirent à parler à tort et à travers, à échanger des petits propos d'amoureux et à chuchoter rêveusement. Ils étaient si euphoriques qu'un rien les amusait. Puis, sans cesser de murmurer, mais avec un accent plus grave dans la voix, Tony déclara :

« Naturellement, tu sais que je n'ai pas l'intention de te laisser me quitter. »

Elle sentit qu'il était prêt à lui faire un aveu, mais il essayait d'abord de la sonder pour savoir si elle était dans les mêmes dispositions. Justement, c'était bien là le problème ; elle n'était pas encore prête et elle ignorait si elle le serait un jour. Elle le voulait. Ah ! oui, elle le voulait de tout son être ! Elle n'imaginait rien de plus palpitant et de plus enrichissant que de partager son existence. Mais, d'un autre côté, elle redoutait les déceptions et les souffrances qu'il lui faudrait endurer si, un jour, il ne voulait plus d'elle. Les sombres années de son enfance étaient désormais loin derrière elle, mais il ne lui était pas si facile d'en oublier les tristes leçons. Elle avait peur de s'engager.

Cherchant à éluder la question implicite contenue dans la déclaration qu'il venait de faire, elle lui dit d'un ton badin :

« Vraiment, tu ne me laisseras jamais te quitter ?

— Jamais.

— Tu n'as pas peur que je te gêne dans ton métier, si je suis tout le temps dans tes jambes ? »

Il la regarda droit dans les yeux ; il voulait se rendre compte si elle l'avait bien compris.

« Ne me bouscule pas, Tony, dit-elle nerveusement. Il me faut du temps. Rien qu'un peu de temps.

— Prends tout le temps qu'il te faudra.

— Pour l'instant, je suis si heureuse que je ne veux pas penser aux choses sérieuses. J'ai envie de ne parler que de futilités.

— Bon, je vais essayer de dire des futilités, moi aussi.

— De quoi allons-nous parler ?

— Je veux tout savoir de toi.

— C'est un sujet plutôt sérieux.

— Je vais te dire. Tu n'as qu'à être à moitié sérieuse et moi, à moitié futile. Et puis, ce sera chacun son tour.

— D'accord. Première question.

— Quel est ton petit déjeuner préféré ?

— Des céréales.

— Ton déjeuner préféré ?

— Des céréales.

— Ton dîner préféré ?

— Des céréales.

— Ça ne marche pas, protesta-t-il.

— Qu'est-ce qu'il y a ?

— Le petit déjeuner, passe encore, mais tu viens de me donner deux réponses idiotes d'affilée.

— J'adore les céréales.
— Maintenant, tu me dois deux réponses sérieuses.
— Vas-y.
— Où es-tu née ?
— A Chicago.
— Tu y as passé ton enfance ?
— Oui.
— Et tes parents ?
— J'ignore qui sont mes parents. Je suis née dans un œuf. Un œuf de cane. C'était un miracle. Tu as dû en entendre parler. A Chicago, il y a même une église qui porte ce nom : Notre-Dame-de-l'Œuf-de-Cane.
— Complètement idiot, en effet.
— Merci.
— Et tes parents ? répéta-t-il.
— Tu triches. Tu n'as pas le droit de me reposer deux fois de suite la même question.
— Qui a dit ça ?
— Moi.
— C'est si terrible ?
— Quoi donc ?
— Ce que t'ont fait tes parents ?
— Où as-tu pris cette idée ? demanda-t-elle, cherchant à détourner sa question.
— Je t'ai déjà interrogée à ce sujet, ainsi que sur ton enfance, et tu ne m'as jamais répondu. Tu es très habile dans l'art de changer de conversation. Tu crois peut-être que je ne l'ai pas remarqué ? »

Jamais elle n'avait vu de regard aussi pénétrant. C'était presque effrayant. Elle ferma les yeux pour qu'il ne puisse pas la percer à jour.

« Raconte-moi.
— C'étaient des alcooliques.
— Tous les deux ?
— Oui.
— Violents ?
— Oui.
— Et puis ?
— Je n'ai pas envie de parler de ça pour le moment.
— Pourtant, ça te ferait peut-être du bien.
— Non, Tony. Je t'en prie. Je suis si heureuse. Si tu

m'obliges à parler de... d'eux, mon bonheur s'en ira. C'est une si belle soirée. Ne la gâchons pas.

— Tôt ou tard, il faudra bien que tu m'en parles.

— Oui, mais pas ce soir.

— Bon, bien, soupira-t-il. Voyons... Quelle est ta vedette de télévision préférée ?

— Kermit, la grenouille du *Muppet Show*.

— Et côté humain ?

— Kermit.

— J'ai dit *humain*, cette fois.

— Je trouve cette grenouille plus humaine que toutes les personnalités de la télé.

— Un bon point pour toi. Et la cicatrice ?

— Kermit a une cicatrice ?

— J'ai voulu dire ta cicatrice.

— Elle te dégoûte ? demanda-t-elle, en faisant encore semblant de ne pas comprendre.

— Non. Elle te rend encore plus belle.

— Vraiment ?

— Oui.

— Ça t'ennuie si je te soumets à mon détecteur de mensonges ?

— Tu as un détecteur de mensonges ici ?

— Absolument, dit-elle en tendant la main et en se saisissant de son membre flasque. Tu vas voir, c'est bête comme choux. Et il n'y a aucune possibilité d'erreur de lecture. Il suffit de prendre la fiche mâle, expliqua-t-elle en agitant son pénis, et de l'insérer dans la prise femelle numéro deux.

— La prise numéro deux ? »

Elle se mit à califourchon et le prit dans sa bouche. En trois secondes, il fut au garde-à-vous ; au bout d'une minute, il ne savait plus combien de temps il allait pouvoir retenir la salve.

Elle le libéra, satisfaite de cet examen approfondi.

« C'est vrai, tu ne mentais pas.

— J'adore ton côté va-t-en-guerre.

— Tu as toujours envie de moi ?

— Oui. Toujours. »

Cette fois, c'est elle qui prit le dessus et dirigea les manœuvres, faisant mouvement d'avant en arrière, de bas en haut, de droite à gauche et vice versa. Tony emprisonna ses seins dans ses mains et elle s'abandonna à la houle qui les emporta tous les deux, comme les flots de la mer, sans cesse recommencés.

Vers minuit, ils allèrent dans la cuisine pour se préparer un souper d'amoureux avec un reste de poulet froid, du fromage, des fruits et du vin blanc bien frais. Ils ramenèrent le tout dans la chambre et jouèrent un moment à se donner la becquée, avant de ressentir une faim d'un autre genre.

Ils étaient comme deux adolescents, obsédés par leur corps et dotés d'une vigueur apparemment sans limite. Ils connurent une nouvelle flambée d'extase ; pour Hilary il ne s'agissait pas uniquement d'un acte sexuel mais d'un rituel de la plus haute importance, une cérémonie solennelle qui allait la débarrasser de toutes ses vieilles hantises. Elle était en train de confier sa vie à un autre être, chose qu'elle croyait impossible quelques jours auparavant. Mettant carrément sa fierté de côté, elle s'offrait totalement à lui, au risque d'être rejetée, humiliée, avilie, et avec le fragile espoir qu'il ne la maltraiterait pas. Avec un autre, bien des gestes auxquels elle se livrait lui auraient paru dégradants. Mais avec Tony, tout lui semblait exaltant, ineffable et noble. Elle n'était pas encore capable de lui avouer son amour avec des mots, mais, quand elle l'implorait de faire tout ce qu'il voulait d'elle, qu'elle se dépouillait de toutes ses défenses et se laissait totalement aller, son attitude le lui disait bien assez.

Sa haine pour Earl et Emma était aussi violente qu'autrefois, car c'était à cause d'eux qu'elle ne parvenait pas à exprimer ses sentiments envers Tony. Elle se demandait ce qu'elle pourrait bien faire pour briser ces chaînes avec lesquelles ils l'avaient ligotée.

Ils restèrent ainsi, étroitement enlacés, sans prononcer une parole, car les mots étaient inutiles. Pourtant, vers les quatre heures et demie du matin, Hilary déclara :

« Il va falloir que je rentre chez moi.

— Reste.

— Tu te sens encore des ressources ?

— Grands dieux, non ! Je suis lessivé. J'ai seulement envie de te garder dans mes bras. Tu n'as qu'à dormir ici.

— Si je reste, on ne dormira pas.

— Tu as donc encore des ressources, toi ?

— Malheureusement, non, mon cher. Mais j'ai beaucoup à faire demain, et toi aussi. On ne pourra jamais rester tranquilles si on partage le même lit. On se caressera, on se parlera et on ne dormira jamais.

— Il faudra pourtant qu'on apprenne à dormir ensemble. On va passer beaucoup de nuits dans le même lit, hein ?

— Beaucoup, beaucoup. Le plus dur, c'est la première fois. Ça ira mieux quand l'attrait de la nouveauté se sera émoussé. Je me mettrai des bigoudis et de la crème sur la figure.

— Et moi, je fumerai un cigare en regardant Johnny Carson.

— Quelle honte ! conclut-elle.

— Toutefois, il faudra un bon moment avant que la nouveauté perde de son charme.

— Oui, un bon moment. »

Ils traînèrent encore ainsi pendant un quart d'heure et, enfin, elle se leva et s'habilla. Tony enfila un jean. En partant, elle s'arrêta devant un tableau et dit :

« Je vais emporter six de tes meilleures toiles pour les montrer à Wyant Stevens. Il verra s'il peut te prendre en main.

— Il ne voudra pas.

— On peut toujours essayer.

— C'est une des galeries les plus réputées.

— Pourquoi commencer par le bas ? »

Il la regardait attentivement, mais il semblait voir une autre personne.

« Il faudrait peut-être que je fasse le grand saut, dit-il enfin.

— Le grand saut ? Il ne s'agit même pas d'un saut. Ce n'est qu'un simple pas. Après tout, il n'est pas question d'abandonner ton métier, mais uniquement de tâter le terrain.

— Wyant Stevens va m'envoyer promener, mais j'imagine que je n'ai rien à perdre à lui offrir cette petite satisfaction.

— Il ne t'enverra pas promener. Choisis les six tableaux que tu estimes être les plus représentatifs et j'essayerai d'obtenir un rendez-vous avec Stevens aujourd'hui ou demain au plus tard.

— Choisis-les toi-même. Emporte-les et montre-les-lui quand tu le verras.

— Il voudra te voir, toi aussi, j'en suis sûre.

— Si mes tableaux lui plaisent, alors il voudra faire ma connaissance et, dans ces conditions, je serais heureux d'aller le voir.

— Mais enfin, Tony...

— Je ne veux pas être là quand il te dira que c'est du bon travail d'amateur.

— Tu es impossible.

— Prudent.

— Quel pessimiste tu fais !

— Réaliste. »

Hilary n'avait pas le temps de passer en revue les soixante toiles entassées dans la salle de séjour. Elle fut stupéfaite d'apprendre qu'il y en avait plus de cinquante autres enfermées dans les placards, ainsi qu'une centaine de dessins à la plume, une quantité presque égale d'aquarelles et un nombre incalculable d'esquisses au crayon. Elle verrait tout cela quand elle serait un peu reposée et plus en état d'apprécier. Elle fixa son choix sur six des tableaux accrochés aux murs que Tony emballa dans les morceaux d'un vieux drap qu'il déchira pour la circonstance. Ensuite, il finit de s'habiller et aida Hilary à transporter les tableaux dans le coffre de la Mercedes.

Elle était prête à partir. Ils se regardèrent. Ni l'un ni l'autre n'avaient envie de se quitter.

Ils restaient immobiles, éclairés par la flaque de lumière orange d'un grand réverbère au sodium. Il l'embrassa chastement.

La nuit était froide et silencieuse. Des étoiles brillaient dans le ciel.

« Il va bientôt faire jour », dit-il.

Ils s'embrassèrent une dernière fois et il lui ouvrit la portière de la voiture.

« Tu ne vas pas travailler, aujourd'hui ? lui demanda-t-elle.

— Non. Pas après... Frank. Il faut que je fasse un rapport, mais je n'en aurai que pour une heure ou deux. Je vais prendre quelques jours de congé. Il m'en reste encore beaucoup.

— Je te téléphonerai cet après-midi.

— Je serai là. »

Elle mit la voiture en marche et s'en alla par les rues désertes. Au bout de quelques centaines de mètres, elle sentit son estomac qui criait famine et elle se souvint alors qu'elle n'avait rien à manger à la maison. Elle avait projeté de faire des courses après le départ de l'employé du téléphone, mais le coup de fil de Michael Savatino l'avait fait se précipiter chez Tony.

Au carrefour suivant, elle tourna à gauche et s'arrêta devant un magasin ouvert jour et nuit pour acheter des œufs et du lait.

Tony comptait qu'Hilary ne mettrait guère plus de dix minutes pour regagner sa villa, mais il attendit un quart d'heure avant de téléphoner pour savoir si elle était bien rentrée. Son appareil ne fonctionnait pas. Il ne parvenait à obtenir qu'une série de sons électroniques — ces bips-bips et ces ronrons qui caractérisent les mécanismes sophistiqués —, puis quelques clic, snap et pop, suivis du sifflement caverneux et fantasmagorique qui signifie que la communication ne s'est pas établie. Il raccrocha et refit le numéro avec précaution, mais le téléphone d'Hilary ne sonnait toujours pas.

Pourtant, il était certain d'avoir le bon numéro. Hilary l'avait noté sur un bout de papier et il avait pris soin de vérifier avec le double du bon d'installation qu'Hilary avait dans son sac. Il n'y avait donc pas d'erreur possible.

Il demanda les renseignements et fit part de ses ennuis à l'opératrice. Celle-ci essaya d'obtenir le numéro mais n'y parvint pas davantage.

« C'est décroché ? demanda Tony.

— Je n'en ai pas l'impression.

— Vous pouvez faire quelque chose ?

— Je vais signaler que ce numéro est en dérangement. Nos services vont s'en occuper.

— Quand ?

— Ce numéro appartient-il à une personne âgée ou handicapée ?

— Non.

— Dans ce cas, l'équipe de dépannage passera ce matin, à partir de huit heures.

— Merci », fit-il en raccrochant.

Assis sur le bord du lit, il se mit à contempler fixement les draps froissés dans lesquels Hilary était couchée quelques instants plus tôt et le morceau de papier où elle avait inscrit son nouveau numéro.

En dérangement ?

L'installateur avait peut-être effectué un mauvais branchement. Possible, mais peu probable. Très peu probable.

Soudain, il pensa au correspondant anonyme qui l'avait importunée à plusieurs reprises. D'ordinaire, il s'agissait d'individus faibles, inoffensifs, sexuellement amoindris, incapables, presque tous, d'avoir des rapports normaux avec une femme et trop introvertis ou timorés pour oser un viol. En général. Presque toujours. En principe. Et si ce détraqué était l'exception qui confirmait la règle ? Et si justement, il était dangereux ?

Tony se posa la main sur l'estomac. Il se sentit pris d'un léger vertige.

Si les bookmakers de Las Vegas avaient pris des paris sur la probabilité qu'une certaine Hilary Thomas soit la cible de deux tentatives de meurtre sans rapport entre elles en moins d'une semaine, la cote aurait été phénoménale. Mais d'un autre côté, il avait eu fréquemment l'occasion de voir se produire des choses improbables et il avait appris depuis longtemps à s'attendre à l'imprévisible.

Il pensa à Bobby Valdez. Nu, émergeant du petit placard de la cuisine, les yeux hagards, un revolver à la main.

Dehors, bien que les premières lueurs du jour n'aient pas encore illuminé l'orient un oiseau cria. C'était un cri perçant qui montait et descendait en même temps que l'oiseau volait de branche en branche, comme s'il était pourchassé par une créature très rapide, féroce et affamée.

Des gouttes de sueur commencèrent à perler sur son front.

Il se leva. Il se passait quelque chose d'anormal chez Hilary. Quelque chose de terrible.

Le temps de faire ses achats, Hilary n'arriva chez elle qu'une bonne demi-heure après avoir quitté Tony.

Elle avait faim et se sentait délicieusement lasse. Elle se délectait à l'idée de manger une omelette au fromage pleine de persil haché, et de dormir au moins six heures d'affilée d'un sommeil profond. Trop fatiguée pour rentrer sa Mercedes dans le garage, elle la laissa dans l'allée.

L'arrosage automatique aspergeait la pelouse avec un petit chuintement rafraîchissant. Une légère brise agitait les palmiers.

Elle entra dans la maison par la porte principale. Le séjour était plongé dans une obscurité totale mais, sachant qu'elle rentrerait tard, elle avait laissé le vestibule éclairé. Son sac d'épicerie à la main, elle referma la porte à double tour.

Quand elle eut allumé le lustre de la salle de séjour, il lui fallut quelques secondes pour réaliser que tout avait été saccagé. Deux lampes brisées gisaient à terre, leurs abat-jour lacérés. Les morceaux de verre d'une vitrine fracturée jonchaient le tapis, et les statuettes de porcelaine de grande valeur qu'elle renfermait avaient été réduites en miettes, jetées devant la cheminée et piétinées. Le canapé et les fauteuils étaient complètement éventrés ; le rembourrage s'était échappé par les trous béants et répandu sur le sol. Deux chaises qu'on avait apparemment fracassées contre le mur étaient maintenant réduites à un simple tas de menu bois de chauffage. Un adorable petit secrétaire d'angle, ancien, avait les pieds cassés ; ses tiroirs étaient éparpillés aux quatre coins de la pièce et le fond avait éclaté. Les tableaux étaient tous à leur place, mais une main furieuse les avait tous affreusement et irréparablement lacérés. Les cendres de la cheminée avaient servi à barbouiller le splendide tapis Edward Fields. Pas un seul élément du mobilier ou de la décoration n'avait été épargné. Le pare-feu, lui-même, était en miettes et toutes les plantes avaient été arrachées de leur pot et hachées menues.

Hilary resta d'abord pétrifiée devant ce spectacle, puis son saisissement laissa la place à la colère.

« Le fumier », murmura-t-elle entre ses dents.

Elle avait passé tant de temps à choisir une par une toutes les choses qui meublaient cette pièce. Elle avait dépensé une petite fortune pour les acquérir. Mais ce n'était pas cet argent perdu qui l'attristait le plus ; elle avait une bonne assurance. En revanche, sentimentalement, ces objets étaient irremplaçables car c'étaient les premiers biens de valeur qu'elle eût jamais possédés, et leur destruction la bouleversait. Des larmes perlèrent au coin de ses yeux.

Hébétée, confondue, elle avança parmi les décombres quand elle réalisa qu'elle courait peut-être un danger. Elle s'arrêta et tendit l'oreille. Tout était silencieux. Un frisson glacé lui parcourut l'échine et, l'espace d'un instant atroce, elle crut sentir un souffle sur sa nuque.

Elle fit volte-face et regarda derrière elle.

Personne.

Le placard de la penderie était fermé, tout comme il l'était à son arrivée. Elle le fixa avec épouvante, comme s'il allait s'ouvrir. Mais, si quelqu'un s'y était caché pour attendre sa venue, il en serait déjà sorti.

C'est une histoire de fous, pensa-t-elle. Ça ne peut pas recommencer. Pas encore. Ce n'est pas possible.

Elle entendit un bruit dans son dos. Elle se retourna en poussant un petit cri et leva son bras libre pour repousser l'attaquant. Mais il n'y avait personne. Elle était seule. Pourtant, elle était persuadée d'avoir entendu un bruit anormal qui n'avait rien à voir avec une latte qui craquait. Elle savait qu'elle n'était pas seule dans la maison. Elle sentait une autre présence.

Encore ce bruit. Dans la salle à manger.

Un cliquetis. Un tintement. Comme quand on marche sur du verre ou de la porcelaine brisée.

Un autre pas.

La salle à manger s'ouvrait sur une arche, à vingt pas d'Hilary. Il y faisait noir comme dans un four.

Encore un pas. *Cric crac.*

Elle recula, amorçant une prudente retraite en direction de la porte d'entrée qui lui semblait être à un kilomètre. Ah ! si seulement elle ne l'avait pas fermée à clef !

Un homme sortit des ténèbres et déboucha dans la zone de clair-obscur. Un homme grand, fort et large d'épaules. Il cessa un instant d'avancer puis apparut en pleine lumière.

« Non ! » cria Hilary.

Elle s'immobilisa, abasourdie. Son cœur bondit, sa bouche devint sèche. Elle secoua la tête d'avant en arrière, encore et encore. Non, non, non !

L'homme avait à la main un grand couteau épouvantablement pointu. Il souriait. C'était Bruno Frye.

Tony remercia le ciel que les rues fussent désertes car il n'aurait pas supporté d'être retardé. Il avait peur d'arriver trop tard. Il remonta à toute allure vers le nord par Santa Monica, puis vers l'ouest en empruntant Wilshire Boulevard ; le compteur de la Jeep était à plus de cent quand il atteignit la première descente, à la lisière de la commune de Beverly Hills. Quand il arriva en bas, le feu était au rouge ; il ne ralentit pas, donna un grand coup d'avertisseur, franchit le carrefour à fond de train et aperçut trop tard une rigole d'écoulement qui coupait la chaussée, un creux presque invisible à cinquante kilomètres à l'heure mais qui, à cette vitesse, prenait des allures de tranchée. Pendant une fraction de seconde, le véhicule décolla du sol ; Tony heurta rudement le plafond de la tête, malgré la ceinture de sécurité. La Jeep retomba sur ses roues dans un grand bruit de mécanique et de pneumatiques torturés, mais, s'étant reçu en porte à faux, le train arrière complètement déporté sur la gauche, le véhicule se mit à chasser et à patiner dans un hurlement de pneus à déchausser les dents et abandonna des traînées de gomme fumante sur le macadam. Pendant une seconde d'angoisse, Tony crut qu'il allait perdre le contrôle de la direction ; lorsque le volant cessa de tourner dans le vide, sans avoir compris comment il avait pu arriver là, il était déjà à mi-chemin de la côte suivante.

La vitesse était descendue à soixante ; il remonta jusqu'à quatre-vingts et décida de s'en tenir là. De toute façon, il était presque arrivé. S'il pliait la Jeep contre un lampadaire ou faisait un tonneau et se tuait, quelle aide pourrait-il apporter à Hilary ?

Il continuait à ignorer superbement les prescriptions élémentaires du code de la route et prenait ses virages beaucoup trop vite et trop au large ; heureusement qu'il n'y avait personne dans les rues. Les feux étaient contre lui, comme si le destin s'ingéniait à contrecarrer sa route, mais il les ignorait tous. Attraper une contravention pour dépassement de vitesse ou conduite imprudente était le cadet de ses soucis. S'il était arrêté, il montrerait son insigne et demanderait à ses collègues de l'accompagner jusque chez Hilary ; il priait toutefois pour ne pas avoir besoin de recourir à de telles extrémités car cela ne ferait que le retarder ; il faudrait qu'il se fasse reconnaître et qu'il explique ce qui pouvait bien motiver tant de hâte ; le tout demanderait au moins une minute.

Or, il avait le pressentiment que la vie d'Hilary dépendait d'une question de seconde.

Au moment où elle vit Bruno Frye surgir de l'ombre, Hilary se demanda si elle n'avait pas perdu la raison. Cet homme était mort. *Mort !* Elle l'avait frappé deux fois ; elle avait vu son sang couler. Elle l'avait vu aussi à la morgue, rigide, jaunâtre, sans vie. On avait pratiqué une autopsie. Le permis d'inhumer avait été signé. *Les morts ne marchent pas.* Et pourtant, celui-ci était sorti de sa tombe et avançait vers elle, hôte indésirable, un grand couteau luisant dans sa main gantée, impatient d'achever l'œuvre entreprise la semaine précédente.

Hilary ferma les yeux et pria pour que la vision s'évanouisse. Une seconde plus tard, quand elle les rouvrit, l'homme était toujours là.

Elle était incapable de faire un geste. Elle aurait voulu courir, mais toutes ses articulations — hanches, genoux, chevilles — étaient raidies, verrouillées, et elle ne trouvait pas la force de les actionner. Elle se sentait faible et vulnérable, comme une vieille, très vieille femme. Elle était certaine que si, par hasard, elle parvenait à faire un pas, elle s'écroulerait.

Elle ne pouvait pas parler, mais, au-dedans d'elle-même, elle hurlait.

Frye s'arrêta à moins de cinq mètres d'elle, le pied posé sur un lambeau de rembourrage échappé d'un fauteuil éventré. Il était blême et tremblait de tous ses membres, visiblement au bord de l'hystérie.

Un mort peut-il être frappé d'hystérie ?

Il fallait qu'elle soit devenue folle, folle à lier. Pourtant, elle savait qu'elle avait toute sa raison. Un revenant ? Mais elle ne croyait pas aux revenants. Et puis, les esprits ne sont-ils pas des êtres incorporels, transparents ou, du moins, translucides ? Un fantôme pouvait-il avoir cette apparence solide, si concrètement et si terriblement réelle ?

« Sale garce, dit-il. Espèce d'ignoble salope ! »

La voix dure, rocailleuse, ne trompait pas. Pourtant, pensa-t-elle absurdement, ses cordes vocales auraient dû commencer à se décomposer et son larynx à se putréfier.

Elle sentit un rire aigu monter dans sa gorge et elle dut lutter pour le réprimer. Si elle se mettait à rire, elle risquait de ne plus pouvoir s'arrêter.

« Tu m'as tué, lui dit-il d'un ton menaçant.

— Non, fit-elle. Non. Oh ! non !

— Si ! cria-t-il en brandissant son couteau. Tu m'as tué ! Ne mens pas. Je le sais. Tu t'imagines que je ne le sais pas, peut-être ? Merde, je me sens si bizarre, si seul, si vide. (Sa fureur se mêlait d'une sincère souffrance.) Si vide et si paniqué. Et tout ça à cause de toi. »

Il parcourut lentement les quelques mètres qui le séparaient d'Hilary, en évitant soigneusement les débris d'objets cassés.

Hilary se rendait compte que les yeux de ce mort n'étaient ni absents, ni vitreux. Son regard bleu-gris était bien vivant et révélait une colère froide.

« Cette fois, tu vas crever pour de bon, dit Frye en approchant. Cette fois, tu ne reviendras pas. »

Elle tenta de reculer, mais ses jambes se dérobèrent. Toutefois, elle ne s'effondra pas. Il lui restait plus de force qu'elle ne l'aurait cru.

« Cette fois, dit Frye, je prendrai mes précautions. Je ne te laisserai pas la moindre chance de revenir. Je vais t'arracher ta saloperie de cœur. »

Elle recula d'un pas, mais à quoi bon ? Elle ne pouvait

pas fuir. Elle n'aurait jamais le temps d'arriver à la porte et de repousser les deux verrous. A la moindre tentative, il serait sur elle dans l'instant pour lui planter son couteau entre les deux omoplates.

« Et j'y enfoncerai un pieu bien pointu. »

Si elle courait vers l'escalier pour essayer d'aller chercher le revolver qui était dans sa chambre, elle n'aurait certainement pas autant de chance que la première fois. Il la rattraperait avant qu'elle arrive en haut.

« Et je te couperai ta putain de tête. »

Il arrivait à sa hauteur, à portée de main.

Elle ne pouvait fuir ni se cacher nulle part.

« Je vais te couper la langue. Te farcir ta sale gueule avec de l'ail. Te la bourrer d'ail pour que tu ne puisses plus raconter des boniments et ressortir de l'enfer. »

Elle entendait son cœur cogner dans sa poitrine. L'intensité de sa frayeur l'empêchait de respirer.

« Je vais t'arracher les yeux. »

Transformée en statue de sel, elle était incapable de bouger d'un millimètre.

« T'arracher les yeux et en faire de la bouillie pour que tu ne puisses plus revenir de l'enfer. »

Frye leva son couteau au-dessus de sa tête.

Elle poussa un hurlement.

« Te couper les mains pour que tu ne puisses plus retrouver ton chemin. »

Hilary eut l'impression que le couteau restait en suspens pendant une éternité. La terreur lui faisait perdre la notion du temps. Son regard s'accrocha à la pointe de la lame. Elle était comme hypnotisée.

« Non ! »

D'aveuglants reflets de lumière irisaient l'acier tranchant.

« Putain ! »

Alors, le couteau commença à descendre, droit sur le visage d'Hilary, à descendre de plus en plus en suivant un arc de cercle meurtrier. Elle avait toujours son sac de provisions dans les bras. Sans réfléchir à ce qu'elle faisait, elle l'empoigna à deux mains et, d'un geste rapide et instinctif, le lança en direction du couteau qui fondait sur elle, dans une tentative désespérée pour parer le coup mortel.

La lame s'enfonça dans le sac, crevant un berlingot de lait.

Frye rugit de fureur. La poche dégoulinante échappa aux mains d'Hilary et tomba par terre ; le lait, les œufs, les échalotes et le beurre se répandirent sur le sol.

Sous le choc, le mort avait lâché son arme. Il se baissa pour la ramasser. Hilary courut vers l'escalier. Elle se rendait bien compte qu'elle n'avait fait que retarder l'inévitable. Elle avait gagné deux ou trois secondes, pas plus, pas assez de temps pour se sauver.

On sonna à la porte.

Surprise, elle s'arrêta au bas des marches et se retourna. Frye se relevait, le couteau à la main. Leurs regards se croisèrent. Hilary vit briller une lueur d'indécision dans celui de Frye. Il avançait vers elle, mais avec moins d'assurance qu'au début. Il jeta un coup d'œil inquiet vers le vestibule et la porte d'entrée.

Nouveau coup de sonnette.

Agrippée à la rampe, montant l'escalier à reculons, Hilary se mit à crier au secours, à crier de tous ses poumons.

Dehors, une voix d'homme hurla :

« *Police !* »

C'était Tony.

Hilary ne comprenait pas comment il pouvait se trouver là. Jamais visite impromptue ne lui avait causé autant de plaisir.

En entendant le mot « police », Frye s'immobilisa ; ses yeux allèrent d'Hylary à la porte puis, de nouveau, vers Hilary, comme s'il tentait d'évaluer ses chances.

Hilary hurla de plus belle.

Une vitre explosa avec un bang qui fit sursauter Frye. Des morceaux de verre acérés tombèrent sur le carrelage avec des cliquetis discordants.

Malgré sa position qui l'empêchait de voir l'entrée, Hilary devina que Tony avait brisé l'étroite fenêtre placée près de la porte.

« Police ! »

Frye lui lança un regard fulgurant. Elle n'avait jamais vu de haine aussi violente que celle qui tordait le visage de cet homme et faisait briller ses yeux d'une lueur de folie.

« Hilary ! s'écria Tony.

— Je reviendrai », gronda Frye.

Le mort repartit en courant vers la salle à manger dans l'intention évidente de s'enfuir par la cuisine.

Sanglotant, Hilary dévala les quelques marches qu'elle venait de monter. Elle se précipita vers la petite fenêtre par laquelle Tony appelait.

Après avoir inspecté le jardin, Tony rentra dans la cuisine vivement éclairée et rengaina son revolver.

Hilary était debout devant le bloc de service, au milieu de la pièce. Un couteau était posé là, à quelques centimètres de sa main droite.

« Il n'y a personne dans la roseraie, dit-il en refermant la porte.

— Ferme à clef.

— Comment ?

— La porte. Ferme-la à clef. Tu as bien regardé partout ?

— Dans les moindres recoins.

— Des deux côtés de la maison ?

— Oui.

— Dans les buissons ?

— Oui. Un par un.

— Et maintenant, qu'est-ce que tu vas faire ?

— Je vais contacter le Q.G. et demander qu'on envoie deux policiers en tenue pour qu'ils établissent un rapport.

— Ça ne servira à rien.

— On ne sait jamais. Il se peut qu'un voisin ait aperçu un homme rôder tout à l'heure ou que quelqu'un ait vu l'agresseur s'enfuir.

— Un mort a-t-il besoin de s'enfuir ? Un fantôme ne peut-il pas disparaître quand il en a envie ?

— Tu ne crois tout de même pas aux revenants ?

— Ce n'était pas forcément un revenant. C'était peut-être un cadavre ambulant. Un simple cadavre ambulant, ordinaire, normal, comme on en rencontre à tous les coins de rue.

— Tu ne crois pas non plus aux zombis ?

— Ah ?

— Tu as trop la tête sur les épaules. »

Elle ferma les yeux et secoua la tête.

« Je ne sais plus ce que je crois. »

Sa voix était empreinte d'un tremblement qui inquiétait Tony. Elle était au bord de la crise de nerfs.

« Hilary... tu es bien certaine de ce que tu as vu ?

— C'était *lui*.

— Mais comment est-ce possible ?

— C'était Frye, insista-t-elle.

— Tu es pourtant allée à la morgue, jeudi dernier.

— Je me demande s'il était bien mort.

— Naturellement qu'il est mort.

— Qui a dit ça ?

— Les médecins, les spécialistes.

— Les médecins peuvent se tromper.

— Pour dire si une personne est morte ou pas ?

— On voit ça dans les journaux, de temps en temps. Un médecin décrète qu'un quidam a cassé sa pipe, il signe le permis d'inhumer et voilà que tout à coup, le défunt se réveille chez l'entrepreneur des pompes funèbres. Ce sont des choses qui arrivent. Pas souvent, je le reconnais. Je sais bien que c'est un fait qui ne se produit qu'une fois sur un million.

— Dis plutôt une fois sur dix millions.

— Peut-être, mais ça arrive.

— Pas dans ce cas-là.

— Je l'ai vu ! Ici même. A l'instant. »

Tony s'approcha d'Hilary, l'embrassa sur la joue et lui prit la main. Elle était glacée.

« Ecoute-moi, Hilary. Frye est bien mort. Avec les deux coups de couteau que tu lui as donnés, il a perdu la moitié de son sang. On l'a trouvé baignant dans une énorme mare. Il s'est quasiment vidé et, après, il est resté plusieurs heures en plein soleil, sans que personne ne vienne lui porter secours. Il est impossible de survivre à une telle épreuve.

— Il en a peut-être été capable, lui. »

Tony porta la main d'Hilary à ses lèvres et baisa les doigts livides.

« Non, dit-il d'un ton calme mais ferme. Frye est forcément mort après avoir perdu tant de sang. »

Tony pensait que le nouveau choc qu'Hilary venait de subir court-circuitait momentanément ses facultés de perception et brouillait sa mémoire. Cette troisième agression survenait trop peu de temps après les deux premières. Dans quelques minutes, quand elle serait remise de ses émotions, ses idées se clarifieraient et elle reconnaîtrait que l'homme qui s'était introduit chez elle cette nuit n'était pas Bruno Frye. Il fallait seulement la cajoler un peu, lui parler doucement et répondre à ses questions aussi raisonnablement que possible jusqu'à ce qu'elle retrouve son calme.

« Frye n'était peut-être pas mort quand on l'a retrouvé dans le parking du supermarché. Il pouvait simplement être dans le coma.

— Le médecin légiste s'en serait aperçu en pratiquant l'autopsie.

— Peut-être n'en a-t-il pas fait.

— Si ce n'est pas lui qui l'a faite, c'est un médecin de son service qui s'en sera chargé.

— Et s'ils étaient débordés, ce jour-là ? S'ils s'étaient contentés de fabriquer un petit rapport sans avoir fait leur travail ?

— Impossible. Le service de médecine légale a toujours fait preuve d'une très grande conscience professionnelle.

— Ne pourrait-on pas, au moins, vérifier ?

— Bien sûr, c'est possible. Mais tu oublies que Frye est passé entre les mains d'un embaumeur, de deux, peut-être. Le peu de sang qui lui restait a dû être retiré et remplacé par un liquide de conservation.

— Tu en es sûr ?

— Pour expédier sa dépouille à St. Helena, il a fallu soit l'embaumer, soit l'incinérer. C'est la loi. »

Hilary réfléchit un moment, puis elle déclara :

« Et s'il s'agissait justement de ce fameux cas unique sur dix millions ? Si on l'avait déclaré mort à tort ? Si le médecin légiste avait escamoté l'autopsie ? Et enfin, si Frye s'était effectivement réveillé chez l'entrepreneur des pompes funèbres, au moment où celui-ci allait commencer à s'occuper de lui ?

— Avec des si, on obtient tout ce qu'on veut. Je pense

que tu comprends que si une chose pareille s'était produite, nous le saurions. Un entrepreneur de pompes funèbres qui se trouverait en possession d'un mort qui s'avère ne pas l'être, un homme pratiquement vidé de son sang qui a un urgent besoin d'assistance médicale, amènerait ce malheureux en quatrième vitesse à l'hôpital le plus proche. Il contacterait également les services du médecin légiste et on serait immédiatement prévenu. »

Hilary contemplait le carrelage de la cuisine en se mordillant la lèvre inférieure.

« Au fait, a-t-on des nouvelles du shérif du comté de Napa ? demanda-t-elle.

— Non. Pas encore.

— Comment ça se fait ?

— Il fait la sourde oreille. Quand on lui téléphone, il fait dire qu'il n'est pas là et ne nous rappelle jamais.

— Eh bien, est-ce que ce n'est pas une preuve qu'il y a quelque chose de louche ? Une espèce de conspiration, peut-être, à laquelle le shérif Laurenski serait mêlé ?

— De quel genre de conspiration veux-tu parler ?

— Je... je n'en sais rien. »

Certain qu'elle finirait par se rendre à ses arguments logiques, Tony continua à la raisonner calmement :

« Une conspiration entre Frye et Laurenski ou, pourquoi pas, Satan lui-même ? Une conspiration pour priver la Mort de son dû ? Une conspiration pour sortir de la tombe, pour vivre éternellement ? Tout cela n'a aucun sens pour moi. Et pour toi ?

— Non, bougonna-t-elle. Ça n'a pas le moindre sens.

— Bon. Je suis heureux de te l'entendre dire. Sinon, je me serais fait du souci pour toi.

— Mais, bon sang, il s'est bien passé quelque chose d'insensé ! Quelque chose d'extraordinaire. Il me semble que le shérif Laurenski doit jouer un rôle là-dedans. La semaine dernière, il a couvert Frye, il a littéralement menti pour le dédouaner. Et maintenant, il se défile parce qu'il n'a aucune explication acceptable à fournir pour sa conduite. Tu ne le trouves pas un peu suspect ? Est-ce qu'il ne se comporte pas comme quelqu'un qui a trempé jusqu'au cou dans une conspiration ?

— Non. Pour moi, il se comporte comme un flic extrêmement embarrassé. Il a commis une erreur fichtrement grave pour un représentant de la loi. Il a couvert un gros bonnet du coin en pensant qu'il n'avait pas pu se rendre coupable de tentative de viol et de meurtre. Il n'a pas trouvé Frye chez lui, mercredi soir, mais il a affirmé lui avoir parlé. Il devait être intimement persuadé que Frye n'était pas celui que nous recherchions. Il s'est trompé et maintenant, il ne sait plus où se mettre.

— C'est ce que tu penses ?

— C'est ce que tout le monde pense au Q.G.

— Eh bien, moi, ce n'est pas mon avis !

— Hilary…

— J'ai vu Bruno Frye cette nuit ! »

Au lieu de revenir peu à peu à la raison, comme il l'avait espéré, elle s'enfermait de plus en plus dans son hypothèse morbide de morts vivants et d'inquiétantes conspirations. Tony prit alors le parti de lui parler durement.

« Tu n'as pas vu Bruno Frye, Hilary. Il n'est pas venu chez toi cette nuit. Il est mort. Mort et enterré. C'est un autre qui a pénétré chez toi cette nuit. Tu as subi un choc et tu es un peu déboussolée ; c'est bien compréhensible. Pourtant… »

D'un geste vif, Hilary retira sa main de celle de Tony et s'écarta de lui.

« Non, je ne suis pas déboussolée ! C'était Frye et il a dit qu'il reviendrait.

— Il y a un instant, tu reconnaissais toi-même que ton histoire n'avait pas de sens. C'est bien vrai ?

— Oui, admit-elle à contrecœur. C'est bien ce que j'ai dit. Ça n'a pas de sens, mais c'est pourtant la réalité.

— Crois-moi, je sais quel effet un choc aussi brutal peut produire sur les gens. Les facultés de perception en sont perturbées, la mémoire…

— Tu veux m'aider, oui ou non ?

— Naturellement que je veux t'aider.

— Comment ? Tu vas t'y prendre de quelle façon ?

— Pour commencer, il faut faire une déclaration d'effraction et d'agression.

— Tu n'as pas peur que ce soit un peu maladroit ?

répliqua-t-elle aigrement. Si je déclare qu'un mort a tenté de me tuer, tu ne penses pas qu'on va me garder pendant quelques jours, le temps de faire un bilan psychiatrique complet de ma personne ? Toi-même qui me connais mieux que quiconque, tu t'imagines que je suis cinglée.

— Je ne pense pas que tu sois cinglée, rectifia Tony d'un air las. Je pense que tu es perturbée.

— Et merde !

— C'est normal.

— Merde !

— Hilary, écoute-moi. Quand la police arrivera, ne dis pas un mot de Frye. Dans un moment, tu vas te calmer et reprendre le contrôle de toi-même...

— Je me contrôle parfaitement.

— ... alors tu essaieras de te rappeler à quoi ressemblait ton agresseur. Quand tu auras retrouvé ton état normal, je suis sûr que tu en seras toi-même surprise. Quand tu considéreras la situation plus froidement, tu réaliseras que ce n'était pas Frye.

— C'était lui.

— Quelqu'un qui lui ressemblait, peut-être, mais...

— Tu te comportes exactement comme Frank Howard, l'autre soir, lança-t-elle, furieuse.

— L'autre soir, au moins, tu accusais une personne vivante.

— Tu es bien comme tous ceux à qui j'ai fait confiance, dit-elle d'une voix qui se brisait.

— Mais je veux t'aider.

— On ne dirait pas !

— Hilary, ne me repousse pas.

— C'est toi qui m'a repoussée le premier.

— Je tiens beaucoup à toi.

— Alors, prouve-le !

— Je suis là, non ? Quelle preuve veux-tu de plus ? »

Tony se rendait compte qu'elle souffrait d'un profond sentiment d'insécurité. Il fallait qu'elle ait été abominablement traitée et profondément blessée, car une déception ordinaire ne l'aurait pas rendue susceptible à ce point. Voilà pourquoi elle exigeait maintenant de lui une confiance et une loyauté inconditionnelles. Dès qu'il avait commencé à manifester des doutes sur son récit, elle s'était mise à rentrer dans son cocon. Mais, bon Dieu, il ne fallait pas qu'elle s'enferme dans son erreur. Le meilleur service à lui rendre était de l'obliger à revenir doucement à la réalité.

« Frye est venu ici cette nuit, répéta Hilary. Frye et personne d'autre. Mais je n'en parlerai pas à la police.

— C'est bien, dit-il, soulagé.

— Je n'en parlerai pas parce que je n'ai pas l'intention de l'appeler.

— Quoi ? »

Sans lui fournir la moindre explication, elle sortit de la cuisine. Tony la suivit dans la salle à manger dévastée.

« Tu dois faire une déclaration, lui dit-il.

— Je ne dois rien du tout.

— Ta compagnie d'assurance ne te remboursera pas si tu ne déposes pas plainte.

— Je m'occuperai de cette affaire plus tard, dit-elle en pénétrant dans la salle de séjour.

— Tu oublies une chose, observa-t-il, toujours sur ses talons.

— Quoi donc ?

— Je suis inspecteur.

— Et alors ?

— Alors, étant donné que je suis au courant de ce qui s'est passé, c'est mon devoir d'en rendre compte.

— Eh bien, fais-le !

— Une partie de mon rapport comprendra ta déclaration.

— Tu ne peux pas me forcer à coopérer. Je ne ferai pas de déclaration. »

Au moment où ils arrivaient au pied de l'escalier, Tony saisit Hilary par le bras.

« Attends une minute. Attends, je t'en prie. »

Elle lui fit face. Sa frayeur avait cédé la place à la colère.

« Laisse-moi tranquille !

— Où vas-tu ?

— En haut.

— Qu'est-ce que tu vas faire ?

— Prendre une valise et aller à l'hôtel.

— Tu n'as qu'à venir chez moi.

— T'encombrer d'une folle ? dit-elle d'un ton sarcastique. On ne sait jamais. Je pourrais perdre complètement la boule et te tuer pendant ton sommeil.

— Je ne pense pas que tu sois folle.

— Ah ! c'est vrai. Je suis seulement perturbée. Légèrement timbrée, peut-être, mais pas dangereuse.

— J'essaie uniquement de t'aider.

— Tu t'y prends d'une drôle de façon.

— Tu ne peux pas vivre éternellement à l'hôtel.

— Je rentrerai chez moi dès qu'on l'aura arrêté.

— Si tu ne portes pas plainte, aucune recherche ne sera entreprise.

— Eh bien moi, je le chercherai.

— Toi ?

— Moi. »

Cette fois, Tony se mit en colère pour de bon.

« À quel jeu joues-tu, Hilary ? Hilary Thomas, le flic en jupons ?

— Je peux très bien engager un détective privé.

— Qui donc ? Philip Marlowe ? Jim Rockforf ? Sam Spade ? répliqua-t-il d'un ton moqueur, conscient qu'il risquait de la buter encore davantage par son ironie, mais trop irrité pour garder son calme.

— Epargne-moi ton humour à la con, tu veux ?

— C'est toi qui me pousses à bout. J'essaie seulement de te faire redescendre sur terre.

— Il se trouve que mon agent connaît un détective privé de première classe.

— Il ne fera pas ce genre de boulot, je peux te le dire.

— Il fera n'importe quoi du moment qu'on le paie.

— C'est le travail de la police de Los Angeles.

— La police commencera à enquêter sur les cambrioleurs et les violeurs fichés et ce sera une perte de temps.

— C'est pourtant une technique classique et extrêmement efficace.

— Qui, cette fois, ne marchera pas.

— Pourquoi ? Parce que l'agresseur est un mort qui marche ?

— Exactement.

— Dans ce cas, tu estimes que la police devrait ouvrir

ses recherches parmi les cambrioleurs et les violeurs fichés... décédés ? »

Elle lui lança un regard empreint d'un mélange de colère et d'écœurement.

« La seule façon de résoudre cette affaire, c'est de découvrir comment il se fait que Frye, qui était on ne peut plus mort la semaine dernière, soit bien vivant aujourd'hui.

— Pour l'amour du Ciel, est-ce que tu te rends compte de ce que tu dis ? »

Il était inquiet. Ces divagations obstinées commençaient à l'effrayer.

« Je sais très bien ce que je dis. Et je sais aussi ce que j'ai vu. De plus, je n'ai pas seulement vu Bruno Frye ; je l'ai également entendu. Il avait cette voix particulière, gutturale, qui ne trompe pas. C'était lui et personne d'autre. Je l'ai vu et je l'ai entendu me menacer de me couper la tête et de me farcir la bouche avec de l'ail, comme si j'étais une sorte de vampire.

Un vampire.

Ce mot fit *tilt* dans la tête de Tony, car il avait un rapport avec les objets qu'on avait trouvés dans la camionnette de Frye, le jeudi précédent. Des choses bizarre dont Hilary ne pouvait pas connaître l'existence, des choses que Tony avait oubliées. Il se sentit traversé d'un frisson glacé.

« Des vampires ? De l'ail ? De quoi parles-tu, Hilary ? »

Elle se dégagea vivement et monta l'escalier en courant. Tony la suivit. Refusant de le regarder et de répondre à sa question, elle déclara néanmoins :

« Tu veux que je te raconte encore une histoire fracassante ? J'ai été agressée par un mort vivant qui s'imaginait que j'étais un vampire. Voilà ! Maintenant, tu peux être absolument sûr que j'ai perdu la tête. Appelle le petit fourgon blanc de l'asile ! Demande qu'on ficelle cette pauvre dame dans une camisole de force pour qu'elle ne se fasse pas mal et qu'on l'enferme dans une chambre capitonnée, et en vitesse ! Verrouille la porte et jette la clef ! »

Tony rattrapa Hilary au moment où elle allait entrer dans sa chambre. Il la saisit par le poignet.

« Lâche-moi, bon Dieu !

— Raconte-moi ce qu'il t'a dit.

— Je vais aller m'installer à l'hôtel et je débrouillerai cette histoire moi-même.

— Je veux savoir tout ce qu'il t'a dit. Absolument tout.

— Tu ne pourras rien faire pour m'arrêter. Maintenant, lâche-moi.

— Il faut que je sache ce qu'il t'a dit au sujet des vampires, tu entends ? » hurla-t-il dans l'espoir de lui faire entendre raison.

Leurs regards se croisèrent. Elle dut voir l'épouvante et le trouble qui agitaient Tony car elle cessa de tenter de se dégager.

« Qu'est-ce qui t'intéresse tant ?

— Cette histoire de vampires.

— Pourquoi ?

— Apparemment, Frye était un obsédé d'occultisme.

— Comment le sais-tu ?

— On a trouvé des objets dans sa camionnette.

— Quels objets ?

— Je ne me souviens pas exactement. Un jeu de tarots, une planche de oui-ja et plus d'une douzaine de crucifix.

— Les journaux n'en ont pas parlé.

— La presse n'en a pas été informée. En outre, le temps qu'on fouille le véhicule et qu'on inventorie son contenu, les journaux avaient déjà tous publié leur compte rendu et l'affaire n'était pas assez alléchante pour qu'ils en parlent une seconde fois. Mais laisse-moi te dire ce qu'il y avait d'autre dans sa camionnette : des petits sachets de toile contenant de l'ail étaient accrochés au-dessus des portes. On a trouvé aussi une demi-douzaine d'ouvrages sur les vampires, les zombis et autres espèces de morts vivants. »

Hilary frissonna.

« Il m'a dit qu'il m'arracherait le cœur et y enfoncerait un picu.

— Juste Ciel !

— Il voulait aussi m'arracher les yeux pour que je ne puisse pas revenir de l'enfer. Ce sont ses paroles exactes.

Il avait peur que je revienne de chez les morts après m'avoir tuée. Il délirait. Pourtant, c'est lui qui est sorti de la tombe, hein ? »

Elle partit d'un petit rire dépourvu de la moindre trace d'humour et légèrement teinté d'hystérie.

« Il voulait me couper les mains pour que je ne puisse pas retrouver mon chemin. »

En pensant à quel point l'homme avait été près de mettre ses menaces à exécution, Tony eut l'impression que son cœur s'arrêtait.

« C'est lui, tu vois bien, dit Hilary. C'est Frye.

— Et si c'était un maquillage ?

— Comment ?

— Quelqu'un aurait-il pu se maquiller pour ressembler à Frye ?

— Qui aurait pu faire ça ?

— Je ne sais pas.

— Quel intérêt ?

— Je l'ignore.

— Tu m'accuses de faire des suppositions mais là, ce n'est même plus une supposition. C'est du délire. Ça dépasse tout.

— Je me demande tout de même si ce n'était pas quelqu'un de grimé, insista Tony.

— Impossible, il n'existe aucun maquillage qui puisse tromper de si près. De près, c'était le même corps, la même taille, la même corpulence, la même ossature, la même musculature.

— Mais si c'était une personne grimée qui aurait imité la voix de Frye ?

— Ça t'arrangerait bien, hein ? dit-elle froidement. Une habile contrefaçon. Peu importe que ce soit bizarre et inexplicable ; c'est plus facile à accepter que mon histoire de mort qui marche. Au fait, tu viens de parler de sa voix, voilà encore un trou dans ta théorie. Sa voix est inimitable. Oh ! bien sûr, une personne douée arriverait à prendre son intonation, son phrasé et son accent, mais elle serait incapable de recréer cette sonorité affreusement râpeuse et rocailleuse ! Pour parler comme lui, il faut avoir une anomalie du larynx ou une maladie des cordes vocales. Frye doit avoir une malformation de naissance ou bien il a été gravement blessé à la gorge quand il était petit. Quoi qu'il en soit, c'est Bruno Frye qui m'a parlé cette nuit et pas un habile imitateur. Je suis prête à parier mon dernier sou là-dessus.

Tony voyait bien qu'elle était toujours en colère, mais il était déjà moins sûr qu'elle fût en proie à une crise de nerfs ou même simplement perturbée. Son regard noir ne cillait pas. Elle s'exprimait en phrases courtes et précises. Elle donnait l'impression d'une femme en pleine possession de ses moyens.

« Mais Frye est mort, objecta timidement Tony.

— Il est venu ici.

— Comment est-ce possible ?

— C'est justement ce que j'ai l'intention de tirer au clair, comme je viens de te le dire. »

Tony avait l'impression de se trouver dans un univers étrange. Les bribes d'une histoire tirée des aventures de Sherlock Holmes lui revinrent vaguement en mémoire. « Dans une affaire criminelle, confiait Holmes à son ami Watson, une fois qu'on a éliminé toutes les possibilités, sauf une, celle qui reste est obligatoirement la bonne, même si elle paraît absurde et invraisemblable. »

L'impossible était-il possible ?

Un mort pouvait-il marcher ?

Il songea au rapport mystérieux existant entre les menaces proférées cette nuit par l'homme qui avait attaqué Hilary et les objets découverts dans la camionnette de Frye.

« D'accord, dit-il, ébranlé par la théorie de Sherlock Holmes.

— D'accord pour quoi ?

— D'accord. C'était peut-être Frye.

— C'était lui.

— Mystérieusement... Dieu sait comment... il aura pu survivre à ses blessures. Cette hypothèse semble totalement improbable mais je pense qu'elle mérite réflexion.

— Bigre, quelle largeur d'esprit ! » ironisa Hilary.

Elle était encore toute hérissée et ne lui pardonnerait pas aussi facilement. Elle entra dans sa chambre, Tony toujours sur ses talons. Il était un peu perplexe. Sherlock

Holmes n'avait pas dit comment faire pour vivre avec l'idée fort dérangeante que rien n'est impossible. Hilary prit une valise dans l'armoire, la posa sur le lit et commença à la remplir. Tony alla vers le téléphone et souleva le récepteur.

« Il n'y a pas de tonalité, constata-t-il. Il a dû couper les fils. Il va falloir aller téléphoner chez un voisin pour faire la déclaration.

— Je ne ferai aucune déclaration.

— Rassure-toi. Tout est changé. J'ai l'intention d'appuyer ta version des faits.

— Trop tard, répliqua-t-elle.

— Qu'est-ce que tu veux dire par là ? »

Elle ne répondit pas et décrocha un chemisier avec une telle violence que le cintre en tomba par terre.

« J'espère que tu ne vas pas persister dans ton idée d'aller t'installer à l'hôtel et d'engager un détective privé.

— Mais si, c'est toujours mon idée, dit-elle en pliant le chemisier.

— Je viens de te dire que je te croyais.

— Et moi, je viens de te dire que c'est trop tard. Trop tard pour que ça change quoi que ce soit.

— Pourquoi t'entêtes-tu ainsi ? »

Cette fois encore, elle ne répondit pas. Elle rangea le chemisier dans la valise et retourna vers l'armoire pour y prendre d'autres vêtements.

« Ecoute, je n'ai fait qu'exprimer des doutes tout à fait légitimes. Des doutes que n'importe qui aurait eus dans une situation pareille. Les mêmes doutes, en fait, que tu aurais eus si quelqu'un t'avait affirmé avoir vu un mort marcher. Si les rôles étaient inversés, je pense que tu serais sceptique à mon égard et je ne t'en voudrais pas. Pourquoi es-tu si susceptible ? »

Elle revint vers le lit, les bras chargés d'affaires qu'elle se mit à plier.

« J'avais confiance en toi... pour tout, dit-elle enfin, sans le regarder.

— Je n'ai pas trahi ta confiance.

— Tu es comme les autres.

— Ce qui s'est passé chez moi cette nuit... ce n'était pas un peu... spécial ? »

Elle ne répondit pas.

« Ce que tu as éprouvé il y a quelques heures, pas seulement dans ton corps, mais aussi dans ton cœur et dans ta tête, oseras-tu me dire maintenant que ce n'était pas différent de ce que tu as pu ressentir avec d'autres ? »

Hilary prit un air lointain et continua à préparer sa valise, le regard rivé sur ce qu'elle faisait. Ses mains tremblaient.

« Eh bien, pour moi, ç'a été très spécial, poursuivit Tony, bien décidé à percer sa carapace. C'était parfait. Mieux encore que ce que je croyais possible. Et pas seulement pour le plaisir physique, mais aussi pour le fait d'être ensemble, de tout partager. Tu es entrée en moi comme aucune femme ne l'avait jamais fait. Tu as emporté une part de moi-même en t'en allant tout à l'heure et, désormais, je ne pourrai plus me sentir entier quand je ne serai pas avec toi. Par conséquent, si tu t'imagines que je vais te laisser partir comme ça, tu fais une grave erreur. Je suis décidé à tout faire pour te garder. »

Hilary cessa de plier le corsage qu'elle venait de prendre. Immobile, elle le tenait dans ses mains et le regardait fixement. Pour Tony, rien ne pouvait avoir plus d'importance que de savoir à quoi elle pensait à cet instant précis.

« Je t'aime », lui dit-il.

Les yeux toujours rivés sur le corsage, elle lui répondit d'une voix frémissante :

« Peut-il arriver qu'on tienne ses engagements, qu'on tienne ses promesses ? Des promesses comme celle-là ? Quand quelqu'un dit : “je t'aime”, est-ce qu'il parle sérieusement ? Mes parents étaient capables de m'inonder de leur amour un jour, et de me battre comme plâtre le lendemain ; alors, à qui puis-je faire confiance ? A toi ? Et pour quelle raison ? Cette histoire ne finira-t-elle pas par des déceptions et des souffrances ? Je suis bien mieux toute seule ; je me débrouille très bien. Je ne veux plus qu'on me fasse du mal. J'en ai marre, marre à en crever ! Je ne veux pas prendre de risques. C'est tout simple, je ne peux pas. »

Tony s'approcha d'elle, la saisit par les épaules et l'obligea à le regarder. Hilary avait la lèvre inférieure qui tremblait. Les larmes lui montaient aux yeux mais elle les retint.

« Tu éprouves pour moi exactement ce que j'éprouve pour toi. Je le sais. Je le sens. J'en suis sûr. Tu ne cherches pas à me fuir parce que j'ai eu des doutes sur ce que tu as dit. Ça n'a rien à voir. Tu cherches à me fuir parce que tu es en train de tomber amoureuse et que cette perspective t'épouvante. Elle te terrifie à cause de tes parents, à cause des mauvais traitements qu'ils t'ont fait subir et d'un tas d'autres choses dont tu ne m'as pas encore parlé. Tu essaies d'étouffer tes sentiments parce que ton enfance malheureuse t'a laissée émotionnellement infirme. Mais tu m'aimes. Tu m'aimes vraiment. Et tu le sais. »

Incapable de prononcer un mot, Hilary fit plusieurs fois « non, non, non » de la tête.

« Ne dis pas que ce n'est pas vrai. On a besoin l'un de l'autre, Hilary. Moi j'ai besoin de toi parce que j'ai toujours eu peur de prendre des risques avec les choses matérielles — l'argent, ma carrière, la peinture. J'ai toujours été ouvert aux gens mais pas aux événements. Avec toi, grâce à toi, je me sens prêt, pour la première fois, à essayer de faire quelques pas et, quand je pense sérieusement à me lancer dans la peinture, je ne me sens plus coupable et paresseux comme avant. Je n'entends plus dans mes oreilles les sermons de mon père sur la sécurité, les responsabilités, la dureté de la vie et tout ce qui s'ensuit. Quand je rêve à une vie d'artiste, je ne repense plus automatiquement aux soucis financiers qu'ont connus les miens, au moment où on avait à peine de quoi manger et où on se demandait si on aurait, demain, un toit au-dessus de la tête. Enfin, je me sens capable de reléguer tout ce passé derrière moi. Je ne suis pas encore assez fort pour quitter mon emploi et faire le grand saut, ça non, pas encore. Mais, grâce à toi, j'arrive à m'imaginer dans la peau d'un peintre professionnel, à y songer sérieusement, et c'était une chose impossible il y a encore une semaine.

— Tu es si bon, dit-elle, les larmes ruisselant sur son visage. Tu es un homme sensible... merveilleux.

— Et toi, tu as autant besoin de moi que moi de toi. Sans moi, tu continuerais à consolider ta coquille ; tu te replierais sur toi-même et tu finirais toute seule et amère. Tu sais prendre des risques avec les choses — l'argent, ton métier —, mais tu n'as jamais su en prendre avec les gens. Nous sommes à l'opposé sur ce plan. Nous nous complétons et nous pouvons nous aider mutuellement. C'est comme si nous étions chacun une moitié du même être et, aujourd'hui, nous avons trouvé notre moitié manquante. Tu es à moi. Je suis à toi. Nous avons erré jusqu'ici, tâtonnant dans le noir, à essayer de nous retrouver. »

Hilary laissa tomber ce qu'elle avait dans les mains et se jeta dans les bras de Tony.

Il la serra contre lui et embrassa ses lèvres salées. Ils restèrent un moment l'un contre l'autre, incapables de parler.

« Regarde-moi dans les yeux », finit par dire Tony.

Elle leva la tête.

« Tes yeux sont si noirs.

— Dis-le-moi, fit-il.

— Quoi donc ?

— Ce que je voudrais entendre. »

Elle posa un baiser au coin de ses lèvres.

« Dis-le-moi.

— Je... je t'aime.

— Encore.

— Je t'aime, Tony. Je t'aime vraiment.

— C'était si difficile ?

— Pour moi, oui.

— Plus tu le diras, plus ce sera facile.

— Je te promets de m'entraîner beaucoup. »

Elle souriait et pleurait en même temps.

Tony se sentait envahi d'une ivresse grandissante. Un bouillonnement déferlait dans sa poitrine ; il explosait presque littéralement de bonheur. Malgré une nuit sans sommeil, il débordait de vigueur et était vivement conscient de tenir entre ses bras une femme unique, avec sa chaleur, ses courbes tendres, sa douceur trompeuse, la souplesse de sa chair et de son esprit, l'odeur estompée de son parfum et l'agréable senteur animale de ses cheveux et de sa peau.

« Maintenant que nous nous sommes trouvés, dit-il, tout ira bien.

— Pas avant qu'on ait découvert la vérité sur Bruno Frye. Rien ne sera bien tant qu'on n'aura pas la certitude qu'il est mort et enterré, une bonne fois pour toutes.

— Si on fait front, tous les deux, on se sortira de cette histoire sains et saufs. Il ne viendra pas t'embêter tant que je serai près de toi. Sois-en certaine.

— Je te fais confiance. Mais... en même temps... j'ai peur de lui.

— Il ne faut pas.

— C'est malgré moi. Et puis, je crois qu'il est plus sage d'avoir peur. »

Tony pensa à la salle de séjour dévastée, au pieu de bois, aux sachets d'ail découverts dans la camionnette de Frye, et il se dit qu'Hilary avait raison. Il était plus sage d'avoir peur.

Un mort qui marche ?

Elle frissonna et ce tremblement se communiqua à Tony.

DEUXIEME PARTIE

LES VIVANTS ET LES MORTS VIVANTS

Le bien parle en chuchotant, le mal vocifère.

Proverbe tibétain

Le bien vocifère, le mal chuchote.

Proverbe balinais

CHAPITRE V

Mardi matin, pour la seconde fois en huit jours, Los Angeles fut ébranlé par un séisme de moyenne intensité. Il atteignit la magnitude 4,6 sur l'échelle de Richter et dura vingt-trois secondes.

Les dégâts causés furent minimes et, pour la plus grande partie de la population, cette secousse ne fut qu'un prétexte à plaisanteries. La plus courante assurait qu'il s'agissait encore d'un coup des Arabes qui avaient envahi le pays pour non-paiement de la dernière facture pétrolière. Ce soir, Johnny Carson déclarerait à la télévision qu'il n'y avait pas lieu de s'inquiéter, Dolly Parton ayant seulement remonté les bretelles de son soutien-gorge un peu trop vite. Par contre, les habitants nouvellement installés dans la ville, eux, ne voyaient rien de drôle dans ce phénomène et ne comprenaient pas qu'on puisse s'habituer à sentir la terre s'agiter sous ses pieds. Pourtant, dans un an, ils ne se priveraient pas de faire des gorges chaudes pour une misérable petite secoussette de ce genre.

Jusqu'à ce qu'un jour survienne la catastrophe.

C'est la peur inexprimée et profondément enracinée dans le subconscient de voir se produire le grand chambardement, celui qui mettra un terme à tous les autres, qui pousse les Californiens à plaisanter à propos des secousses et des trépidations de faible intensité. Si on commence à réfléchir à l'éventualité d'une catastrophe, à méditer trop longtemps sur la traîtrise de la terre, on est paralysé de terreur. Peu importent les risques, il faut que la vie continue. Après tout, cette grande convulsion ne se produirait peut-être que dans une centaine d'années. Peut-être même jamais. Et s'il fallait regarder les choses en face, plus de gens mouraient chaque année dans les tempêtes de neige et le blizzards qui s'abattaient sur la côte Est que lors des tremblements de terre en Californie ; il était tout aussi dangereux de vivre en Floride, terre d'élection des cyclones, ou dans les plaines du Midwest, paradis des tornades, que de construire sa maison sur la faille de San Andreas. A l'heure où toutes les nations du globe possédaient où cherchaient à posséder l'arme atomique, la fureur aveugle des éléments semblaient beaucoup moins effrayante que la folie concertée des hommes. Pour minimiser la menace qui pèse sur eux, les Californiens en rient et font comme si le fait de vivre sur un sol instable n'avait aucun effet sur eux.

Pourtant, ce mardi-là, comme à chaque fois que la terre tremble de façon importante, plus nombreux furent les automobilistes qui enfreignirent les limitations de vitesse sur les autoroutes, pressés de regagner leurs lieux de travail ou de détente, de retrouver leur maison, leur famille, leurs amis, sans toutefois qu'un seul d'entre eux eût conscience de vivre à un rythme plus rapide que la veille. Davantage d'hommes demanderaient le divorce et davantage de femmes de quitter le domicile conjugal qu'un jour ordinaire. On verrait plus de couples décider de convoler. Plus de joueurs qu'à l'accoutumée iraient passer le week-end à Las Vegas. Le chiffre d'affaires des prostituées grimperait en flèche ; sur ce chapitre, l'activité sexuelle de la population augmenterait de façon sensible, qu'on soit mari et femme, concubin et concubine, jeune pucelle ou puceau se jetant à l'eau pour la première fois. Même s'il n'en existe aucune preuve incontestable, activité sismique et surexcitation génésique semblent indéniablement liées. Depuis déjà quelques années, les sociologues et les spécialistes du comportement ont toutefois noté que les grands primates des zoos — gorilles, chimpanzés, orangs-outans — sont sujets à une fringale anormale d'accouplement dans les heures qui suivent les secousses de moyenne et de grande intensité et il est raisonnable de penser, du moins pour tout ce qui touche aux mécanismes fondamentaux de la reproduction, que l'homme n'est guère différent de ses lointains cousins.

Dans leur majorité, les Californiens se laissent bercer par la pensée qu'ils sont parfaitement adaptés à la vie dans une région affectée par les tremblements de terre ; pourtant, sans qu'ils en soient conscients, cette pression psychologique les modèle et les transforme. La hantise du cataclysme final est comme un chuchotement incessant qui endoctrine secrètement leur subconscient, un murmure lancinant qui façonne leur comportement et leur caractère plus qu'ils ne l'imaginent.

Naturellement, il ne s'agissait cette fois que d'un murmure parmi tant d'autres.

Hilary ne fut guère surprise de la réaction de la police et s'efforça de ne pas s'en émouvoir.

Moins de cinq minutes après le coup de fil donné par Tony de chez un voisin, deux agents en uniforme arrivèrent devant la villa dans une voiture noire et blanche, la sirène muette mais le gyrophare en action. Avec une promptitude et une courtoisie toutes professionnelles, ils enregistrèrent sa déclaration, localisèrent l'endroit par où l'agresseur avait pénétré (une fenêtre du bureau, cette fois encore), dressèrent une liste générale des dégâts opérés dans le séjour et la salle à manger, et rassemblèrent toutes les informations susceptibles de venir compléter leur rapport. Hilary ayant déclaré que l'homme portait des gants, ils jugèrent inutile de faire venir un spécialiste du laboratoire pour relever les empreintes.

L'obstination d'Hilary à affirmer que l'homme qui s'était introduit chez elle cette nuit était le même que celui qu'elle croyait avoir tué le vendredi précédent les intriguait. Cet intérêt n'était pas suscité par le désir de savoir si elle ne se trompait pas dans son identification ; ils s'étaient fait une opinion là-dessus sitôt après avoir entendu son compte rendu. Pour eux, il était absolument impossible que ce fût Bruno Frye. Ils lui demandèrent plusieurs fois de refaire le récit des événements, en l'interrompant fréquemment de leurs questions. En réalité, ils cherchaient uniquement à établir si elle se trompait de bonne foi, si elle avait perdu l'esprit ou si elle mentait. Ils finirent par décider que le choc subi l'avait légèrement perturbée et que son erreur était due au fait que l'homme devait ressembler à Bruno Frye.

« On va travailler à partir de la description que vous nous avez donnée, dit l'un des policiers.

— L'ennui, c'est qu'on ne peut pas lancer un mandat d'arrêt contre un mort, fit l'autre. Je suis sûr que vous le comprenez.

— C'était bien Bruno Frye, s'entêta Hilary.

— Croyez-moi, mademoiselle Thomas, dans ces conditions, on n'arrivera à rien. »

Tony l'avait soutenue de son mieux, compte tenu qu'il n'avait pas vu l'agresseur, mais ses arguments et sa position au sein de la police de Los Angeles ne firent que peu ou pas d'impression sur les deux policiers.

Ils l'écoutèrent poliment, avec force hochements de tête, mais n'en changèrent pas d'avis pour autant. Quand ils furent partis, Hilary soupira :

« Qu'est-ce qu'on fait maintenant ?

— Termine ta valise et allons chez moi. Je vais téléphoner au bureau et bavarder un peu avec Harry Lubbock.

— Qui est-ce ?

— Mon patron, le commissaire Lubbock. Il me connaît très bien et nous avons du respect l'un pour l'autre. Il sait que je regarde toujours soigneusement où je mets les pieds avant de m'engager. Je vais lui demander l'autorisation de me documenter plus à fond sur le passé de Bruno Frye et aussi le prier de bousculer le shérif Laurenski un peu plus qu'on ne l'a fait jusqu'à présent. Ne te fais pas de souci. D'une façon ou d'une autre, j'obtiendrai quelque chose. »

Quand Tony téléphona de chez lui à Harry Lubbock, trois quarts d'heure plus tard, ses espoirs furent déçus. Le commissaire l'écouta jusqu'au bout ; il ne doutait pas qu'Hilary pensait avoir vu Bruno Frye, mais on ne pouvait décemment pas ouvrir une enquête sur Bruno Frye au sujet d'un délit commis après sa mort. Il ne paraissait pas disposé à admettre qu'il s'agissait de ce fameux cas sur dix millions, ni que le médecin légiste pouvait avoir fait une erreur ou que Bruno Frye ait survécu miraculeusement à une énorme perte de sang, une autopsie et un séjour en chambre froide. Lubbock se montra compréhensif, affable et infiniment patient, mais il était clair qu'il estimait que les déclarations d'Hilary étaient sujettes à caution et que ses facultés avaient été troublées par l'affolement.

« L'affolement ! s'exclama Hilary. J'en ai ras-le-bol de ce mot. Ils s'imaginent tous que je me suis paniquée. Ils sont tous persuadés que j'étais morte de trouille. De toutes les femmes que je connais, je suis pourtant la moins susceptible de perdre la tête dans ce genre de situation.

— Je suis d'accord avec toi. Je ne fais que te répéter les propos de Lubbock.

— Qu'il aille se faire foutre !

— Exactement.

— Alors, ta parole n'a servi à rien ?

— Il pense que je ne suis pas dans mon état normal à cause de ce qui est arrivé à Frank, grimaça Tony.

— Tu vois, toi aussi tu n'es qu'un hystérique.

— Non. Troublé, simplement. Un peu déboussolé.

— C'est vraiment ce qu'il a dit ?

— Oui. »

Se rappelant que Tony lui avait appliqué ce même terme quand elle lui avait raconté son histoire de mort vivant, elle lui lança :

« Il a peut-être raison.

— Peut-être.

— Et qu'a-t-il dit quand tu lui as parlé des menaces... du pieu dans le cœur, de la bouche remplie d'ail, de tous ces machins ?

— Il a reconnu que c'était une coïncidence troublante.

— C'est tout... une coïncidence ?

— Pour le moment, c'est ainsi qu'il voit les choses.

— Le con.

— Il ne me l'a pas dit carrément, mais je suis certain qu'il croit que je t'avais mise au courant des découvertes faites dans la camionnette de Frye.

— Mais ce n'est pas vrai.

— Toi tu le sais et moi aussi, mais j'imagine que tout le monde pensera le contraire.

— Tu m'avais pourtant dit que Lubbock et toi étiez amis, que vous aviez du respect l'un pour l'autre.

— Bien sûr, répondit Tony. Mais, comme je viens de te le dire, il croit que je ne suis pas dans mon état normal et que je retrouverai mon équilibre dans quelques jours, quand le choc de la mort de Frank se sera atténué. Il est certain qu'à ce moment, j'aurai retrouvé mon bon sens et que je ne soutiendrai plus ton histoire. Pour moi, c'est différent, car je sais que tu n'étais pas au courant que Frye possédait tout un bric-à-brac occultiste. De plus, j'ai le sentiment que, d'une façon ou d'une autre, Frye est en effet revenu. Dieu seul sait comment. Mais il faut plus qu'une impression pour ébranler Lubbock et je ne peux pas le blâmer d'être sceptique.

— Et en attendant ?

— En attendant, la brigade criminelle ne va pas être saisie de l'affaire. Ce n'est pas de notre ressort. Il ne s'agit que d'une banale tentative d'agression perpétrée par un inconnu.

— Ce qui veut dire qu'on ne fera rien, dit Hilary, les sourcils froncés.

— J'en ai bien peur, malheureusement. La police ne peut pratiquement rien faire pour une plainte de cet ordre. Il arrive parfois qu'on aboutisse à une solution le jour où on prend un type en flagrant délit d'effraction dans une autre maison ou d'agression contre une autre femme, et qu'il avoue d'anciens crimes. »

Hilary descendit du tabouret sur lequel elle était assise et se mit à marcher de long en large dans la petite cuisine.

« Il se passe ici quelque chose d'étrange et d'effrayant. Je ne peux pas attendre que tu aies réussi à convaincre le commissaire Lubbock. Frye a dit qu'il reviendrait. Il va continuer à essayer de me tuer, jusqu'à ce que l'un de nous reste sur le carreau une bonne fois pour toutes. Il peut surgir à n'importe quel moment.

— Tu ne cours aucun danger si tu restes chez moi en attendant qu'on ait débrouillé ce mystère et que j'ai pu persuader Lubbock. Tu seras en sécurité, ici. Frye — si c'est bien lui — ne saura pas où te trouver.

— Comment peux-tu en être sûr ?

— Il ne sait pas tout.

— Tu crois ?

— Eh, attends... tu ne vas tout de même pas me dire qu'il a des facultés de double vue ou je ne sais trop quelles facultés paranormales ?

— Je ne veux rien dire de pareil mais c'est une possibilité que je n'exclus pas non plus. Si on admet le fait que Frye est vivant, d'une façon ou d'une autre, on est obligé d'accepter bien des choses. Je vais peut-être me mettre à croire aux gnomes, aux lutins ou au Père Noël. Plaisanterie mise à part, il a tout simplement pu nous suivre.

— Nous suivre depuis chez toi ?

— C'est une possibilité.

— Non. Quand je suis arrivé, il s'est enfui. »

Hilary s'immobilisa au milieu de la pièce, les bras repliés autour d'elle.

« Il a pu se cacher à proximité et nous épier pour voir ce que nous faisions et où nous allions.

— C'est bien improbable. Même s'il était resté dans le coin après mon arrivée, il aurait pris la poudre d'escampette en voyant la voiture de police.

— Ce n'est pas certain. Au mieux, on a affaire à un fou. Au pis, nous sommes confrontés à l'inconnu, à des choses qui échappent de si loin à notre entendement que le danger est incalculable. Dans les deux cas, il ne faut pas attendre de Frye qu'il agisse et qu'il raisonne comme un être ordinaire. J'ignore qui il est, mais, ce qui est sûr, c'est que ce n'est pas quelqu'un d'ordinaire. »

Tony la considéra un moment sans parler, puis il se passa la main sur le visage et lui dit :

« Tu as raison.

Est-ce que tu es certain que personne ne nous a suivis ?

— Euh... à vrai dire, je n'ai pas regardé si on nous filait. Ça ne m'est même pas venu à l'esprit.

— Moi non plus. Jusqu'à maintenant. Qui sait si, en cette minute même, il n'est pas dehors en train de surveiller l'appartement ? »

Tony était troublé.

« Il faudrait qu'il ait un sacré culot pour faire un truc pareil.

— Du culot, il en a !

— Oui, reconnut Tony en hochant la tête. Tu as raison encore une fois. »

Il réfléchit un instant et sortit de la cuisine.

« Où vas-tu ? » demanda Hilary en le suivant.

Il se dirigea vers la porte d'entrée.

« Reste ici pendant que je vais jeter un coup d'œil, lui dit-il.

— Pas question, répliqua Hilary. Je viens avec toi.

— Si Frye est dehors et nous surveille, tu seras bien plus en sécurité ici, dit-il, la main sur la poignée de la porte.

— Et si pendant que j'étais là à t'attendre… si ce n'était pas toi qui revenais ?

— Il fait grand jour. Il ne m'arrivera rien.

— La violence n'est pas uniquement réservée à l'obscurité. Toi qui es dans la police, tu devrais le savoir.

— J'ai mon revolver, et puis je sais prendre soin de moi. »

Elle secoua la tête, inflexible.

« Je ne veux pas rester ici à me ronger les sangs. Allons-y. »

Ils allèrent sur le balcon extérieur pour inspecter les véhicules garés sur le parking de l'immeuble. La plupart des locataires étaient partis à leur travail. Outre la Jeep de Tony, il y avait sept voitures. Le soleil faisait étinceler les chromes et transformait les pare-brise en miroirs.

« Il me semble les reconnaître toutes. Elles appartiennent à des gens qui habitent ici.

— Tu en es sûr ?

— Presque.

— Tu ne vois personne à l'intérieur ?

— C'est difficile à dire avec le soleil qui se reflète dans les glaces, répondit-il en plissant les yeux.

— Allons voir ça de plus près. »

Une fois sur le parking, ils constatèrent que toutes les voitures étaient vides. Aucune d'elles n'appartenait à une personne étrangère à l'immeuble.

« Il a beau avoir du culot, remarqua Tony, il ne se hasarderait pas à faire le guet juste devant la porte. Etant donné qu'il n'existe qu'une seule voie d'accès à la résidence, il lui faudrait nous surveiller d'assez loin. »

Ils firent quelques pas et inspectèrent du regard la rue ombragée. Dans ce quartier, peu d'immeubles ou de villas avaient des parkings suffisamment grands, aussi, même à cette heure de la matinée, de nombreux véhicules étaient-ils stationnés le long du trottoir.

« Tu veux vérifier s'il n'y a vraiment personne ? demanda Hilary.

— Ce serait du temps perdu. S'il a des jumelles, il nous verra arriver de loin et il aura tout le temps de s'esquiver.

— Oui, mais dans ce cas, on le repérera. On ne pourra pas l'arrêter, bien entendu, mais, au moins, on aura la certitude qu'il nous a suivis et on saura dans quel véhicule il circule.

— On ne pourra pas s'approcher suffisamment pour être sûr que c'est bien lui. De plus, il peut quitter sa voiture, partir à pied et revenir après notre départ. »

Hilary avait du mal à respirer à fond. L'air lui semblait être de plomb. Il allait faire très chaud, ce qui était un peu étonnant pour la fin septembre, et surtout humide, ce qui l'était encore plus à Los Angeles, au climat généralement très sec. Le ciel était dégagé, clair, de ce bleu des flammes de gaz. Déjà, des colonnes de chaleur imprécises montaient du macadam en se tortillant.

Le vent léger transportait des rires musicaux et haut perchés : des enfants jouaient dans la piscine d'une résidence, de l'autre côté de la rue. Difficile de continuer à croire aux morts vivants en une pareille journée.

« Alors, comment va-t-on faire pour savoir s'il nous surveille ? demanda Hilary en soupirant.

— Impossible de s'en assurer.

— C'est bien ce que je craignais. »

Hilary parcourut la rue du regard ; elle était toute pommelée de taches d'ombres et de lumière. L'horreur drapée dans un manteau de soleil. L'épouvante tapie derrière un écran de palmiers majestueux, de murs crépis blancs et de toits de tuile.

« Paranoïa Avenue, fit-elle.

— Tu veux dire Paranoïa City », corrigea Tony.

Ils revinrent sur le parking de l'immeuble.

« Je crois que nous avons tous les deux besoin de dormir un peu. »

Jamais Hilary ne s'était sentie aussi fatiguée. Elle avait l'impression d'avoir du sable sous les paupières et l'ardente lumière du soleil lui brûlait les yeux. Elle avait la bouche comme du carton-pâte ; une désagréable pellicule de tartre recouvrait ses dents et sa langue lui semblait enduite d'une substance floconneuse. Elle avait mal partout, depuis l'extrémité des doigts de pied jusqu'au sommet du crâne, et le fait de savoir que son état était dû au moins autant à la tension nerveuse qu'à l'épuisement physique n'arrangeait rien.

« Je sais bien qu'il faudrait dormir, mais crois-tu qu'on y arrivera ?

— Je comprends ce que tu veux dire. Je suis complètement crevé, mais j'ai les idées qui défilent à cent à l'heure dans ma tête et je vais avoir du mal à les arrêter.

— J'aimerais poser une ou deux questions au médecin légiste ou à la personne qui a pratiqué l'autopsie. Ensuite, j'arriverai peut-être à faire un somme.

— D'accord, déclara Tony. On y va tout de suite. »

Ils montèrent tous les deux dans la Jeep. Apparemment, ils n'étaient pas suivis. Mais cela ne voulait pas dire que Frye n'était pas dissimulé dans une des voitures stationnées dans la rue. S'il les avait filés depuis la villa d'Hilary, il n'avait pas besoin de les prendre en chasse, puisqu'il connaissait maintenant le repaire où s'était réfugiée sa proie.

« Et s'il pénétrait chez toi pendant notre absence ? S'il se cachait en attendant notre retour ?

— J'ai deux serrures à ma porte, dont l'une est la meilleure qui puisse exister actuellement, répliqua Tony. Il faudrait qu'il la fracasse à coups de hache. Le seul autre moyen d'entrer chez moi serait de fracturer l'une des fenêtres qui donne sur le balcon extérieur. S'il pénétrait par là, on s'en apercevrait tout de suite en arrivant.

— Et s'il se débrouillait autrement ?

— Impossible. Pour passer par les autres fenêtres, il faudrait qu'il escalade un mur lisse et à la vue de tout le monde. Ne t'inquiète pas. Nos arrières sont sûrs.

— Il pourrait peut-être passer à travers la porte, comme un fantôme. A moins qu'il ne se transforme en nuée et ne s'introduise par le trou de la serrure.

— J'espère que tu ne crois pas à ces sornettes. Il n'a aucun pouvoir surnaturel. Il a bien fallu qu'il casse un carreau pour entrer chez toi, la nuit dernière. »

Ils arrivaient dans le centre. La circulation était dense. La profonde fatigue qu'éprouvait Hilary commençait à saper ses défenses mentales, habituellement solides, et le virus pernicieux du doute faisait peu à peu son chemin en elle. Pour la première fois, elle commençait à se demander si c'était bien Frye qu'elle avait vu.

« J'ai l'impression que je deviens folle.

— Non, tu n'es pas folle, répondit Tony en lui lançant un bref coup d'œil. Ce n'est pas toi qui as mis ta maison à sac. Tu ne t'es pas simplement imaginé que ton agresseur ressemblait à Bruno Frye. C'est ce que je croyais au début, je le reconnais. Mais, maintenant, je sais que ton esprit est parfaitement sain. Pourtant, c'est aussi difficile à accepter que la seconde hypothèse, à savoir que deux maniaques isolés, atteints tous deux par la même idée fixe et obsédés par une peur psychotique des vampires, se seraient attaqués à toi au cours de la même semaine. En réalité, je trouve qu'il est plus facile d'admettre que Frye est vivant, d'une façon ou d'une autre.

— Et si je te l'avais passée ?

— Passée quoi ?

— Ma folie.

— La folie n'est pas contagieuse, comme la grippe ou la rougeole. On ne l'attrape pas par un baiser, dit-il en souriant.

— Tu n'as jamais entendu parler de « psychose partagée » ?

— « Psychose partagée » ? dit-il en s'arrêtant à un feu rouge. Est-ce que ce ne serait pas un programme de l'Assistance sociale pour aider les défavorisés ne pouvant pas s'offrir une psychose individuelle ?

— Tu oses plaisanter en un tel moment ?

— Surtout en un tel moment.
— Et l'hystérie collective, qu'en penses-tu ?
— Ce n'est pas un de mes passe-temps préférés.
— Pourtant, c'est peut-être ce qui est en train de se produire.
— Non. Impossible, affirma Tony. Nous ne sommes que deux. Ça ne fait pas une collectivité.
— Ah ! comme je suis contente que tu sois là, sourit-elle. Ce serait affreux si j'avais à me battre toute seule.
— Tu ne seras jamais plus seule. »

Elle lui posa la main sur l'épaule. A onze heures un quart, ils arrivaient devant la morgue.

La secrétaire de l'Institut médico-légal leur apprit que le médecin-chef n'avait pas pratiqué lui-même l'autopsie du corps de Bruno Frye. Le jeudi et le vendredi précédents, il était à San Francisco et c'était donc un autre médecin de son service qui s'en était chargé.

Hilary se prit alors à espérer que la résurrection de Frye allait pouvoir s'expliquer par une raison simple et logique. Celui auquel cette tâche avait été confiée était peut-être un fumiste, un tire-au-flanc qui, sachant que le patron n'était pas là, avait escamoté l'autopsie et fabriqué un rapport bidon.

Cet espoir s'évanouit quand on lui présenta Ira Goldfield, le jeune médecin en question. C'était un beau garçon d'une trentaine d'années, doté d'un regard bleu perçant, ainsi que d'une abondante chevelure blonde aux boucles serrées. Il était sympathique, dynamique, ouvert et manifestement trop passionné par son métier pour ne pas le faire parfaitement.

Goldfield emmena Hilary et Tony dans une petite salle de réunion qui sentait le pin et la fumée de cigarette. Ils s'assirent tous les trois devant une table rectangulaire encombrée de livres de médecine, de rapports de laboratoire et de fiches informatiques.

« Bien sûr, déclara le jeune médecin. Je m'en souviens. Bruno Graham... non... Gunther. Bruno Gunther Frye. Deux blessures ; l'une relativement superficielle et l'autre profonde et mortelle. Des muscles abdominaux comme je n'en avais encore jamais vus. (Il jeta un coup d'œil en direction d'Hilary.) Ah ! oui !... vous êtes la femme qui l'a... qui l'a poignardé.

— Légitime défense, précisa Tony.

— Je n'en doute pas une seconde. Il est absolument impossible que Mlle Thomas se soit attaquée à cet homme. C'était un colosse ; il l'aurait balayée comme un fétu de paille. D'après le compte rendu de l'enquête et les articles que j'ai pu lire dans les journaux, Frye s'est jeté sur vous sans savoir que vous aviez un couteau.

— C'est exact. Il pensait que je n'étais pas armée.

— Une chance pour vous, dit Goldfield en hochant la tête. Etant donné la disproportion des forces en présence, vous n'auriez jamais pu le neutraliser autrement sans être vous-même blessée. Cet homme avait des biceps et des avant-bras impressionnants. Il y a dix ou quinze ans, il aurait pu faire une brillante carrière dans le culturisme. Vous avez eu une sacrée veine. Si vous ne l'aviez pas eu par surprise, il vous aurait cassée en deux. Littéralement en deux. Et facilement, même. »

Il secoua la tête, visiblement toujours sous le coup de l'impression que Frye avait produite sur lui, puis il ajouta :

« Au fait, qu'est-ce que vous vouliez me demander ? »

Tony regarda Hilary qui haussa légèrement les épaules.

« Je crois qu'en définitive, nous sommes venus pour rien », dit Hilary.

Le regard de Goldfield courut de l'un à l'autre. Un sourire de curiosité, discret mais encourageant, passa sur son visage.

« Je le pense aussi, dit Tony en s'éclaircissant la gorge. Je pense aussi que nous n'avons plus de questions à vous poser... maintenant que nous vous avons vu.

— Vous m'avez l'air bien mystérieux, répliqua Goldfield sur le ton de la plaisanterie. Vous avez piqué ma curiosité. Vous ne pouvez pas me laisser ainsi sur des charbons ardents.

— Eh bien, voilà, dit Tony. On voulait s'assurer qu'il y avait bien eu une autopsie. »

Goldfield les regarda sans comprendre.

« Pourtant, vous le saviez avant de demander à me

voir. Agnes, la secrétaire du médecin-chef, a dû vous dire…

— Nous voulions l'entendre de votre propre bouche, expliqua Hilary.

— Je ne saisis toujours pas.

— Nous savions qu'il y avait eu un rapport d'autopsie, dit Tony. Mais nous n'étions pas sûrs que le travail avait réellement été fait.

— Mais, maintenant que nous vous avons vu, nous n'avons plus le moindre doute », s'empressa d'ajouter Hilary.

Goldfield écarquilla les yeux.

« Vous voulez dire… vous pensiez que j'avais pu fabriquer un faux rapport sans même prendre le mal de l'ouvrir ? »

Il ne paraissait pas offensé, seulement ébahi.

« On avait pensé qu'il pouvait y avoir une petite possibilité.

— Certainement pas avec le patron qu'on a ! s'exclama Goldfield. C'est un vieux de la vieille. Il faut que ça marche au pas. Si l'un de nous ne faisait pas son boulot comme il faut, il serait capable de l'étrangler, ajouta-t-il sur un ton affectueux qui témoignait de sa profonde admiration pour son patron.

— Par conséquent, vous ne doutez pas une seconde que Bruno Frye soit bien… bien mort ? » demanda Hilary.

Goldfield la regarda d'un air éberlué, comme si elle venait de le prier de se mettre sur la tête et de réciter un poème.

« Mort ? Naturellement qu'il est mort !

— Vous avez pratiqué une autopsie complète ? insista Tony.

— Oui, je l'ai ouvert… répondit Goldfield en s'interrompant brusquement. Non, à vrai dire, je n'ai pas fait une autopsie complète au sens où vous l'entendez probablement. Je n'ai pas fait la dissection dans les règles de toutes les parties de son corps. J'avais beaucoup de travail, ce jour-là, et nous manquions de personnel. De toute façon, il n'était pas nécessaire d'ouvrir le corps de Frye de part en part. La blessure qu'il avait dans le bas de l'abdomen était mortelle. Il n'y avait aucune raison de lui ouvrir le thorax pour regarder son cœur, ni d'aller examiner sa boîte crânienne. J'ai donc agrandi les deux plaies pour me rendre compte de l'étendue des dégâts et pour m'assurer que l'une des deux blessures, au moins, avait causé la mort. Si vous ne l'aviez pas poignardé chez vous... si les circonstances de sa mort avaient été moins claires, j'en aurais sans doute fait davantage. Mais, dans ce cas, il était évident qu'il n'y aurait aucune accusation de meurtre. En outre, je peux affirmer sans aucune ambiguïté que sa blessure à l'abdomen l'a tué.

— Il n'est donc pas possible qu'il se soit trouvé dans un coma très profond quand vous l'avez examiné ? demanda Hilary.

— Dans le coma ? Grands dieux, non ! Jamais de la vie ! (Goldfield se leva et se mit à marcher de long en large.) On a vérifié son pouls, sa respiration, ses pupilles ; on a même fait un électro-encéphalogramme. Il était bien mort, sans aucun doute possible. Mort comme une pierre. Quand on me l'a confié, il n'y avait même plus assez de sang dans son organisme pour maintenir la moindre étincelle de vie. Il était dans un état de lividité avancée, ce qui veut dire que le sang qui restait dans ses tissus s'était accumulé dans les parties basses du corps — dans le cas présent, dans la position où il était lorsqu'il est mort. Les chairs étaient déjà raides et violacées. Non, il n'y a aucune erreur possible.

— Veuillez nous excuser de vous avoir fait perdre votre temps, docteur Goldfield, dit Tony en se levant.

— J'espère aussi que vous me pardonnerez d'avoir mis en doute votre conscience professionnelle, ajouta Hilary.

— Allons, dites-moi tout, leur demanda Goldfield. Vous ne pouvez pas me laisser dans le noir. De quoi s'agit-il ? »

Hilary regarda Tony. Il paraissait aussi réticent qu'elle à évoquer le problème des morts vivants avec le médecin.

« Allons, répéta Goldfield. Vous avez l'air de gens sensés ; vous aviez certainement une raison pour venir ici.

— La nuit dernière, dit enfin Tony, un homme s'est introduit chez Mlle Thomas et a essayé de la tuer. Il ressemblait à Frye de façon frappante.

— Vous parlez sérieusement ?

— Oh ! oui, dit Hilary. Très sérieusement.

— Alors, vous avez pensé que...

— C'est ça.

— Seigneur, quel choc vous avez dû avoir en le voyant ! s'exclama Goldfield. Toutefois, je suis obligé de vous dire que cette ressemblance ne pouvait être qu'une coïncidence. Frye est bien mort. Je n'ai jamais vu quelqu'un de plus mort que lui. »

Après avoir remercié Goldfield de son amabilité et de sa patience, ils retournèrent dans le hall d'entrée en sa compagnie.

Ils s'arrêtèrent à la réception pour demander à Agnes, la secrétaire, le nom et l'adresse du funérarium qui avait pris en charge le corps de Frye.

« C'est celui de la Colline des Anges », répondit-elle après avoir consulté son registre.

Hilary nota l'adresse.

« Vous ne pensez tout de même pas... hésita Goldfield.

— Non, dit Tony. Mais il ne faut négliger aucune piste. En tout cas, c'est ce qu'on m'a appris à l'école de police. »

Le sourcil froncé, Goldfield les suivit du regard jusqu'à ce qu'ils fussent sortis de la morgue.

Quand ils arrivèrent à la Colline des Anges, Hilary resta à attendre dans la Jeep, pendant que Tony allait s'entretenir avec l'entrepreneur des pompes funèbres qui avait pris en charge la dépouille de Frye. Ils pensaient obtenir plus rapidement des renseignements si Tony se présentait seul en montrant sa carte de police.

La Colline des Anges était une importante entreprise qui possédait toute une flottille de corbillards, douze vastes chapelles funéraires et un nombreux personnel. Même dans le bureau, on avait installé un éclairage indirect et apaisant ; les murs avaient une teinte sombre et profonde et le sol était recouvert d'une épaisse moquette. Ce décor étais destiné à évoquer discrètement le mystère de la mort, mais, aux yeux de Tony, il était purement et simplement le symbole de la rentabilité du commerce funéraire.

L'hôtesse d'accueil, une jolie blonde vêtue d'une jupe grise et d'un chemisier marron, s'exprimait par de longs chuchotements rauques et ouatés. Ce discours n'avait absolument rien d'érotique, ni de sensuel ; le ton en avait été soigneusement étudié pour prodiguer tout à la fois consolation, sollicitude, respect dénué d'affectation, compassion mesurée mais sincère. Elle avait une voix à annoncer les départs dans les aéroports et Tony se demanda si elle usait des mêmes accents voilés pour encourager son amant quand elle faisait l'amour, pensée qui le glaça.

Elle sortit le dossier de Bruno Frye et y trouva le nom du spécialiste qui s'était occupé de lui.

« C'est Sam Hardesty. Je pense qu'il doit être dans une salle de préparation. Nous avons eu deux admissions, tout récemment, dit-elle, comme si elle travaillait dans un hôpital et non dans un établissement mortuaire. Je vais voir s'il peut vous consacrer quelques minutes. S'il arrive à se libérer, il vous recevra dans le salon du personnel. »

Sur ces mots, elle emmena Tony dans le salon en question. C'était une pièce de dimensions modestes mais agréable. Des fauteuils confortables étaient alignés contre le mur. Des cendriers et des revues de toute sorte étaient posés sur des petites tables. Une machine à café, une fontaine à jus de fruit, un tableau où étaient épinglés des avis du club de bowling, des petites annonces pour la vente de véhicules d'occasion et des propositions pour regrouper plusieurs personnes dans une même voiture.

Tony était en train de feuilleter le bulletin ronéotypé du personnel de la Colline des Anges, opuscule de quatre pages, quand Sam Hardesty entra. Avec sa combinaison blanche toute chiffonnée, bouclée de haut en bas par une fermeture Eclair, il faisait bizarrement penser à un mécano. Plusieurs petits ustensiles, dont Tony ne chercha pas à savoir l'utilité, étaient accrochés à sa poche de poitrine. C'était un homme de moins de trente ans, avec de longs cheveux bruns et un visage taillé à coups de serpe.

« Inspecteur Clemenza ?

— Moi-même. »

Hardesty tendit la main et Tony la serra avec une certaine répugnance en songeant à ce qu'il avait dû toucher quelques instants auparavant.

« Suzy m'a dit que vous désiriez me parler à propos de l'un de nos défunts, dit Hardesty du même ton à la fois sourd et onctueux que celui de Suzy, la blonde hôtesse d'accueil.

— On m'a dit que vous aviez été chargé de préparer le corps de Bruno Frye avant qu'il soit expédié à Santa Rosa, jeudi dernier.

— C'est exact. Nous avons travaillé en collaboration avec une maison funéraire de St. Helena.

— Pourriez-vous me raconter très précisément ce que vous avez fait après avoir pris le corps à la morgue ?

— On a amené le défunt ici et on l'a traité, dit Hardesty en considérant Tony avec un peu d'étonnement.

— Vous ne vous êtes arrêtés nulle part en chemin ?

— Non.

— À partir de l'instant où le corps vous a été confié jusqu'au moment où vous l'avez quitté à l'aéroport, est-il resté seul une minute ?

— Seul ? Un très bref moment, uniquement. On a dû se dépêcher parce qu'il fallait embarquer la dépouille sur le vol de vendredi après-midi. Dites-moi, est-ce que je pourrais savoir de quoi il s'agit ? Que cherchez-vous ?

— Je n'en sais trop rien encore, mais, en posant beaucoup de questions, je finirai peut-être par le découvrir. Vous l'avez embaumé ?

— Bien entendu. Il le fallait puisque le corps a voyagé par un moyen de transport public. Dans ce cas, la loi nous oblige à décrocher les organes mous et à embaumer le défunt.

— Les décrocher ?

— Ce n'est pas un sujet de conversation très agréable, je le sais. Mais l'estomac, les intestins et certains autres organes nous posent un vrai problème. Remplis de déchets en putréfaction, ils s'abîment beaucoup plus vite que les autres tissus. Pour prévenir la formation des mauvaises odeurs et des flatulences, ce qui serait bien gênant au moment des visites, et pour une bonne conservation des corps, même après l'ensevelissement, il faut retirer le maximum de ces organes. On utilise pour cela un instrument télescopique muni d'un crochet rétractable ; on l'insère dans l'orifice anal et... »

Tony se sentit blêmir ; il leva vivement la main pour arrêter Hardesty.

« Merci. J'ai compris. Je m'imagine très bien le tableau.

— Je vous avais prévenu que ce n'était pas agréable.

— Pas particulièrement, en effet », reconnut Tony. Il avait l'impression d'avoir quelque chose en travers de la gorge. Il toussa dans son poing mais rien n'y fit. Cette sensation durerait sans doute tant qu'il n'aurait pas quitté cet endroit.

« Bon, dit-il. Je pense que vous m'avez dit tout ce que je voulais savoir.

— J'ignore ce que vous cherchez, remarqua Hardesty en fronçant pensivement les sourcils. Mais il s'est produit un curieux incident en rapport avec Bruno Frye.

— Quoi donc ?

— Ça s'est passé deux jours après l'envoi du corps à Santa Rosa. Dimanche après-midi. Avant-hier. Un type a téléphoné en demandant à parler à la personne qui s'était occupée de Bruno Frye. J'étais de service, ce jour-là, et j'ai donc pris la communication. J'ai eu au bout du fil un bonhomme hors de lui qui m'a accusé d'avoir bâclé mon travail. C'est faux : j'ai fait tout ce que je pouvais, étant donné les circonstances. Je peux vous affirmer que les chairs étaient en très mauvais état quand j'ai reçu le défunt. Impossible de lui rendre l'apparence de la vie. Et puis, on ne m'avait pas chargé de le maquiller. Ce sont les pompes funèbres de St. Helena qui s'en sont occupé. Je lui ai donc expliqué que ce n'était pas ma faute, mais il ne m'a pas laissé placer un mot.

— Il s'est présenté ?

Non. Il s'est mis de plus en plus en colère. Il criait,

pleurait et semblait avoir perdu la raison. J'ai pensé que c'était un parent du défunt que la douleur avait égaré. C'est pourquoi j'ai fait preuve de patience. Et voilà que, subitement, alors qu'il semblait être au bord de la crise de nerfs, il m'a déclaré qu'il était Bruno Frye.

— Quoi ?

— Oui. Il a dit qu'il était Bruno Frye et qu'un jour, il viendrait peut-être me démolir le portrait pour ce que je lui avais fait.

— A-t-il dit autre chose ?

— Non. Rien d'autre. Quand il a commencé à partir sur ce terrain, j'ai compris que j'avais affaire à un cinglé et j'ai raccroché. »

Tony eut soudain l'impression qu'on venait de lui faire une transfusion d'eau glacée. Il était frigorifié à l'intérieur comme à l'extérieur.

« Qu'avez-vous ? demanda Hardesty, en s'apercevant de son trouble.

— J'étais seulement en train de me demander si, à partir de trois personnes, on pouvait parler d'hystérie collective.

— Hein ?

— Avez-vous remarqué quelque chose de particulier dans la voix de cet homme ?

— Tiens, comment l'avez-vous deviné ?

— Une voix très grave ?

— Des borborygmes, dit Hardesty.

— Une voix rude, rocailleuse ?

— C'est ça. Vous le connaissez ?

— J'en ai bien peur.

— Qui est-ce ?

— Si je vous le disais, vous ne me croiriez pas.

— Dites toujours.

— Désolé, fit Tony en secouant la tête. Il s'agit d'une affaire confidentielle. »

Hardesty semblait déçu ; le sourire indécis qui se promenait sur son visage s'effaça.

« Très bien, monsieur Hardesty. Vous nous avez été d'un grand secours. Merci de votre aide.

— Ce n'est rien », marmonna Hardesty.

Si, justement, c'est quelque chose, pensa Tony. Mais je me demande bien ce que ça veut dire.

Ils quittèrent le salon du personnel et partirent chacun de leur côté mais, au bout de quelques pas, Tony se retourna.

« Monsieur Hardesty ?

— Oui ?

— J'aurais une question personnelle à vous poser.

— Je vous en prie.

— Qu'est-ce qui vous a décidé à... à opter pour ce genre de métier ?

— Un des mes oncles était croque-mort. Je l'aimais beaucoup.

— Je vois.

— Il était à mourir de rire. Un homme charmant. Surtout avec les enfants. Il adorait les gosses. J'ai toujours voulu lui ressembler. Comment dire, on avait toujours l'impression que l'oncle Alex était le détenteur d'un grand secret, d'une vérité énorme, cachée. Il nous régalait de tours de magie mais ce n'était pas uniquement ça. Quand j'étais gosse, son métier me semblait auréolé de mystère et de magie ; pour moi, grâce au contact quotidien avec la mort, cet homme savait quelque chose qui nous échappait à tous.

— Et ce secret, vous l'avez découvert, finalement ?

— Oui, dit Hardesty. Je crois que j'y suis arrivé.

— Vous voulez bien me le dire ?

— Oh, si vous voulez. Ce que savait l'oncle Alex, et ce que j'ai fini par apprendre, c'est qu'il faut traiter les morts avec autant de respect et de considération que nous en avons pour les vivants. On ne peut tout simplement pas les chasser de notre esprit et les mettre en terre avant de les oublier. Tout ce qu'ils nous ont appris de leur vivant demeure et reste en nous. Tout ce qu'ils nous ont fait, tout ce qu'ils ont fait pour nous persiste à jamais dans notre esprit, nous travaille, nous forme et contribue à faire de nous ce que nous sommes. A cause de cette action qu'ils ont sur nous, nous avons à notre tour une influence sur certaines personnes qui vivront encore longtemps après que nous serons morts. Ainsi, voyez-vous, d'une certaine manière, les morts ne meurent-ils jamais vraiment. Ils passent, tout simplement ; *ad patres*, dit-on. Le secret de l'oncle Alex était simple : les morts sont là, parmi nous. »

Interdit, Tony ne savait plus quoi dire mais une question lui vint spontanément aux lèvres.

« Etes-vous un homme religieux, monsieur Hardesty ?

— Je ne l'étais pas quand j'ai commencé à faire ce travail, répondit-il. Mais, maintenant, oui. Oui, on peut le dire.

— Je comprends. »

Quand il remonta dans la Jeep, Hilary lui demanda :

« Alors ? Est-ce qu'ils ont embaumé Frye ?

— Pire que ça.

— Qu'est-ce que tu veux dire par là ?

— Tu n'as pas besoin de le savoir. »

Il lui parla alors de l'étrange coup de téléphone reçu par Hardesty.

« Ahhh ! murmura-t-elle. Oublie ce que je t'ai dit sur la psychose partagée. Voici une preuve !

— Une preuve de quoi ? Que Frye est vivant ? Ce n'est pas possible. Outre une série de choses dégoûtantes, il a été embaumé. L'hypothèse du coma dépassé ne tient plus debout, étant donné qu'on lui a injecté un liquide de conservation dans les veines à la place du sang.

— En tout cas, ce coup de téléphone est bien la preuve qu'il se passe des choses peu ordinaires.

— Pas vraiment, dit Tony.

— Tu ne pourrais pas aller raconter ça à ton chef ?

— Ça ne servirait à rien. Harry Lubbock pensera qu'il s'agit d'un malade, d'un détraqué.

— Mais la voix !

— Ce ne sera pas suffisant pour le convaincre.

— Bon. Alors qu'est-ce qu'on fait maintenant ? soupira-t-elle.

— Il faut qu'on réfléchisse sérieusement. Il faut examiner la situation sous tous les angles et voir si nous n'avons rien laissé de côté.

— On ne pourrait pas y réfléchir en mangeant ? Je meurs de faim.

— Où veux-tu aller déjeuner ?

— Etant donné que nous ne sommes pas très frais tous les deux, je suggère un endroit sombre et intime.

— Un box écarté, au Casey's Bar ?
— Parfait. »

Bruno Frye s'allongea à l'arrière de la Dodge et essaya de dormir.

La camionnette n'était pas celle avec laquelle il était allé à Los Angeles, la semaine précédente. Le véhicule avait été saisi par la police, puis réclamé par un représentant de Joshua Rhinehart, homme d'affaires de Frye et responsable de la liquidation de ses biens. Elle n'était pas grise, comme la première, mais bleu foncé, avec des lignes blanches. Frye l'avait achetée comptant, la veille au matin, chez un concessionnaire Dodge de la banlieue de San Francisco. C'était un superbe engin.

La veille, il avait roulé presque toute la journée et était arrivé à Los Angeles dans la soirée. Il s'était rendu directement chez Katherine, à Westwood.

Cette fois, elle avait pris comme nom Hilary Thomas, mais il savait que c'était Katherine.

Katherine.

Sortie de la tombe, encore une fois.

La charogne.

Il s'était introduit dans la maison mais elle n'y était pas. Enfin, un peu avant l'aube, elle était rentrée et il avait bien failli l'avoir. Il ne comprenait toujours pas pourquoi la police s'était présentée.

Au cours des quatre dernières heures, il était passé cinq fois près de sa maison mais n'avait rien vu d'intéressant. Il ignorait si elle était chez elle.

Il était perdu, désorienté, paniqué. Il ne savait pas quoi faire, ni comment il pourrait la retrouver. Ses pensées se faisaient de plus en plus confuses, fragmentées et difficiles à maîtriser. Il était comme ivre, étourdi, pris de vertiges, bien qu'il n'eût rien bu.

Il était fatigué. Tellement fatigué. Pas fermé l'œil depuis dimanche. S'il arrivait à dormir, il parviendrait ensuite à rassembler ses idées. Il pourrait alors se remettre à pourchasser cette salope.

Lui couper la tête.

Lui arracher le cœur et y planter un pieu.

La tuer. La tuer une bonne fois pour toutes. Mais d'abord, dormir.

Il s'étendit sur le plancher de la camionnette, bénissant le ciel pour le soleil qui filtrait à travers le pare-brise et qui parvenait jusqu'à lui. Il avait peur de dormir dans le noir.

Un crucifix était posé à côté de lui. Ainsi que deux pieux de bois pointus. Il avait rempli des petits sachets de toile avec des gousses d'ail et les avait suspendus au-dessus des portes.

Ces objets le protégeraient peut-être contre Katherine, mais il savait bien qu'ils n'éloigneraient pas les cauchemars. Ils viendraient comme toujours et il se réveillerait avec un cri bloqué dans le fond de la gorge. Comme d'habitude, il ne se souviendrait de rien, mais, en reprenant conscience, il entendrait ces éternels bourdonnements, ces bruissements qui lui étaient toujours demeurés inintelligibles, et sentirait quelque chose, quelque chose d'horrible, ramper sur son corps, sur son visage, et tenter de s'introduire dans sa bouche et son nez. Tout le temps que durerait cette sensation, il appellerait la mort en geignant.

Il redoutait le sommeil, mais il en avait besoin.

Il ferma les yeux.

Comme chaque jour, à l'heure du déjeuner, la grande salle du restaurant du Casey's Bar retentissait d'une rumeur assourdissante.

Mais, derrière le bar ovale, il y avait plusieurs boxes placés à l'écart et fermés sur trois côtés, comme un grand confessionnal. Là, le grondement des conversations était supportable et cette espèce d'écran garantissait l'intimité.

En plein milieu de son repas, Hilary leva soudain le nez de son assiette et déclara :

« J'y suis !

— Comment ça, tu y es ?

— Frye a sûrement un frère.

— Un frère ?

— Ça expliquerait tout.

— Donc, tu penses avoir tué Frye jeudi dernier… et ce serait son frère qui aurait pénétré chez toi la nuit dernière ?

— Seuls des frères peuvent se ressembler à ce point.
— Et la voix ?
— Ils ont dû hériter de la même voix.
— Il se peut qu'une voix grave soit héréditaire, rétorqua Tony. Mais cette intonation rocailleuse dont tu as parlé, tu crois qu'elle pourrait l'être aussi ?
— Pourquoi pas ?
— Mais tu disais que pour parler ainsi, il fallait avoir été blessé à la gorge ou être né avec une malformation du larynx.
— Je me trompais. A moins que les deux frères n'aient eu la même malformation de naissance.
— Un cas sur un million.
Ce n'est pas impossible. »
Tony avala une gorgée de bière et poursuivit :
« Il se peut que deux frères aient le même corps, les mêmes traits, la même couleur d'yeux, la même voix. Mais crois-tu qu'ils puissent souffrir exactement des mêmes troubles psychiques ?
— Les maladies mentales sont souvent produites par le milieu.
— C'est ce qu'on pensait autrefois, mais on en est moins sûr aujourd'hui.
— Ecoute. Supposons que le comportement psychotique soit produit par le milieu. Imagine deux frères élevés dans le même foyer, par les mêmes parents, donc dans le même milieu. Ne peut-on pas concevoir qu'ils soient atteints de psychoses identiques ?
— Au fait, dit-il en se grattant le menton... Je me rappelle...
— Quoi ?
— Autrefois, j'ai suivi des cours de psychopathologie, dans le cadre du programme de criminologie. Le but consistait à nous apprendre à reconnaître les différents types de psychopathes et à nous enseigner la manière de les aborder. C'était une bonne idée. Si un policier arrive à identifier la maladie dont est atteint l'individu à qui il a affaire, et s'il a quelques notions, au moins, de la façon dont un malade mental pense et réagit, il a beaucoup plus de chance de le maîtriser rapidement et sans danger. Je me rappelle qu'on nous avait passé plusieurs films sur

ce sujet. L'un d'eux exposait le cas incroyable d'une mère et de sa fille, toutes deux schizophrènes. Elles souffraient des mêmes troubles.

— Ah ! tu vois ! s'exclama Hilary.

— C'est un cas extrêmement rare.

— Celui-ci également. Un frère... »

Ils se remirent à manger, chacun d'eux contemplant pensivement son assiette. Soudain, Tony s'écria :

« Mince alors ! Il me revient un détail qui démolit joliment ta thèse des deux frères.

— Qu'est-ce que c'est ?

— Tu as dû lire les journaux de vendredi et de samedi.

— Pas tous. C'est... je ne sais comment dire... c'est gênant d'être présentée comme une victime. J'ai lu un article et ça m'a suffi.

— Et tu ne te souviens pas de ce qu'on disait dans cet article ? »

Elle fronça les sourcils, essayant de deviner où Tony voulait en venir.

« Ah ! oui ! Frye n'avait pas de frère, dit-elle, ayant enfin compris.

— Ni frère, ni sœur, ni personne. A la mort de sa mère, il s'est retrouvé seul héritier des vignobles, dernier rejeton de la famille Frye ; la fin de la lignée. »

Hilary refusait de renoncer à son idée. Cette explication était la seule qui donnait un sens aux événements. Malheureusement, elle ne voyait pas comment étayer sa théorie. Ils achevèrent leur repas en silence. A la fin, Tony déclara :

« Tu ne peux pas te cacher de lui éternellement et on ne peut pas, non plus, attendre sans rien faire qu'il te trouve.

— Je n'apprécie guère l'idée d'être l'appât du piège.

— En tout cas, la réponse n'est pas à Los Angeles.

— C'était ce que j'étais en train de me dire.

— Il faut aller à St. Helena.

— Et voir le shérif Laurenski.

— Laurenski et tous ceux qui ont connu Frye.

— On en aura peut-être pour plusieurs jours, remarqua Hilary.

— Comme je te l'ai déjà dit, il me reste de nombreux jours de congés à prendre. Et, pour la première fois de ma vie, je n'ai pas particulièrement envie de retourner travailler.

— Très bien ! Quand partons-nous ?

— Le plus tôt sera le mieux.

— Pas aujourd'hui, en tout cas, dit Hilary. Nous sommes trop crevés. Il faut qu'on dorme un peu. En outre, je voudrais déposer tes toiles chez Wyant Stevens. Je dois aussi contacter l'expert de l'assurance pour évaluer les dommages et appeler le service de nettoyage, pour qu'on vienne remettre la maison en état pendant mon absence. Et puis, si je ne peux pas rencontrer les représentants de la Warner cette semaine, il faudra au moins que je leur demande de m'excuser, ou que je demande à Wally Topelis de le faire pour moi.

— Et moi, enchaîna Tony, il faut que je termine mon rapport sur l'affaire Bobby Valdez. Il aurait dû être prêt ce matin. Bien entendu, on aura besoin de moi pour l'enquête. On en fait toujours une quand un policier a été abattu ou a abattu quelqu'un. Je pense qu'elle n'aura pas lieu avant la semaine prochaine mais, de toute façon, je pourrai demander à ce qu'elle soit repoussée.

— Alors, quand partons-nous pour St. Helena ?

— Demain. Les obsèques de Frank auront lieu à neuf heures. Je veux être là. Il faut donc voir s'il y a un vol vers midi.

— C'est parfait pour moi.

— On a beaucoup de choses à faire. On ferait bien de se bousculer un peu.

— Ah !... autre chose... Je crois qu'il vaudrait mieux ne pas aller dormir chez toi, cette nuit.

— Je suis certain qu'il ne pourra pas te trouver, dit Tony en lui prenant la main par-dessus la table. Et puis, je suis là et j'ai une arme. Il a beau avoir une musculature digne de Monsieur Univers, avec mon revolver, je fais le poids.

— Non, s'obstina-t-elle en secouant la tête. Tu as peut-être raison, mais je serais incapable de dormir. Je resterais éveillée toute la nuit, à écouter le moindre bruit.

— Où proposes-tu qu'on aille ?

— Quand on aura terminé ce que nous avons à faire, on prendra nos valises, on quittera l'appartement en s'assurant bien que personne ne nous suit et on ira s'installer dans un hôtel voisin de l'aéroport.

— Tu as raison. Il vaut mieux tout prévoir. »

A St. Helena, mardi à quatre heures dix de l'après-midi, Joshua Rhinehart raccrocha son téléphone et se laissa aller contre le dossier de son fauteuil avec une certaine satisfaction. En deux jours, il avait abattu une belle besogne. Il fit pivoter son siège et contempla les vignes toutes proches et l'arrière-plan lointain des montagnes.

Il avait passé presque toute la journée du lundi au téléphone pour discuter avec les banquiers, les agents de change et les conseillers financiers de Bruno Frye. Il y avait eu des discussions sans fin pour savoir que faire de ses biens, le temps que la masse de la succession soit liquidée, et plus d'un débat animé au sujet du meilleur moyen d'en disposer le moment venu. La liquidation promettait d'être longue et compliquée car Bruno Frye possédait de nombreux comptes dans plusieurs banques, un coquet portefeuille d'actions et d'obligations, des intérêts dans l'immobilier ainsi que quantité d'autres choses.

Joshua passa toute la matinée et la plus grande partie de l'après-midi du mardi au téléphone à organiser la visite à St. Helena des experts les plus réputés de Californie en matière artistique. Il s'agissait d'inventorier et d'évaluer les nombreuses collections que la famille avait accumulées depuis quelque soixante-dix ans. Leo, le patriarche, le père de Katherine, mort depuis maintenant quarante ans, avait commencé humblement, fasciné qu'il était par les robinets de bois sculptés à la main dont étaient munis autrefois les tonneaux de bière et de vin dans certaines contrées d'Europe, robinet dérivant de robin, surnom du mouton, dont la tête ornait souvent les robinets au Moyen Âge. A sa mort, il en avait amassé plus de deux mille, tous ornés de têtes — ébahies, cauteleuses, hilares, affligées, furieuses, ricanantes — de démons, d'anges, de bouffons, de loups, d'elfes, de fées, de sorcières, de gnomes et autres créatures bizarres. La fille avait hérité des mêmes dispositions d'esprit que son père et, lorsque celui-ci était mort, Katherine avait peu à peu consacré toute sa vie à ses collections. Cette propension à accumuler sans cesse de belles choses était devenue une passion qui, au fil des ans, s'était transformée en véritable idée fixe. (Joshua la revoyait encore, les yeux brillants, le souffle court et le débit précipité, lui commenter comme une gamine excitée ses dernières acquisitions ; il savait qu'il y avait quelque chose de malsain dans cette volonté effrénée de remplir chaque pièce, chaque placard, chaque tiroir de bibelots de luxe, mais les riches ont toujours pu se permettre toutes sortes de lubies et d'excentricités, du moment qu'ils ne font de tort à personne.) Katherine avait collectionné les émaux, les paysages fin de siècle, tout ce qui était cristal portant la griffe de René Lalique, les vitraux, les camées antiques et d'innombrables autres objets, non pas tellement à cause de leur valeur (même s'il s'agissait de bons placements), mais parce qu'elle les voulait, qu'il les lui fallait, qu'elle en avait besoin comme le drogué a besoin de son injection. Elle avait rempli son immense demeure de trésors, passant d'innombrables heures à les nettoyer, à les astiquer, et à veiller à ce que tout soit en ordre et chaque chose à sa place. Bruno avait perpétué cette tradition presque obsessionnelle et les deux maisons — celle que Leo avait fait élever en 1918 et celle que Bruno avait fait construire il y avait cinq ans — étaient aujourd'hui de véritables musées. Joshua avait contacté les galeries et les salles des ventes les plus prestigieuses de Los Angeles et de San Francisco ; toutes avaient proposé leurs services car qui disperserait les collections Frye empocherait au passage de mirifiques commissions. Deux antiquaires de San Francisco et de Los Angeles avaient annoncé leur arrivée pour le samedi matin, et, certain qu'il leur faudrait plusieurs jours pour établir le catalogue complet des collections, Joshua leur avait réservé une chambre dans une auberge locale. A seize heures dix, il eut enfin l'impression de commencer à émerger et, pour la première fois depuis la mort de Bruno Frye, fut en mesure d'évaluer le temps qu'il lui faudrait pour clore cette affaire. Au début, il avait craint que cette liquidation ne s'éternise pendant des années, ou, du moins, pendant des mois. Mais, maintenant qu'il avait pris connaissance du testament de Frye, établi cinq ans auparavant, et qu'il avait découvert que son client s'était toujours appuyé sur des conseillers financiers compétents, il estimait que tout serait réglé en quelques semaines. Trois facteurs — rares dans ce genre de grosses successions — contribuaient grandement à faciliter sa tâche. Premièrement, Bruno Frye n'avait aucun parent susceptible de venir contester son testament ou créer des problèmes. Deuxièmement, il avait tout légué à une organisation caritative. Troisièmement, il avait choisi une politique d'investissements très simple pour un homme aussi riche et son exécuteur testamentaire se trouvait en présence d'un bilan clair, avec des colonnes de débit et de crédit faciles à établir. Joshua Rhinehart pensait donc en avoir pour trois semaines. Quatre, au plus.

Depuis la mort de sa femme, Cora, trois ans auparavant, Joshua avait brusquement pris conscience de la brièveté de la vie et était maintenant devenu extrêmement avare de son temps. Il n'avait aucunement l'intention d'en gaspiller inutilement un seul jour et avait l'impression que chaque minute passée empêtré dans la succession Frye était une minute de perdue. Naturellement, il recevrait une indemnité colossale à titre d'exécuteur testamentaire, mais il ne savait déjà plus que faire de son argent. Il possédait de vastes terrains dans la vallée, y compris plusieurs dizaines d'hectares de vignobles de première qualité, qu'il faisait exploiter par un métayer et dont la production était vendue en totalité à deux grosses coopératives vinicoles qui en redemandaient chaque année. Un temps, il avait même songé à demander au tribunal à être déchargé de la succession ; l'une des banques de Bruno Frye se serait volontiers attelée à la tâche. Il avait également envisagé de confier le bébé à Ken Gavins et à Roy Genelli, les deux jeunes et brillants avocats avec qui il s'était associé voici sept ans.

Mais un puissant sentiment de loyauté envers les Frye lui avait finalement interdit de choisir la solution de facilité. Parce que Katherine Frye lui avait donné sa chance — c'est elle, à bien y réfléchir, qui lui avait permis de s'installer dans la vallée de Napa, il y avait maintenant trente-cinq ans —, il se sentait moralement tenu de consacrer tout le temps qui serait nécessaire pour veiller personnellement à ce que la dissolution de l'empire familial se fasse dans l'ordre et la dignité.

Trois semaines.

Après quoi, il pourrait se consacrer davantage à ce qu'il aimait : lire, nager, piloter l'avion qu'il venait d'acheter, s'exercer à cuisiner de nouveaux plats et s'offrir, de temps en temps, un week-end à Reno. Ken Gavis et Roy Genelli, ses deux jeunes associés, géraient désormais la plus grande partie des affaires et s'en tiraient très bien. Joshua n'avait pas encore pris sa retraite complète, mais il se ménageait de grands moments de loisir, comme il aurait aimé en avoir à l'époque où Cora était encore en vie.

A quatre heures vingt, satisfait de la bonne progression du dossier Frye et apaisé par la splendide vue sur la vallée en automne qu'il avait de sa fenêtre, il se leva et alla à la réception. Karen Farr frappait comme une sourde sur les touches de son I.B.M. Selectric II, qui auraient tout aussi bien fonctionné si elle s'était contentée de les effleurer. C'était une fille pâlichonne et fluette, avec des yeux bleus et une voix douce, mais elle s'attaquait à toutes ses besognes avec une détermination et une énergie incroyables.

« Je vais m'offrir un petit whisky, lui dit Joshua. Si on me demande au téléphone, dites que je suis dans un état d'ivresse avancé et que je ne peux pas répondre !

— Et tout le monde dira : Quoi ? Encore ! »

Joshua éclata de rire.

« Quelle charmante jeune femme vous faites, mademoiselle Farr ! Comment une langue et un esprit aussi délicieusement déliés peuvent-ils tenir dans un si petit bout de femme ?

— Et vous, quel bagout vous avez pour un homme qui n'est même pas irlandais ! Allez boire votre whisky ; je m'occupe des fâcheux. »

De retour dans son bureau, il ouvrit un petit bar d'angle, mit de la glace dans un verre et y ajouta une généreuse mesure de Jack Daniel's Black Label. Il avait tout juste commencé à le boire quand on frappa à la porte. Karen entra.

« C'est un coup de téléphone.

— Je croyais avoir reçu la permission de boire en paix.

— Ne faites pas votre vieux ronchon.

— Ça fait partie de mon personnage.

— J'ai d'abord dit que vous n'étiez pas là. Mais quand j'ai su ce qu'il voulait, j'ai pensé que vous devriez peut-être lui parler. C'est bizarre.

— Qui est-ce ?

— Un certain M. Preston, de la First Pacific United Bank, de San Francisco. C'est au sujet de Frye.

— Pourquoi est-ce si bizarre ?

— Il vaudrait mieux que M. Preston vous le dise lui-même.

— Bon, bon, soupira Joshua.

— Il est sur la ligne deux. »

Joshua alla s'asseoir à son bureau, prit le téléphone et dit :

« Bonjour, monsieur Preston.

— Monsieur Rhinehart ?

— Lui-même. Que puis-je faire pour vous ?

— Le service administratif des Shade Tree Vineyards m'a appris que vous étiez l'exécuteur testamentaire de Bruno Frye.

— C'est exact.

— Etiez-vous au courant que Bruno Frye possédait des comptes à notre siège central de San Francisco ?

— A la First Pacific United ? Non, je l'ignorais.

— Un compte d'épargne, un compte courant et un coffre, précisa Preston.

— Il avait plusieurs comptes dans plusieurs banques. J'en ai d'ailleurs la liste mais vous n'y figurez pas. Et je ne me souviens pas d'avoir vu quoi que ce soit au nom de votre banque, ne serait-ce qu'un chèque annulé.

— C'est ce dont j'avais peur, dit Preston.

— Je ne comprends pas, déclara Joshua en fronçant

les sourcils. Y a-t-il un problème avec ses comptes de la Pacific United ? »

Preston hésita un peu, puis il demanda :

« Monsieur Rhinehart, Bruno Frye avait-il un frère ?

— Non. Pourquoi cette question ?

— A-t-il jamais eu recours à un sosie ?

— Plaît-il ?

— A-t-il jamais eu besoin d'un double, de quelqu'un qu'on aurait pu prendre pour lui, même après un examen attentif ?

— Vous voulez me faire marcher, monsieur Preston ?

— Je sais que c'est une drôle de question. Mais, voyez-vous, monsieur Frye était riche et, de nos jours, avec toutes ces histoires de terrorisme et d'enlèvements, il arrive fréquemment que les gens fortunés engagent des gardes du corps et parfois, c'est assez rare, je le reconnais, ils estiment nécessaire de se procurer un double, pour des raisons de sécurité.

— Avec tout le respect que j'ai pour le gai San Francisco, monsieur Preston, ironisa Joshua, laissez-moi vous faire remarquer que M. Frye habitait la vallée de Napa et non votre belle ville. Ici, nous ne connaissons pas ce genre de criminalité. Comment dire ? Notre... façon de vivre est très différente de la vôtre. M. Frye n'avait nul besoin d'un double et je suis certain qu'il n'en avait pas. Et maintenant, monsieur Preston, dites-moi de quoi diable il s'agit.

— Nous venons à peine d'apprendre que M. Frye a été assassiné jeudi dernier.

— Et alors ?

— Nos avocats estiment que la banque ne peut en rien être tenue pour responsable.

— Responsable de quoi ? s'impatienta Joshua.

— En tant qu'administrateur de ses biens, il était de votre devoir de nous informer que votre client était décédé. Etant donné qu'on ne nous en a pas avisés, nous n'avions aucune raison de bloquer son compte.

— Je comprends. »

Affalé dans son fauteuil, contemplant tristement le verre de whisky posé sur son bureau, redoutant que Preston ne s'apprête à lui apprendre une nouvelle qui perturberait sa douce tranquillité, Joshua se dit qu'un soupçon de brusquerie accélérerait peut-être un peu le rythme de l'entretien.

« Monsieur Preston, dit-il, je sais que, dans la banque, on traite les affaires avec lenteur et précaution, ce qui est louable de la part d'un organisme qui manie l'argent que d'autres ont eu tant de mal à gagner. Cependant, je vous serais reconnaissant d'en venir un peu plus rapidement au fait.

— Eh bien, voilà : jeudi dernier, une demi-heure avant la fermeture des guichets et quelques heures après que M. Frye eut été tué à Los Angeles, un homme qui lui ressemblait s'est présenté à notre siège. Il avait en sa possession un carnet de chèques au nom de M. Frye. Il a demandé à retirer de l'argent et n'a laissé que cent dollars sur son compte.

— Combien a-t-il retiré ? demanda Joshua en se redressant.

— Six mille dollars.

— Quoi ?

— Il a ensuite retiré tout ce qu'il y avait sur le compte épargne, à l'exception de cinq cents dollars.

— C'est à dire combien ?

— Douze mille dollars.

— Ça fait dix-huit mille en tout.

— Oui. Plus tout ce qu'il a pu prendre dans le coffre.

— Le coffre aussi ?

— Oui. Mais là, naturellement, nous ignorons ce qu'il a retiré. Rien, peut-être, ajouta Preston avec un accent d'espoir.

— Comment se fait-il que votre banque délivre une telle somme sans demander de papiers d'identité ? demanda Joshua, éberlué.

— On les lui a demandés, rétorqua Preston. Et puis, il faut que vous compreniez bien qu'il ressemblait exactement à M. Frye. Au cours des cinq dernières années, M. Frye est venu chez nous deux ou trois fois par mois ; à chaque fois, il déposait deux mille dollars sur son compte courant. Aussi le connaissait-on. Jeudi dernier, la caissière l'a reconnu et elle n'avait aucune raison de se méfier…

— Vous auriez tout de même pu lui demander une pièce d'identité, dit Joshua.

— Je vous l'ai déjà dit, cela a été fait, bien que la caissière l'ait reconnu. L'homme lui a alors montré un permis de conduire délivré dans l'État, avec une photo, et établi au nom de Bruno Frye. La First Pacific United n'a pas agi légèrement dans cette affaire, je puis vous l'assurer, monsieur Rhinehart.

— Avez-vous l'intention de faire une enquête sur la caissière ?

— Elle a déjà commencé.

— Je suis heureux de l'apprendre.

— Mais je suis certain qu'elle ne mènera à rien. C'est un de nos meilleurs éléments. Elle est chez nous depuis plus de seize ans.

— Est-ce la même personne qui l'a conduit dans la salle des coffres ?

— Non. C'était une autre employée. Nous enquêtons également sur elle.

— Voilà une affaire bigrement grave.

— Inutile de me le dire, gémit Preston. Dans toute ma carrière de banquier, je n'ai jamais vu une chose pareille. Avant de vous appeler, j'ai averti les autorités, les responsables des banques fédérales et les avocats de First Pacific United.

— Je crois que je vais venir demain pour voir ça de plus près.

— Ce serait une bonne chose.

— Voulez-vous vers dix heures ?

— Quand vous voudrez, dit Preston. Je serai à votre disposition toute la journée.

— Très bien. Disons dix heures.

— Je suis vraiment désolé de cette histoire. Mais, naturellement, la perte sera couverte par l'assurance fédérale.

— Sauf le contenu du coffre, rectifia Joshua. Aucune assurance ne couvre cela. »

C'était précisément ce détail qui donnait des sueurs froides à Preston et Joshua le savait bien. Il poursuivit :

« Ce qu'il y avait dans le coffre représentait peut-être davantage d'argent que les deux comptes réunis.

— Il pouvait aussi être vide, répliqua vivement Preston.

— Alors, à demain, monsieur Preston. »

Joshua raccrocha et resta un moment les yeux fixés sur le téléphone. Puis, il se remit à boire son whisky. Un double de Frye ? Un sosie ?

Brusquement, il se souvint de la lumière qu'il avait cru voir briller dans la maison de Bruno Frye, dans la nuit de lundi, sur le coup de trois heures du matin. Il avait cru alors que ses yeux le trahissaient, mais peut-être que cette lumière était bien réelle. L'homme qui avait tout raflé sur les comptes de la First Pacific United avait très bien pu s'introduire chez Frye pour y chercher quelque chose.

La veille, Joshua avait fait une rapide tournée d'inspection dans la maison pour s'assurer que tout était en ordre et il n'avait rien remarqué de particulier.

Pourquoi Frye avait-il ouvert des comptes secrets à San Francisco ?

Avait-il vraiment un sosie ? Un double ?

Qui donc et pourquoi ?

Quelle poisse !

En définitive, le règlement de la succession Frye ne serait peut-être pas si facile ni si rapide qu'il l'avait cru.

Mardi soir, à six heures, à l'instant où Tony engageait sa Jeep dans la rue qui conduisait à son immeuble, Hilary se sentit soudain bien plus réveillée qu'elle ne l'avait été de toute la journée. Elle venait de passer à ce curieux deuxième stade de dynamisme qui survient quand on n'a pas dormi depuis un jour et demi. Subitement, le corps et l'esprit semblent décider d'un commun accord de tirer le meilleur parti possible de cet état de veille forcé et, grâce à quelque processus chimique, le corps et l'esprit se trouvent brusquement revigorés. Elle cessa de bâiller. Sa vision, qui commençait à être floue, redevint nette. La fatigue qui lui hachait les muscles s'évanouit. Malgré tout, elle savait que ce ne serait qu'un bref sursis et que, dans une heure ou deux, quand cette flamme étonnante s'éteindrait, elle basculerait inévitablement dans le gouffre et ne pourrait même plus tenir sur ses jambes.

Ils avaient réussi tous deux à terminer ce qu'ils avaient à faire — l'expert de l'assurance, l'agence de nettoyage, le rapport sur Bobby Valdez. La seule chose qui n'avait pas été possible était la visite à la galerie de Wyant Stevens, à Beverly Hills. Ni Wyant ni son assistante, Betty, n'étaient là, et la jeune femme bien en chair qui expédiait les affaires courantes n'avait tout d'abord pas voulu qu'Hilary lui laisse les toiles de Tony. C'était trop de responsabilités pour elle, mais Hilary avait finalement réussi à la convaincre qu'elle ne serait pas tenue pour responsable si une des toiles était endommagée ou déchirée accidentellement. Hilary avait laissé un mot à l'intention de Wyant pour lui expliquer brièvement qui était Tony, puis celui-ci l'avait emmenée jusqu'aux bureaux de Wally Topelis pour que ce dernier s'excuse pour elle auprès de la Warner Bros. Tout était maintenant en ordre. Demain, après les obsèques de Frank Howard, ils prendraient le vol de midi moins cinq pour San Francisco, puis une correspondance pour Napa.

De là, ils loueraient une voiture pour se rendre à St. Helena. Ils se trouveraient alors dans le pays natal de Bruno Frye. Et, ensuite... l'inconnu.

Tony arrêta la Jeep et coupa le contact.

« J'ai oublié de te demander si tu avais pu retenir une chambre d'hôtel ? dit Hilary.

— La secrétaire de Wally a fait la réservation pendant que vous discutiez dans son bureau.

— A l'aéroport ?

— Oui.

— Pas une chambre à deux lits, j'espère.

— Non, un seul et immense lit.

— C'est parfait. Je voudrais que tu me gardes dans tes bras pendant que je m'endormirai. »

Il leur fallut vingt minutes pour préparer les bagages et les descendre dans la voiture. Pendant tout ce temps, Hilary resta sur le qui-vive, s'attendant à tout moment à voir Frye surgir de l'ombre ou au coin d'une rue en ricanant.

Ils gagnèrent l'aéroport par un chemin détourné et semé de virages. Hilary surveillait les voitures qui roulaient derrière eux.

Ils n'étaient pas suivis. Ils arrivèrent à l'hôtel à dix-neuf heures trente. Avec un reste d'esprit chevaleresque suranné qui amusa Hilary, Tony inscrivit leurs noms comme s'ils étaient mari et femme.

La chambre était au septième étage. Le décor, arrangé dans des tons verts et bleus, était reposant. Quand le groom fut parti, ils se serrèrent un moment l'un contre l'autre, debout près du lit, partageant silencieusement leur fatigue et le peu de forces qu'il leur restait. Ils se sentaient incapables de descendre dîner et Tony demanda qu'on leur monte un repas dans la chambre.

Ils prirent leur douche ensemble, se savonnant et se rinçant l'un l'autre avec plaisir, mais un plaisir qui n'avait rien de sexuel. Ils étaient trop fatigués pour se livrer à des jeux érotiques.

Ils dînèrent de sandwiches et de frites, arrosés d'une demi-bouteille de Gamay rosé des chais de Robert Mondavi, une des grosses maisons de la vallée de Napa. Ils parlèrent très peu. Ils laissèrent une lampe allumée (après l'avoir drapée d'une serviette de toilette pour en atténuer la luminosité), car, pour la seconde fois de sa vie, Hilary avait peur de dormir dans le noir.

Huit heures plus tard, à cinq heures et demie du matin, Hilary se réveilla d'un mauvais rêve dans lequel Earl et Emma étaient revenus à la vie, tout comme Bruno Frye. Ils la poursuivaient tous les trois dans un corridor qui se rétrécissait de seconde en seconde.

Elle ne parvint pas à se rendormir. Allongée dans la pénombre ambrée de la veilleuse, elle regarda Tony dormir.

A six heures et demie, il s'éveilla à son tour, cligna des yeux, se tourna vers elle, promena une main sur son visage et sur ses seins et ils firent l'amour. Pendant un bref moment, elle oublia complètement Bruno Frye, mais, un peu plus tard, alors qu'ils se préparaient pour aller aux obsèques de Frank Howard, sa peur revint au galop.

« Tu crois vraiment qu'il faut qu'on aille à St. Helena ?

— Oui. Il le faut, dit Tony.

— Que va-t-il se passer quand nous serons là-bas ?
— Absolument rien. Tout ira très bien.
— Je n'en suis pas si sûre.
— On va enfin découvrir de quoi il retourne.
— Justement, dit-elle, l'air soucieux. J'ai le pressentiment qu'il vaudrait mieux ne pas le savoir. »

Katherine était partie.
Cette garce était partie.
Elle se cachait, la salope.
Mardi soir, vers six heures et demie, Bruno Frye avait été arraché de son sommeil par cet affreux cauchemar dont il n'arrivait jamais à se souvenir. Cerné par une rumeur grouillante, il avait senti quelque chose ramper sur tout son corps, sur ses bras, sur son visage, dans ses cheveux et même sous ses vêtements, quelque chose d'abominable et de répugnant. Il avait crié et s'était débattu frénétiquement avant de comprendre où il se trouvait ; l'ignoble grouillement avait alors cessé et la vermine qui cherchait à le dévorer avait disparu. Il s'était mis en boule sur le côté, en position fœtale, et avait versé des larmes qui lui avaient apporté un certain soulagement.
Une heure plus tard, après avoir mangé dans un MacDonald's, il prit la direction de Westwood. Il passa devant chez Katherine une demi-douzaine de fois, puis s'arrêta dans la rue, à l'abri d'une flaque d'ombre entre deux lampadaires. Il surveilla la maison toute la nuit.
Elle était partie.
Il avait préparé des petits sachets d'ail, des pieux de bois, un crucifix et une fiole d'eau bénite.
Il avait deux couteaux terriblement aiguisés et une petite hache pour lui couper la tête. Il se sentait plein de courage et de détermination.
Mais voilà, elle était partie.
D'abord, quand il comprit qu'elle lui avait filé entre les doigts et qu'elle risquait de ne pas reparaître avant des jours ou des semaines, il entra en fureur. Il la maudit et pleura de déception.

Puis, peu à peu, il reprit le contrôle de lui-même. Il se dit que tout n'était pas perdu. Il la retrouverait.

Il l'avait déjà retrouvée un nombre de fois incalculable. Toujours.

CHAPITRE VI

Mercredi matin, Joshua Rhinehart s'envola pour San Francisco dans son Cessna Turbo Skylane RG personnel. C'était une petite merveille, avec une vitesse de croisière de 173 nœuds et une autonomie de mille cinq cents kilomètres.

Trois ans auparavant, peu après la mort de Cora, il avait commencé à apprendre à piloter. Il en rêvait depuis toujours, mais il lui avait fallu attendre d'avoir cinquante-huit ans pour trouver le temps de prendre des leçons. Le jour où il avait été si brusquement privé de Cora, il avait compris qu'il avait été un imbécile, un imbécile de croire que la mort était un malheur qui n'arrivait qu'aux autres. Il avait vécu comme si la vie était éternelle. Il croyait avoir tout son temps pour faire les voyages dont il avait tant rêvé, en Orient et en Europe, tout son temps pour voyager, flâner et s'amuser. Par conséquent, il avait toujours remis à plus tard croisières ou vacances ; lorsque enfin les emprunts contractés pour l'achat des terrains acquis dans la vallée avaient été amortis, les hypothèques levées, lorsque enfin les vignes avaient commencé à donner, Cora... eh bien Cora lui avait fait faux bond. Elle lui manquait terriblement et il éprouvait encore des remords en pensant à toutes les choses qu'il avait ajournées trop longtemps. Cora et lui avaient été heureux ensemble ; ils avaient mené une vie très agréable et n'avaient jamais manqué de rien, sauf de temps. Il ne pouvait s'empêcher de revenir sur ce qu'ils auraient pu faire tous les deux. Il ne pouvait pas ressusciter Cora mais, du moins, il était bien décidé à profiter des années qui lui restaient. N'ayant pas l'esprit grégaire et estimant que quatre-vingt-dix pour cent des gens étaient ou de parfaits imbéciles, ou d'infâmes salauds, il fuyait les plaisirs collectifs. Malgré cette préférence marquée pour la solitude, la vie n'avait tout de même pas le sel qu'elle aurait eu s'il avait pu la partager avec Cora. Voler était une des rares exceptions à cette règle. Dans son Cessna, à plusieurs milliers de mètres au-dessus de la terre, il avait l'impression d'être libéré de toutes les contraintes, pas seulement de la pesanteur, mais aussi de l'engrenage du remords et des regrets.

Ragaillardi par ce court vol, il se posa à San Francisco peu après neuf heures. Moins de soixante minutes plus tard, il serrait la main de Ronald Preston avec qui il avait eu une communication téléphonique la veille dans l'après-midi.

Preston était le vice-président de First Pacific United Bank et son bureau était somptueux. Il y régnait une odeur de vrai cuir et de bois de teck bien ciré. C'était un bureau ouaté, capitonné, cossu.

Quant à l'homme, il était grand, maigre, et donnait l'impression qu'il allait se casser en deux à tout moment. Il était très bronzé et portait une moustache bien taillée. Il parlait trop vite et ses mains volaient dans toutes les directions, comme un appareil en court-circuit qui fait des étincelles. Il était nerveux.

Il était également très efficace. Il avait préparé un dossier détaillé sur les comptes de Bruno Frye pour chacune des cinq années pendant lesquelles il avait été client de la banque. Ce dossier contenait une liste des dépôts et des retraits du compte d'épargne, une liste des dates auxquelles Frye s'était fait ouvrir son coffre, des photocopies des relevés mensuels de son compte courant, ainsi que de tous les chèques tirés sur ce compte.

« Vous pensez peut-être que je n'ai pas fait les photocopies de tous les chèques signés par M. Bruno Frye. Pourtant, je vous assure qu'il n'y en a pas davantage. Pendant trois ans et demi, M. Frye n'a fait que deux chèques chaque mois, puis trois pendant les dix-huit mois suivants. Et toujours aux mêmes bénéficiaires. »

Joshua ne prit même pas la peine d'ouvrir le dossier.

« Je regarderai tout ça plus tard. Pour l'instant, je voudrais interroger la caissière qui était là jeudi dernier. »

Dans un coin de la pièce, il y avait une table de conférence circulaire, avec six confortables fauteuils disposés tout autour. C'est le lieu que Joshua choisit pour mener ses interrogatoires.

La caissière, Cynthia Willis, était une femme noire entre trente-cinq et quarante ans, sûre d'elle et assez jolie. Elle était vêtue d'une jupe bleue et d'un chemisier blanc. Elle avait une coiffure nette et de jolis ongles bien polis. Elle avait un port de tête fier et gracieux et, quand Joshua lui fit signe de se placer en face de lui, elle s'assit avec le dos très droit.

Preston se tenait debout près de son bureau, gardant un silence préoccupé.

Joshua ouvrit l'enveloppe qu'il avait amenée avec lui et en sortit une quinzaine de photographies de personnes qui vivaient ou qui avaient vécu jadis à St. Helena. Il les étala sur la table et dit :

« Mademoiselle Willis...

— Madame, corrigea la caissière.

— Excusez-moi. Madame Willis, je voudrais que vous regardiez ces photos et que vous me disiez qui est Bruno Frye. Mais seulement quand vous les aurez toutes regardées. »

Elle les examina rapidement et en prit deux.

« Ces deux photos sont de lui.

— Vous en êtes sûre ?

— Absolument sûre. Ce n'était pas bien difficile. Les treize autres ne lui ressemblent pas du tout. »

Elle s'en était bien sortie, bien mieux qu'il ne l'aurait cru. La plupart des photos étaient floues et certaines d'entre elles avaient été prises sous un mauvais éclairage. Joshua avait choisi à dessein des clichés médiocres mais, malgré cela, Mme Willis n'avait pas hésité. Elle avait déclaré que les treize autres personnes ne ressemblaient pas à Bruno Frye mais, pourtant, elles avaient avec lui un certain air de famille. Cette ruse n'avait pas trompé Cynthia Willis, ni la petite astuce consistant à glisser deux photos de Frye, très différentes l'une de l'autre.

« C'est bien l'homme qui est venu à la banque jeudi dernier, dit-elle en tapotant les deux photos de l'index.

— Or, déclara Joshua, il a été tué dans la matinée à Los Angeles.

— Je n'y crois pas, affirma-t-elle. Il doit y avoir une erreur.

— J'ai vu son corps. On l'a enterré à St. Helena dimanche dernier.

— Alors, c'est que vous avez enterré quelqu'un d'autre, s'obstina-t-elle en secouant la tête.

— J'ai connu Bruno Frye quand il avait cinq ans. Je ne peux pas m'être trompé.

— Et moi, je sais qui j'ai vu », dit-elle poliment mais fermement.

Elle ne jeta pas un seul regard en direction de Preston. Elle était trop fière pour calquer ses réponses sur son attitude. Elle savait qu'on l'appréciait et n'avait pas peur du patron. Se redressant encore davantage, elle poursuivit :

« Monsieur Preston a son opinion. Mais, après tout, il n'a pas vu cet homme. Moi, si. C'était M. Frye. Depuis cinq ans, il venait à la banque deux ou trois fois par mois. Il déposait toujours au moins deux mille dollars, parfois trois, et toujours en liquide. En liquide. Ce n'est pas ordinaire. Rien qu'à cause de ça, on ne pouvait l'oublier. Et puis aussi, son aspect, sa musculature et...

— Il effectuait toujours ses dépôts à votre guichet ?

— Pas toujours, admit-elle. Mais très souvent. Et je jure que c'est bien lui qui est venu retirer son argent jeudi dernier. Puisque vous le connaissez si bien, monsieur Rhinehart, vous devez savoir qu'il n'était même pas utile de voir M. Frye pour le reconnaître. Les yeux bandés, j'aurais su que c'était lui, à cause de sa voix.

— Une voix s'imite, intervint Preston, entrant pour la première fois dans la conversation.

— Pas celle-là, dit Mme Willis.

— On aurait pu l'imiter, mais pas facilement, rectifia Joshua.

— Et ses yeux, ajouta Mme Willis. Ils étaient presque aussi étranges que sa voix.

— Qu'est-ce que ses yeux avaient de particulier ? demanda Joshua, intrigué par cette remarque.

— Ils étaient froids. Pas seulement à cause de leur couleur gris-bleu. C'étaient des yeux durs et froids. La plupart du temps, il semblait incapable de vous regarder en face. Ses yeux glissaient de côté, comme s'il avait peur qu'on lise dans ses pensées, ou je ne sais quoi. Et, les rares fois où il vous regardait bien en face, ses yeux vous donnaient l'impression que vous aviez affaire à quelqu'un qui... euh... qui ne tournait pas rond.

— Madame Willis, s'empressa de dire Preston, en banquier diplomate, je pense que M. Rhinehart souhaite que vous vous en teniez aux faits objectifs. Si vous y mêlez vos opinions personnelles, ça ne fera que brouiller l'affaire et rendre la tâche encore plus difficile.

— Tout ce que je sais, c'est que l'homme qui est venu à la banque jeudi dernier avait ces mêmes yeux. »

La remarque de Cynthia Willis avait un peu ébranlé Joshua, car il avait souvent pensé, lui aussi, que le regard de Bruno trahissait un tourment intérieur. Il y avait de l'épouvante dans les yeux de cet homme, mais aussi la dureté froide et meurtrière que la caissière y avait lue.

Pendant une demi-heure, Joshua continua à l'interroger sur un certain nombre de points. La façon dont elle procédait généralement quand elle remettait de grosses sommes en liquide à un client ; la manière dont elle avait agi avec cet homme, le jeudi précédent ; la nature des papiers d'identité que l'imposteur avait présentés. Il lui posa également des questions sur sa vie privée, son mari, ses enfants, le déroulement de sa carrière professionnelle, sa situation financière et d'autres choses encore. Il se montrait brusque, et même brutal, avec elle, quand il semblait que cela contribuerait à éclaircir le mystère. Déprimé par la perspective de consacrer de nombreuses semaines supplémentaires à la liquidation de la succession Frye, anxieux de trouver rapidement une solution à cette énigme, il cherchait une raison de l'accuser de complicité dans le pillage des comptes de Bruno Frye. Cependant, il ne trouvait rien et, quand il eut fini de la mettre sur le gril, il s'aperçut que cette femme méritait son estime et sa confiance. Il alla même jusqu'à s'excuser de sa rudesse, chose qu'il faisait extrêmement rarement.

Quand Mme Willis fut retournée à sa caisse, Ronald Preston fit venir Jane Symmons. C'était la femme qui avait accompagné le sosie de Frye dans la salle des coffres. C'était une rousse aux yeux verts de vingt-sept ans, affublée d'un nez camard et d'un air renfrogné. Son ton geignard et ses réponses bougonnes agaçaient prodigieusement Joshua. Plus il se faisait bourru, plus elle prenait l'air grincheux. Il la trouva fortement antipathique, au contraire de Cynthia Willis, et ne s'excusa pas comme il l'avait fait auprès de la caissière, même lorsqu'il fut certain de la véracité de son témoignage.

Quand elle fut partie, Preston lui demanda :

« Alors, quelle est votre opinion ?

— Je ne pense pas que l'une ou l'autre ait pris part à une escroquerie. »

Preston s'efforça de ne pas montrer son soulagement.

« C'est également notre avis, dit-il.

— L'homme qui s'est fait passer pour Frye devait lui ressembler de façon surprenante, remarqua Joshua.

— Mlle Symmons est une personne très observatrice. Si elle dit que cet individu était la réplique exacte de Frye, cette ressemblance devait être, en effet, remarquable.

— Mlle Symmons est une vraie gourde, bougonna Joshua. Si je n'avais eu que son seul témoignage, je ne saurais trop quoi penser. »

Preston parut surpris.

« En revanche, poursuivit Joshua, votre Mme Willis est bougrement fine. Elle a de l'assurance, mais sans fatuité. Si j'étais à votre place, je lui confierais des fonctions plus importantes que celles de caissière.

— Oui… euh… toussota Preston. Et maintenant, que fait-on ?

— Je voudrais voir le contenu du coffre.

— J'imagine que vous n'avez pas la clef de M. Frye ?

— Non. Il n'est pas encore revenu d'entre les morts pour me la donner.

— Vous auriez pu la retrouver hier, en mettant de l'ordre dans ses affaires.

— Non. Si l'imposteur a utilisé cette clef, je suppose qu'elle est toujours en sa possession.

— Je me demande comment il a pu se la procurer, fit Preston. Si c'est Frye qui la lui a donnée, la situation se transforme radicalement. Si Bruno Frye a monté un coup avec un sosie pour retirer ses fonds, notre position devient toute différente.

— M. Frye n'a pas pu monter un coup. Il était mort. Allons donc voir ce qu'il y a dans le coffre.

— Sans les clefs, je vais être obligé de fracturer la serrure.

— Eh bien, faites-le, je vous en prie. »

Trente-cinq minutes plus tard, dans la salle des coffres, Preston et Rhinehart regardaient un technicien dégager le coffre du mur après en avoir fait sauter la serrure. L'employé le remit à Preston qui, à son tour, le tendit à Joshua.

« En principe, déclara Preston sur un ton un peu pincé, on devrait vous conduire dans un box pour que vous puissiez examiner le contenu du coffre sans témoins. Mais, étant donné que vous allez sûrement dire que certains objets de valeur ont été retirés illégalement et que la banque risque d'avoir à répondre de ces accusations devant la loi, je suis obligé d'insister pour que vous ouvriez ce coffre en ma présence.

— Vous n'y avez aucun droit légal, répliqua aigrement Joshua. Mais, comme je n'ai pas l'intention d'intenter un procès à votre banque, je veux bien satisfaire immédiatement votre curiosité. »

Joshua souleva le couvercle du coffre. Une enveloppe blanche se trouvait à l'intérieur. C'était tout. Joshua tendit le coffre vide à Preston et déchira fébrilement l'enveloppe. Elle contenait un seul feuillet, daté et signé, sur lequel figurait un texte tapé à la machine.

Jamais Joshua n'avait lu de lettre aussi étrange. Elle semblait avoir été écrite par un homme en proie au délire.

Jeudi 25 septembre

A celui qui ouvrira cette lettre :

Ma mère, Katherine Ann Frye, est morte depuis cinq ans, mais elle ne cesse de revenir à la vie sous de nouvelles identités. Elle a trouvé un moyen de sortir de la tombe et conspire à ma perte. Elle vit actuellement à Los Angeles sous le nom d'Hilary Thomas.

Ce matin, elle m'a poignardé et je suis mort à Los Angeles. J'ai l'intention d'y retourner et de la tuer avant qu'elle ne me tue de nouveau. Car si elle me tue deux fois, je mourrai pour de bon. Je n'ai pas ses pouvoirs. Je ne peux pas revenir de la tombe. Pas si elle me tue deux fois.

Je me sens si vide, si incomplet. Elle m'a tué et maintenant, je ne suis plus moi.

J'écris cette lettre au cas où elle l'emporterait de nouveau. Tant que je ne serai pas mort deux fois, ceci est mon combat, le mien et celui de personne d'autre. Je ne peux pas étaler mon cas au grand jour et demander la protection de la police. Si je le faisais, tout le monde saurait qui et ce que je suis. Tout le monde apprendrait ce que j'ai caché toute ma vie et on me lapiderait. Mais si elle arrive à me supprimer encore une fois, peu importe qu'on découvre qui j'étais car alors je serai mort deux fois. Si tel était le cas, celui qui trouvera cette lettre devra prendre la responsabilité de la neutraliser.

Il faudra lui couper la tête et lui remplir la bouche d'ail, lui arracher le cœur et y planter un pieu, enterrer sa tête et son cœur dans des cimetières différents. Ce n'est pas un vampire, mais je pense que ces procédés devraient être efficaces. Si on la tue de cette façon, en principe, elle mourra à tout jamais.

Autrement, elle reviendrait de la tombe.

En bas de la lettre, figurait une parfaite imitation de la signature de Bruno Frye. Bien entendu, c'était une imitation. Frye était déjà mort quand on avait écrit ces lignes.

Joshua sentit ses cheveux se redresser sur sa nuque et il se rappela brusquement l'incident du vendredi soir : en sortant du funérarium d'Avril Tannerton, quand il s'était retrouvé dans l'obscurité totale, il avait eu la certitude qu'un être dangereux et malfaisant le guettait, tapi dans les buissons.

« Alors ? » demanda Preston.

Joshua lui tendit la lettre. Preston s'empressa de la lire. Il en resta stupéfait.

« Qu'est-ce que ça veut dire ?
— Sans doute est-ce l'imposteur qui a vidé les comptes qui a glissé cette lettre dans le coffre.
— Pour quelle raison ?
— Il s'agit peut-être d'une mauvaise plaisanterie. J'ignore qui est cette personne, mais c'est manifestement quelqu'un qui raffole des histoires de fantômes. Il savait qu'on finirait par découvrir qu'il avait dévalisé les comptes, aussi a-t-il décidé de s'amuser un peu à nos dépens.
— Mais, c'est tellement... tellement bizarre. On aurait pu s'attendre à trouver une lettre triomphante, une lettre dans laquelle il nous aurait tournés en dérision. Mais ça ? Le style n'est pas celui d'un plaisantin. Cette lettre est étrange, insensée, mais elle semble en même temps extrêmement... sérieuse.
— Puisque vous pensez que ce n'est pas une farce, de quoi s'agit-il, à votre avis ? demanda Joshua. Vous ne croyez tout de même pas que c'est Frye qui a écrit cette lettre et qui l'a mise dans le coffre après sa mort ?
— Euh... non. Non, bien sûr.
— Alors ? »
Le banquier contempla la lettre qu'il tenait à la main et déclara :
« Alors, je dirais que cet imposteur, cet homme qui ressemble tant à M. Frye, qui parle comme M. Frye, qui possède un permis de conduire au nom de M. Frye et qui sait que M. Frye a des comptes à la First Pacific... je dirais que cet homme ne fait pas seulement semblant d'être M. Frye. Il est persuadé qu'il est M. Frye. Je ne pense pas qu'un escroc ordinaire, à l'esprit facétieux, aurait rédigé ce genre de lettre. Elle dénote une folie véritable.
— Je crains que vous n'ayez raison, dit Joshua en hochant la tête. Mais d'où sort ce double ? Qui est-il ? Depuis quand traîne-t-il par ici ? Bruno connaissait-il son existence ? Pourquoi ce sosie aurait-il partagé la haine et la peur de Bruno à l'égard de sa mère ? Comment deux hommes peuvent-ils être atteints par la même folie, croire que Katherine Frye revient d'entre les morts ? Mille questions se posent. Je suis réellement perplexe.

— Je n'en doute pas, mais je n'ai pas de réponses à vous proposer. En revanche, j'ai quelque chose à suggérer. On devrait prévenir cette Hilary Thomas qu'elle court un grave danger. »

Après que Frank Howard eut été porté en terre, avec tous les honneurs de circonstance, Tony et Hilary quittèrent Los Angeles par l'avion de onze heures cinquante-cinq. Pendant le voyage, Hilary s'efforça de se montrer gaie et pleine d'entrain, car elle voyait bien que Tony était déprimé et que la cérémonie de la matinée avait fait remonter en lui les atroces souvenirs du lundi. L'air morose, tassé dans son fauteuil, il lui répondait à peine. Mais, au bout d'un moment, de peur peut-être qu'Hilary s'imagine qu'il n'appréciait pas les efforts qu'elle faisait pour le dérider, il retrouva le sourire et sortit de sa prostration. L'avion se posa sur l'aéroport international de San Francisco à l'heure prévue, mais le vol de quatorze heures à destination de Napa avait été reporté d'une heure, par suite de légers ennuis mécaniques.

Pour tuer le temps, ils allèrent déjeuner au restaurant de l'aéroport, d'où l'on avait une vue générale sur les pistes encombrées. Seul le café était bon ; les sandwiches étaient caoutchouteux et les frites grasses.

A mesure que l'heure du départ approchait, Hilary était de plus en plus anxieuse ; son appréhension croissait de minute en minute.

« Qu'est-ce que tu as ? demanda Tony, qui avait remarqué le changement survenu en elle.

— Je ne sais pas trop. J'ai l'impression... Oh ! il se peut que je me trompe, mais j'ai peur qu'on ne soit en train de se jeter directement dans la gueule du loup.

— Frye est à Los Angeles. Il ne peut pas savoir que tu vas à St. Helena.

— Tu crois ?

— Est-ce que tu te figures toujours qu'il y a du surnaturel dans cette affaire ? Des esprits, des êtres démoniaques, et je ne sais quoi encore ?

— Je n'élimine aucune possibilité.

— On finira bien par trouver une explication rationnelle à ce mystère.

— Qu'on en trouve une ou non, j'ai cette impression... ce pressentiment.
— Le pressentiment de quoi ?
— Que le pire est encore à venir. »

Après avoir pris un repas rapide mais excellent dans la cafétéria des cadres de la First Pacific United Bank, Joshua Rhinehart et Ronald Preston eurent une entrevue avec des représentants des contrôles fiscaux, tant fédéraux que de l'État de Californie. Ces ennuyeux fonctionnaires avaient dû potasser le dossier dans l'ascenseur et semblaient d'une incompétence crasse mais Joshua s'efforça de les supporter, de répondre à leurs questions et de remplir tous les formulaires nécessaires, car il était de son devoir de tenter de récupérer toute somme manquante à la succession Frye par le biais de la Caisse de péréquation nationale qui groupait tous les établissements bancaires du pays.

Après leur départ, ils eurent la visite d'un certain Warren Sackett, agent du F.B.I. La First Pacific United Bank étant une société soumise à la certification aux comptes, les retraits frauduleux opérés sur des comptes privés constituaient un délit pour lequel le F.B.I. pouvait agir ès qualités. Sackett — un homme grand, au visage tendu et aux traits burinés — s'assit avec Joshua et Preston autour de la table de conférence et il obtint deux fois plus d'informations que n'en avaient recueillies les malheureux brasse-papiers et ce, en deux fois moins de temps. Il informa Joshua qu'une enquête très détaillée serait entreprise sur son propre compte, mais Joshua s'en doutait déjà et n'en avait cure. Sackett fut d'accord avec lui pour convenir qu'Hilary Thomas pouvait courir un danger et se chargea de mettre la police de Los Angeles au courant de cette situation peu ordinaire. Ainsi, la police de Los Angeles et le bureau local du F.B.I. pourraient-ils veiller sur elle.

Bien que Sackett fût poli, efficace et consciencieux, Joshua savait bien que le F.B.I. n'allait pas résoudre l'affaire en quelques jours — à moins que l'imposteur qui se faisait passer pour Bruno Frye ne se présente spontanément et ne fasse des aveux. Le cas ne présentait rien de capital pour le F.B.I. qui, dans un pays où régnaient en maîtres l'extrémisme terroriste, le crime organisé et la corruption politique généralisée, avait bien d'autres chats à fouetter que de déchaîner les grandes orgues pour une malheureuse affaire de dix-huit mille dollars. Il y avait même fort à parier que Sackett serait seul à s'en occuper. Il commencerait par éplucher le passé de toutes les personnes mêlées de près ou de loin à l'affaire, puis mènerait une enquête minutieuse auprès de toutes les banques de la Californie du Nord, au cas où Bruno Frye y aurait ouvert d'autres comptes restés ignorés. Il ne se rendrait pas à St. Helena avant un jour ou deux et, s'il ne trouvait rien dans les dix jours qui suivraient, ne se consacrerait probablement plus à l'affaire à plein temps.

Quand Sackett eut fini de poser des questions, Joshua se tourna vers Preston et lui dit :

« Je pense, monsieur Preston, que les dix-huit mille dollars manquants seront remboursés sous peu de temps.

— A vrai dire... répondit Preston en tortillant nerveusement sa petite moustache, il faudra attendre que la Caisse de péréquation nationale donne son accord.

— Ai-je tort de supposer que ladite Caisse attendra que vous lui ayez certifié que ni moi ni aucun des bénéficiaires de la succession n'a trempé dans l'extorsion de ces dix-huit mille dollars ? demanda Joshua en s'adressant à Sackett.

— C'est possible, répondit celui-ci. Après tout, il s'agit d'une affaire tout à fait inhabituelle.

— Il risque de se passer bien du temps avant que vous puissiez donner de telles assurances.

— Nous tâcherons de ne pas vous faire trop attendre. Trois mois, tout au plus.

— Moi qui avais espéré régler rapidement cette succession, soupira Joshua.

— Peut-être ne me faudra-t-il pas trois mois. On ne sait jamais. Demain, je peux découvrir le type qui se fait passer pour Frye et donner le feu vert.

— Oui, mais vous ne pensez certainement pas aboutir aussi vite.

— Cette situation est si étrange que je ne peux pas me permettre de faire des pronostics, déclara Sackett.

— Quel ennui ! » murmura Joshua.

Quelques minutes plus tard, alors qu'il traversait le grand hall froid pavé de marbre pour sortir de la banque, Mme Willis le héla de derrière sa caisse. Il s'approcha d'elle.

« Vous savez ce que je ferais si j'étais vous ? lui dit-elle.

— Non. Quoi donc ?

— Je le déterrerais. L'homme qui a été enterré, je le déterrerais.

— Bruno Frye ?

— Ce n'est pas Bruno Frye qui a été enterré. »

Mme Willis était catégorique. La bouche serrée, elle secouait la tête d'avant en arrière avec un air sévère.

« Non, s'il existe un sosie de M. Frye, reprit-elle, ce n'est pas lui qui se promène dans la nature en ce moment. Le sosie est celui qui est couché à six pieds sous terre, sous une dalle de granit. Le vrai M. Frye était ici jeudi dernier. Je suis prête à le jurer devant un tribunal ; j'en mettrais ma tête à couper.

— Mais, si ce n'est pas Frye qui a été tué à Los Angeles, où est-il donc à cette heure ? Pourquoi a-t-il disparu ? Qu'est-ce que tout cela veut dire, bon Dieu ?

— Je n'en sais rien, je sais uniquement ce que j'ai vu. Déterrez-le, monsieur Rhinehart. Je crois que vous vous apercevrez alors que vous n'avez pas enterré celui que vous pensiez. »

Ce même jour, à trois heures et demie de l'après-midi, Joshua posa son avion sur le terrain d'aviation de Napa. Avec une population de quarante-cinq mille habitants, Napa était loin de constituer une grande ville et, nichée au cœur des vignobles de la vallée, elle semblait encore plus petite et plus paisible qu'elle ne l'était en réalité.

Pourtant, habitué au calme campagnard de St. Helena, Joshua la trouvait aussi bruyante et fatigante que San Francisco et il avait hâte de la quitter. Sa voiture était garée sur le parking de l'aérodrome, là où il l'avait laissée le matin ; il se rendit directement chez Bruno Frye, sans passer chez lui ou à son bureau.

D'ordinaire, Joshua était très sensible à la beauté de la

vallée. Pas aujourd'hui. Il roula sans rien voir jusqu'au moment où la propriété de Frye apparut à l'horizon.

Une petite partie des Shade Tree Vineyards s'étendait sur les terres noires et fertiles du fond de la vallée, mais la majorité de la propriété, contrairement à la plupart des autres exploitations, s'étageait sur les coteaux de la bordure occidentale de la vallée. Les chais, la salle de dégustation, les immenses caves et les locaux administratifs — rien que des bâtiments en pierre de pays, en séquoia et en chêne qui semblaient surgir du sol — étaient bâtis sur un petit plateau, à la pointe ouest du domaine. Tous les bâtiments regardaient l'est et les vignobles qui s'étendaient à perte de vue jusque de l'autre côté de la vallée, adossés à une falaise de cinquante mètres de haut qui s'était formée en des temps lointains, lorsque avaient surgi les monts Mayacamas.

C'est au sommet de cette falaise que se dressait la maison que Leo Frye, le père de Katherine, avait fait bâtir quand il était venu s'installer dans le pays, en 1918. Leo était un Prussien sourcilleux qui tenait à sa tranquillité plus qu'à toute autre chose. En quête d'un emplacement qui lui assurerait à la fois une vue étendue sur la vallée et un isolement total, il avait trouvé que le sommet de la falaise était exactement ce qu'il cherchait. Bien qu'il fût déjà veuf à cette époque, qu'il n'eût qu'un seul enfant et qu'il ne songeât absolument pas à se remarier, il avait fait construire une vaste demeure victorienne de douze pièces, hérissée d'une profusion de fenêtres en saillie, d'une forêt de pignons et d'une foule d'autres fioritures qui en accentuaient le côté pâtisserie. La maison dominait les chais qu'il avait fait édifier par la suite en dessous et il n'y avait que deux moyens d'y accéder. Le premier était un téléphérique, un système compliqué de câbles, de poulies, de moteurs électriques et d'une cabine à quatre places qui menait de la station inférieure, aménagée dans un coin du premier étage des bâtiments administratifs, à la station supérieure, située un peu au nord de la maison. Le second moyen d'accès était un escalier fixé à la paroi de la falaise, ses trois cent vingt marches étant destinées à être utilisées lorsque le téléphérique était en panne. La maison n'était pas seulement isolée, elle était pratiquement inaccessible.

Au moment où il s'engageait sur la longue allée privée qui menait aux Shade Tree Vineyards, Joshua tenta de se remémorer tout ce qu'il savait de Leo Frye. Bien peu de choses, en fait. Katherine parlait rarement de son père et celui-ci n'avait guère laissé d'amis derrière lui.

Ne s'étant installé dans la vallée qu'en 1945, quelques années après la mort de Leo, Joshua ne l'avait donc pas connu. Toutefois, il avait entendu dire suffisamment de choses sur son compte pour se faire une idée de ce personnage obsédé par la crainte qu'on empiète sur sa vie privée. Leo Frye état un homme excessivement autoritaire, froid, austère, sévère, têtu, maître de lui-même, intelligent, bref un parfait égocentrique. Il ne différait guère d'un seigneur féodal, d'un noble retranché dans son château fort, à l'abri des rustres et des mécréants.

Après la mort de son père, Katherine était restée dans la maison. Elle avait élevé Bruno dans ces pièces à haut plafond, un univers bien éloigné de celui des enfants de son âge, un monde victorien fait de boiseries, de tapisseries à fleurs, de moulures, de petits tabourets, de pendules sur les cheminées et de napperons en dentelle. Ils avaient ainsi vécu tous les deux pendant trente-cinq ans, âge qu'avait Bruno lorsque Katherine était morte d'une crise cardiaque.

Joshua remonta l'allée goudronnée, les yeux levés vers la grande demeure dressée au sommet de la falaise.

Il lui semblait étrange qu'un homme ait pu vivre aussi longtemps seul avec sa mère. Bien entendu, des bruits avaient couru ; on avait fait toutes sortes de suppositions. A St. Helena, tout le monde s'accordait pour penser que Bruno ne s'intéressait guère au sexe opposé, que ses tendances naturelles l'entraînaient secrètement vers les jeunes gens et qu'il satisfaisait ses goûts au cours de séjours occasionnels à San Francisco, loin des regards indiscrets des gens de la vallée. L'homosexualité supposée de Bruno n'était d'ailleurs pas un sujet de scandale. Les gens l'évoquaient rarement ; en fait, ils s'en moquaient. Bien que St. Helena ne fût qu'une grosse bourgade, on s'y targuait volontiers de sophistication, noblesse du négoce des vins oblige.

Mais, en ce moment, Joshua se demandait si l'opinion publique ne s'était pas trompée sur le compte de Bruno. A la lumière des événements extraordinaires de la semaine passée, il était possible de se demander si le secret de cet homme n'était pas une chose bien plus obscure et infiniment plus grave que la simple homosexualité.

Profondément bouleversé par la mort de sa mère, Bruno avait quitté la maison sur la falaise tout de suite après les obsèques. Il avait emporté ses affaires, de même que les collections de tableaux, de sculptures et de livres qu'il avait personnellement assemblées, mais n'avait rien pris de ce qui avait appartenu à Katherine. Ses vêtements étaient restés pendus dans les armoires ou pliés dans les tiroirs. Le mobilier d'époque, les tableaux, les porcelaines, les vases de cristal, les boîtes à musique, les coffrets laqués et bien d'autres choses encore auraient pu être vendus, moyennant un bon prix, mais Bruno avait tenu à ce que chaque objet restât exactement à l'endroit où elle l'avait placé, sans que personne n'y touche. Il avait fermé les fenêtres, tiré les stores et les rideaux, cadenassé les volets extérieurs du rez-de-chaussée et de l'étage, verrouillé les portes et scellé l'endroit comme si la maison était un mausolée destiné à conserver à jamais la mémoire de sa mère adoptive.

Puis, Bruno avait loué un appartement et s'était mis à faire des plans pour la construction d'une nouvelle maison. Joshua avait tenté de le persuader qu'il n'était pas raisonnable de laisser la grande demeure, avec tout ce qu'elle contenait, sans surveillance, mais Bruno était convaincu que sa situation isolée découragerait les cambrioleurs – qui, du reste, n'étaient pas nombreux dans le pays. En outre, les deux accès, l'escalier et le téléphérique, partaient d'un point situé en pleine propriété, et il fallait une clef pour mettre le téléphérique en marche. Bruno était resté inflexible : on ne toucherait pas aux affaires de Katherine. Joshua avait bien été obligé de se plier à la volonté de son client.

A sa connaissance, personne n'avait mis les pieds dans la maison depuis cinq ans. Le téléphérique était toujours maintenu en état de marche, bien que la seule personne à l'emprunter fût Gilbert Ulman, le mécanicien qui veillait à l'entretien des camions et du matériel viticole des Shade Tree Vineyards. L'inspection régulière et l'entretien du téléphérique ne lui prenait que quelques heures chaque mois. Demain, vendredi au plus tard, il faudrait que Joshua monte jusqu'à la maison pour ouvrir les portes et les fenêtres afin de l'aérer un peu avant l'arrivée des experts de San Francisco et de Los Angeles.

Mais, pour le moment, point n'était besoin de gagner le bunker victorien de Leo Frye ; pour l'heure, c'est à la maison de Bruno, considérablement plus moderne et autrement plus accessible, qu'il voulait se rendre. Au bout du chemin privé qui débouchait sur le parking public attenant aux chais, il prit à gauche et s'engagea sur le sentier, à vrai dire une piste extrêmement étroite, qui s'enfonçait en direction du sud au milieu des vignes dorées par le soleil. Le sentier n'était qu'un méchant raidillon de goudron craquelé jeté à même la terre meuble (les bords s'émiettaient déjà), qui escaladait d'abord une butte, plongeait vers une gorge peu profonde, franchissait une seconde butte et se terminait dans une clairière, à deux cents mètres des chais, où se dressait la maison de Bruno, cernée de tous côtés par les vignes dorées par le soleil. C'était une grande bâtisse de plain-pied à l'allure de ranch, pierres de pays et poutres de séquoia, ombragée par l'un des neuf chênes géants éparpillés aux quatre coins de l'immense domaine et auxquels celui-ci devait son nom.

Joshua quitta sa voiture et se dirigea vers la porte d'entrée. Seuls quelques petits nuages blancs flottaient très haut dans le ciel bleu électrique. Un air frais et vivifiant arrivait des sommets boisés des Macayamas.

Joshua ouvrit la porte avec une clef, entra et resta un moment immobile, dans le hall, l'oreille aux aguets. Il s'attendait à entendre quelque chose. Mais quoi ?

Des bruits de pas ? Ou peut-être la voix de Bruno Frye ?

Non, rien que le silence.

Il traversa toute la maison et gagna le bureau de Bruno. Il était clair que ce dernier avait hérité de la manie obsessionnelle de sa mère pour les collections.

Certains murs étaient tellement couverts de tableaux, disposés à se toucher du sol au plafond, que rien n'attirait l'œil dans cette débauche de formes et de couleurs. Il y avait des vitrines partout, bourrées de bibelots de verre, de statuettes de bronze, de presse-papiers en cristal et de sculptures précolombiennes. Le mobilier foisonnait, mangeant tout l'espace disponible, mais chaque meuble était unique, représentatif de son style et de son époque.

Dans l'immense bureau, étaient rangés cinq à six cents livres rares reliés de cuir, pour la plupart des éditions limitées ; tout un peuple de délicats petits sujets de nacre occupait les étagères d'une vitrine ; on remarquait aussi six boules de cristal pur, l'une de la taille d'une orange, une autre grosse comme un ballon de basket, les autres de tailles intermédiaires.

Joshua écarta les rideaux de la fenêtre pour laisser entrer un peu de lumière, alluma une lampe de cuivre et s'assit dans un grand fauteuil moderne, derrière un imposant bureau anglais du XVIIIe siècle. De la poche de sa veste, il tira l'étrange lettre trouvée dans le coffre de la banque, en réalité, une photocopie, Warren Sackett, l'agent du F.B.I., ayant tenu à conserver l'original. Joshua la déplia, la posa bien en vue, se tourna vers la machine à écrire placée sur une tablette à côté du bureau, glissa une feuille de papier dans le cylindre et tapa rapidement la première phrase.

Ma mère, Katherine Ann Frye, est morte depuis cinq ans, mais elle ne cesse de revenir à la vie sous différentes identités.

Il prit la photocopie en main et compara les deux phrases. La frappe était semblable. Dans les deux cas, la boucle du e était noircie d'encre, les caractères n'ayant pas été nettoyés depuis un certain temps ; la boucle du a était partiellement occultée et le d était légèrement plus haut que les autres caractères. La lettre avait été tapée dans le bureau de Bruno Frye, sur sa propre machine à écrire.

Le double, l'homme qui s'était fait passer pour lui à la

banque, jeudi dernier, devait donc posséder une clef de la maison. Mais comment se l'était-il procurée ? La réponse la plus évidente était que Bruno la lui avait donnée, ce qui voulait dire aussi qu'il l'avait engagé à son service.

Joshua se renversa contre le dossier de son fauteuil et contempla songeusement la lettre photocopiée. Une foule de questions se bousculait dans sa tête. Pourquoi Bruno avait-il jugé utile d'engager un double ? Où avait-il pu dénicher un sosie aussi ressemblant ? Depuis combien de temps cette comédie durait-elle ? Combien de fois, lui, Joshua Rhinehart, avait-il parlé à l'autre en croyant s'adresser au vrai Bruno Frye ? Impossible de le savoir. Le double en question était-il ici, jeudi dernier, au moment où Bruno mourait à Los Angeles ? Très certainement, puisque c'était ici qu'il avait tapé la lettre déposée dans le coffre. Mais comment avait-il appris si rapidement la mort de Bruno Frye ? Le corps avait été retrouvé au pied d'une cabine téléphonique... Et si le dernier acte de Bruno avait été d'appeler chez lui pour parler à son double ? Oui, c'était possible ; fort probable, même. Il faudrait enquêter auprès de la compagnie du téléphone. Qu'est-ce que ces deux hommes avaient bien pu se dire pendant que l'un d'eux était en train de mourir ? Partageaient-ils la même obsession ? Croyaient-ils tous les deux que Katherine Frye était sortie de sa tombe ?

Joshua frissonna. Il replia la lettre et la remit dans sa poche. Pour la première fois, il remarqua la tristesse de cette maison, encombrée de trop de meubles et d'ornements coûteux, avec ses fenêtres dissimulées derrière d'épaisses tentures et ses moquettes sombres. Soudain, elle lui semblait encore plus solitaire que la tanière de Leo, là-haut sur la falaise.

Du bruit. Dans une pièce voisine. Glacé, Joshua fit le tour du bureau. Il prêta l'oreille.

Je me fais des idées, se dit-il pour se rassurer.

Il regagna la porte d'entrée d'un pas rapide et se rendit compte que ce bruit était, en effet, purement imaginaire. Personne n'allait l'attaquer. Toutefois, après être sorti de la maison et avoir refermé la porte à clef, il poussa un soupir de soulagement.

Il remonta dans sa voiture pour regagner son bureau et de nouvelles questions se présentèrent à son esprit. En réalité, qui avait donc été tué à Los Angeles la semaine dernière ? Bruno Frye ou son double ? Lequel des deux était passé à la First Pacific United Bank, le jeudi précédent ? Tant qu'il n'aurait pas la réponse à ces questions, comment faire pour régler la succession ? Des questions, il en voyait un nombre incalculable, mais les réponses faisaient bougrement défaut.

En s'arrêtant derrière son bureau, quelques minutes plus tard, l'idée lui vint qu'il devait peut-être envisager sérieusement de suivre le conseil de Mme Willis. Il fallait ouvrir la tombe de Bruno Frye pour voir qui y était effectivement enterré.

Après avoir atterri à Napa, Hilary et Thomas louèrent une voiture et arrivèrent chez le shérif du comté à seize heures vingt. Les bureaux ne paraissaient pas aussi somnolents que ceux qu'on a coutume de voir à la télévision. Quatre employés, deux jeunes adjoints et deux secrétaires affairées, vaquaient à des tâches administratives.

La secrétaire du shérif était assise derrière un grand bureau métallique et une plaque posée devant sa machine à écrire indiquait son nom : Marsha Peletrino. C'était une femme à l'air guindé et au visage sévère, mais elle avait une voix douce, veloutée et excitante. De même, elle avait un sourire plus aimable qu'Hilary ne l'avait escompté en la voyant.

Quand elle ouvrit la porte qui séparait la réception du bureau particulier du shérif Laurenski pour annoncer les visiteurs, ce dernier comprit immédiatement de quoi il s'agissait et ne tenta pas de les refouler, comme Tony et Hilary l'avaient craint. Il s'avança vers eux et leur serra la main d'un air gêné. Il était clair qu'il n'avait guère envie d'expliquer pourquoi il avait fourni un faux alibi à Bruno Frye dans la soirée de mercredi dernier, mais, malgré un embarras non dissimulé, il les pria tous les deux d'entrer.

Hilary était un peu déçue. Laurenski n'était pas le shérif caricatural, débraillé, bedonnant et mâchonnant son cigare qu'elle s'attendait à trouver. Il n'avait rien d'un larbin du pouvoir, capable de mentir pour couvrir un riche notable comme Bruno Frye. Il avait une trentaine d'années ; il était grand, blond, précis, amical, soigné et apparemment compétent. Il y avait de la bonté dans son regard et une étonnante douceur dans sa voix ; par certains aspects, il lui faisait penser à Tony. Les locaux étaient propres et spartiates, et les gens qui y travaillaient n'étaient pas de vieilles loques délabrées mais des fonctionnaires dynamiques soucieux de la chose publique. Au bout de quelques minutes à peine passées en sa compagnie, Hilary comprit qu'il n'y aurait pas de réponse au mystère Frye et qu'il n'y avait pas eu conspiration concertée pour le couvrir.

Elle s'assit avec Tony sur un vieux banc qu'on avait essayé de rendre plus confortable grâce à des coussins de mousse recouverts de velours côtelé. Laurenski tira une chaise et s'y assit à l'envers, les bras croisés autour du dossier.

Il les désarma complètement en allant droit au but et en faisant directement son auto-critique.

« J'ai bien peur de ne pas avoir été à la hauteur dans cette affaire, leur déclara-t-il tout de go. J'ai cherché à ignorer les coups de fil de vos services.

— C'est pour cette raison que nous sommes ici, dit Tony.

— Est-ce que votre visite est... officielle ? demanda Laurenski, légèrement perplexe.

— Non. Je suis ici en tant que particulier, non en tant que policier.

— Nous avons vécu des événements très éprouvants, ces deux derniers jours, dit Hilary. Il s'est produit des choses incroyables et nous espérons que vous pourrez nous fournir des explications.

— Autre chose que l'agression de Bruno Frye contre vous ? s'étonna le shérif.

— On vous racontera tout, intervint Tony. Mais, d'abord, nous voudrions savoir pourquoi vous n'avez pas répondu aux appels de la police de Los Angeles.

— Je ne savais pas quoi dire, fit Laurenski en rougissant. Je me suis couvert de honte en me portant garant de Bruno Frye. J'espérais que l'affaire allait se tasser.

— Et pourquoi vous êtes-vous porté garant de lui ? demanda Hilary.

— C'est que... vous comprenez... Je croyais vraiment qu'il était chez lui, ce soir-là.

— Vous lui avez parlé ?

— Non, répondit-il en toussotant. Voyez-vous, c'est Tim Larsson qui était de garde, cette nuit-là ; c'est lui qui a pris l'appel. C'est un de mes meilleurs éléments. Il travaille avec moi depuis sept ans. Il en veut vraiment. Bien... quand Los Angeles a appelé au sujet de Bruno Frye, Tim a pensé qu'il ferait mieux de me prévenir pour voir si je voulais m'occuper de ça, étant donné que Frye était l'une des personnalités les plus en vue du comté. Ce soir-là, j'étais chez moi ; c'était l'anniversaire de ma fille. Pour une fois, je n'avais pas voulu que mon boulot empiète sur ma vie familiale. Je consacre si peu de temps à mes gosses...

— Je comprends, l'interrompit Tony. Je suis sûr que vous faites du bon travail et je suis bien placé pour savoir que pour arriver à ce résultat, il faut y passer bien plus que huit heures par jour.

— Vous voulez dire douze, oui, six jours sur sept, quand ce n'est pas carrément sept, renchérit Laurenski. Quoi qu'il en soit, Tim m'a appelé et je lui ai dit de s'en occuper. Vous comprenez, au début, ça avait l'air totalement ridicule. Frye était un gros homme d'affaires, un milliardaire, quoi. Pourquoi aurait-il tout foutu en l'air pour essayer de violer une femme ? J'ai donc dit à Tim de se renseigner et de me rappeler dès qu'il aurait appris quelque chose. Comme je vous l'ai dit, c'est quelqu'un de très compétent. De plus, il connaissait Frye mieux que moi. Avant d'entrer dans la police, Tim a travaillé cinq ans aux Shade Tree Vineyards. A l'époque, il voyait Frye tous les jours.

— Alors, c'est donc Larsson qui a contacté Bruno Frye, ce soir-là, conclut Tony.

— Oui. Ensuite, il m'a rappelé chez moi. Il m'a dit que Frye était chez lui. J'ai donc téléphoné à Los Angeles et me suis couvert de ridicule.

— Je ne comprends pas, dit Hilary en fronçant les sourcils. Vous voulez dire par là que Larsson vous a menti ? »

Laurenski espérait ne pas avoir à répondre à cette question. Il se leva et se mit à marcher de long en large, les yeux baissés. Finalement, il déclara :

« J'ai confiance en Tim Larsson. Je lui ai toujours fait confiance. C'est un type bien. C'est une chose que je ne m'explique pas.

— Avait-il une raison de couvrir Frye ? demanda Tony.

— Vous voulez dire, est-ce qu'ils étaient copains ? Non. Pas du tout. Ils ne s'aimaient guère. Tim avait seulement travaillé chez lui et il ne lui plaisait pas du tout.

— A-t-il déclaré avoir vu Frye ce soir-là ? questionna Hilary.

— Sur le moment, j'ai supposé qu'il l'avait vu. Mais, plus tard, Tim m'a dit qu'il était parfaitement capable d'identifier Frye au téléphone et qu'il avait jugé inutile d'aller jusque chez lui pour le voir en personne. Comme vous le savez certainement, Frye avait une voix très caractéristique.

— Par conséquent, Larsson a pu parler à quelqu'un qui couvrait Frye, quelqu'un qui était capable d'imiter sa voix, dit Tony.

— C'est ce que dit Tim. C'est l'excuse qu'il donne. Pourtant, ça ne colle pas. Qui cela aurait-il pu être ? Quelle personne aurait eu intérêt à l'innocenter d'une tentative de viol et de meurtre ? Où serait-elle maintenant ? De plus, la voix de Frye n'est pas facile à imiter.

— Quelle est donc votre opinion ? demanda Hilary.

— Je ne sais pas quoi penser, dit Laurenski en secouant la tête. J'ai ruminé là-dessus toute la semaine. Je veux croire mon agent, mais comment faire ? Il se passe quelque chose, mais quoi ? Pour le moment, j'ai mis Tim à pied. Il le restera tant que je n'aurai rien de nouveau. »

Tony lança un bref regard à Hilary puis se tourna de nouveau vers le shérif.

« Quand vous aurez entendu ce que nous avons à vous raconter, je pense que vous pourrez croire ce qu'a dit Tim Larsson.

— Mais vous ne comprendrez pas davantage le sens

de cette affaire. Nous qui sommes plongés tout à fait dedans, nous ignorons toujours de quoi il retourne. »

Hilary lui raconta alors comment Bruno Frye s'était introduit chez elle, mardi matin, cinq jours après sa mort.

Assis derrière son bureau, un verre de Jack Daniel's Black Label à la main, Joshua Rhinehart étudiait le dossier que Ronald Preston lui avait remis à San Francisco. Il contenait, entre autres choses, des photocopies très nettes de relevés mensuels, effectuées d'après les archives, sur microfilms, ainsi que des reproductions des deux faces de chaque chèque que Bruno Frye avait signé. Etant donné que Frye avait ouvert ce compte secret dans une ville où il n'avait aucune autre affaire, Joshua était persuadé qu'un examen de ces documents lui donnerait des indices pour découvrir l'identité du fameux double.

Au cours des trois premières années et demie, Bruno avait fait deux chèques par mois, jamais plus, jamais moins. Et ces chèques étaient toujours destinés aux mêmes personnes, Rita Yancy et Latham Hawthorne, des noms qui ne disaient absolument rien à Joshua.

Pour des raisons qui restaient à éclaircir, Mme Yancy recevait cinq cents dollars chaque mois. La seule chose que Joshua parvint à déduire des photocopies des chèques, c'était qu'elle devait habiter à Hollister, Californie, car elle les avait tous déposés dans une banque de cette ville.

Quant aux chèques adressés à Latham Hawthorne, ils ne portaient jamais la même somme et allaient de deux cents à cinq ou six cents dollars. Apparemment, Hawthorne vivait à San Francisco, car tout cet argent avait été déposé dans cette ville, dans une succursale de la Wells Fargo Bank. Au dos de tous ces chèques, un tampon portait cette mention :

À VERSER AU COMPTE DE
Latham Hawthorne
LIVRES RARES ET ANCIENS
OCCULTISTE

Joshua demeura un moment les yeux rivés sur le

dernier mot : *Occultiste*. Le vocable dérivait manifestement du mot « occulte » et décrivait parfaitement les activités du sieur Hawthorne, tout au moins une moitié d'entre elles, les livres rares constituant l'autre. Deux des murs de son bureau étaient couverts de recueils juridiques et d'ouvrages de références. Il possédait trois dictionnaires et vérifia la définition du mot « occultiste » dans chacun d'eux. Les deux premiers n'y faisaient même pas allusion mais le troisième lui apprit tout ce qu'il voulait savoir. Un occultiste était quelqu'un qui croyait aux pratiques et aux pouvoirs surnaturels de diverses « sciences occultes », telles que l'astrologie, la chiromancie, la magie noire, la magie blanche, la démonologie et le satanisme. Selon le dictionnaire, un occultiste pouvait également vendre tous les accessoires nécessaires à ces curieuses pratiques : livres, costumes, cartes, instruments magiques, reliques sacrées, herbes rares, chandelles de suif et ainsi de suite.

Au cours des cinq années comprises entre la mort de Katherine et sa propre disparition, Bruno Frye avait versé plus de cent trente mille dollars à Latham Hawthorne. Il n'y avait rien sur aucun des chèques qui pût en indiquer la contrepartie.

Joshua se versa un nouveau whisky et revint s'asseoir à son bureau.

Au cours des derniers dix-huit mois, le dossier de ses comptes secrets laissait voir que Frye avait, comme de coutume, fait deux chèques chaque mois, un à Rita Yancy, un autre à Latham Hawthorne, mais également un troisième, celui-là à un certain docteur Nicholas W. Rudge. Tous les chèques adressés à ce dernier avaient été déposés dans une succursale de San Francisco de la Bank of America. Joshua en conclut que le médecin habitait donc cette ville.

Il appela les renseignements téléphoniques et, moins de cinq minutes après, il avait en sa possession les numéros de Hawthorne, de Rudge et de Rita Yancy.

C'est elle qu'il contacta en premier.

« Madame Yancy ? demanda-t-il.

— Oui ? répondit-on au bout de la deuxième sonnerie.

— Rita Yancy ?

— Elle-même. »

Elle avait une voix agréable et mélodieuse.

« Qui est à l'appareil ?

— Mon nom est Joshua Rhinehart. Je vous appelle de St. Helena. Je suis l'exécuteur testamentaire de Bruno Frye. »

Pas de réponse.

« Madame Yancy ?

— Vous voulez dire qu'il est mort ? finit-elle par demander.

— Vous ne le saviez pas ?

— Comment le saurais-je ?

— C'était dans le journal.

— Je ne lis jamais le journal, dit-elle d'une voix altérée qui n'avait plus rien d'agréable ; son ton était maintenant froid et dur.

— Il est mort jeudi dernier », précisa Joshua.

Silence.

« Vous êtes toujours là ? demanda-t-il.

— Qu'est-ce que vous me voulez ?

— Eh bien, en tant qu'exécuteur testamentaire, je dois veiller à ce que toutes les dettes de M. Frye soient réglées, avant qu'on distribue ses biens à ses héritiers.

— Et alors ?

— J'ai découvert que M. Frye vous versait cinq cents dollars par mois et j'ai pensé qu'il pouvait s'agir du remboursement d'une dette quelconque. »

La femme ne répondait pas. Il l'entendait respirer.

« Madame Yancy ?

— Il ne me doit pas le moindre sou.

— Alors, ce n'est pas un remboursement ?

— Non.

— Vous travailliez pour lui ? »

Joshua sentit une hésitation puis entendit un clic.

« Madame Yancy ? »

Aucune réponse. Rien qu'un sifflement et des craquements lointains sur la ligne. Joshua refit le numéro.

« Allô ? dit la femme.

— C'est encore moi, madame Yancy. Nous avons dû être coupés. »

Clic !

Il songea à la rappeler une troisième fois mais se dit qu'elle allait encore lui raccrocher au nez. Manifestement, elle avait un secret, un secret qu'elle avait partagé avec Bruno Fryc et qu'elle ne voulait pas que Joshua découvre. Cependant, par son étrange attitude, elle n'avait fait qu'exciter sa curiosité. Il était maintenant tout à fait certain que les trois personnes qui recevaient régulièrement des chèques tirés sur la banque de San Francisco pourraient l'aider à étudier l'énigme que constituait l'existence du sosie de Frye. S'il parvenait à les faire parler, peut-être pourrait-il régler la succession avec une relative rapidité.

« Tu ne te débarrasseras pas si facilement de moi, ma chère Rita », murmura-t-il en reposant le récepteur.

Demain, il se rendrait à Hollister avec son Cessna et irait la trouver en personne.

Il appela ensuite le docteur Nicholas Rudge mais celui-ci était absent. Joshua laissa un message et son numéro de téléphone au répondeur.

Le troisième appel fut payant, mais peut-être pas autant qu'il l'avait espéré. Latham Hawthorne était chez lui et disposé à parler. L'occultiste avait une voix nasillarde teintée d'un soupçon d'accent britannique très aristocratique.

« Je lui ai vendu un grand nombre d'ouvrages, dit-il en réponse à la question de Joshua.

— Seulement des livres ?

— Oui, seulement des livres.

— C'est énormément d'argent pour des livres uniquement.

— C'était un très bon client.

— Sans doute, mais cent trente mille dollars !

— Répartis sur plus de cinq ans.

— Tout de même...

— De plus, la plupart de ces livres étaient des ouvrages extrêmement rares, comprenez-vous ?

— Ça vous intéresserait de les racheter ? demanda Joshua pour voir si le libraire était honnête.

— Les racheter ? Ah ! oui, plutôt ! J'aimerais bien, oui.

— Combien ?

— Je ne peux pas donner un chiffre exact tant que je ne les aurai pas vus.

— Bien sûr. Mais, en gros, combien ?

— Voyez-vous, si ces volumes ont été abîmés — maculés, déchirés, écornés, que sais-je ? — ça change tout.

— Supposons qu'ils soient en parfait état. Combien en offririez-vous ?

— S'ils sont dans le même état que le jour où je les ai vendus à M. Frye, je suis prêt à en proposer un peu plus qu'il ne les a payés. Un grand nombre d'entre eux ont pris de la valeur depuis.

— Combien ? insista Joshua.

— Vous êtes un homme obstiné.

— Une de mes nombreuses qualités. Allons, monsieur Hawthorne, ça ne vous engage à rien ; je vous demande une simple estimation.

— Eh bien, si la collection comporte tous les livres que je lui ai vendus et s'ils sont dans le même état... je dirais... en tenant compte de ma marge bénéficiaire, naturellement... je dirais environ deux cents mille dollars.

« Vous les rachèteriez donc soixante-dix mille dollars de plus que vous ne les avez vendus ?

— Oui, en gros.

— C'est une plus-value importante.

— Oui, c'est à cause de la demande. Les gens s'intéressent de plus en plus à ces questions.

— Quelles questions ? demanda Joshua. Quel genre de livres collectionnait-il ?

— Vous ne les avez donc pas vus ?

— Je pense qu'ils sont dans sa bibliothèque. Un grand nombre d'entre eux sont des livres très anciens avec des reliures de cuir. Je n'avais jamais songé qu'ils avaient quelque chose de particulier. Je n'ai jamais pris le temps de les examiner de près.

— Ce sont des ouvrages d'occultisme. Je ne vends que des livres qui traitent des sciences occultes au sens large. Une forte proportion d'entre eux sont des ouvrages interdits, mis autrefois à l'index par l'Eglise ou par l'Etat, et qui n'ont jamais été réimprimés par nos sceptiques éditeurs d'aujourd'hui. J'ai aussi des tirages limités. J'ai plus de deux cents clients très fidèles. Un monsieur de San Jose, par exemple, qui collectionne uniquement des livres sur la mystique hindoue. Une femme du comté de Marin, aussi, qui possède une énorme bibliothèque sur le satanisme, dont une douzaine d'ouvrages obscurs qui n'ont été publiés qu'en latin. Ou encore une femme de Seattle, qui recherche depuis des années tout ce qui a été écrit sur les expériences de voyages en astral. Je peux satisfaire tous les goûts. Croyez-moi, sans me jeter de fleurs, on peut dire que je suis le vendeur d'ouvrages occultes le plus sérieux et le plus réputé de tous les Etats-Unis.

— Tout de même, vos clients ne dépensent pas tous autant d'argent que M. Fryc.

— Non, bien sûr. Je n'en ai que deux ou trois comme lui. Cependant, j'ai quelques dizaines de clients qui consacrent environ dix mille dollars par an pour l'achat de ces livres.

— Incroyable, commenta Joshua.

— Pas vraiment. Ces personnes ont l'impression d'être au bord d'une grande découverte, d'être sur le point de trouver un secret phénoménal, le pourquoi de leur existence. Certains sont à la poursuite de l'immortalité, d'autres cherchent à connaître des sorts et des pratiques qui leur apporteraient une richesse prodigieuse ou un pouvoir illimité sur leurs semblables. Ces gens ont de très puissantes motivations et sont prêts à payer n'importe quel prix pour acquérir ce savoir interdit. »

Joshua fit tourner son fauteuil pivotant et regarda par la fenêtre. Des nuages gris et bas arrivant de l'ouest s'accumulaient sur les cimes des monts Mayacamas.

« Quel domaine de l'occultisme intéressait particulièrement M. Frye ? demanda-t-il.

— Il collectionnait deux sortes d'ouvrages qui avaient un rapport étroit avec le même sujet. Il était fasciné par la possibilité de communiquer avec les morts. Le spiritisme, les tables tournantes, les esprits qui parlent, les ectoplasmes, l'écriture automatique, ce genre de choses. Mais, ce qui le passionnait par-dessus tout, c'était tout ce qui touchait aux morts vivants.

— Les vampires ? demanda Joshua en pensant à l'étrange lettre trouvée dans le coffre.

— Oui. Les vampires, les zombies, cette sorte de créatures. Il n'avait jamais assez de livres sur ce sujet. Naturellement, je ne veux pas dire qu'il s'intéressait aux romans d'horreur, aux frissons à bon marché. Il ne collectionnait que des études sérieuses et une certaine catégorie d'ouvrages ésotériques.

— Quoi, par exemple ?

— Eh bien, par exemple... pour ce qui est du genre ésotérique, il avait acheté six mille dollars le journal manuscrit de Christian Marsden.

— Qui est ce Christian Marsden ? s'enquit Joshua.

— C'est un homme qui a été arrêté pour le meurtre de neuf personnes à San Francisco et dans ses environs, il y a quatorze ans. La presse l'avait surnommé le Vampire du Golden Gate parce qu'il buvait le sang de ses victimes.

— Ah ! oui ! dit Joshua.

— Il les démembrait aussi, ajouta Hawthorne.

— Oui, oui.

— Il leur coupait les bras, les jambes et la tête.

— Je m'en souviens, maintenant. Une affaire horrible », grimaça Joshua.

Les nuages sombres continuaient à affluer, menaçant maintenant directement St. Helena.

« Pendant toute l'année où il s'est livré à sa furie meurtrière, Marsden a tenu un journal. C'est une étrange lecture. Il était persuadé qu'un mort du nom d'Adrian Trench essayait de s'emparer de son corps et de revenir à la vie à travers lui. Il croyait sincèrement livrer un combat désespéré pour garder la possession de son propre corps.

— De sorte que ce n'était pas vraiment lui qui commettait ces crimes, mais cet Adrian Trench.

— C'est ce qu'il a écrit dans son journal. Pour une raison qu'il n'a jamais précisée, Marsden croyait que l'esprit mauvais d'Adrian Trench avait besoin du sang d'autres personnes pour s'emparer de son corps.

— Une histoire suffisamment tordue pour qu'on le déclare irresponsable de ses actes, ironisa Joshua.

— On l'a mis dans un asile psychiatrique, en effet, et il y est mort six ans plus tard. Mais, Marsden n'avait pas simulé la folie pour éviter la prison. Il croyait vraiment que l'esprit de Trench voulait le chasser de son propre corps.

— Un schizophrène ?

— Probablement. Mais je pense qu'il ne faut pas éliminer la possibilité que Marsden était sain d'esprit et qu'il n'a fait que rapporter un véritable phénomène paranormal.

— Qu'est-ce que vous dites ?

— Je me demande si Marsden n'était pas réellement possédé, d'une façon ou d'une autre.

— Vous ne pouvez pas croire à une chose pareille ! s'exclama Joshua.

— Pour paraphraser Shakespeare, il existe sur la terre et dans les cieux une quantité de choses que nous ne pouvons pas comprendre. »

Derrière la grande fenêtre du bureau, l'amas de nuages couleur d'ardoise continuait à envahir la vallée et le soleil sombrait derrière les monts Macayamas, plongeant prématurément St. Helena dans la pénombre. Tout en regardant la lumière décliner doucement, Joshua demanda :

« Et pourquoi Bruno Frye tenait-il tant à posséder le journal de Marsden ?

— Il s'imaginait vivre une expérience similaire.

— Vous voulez dire qu'il croyait qu'un mort essayait de lui prendre son corps ?

— Non. Il ne s'identifiait pas à Marsden, mais aux victimes de celui-ci. M. Frye était convaincu que sa mère — elle s'appelait Katherine, je crois — était revenue à la vie dans le corps d'une autre femme et qu'elle avait l'intention de le tuer. Il espérait que le journal de Marsden l'aiderait à trouver un moyen pour se débarrasser d'elle. »

Joshua sentit un frisson glacé le parcourir de part en part.

« Bruno ne m'avait jamais parlé d'une chose pareille.

— Oh ! il était très discret sur ce sujet ! Je suis sans doute la seule personne à qui il en ait fait la confidence.

Il avait confiance en moi parce que je comprenais son goût pour les sciences occultes. Mais même ainsi, il ne m'en a parlé qu'une seule fois. Il était intimement persuadé que sa mère était revenue de l'au-delà et véritablement épouvanté à l'idée de tomber entre ses mains. Après, il a regretté de s'être confié à moi. »

Pétrifié, éberlué, Joshua se redressa sur son fauteuil.

« Monsieur Hawthorne, la semaine dernière, Bruno Frye a tenté d'assassiner une femme à Los Angeles.

— Je sais.

— Il voulait la tuer parce qu'il croyait que c'était sa mère.

— Ah bon ? C'est très intéressant.

— Mais bon sang ! Vous saviez ce qui se passait dans sa tête. Vous auriez pu faire quelque chose.

— Qu'auriez-vous voulu que je fasse ? demanda Hawthorne, sans se départir de sa sérénité.

— Vous auriez pu aller trouver la police ! On l'aurait interrogé et on se serait peut-être aperçu qu'il avait besoin d'être soigné.

— M. Frye n'a pas commis de crime. Vous, vous dites qu'il est fou, mais moi, je ne fais pas ce genre de suppositions.

— Vous plaisantez ? demanda Joshua, incrédule.

— Pas du tout. Il est possible que la mère de M. Frye soit sortie de la tombe pour l'annihiler. Peut-être même a-t-elle réussi.

— Mais, bon Dieu, cette femme de Los Angeles n'était pas sa mère.

— Qui pourrait le dire ? »

Bien qu'il fût confortablement assis dans son grand fauteuil et que ledit fauteuil reposât fixement sur un plancher solide, Joshua eut soudain la curieuse impression de perdre l'équilibre. Il avait cru que Hawthorne était un homme raisonnable et cultivé qui s'était lancé dans un commerce un peu particulier en raison, surtout, des bénéfices substantiels qu'il pouvait en tirer. Il commençait maintenant à se demander s'il ne s'était pas trompé. Après tout, peut-être Latham Hawthorne était-il aussi bizarre que les articles qu'il vendait.

« Monsieur Hawthorne, vous m'avez l'air d'un

homme d'affaires avisé. Vous paraissez instruit et vous vous exprimez beaucoup mieux que la plupart des gens que j'ai eu l'occasion de rencontrer ces jours derniers. Il m'est donc difficile de croire que vous puissiez prêter foi à des choses comme le spiritisme et les morts vivants.

— Je n'écarte rien. En définitive, ma propension à croire à des phénomènes qui semblent aller contre toutes les vérités admises est moins surprenante que votre refus obstiné d'admettre l'existence de ces mêmes phénomènes. Je ne comprends pas qu'un homme intelligent se refuse à admettre qu'il puisse exister d'autres univers que le nôtre et des réalités autres que celles qu'il nous est habituellement donné de vivre.

— Oh ! si, je pense que le monde est plein de mystères et que nous ne pouvons en appréhender qu'une infime partie, se défendit Joshua. Je ne vous contredirai pas là-dessus. Mais je crois aussi qu'avec le temps, tous ces mystères s'éclaireront grâce à la science et au travail des chercheurs dans leurs laboratoires — et non en brûlant de l'encens ou en psalmodiant je ne sais quelles âneries.

— Je n'ai aucune foi en la science, déclara Hawthorne. Je suis sataniste. Je trouve mes réponses dans cette discipline.

— Le culte du démon ? » demanda Joshua.

Décidément, cet occultiste ne laissait pas de le surprendre.

« C'est une façon un peu hâtive de résumer les choses, monsieur Rhinehart. Je crois dans l'Autre Dieu, le Prince des Ténèbres. Son avènement est proche, déclara Hawthorne sur un ton calme et aimable, comme s'il parlait de la pluie ou du beau temps. J'attends avec impatience le jour où Il chassera le Christ et toutes les autres divinités inférieures pour s'installer sur le trône du monde. Quel beau jour ce sera ! Les adeptes des autres religions seront alors massacrés ou réduits en esclavage. Les prêtres seront décapités et leurs corps jetés aux chiens. Les nonnes seront violées dans les rues. On célébrera des messes noires dans les églises, les temples, les mosquées et les synagogues ; chacun sur la terre L'adorera ; des nouveau-nés seront sacrifiés sur Ses autels et Belzébuth régnera jusqu'à la fin des temps. C'est pour bientôt, monsieur Rhinehart. Il y a des signes et des présages. C'est pour très bientôt. J'attends ce moment avec impatience. »

Joshua resta sans voix. Malgré la folie qui éclatait dans ses propos, Hawthorne s'exprimait comme un individu parfaitement raisonnable et sain d'esprit. Il ne criait pas, n'écumait pas ; il n'y avait pas la moindre trace de démence ou d'hystérie dans sa voix. Joshua était beaucoup plus troublé par l'assurance tranquille et la sérénité lénifiante du personnage que si celui-ci s'était mis à hurler ou à vociférer, l'écume aux lèvres. Deviser ainsi au téléphone avec Latham Hawthorne, c'était un peu rencontrer un étranger à une réception, engager la conversation avec lui, histoire de faire connaissance, et se rendre compte tout à coup qu'il portait un masque, moulé sur la peau, un masque avenant derrière lequel se dissimulait le faciès goguenard et repoussant de la Mort elle-même. Un masque de carnaval, mais à l'envers, chienlit qui aurait endossé défroque humaine. Le diable sous la casquette de votre voisin de palier. La réalisation des pires cauchemars d'Edgar Allan Poe.

Joshua frissonna.

« Est-ce que je pourrais vous voir ? enchaîna Hawthorne. Je serais heureux de pouvoir examiner les livres que M. Frye m'avait achetés. Je peux venir quand vous voudrez. Quel jour vous conviendrait le mieux ? »

Joshua, lui, n'avait aucune envie de voir l'homme ou de faire affaire avec lui. Il verrait l'occultiste après que les experts et les commissaires-priseurs auraient vu les livres. Si l'un d'eux lui faisait une offre raisonnable, il n'y aurait peut-être pas besoin d'avoir recours à lui.

« Il faudra que je vous rappelle, dit Joshua. J'ai énormément de choses à faire. C'est une succession importante et compliquée. Il faudra plusieurs semaines avant que tout soit terminé.

— J'attends votre coup de fil avec impatience.

— Ah ! encore une chose.

— Oui ?

— M. Frye vous a-t-il dit pourquoi il avait tellement peur de sa mère ?

— J'ignore ce qu'elle a pu lui faire, mais il la détestait cordialement. Jamais je n'aurais cru voir tant de haine et de rancœur chez un homme lorsqu'il m'a parlé d'elle.

— Je les connaissais tous les deux. Je ne me suis jamais aperçu de rien. J'ai toujours cru qu'il l'adorait.

— C'était sans doute une haine secrète qu'il nourrissait depuis très longtemps, conclut Hawthorne.

— Qu'est-ce qu'elle a bien pu lui faire ?

— Ça, il ne me l'a pas dit. Mais il y avait quelque chose, quelque chose de si épouvantable qu'il ne pouvait même pas en parler. C'est tout ce que vous aviez à me demander ?

— Bruno vous a-t-il jamais parlé d'un sosie ?

— Un sosie ?

— Oui, un double. Quelqu'un qui aurait pu se faire passer pour lui.

— Etant donné son gabarit et sa voix si particulière, la tâche m'apparaît difficile.

— Il en a trouvé un, pourtant, et je voudrais bien savoir pourquoi il lui en fallait un.

— Ce double en question ne pourrait-il pas vous le dire lui-même ? Il doit bien savoir pourquoi il a été engagé.

— L'ennui, c'est que je n'arrive pas à le trouver.

— Je vois, déclara Hawthorne. Non, M. Frye ne m'a jamais dit le moindre mot à ce sujet. Ah ! au fait... je me souviens...

— Oui, quoi ?

— Je vois une raison pour laquelle il lui aurait fallu un double.

— Laquelle ?

— Pour tromper sa mère, au cas où elle reviendrait le chercher.

— Mais bien sûr, fit Joshua sur un ton sarcastique, comment n'y ai-je pas pensé plus tôt ?

— Vous ne m'avez pas compris, dit Hawthorne. Je sais que vous êtes incrédule. Je n'ai jamais dit qu'elle était vraiment revenue. Je n'ai pas suffisamment d'informations pour affirmer une chose pareille. Mais M. Frye, lui, était absolument convaincu qu'elle était revenue. Il a peut-être cru se protéger en se procurant un sosie. »

Joshua était obligé d'admettre que l'idée d'Hawthorne était tout à fait sensée. Il précisa :

« Vous voulez dire qu'il faut se mettre dans la peau de Frye, essayer de raisonner comme lui, comme un schizophrène paranoïaque ?

— Si vraiment il était schizophrène et paranoïaque. Je vous répète que je ne refuse aucune hypothèse.

— Et moi, je les refuse toutes, s'énerva Joshua. Bien... merci de votre aide, monsieur Hawthorne.

— De rien. J'attends votre appel. »

Ne sois pas trop pressé, se dit Joshua *in petto*.

Quand il eut raccroché, il se leva et s'approcha de la fenêtre pour contempler la vallée qui s'installait dans l'obscurité croissante. Le jour semblait faire place à la nuit beaucoup trop rapidement ; un vent froid s'était levé et cognait à présent au carreau ; Joshua eut l'impression que l'automne allait céder le pas à l'hiver beaucoup plus vite que de coutume. On n'était qu'au début du mois d'octobre mais on se serait cru en janvier.

Les paroles de Latham Hawthorne résonnaient encore dans son cerveau, comme l'écho du glas qui rôde et se prolonge sous la nef, longtemps après l'absoute : *C'est pour bientôt, monsieur Rhinehart. Il y a des signes et des présages. C'est pour très bientôt.*

Depuis une quinzaine d'années, le monde semblait partir à vau-l'eau, dégringoler en chute libre, sans frein ni contrôle. Des gens bizarres surgissaient un peu partout. Comme ce Latham Hawthorne. Pire, bien pire, beaucoup d'entre eux étaient des hommes politiques. Car cette espèce de fuite en avant est la voie choisie par nombre de requins assoiffés de pouvoir pour s'imposer et dominer leurs semblables ; ils s'assurent le contrôle de tous les leviers de commande, sinistres mythomanes à l'œuvre dans chaque nation, et poussent à la roue, pantins ricanants ivres de leurs propres délires, précipitant ainsi la machine vers le déraillement.

Sommes-nous en train de vivre les derniers jours du monde ? se demanda Joshua. Est-ce que l'Harmaguédon est proche ?

Conneries, se dit-il. Tu transfères l'angoisse de ta propre disparition à l'univers entier. Tu as perdu Cora, tu es seul et tu prends soudain conscience que tu vieillis et que le temps file. Sous prétexte que tu viens enfin de te rendre compte que chacun n'était que de passage, voilà que t'imagines (la belle trouvaille, tiens, on ne peut pas dire que ce soit la vanité qui t'étouffe), que c'est la création toute entière qui disparaîtra le jour où toi tu mourras. Mais, mon pauvre petit, quand on te mettra dans la boîte, le seul dies irae qu'on entendra, ce sera le tien. Le monde tournera encore après toi et tournera longtemps.

Pourtant, il n'en était plus si certain. Comme avait dit Latham Hawthorne, même s'il n'était pas d'accord avec son interprétation, l'avenir s'annonçait menaçant et c'était peut-être un signe des temps. On frappa à la porte. C'était Karen Farr, sa jeune et dévouée secrétaire.

« Je ne savais pas que vous étiez encore là, dit Joshua en jetant un coup d'œil à sa montre. Vous devriez être partie depuis près d'une heure.

— J'ai traîné un peu à midi pour déjeuner. J'ai du travail à rattraper.

— Le travail est une part essentielle de la vie, ma chère enfant. Mais n'y consacrez pas tout votre temps. Rentrez chez vous. Vous terminerez demain.

— J'en ai pour dix minutes. Deux personnes viennent d'arriver. Elles voudraient vous voir.

— Je n'ai pris aucun rendez-vous.

— Ces gens viennent de Los Angeles. C'est un M. Anthony Clemenza et la femme qui l'accompagne s'appelle Hilary Thomas. C'est elle qui…

— Oui, je sais, coupa Joshua, surpris. Faites-les entrer. »

Il se leva pour aller à la rencontre de ses visiteurs. Après quelques secondes de flottement, il les fit s'asseoir, leur servit à chacun un Jack Daniel's et tira un fauteuil en face du canapé où ils étaient installés côte à côte. Avec son air assuré et compétent, Tony avait tout de suite plu à Joshua. Quant à Hilary Thomas, elle irradiait d'une tranquille certitude. De plus, elle était merveilleusement belle.

Ils commencèrent à se regarder en silence, sans trop

savoir quoi se dire, le verre à la main. Joshua fut le premier à parler.

« Je ne crois guère aux phénomènes de double vue, mais cette fois, j'ai une sorte de pressentiment. J'imagine que vous n'avez pas fait tout ce chemin pour me parler uniquement des événements de mercredi et de jeudi derniers, n'est-ce pas ? Il y a encore eu du nouveau depuis, non ?

— Du nouveau, oui, en effet, répondit Tony. Mais il n'est vraiment pas facile d'y comprendre quelque chose.

— C'est le shérif Laurenski qui nous envoie, expliqua Hilary.

— Nous espérons que vous pourrez nous fournir certaines réponses.

— J'aimerais bien qu'on m'en donne, moi aussi », répliqua Joshua.

Hilary pencha la tête de côté et regarda Joshua avec curiosité.

« C'est à mon tour d'avoir un pressentiment, dit-elle. N'y aurait-il pas eu du nouveau, ici aussi, par hasard ?

— Si j'étais un homme crédule, je vous dirais sans doute que... qu'il y a dans les parages... un mort qui se promène parmi les vivants », déclara Joshua en prenant une gorgée de whisky.

Dehors, les dernières lueurs du jour désertaient le ciel. Une nuit d'encre envahissait la vallée. Un vent froid essayait de s'infiltrer sous les fenêtres, sifflant et gémissant. Cependant, une sorte de chaleur nouvelle semblait avoir envahi le bureau ; s'ils étaient réunis là tous les trois, c'est parce qu'ils étaient troublés par le même et effrayant mystère. La résurrection de Bruno Frye.

Bruno Frye s'était endormi dans sa Dodge stationnée sur le parking d'un supermarché et, vers onze heures du matin, il avait été réveillé par le cauchemar, bruissant de murmures obsédants et menaçants, mais incompréhensibles. Pendant un moment, il resta recroquevillé sur lui-même, dans l'habitacle où la lumière avait du mal à pénétrer, se sentant si désespérément seul, abandonné et épouvanté qu'il se mit à gémir et à pleurer comme un gosse.

Je suis mort, pensa-t-il. Mort. Elle m'a tué, cette garce. L'infâme salope, elle m'a enfoncé un couteau dans le ventre.

Tandis que ses sanglots refluaient peu à peu, une pensée troublante le traversa.

Mais, si je suis mort, comment puis-je être là ? Comment puis-je être à la fois mort et vivant ?

Il se tâta l'abdomen des deux mains. Pas de trous, pas de blessures, pas de plaies.

Soudain, son esprit s'éclaircit. La brume grisâtre qui l'enveloppait se dégagea et, l'espace d'un instant, tout autour de lui s'éclaira d'une lumière cristalline et chatoyante. Il se demanda alors si Katherine était bien ressortie de sa tombe. Si Hilary Thomas n'était pas simplement Hilary Thomas et non Katherine Ann Frye. S'il n'était pas fou de vouloir la supprimer. Et toutes ces femmes qu'il avait tuées en cinq ans, étaient-elles vraiment des réincarnations de Katherine ? N'étaient-elles pas plutôt de pauvres innocentes qui n'avaient rien fait pour mériter un sort aussi affreux ?

Assis sur le plancher de la camionnette, pétrifié, Bruno était accablé par cette pensée subite.

Et les murmures qui bouleversaient chaque nuit son sommeil, les murmures épouvantables qui le terrifiaient...

Tout à coup, il comprit que s'il parvenait à se concentrer suffisamment, s'il fouillait bien à fond dans ses souvenirs d'enfance, il finirait par découvrir un sens à ces murmures. Il se rappela deux lourdes portes de bois. Il revit Katherine les claquer sur lui et les fermer à double tour, après l'avoir poussé dans les ténèbres. Il se souvint de marches, qui s'enfonçaient loin, loin sous la terre...

Non !

Il se boucha les oreilles de toutes ses forces, comme si on pouvait barrer la route à des souvenirs odieux comme à des bruits désagréables. Il dégoulinait de sueur. Il tremblait de tout son corps.

« Non ! cria-t-il. Non, non, non ! »

Du plus loin qu'il se souvenait, il avait toujours essayé de découvrir quelle était la voix qui murmurait dans ses cauchemars, de deviner ce que ces chuchotements lui disaient, afin de pouvoir, peut-être, les bannir à jamais de son sommeil. Pourtant, maintenant qu'il était sur le point de tout comprendre, il sentit que la réponse serait plus cruelle et plus insupportable que le mystère lui-même et, frappé de panique, il recula devant l'hideuse révélation.

La camionnette s'emplit de nouveau de chuchotis obsédants et de voix sifflantes, d'odieux susurrements. Des choses bizarres se mirent à ramper sur lui. Elles essayaient de lui grimper sur les bras, la poitrine et le dos. D'atteindre son visage. De s'infiltrer entre ses lèvres et ses dents. De s'insinuer dans ses narines.

Hurlant, gigotant, Bruno les balaya de la main, les écrasa, les envoya voler dans toutes les directions.

Mais, seule l'obscurité nourrissait ses illusions et il y avait désormais trop de lumière à l'intérieur de la camionnette pour que l'hallucination persistât. Voyant qu'il n'y avait rien sur lui, sa panique s'apaisa peu à peu, le laissant sans forces.

Il resta ainsi, pendant plusieurs minutes, le dos contre la paroi, s'épongeant la figure avec son mouchoir et écoutant sa respiration saccadée se calmer lentement.

Finalement, il se dit qu'il était temps de se remettre à la poursuite de cette truie. Elle se cachait quelque part dans la ville. Il fallait la repérer et la tuer avant qu'elle ne trouve la première un moyen de l'anéantir.

Ce bref instant de lumière, cet éclair de lucidité s'éteignit sans laisser de traces. Ses interrogations et ses doutes s'évanouirent complètement. Il était de nouveau absolument persuadé que Katherine était revenue du royaume des morts et qu'il devait l'empêcher de nuire.

Après un rapide déjeuner, il partit pour Westwood et s'arrêta non loin de la villa d'Hilary. Il alla se poster à l'arrière de la camionnette et inspecta les lieux à travers le petit hublot aménagé sur le côté du véhicule.

Une fourgonnette blanche stationnait devant la maison. Sur ses flancs, on y lisait une inscription peinte en lettres bleues et or :

NET-TOTAL
TRAVAUX DE NETTOYAGE ET D'ENTRETIEN
JOURNALIER ET PÉRIODIQUE
REMISE EN ÉTAT APRES RÉCEPTIONS
NOUS FAISONS MÊME LES VITRES

Trois femmes de ménage en blouse blanche faisaient l'aller et retour entre la fourgonnette et la maison, qui armée d'un balai-éponge, d'un lave-pont, d'un aspirateur, d'un seau, de chiffons, qui les bras chargés de sacs de plastique remplis de détritus, qui amenant une balayeuse à vapeur, réparant les dégâts qu'il avait causés la veille aux petites heures de l'aube.

Il resta aux aguets tout l'après-midi mais n'aperçut pas une seule fois la silhouette d'Hilary Thomas. Il en acquit la certitude qu'elle n'était pas chez elle et qu'elle ne reviendrait pas tant qu'elle ne serait pas sûre d'être en totale sécurité, tant qu'il ne serait pas mort.

« Mais ce n'est pas moi qui vais mourir, dit-il tout haut, le regard fixé sur la maison. Tu m'entends, sale pute ? Je t'aurai avant que tu puisses m'avoir. Tu ne m'échapperas pas. Je veux voir ta tête rouler par terre. »

Enfin, peu après cinq heures, les femmes de ménage remballèrent leur matériel dans la fourgonnette, puis s'en allèrent après avoir fermé la maison à clef.

Il les suivit. C'était son seul espoir. Elles devaient savoir où se cachait la garce qui leur avait demandé de venir. S'il arrivait à en prendre une à part et à l'obliger à parler, il retrouverait Katherine.

Le siège de Net-Total était situé dans un bâtiment crépi de plain-pied construit dans une rue crasseuse et écartée, non loin de Pico. La fourgonnette alla se garer à côté de huit autres engins semblables et qui portaient la même enseigne.

Frye dépassa le bâtiment, fit demi-tour au carrefour désert et revint au même endroit. Il arriva à temps pour voir les trois femmes pousser la porte de la société. Elles ne semblaient pas avoir remarqué la présence de la Dodge ou s'être rendu compte que c'était la même que celle qui avait stationné toute la journée devant la maison d'Hilary Thomas. Il s'arrêta le long du trottoir d'en face, sous un palmier-dattier qui bruissait dans le vent, et attendit que l'une d'elles reparaisse. Au cours des dix minutes qui suivirent, il vit sortir un grand nombre de femmes en blouse blanche, mais aucune n'avait passé l'après-midi chez Hilary Thomas.

Enfin, il l'aperçut. Elle venait de sortir et se dirigeait vers une Datsun jaune vif. Elle était jeune, une vingtaine d'années environ, et avait des cheveux bruns et raides qui lui descendaient presque jusqu'à la taille. Elle marchait d'un pas vif et élastique, les épaules rejetées en arrière et la tête haute. Le vent plaquait sa blouse contre ses hanches et ses cuisses, et en soulevait les pans, laissant voir de jolis genoux. Elle monta dans la Datsun, quitta le parking et tourna à gauche en direction de Pico.

Frye hésita, se demandant s'il ne vaudrait pas mieux en attendre une autre. Mais quelque chose lui disait qu'il faisait le bon choix. Il mit le moteur en marche et quitta lentement le bord du trottoir. Il suivit la Datsun le plus discrètement possible, en faisant en sorte de laisser toujours quelques voitures entre lui et la femme, et, de fait, elle ne semblait pas s'apercevoir de cette filature.

Elle habitait à Culver City, non loin des studios de la M.G.M., dans un pavillon ancien mais charmant, dans une rue bordée de pavillons anciens tout aussi charmants. Certains d'entre eux paraissaient en mauvais état ; grisâtres, lugubres et délabrés, ils auraient eu besoin de réparations. Mais beaucoup d'autres étaient manifestement entretenus avec un soin jaloux ; fraîchement repeints, ils avaient des volets aux couleurs contrastées, de coquettes petites vérandas, une fenêtre à petits carreaux par-ci par-là, des lampes de fiacre et des toits de tuile. Le quartier n'était pas riche mais avait du caractère.

La maison de la femme de ménage était plongée dans l'obscurité, mais les pièces du devant s'éclairèrent dès qu'elle y fut entrée.

Bruno rangea sa Dodge de l'autre côté de la rue, sous le couvert d'ombres plus épaisses encore que la nuit qui commençait à tomber. Il éteignit ses phares, arrêta le moteur et baissa la fenêtre. Les seuls bruits provenaient des arbres agités par l'insistant vent d'automne, d'une voiture qui passait de temps à autre et d'une radio lointaine ou d'une chaîne stéréo qui jouait une musique de jazz. Un morceau de Benny Goodman, mais Bruno ne parvenait pas à y mettre un titre. La mélodie des cuivres lui arrivait par fragments, au caprice du vent. Assis derrière son volant, il attendit, tous les sens en éveil.

Quand il fut six heures quarante, Frye en vint à la conclusion que la jeune femme vivait seule. Si un homme avait partagé son existence, il serait très certainement déjà rentré de son travail.

Il se donna encore cinq minutes.

La musique de Benny Goodman cessa. Ce fut le seul changement.

A sept heures moins le quart, Frye sortit de la Dodge et traversa la rue. Le pavillon était construit sur un terrain étroit, bien trop près de la maison voisine à son goût. En revanche, des arbres et des buissons touffus cachaient la demeure aux regards inquisiteurs des occupants des deux pavillons qui l'encadraient de part et d'autre. Toutefois, il lui faudrait faire vite et pénétrer chez elle avant qu'elle ait le temps de crier.

Il gravit les deux marches basses qui permettaient d'accéder à la véranda. Le bois craqua un peu. Il sonna.

La femme entrouvrit la porte avec un sourire indécis.

« Oui ? »

Une chaîne de sécurité était fixée à la porte, plus solide et résistante que la plupart de celles qu'on trouvait sur le marché, bien moins cependant que la jeune femme ne devait le penser. Un homme beaucoup moins fort que lui aurait pu la faire sauter en deux bons coups d'épaule. Il n'eut qu'à cogner une seule fois dedans, au moment même où la malheureuse disait « Oui ». Des éclats de bois volèrent et la partie brisée de la chaîne tomba à terre avec des tintements aigus.

Il bondit à l'intérieur et referma la porte. Il était certain que personne ne l'avait vu entrer. La femme était étendue par terre, sur le dos. Le coup l'avait renversée. Elle portait toujours sa blouse blanche, relevée sur ses cuisses. Elle avait de jolies jambes.

Il s'agenouilla près d'elle. Elle était étourdie. Elle ouvrit les yeux, les leva vers lui, mais il lui fallut un moment pour retrouver une vision nette.

Il posa la pointe de son couteau sur son cou.

« Si tu cries, je t'égorge. C'est compris ? »

L'incertitude disparut de ses yeux bruns et la peur prit sa place. Elle se mit à trembler. Des larmes se formèrent au coin de ses paupières, mais elles ne coulèrent pas. De la pointe de son couteau, il lui piqueta le cou d'un geste impatient et une minuscule goutte de sang commença à perler. Elle poussa un gémissement.

« Ne crie pas, lui dit-il. Tu m'entends ?

— Oui, articula-t-elle avec effort.

— Tu vas être sage ?

— Je vous en supplie, ne me faites pas de mal. Je vous en supplie.

— Je n'ai pas l'intention de te faire du mal. Si tu restes tranquille, si tu es bien sage, si tu m'aides, alors je ne te ferai pas de mal. Mais, si tu cries ou tu si cherches à m'échapper, je te fais ta fête. Tu as bien compris ?

— Oui, répondit-elle d'une toute petite voix.

— Tu seras gentille ?

— Oui.

— Tu vis seule, ici ?

— Oui.

— Pas de mari ?

— Non.

— Pas de petit ami ?

— Il n'habite pas ici.

— Il doit venir te voir, ce soir ?

— Non.

— Tu ne mens pas ?

— Non, c'est la vérité. Je le jure. »

Elle était toute pâle, malgré sa peau mate.

« Si tu mens, je te lacère ta jolie petite gueule. »

Il releva la lame et la pointa contre sa joue. Elle ferma les yeux avec un frémissement.

« Tu n'attends vraiment personne ?

— Non.

— Comment tu t'appelles ?

— Sally.

— Très bien, Sally. Je voudrais te poser quelques questions, mais pas ici, pas comme ça. »

Elle rouvrit les yeux. Des larmes aux bords des cils. Une, même, qui roula sur sa joue. Elle avala sa salive.

« Qu'est-ce que vous voulez ?
— Te poser quelques questions au sujet de Katherine.
— Je ne connais pas de Katherine, dit-elle en fronçant les sourcils.
— Tu la connais sous le nom d'Hilary Thomas.
— Celle qui habite Westwood ? demanda-t-elle, l'air encore plus perplexe.
— Tu as fait le ménage chez elle, aujourd'hui.
— Mais... je ne la connais pas. Je ne l'ai jamais vue.
— On va voir ça.
— C'est vrai. Je ne sais absolument rien sur elle.
— Tu en sais peut-être plus que tu ne crois.
— Mais non. Pas du tout.
— Viens, dit-il en faisant de gros efforts pour continuer à sourire et conserver un ton amical. On va aller dans ta chambre, on y sera plus à l'aise. »

Ses tremblements redoublèrent. Elle était au bord de la crise de nerfs.

« Vous allez me violer, c'est ça ?
— Non, non.
— Si, je le sais. »

Frye avait du mal à réprimer sa colère. Il était furieux qu'elle se permît de discuter avec lui. Furieux de la voir se montrer si réticente. Il avait envie de lui enfoncer son couteau dans le ventre et de lui arracher aussi les renseignements désirés, mais il ne pouvait pas faire cela, bien entendu. Il lui sembla que le meilleur moyen de la faire parler était de la tordre dans tous les sens, comme on fait avec un fil de fer qu'on veut casser. La faire plier dans un sens par des menaces et dans l'autre par des cajoleries, alterner la violence et la douceur. Il n'envisageait même pas qu'elle pût lui dire ce qu'elle savait de son plein gré. Pour lui, elle était employée par Hilary Thomas, par Katherine, et, par conséquent, elle conspirait avec elle pour le tuer. Cette femme n'était pas un simple témoin innocent. Elle était sa servante, sa complice, peut-être même une morte vivante, elle aussi. Donc, elle ne lui donnerait des renseignements qu'à contrecœur.

« Je te promets de ne pas te violer, lui dit-il doucement. Mais je veux que tu te couches sur le dos pendant que je te poserai des questions, pour que tu ne puisses pas te lever et te sauver. Je serai plus tranquille si tu es allongée sur le dos. Comme ça risque de durer un petit moment, autant t'étendre sur cet excellent matelas plutôt que par terre. C'est pour toi que je dis ça.

— Je suis très bien ici, dit-elle nerveusement.

— Ne sois pas stupide. Et puis, si quelqu'un venait à sonner à la porte... il pourrait nous entendre et s'imaginer que tu as des ennuis. On sera mieux dans la chambre. Allons, debout. »

La pointe de son couteau ne la quittait pas. Ils passèrent dans la chambre.

Hilary n'avait guère l'habitude de boire, mais, pour une fois, elle appréciait le réconfort apporté par un verre de bon whisky. Joshua Rhinehart était en train de leur résumer l'affaire des fonds subtilisés à San Francisco et du sosie qui avait laissé une bien étrange lettre dans le coffre de la banque, sans oublier de leur faire part de ses doutes croissants à propos de l'identité de l'homme enseveli dans la tombe de Bruno Frye.

« Vous allez le faire exhumer ? demanda Tony.

— Pas encore. J'ai d'abord certaines choses à tirer au clair. Si ce que je pense se vérifie, il ne sera peut-être pas nécessaire de rouvrir le cercueil. »

Il leur parla alors de Rita Yancy, du docteur Nicholas Rudge, et leur résuma l'entretien téléphonique qu'il avait eu avec Latham Hawthorne. Malgré la tiédeur qui régnait dans la pièce et la chaleur communiquée par le whisky, Hilary se sentit glacée jusqu'aux os.

« Ce Hawthorne m'a tout l'air de sortir d'un asile de fous, commença-t-elle.

— Parfois, je me dis que si on enfermait tous les dingues dans des asiles, il n'y aurait plus grand monde dehors, soupira Joshua.

— Pensez-vous que Hawthorne ne soit vraiment pas au courant de l'existence de ce sosie ? demanda Tony.

— Oui. C'est bizarre, mais je le crois. Ce type peut sembler être un peu dérangé avec son satanisme, ne pas avoir beaucoup de moralité sur bien des points et même risquer d'être dangereux, je ne pense pas que ce soit un menteur. Aussi étrange que cela puisse paraître, je crois qu'il est sincère et je ne sais pas s'il pourra nous en apprendre davantage. Le docteur Rudge et Rita Yancy en savent peut-être plus. Bon, maintenant, j'ai assez parlé. C'est votre tour. Que s'est-il passé ? Qu'est-ce qui vous a amenés à St. Helena ? »

Tony et Hilary se relayèrent pour faire le récit des événements des jours derniers. A la fin, Joshua contempla un moment Hilary, puis hocha la tête en disant :

« Eh bien, ma petite dame, vous êtes drôlement courageuse !

— Non, non, protesta-t-elle. Je suis lâche. Je suis morte de peur.

— Que vous soyez morte de peur ne signifie pas que vous soyez lâche. Le courage est fondé sur la peur. Le lâche et le héros agissent tous les deux sous le coup de la terreur et de la nécessité. La seule différence, c'est que le lâche succombe à sa peur et que le héros triomphe, en dépit d'elle. Si vous étiez lâche, vous seriez partie faire un tour à Hawaii, en Europe ou je ne sais où, et vous auriez compté sur le temps pour arranger vos affaires. Mais vous êtes venue ici, dans la ville même de Bruno Frye, où vous courez peut-être un danger plus grand qu'à Los Angeles. D'ordinaire, je suis avare de mon admiration, mais là, je vous tire mon chapeau. »

Hilary rougit. Elle regarda Tony, puis baissa les yeux sur son verre.

« Si j'étais vraiment courageuse, je serais restée là-bas ; je lui aurais tendu un piège et joué le rôle d'appât. Je ne cours guère de danger ici. Après tout, il me cherche à Los Angeles et il ne peut pas savoir où je suis partie. »

La chambre.

De son lit, Sally l'observait de ses yeux vifs, remplis de larmes.

Il fit le tour de la pièce, regarda dans les tiroirs puis revint vers elle.

Elle avait un cou mince et crispé. La goutte de sang avait roulé le long d'une gracieuse courbe, jusqu'à la clavicule. Elle vit qu'il regardait son cou. Elle se palpa la gorge et regarda fixement ses doigts tachés de sang.

« Ne t'inquiète pas. Ce n'est qu'une égratignure. »

Placée à l'arrière du petit pavillon, la chambre de Sally était revêtue uniquement de tons de sable. Trois murs étaient peints en beige et le quatrième était tendu d'un papier bis. Le dessus de lit et les rideaux, taillés dans un tissu café au lait, étaient décorés de motifs abstraits, d'entrelacs de teintes qui apaisaient le regard. Les meubles d'acajou luisaient aux endroits où tombait la lueur ambrée de deux lampes de chevet en cuivre.

Elle était étendue sur le dos, les jambes jointes, les bras le long du corps et les poings serrés. Elle avait toujours sa blouse blanche tirée pudiquement sur ses genoux. Ses longs cheveux bruns étaient étalés en éventail autour de sa tête. Elle était très jolie.

Bruno s'assit près d'elle, sur le bord du lit.

« Où est Katherine ? »

Elle battit des cils. Des larmes s'échappèrent de ses yeux. Elle pleurait, mais en silence, n'osant ni crier, ni sangloter, ni geindre, de peur qu'il ne la poignarde au plus léger soupir. Il répéta sa question.

« Où est Katherine ?

— Je vous l'ai déjà dit, je ne connais pas de Katherine. »

Elle avait une élocution hachée et saccadée ; chaque mot lui demandait un nouvel effort. Quand elle parlait, elle avait la lèvre inférieure qui tremblotait.

« Tu sais très bien ce que je veux dire, coupa-t-il d'un ton sec. N'essaie pas de faire la maline avec moi. Elle s'appelle Hilary Thomas, maintenant.

— Je vous en prie, laissez-moi. Je vous en prie. »

Il dirigea le couteau vers son œil droit, la pointe braquée sur sa pupille agrandie.

« Où est Hilary Thomas ?

— Seigneur, balbutia-t-elle. Ecoutez-moi, monsieur. Vous faites fausse route. C'est une erreur, une très grave erreur.

— Tu as envie de perdre un œil ? »

Son front ruisselait de sueur.

« Tu as envie de devenir borgne, hein ?

— Je ne sais pas où elle est, se lamenta-t-elle.

— Ne mens pas. »

Il la dévisagea pendant quelques secondes. Des gouttes de transpiration commençaient à apparaître sur sa lèvre inférieure. De minuscules points d'humidité. Frye recula légèrement son couteau — elle parut visiblement soulagée — et la gifla de l'autre main. Si violemment que ses dents s'entrechoquèrent et que ses yeux se révulsèrent.

« Salope ! »

Son visage s'inonda de larmes. Elle gémissait tout doucement et essayait de se faire toute petite.

« Tu sais forcément où elle est, puisqu'elle t'emploie.

— La société travaille régulièrement pour elle. Elle a téléphoné pour demander un nettoyage spécial. Elle n'a pas dit où elle était.

— Elle était là quand vous êtes arrivées ?

— Non.

— Il y avait quelqu'un dans la maison ?

— Non.

— Comment êtes-vous entrées ?

— Hein ?

— Qui vous a donné la clef ?

— Ah ! Ah ! oui, dit-elle en s'éclairant un peu, comme si elle entrevoyait une issue. Son agent, un agent littéraire. Nous sommes d'abord passées à son bureau pour prendre les clefs.

— Où ça ?

— A Beverly Hills. Vous devriez aller le trouver si vous voulez savoir où elle est. C'est lui qu'il faudrait voir. Il doit savoir où on peut la toucher.

— Il s'appelle comment ?

— C'est un drôle de nom, répondit-elle, hésitante. Je l'ai vu écrit... mais je n'en suis pas très sûre... »

Il pointa de nouveau le couteau sur son œil.

« Topelis, lança-t-elle aussitôt.

— Epelle. »

Elle s'exécuta.

« Je ne sais pas où est Hilary Thomas. Mais ce M. Topelis doit être au courant. Il est certainement au courant. »

Le couteau s'éloigna. Elle s'était complètement raidie. Maintenant, elle se relâchait un peu. Il la regarda attentivement. Quelque chose s'éveilla dans le fond de son esprit, un souvenir, puis une horrible révélation.

« Tes cheveux, murmura-t-il. Tu as les cheveux bruns. Et tes yeux, ils sont si noirs.

— Et alors ? demanda-t-elle, inquiète, saisie par le brusque sentiment qu'elle n'était pas encore tirée d'affaire.

— Tu as les mêmes yeux, les mêmes cheveux, le même teint qu'elle.

— Je n'y comprends rien. Je ne comprends pas de quoi vous parlez. Vous me faites peur.

— Tu as cru pouvoir me tromper ? »

Il souriait, fier de ne pas s'être laissé berner par tant de ruse. Il avait compris.

« Tu t'imaginais que j'allais partir voir ce Topelis, hein ? Et tu en aurais profité pour t'enfuir !

— Topelis sait où elle est. Il le sait, pas moi. Je ne sais rien du tout.

— Maintenant, je sais où elle est.

— Puisque vous le savez, vous pouvez me laisser tranquille. »

Il se mit à rire.

« Tu as changé de corps, hein ? »

Elle le regarda d'un air éberlué.

« Quoi ?

— Tu t'es débrouillée pour sortir de cette Hilary Thomas et tu t'es emparée de quelqu'un d'autre, pas vrai ? »

Cette fois, elle ne pleurait plus. Sa frayeur était si violente qu'elle avait tari ses larmes.

La garce. La sale garce.

« Vraiment, tu as cru pouvoir me rouler ? »

Il se remit à rire d'un air ravi.

« Après tout ce que tu m'as fait, comment as-tu pu croire que je ne te reconnaîtrais pas ?

— Mais je ne vous ai rien fait, dit-elle d'une voix vibrante de terreur. Vous êtes fou. Oh ! mon Dieu, mon Dieu ! Qu'est-ce que vous voulez de moi ? »

Bruno se pencha sur elle et approcha son visage tout près du sien. Il la regarda au fond des yeux et déclara :

« Tu es là, hein ? Tu es là ; je te vois. Tu te caches,

hein ? N'est-ce pas, ma chère maman ? Mais je t'ai vue ! »

Trois ou quatre grosses gouttes de pluie vinrent s'écraser contre la fenêtre du bureau de Joshua Rhinehart. Le vent de la nuit gémissait.

« Je ne comprends toujours pas pourquoi Frye a jeté son dévolu sur moi, disait Hilary. Quand je suis allée le voir pour me documenter pour mon scénario, il s'est montré très courtois. Il a répondu à toutes les questions que je lui posais sur la fabrication du vin. J'ai passé deux ou trois heures en sa compagnie et je n'ai jamais eu le moindre soupçon qu'il n'était pas normal. Et puis, quelques semaines après, voilà qu'il débarque chez moi avec un couteau. Et, d'après la lettre que vous avez trouvée dans le coffre, il était persuadée que j'étais sa mère réincarnée dans un nouveau corps. Pourquoi moi ? »

Joshua s'agita un peu sur son fauteuil.

« Je vous ai bien regardée et je pense que...

— Quoi donc ?

— Je pense qu'il vous a peut-être choisie parce que... parce que vous ressemblez un peu à Katherine.

— Vous n'allez pas encore nous servir une histoire de sosie.

— Non. Il ne s'agit que d'une légère ressemblance.

— Ah ! bon ! Je préfère ça, déclara Tony. Deux sosies, ce serait un peu trop pour moi. »

Joshua se leva, s'approcha d'Hilary, lui prit le menton et lui éleva le visage en le tournant vers la gauche, puis vers la droite.

« Ces yeux, ces cheveux, ce teint mat, fit-il d'un air pensif, oui, ce sont bien les mêmes. Il y a aussi d'autres petites choses chez vous qui me font vaguement penser à Katherine, des détails si infimes que j'ai du mal à les déterminer. Ce n'est qu'une ressemblance fugitive. Elle était beaucoup moins jolie que vous. »

Hilary se leva à son tour et alla vers le bureau du notaire. D'un regard fixe, elle se mit à considérer les divers objets qui étaient posés dessus : un presse-papiers, une agrafeuse, un tampon buvard et un coupe-papier.

« Qu'est-ce qu'il y a ? » demanda Tony.

Une courte bourrasque de vent se leva. De nouvelles gouttes de pluie vinrent frapper les carreaux. Hilary se retourna et fit face aux deux hommes.

« Résumons la situation. Voyons si j'ai bien compris.

— Je ne pense pas qu'aucun de nous trois puisse vraiment comprendre ce qui se passe. C'est une histoire bien trop compliquée pour qu'on puisse l'expliquer de façon simple.

— C'est pourtant ce que j'essaie de faire. Je crois avoir une nouvelle idée.

— Laquelle ? demanda Tony.

— D'après nos déductions, peu après la mort de sa mère, Bruno Frye s'est mis dans la tête que celle-ci était sortie de sa tombe. Pendant cinq ans, il a acheté des livres sur les morts vivants à Latham Hawthorne. Pendant cinq ans, il a vécu dans la terreur. Finalement, le jour où il m'a vue, il a décidé que sa mère s'était réincarnée en moi. Pourquoi lui a-t-il fallu si longtemps ?

— Je ne vous suis pas très bien, déclara Joshua.

— Pourquoi lui a-t-il fallu tant de temps pour se fixer sur quelqu'un ? Pourquoi cinq longues années pour trouver la matérialisation, en chair et en os, de son obsession ?

— Il est fou, rétorqua Joshua. On ne peut pas s'attendre à ce qu'il raisonne logiquement. »

Tony, en revanche, avait saisi tout ce que la question impliquait. Il avait l'air préoccupé.

« Je crois avoir compris ce que tu veux dire. J'en ai la chair de poule. »

Le regard de Joshua se promenait de l'un à l'autre.

« C'est sans doute la vieillesse qui me ramollit le cerveau. Auriez-vous la bonté de donner des explications au vieux gâteux que je suis ?

— Peut-être ne suis-je pas la première femme qu'il croit être sa mère ? Peut-être en a-t-il tué d'autres avant de s'en prendre à moi ?

— C'est impossible ! s'exclama Joshua.

— Pourquoi ?

— S'il avait passé son temps à assassiner des femmes, ces cinq dernières années, on s'en serait aperçu. On aurait fini par le prendre sur le fait !

— Pas forcément, objecta Tony. Ces maniaques sont souvent des individus très prudents et très rusés. Il leur arrive de concevoir des plans très élaborés, tout en ayant la faculté extraordinaire de prendre des risques calculés si quelque chose vient se mettre en travers de leur projet. Ils ne sont pas toujours faciles à attraper. »

Joshua passa une main dans sa crinière neigeuse.

« Si Bruno a tué d'autres femmes, où sont leurs corps ?

— Certainement pas à St. Helena, dit Hilary. Il a beau être schizophrène, son côté respectable, la partie Dr Jekyll de sa personnalité reste toute-puissante quand il est en compagnie de gens qui le connaissent. Pour tuer, il doit s'éloigner d'ici, partir loin de la vallée.

— A San Francisco, proposa Tony. Il semble qu'il y allait régulièrement.

— Ou dans n'importe quelle autre ville du nord de la Californie. N'importe quel endroit assez éloigné de la vallée de Napa pour que personne ne le reconnaisse.

— Attendez, dit Joshua. Attendez une minute. Même s'il s'en allait ailleurs pour chercher des femmes ressemblant vaguement à Katherine Frye, même s'il commettait ses meurtres dans des villes éloignées d'ici, il reste le problème des corps. Il doit y avoir, dans la façon de les tuer, des similitudes que la police aurait dû remarquer. On aurait recherché une sorte de Jack l'Éventreur moderne et on en aurait parlé dans les journaux.

— Si les assassinats se sont échelonnés sur cinq ans et s'ils ont été commis dans plusieurs comtés différents, la police n'aura certainement pas fait de relation entre eux, répliqua Tony. L'État est grand ; il couvre plus de quatre cent mille kilomètres carrés et la collaboration au sein des différents services de police n'est pas toujours ce qu'elle devrait être. En fait, on ne parvient vraiment à établir un lien entre plusieurs meurtres apparemment sans rapport que lorsque au moins deux, ou mieux encore, trois d'entre eux ont été perpétrés sur le territoire de la même juridiction policière, autrement dit dans le même comté ou dans la même ville. »

Hilary retourna s'asseoir sur le canapé. Elle se sentait aussi glacée que le vent d'octobre.

« Ainsi, il est possible qu'en cinq ans, il ait massacré deux, six, dix, quinze femmes, peut-être plus, et que je sois la première qui lui ait causé des difficultés.

— Non seulement c'est possible, mais c'est probable, dit Tony. Je dirais même qu'il faut nous y attendre. »

Il prit la photocopie de la lettre posée devant lui, sur une table basse, et se mit à lire la première phrase à voix haute.

— « Ma mère, Katherine Ann Frye, est morte depuis cinq ans, mais elle ne cesse de revenir à la vie sous de nouvelles identités. »

— De nouvelles identités, répéta Hilary.

— Oui, voilà le mot clef. Il ne dit pas une nouvelle identité, au singulier, mais de nouvelles identités, au pluriel. On peut donc en déduire que Frye était persuadé qu'elle s'était réincarnée plusieurs fois et qu'il l'a tuée plusieurs fois.

— Si ce que vous dites est vrai... j'ai vécu... les habitants de St. Helena ont vécu auprès d'un monstre épouvantable, sans même s'en apercevoir, murmura Joshua, l'air atterré.

— *La Bête est parmi nous, vêtue comme tout le monde,* déclara sentencieusement Tony.

— D'où sortez-vous ça ? demanda Joshua.

— Certains ont l'esprit comme une passoire, répondit Tony, moi je garde tout. Je n'ai pas de mérite, je suis comme ça. C'est un vieux reste de mon éducation catholique. Je me rappelle avoir entendu ça, il y a bien longtemps, aux cours de catéchisme. C'est tiré des écrits d'un saint mais je ne me souviens plus duquel. *« La Bête est parmi nous, vêtue comme tout le monde. Si le démon devait vous révéler son vrai visage, le jour ou vous vous seriez détournés du Christ, alors vous seriez sans protection ; il dévorerait avidement votre cœur, vous déchirerait les membres un à un et précipiterait votre âme immortelle dans l'abîme. »*

— Vous parlez comme Latham Hawthorne », remarqua Joshua.

Dehors, on entendait le vent hurler.

Frye posa le couteau sur la table de nuit, assez loin

pour que Sally ne puisse pas l'attraper. Il empoigna les revers de sa blouse et tira d'un coup sec. Les boutons sautèrent.

Sally était paralysée par la terreur. Elle ne lui opposa aucune résistance ; elle en était bien incapable.

« Voilà, voilà, mère. Maintenant, je vais me venger. »

Le vêtement déchiré laissait voir un joli corps menu, revêtu d'un soutien-gorge, d'un slip et d'un collant. Frye tira de toutes ses forces sur le soutien-gorge. Le tissu céda et les élastiques claquèrent. Elle avait beaucoup de poitrine par rapport à son petit corps gracile et menu. Ses seins étaient ronds et pleins. Il les pressa avec violence.

« Oui, oui, oui, oui ! »

Répétés de cette voix profonde et caverneuse, cet unique mot prenait l'aspect d'un chant sinistre, d'une litanie satanique. Il lui arracha ses chaussures, la droite d'abord, puis la gauche, et les jeta. L'une d'elles heurta le miroir suspendu au-dessus de la coiffeuse et le brisa.

Le bruit du verre cassé fit sortir Sally de son état de transe cataleptique ; elle voulut lui échapper mais la peur avait anéanti ses forces. Elle se tortillait et se débattait inutilement. Il n'avait aucun mal à la maintenir et il la gifla deux fois, si fort que sa bouche s'ouvrit et que ses yeux chavirèrent. Un mince filet de sang apparut au coin de sa bouche et coula sur son menton.

« Espèce de sale garce ! écumait-il. Pas de rapports sexuels, hein ? Je ne peux pas avoir de rapports sexuels, disais-tu. Jamais. Il ne fallait pas risquer qu'une femme découvre qui j'étais, disais-tu. Très bien. Toi, mère, tu sais déjà qui je suis. Tu connais mon secret. Je n'ai rien à te cacher, mère. Tu sais que je ne suis pas comme les autres hommes. Tu sais que ma bite n'est pas comme les autres. Tu sais qui était mon père. Tu le sais. Tu sais que j'ai la même bite que lui, hein ? Je n'ai pas à te le cacher, mère. Alors, je vais te l'enfoncer dans la chatte, jusqu'au bout. Tu m'entends, mère ? Dis, tu m'entends ? »

Rejetant la tête de droite à gauche, la fille hurlait. Mais, tout à coup, elle se ressaisit et planta son regard dans celui de Frye. Au-delà de ces yeux étincelants, il voyait Katherine.

« Ecoutez-moi, lui dit-elle. Je vous en supplie, écoutez-moi ! Vous êtes malade. Vous êtes un grand malade. Vous avez complètement perdu la tête. Il faut vous faire soigner.

— Tais-toi, tais-toi, tais-toi ! »

Il la gifla encore, plus fort qu'auparavant, en balançant sa grosse main. Chaque nouvel acte de violence l'aiguillonnait. Il était excité par le brutal claquement des coups, par les halètements de douleur et les cris d'oiseau qu'elle poussait et par la façon dont sa chair tendre rougissait et enflait. Le spectacle de son visage tordu par la souffrance et de ses yeux de biche aux abois l'échauffait jusqu'à la limite du supportable.

Il tremblait, frémissait, grelottait de désir. Il soufflait comme un taureau, les yeux agrandis. Il salivait tant qu'il était obligé de déglutir toutes les deux secondes pour ne pas lui baver dessus. Il malaxait ses jolis seins, les pressurait, les triturait.

Pour échapper à la terreur, elle s'était réfugiée dans une semi-inconscience et s'était raidie dans une totale immobilité.

D'un côté, Bruno la haïssait et ne mettait aucun frein à sa fureur. Il fallait qu'elle souffre pour tout ce qu'elle lui avait fait, en premier lieu pour l'avoir mis au monde. Mais, d'un autre côté, il avait honte de porter la main sur la poitrine de sa mère et d'avoir envie de s'introduire en elle, et, tout en lui faisant subir cet outrage, il essayait de s'expliquer et de se justifier.

« Tu disais que si jamais j'essayais de coucher avec une femme, elle s'apercevrait tout de suite que je n'étais pas humain. Tu disais qu'elle verrait la différence et qu'alors, elle comprendrait ; qu'elle appellerait la police, qu'on m'emmènerait et qu'on me brûlerait vif, parce qu'on verrait alors qui était mon père. Mais toi, mère, tu es déjà au courant ; ce ne sera pas une surprise. Eh bien, je vais te la mettre, ma bite, tu vas y goûter et personne ne m'enverra au bûcher. »

Tant qu'elle était en vie, jamais il n'avait songé à une chose pareille. Elle le dominait totalement. Mais, le temps qu'elle revienne de la tombe pour la première fois, il avait pris goût à la liberté et bouillonnait d'idées audacieuses. Il avait aussitôt compris qu'il fallait la tuer pour empêcher qu'elle ne reprenne son emprise sur lui ou qu'elle ne l'entraîne avec elle dans l'au-delà. L'idée lui était aussi venue qu'il ne risquait rien en la baisant, puisqu'elle connaissait son secret. C'est elle qui lui avait appris la vérité sur lui-même. Elle n'avait cessé de la lui seriner. Elle savait que son père était un démon, une chose hideuse et répugnante, car elle avait été violée par cette créature inhumaine et fécondée contre sa volonté. Pendant sa grossesse, elle s'était serrée dans de multiples gaines pour qu'on ne s'aperçoive pas de son état. Lorsqu'elle avait été proche de son terme, elle était partie pour San Francisco pour accoucher avec l'assistance d'une sage-femme discrète. Ensuite, elle avait raconté aux gens de St. Helena qu'il était le fils illégitime d'une ancienne amie de classe qui s'était mise dans un mauvais pas et qui était morte peu après la naissance de l'enfant. En rendant le dernier soupir, elle avait demandé à Katherine de le prendre et de l'élever. Katherine l'avait donc ramené à St. Helena en prétendant qu'il lui avait été légalement confié. Elle avait ensuite vécu dans la terreur permanente qu'on ne finisse par découvrir qu'il était son véritable enfant et que son père n'était pas humain. Un des signes qui, disait-elle, permettait de savoir qu'il était le fils d'un démon, c'était son pénis. Il était différent de celui des autres hommes. Il devait donc le cacher, sinon son secret serait découvert et on l'enverrait au bûcher. Elle avait commencé à lui ressasser toutes ces extravagances bien avant qu'il fût assez grand pour savoir à quoi servait un pénis. En un sens, elle était pour lui une bénédiction, puisque sans ses constantes réapparitions, il n'aurait eu personne en qui déverser cette semence qui s'accumulait en lui comme de la lave en fusion. Sans elle, il aurait été condamné à une chasteté totale. Par conséquent, tout en redoutant ses résurrections, il souhaitait à chaque fois une rencontre avec le nouveau corps qu'elle habitait.

En ce moment, agenouillé auprès d'elle, contemplant ses seins et la toison sombre de son pubis qui transparaissait sous le slip jaune, il était en proie à une érection si puissante qu'il en avait mal. Il avait conscience que c'était la moitié démoniaque de sa personnalité qui reprenait le dessus ; il sentait la bête remonter à la surface.

Il saisit le slip de Sally (Katherine) et le tira brutalement sur ses jambes minces. Empoignant ses cuisses à pleines mains, il les lui écarta de force, se hissa maladroitement sur le lit et se mit à genoux entre ses jambes.

Pour la deuxième fois, elle sortit de sa torpeur. Lui décochant de violents coups de pied et battant des bras dans tous les sens, elle essaya de se redresser, mais il la repoussa sans difficulté. Elle se mit à le bourrer de petits coups de poing, mais, voyant qu'il n'en était aucunement affecté, elle ouvrit les mains et, s'en servant comme de griffes, lui racla la joue gauche de ses ongles, cherchant ses yeux.

Il recula vivement, leva un bras pour se protéger et poussa un petit cri quand elle lui égratigna le dos de la main. Il se laissa tomber sur elle de tout son long, l'écrasa de son grand corps massif, plaqua un bras contre son cou et appuya. Elle suffoquait.

Joshua Rhinehart alla rincer les trois verres dans l'évier de son mini-bar.

« Vous êtes tous les deux encore plus concernés que moi par cette affaire, dit-il à Tony et à Hilary. Pourquoi ne m'accompagneriez-vous pas à Hollister pour voir Rita Yancy ?

— J'espérais justement que vous nous le proposeriez, répondit Hilary.

— Très bien, dit Joshua en s'essuyant les mains avec un torchon. C'est entendu. Avez-vous retenu une chambre à l'hôtel, pour cette nuit ?

— Pas encore.

— Vous êtes les bienvenus chez moi.

— C'est très gentil, lui dit Hilary avec son plus joli sourire. Mais on ne voudrait pas s'imposer.

— Vous ne me dérangez pas.

— Vous ne nous attendiez pas et nous...

— Chère petite madame, s'impatienta Joshua, savez-vous depuis combien de temps je n'ai pas eu d'hôtes à la maison ? Plus de trois ans. Et savez-vous pourquoi ?

Parce que je n'invite jamais personne. Voilà la raison. Je ne suis pas très sociable. Je ne lance jamais d'invitations à la légère. Si je pensais que votre présence puisse me déranger — ou, pis, m'ennuyer — je ne vous aurais pas invités. Bon, ne perdons pas notre temps en vaines politesses. Il vous faut une chambre. J'en ai une. Voulez-vous venir chez moi ou pas ? »

Tony se mit à rire et Hilary sourit à Joshua.

« Merci, lui dit-elle. Ce sera avec un grand plaisir.

— Parfait, déclara Joshua.

— Vous me plaisez beaucoup, avoua Hilary.

— La plupart des gens disent que je suis un ours.

— Peut-être, mais un ours bien léché.

— Merci, dit Joshua en souriant à son tour. Je ferai graver cette épitaphe sur ma tombe : *Ci-gît Joshua Rhinehart, un ours bien léché.* »

Au moment où ils s'apprêtaient à partir, le téléphone sonna. Joshua alla répondre. C'était le docteur Rudge qui appelait de San Francisco.

Bruno Frye était toujours sur la jeune femme. Il la clouait au matelas de son bras musclé plaqué contre son cou. Elle hoquetait et ne pouvait pratiquement plus respirer. Elle était écarlate, presque noire, et ses traits étaient défigurés par la souffrance.

Elle l'excitait.

« Ne lutte pas, mère. Ne lutte pas comme ça. Tu sais que c'est inutile. Tu sais bien que c'est moi qui vais gagner. »

Elle se débattait contre un poids terrible et une force bien supérieure à la sienne. Elle tenta un instant de s'arquer et de rouler sur le côté mais vit qu'elle ne réussirait pas à le repousser ; elle fut alors saisie de spasmes musculaires violents et incontrôlables, dus au manque d'air et à la mauvaise irrigation de son cerveau. Quand elle comprit enfin qu'elle ne pourrait pas se libérer, qu'il n'y avait aucun espoir, elle cessa de lutter et accepta sa défaite.

Persuadé qu'elle s'était rendue mentalement autant que physiquement, Frye ôta son bras du cou meurtri de Sally et se mit à genoux, la soulageant de son poids.

Elle se tâta la gorge et se mit à tousser éperdument.

Saisi de frénésie, le cœur battant la chamade, le sang grondant dans ses oreilles, dévoré de désir, Frye se leva, se déshabilla et jeta ses vêtements sur la coiffeuse.

Il contempla son sexe dressé. Cette vue le transporta. Quelle dureté ! Quelle grosseur ! Quelle couleur violacée !

Il remonta sur le lit. Elle était docile, maintenant. Son regard avait un air absent. Il se plaça entre ses jolies jambes. La salive lui coulait de la bouche et dégoulinait sur la poitrine de la fille.

Il s'enfonça en elle. Il enfonça son engin démoniaque jusqu'au bout. Grognant comme une bête, il lui porta de grands coups de son pénis démoniaque. Encore et encore. Jusqu'à ce que sa semence s'écoule en elle.

Il imaginait le liquide laiteux qui s'était échappé de lui et qui maintenant se répandait au plus profond d'elle.

Il pensa au sang qui s'épanouissait d'une blessure. A des pétales rouges délicatement dessinés à la pointe du couteau.

Ces deux images l'excitaient au plus haut point : la semence et le sang.

Pendant qu'il y était, il n'allait pas se priver.

Suant, grognant, bavant, il la défonça à grands coups de rein, la baisa comme un bûcheron qui débite un chêne à grands coups de hache. Toujours plus loin. Toujours plus profond.

Tout à l'heure, il prendrait son couteau.

Joshua Rhinehart monta l'amplificateur du téléphone pour permettre à Tony et à Hilary d'entendre la conversation.

« Je viens d'appeler chez vous, dit Rudge. Je ne pensais pas que vous étiez encore au bureau à cette heure.

— Je suis un intoxiqué du travail, docteur.

— Vous devriez faire quelque chose contre ça, déclara le médecin sur un ton sincèrement préoccupé. C'est très mauvais. J'ai soigné beaucoup d'hommes trop ambitieux pour qui le travail était devenu l'unique intérêt de l'existence. Un comportement obsessionnel vis-à-vis du travail peut vous détruire un individu.

— Docteur Rudge, quelle est votre spécialité ?
— La psychiatrie.
— Je m'en doutais.
— C'est vous qui êtes l'exécuteur testamentaire ?
— Oui. Je suppose que vous savez tout sur la mort de M. Frye.
— Uniquement ce qu'en ont dit les journaux.
— En mettant de l'ordre dans certains papiers, j'ai découvert que Frye était venu vous voir régulièrement au cours des dix-huit mois précédant sa mort.
— Oui, une fois par mois.
— Vous vous étiez aperçu que c'était un assassin ?
— Non, bien sûr.
— Vous l'avez suivi pendant tout ce temps et vous ne vous êtes pas rendu compte qu'il était capable de violence ?
— Je voyais bien qu'il était fortement perturbé, mais je ne pensais pas qu'il pouvait être dangereux. Il faut vous dire qu'il ne m'a guère laissé la possibilité de découvrir son côté violent. Comme je viens de vous le dire, il ne venait qu'une seule fois par mois. J'aurais aimé le voir au moins une fois par semaine, ou même deux, mais il n'y avait rien à faire. D'un côté, il souhaitait que je l'aide et, en même temps, il avait peur de ce qu'il pouvait découvrir sur son compte. Alors, j'ai pris le parti de ne pas insister pour le voir plus souvent, de peur qu'il ne se braque carrément et annule même ses rendez-vous mensuels. Je pensais que c'était toujours mieux que rien.
— Pourquoi venait-il vous consulter ?
— Vous voulez savoir ce qui n'allait pas chez lui ? De quoi il souffrait ?
— Exactement.
— En tant qu'homme de loi, monsieur Rhinehart, vous devez savoir ce qu'est le secret professionnel. Je suis obligé de le respecter.
— Votre patient est mort, docteur Rudge.
— Ça ne fait aucune différence.
— Ça m'étonnerait que votre patient puisse la faire.
— Il m'a fait confiance.
— Quand un client est mort, le secret professionnel n'est plus légalement une obligation.

— Légalement, peut-être, mais moralement, c'en est toujours un. J'ai encore certaines responsabilités. Je ne ferai rien qui puisse ternir la réputation d'un de mes patients, qu'il soit mort ou vivant.

— C'est tout à votre honneur, dit Joshua. Mais, dans ce cas précis, ce que vous direz ne pourra pas davantage ternir sa réputation que ce que lui-même en a fait.

— Ça non plus, ça ne fait une aucune différence.

— Docteur, nous avons affaire à une situation extraordinaire. Aujourd'hui même, je suis entré en possession d'informations qui montrent que Bruno Frye a assassiné plusieurs femmes au cours de ces cinq dernières années, un grand nombre de femmes, et il n'a jamais été pris.

— Vous plaisantez ?

— Je ne vois pas ce qui vous semble drôle là-dedans. Je n'ai pas l'habitude de plaisanter sur ce genre de sujet. »

Rudge restait silencieux. Joshua poursuivit :

« De plus, j'ai des raisons de penser que Frye n'agissait pas seul. Il est possible qu'il ait eu un associé dans ces crimes. Et cet associé est peut-être en train de se promener en toute liberté.

— Voilà qui est extraordinaire.

— C'est ce que je vous disais.

— Avez-vous communiqué vos informations à la police ?

— Non. D'abord, elles ne sont certainement pas suffisantes pour retenir son attention. Ce que j'ai découvert m'a convaincu, moi — et deux autres personnes en cause —, mais la police estimera sans doute qu'il ne s'agit que de preuves par présomption. Ensuite, les meurtres ont pu être commis dans différents comtés et dans plusieurs villes et je ne sais pas quelle juridiction est compétente. Voilà. Frye vous a peut-être confié des choses qui ne semblent pas avoir d'importance en elles-mêmes, mais qui peuvent cadrer avec des éléments que j'ai découverts. Si, pendant ces dix-huit mois de traitement, vous avez appris des détails qui pourraient compléter ce que je sais déjà, je déciderai peut-être de contacter la police pour la persuader de la gravité de la situation.

— Eh bien...
— Docteur Rudge, si vous persistez à vouloir protéger votre patient, d'autres assassinats risquent de se produire. D'autres femmes... Voulez-vous avoir leur mort sur la conscience ?
— D'accord, dit enfin Rudge. Mais on ne peut pas parler de ça au téléphone.
— Je peux venir vous voir demain ; le plus tôt serait le mieux.
— Je suis libre toute la matinée.
— Voulez-vous que mes amis et moi venions à votre cabinet à dix heures ?
— C'est parfait, dit Rudge. Mais je vous préviens, avant de vous parler de M. Frye, je veux que vous me disiez en détail tout ce que vous savez.
— Naturellement.
— Et si vous n'arrivez pas à me convaincre qu'il existe un danger net et pressant, je ne vous communiquerai pas mon dossier.
— Oh ! je vous convaincrai, soyez-en sûr ! répliqua Joshua. Vous allez en avoir les cheveux qui vont se dresser sur la tête. A demain, docteur. »
Joshua raccrocha et regarda Hilary et Tony.
« Demain, nous allons avoir une rude journée. D'abord San Francisco et le docteur Rudge, puis Hollister avec la mystérieuse Rita Yancy.
— Peu m'importe s'il faut faire le tour du monde, dit Hilary en quittant la canapé où elle était restée assise pendant tout l'entretien téléphonique. Les choses semblent enfin prendre tournure. Pour la première fois, j'ai vraiment l'impression que nous allons découvrir le pot aux roses.
— Moi aussi, dit Tony. Vous savez... poursuivit-il en souriant à Joshua, la façon dont vous vous y êtes pris avec Rudge... vous avez le don d'interroger les gens. Vous feriez un bon policier.
— Encore quelque chose à inscrire sur ma pierre tombale. *Ci-gît Joshua Rhinehart, un ours bien léché qui aurait pu faire un bon policier*. Je meurs de faim, ajouta-t-il en se levant. A la maison, j'ai des steaks dans le congélateur et plusieurs bouteilles de Sauvignon de chez Robert Mondavi. Qu'est-ce qu'on attend ? »

Frye s'éloigna du lit rougi et du mur éclaboussé de sang contre lequel il était appuyé. Il posa son couteau ensanglanté sur la coiffeuse et sortit de la chambre.

La maison lui parut d'un calme irréel. L'énergie démoniaque qui l'habitait était retombée. Il avait les paupières lourdes, les membres fourbus ; il se sentait engourdi, repu. Il entra dans la salle de bains et fit couler l'eau de la douche, presque brûlante. Il se mit dessous, se savonna, lava le sang de ses cheveux, de sa figure et de tout son corps. Il se rinça, sa savonna de nouveau et se rinça une seconde fois.

Uniquement préoccupé par sa toilette, il avait le cerveau complètement vide. La vue du sang s'échappant en tourbillonnant par le trou de la bonde ne lui rappelait même pas la morte qui gisait dans la chambre voisine ; ce n'était que de la saleté dont il se débarrassait.

Il pensait uniquement à se faire propre et à aller dormir quelques heures dans sa camionnette. Il était épuisé. Ses bras lui semblaient de plomb et ses jambes de caoutchouc.

Il sortit de la douche et s'essuya avec une grande serviette. Elle avait la même odeur que la femme, mais il n'en tira aucune impression, ni agréable ni désagréable. Puis il passa un long moment à se brosser les ongles au-dessus du lavabo pour faire disparaître toute trace de sang.

En sortant de la salle de bains pour aller récupérer ses vêtements dans la chambre, il remarqua un grand miroir en pied fixé contre la porte. Il s'y examina un moment pour s'assurer qu'il ne portait plus aucune trace de sang. Il était net, frais et rose comme un bébé qui sort du bain.

Il contempla longuement le reflet de son pénis flasque et de ses testicules tombants en s'efforçant d'y découvrir la marque du démon. Il savait qu'il n'était pas comme les autres ; il n'en doutait pas une seconde. Sa mère avait toujours eu la hantise qu'on s'aperçoive qu'il était à moitié démon, enfant d'une femme ordinaire et d'une bête pourvue de crocs et couverte d'écailles, une créature sulfureuse venue des enfers. Elle lui avait transmis cette terreur de très bonne heure et il redoutait toujours d'être découvert et brûlé vif. Jamais il ne s'était mis nu devant quiconque. A l'école, il n'avait jamais fait de sport ; l'épreuve du gymnase lui avait été épargnée pour de prétendues raisons religieuses lui interdisant de prendre une douche avec ses camarades. Il ne s'était jamais complètement dévêtu devant un médecin. Sa mère avait été formelle : quiconque verrait ses organes sexuels devinerait immédiatement que cette virilité-là n'était pas humaine et ne pouvait être que le fruit d'un croisement avec un démon ; il avait été très marqué et profondément affecté par ses affirmations catégoriques, inlassablement répétées. Pourtant, il avait beau s'examiner dans la glace, il ne voyait rien qui le différenciât des autres hommes. Peu après la mort de sa mère, il était allé à San Francisco voir un film pornographique pour voir comment était constitué un homme normal. Il avait été stupéfait de constater que les acteurs qui jouaient dans ce film étaient en tout point semblables à lui. Par la suite, il avait vu d'autres films du même genre et n'y avait jamais vu un homme qui fût peu ou prou différent de lui. Certains acteurs avaient un pénis plus long que le sien, d'autres plus petit ; certains l'avaient plus gros, d'autres beaucoup moins ; certains l'avaient légèrement recourbé ; certains étaient circoncis, d'autres ne l'étaient pas. Mais il ne s'agissait là que de variations mineures, pas d'une dissemblance radicale, d'une différence repoussante et choquante.

Inquiet, perplexe, il était rentré à St. Helena pour s'entretenir de cette découverte avec lui-même. Il avait d'abord pensé que sa mère lui avait menti. Pourtant, c'était une hypothèse pratiquement inconcevable. Pendant des années, elle lui ressassé le récit de sa conception plusieurs fois par semaine et, à chaque fois qu'elle lui décrivait l'odieux démon et le viol atroce qu'elle avait subi, il frémissait et éclatait en sanglots. C'était une expérience bien réelle qu'elle avait vécue et non un conte qu'elle avait inventé pour le tromper. Et pourtant... il n'avait pas pu trouver d'autre explication ; il était tombé d'accord avec lui-même sur ce point.

Le lendemain, rempli de fièvre et d'excitation, il était retourné à San Francisco, décidé, pour la première fois de sa vie, à avoir des rapports sexuels avec une femme. Il s'était donc rendu dans un institut de massage — en réalité un bordel à peine déguisé — où il avait choisi une jolie masseuse, mince et blonde. Elle s'appelait Tammy et, en dehors de ses dents du haut légèrement proéminentes et d'un cou un peu long, elle lui avait paru aussi belle que n'importe quelle femme ; c'est du moins ce qu'il avait pensé en luttant pour ne pas éjaculer dans son pantalon. Dans l'une des cabines qui sentaient le sperme rance et le déodorant au pin, il avait convenu d'un prix avec elle, l'avait payée et regardée se déshabiller. Elle avait un corps lisse et si désirable qu'il était resté planté comme un piquet, incapable du moindre geste, intimidé par tout ce qu'il allait pouvoir faire avec elle. Elle s'était assise sur le bord du lit étroit et lui avait suggéré de se dévêtir. Il avait quitté son pantalon mais, quand était venu l'instant de baisser son caleçon, tendu par son pénis gonflé de désir, il ne s'était pas senti le courage de prendre un tel risque, imaginant déjà la morsure des flammes, et n'avait pu se résoudre à révéler sa filiation diabolique. Il s'était figé devant les jambes effilées de la fille, sa toison bouclée et ses seins arrondis ; il la voulait, la désirait, mais n'osait s'approcher. Devinant sa réticence à se mettre nu devant elle, elle avait posé la main sur son bas-ventre et lui avait caressé doucement le sexe à travers son caleçon en disant : « Mmmmmmn, je la veux. Oui, je la veux ta grosse bite. Montre-la-moi, je veux la voir. *Ça oui, je crois bien que j'en ai jamais vu de pareille.* » En l'entendant prononcer ces mots, il avait bien été obligé de se dire qu'il était différent des autres, même s'il ne voyait pas où était la différence. La fille avait voulu lui arracher son caleçon ; il l'avait giflée et renversée sur le lit. Elle s'était cogné la tête contre le mur et s'était mise à hurler. Bruno s'était demandé s'il devait la tuer. Bien qu'elle n'ait pas vu son pénis diabolique, elle s'était rendu compte de son caractère inhumain, rien qu'en le palpant à travers le tissu. Avant qu'il ait pu se décider, la porte de la cabine s'était ouverte avec fracas et un homme armé d'un nerf de bœuf avait jailli du couloir. Le videur était aussi costaud que lui et son arme lui donnait un avantage substantiel. Bruno avait cru qu'on allait l'immobiliser, le ligoter, l'injurier, lui cracher dessus, le torturer et le conduire au bûcher, mais, à sa profonde stupéfaction, on l'avait simplement prié de se rhabiller et de s'en aller. Tammy n'avait pas dit un mot du pénis hors du commun. Apparemment, tout en s'étant aperçue qu'il était différent des autres, elle ne savait pas très bien en quoi et ignorait qu'en fait c'était la marque du démon qui l'avait engendré, la preuve de ses origines diaboliques. Soulagé, il s'était rhabillé à la hâte et s'était enfui, rougissant, honteux, mais heureux qu'on n'ait pas découvert son secret. Il était retourné à St. Helena et s'était fait le récit de son aventure. Il était tombé d'accord avec lui-même pour déclarer que Katherine n'avait pas menti et qu'il lui faudrait se contenter lui-même, sans avoir recours à une femme.

C'est alors que Katherine s'était mise à réapparaître ; il avait pu se satisfaire avec elle et répandre de copieuses quantités de sperme dans ses nombreux corps d'emprunt, tous des corps magnifiques. Il continuait toujours à prendre du plaisir tout seul, avec lui-même et avec lui, son autre moitié, mais rien ne le ravissait davantage que de s'enfoncer de temps à autre dans la moiteur humide d'une femme.

Planté devant le miroir fixé sur la porte de la salle de bains de Sally, il contemplait, fasciné, le reflet de sa virilité en se demandant quelle différence Tammy avait bien pu y trouver quand elle avait senti son érection palpitante dans la cabine du salon de massage, il y avait cinq ans.

Il laissa ensuite son regard remonter jusqu'à ce qu'il rencontre, dans la glace, le regard de l'autre Bruno. Quand il plongeait dans ses propres yeux, tout ce qui se trouvait à la périphérie de son champ visuel s'effaçait et les fondements mêmes de la réalité se diluaient et assumaient d'autres formes. Sans l'aide de drogue ou d'alcool, il passait dans un état second, halluciné. Il posa la main sur la glace et les doigts de l'autre Bruno rencontrèrent les siens. Comme dans un rêve, il s'approcha tout près de la glace et appuya son nez contre celui de l'autre Bruno. Il le regarda au fond des yeux et l'autre Bruno fit de même. Un instant, il oublia que ce n'était que son reflet qui lui faisait face et l'autre Bruno prit corps. Il l'embrassa mais son baiser était glacé. Il se recula légèrement. L'autre Bruno recula aussi. Il se passa la langue sur les lèvres. L'autre Bruno le fit aussi. Ils s'embrassèrent à nouveau et il prit les lèvres offertes de l'autre Bruno ; leur baiser fut tendre et ardent mais ni aussi doux ni aussi agréable qu'il s'y attendait. Malgré les trois puissants orgasmes qu'il avait éprouvés avec Katherine-Sally, son pénis se dressait encore. Lorsqu'il fut bien raide, il le pressa contre celui de l'autre Bruno et se mit à bouger lentement les hanches, le pénis arc-bouté contre le sien, suspendu à ses lèvres, les yeux plongés dans ses yeux. Pendant quelques minutes, il fut plus heureux qu'il ne l'avait été depuis des jours.

L'hallucination se dissipa brutalement et la réalité le frappa comme un coup de poing. Il se rendit compte que ce n'était pas son autre lui-même qu'il avait dans les bras et qu'il tentait de faire l'amour avec un simple reflet, une image sans substance. Le courant qui passait entre eux, ce puissant lien affectif que lui renvoyaient les yeux dans la glace, se rompit comme sous l'effet d'une décharge électrique et il hurla, tordu de douleur et de convulsions, tétanisé par un choc épouvantable, un choc émotionnel mais qui l'affectait aussi physiquement ; la transe extatique où il avait été plongé, hypnotisé par son image, s'envola en fumée, et il récupéra brusquement ses facultés, l'esprit clair et réactivé, remonté à bloc, survolté.

Il se souvint qu'il était mort. Une moitié de lui était morte. Cette garce l'avait poignardé la semaine dernière à Los Angeles. Désormais, il était à la fois mort et vivant.

Un immense chagrin l'envahit.

Ses yeux s'emplirent de larmes.

Il comprit qu'il ne pourrait plus se prendre dans ses bras, se serrer contre lui, comme il avait l'habitude de le faire autrefois. Plus jamais.

Il comprit qu'il ne pourrait plus s'aimer, ni se faire aimer, comme il le faisait. Plus jamais.

Désormais, il n'avait plus que deux mains et non quatre ; un seul pénis et non pas deux, une seule bouche.

Il ne pourrait plus s'embrasser, ne sentirait plus ses deux langues se nouer, se caresser. Plus jamais.

Une moitié de lui était morte. Il pleura.

Il ne pourrait plus jamais se faire l'amour, comme il l'avait fait des milliers de fois par le passé. Il n'aurait plus d'amant et ne connaîtrait plus que les plaisirs limités de la masturbation.

Il était seul.

A jamais.

Immobile devant la glace, il pleura, ses larges épaules ployant sous le poids d'un affreux désespoir. Cependant, peu à peu, cet insupportable chagrin, cet attendrissement sur lui-même fit place à une colère grandissante. C'est elle qui lui avait fait ça. Katherine. Cette garce. Elle avait tué une moitié de lui, le laissant incomplet, vide et creux. Quelle ignoble salope, vicieuse et égoïste ! A mesure que sa fureur croissait, il était saisi d'un besoin irrésistible de tout casser. Nu, il s'élança à travers la maison, se mit à fracasser le mobilier, à arracher les tentures et à briser la vaisselle, maudissant sa mère, maudissant le démon qui était son père et maudissant ce monde auquel, parfois, il ne comprenait plus rien du tout.

Hilary aligna sur la table de la cuisine de Joshua les trois grosses pommes de terre bouillies qu'elle venait d'éplucher ; elles étaient toutes prêtes à être mises dans le four à micro-ondes, dès que les steaks épais seraient à point sur le gril. Ces tâches ménagères la détendaient et lui faisaient un peu oublier ses ennuis.

Près d'elle, debout devant l'évier, Tony préparait la salade. Les manches retroussées, il nettoyait les légumes et les coupait en menus morceaux.

Pendant que ses hôtes s'affairaient, Joshua décrocha le téléphone placé dans la cuisine pour appeler le shérif Laurenski. Il le mit au courant des retraits effectués sur les comptes bancaires de Bruno Frye, à San Francisco, et lui apprit l'existence du fameux sosie, qui devait être quelque part à Los Angeles, à la poursuite d'Hilary. Il lui fit également part de l'idée qui leur était venue à tous les trois concernant la possibilité de meurtres en série. A dire vrai, Laurenski ne pouvait pas grand-chose puisque, apparemment, aucun assassinat n'avait été commis dans son secteur. Toutefois, on pouvait penser que Frye avait fait des victimes dans le comté, sans qu'on le sût encore ; tant que l'énigme du double ne serait pas résolue, d'autres meurtres risquaient de se produire dans le comté. Par conséquent, et parce que la réputation de Laurenski avait été légèrement ternie quand il avait couvert Frye auprès de la police de Los Angeles, Joshua estimait nécessaire (approuvé en cela par Hilary) qu'il eût tous les éléments en main. Bien qu'elle n'entendît qu'une voix de ce dialogue, Hilary pouvait deviner la stupéfaction de Laurenski et, d'après les réponses de Joshua, elle comprit qu'il suggérait de faire exhumer le corps pour s'assurer que le mort était bien Bruno Frye. Joshua préférait attendre d'avoir vu le docteur Rudge et Rita Yancy, mais il promit au shérif qu'on procéderait à l'exhumation s'il n'obtenait pas d'eux des réponses valables aux questions qu'il avait l'intention de leur poser.

Après avoir raccroché, Joshua vint inspecter la salade de Tony, plongé dans des abîmes de perplexité (la laitue était-elle assez croquante ?) et tourmenté par un vif débat intérieur (les radis allaient-ils avoir du goût ou, au contraire, allaient-ils être trop forts ?). Puis il examina les steaks grésillants avec l'air de quelqu'un qui cherche une paille dans un diamant, ordonna à Hilary de mettre les pommes de terre dans le four et se mit à hacher prestement de la ciboulette pour la mélanger à la crème fraîche. Enfin, il déboucha deux bouteilles de Sauvignon californien, un vin rouge très sec provenant des chais de Robert Mondavi, dont les vignes s'étendaient de l'autre côté de la route. Bref, songea Hilary, attendrie par tant de fébrilité, un enquiquineur de cet acabit était un véritable fléau dans une cuisine.

Elle s'étonnait de la rapidité avec laquelle elle avait pris le notaire en sympathie. En effet, il était rare qu'elle se sentît si à l'aise avec une personne qu'elle ne connaissait que depuis quelques heures. Mais l'air paternel de Joshua, son honnêteté bourrue, son humour, son intelligence et sa courtoisie désinvolte l'avaient tout de suite mise en confiance.

Ils dînèrent tous les trois dans la salle à manger. C'était une pièce confortable et rustique, avec trois murs blanchis à la chaux et le quatrième en vieilles briques, un parquet de chêne, des poutres apparentes. De temps à autre, de grosses gouttes de pluie venaient s'écraser contre les fenêtres à petits carreaux.

Au moment de se mettre à table, Joshua déclara :

« Entendons-nous bien. Pas un mot sur Bruno Frye, tant que nous n'aurons pas avalé le dernier morceau de steak, la dernière goutte de cet excellent vin, la dernière gorgée de café et la dernière larme de cognac.

— Entendu, dit Hilary.

— Absolument, dit Tony. J'en ai ma claque, de Bruno Frye. Il n'y a pas que lui sur terre ; il y a tout de même d'autres sujets de conversation.

— Oui, dit Joshua. Malheureusement, la plupart sont tout aussi déprimants. La guerre, le terrorisme, l'inflation, les politiciens incapables...

— ... les arts, la musique, le cinéma, les derniers développements de la médecine et l'arrivée prochaine des nouvelles technologies qui vont grandement nous améliorer la vie, même si cela risque de jeter des vagues de chômeurs sur le carreau, ajouta Hilary.

— Dites-moi, demanda Joshua de l'autre côté de la table, les sourcils froncés. C'est Hilary, votre nom, ou Pollyanna ?

— Et le vôtre, répliqua Hilary, c'est Joshua ou Cassandre ?

— Cassandre voyait juste quand elle prophétisait les malheurs et les catastrophes qui allaient s'abattre sur Troie, dit Joshua. Malheureusement, personne ne voulait jamais la croire.

— Si personne ne vous croit, à quoi bon avoir raison ? demanda Hilary.

— Oh ! il y a longtemps que j'ai cessé d'essayer de convaincre les gens que le gouvernement est notre seul ennemi et que nous crèverons tous un jour sous le poids de la bureaucratie ! Longtemps que j'ai cessé d'essayer de convaincre les autres de centaines de choses qui me paraissent à moi des vérités évidentes mais auxquelles personne ne prête attention. Que voulez-vous, il y a des gens à qui ça passera toujours au-dessus de la tête. Mais je dois dire que ça me fait bien plaisir de constater que j'ai raison et d'en avoir la preuve tous les jours en ouvrant le journal. Je sais ; ça me suffit.

— Ah ! dit Hilary. En d'autres mots, peu vous importe que le monde s'écroule sous nos pieds ; tout ce qui compte, c'est que vous ayez la satisfaction de dire : « Vous voyez, je vous l'avais bien dit ! »

— Diantre, dit Joshua. Quelle agressivité !

— Méfiez-vous d'elle, Joshua, s'esclaffa Tony. Rappelez-vous qu'elle est scénariste et qu'il faut compter avec le poids des mots ! »

Pendant trois quarts d'heure, ils devisèrent ainsi gaiement, mais, malgré ce qui avait été convenu, ils en vinrent inévitablement à parler de Bruno Frye.

« Je me demande ce que sa mère a bien pu lui faire pour qu'il l'ait tant détestée, remarqua Hilary à un moment donné.

— C'est précisément la question que j'ai posée à Latham Hawthorne, dit Joshua.

— Et qu'a-t-il répondu ?

— Il n'en a aucune idée. Pour ma part, j'ai vraiment du mal à croire qu'il ait pu exister entre eux une telle haine sans que je m'en sois aperçu. Je les ai côtoyés pendant des années. J'ai toujours cru que Katherine chérissait son fils par-dessus tout. Quant à Bruno, il paraissait adorer sa mère. Dans le pays, tout le monde disait qu'elle était une sorte de sainte pour avoir pris cet enfant chez elle. Aujourd'hui, ange ou démon, la question se pose.

— Comment ça, elle l'a pris chez elle ? Que voulez-vous dire par là ? s'étonna Tony.

— J'ai voulu dire qu'elle aurait très bien pu le laisser aller à l'orphelinat. Mais elle lui a ouvert son cœur et sa maison.

— Je croyais pourtant que c'était son fils, dit Hilary.

— Adoptif.

— Les journaux n'en ont pas parlé.

— C'est une vieille histoire, expliqua Joshua. En dehors des tout premiers mois de sa vie, Bruno a toujours porté le nom de Frye. Parfois, je me suis même souvent fait la réflexion qu'il était davantage un Frye que ne l'auraient été les véritables enfants de Katherine, si elle en avait eus. Il avait les mêmes yeux gris-bleu qu'elle et le même caractère qui, paraît-il, était aussi celui de Leo, son père.

— Puisque c'est un enfant adoptif, il y a une chance pour qu'il ait eu un frère.

— Non. Il n'en avait pas.

— Qu'en savez-vous ? Peut-être même avait-il un frère jumeau, s'écria Hilary, tout excitée par cette idée.

— Vous pensez que Katherine a pu adopter Bruno sans savoir qu'il avait un frère jumeau ? demanda Joshua, l'air songeur.

— Ça expliquerait la soudaine apparition du double, dit Tony.

— Mais où donc aurait vécu ce frère mystérieux pendant tout ce temps ? répliqua Joshua, de plus en plus perplexe.

— Dans une autre famille sans doute, répondit vivement Hilary, désireuse d'étayer sa théorie. Dans une autre ville. Dans un autre coin de la Californie.

— Ou même, dans un autre État, ajouta Tony.

— Est-ce que vous essayez de me faire admettre que Bruno et son jumeau auraient fini par se retrouver ?

— Pourquoi pas ?

— Non, c'est impossible. Bruno n'avait pas de frère.

— Vous en êtes certain ?

— Il n'y a aucun doute là-dessus. Les circonstances de sa naissance sont connues de tout le monde.

— Pourtant, des jumeaux... ce serait si bien, murmura Hilary.

— Oui, oui, dit Joshua en hochant la tête. Ce serait une solution pratique et j'aimerais bien en trouver une pour conclure rapidement cette affaire. Je regrette bien d'être obligé de démolir votre théorie, croyez-moi.

— Vous ne le pourrez peut-être pas...

— Si.

— Voyons un peu. Dites-nous d'où vient Bruno. Dites-nous qui est sa véritable mère. Tout n'est peut-être pas aussi simple et aussi limpide que vous le croyez. »

A la fin, quand il ne resta plus rien à déchirer et à réduire en miettes dans le pavillon, Bruno retrouva peu à peu son calme. Sa fureur bestiale retomba et se changea en une colère moins destructrice et il retrouva figure humaine. Il demeura un instant immobile, debout au milieu des décombres, le souffle court et tout luisant de sueur, puis retourna dans la chambre et remit ses vêtements.

Une fois habillé, il se campa au pied du lit ensanglanté et regarda le corps affreusement mutilé de la fille qu'il connaissait seulement sous le nom de Sally. Il comprit, mais trop tard, qu'elle n'était pas Katherine. Sally n'était pas une réincarnation de sa mère. Ce vieux chameau n'avait pas quitté le corps d'Hilary Thomas pour entrer dans celui de Sally ; c'était impossible tant qu'Hilary Thomas n'était pas morte. Bruno se demanda comment pareille idée avait pu lui venir ; il était étonné d'avoir commis une telle erreur.

Pourtant, il n'éprouvait aucun remords. Même si Sally n'était pas Katherine, elle n'en était pas moins une de ses servantes, une créature envoyée par l'Enfer pour l'assister, une complice de la conspiration visant à le supprimer. Il n'y avait aucun doute. Comme Katherine, Sally était une morte réincarnée, une de ces goules qui refusent de rester dans leur cercueil. Elle était l'une d'entre elles. Il frissonna. Il était certain que Sally savait où Katherine-Hilary se cachait. Mais elle n'avait pas voulu parler et, à cause de cela, elle avait mérité de mourir.

Et puis, il ne l'avait pas vraiment tuée, puisqu'elle avait la faculté de renaître dans un autre corps en prenant la place de son propriétaire légitime.

Maintenant, il fallait oublier Sally et retrouver Katherine. Elle devait se dissimuler quelque part, attendant son heure.

Sally lui avait tout de même fourni une piste. Un nom. Ce Topelis. L'agent d'Hilary Thomas. Il savait certainement où elle se cachait.

Quand la table fut débarrassée, Joshua remplit encore une fois les verres avant de se mettre à raconter l'histoire de Bruno qui, d'orphelin, était devenu l'héritier de la famille Frye. Il avait glané ce qu'il savait de la bouche de Katherine elle-même et des gens qui habitaient St. Helena longtemps avant qu'il soit venu s'y installer.

En 1940, l'année de la naissance de Bruno, Katherine avait vingt-six ans et vivait toujours avec son père dans la grande demeure où ils s'étaient installés tous les deux en 1918, un an après la mort de la mère de Katherine. Cette dernière n'avait jamais quitté la maison en dehors des quelques mois qu'elle avait passés à l'université de San Francisco, car elle avait laissé tomber ses études, estimant vain de se priver de vivre à St. Helena dans le seul but d'acquérir des connaissances qui ne lui seraient jamais vraiment utiles. Katherine aimait la vallée et la vieille demeure victorienne, tout en haut de la falaise. C'était une belle fille ; elle aurait pu avoir tous les prétendants qu'elle désirait mais ne semblait pas s'intéresser à l'amour. Elle était encore jeune mais, étant donné sa personnalité introvertie et la froideur qu'elle témoignait à tous les hommes, presque tout le monde pensait qu'elle resterait vieille fille, situation dont elle semblait d'ailleurs s'accommoder parfaitement.

Mais, un jour de janvier 1940, Katherine avait reçu un coup de téléphone d'une amie, Mary Gunther, qu'elle avait connue à l'université quelques années auparavant. Mary l'appelait à l'aide ; elle avait de graves ennuis à cause d'un homme qui, après lui avoir promis le mariage et l'avoir fait lanterner sous différents prétextes, avait disparu dans la nature en la laissant enceinte de six mois. Mary était pratiquement sans ressources ; elle n'avait pas de famille vers laquelle se tourner et Katherine était sa meilleure amie. Elle lui avait donc demandé de venir à San Francisco quand le bébé naîtrait ; elle ne voulait pas rester seule dans cette épreuve difficile. Elle souhaitait aussi que Katherine puisse s'occuper de l'enfant jusqu'à ce qu'elle ait trouvé du travail et un toit pour l'élever. Katherine avait accepté de l'aider et déclaré à St. Helena qu'elle allait avoir temporairement charge d'âme. Elle paraissait si heureuse et si excitée à cette idée que tout le monde s'était mis à dire que, si seulement elle avait pu trouver un mari et fonder une famille, elle aurait fait une mère merveilleuse.

Six semaines après l'appel de Mary Gunther, et six avant le moment prévu pour le départ de Katherine à San Francisco, Leo avait été terrassé par une hémorragie cérébrale et s'était effondré au milieu de ses fûts de chêne. Malgré son chagrin et bien qu'elle eût déjà commencé à s'occuper de l'affaire familiale, Katherine n'avait pas voulu manquer à sa promesse. En avril, la naissance du bébé étant proche, Katherine était partie pour San Francisco. Elle était restée absente plus de deux mois puis était revenue chez elle avec un minuscule nouveau-né, Bruno Gunther, qui paraissait dangereusement petit et fragile.

Katherine avait pensé garder le nourrisson pendant un an, laps de temps au bout duquel Mary devait pouvoir assumer la responsabilité du petit. Mais, au bout de six mois, une lettre était arrivée disant que Mary avait de nouveaux malheurs, bien plus graves, cette fois : elle était atteinte d'un virulent cancer de la lymphe. Elle se mourait. Il ne lui restait plus que quelques jours à vivre, un mois tout au plus. Katherine était aussitôt partie à San Francisco avec l'enfant pour que Mary puisse vivre ses derniers instants en compagnie de son fils. Pendant ce temps, elle avait accompli toutes les formalités nécessaires pour obtenir la garde légale du bébé. Les parents de Mary étaient morts et elle n'avait aucun proche parent auquel Bruno aurait pu être confié. Si Katherine ne l'avait pas recueilli, il aurait été placé dans un orphelinat ou dans une famille d'accueil qui l'aurait plus ou moins bien traité.

Mary était morte. Katherine avait payé tous les frais de l'enterrement et était rentrée à St. Helena avec Bruno. Elle avait élevé le petit garçon comme s'il avait été le sien. Bien qu'elle eût largement les moyens d'engager une nourrice et plusieurs domestiques, elle ne l'avait pas fait et avait refusé que quiconque s'occupât de lui. Leo n'avait jamais pris personne pour le servir et Katherine avait hérité de son esprit d'indépendance. Elle se débrouillait parfaitement toute seule et, quand Bruno avait eu quatre ans, elle était retournée à San Francisco pour voir le juge qui lui avait confié la garde de Bruno, à la demande de Mary, et elle l'avait adopté officiellement en lui donnant le nom de Frye.

A l'affût du moindre indice, prêts à déceler la plus petite faille, Tony et Hilary avaient écouté attentivement le récit de Joshua, penchés en avant et les coudes posés sur la table. Maintenant qu'il avait terminé, ils se laissèrent aller contre le dossier de leur chaise et prirent leur verre de vin.

« Il y a encore à St. Helena des gens qui se souviennent de Katherine Frye comme d'une sainte femme qui a recueilli un malheureux orphelin et lui a donné amour et richesse, remarqua Joshua.

— Alors, il n'y avait pas de frère jumeau, dit Tony.

— Absolument pas.

— Ce qui veut dire que nous sommes repartis à la case départ, soupira Hilary.

— Il y a deux choses qui me turlupinent dans cette histoire, dit Tony.

— Lesquelles ? demanda Joshua d'un air étonné.

— Eh bien, encore aujourd'hui, alors que tout a beaucoup évolué, il est drôlement difficile pour une femme célibataire d'adopter un enfant. J'aurais cru qu'en 1940, c'était tout bonnement impossible.

— Je pense avoir une explication. Si ma mémoire ne me trahit pas, il me semble qu'un jour Katherine m'a dit qu'ayant prévu la réticence du tribunal, Mary et elle avaient raconté un petit mensonge au juge. Elles avaient prétendu que Katherine était la cousine de Mary et sa plus proche parente. A cette époque, si une personne de la famille souhaitait recueillir un enfant, la cour accédait automatiquement à sa demande.

— Et le juge les a crues sur leur bonne mine, sans faire aucune vérification ? s'étonna Tony.

— Il ne faut pas oublier qu'en 1940, la justice se mêlait beaucoup moins qu'aujourd'hui des affaires privées. C'était un temps où les Américains considéraient le rôle des pouvoirs publics comme relativement mineur ; par bien des côtés, c'était une époque plus saine que la nôtre.

— Tu as dit qu'il y avait deux choses qui te tracassaient, quelle est l'autre ? demanda Hilary à Tony.

— Ce n'est pas facile à expliquer en termes précis, répondit Tony en se passant la main sur le visage d'un air las. Ce n'est qu'une impression. Cette histoire me semble trop... trop belle.

— Fabriquée, vous voulez dire ?

— Je ne sais pas. Je ne sais vraiment pas comment m'exprimer. Mais quand on est dans la police depuis aussi longtemps que moi, on finit par avoir un certain flair pour ce genre de choses.

— Et tu sens quelque chose ? demanda Hilary.

— Il me semble.

— Quoi, exactement ? demanda Joshua à son tour.

— Rien de particulier. Comme je viens de vous le dire, tout ça me paraît trop limpide, trop simple. Bruno ne pourrait-il pas être le véritable fils de Katherine ? » ajouta-t-il après avoir bu un peu de vin.

Joshua regarda Tony, les yeux agrandis de saisissement. Quand enfin il put parler, il demanda :

« Vous parlez sérieusement ?

— Oui.

— Vous insinuez qu'il est possible que Katherine ait inventé cette histoire de toutes pièces et qu'elle soit allée à San Francisco pour accoucher d'un enfant illégitime ?

— C'est bien ça.

— Non, dit Joshua. Elle n'était pas enceinte.

— Vous en êtes sûr ?

— Je ne l'ai évidemment pas vérifié personnellement. D'ailleurs, je n'habitais pas encore ici en 1940. Je ne suis venu qu'après la guerre, en 1945. Mais j'ai souvent entendu raconter cette histoire, soit par bribes, soit en totalité, par des gens qui connaissaient Katherine à l'époque. Vous me direz qu'ils ne faisaient sans doute que répéter ce qu'on leur avait dit. De toute façon, si elle avait attendu un enfant, elle n'aurait pas pu le cacher. Pas dans une petite ville comme St. Helena, où tout le monde aurait été immédiatement au courant.

— C'est rare, mais il y a des femmes qui grossissent très peu quand elles sont enceintes, objecta Hilary. On ne s'en aperçoit même pas.

— Vous oubliez que les hommes ne l'intéressait pas. Elle n'avait pas de petit ami. Comment aurait-elle pu attendre un enfant ?

— Peut-être n'avait-elle pas de liaison parmi les

hommes du pays. Mais, au moment des vendanges, est-ce qu'il n'y a pas un grand nombre d'étrangers qui viennent faire la récolte ? Et n'y a-t-il pas parmi eux des gars jeunes, virils et séduisants ?

— Arrêtez, arrêtez. Je vois que vous cherchez encore un biais. Vous essayez de me faire croire que, en dépit de son indifférence manifeste à l'égard des hommes, Katherine aurait soudain succombé au charme d'un bel ouvrier saisonnier.

— Ce sont des choses qui arrivent.

— Et vous essayez aussi de me persuader que ces improbables amoureux auraient pu, dans un patelin où tout se sait, nouer une idylle, même brève, sans être surpris et sans provoquer le moindre commérage. Et, pour couronner le tout, vous n'hésitez pas à avancer que Katherine était un cas rare, une de ces femmes sur mille qui ne paraissent pas être enceintes. Non, non, fit Joshua en agitant sa crinière argentée. C'est trop pour mon goût. Trop de coïncidences. Vous trouvez l'histoire de Katherine trop simple, mais, à côté de vos extravagantes suppositions, elle sonne vrai.

— Vous avez raison, reconnut Hilary. Voilà encore une alléchante hypothèse qui part en fumée. »

Tony se gratta le menton et poussa un soupir.

« C'est vrai. Je dois être trop fatigué pour avoir des idées sensées. Pourtant, je persiste à penser que l'histoire de Katherine Frye n'a pas, non plus, beaucoup de sens. Il doit y avoir autre chose. Quelque chose qu'elle a caché. Quelque chose de bizarre. »

Bruno Frye entra dans la cuisine de Sally, encombrée de vaisselle cassée, ouvrit l'annuaire du téléphone et y chercha le numéro de Topelis et Cie. Les bureaux de la société étaient à Beverly Hills. Il tomba sur un standard. C'était exactement ce qu'il espérait.

« C'est pour un cas de force majeure, dit-il à la standardiste. J'ai pensé que vous pourriez peut-être m'aider.

— Un cas de force majeure ?

— Oui. Ma sœur est une cliente de M. Topelis. Un membre de notre famille vient de mourir et il faut absolument que je la prévienne.

— Oh ! je suis désolée.
— L'ennui, c'est que ma sœur a dû partir pour quelques jours et je ne sais pas où elle est.
— Je comprends.
— Il faut que je la contacte de toute urgence.
— Ordinairement, je vous aurais passé directement M. Topelis, mais ce soir, il est sorti et n'a pas laissé de numéro où on pourrait le joindre.
— De toute façon, je n'aurais pas voulu le déranger. Mais elle a peut-être fait savoir où elle allait.
— Comment s'appelle-t-elle ?
— Hilary Thomas.
— Ah ! oui ! Je sais où elle est.
— Formidable ! Alors, où est-elle ?
— Une personne a téléphoné tout à l'heure et a laissé un message pour M. Topelis en le priant de le transmettre à votre sœur. Attendez une minute, je regarde.
— Je vous en prie. »
Bruno attendit patiemment pendant que la standardiste fouillait dans ses papiers.
« Ah ! voilà, dit-elle enfin. C'est un certain M. Wyant Stevens qui a téléphoné. Il a demandé que M. Topelis dise à Mlle Thomas qu'il était tout à fait disposé à prendre les tableaux et qu'il ne pourrait pas fermer l'œil tant qu'elle ne serait pas rentrée de St. Helena et que l'affaire ne serait pas conclue. Donc, c'est qu'elle est à St. Helena. »
Bruno resta frappé de stupeur. Il était incapable de prononcer le moindre mot.
« J'ignore où elle est descendue, poursuivit la standardiste d'un air de regret. Il ne doit pas y avoir beaucoup d'hôtels à St. Helena, vous n'aurez sûrement aucun mal à la trouver.
— Aucun mal, répéta Bruno d'une voix blanche.
— Elle connaît des gens, là-bas ?
— Hein ?
— Elle est peut-être chez des amis, suggéra la standardiste.
— Oui, je crois savoir où elle est.
— Je suis vraiment désolée du deuil qui vous frappe.
— Quoi ?

— Ce décès dans votre famille.

— Ah ! oui ! fit Bruno en se passant nerveusement la langue sur les lèvres. Il y a eu plusieurs morts dans notre famille, depuis cinq ans. Merci de votre aide.

— Ce n'est rien. »

Il raccrocha. Elle était à St. Helena.

Elle était revenue, l'abominable salope.

Mais pourquoi ? Que faisait-elle, mon Dieu ? Que voulait-elle ? Qu'est-ce qu'elle manigançait ? En tout cas, cela ne présageait rien de bon pour lui.

Fou d'inquiétude, redoutant qu'elle ne mijotât un tour à sa façon qui lui serait fatal, il téléphona aussitôt à l'aéroport de Los Angeles pour retenir une place. Il n'y avait pas d'avion avant le lendemain matin et les premiers vols étaient déjà tous complets. Impossible de quitter Los Angeles avant demain après-midi.

Ce serait trop tard. Il le savait. Il le sentait.

Il fallait faire vite. Il décida de partir par la route. La nuit venait à peine de commencer. S'il conduisait toute la nuit, le pied au plancher, il arriverait à St. Helena à l'aube. Il avait le sentiment que sa vie en dépendait.

Il quitta précipitamment le pavillon en trébuchant sur des fragments de meubles et d'autres débris, laissa la porte d'entrée grande ouverte, renonçant à toute prudence, et, sans même prendre le temps de regarder s'il y avait quelqu'un dans les parages, traversa la pelouse au galop et se rua dans sa camionnette stationnée dans la rue noire et déserte.

Après avoir offert à ses hôtes un café et un cognac qu'ils dégustèrent dans le salon, Joshua les conduisit dans la chambre d'amis, située à l'autre extrémité de la maison par rapport à la sienne. C'était une pièce spacieuse et agréable, avec des croisées aux appuis profonds et aux carreaux sertis de plomb, comme dans la salle à manger. L'immense lit à baldaquin provoqua le ravissement d'Hilary.

Après avoir souhaité bonne nuit à Joshua, refermé la porte et tiré les rideaux sur les fenêtres pour que la nuit aveugle ne vienne pas poser son regard sur eux, ils prirent une douche ensemble afin de détendre leurs muscles douloureux. Ils étaient complètement épuisés et cherchaient uniquement à retrouver le plaisir tranquille et innocent qu'ils avaient connu la veille à l'hôtel de l'aéroport. Ils ne pensaient pas que le désir viendrait se mêler à la fête. Pourtant, à mesure qu'il lui savonnait la poitrine, le mouvement doux, rythmé et circulaire de ses mains lui chatouillait la peau et lui procurait de délicieux frissons dans tout le corps. Pour Hilary, le monde venait de se rétrécir à une toute petite sphère, à un éventail restreint d'images, de sons et de sensations exquises : l'odeur du savon au lilas, le chuintement et le clapotis de l'eau brûlante, les motifs sinueux dessinés par la vapeur, le corps souple de Tony, la mousse qui cascadait sur ses muscles bien dessinés, la surprenante et merveilleuse raideur de sa virilité qui se dressa quand elle prit le gant pour le savonner à son tour. Quand ils eurent fini de se laver, leur fatigue et leurs muscles endoloris étaient complètement oubliés ; le désir seul demeurait.

Ils s'allongèrent sur le lit à baldaquin, éclairés par la douce clarté de la lampe. Il la serra dans ses bras et lui baisa les yeux, le nez et les lèvres. Il embrassa son menton, son cou et la pointe durcie de ses seins.

« S'il te plaît, murmura-t-elle. Maintenant.

— Oui », dit-il, la bouche dans le creux de son cou.

Elle ouvrit les jambes et il entra en elle.

« Hilary, ma douce, douce Hilary. »

Il s'enfonça en elle avec puissance et tendresse.

Elle se balançait en rythme avec lui. Ses mains couraient sur son large dos, dessinant le contour de ses muscles. Elle ne s'était jamais sentie aussi vivante, aussi pleine d'énergie. En moins d'une minute, elle commença à jouir et crut que cela n'allait jamais s'arrêter.

Ils ne faisaient plus qu'un, corps et âme, et elle savait que Tony était également conscient de ce lien unique et incroyablement profond. Ils étaient physiquement, passionnellement, intellectuellement et mentalement unis, fondus en un seul être bien supérieur à la somme des deux moitiés ; c'était un moment de communion, tel qu'aucun d'eux n'en avait encore jamais connu et Hilary comprit alors que ce qu'il y avait entre eux était si rare, si fort et si important que cela durerait toute leur vie. Elle cria son nom, s'arqua et s'ouvrit tout entière pour mieux s'offrir à ses assauts, pantelante ; elle le sentait frémir, au plus profond d'elle-même ; comme elle l'avait su la première fois qu'ils avaient fait l'amour, elle sut qu'elle pouvait lui faire confiance et s'en remettre à lui, totalement, comme elle n'avait encore jamais osé le faire avec aucun autre homme ; elle ne serait plus jamais seule.

Ensuite, tandis qu'ils étaient pelotonnés sous les couvertures, Tony lui dit :

« Est-ce que maintenant tu vas me parler de la cicatrice que tu as au côté ?

— Oui, maintenant, je veux bien.

— On dirait une blessure de balle.

— C'en est une. J'avais dix-neuf ans. Je vivais à Chicago. J'avais quitté le lycée depuis un an et je travaillais comme dactylo. J'essayais de faire des économies pour prendre un appartement à moi. Je versais une pension à Earl et Emma.

— Earl et Emma ?

— Oui. Mes parents.

— Tu les appelais par leur prénom ?

— Je n'ai jamais pensé à eux comme étant mon père et ma mère.

— Ils ont dû te faire beaucoup de mal, lui dit-il avec compassion.

— Ils ne rataient pas une occasion.

— Si tu n'as pas envie d'en parler maintenant...

— Si. Pour la première fois de ma vie, j'ai justement envie d'en parler. C'est parce que maintenant, je t'ai et ça me dédommage de tout le reste.

— Mes parents étaient pauvres, dit Tony. Mais il y avait de l'amour chez nous.

— Tu as eu de la chance.

— J'ai beaucoup de peine pour toi, Hilary.

— C'est fini, maintenant. Ils sont morts depuis longtemps et j'aurais dû exorciser le passé.

— Raconte-moi tout.

— Je leur donnais quelques dollars chaque semaine pour ma chambre et ils s'en servaient pour boire encore un peu plus. Je mettais tout le reste de mon salaire de dactylo de côté. Le moindre sou. Ce n'était pas grand-chose mais, avec les intérêts, ça faisait des petits. Pour ne pas dépenser, je me passais de déjeuner. J'étais absolument décidée à avoir un logement à moi. Peu m'importait de me retrouver de nouveau dans des petites pièces sombres, avec une tuyauterie défectueuse et des cafards, du moment que Earl et Emma n'étaient pas là. »

Il lui déposa un baiser sur la joue et au coin des lèvres.

« Un jour, enfin, je me suis retrouvée avec une somme suffisante. J'étais prête à déménager. J'allais pouvoir mettre les voiles. »

Elle tremblait. Tony la serra encore plus fort.

« Ce jour-là, en arrivant à la maison, je suis entrée dans la cuisine et j'ai trouvé Earl qui avait acculé Emma contre le réfrigérateur. Il avait un revolver et lui avait enfoncé le canon entre les lèvres.

— Mon Dieu !

— Il était en pleine crise de… tu sais ce que c'est que le *delirium tremens* ?

— Bien sûr. Des hallucinations. Des crises d'épouvante incontrôlables. C'est une chose qui arrive aux alcooliques chroniques. J'ai déjà eu affaire à des gens qui souffraient de delirium tremens. Ils peuvent être violents et avoir des réactions imprévisibles.

— Earl était là, appuyant toujours le revolver contre les dents d'Emma (elle les serrait de toutes ses forces), quand il s'est mis à hurler et à voir des vers géants sortir des murs. Il a alors accusé Emma de les avoir laissés entrer et lui a ordonné de faire quelque chose pour les arrêter. J'ai essayé de le raisonner mais il n'écoutait pas. Les vers ne cessaient d'affluer et grouillaient maintenant autour de ses pieds. Fou de colère, il a appuyé sur la détente.

— Seigneur.

— J'ai vu sa tête éclater.

— Hilary…

— Il faut que j'en parle.

— Très bien.

— Je n'en ai encore jamais parlé. Quand il a tiré, je me suis enfuie de la cuisine. Je savais que je n'avais pas le temps de sortir de l'appartement et de me lancer dans l'escalier pour atteindre le hall d'entrée ; il m'aurait logé une balle dans le dos bien avant. Je me suis donc cachée dans ma chambre. J'ai fermé la porte à clef mais il a fait sauter la serrure en tirant une balle dedans. Emma n'était plus là ; il était maintenant convaincu que c'était moi qui faisais sortir les vers du mur. Il m'a tiré dessus. Heureusement, la blessure était loin d'être mortelle, mais j'avais affreusement mal, comme si on m'avait brûlée avec un tisonnier chauffé à blanc, et puis je saignais énormément.

— Pourquoi n'a-t-il pas tiré une deuxième fois ? Qu'est-ce qui t'a sauvée ?

— Je lui ai donné un coup de couteau.

— Un coup de couteau ? Tu avais un couteau ?

— Oui, j'en gardais toujours un dans ma chambre. Depuis mes huit ans. Je ne m'en étais encore jamais servi. Mais je m'étais toujours dit que si une de leurs bagarres tournait mal et qu'ils faisaient mine de s'en prendre à moi, je me défendrais avec. Je l'ai frappé au moment où il appuyait sur la détente. Sa blessure n'était pas très grave non plus mais la vue de son propre sang l'a épouvanté. Il s'est enfui de la chambre et est retourné dans la cuisine. Il s'est remis à crier après Emma, en lui disant de chasser les vers avant qu'ils ne sentent l'odeur du sang et ne commencent à le dévorer. Puis il lui a vidé son chargeur dans le corps parce qu'elle ne faisait rien pour faire partir les vers, cette andouille. Ma blessure me faisait terriblement souffrir et j'avais peur, mais, malgré tout, j'essayais de compter les coups de feu. Quand j'ai estimé qu'il ne devait plus avoir de munitions, j'ai quitté ma chambre sur la pointe des pieds et j'ai foncé vers la porte d'entrée. Mais il avait plusieurs boîtes de balles en réserve et avait rechargé son arme. Il m'a aperçue et a tiré. Je suis retournée dans ma chambre en courant et j'ai barricadé la porte avec un meuble en espérant qu'on viendrait me porter secours avant que j'aie perdu tout mon sang. Dans la cuisine, Earl ne cessait de crier qu'il voyait des vers, et puis ce sont des crabes géants qui sont apparus aux fenêtres ; il a une nouvelle fois vidé son arme sur le cadavre d'Emma. Et il a recommencé, encore et encore. En tout, il a dû tirer ainsi près de cent cinquante coups. Il l'a complètement mise en pièces ; c'était un vrai carnage.

— Qu'est-il devenu ? demanda Tony d'une voix rauque.

— Il s'est tué en entendant la police arriver.

— Et toi ?

— Une semaine d'hôpital et une cicatrice en souvenir. »

Ils restèrent un moment sans rien dire. Derrière les rideaux, derrière les vitres, le vent de la nuit murmurait.

« Je ne sais pas quoi dire, déclara Tony.

— Dis-moi que tu m'aimes.

— Oui.

— Dis-le-moi.

— Je t'aime.

— Je t'aime, Tony. »

Il l'embrassa.

« Je t'aime plus que je ne pensais pouvoir aimer quelqu'un, avoua-t-elle. En une semaine, tu m'as changée pour toujours.

— Tu es bougrement forte, lui dit-il, admiratif.

— C'est toi qui me donnes de la force.

— Tu en avais déjà beaucoup avant de me connaître.

— Pas assez. Tu m'en as donné davantage. D'habitude… rien que de penser à ce jour où il a tiré sur moi… je suis toute retournée, je me panique, comme si ça s'était passé la veille. Mais, cette fois, je n'ai pas eu peur. Je t'ai tout raconté et j'en ai été à peine troublée. Tu sais pourquoi ?

— Non.

— Parce que tout ce qui s'est passé autrefois à Chicago, la fusillade et tout ce qu'il y avait eu avant, c'est de l'histoire ancienne maintenant. Ça n'a plus aucune importance. Je t'ai et ça compense tous mes malheurs. En somme, tu as redressé la balance en ma faveur.

— C'est vrai dans les deux sens, tu sais. J'ai autant besoin de toi que toi de moi.

— Je sais. Voilà pourquoi c'est si parfait. »

De nouveau, ils restèrent un moment silencieux, puis Hilary remarqua :

« Il y a aussi une autre raison qui fait que les souvenirs de Chicago ne me font plus peur.

— Qu'est-ce que c'est ?

— C'est en rapport avec Bruno Frye. Ce soir, je commence à comprendre que lui et moi avons beaucoup de choses en commun. Il semblerait que Katherine lui ait infligé le même genre de tortures qu'Earl et Emma m'ont fait subir. Mais lui, il a craqué, contrairement à moi. Ce grand costaud a craqué et moi j'ai tenu le coup. C'est important pour moi. C'est très important. Je sais maintenant que je ne dois pas me faire tant de souci, que je ne dois pas craindre de m'ouvrir aux autres et que je suis capable de tout encaisser.

— C'est bien ce que je te disais. Tu es forte, dure comme du fer.

— Je ne suis pas dure. Touche-moi. Est-ce que tu me trouves dure ?

— Non, pas ici, reconnut-il.

— Et là ?

— Ferme.

— Fermeté ne veut pas dire dureté.

— Que tu es belle !

— La fermeté n'empêche pas la beauté. »

Elle le serra très fort.

« Par contre, ça, ça m'a l'air plutôt dur, fit-elle avec un sourire.

— Je connais un excellent moyen d'y remédier. Tu veux que je te montre ?

— Oui. Montre-moi. »

Ils refirent l'amour.

Submergée par des vagues de plaisir successives, elle était certaine, désormais, que tout se passerait bien. L'acte d'amour la rassurait et lui donnait confiance dans l'avenir. Bruno Frye n'était pas sorti de sa tombe. Elle n'était pas pourchassée par un mort vivant. Il y avait une explication logique. Demain, ils verraient le docteur Rudge et Rita Yancy, et ils apprendraient ce qui se cachait derrière le mystère du sosie de Frye. Ils recueilleraient suffisamment de preuves et d'informations pour aider la police, et le double serait découvert et arrêté. Le danger serait écarté et, ensuite, elle resterait avec Tony et plus rien ne pourrait lui arriver. Plus rien ne pourrait la faire souffrir. Ni Bruno Frye ni personne d'autre. Enfin, elle était heureuse et en sécurité.

Un peu plus tard, alors qu'elle était sur le point de s'endormir, elle entendit un violent coup de tonnerre éclater au-dessus de la maison. Une étrange idée lui traversa l'esprit :

Ce coup de tonnerre est un avertissement. C'est un signe. Il me dit d'être prudente et de ne pas me sentir trop sûre de moi.

Mais, avant d'avoir pu analyser cette pensée plus à fond, elle sombra comme une masse dans le sommeil.

Frye prit la direction du nord. Il longea d'abord la mer puis s'engagea dans l'intérieur des terres par l'autoroute.

La Californie venait de sortir d'une période de restriction de carburant. Les stations-service étaient ouvertes et on trouvait de l'essence à volonté. Sous les scalpels jumeaux de ses phares qui lui ouvraient la voie, l'autoroute était une artère de béton qui irriguait tout l'État.

Tout en conduisant, il se mit à penser à Katherine. La garce ! Qu'est-ce qu'elle fabriquait à St. Helena ? Est-ce qu'elle s'était installée dans la maison de la falaise ? Et si oui, avait-elle repris l'exploitation en main ? Allait-elle le contraindre à venir habiter avec elle ? Lui faudrait-il de nouveau vivre avec elle et lui obéir, comme par le passé ? Toutes ces questions étaient pour lui d'une importance capitale, même si, en fait, elles n'avaient guère de sens et il était impossible d'y apporter des réponses satisfaisantes.

Il était conscient de la confusion qui régnait dans son esprit. Malgré tous ses efforts, il ne parvenait pas à réfléchir sainement. Cette constatation l'épouvanta. Il se demanda s'il ne ferait pas mieux de s'arrêter au prochain parking pour dormir un peu. Au réveil, il aurait peut-être retrouvé toutes ses idées.

Mais il se rappela alors que Katherine-Hilary était déjà à St. Helena. La possibilité qu'elle lui tende un piège dans sa propre maison était bien plus grave que son incapacité temporaire à mettre de l'ordre dans ses pensées.

Il se posa fugitivement la question de savoir si la maison était encore vraiment à lui. Il était mort, après tout. Ou à moitié. On l'avait enterré. Du moins, on le pensait. Ses biens allaient être liquidés.

En songeant à l'étendue de ses pertes, Bruno s'emporta davantage encore contre Katherine ; elle lui avait pris tant de choses et laissé si peu. Elle l'avait tué. Elle l'avait privé de lui-même, le réduisant à la solitude, sans plus personne vers qui se tourner ou à qui parler, et voilà que maintenant, elle s'était installée chez lui.

Il écrasa la pédale de l'accélérateur. Le compteur marquait cent cinquante kilomètres à l'heure. Si un flic l'arrêtait pour excès de vitesse, il le tuerait. Avec son couteau, il le pourfendrait de part en part. Personne ne l'empêcherait d'arriver à St. Helena avant l'aube.

Il se posa nonchalamment la question de savoir si la raison [illegible] à lui. Il était mort après tout. Où était-il ? On l'avait enterré. Du moins, il le pensait. Ses [illegible] allaient être [illegible].

En songeant à l'étendue de ses pertes, Bruno s'emporta [illegible] contre Katherine ; elle lui avait pris tant de choses et laissé si peu. Elle l'avait [illegible] Elle l'avait privé de lui-même. Le réduisant à la solitude [illegible] qu'il partageait et voilà que maintenant, elle s'était installée chez lui.

Il écrasa la pédale de l'accélérateur. Le compteur indiquait cent cinquante kilomètres à l'heure. Si un flic l'arrêtait pour excès de vitesse, il le tuerait. Avec son couteau, il le voulait de toute façon. Personne ne l'empêcherait d'arriver à Ste Helena avant l'aube.

CHAPITRE VII

De peur d'être surpris par les veilleurs de nuit qui gardaient les chais, des hommes qui le croyaient mort, Bruno Frye n'entra pas dans la propriété avec son véhicule. Il le laissa sur la route, à plus d'un kilomètre et, à travers les vignes, gagna à pied la maison qu'il avait fait construire cinq ans auparavant.

La lueur froide et blanche de la lune qui luisait indirectement à travers les lambeaux de nuages l'éclairait juste assez pour qu'il puisse retrouver son chemin. Les collines arrondies étaient silencieuses. Il flottait dans l'air une vague odeur de sulfate de cuivre qu'on avait vaporisé pendant l'été contre le mildiou, mais, ce qui prédominait, c'était le frais parfum d'ozone de la pluie qui était tombée plus tôt dans la journée. Il n'y avait sans doute pas eu d'orage, seulement une averse ou des ondées, car le sol était mou et humide mais pas boueux.

Depuis une demi-heure, le ciel s'était légèrement éclairci. Ce n'était pas encore l'aube mais elle n'allait pas tarder à se lever.

Lorsqu'il atteignit la clairière au milieu des vignes, Bruno s'accroupit à l'abri d'une rangée d'arbustes et scruta les ténèbres qui entouraient la maison. Les fenêtres étaient noires. Rien ne bougeait. Pas un bruit, en dehors du chuchotement étouffé du vent.

Il resta immobile pendant quelques minutes sous le couvert des buissons. Il avait peur d'avancer, peur qu'elle l'attende à l'intérieur. Enfin, le cœur battant, il prit sur lui de quitter son refuge ; il se redressa et marcha vers la porte d'entrée.

Il avait une lampe de poche éteinte dans la main gauche et un couteau dans la droite. Il était prêt à bondir et à frapper au moindre signe de mouvement ; mais les seuls mouvements étaient les siens.

Sur le seuil, il posa sa lampe par terre, chercha sa clef dans la poche de sa veste, la fit tourner dans la serrure, ramassa sa lampe, ouvrit la porte d'un coup de pied, alluma sa torche et entra à la hâte, le dos courbé et le couteau pointé en avant.

Elle ne l'attendait pas dans l'entrée. Il alla de pièce en pièce ; regarda dans toutes les armoires, les placards, sous les lits et derrière les vitrines.

Elle n'était pas là. Peut-être était-il revenu à temps pour l'empêcher de mettre son plan à exécution.

Il resta planté au milieu de la salle de séjour, le couteau et la lampe toujours à la main, dirigés tous deux vers le sol. Il vacillait, épuisé, étourdi, perdu.

C'est dans de tels moments qu'il avait le plus désespérément besoin de se parler, de partager ses sentiments avec lui-même, pour démêler les idées confuses qui le troublaient et se remettre les idées en place. Mais il était mort ; plus jamais il ne pourrait le faire.

Mort.

Bruno se mit à trembler. Il pleurait.

Il était tout seul ; il avait peur et ne savait plus où il en était.

Pendant quarante ans, il avait posé à l'homme ordinaire et n'avait eu aucun mal à passer pour un homme normal. Cette époque était révolue. La moitié de lui-même était morte. C'était une perte trop considérable pour qu'il s'en remette jamais. Il n'avait plus assez de confiance en lui. Sans cette autre moitié vers qui se tourner et à qui demander conseil, il n'avait plus la force de continuer cette comédie.

Mais cette salope était à St. Helena. Quelque part. Il n'arrivait pas à trier ses idées et à se ressaisir, mais il était sûr d'une chose : il fallait qu'il la trouve et qu'il la tue. Il fallait qu'il s'en débarrasse une bonne fois pour toutes.

Le petit réveil de voyage était réglé sur sept heures.

Tony se réveilla une heure avant qu'il sonne. Brusquement éveillé, il s'assit sur le lit, se rappela où il était et se recoucha. Allongé sur le dos dans le noir, les yeux perdus dans l'obscurité du plafond, il écouta la respiration d'Hilary.

C'est un cauchemar qui l'avait tiré de son sommeil. Un rêve affreux, peuplé de maisons mortuaires, de tombes, de cercueils ; un de ces rêves fuligineux sur lesquels plane l'ombre menaçante de la mort. Des couteaux. Des coups de feu. Du sang. Des vers géants qui sortaient des murs et qui grouillaient dans les yeux hallucinés des cadavres. Des morts vivants qui parlaient de crocodiles. Sa vie avait été menacée à plusieurs reprises mais, à chaque fois, Hilary s'était interposée entre son agresseur et lui. A chaque fois, elle était morte pour lui.

Quelle saloperie de rêve !

Il avait peur de la perdre. Il l'aimait plus qu'il n'aurait su le dire. C'était un homme intelligent et, d'ordinaire, il n'avait généralement aucun mal à exprimer ses émotions. Mais là, les mots lui manquaient pour décrire convenablement la profondeur et la nature de ses sentiments. Il ne pensait pas que de tels mots existaient ; tous ceux qu'il connaissait étaient grossiers, maladroits, ridiculement inadéquats. Si Hilary devait lui être enlevée, la vie continuerait, bien sûr, mais au prix de quel effort, de quelle souffrance et de quel chagrin ?

Les yeux au plafond, il se dit de ne pas se mettre martel en tête. Ce rêve n'était ni un mauvais présage ni un rêve prémonitoire. C'était un rêve, c'est tout. Un cauchemar.

Loin dans la vallée, un train siffla longuement par deux fois. Un long hululement sinistre et funèbre ; il remonta la couverture sur son menton.

Bruno pensa que Katherine devait l'attendre chez elle. Toujours muni de sa lampe de poche et de son arme, il quitta sa demeure et traversa les vignes.

Les premières lueurs de l'aube blanchissaient déjà la vallée ; la nuit reculait ; le ciel n'était pas encore bleu mais n'était plus noir. Il n'utilisa pas le téléphérique car, pour mettre le système en route, il aurait fallu monter au premier étage du siège administratif où la station inférieure occupait un coin du bâtiment. Il n'osait pas s'y risquer car l'endroit devait pulluler d'espions de Katherine. Non, il voulait s'introduire dans la maison sans être vu ; le seul moyen d'y parvenir était d'emprunter l'escalier creusé dans la falaise.

Il commença par grimper rapidement les marches deux à deux, mais s'aperçut très vite qu'il valait mieux faire attention. L'escalier se délabrait ; contrairement au téléphérique, il n'avait jamais été entretenu. Des années de pluies, de vent et de canicule avaient attaqué le ciment qui maintenait les pattes de scellement dans la falaise. Chaque fois qu'il montait une marche, le ciment s'effritait et de menus éclats roulaient jusqu'en bas. Il faillit perdre l'équilibre, tomber à la renverse et basculer sur le côté à plusieurs reprises. La rampe était en très mauvais état et manquait même complètement par endroits ; pas question, donc, de s'y fier. Lentement, précautionneusement, il gravit les marches une à une et prit pied au sommet de la falaise.

La pelouse était envahie par les mauvaises herbes. Les rosiers, jadis si soigneusement entretenus, avaient proliféré dans toutes les directions et n'étaient plus aujourd'hui qu'un fouillis de buissons épineux sans plus la moindre fleur.

Bruno entra dans la demeure croulante et inspecta méthodiquement les pièces humides, tissées de toiles d'araignées et tapissées de poussière, d'où montait l'odeur de la moisissure qui avait attaqué les tapis et les tentures. La maison était bourrée de meubles et d'objets anciens mais ne renfermait rien d'inquiétant. Katherine n'était pas là non plus.

Il se demanda si c'était un bien ou un mal. Elle ne s'était pas réinstallée ici. Elle ne l'avait pas supplanté pendant son absence. C'était bon signe. Il se sentait soulagé. Mais, d'un autre côté, où diable était-elle ?

Il était en proie à un trouble grandissant. Ses facultés de raisonnement avaient déjà commencé à l'abandonner depuis un bon moment, mais voilà qu'il ne pouvait plus se fier à ses cinq sens. Parfois, il croyait entendre des voix, qu'il poursuivait dans toute la maison, et s'apercevait finalement que c'était lui qui marmonnait tout seul. D'autres fois, ce n'était plus du tout une odeur de moisi qui flottait en l'air mais le parfum préféré de sa mère ; un instant plus tard, la sensation avait disparu. De même, quand il regardait les tableaux familiers accrochés au mur, il était incapable de distinguer ce qu'ils représentaient ; formes et couleurs refusaient de se mettre en place et son regard restait perplexe devant le moindre détail. Il resta longtemps devant une toile qu'il savait être un paysage avec un arbre et des fleurs des champs, incapable de dire s'ils étaient bien là ; il se rappelait seulement qu'il devait y avoir un arbre et des fleurs. Tout ce qu'il y voyait, c'était un barbouillage informe, des taches, des lignes, des contours qui ne voulaient rien dire.

Il s'efforça de ne pas céder à la panique. Il tenta de se persuader que son désarroi n'était que la conséquence d'une nuit sans sommeil passée au volant de sa camionnette. Ses paupières étaient lourdes, douloureuses ; ses yeux rouges et brûlants. Le cou raide, il avait mal partout. Il avait tout simplement besoin de dormir. Quand il se réveillerait, il aurait à nouveau les idées claires. Voilà ce qu'il ne cessait de se répéter, ce qu'il lui fallait croire à tout prix.

Après avoir inspecté toute la maison, il monta au grenier, la grande pièce au plafond mansardé où il avait vécu si longtemps. Dans la clarté blanchâtre de sa torche, il vit le lit dans lequel il avait dormi tant qu'il avait vécu là.

Il y était étendu, les yeux clos, comme s'il dormait. Mais, bien sûr, ses paupières étaient cousues et la chemise de nuit n'était pas une chemise de nuit, mais le linceul dans lequel Avril Tannerton l'avait enveloppé. Parce qu'il était mort. Elle l'avait poignardé et tué, cette hyène puante. Il était mort et froid comme une pierre depuis une semaine.

Bruno était trop las pour donner libre cours à son chagrin. Il s'avança vers le grand lit et s'allongea à côté de lui.

Il puait. Une puissante odeur de produit chimique. Les draps étaient tachés et imbibés du liquide noir qui coulait lentement du cadavre.

Bruno n'y prit même pas garde. Son côté était sec. Et même s'il était mort, s'il ne parlerait plus et ne rirait plus jamais, il se sentit mieux du seul fait d'être couché à ses côtés.

Il avança la main et se toucha. Il toucha la main froide et raidie et la prit dans la sienne. La solitude s'allégea un peu. Bruno ne se sentait pas entier, bien entendu. Il ne pourrait plus jamais se sentir entier puisqu'une moitié de lui-même était morte. Cependant, étendu près de son cadavre, il ne se sentait pas seul non plus.

Ayant pris soin de laisser la lampe allumée pour dissoudre un peu les ténèbres du grenier aux volets fermés, il s'endormit.

Le cabinet du docteur Nicholas Rudge était situé au dix-neuvième étage d'un gratte-ciel édifié au cœur de San Francisco. Apparemment, pensa Hilary, ou bien l'architecte n'avait jamais entendu parler de tremblement de terre, ou bien il avait conclu un pacte avec le diable. L'un des murs du cabinet était constitué d'une grande plaque vitrée, divisée en trois énormes panneaux par deux minces montants métalliques, au-delà de laquelle on voyait la ville, déployée sur les collines, la baie, le Golden Gate et les derniers vestiges du brouillard de la nuit. Le vent vif du Pacifique dissipait rapidement les nuages et le ciel bleu gagnait du terrain à chaque minute. La vue était saisissante.

Face au mur vitré, à l'autre bout de la grande pièce, six fauteuils confortables étaient disposés autour d'une table basse en teck. C'était manifestement là que se déroulaient les séances de thérapie. Ils s'y assirent tous les trois.

Rudge était un homme affable qui avait le don de faire croire à ses interlocuteurs qu'ils étaient les êtres les plus charmants et les plus intéressants qu'il rencontrait depuis fort longtemps. Chauve, aussi chauve qu'on peut l'être (comme une boule de billard, un œuf, etc.), il avait en revanche une moustache et une barbe bien taillées. Il portait un costume trois pièces, avec cravate et pochette assorties, mais n'avait rien d'un banquier ni d'un dandy. Il faisait distingué et sérieux et, pourtant, il paraissait aussi décontracté que s'il avait été en tenue de tennis.

Joshua lui fit le résumé de tout ce qu'il savait, puis se lança dans un petit discours, qui parut fort divertir Rudge, sur le devoir du psychiatre de protéger la société contre tout patient manifestant des tendances homicides. Au bout d'un quart d'heure, Rudge en avait appris suffisamment. Convaincu que le respect du secret professionnel n'était plus ni sage ni justifié en pareil cas, il se dit tout disposé à leur montrer son dossier sur Bruno Frye.

« Et pourtant, je dois vous avouer que si l'un de vous était venu me voir seul avec cette histoire incroyable, je n'y aurais pas cru une seconde. J'aurais même pensé que vous aviez besoin de mes services.

— Nous avons été jusqu'à envisager la possibilité que nous ayons perdu l'esprit tous les trois, déclara Joshua.

— Mais nous l'avons rejetée, ajouta Tony.

— Si vous avez l'esprit dérangé, alors nous serons quatre, car maintenant j'y crois, moi aussi », dit Rudge.

Rudge leur expliqua alors qu'au cours des derniers dix-huit mois, il avait vu dix-huit fois Bruno Frye pendant des séances de cinquante minutes. Après le premier rendez-vous, quand il s'était aperçu que son patient était gravement perturbé, il lui avait demandé de venir au moins une fois par semaine, car il jugeait le problème trop sérieux pour être résolu par des séances mensuelles. Mais Frye avait refusé.

« Comme je vous l'ai dit au téléphone, poursuivit Rudge, M. Frye était pris entre deux feux. Il souhaitait que je l'aide ; il voulait traiter le mal jusqu'à la racine, mais, en même temps, il avait peur de ce qu'il risquait de découvrir.

— Quel était son problème ? demanda Tony.

— Eh bien, à vrai dire, le problème lui-même — le nœud psychologique qui provoquait l'angoisse qui rongeait toute sa vie — résidait dans son subconscient. C'est pourquoi il avait besoin de moi. A la longue, nous aurions fini par le découvrir et peut-être le dénouer, si la thérapie avait réussi. Mais nous n'en sommes jamais arrivés là. Je ne puis donc pas vous dire ce qui n'allait pas chez lui, exactement, parce qu'en réalité, je l'ignore. Mais je pense que vous voulez plutôt savoir pourquoi

M. Frye est venu me trouver, ce qui lui a fait prendre conscience qu'il avait besoin d'aide.

— Oui, dit Hilary. En tout cas, c'est un point de départ. De quoi souffrait-il ?

— Le plus grave — du moins, pour monsieur Frye — était un cauchemar récurrent qui le terrifiait. »

Sur la table basse placée devant eux, il y avait un magnétophone et deux piles de cassettes, quatorze bandes dans l'une, quatre dans l'autre. Rudge se pencha en avant et prit une des cassettes de cette dernière pile.

« J'enregistre toutes mes consultations, dit-il. Voici les bandes des séances de M. Frye. Hier soir, après ma conversation téléphonique avec vous, M. Rhinehart, j'ai écouté certaines bandes pour voir si je pouvais y trouver un choix représentatif. J'avais dans l'idée que vous alliez me persuader de vous montrer mon dossier et j'ai pensé qu'il serait aussi bien que vous écoutiez Bruno Frye vous décrire ses troubles lui-même.

— Parfait, dit Joshua.

— Voici d'abord un enregistrement de la première séance. Pendant les quarante premières minutes, il n'a presque rien dit. C'était très curieux. Il paraissait très calme et sûr de lui, mais je me rendais compte qu'il avait peur et qu'il essayait de dissimuler ses véritables sentiments. Il avait peur de parler. Il a failli se lever et partir, mais j'ai continué à le travailler en douceur. Pendant les dix dernières minutes, il a fini par me dire pourquoi il venait me voir. Il a fallu lui arracher les mots un à un. Tenez, écoutez. »

Rudge enfonça la cassette dans le magnétophone et le mit en marche.

Quand Hilary entendit cette voix profonde et rocailleuse qui lui était devenue familière, elle sentit un frisson glacé courir le long de sa colonne vertébrale.

« C'est à cause de ce malaise.

— Quel genre de malaise ?

— La nuit.

— Oui ?

— Toutes les nuits.

— Vous voulez dire que vous avez du mal à dormir ?

— Oui. Ça aussi.

— *Vous ne pourriez pas être un peu plus précis ?*
— *Je fais ce rêve.*
— *Quel sorte de rêve ?*
— *Un cauchemar.*
— *Le même toutes les nuits ?*
— *Oui.*
— *Et ça dure depuis combien de temps ?*
— *D'aussi loin que je me souvienne.*
— *Un an ? Deux ?*
— *Non, non. Bien plus longtemps.*
— *Cinq ans ? Dix ans ?*
— *Trente ans, au moins. Peut-être davantage.*
— *Vous faites le même cauchemar toutes les nuits depuis trente ans ?*
— *Oui.*
— *Toutes les nuits ?*
— *Oui. Sans aucun répit.*
— *De quoi rêvez-vous ?*
— *Je n'en sais rien.*
— *Ne fuyez pas.*
— *Je ne cherche pas à fuir.*
— *Vous voulez me le dire ?*
— *Oui.*
— *C'est pour ça que vous êtes ici. Alors, racontez-moi.*
— *Je voudrais bien, mais je ne m'en souviens jamais.*
— *Comment pouvez-vous dire que vous faites le même rêve toutes les nuits si vous ne vous en rappelez jamais ?*
— *Je me réveille en hurlant. Je sais que c'est un rêve qui m'a réveillé, mais je n'arrive pas à m'en souvenir.*
— *Alors, comment savez-vous que c'est toujours le même ?*
— *Je le sais. C'est tout.*
— *Ce n'est pas suffisant.*
— *Pour quoi ?*
— *Pour me convaincre qu'il s'agit toujours du même rêve. Puisque vous êtes tellement certain que c'est toujours le même rêve qui revient toutes les nuits, c'est que vous avez d'autres arguments que ceux-là.*
— *Si je vous disais...*
— *Oui ?*
— *Vous allez penser que je suis fou.*

— Je n'emploie jamais ce mot.

— Ah bon ?

— Non.

— Eh bien, chaque fois qu'un cauchemar me réveille... j'ai comme l'impression que quelque chose rampe sur mon corps.

— Quelque chose ?

— Je ne sais pas. Je n'arrive jamais à m'en souvenir. Mais j'ai l'impression que quelque chose essaye de pénétrer dans mon nez et dans ma bouche. Quelque chose de répugnant, qui tire sur mes paupières pour essayer de me faire ouvrir les yeux. Quelque chose que je sens bouger sous mes vêtements. Courir dans mes cheveux. Partout. Quelque chose qui rampe, qui s'accroche... »

Dans le cabinet, tous les regards étaient braqués sur le magnétophone.

La voix de Frye était véritablement empreinte de terreur.

Hilary pouvait presque voir ses traits déformés par la peur, ses yeux écarquillés, sa peau claire et la sueur ruisselant sur son front.

La bande continuait à se dévider.

« Ce quelque chose, cette chose, il n'y en a qu'une ?

— Je ne sais pas.

— Ou bien y en a-t-il un grand nombre ?

— Je ne sais pas.

— Que ressentez-vous, quand cela se produit ?

— C'est... affreux... horrible.

— Pourquoi disons... cette chose chercherait-elle à pénétrer dans votre corps ?

— Je n'en sais rien.

— Et vous dites que vous avez systématiquement cette sensation chaque fois que vous sortez de votre rêve ?

— Oui. Pendant une minute ou deux.

— Ressentez-vous autre chose, en dehors de ça ?

— Oui. Mais ce n'est pas une sensation. C'est un bruit.

— Quel genre de bruit ?

— Des murmures.

— Vous voulez dire que vous vous réveillez et que vous croyez entendre des gens murmurer ?

— C'est ça. Des murmures, des murmures, des murmures. Tout autour de moi.

— Qui sont ces gens ?

— Je ne sais pas.

— Qu'est-ce qu'ils chuchotent, comme ça, à voix basse ?

— Je ne sais pas.

— Vous n'avez pas l'impression qu'ils essaient de vous dire quelque chose ?

— Oui, mais je n'arrive pas à comprendre.

— Vous n'avez pas une théorie, une idée ? Ne pouvez-vous avancer une hypothèse ?

— Je n'arrive pas à distinguer les paroles, mais je sais qu'ils disent des choses méchantes.

— Méchantes ? Comment ça, méchantes ?

— Pour me menacer. Parce qu'ils me détestent.

— Des murmures menaçants ?

— Oui.

— Et combien de temps cela dure-t-il ?

— Presque aussi longtemps que... que ce qui court... et qui rampe sur moi.

— Environ une minute ?

— Oui. Vous trouvez que je suis fou ?

— Absolument pas.

— Allez, allez ! Vous ne me ferez pas croire qu'après tout ce que je vous ai dit...

— J'ai entendu des histoires bien plus étranges que la vôtre, croyez-moi, monsieur Frye.

— Je persiste à croire que si je pouvais savoir ce que disent ces murmures et ce qu'est cette chose qui rampe sur moi, j'arriverais à me souvenir de mon rêve. Peut-être qu'à ce moment-là, je ne le ferais plus.

— C'est justement de cette façon que nous allons essayer d'appréhender la question.

— Est-ce que vous pouvez m'aider ?

— Le résultat dépend en grande partie de votre désir de vous en sortir.

— Oh ! je veux m'en débarrasser ! De toutes mes forces.

— Dans ce cas, on y arrivera peut-être.

— Je vis avec ça depuis si longtemps, mais... je n'ai

jamais pu m'y habituer. Je redoute le moment de m'endormir. Je le redoute toutes les nuits.

— Vous avez déjà suivi une psychothérapie ?

— Non.

— Pourquoi ?

— J'avais peur.

— De quoi ?

— De... de ce que vous pourriez découvrir.

— Et pourquoi en aviez-vous peur ?

— Parce que... parce que ça peut être quelque chose de... de gênant.

— Ne vous faites pas de souci pour moi.

— Mais de gênant pour moi aussi.

— Je suis médecin. Je suis là pour vous écouter et vous aider. Si vous... »

Le docteur Rudge retira la cassette de l'appareil et dit :

« Un cauchemar récurrent, cela n'a rien d'extraordinaire. Mais un cauchemar suivi de sensations tactiles et d'hallucinations auditives, c'est déjà moins courant.

— Et malgré tout cela, il ne vous a pas donné l'impression d'être dangereux ? demanda Joshua.

— Grands dieux, non ! s'exclama Rudge. Il était à juste titre épouvanté par un cauchemar, c'est tout. Et le fait qu'il ait eu l'impression que ce cauchemar se prolongeait au-delà du réveil montre à quel point ce devait être un cauchemar particulièrement horrible, quelque chose de réprimé profondément enfoui dans son subconscient. Mais les cauchemars sont souvent une façon très saine de lâcher psychologiquement du lest. Il ne manifestait aucun signe de psychose. Il ne paraissait pas confondre rêve et réalité. Il établissait une frontière très nette entre les deux.

— Cette frontière n'était peut-être pas aussi nette qu'il voulait bien le dire ?

— Il m'aurait fait avaler des couleuvres ?

— Est-ce impossible ?

— La psychologie n'est pas une science exacte, fit Rudge en hochant la tête. Et la psychiatrie encore bien moins. Oui, il a pu m'abuser, d'autant que je ne le voyais qu'une fois par mois et que je n'avais donc pas l'occasion d'observer des variations d'humeur et de personnalité qui m'auraient mieux parlé si j'avais eu avec lui des contacts hebdomadaires.

— A la lumière de ce que M. Rhinehart vous a dit tout à l'heure, avez-vous l'impression qu'il vous a mystifié ? demanda Hilary.

— Ça m'en a tout l'air, hein ? » dit Rudge avec un sourire morne.

Il prit la seconde cassette et la glissa dans le magnétophone.

« Vous ne m'avez jamais parlé de votre mère.

— Pour en dire quoi ?

— C'est ce que je vous demande.

— Vous ne savez faire que ça, dites-moi, poser des questions ?

— Avec certains patients, je n'ai pratiquement pas besoin d'en poser. Quand ils ont commencé à parler, il n'y a plus moyen de les arrêter.

— Ah ouais ? Je me demande bien de quoi ils peuvent parler.

— De leur mère, le plus souvent.

— Vous devez finir par trouver ça rasant.

— Du tout. Parlez-moi de votre mère.

— Elle s'appelait Katherine.

— Et puis ?

— Je n'ai absolument rien à dire sur elle.

— On a tous quelque chose à dire sur notre mère... et notre père. »

Il y eut alors un silence qui dura près d'une minute. La bande s'enroulait en produisant un petit sifflement.

« J'attendais qu'il parle, expliqua Rudge. Il va reprendre dans un instant. »

« Docteur Rudge ?

— Oui.

— Est-ce que vous croyez... ?

— Quoi donc ?

— Est-ce que vous croyez que les morts le restent ?

— Vous voulez savoir si je suis croyant ?

— Non. Je voulais dire... est-ce que vous croyez qu'une personne peut mourir puis... ressortir de sa tombe ?

— Comme un fantôme ?

— Oui. Vous croyez aux fantômes ?

— Et vous ?

— C'est moi qui vous ai posé la question.

— Non, M. Frye, je n'y crois pas. Et vous ?

— Je ne sais pas trop.

— Vous avez déjà vu un fantôme ?

— Je n'en suis pas sûr.

— Qu'est-ce que cela a à voir avec votre mère ?

— Elle m'avait dit qu'elle... qu'elle reviendrait des morts.

— Quand vous a-t-elle dit ça ?

— Oh ! des milliers de fois ! Elle le répétait tout le temps. Elle disait qu'elle en connaissait le moyen. Elle disait qu'elle me surveillerait après sa mort et que, si je me conduisais mal et ne faisais pas ce qu'elle voulait, elle reviendrait et me le ferait regretter.

— Et vous l'avez crue ?

— ...

— Vous l'avez crue ?

— ...

— M. Frye ?

— Parlons d'autre chose. »

« Seigneur ! s'écria Tony. Voilà d'où lui venait cette certitude que Katherine était revenue. Elle lui a mis cette idée dans la tête avant de mourir !

— Mais quel était son but, au nom du Ciel ? dit Joshua en se tournant vers Rudge. Quel genre de rapport avaient-ils tous les deux ?

— C'est précisément ce qui est au cœur du problème. Mais nous n'avons jamais pu le cerner. J'espérais toujours arriver à le faire venir chaque semaine, mais il résistait... et ensuite, il est mort.

— Êtes-vous revenu par la suite sur cette histoire de fantômes, au cours des séances suivantes ? demanda Hilary.

— Oui. Dès sa deuxième visite, il est revenu sur ce qu'il avait dit. Les morts le restaient et seuls les fous et les enfants croyaient le contraire. Les fantômes, les zombies, tout cela n'existait pas. Il voulait que je sache qu'il n'avait jamais cru Katherine quand elle lui disait qu'elle reviendrait.

— Mais il mentait, remarqua Hilary. Il y croyait.

— C'est ce qu'il semblerait », dit Rudge en glissant la troisième cassette dans le magnétophone.

« Docteur, de quelle religion êtes-vous ?

— Ma famille était catholique.

— Vous êtes toujours croyant ?

— Oui.

— Vous allez à l'église ?

— Oui. Et vous ?

— Non. Vous allez à la messe tous les dimanches ?

— Presque.

— Vous croyez au paradis ?

— Oui. Pas vous ?

— Si. Et à l'enfer ?

— Et vous, M. Frye, qu'en pensez-vous ?

— Eh bien, si le paradis existe, l'enfer aussi.

— Certains prétendent que l'enfer est sur terre.

— Non. Il y a autre chose, avec du feu, des flammes partout. Et s'il y des anges…

— Oui ?

— Il y a forcément des démons. C'est dans la Bible.

— On peut être bon chrétien sans prendre tout ce qu'il y a dans la Bible au pied de la lettre.

— Savez-vous quelles sont les marques d'un démon ?

— Les marques ?

— Oui. Par exemple, quand un homme ou une femme conclut un pacte avec le diable, celui-ci leur applique une marque. Ou encore, s'il les possède d'une façon ou d'une autre, il les marque, comme on marque du bétail.

— Vous croyez vraiment qu'on peut faire un pacte avec le diable ?

— Quoi ? Oh ! non ! Non, ce sont des histoires, des âneries. Mais certaines personnes y croient. Beaucoup, même. Quant à moi, je trouve ça intéressant. Une telle

démarche me fascine. J'ai lu beaucoup de livres sur l'occultisme, rien que pour essayer de savoir quels étaient les gens qui prêtaient foi à toutes ces choses. Je voulais savoir comment fonctionnait leur esprit. Vous comprenez ?

— Vous parliez de marques que les démons laissent sur leurs créatures.

— Ouais. C'est quelque chose que j'ai lu récemment. Rien d' important.

— Dites-moi.

— Eh bien, voyez-vous, on dit qu'il y a des centaines et des centaines de démons en enfer. Des milliers, peut-être. On dit aussi que chacun d'eux à sa propre marque, qu'il imprime sur ceux dont il revendique l'âme. Au Moyen Âge, par exemple, on croyait qu'une tache de vin sur le visage était une des marques du diable. Il y avait aussi le fait de loucher. Un troisième sein. Ce n'est pas aussi rare que ça. Pour certaines personnes, c'était la marque du démon. Comme le chiffre 666. C'est la marque du chef de tous les démons, Satan. Ses suppôts ont le chiffre 666 imprimé au fer rouge sur la peau, sous les cheveux, là où on ne peut pas le voir. Je veux dire que c'est ce que pensent les vrais disciples. Les jumeaux... également, voilà encore un signe de possession diabolique.

— Les jumeaux ? Là aussi, il faudrait y voir la marque du diable ?

— Comprenez-moi bien. Je n'ai jamais dit que je croyais à tout ça. Ce sont des foutaises. Je vous dis simplement ce que certains croient, des dingues.

— Je comprends.

— Je vous embête...

— Non. Je trouve ça aussi fascinant que vous. »

Rudge arrêta le magnétophone.

« Un mot avant de le laisser continuer. Je l'ai encouragé à parler d'occultisme parce que je pensais que c'était seulement un jeu intellectuel pour lui, une façon d'exercer son esprit en vue de se colleter avec ses propres problèmes. Je dois avouer que je l'ai cru quand il m'a dit qu'il ne prenait pas ces choses au sérieux.

— En fait, il y croyait dur comme fer, dit Hilary. Il prenait même tout ça très au sérieux.

— Il semblerait. Mais, à l'époque, je pensais que c'était une sorte de jeu intellectuel pour essayer de mieux affronter ses problèmes, une façon de se les figurer. Mieux il arriverait à s'expliquer comment fonctionnaient les processus de pensée apparemment irrationnels de gens aussi bizarres que des satanistes convaincus, plus facilement il trouverait une explication à ce qu'il pouvait y avoir d'irrationnel en lui. Rien de plus facile ensuite que de s'expliquer le rêve dont il n'arrivait jamais à se rappeler. Du moins, c'est ce que je me disais. Mais je me suis complètement trompé. Bon Dieu, si seulement il était venu plus souvent ! »

Rudge remit le magnétophone en marche.

« Vous dites que les jumeaux sont l'œuvre du démon ?

— Oui. Pas tous, bien sûr. Uniquement certains jumeaux.

— Lesquels, par exemple ?

— Les frères siamois. Il y en a qui disent que c'est la marque du démon.

— Oui. On conçoit qu'une telle superstition ait pu naître.

— Il arrive parfois que des jumeaux naissent coiffés. C'est très rare. Un, encore, mais pas tous les deux. Dans ce cas, on peut être pratiquement certain que c'est la marque du démon. Enfin, c'est ce qu'on dit. »

Rudge retira la cassette du magnétophone.

« Je ne sais pas si ce qu'il vient de dire cadre avec ce qui vous est arrivé à tous les trois. Mais, étant donné que Bruno Frye semble avoir eu un double, cette histoire de jumeaux doit vous intéresser. »

Le regard de Joshua courut de Tony à Hilary.

« Mais, si Mary Gunther a eu deux enfants, pourquoi Katherine n'en a-t-elle ramené qu'un avec elle ? Pourquoi aurait-elle menti en disant qu'il n'y en avait qu'un seul ? Ça ne tient pas debout.

— Je ne sais pas, fit Tony d'un air indécis. Mais je vous ai déjà dit que son histoire me semblait un peu trop cousue de fil blanc.

— Avez-vous trouvé l'acte de naissance de Bruno Frye ? demanda Hilary.

— Pas encore. Rien dans aucun de ses coffres. »

Rudge prit alors la dernière des quatre cassettes, qu'il avait mise à part, et annonça :

« Voici l'enregistrement du dernier entretien que j'ai eu avec Bruno Frye, il y a trois semaines. Il avait fini par accepter que je l'hypnotise pour l'aider à se rappeler son rêve. Toutefois, il était méfiant. Il m'avait fait promettre de limiter l'éventail de mes questions et ne m'avait autorisé à ne l'interroger que sur son rêve. Le passage que j'ai sélectionné débute après qu'il fut entré en transe. Je l'avais fait régresser. Oh ! pas très loin ! A la nuit précédente. Au moment de son dernier rêve. »

« Que voyez-vous, Bruno ?

— Ma mère. Et moi.

— Continuez.

— Elle me tire.

— Où êtes-vous ?

— Je ne sais pas. Mais je suis petit.

— Petit ?

— Oui. Petit garçon.

— Et votre mère vous oblige à aller quelque part ?

— Oui. Elle me traîne par la main.

— Où vous emmène-t-elle ?

— Vers… vers la porte. La porte ! Empêchez-la de l'ouvrir ! Ne la laissez pas faire !

— Du calme. Du calme. Parlez-moi de cette porte. Où mène-t-elle ?

— En enfer.

— Comment le savez-vous ?

— Elle est dans la terre.

— La porte est dans la terre ?

— Pour l'amour de Dieu, empêchez-la de l'ouvrir ! Empêchez-la de m'enfermer là-dedans. Non ! Non ! Je ne veux pas y retourner !

— Allons. Calmez-vous. Il n'y a aucune raison d'avoir peur. Détendez-vous, M. Frye. Vous êtes détendu ?

— Ou… oui.

— Très bien. Maintenant, sans vous énerver et sans vous précipiter, racontez-moi ce qui se passe ensuite. Vous êtes devant cette porte avec votre mère. Que se passe-t-il ?

— Elle... elle... l'ouvre.
— Continuez.
— Elle me pousse.
— Continuez.
— Elle me pousse... à travers la porte.
— Ensuite ?
— Elle claque la porte... la ferme à clef.
— Elle vous enferme ?
— Oui.
— Comment est-ce à l'intérieur ?
— Sombre.
— Mais encore ?
— Sombre. C'est tout noir.
— Vous devez tout de même distinguer quelque chose.
— Non. Rien.
— Ensuite, que se passe-t-il ?
— J'essaie de sortir.
— Et alors ?
— La porte est trop lourde. Trop solide.
— M. Frye, cette porte, est-ce seulement un rêve ?
— ... ?
— Est-ce seulement un rêve, M. Frye ?
— En tout cas, c'est ce que je rêve.
— Mais est-ce que c'est seulement un rêve ?
— ... ?
— Votre mère ne vous a-t-elle pas réellement enfermé dans le noir quand vous étiez petit ?
— Ou... oui.
— Dans la cave ?
— Dans la terre. Dans cette salle sous la terre.
— Combien de fois ?
— Tout le temps.
— Une fois par semaine ?
— Plus.
— C'était pour vous punir ?
— Oui.
— De quoi ?
— Pour... pour ne pas agir... et penser... comme il fallait.
— Que voulez-vous dire ?
— C'était une punition pour quand je me trompais, quand j'oubliais que j'étais seul.

— Vous ne l'étiez donc pas, le reste du temps ?
— Si. Seul. J'ai toujours été seul. Seul, quoi !
— Bon, passons. Nous en reparlerons tout à l'heure. Voyons maintenant ce qui se passe ensuite. Vous êtes enfermé dans cette pièce. Vous ne pouvez pas sortir... Ensuite, M. Frye ?
— J'ai p... p... peur.
— Non. Vous n'avez pas peur. Vous êtes très calme, détendu, vous n'avez absolument pas peur. Vous êtes calme, n'est-ce pas ?
— Euh... oui.
— D'accord. Que se passe-t-il quand vous tentez d'ouvrir la porte ?
— Je n'y arrive pas. Alors, je reste sur la dernière marche et je regarde en bas dans le noir.
— Il y a des marches ?
— Oui.
— Où vont-elles ?
— En enfer.
— Est-ce que vous les descendez ?
— Non ! Je reste... je reste en haut sur la dernière, c'est tout. Et je ... j'écoute.
— Qu'entendez-vous ?
— Des voix.
— Que disent-elles ?
— Ce sont juste... des murmures. Je ne comprends pas ce qu'elles disent. Mais... elles approchent... elles deviennent plus fortes. Elles se rapprochent de plus en plus. Elles viennent des marches. Maintenant, elles sont tout près !
— Qu'est-ce qu'elles disent ?
— Des chuchotements. Tout autour de moi.
— Mais que disent-ils, ces chuchotements ?
— Rien. Ça ne veut rien dire.
— Ecoutez bien.
— Ce ne sont pas des mots.
— Pas des mots ? Alors qui parle ? Qui chuchote ?
— Oh, mon Dieu ! Ecoutez ! Mon Dieu !
— Qui chuchote comme ça ?
— Pas des gens. Non. Non ! Pas des gens !
— Ce ne sont pas des gens qui chuchotent ?

— Chassez-les ! Chassez-les !
— Pourquoi vous passez-vous la main partout ?
— Parce que j'en ai partout !
— Il n'y a rien sur vous.
— Partout !
— Restez étendu, M. Frye. Attendez...
— Oh ! mon Dieu !
— Restez allongé, M. Frye.
— Mon Dieu, mon Dieu, mon Dieu, mon Dieu !
— Je vous ordonne de rester allongé.
— Seigneur, aidez-moi ! Aidez-moi !
— Ecoutez-moi, M. Frye. Vous...
— Faut les chasser ; il faut que je les chasse !
— M. Frye, tout va bien. Détendez-vous. Il n'y a déjà plus rien.
— Non ! Il y en a de plus en plus ! Partout ! Ah ! Non ! Non !
— Il n'y a plus rien. Les voix s'en vont, diminuent. Elles...
— Non, elles sont encore plus fortes ! Il y en a de plus en plus ! De plus en plus fort ! Des milliers de chuchotements !
— Calmez-vous. Allongez-vous et...
— J'en ai dans le nez ! Oh ! mon Dieu ! Ma bouche !
— M. Frye ! »

On entendit soudain un son étrange, étranglé. Continu.

Hilary se serra frileusement les bras sous les aisselles. Elle était glacée.

« Il s'est levé d'un bond et a couru se réfugier dans un coin. Là-bas. Il s'est mis en boule et s'est caché la figure dans les mains », dit Rudge.

Sur la bande, on entendait toujours le même son geignard, irréel et nasillard.

« Mais vous l'avez tiré de sa transe ? dit Tony.

— D'abord, j'ai cru que je n'allais pas pouvoir le faire sortir de son rêve, déclara Rudge, un peu blême. Il ne m'était jamais arrivé une chose pareille. J'ai toujours eu de bons résultats, avec l'hypnose. Toujours. Pourtant, j'ai cru l'avoir perdu. Il a fallu du temps, mais il a fini par me répondre. »

C'était toujours la même mélopée monocorde sur la bande.

« Ce que vous entendez en ce moment, c'est Frye qui crie. Il crie mais la terreur lui a fait perdre la voix. Il essaye de crier, mais il a la gorge paralysée et parvient tout juste à pousser ces sortes de petits couinements. »

Joshua se leva et arrêta le magnétophone, la main tremblante.

« Vous pensez que sa mère l'enfermait vraiment dans le noir ?

— Oui, dit Rudge.

— Et qu'il y avait quelque chose, dans la cave ?

— Oui.

— Quelque chose qui produisait ces murmures ?

— Oui.

— Mais bon sang, qu'est-ce que ça pouvait bien être ? demanda Joshua en se passant la main dans les cheveux. Qu'est-ce qu'il y avait donc dans cette cave ?

— Je n'en sais rien, dit Rudge. J'espérais le découvrir au cours de la séance suivante. Mais je ne l'ai jamais plus revu. »

« Mon sentiment sur cette affaire est en train d'évoluer, déclara Tony, quand ils furent remontés tous les trois dans le Cessna de Joshua, volant vers le sud-est en direction de Hollister.

— Comment ça ? demanda Joshua.

— Eh bien au début, je voyais ou tout noir, ou tout blanc. Hilary était la victime. Frye le salopard. Mais maintenant... il me semble que Frye était, lui aussi, une victime.

— Je comprends ce que tu veux dire, murmura Hilary. Finalement, après avoir écouté ces bandes, je le plains.

— C'est bien joli mais vous oubliez qu'il est diablement dangereux, corrigea Joshua.

— N'est-il pas mort ?

— Qui sait ? »

Hilary avait écrit un scénario dont deux scènes se déroulaient à Hollister. Aussi connaissait-elle un peu la ville.

A première vue, Hollister ne diffère pas d'une centaine d'autres petites villes de Californie. Il y a des beaux quartiers et des ruelles infâmes. Des constructions neuves, de vieilles maisons. Des chênes et des palmiers, des lauriers-roses. Etant donné qu'on est là au cœur d'une des zones les plus sèches de l'État, il y a plus de poussière qu'ailleurs, mais ce ne devient gênant que lorsqu'il y a du vent.

Ce qui rend Hollister différente des autres villes, c'est son sous-sol. Les lignes de faille. La plupart des agglomérations californiennes sont construites sur une faille géologique, ou à proximité, une faille qui bouge de temps en temps, provoquant des tremblements de terre. Hollister n'est pas bâtie sur une faille, mais à la jonction de plusieurs, dont celle de San Andreas.

C'est une ville perpétuellement en mouvement. Tout au long de l'année, elle est ébranlée au moins une fois par jour. La plupart des secousses, naturellement, sont situées dans le bas ou sous le milieu de l'échelle de Richter. La ville n'a jamais été rasée. Mais cela suffit pour fissurer les trottoirs. Le sol peut être plan le lundi, légèrement déclive le mardi et presque à nouveau d'aplomb le mercredi. Certains jours, il se produit des secousses en chaîne qui agitent imperceptiblement la ville, parfois pendant une heure ou deux, seulement séparées par de brefs intervalles. Mais, de même que les gens qui habitent en haute montagne ne lèvent pas le nez dès qu'il tombe trois flocons, de même les habitants y font à peine attention. Au fil des années, du fait des mouvements perpétuels, certaines rues se sont complètement déformées. Des avenues qui, autrefois, étaient toutes droites, sont aujourd'hui légèrement incurvées et font même parfois des zigzags. Dans les magasins, les étagères sont posées de travers ou protégées d'un filet métallique pour empêcher les bouteilles et les boîtes de tomber chaque fois que la terre tremble. Certaines personnes voient leur maison s'enfoncer peu à peu dans le sol instable, mais le mouvement est si lent qu'elles ne s'affolent pas et ne se pressent pas pour chercher un autre logement. On se contente de réparer les fissures, de niveler le seuil et d'effectuer les petits ajustements nécessaires. Certains imprudents ajoutent parfois une pièce à leur maison sans songer que la pièce supplémentaire est située d'un côté de la faille et le reste de la maison de l'autre ; résultat, au bout de quelques années, la pièce rajoutée s'éloigne, avec la lenteur et l'obstination patiente d'une tortue, vers le nord, le sud, l'est ou l'ouest — cela dépend de la faille —, tandis que le reste de la maison demeure sur place ou glisse dans l'autre direction, phénomène imperceptible mais irréversible qui finit par détacher l'ajout du corps principal. Sous certains immeubles, se sont creusés des trous sans fond, des gouffres béants aux bords qui s'élargissent sans cesse, inexorablement ; un jour, les fondations s'écrouleront et les immeubles s'effondreront. D'ici là, il n'y a aucune raison d'aller habiter ailleurs. Beaucoup de gens seraient terrifiés à la seule idée de vivre dans une ville où (comme on dit là-bas), vous vous endormez en écoutant la terre se parler. Mais depuis des générations, les braves gens d'Hollister vivent, travaillent et vaquent à leurs occupations avec un sang-froid proprement étonnant.

C'est cela l'optimisme californien.

Rita Yancy habitait une petite maison avec un grand porche, qui faisait le coin d'une rue tranquille. Des fleurs d'automne, jaunes et blanches, bordaient l'allée qui menait à l'entrée.

Joshua sonna. Tony et Hilary attendaient derrière lui. Une femme âgée vint leur ouvrir. Les cheveux gris relevés en chignon, la figure ridée, mais les yeux, bleus, vifs et brillants. Elle avait un sourire accueillant. Elle portait une blouse bleue, un tablier blanc et de confortables chaussures de vieille dame.

« Qu'est-ce que c'est ? demanda-t-elle en s'essuyant les mains avec son torchon.

— Madame Yancy ? dit Joshua.

— C'est moi.

— Je suis Joshua Rhinehart.

— Je me doutais bien que vous alliez venir, fit-elle en hochant la tête.

— Il faut à tout prix que je vous parle.

— Vous n'avez pas l'air de lâcher facilement le morceau, hein ? Qu'est-ce qu'il faut faire pour se débarrasser de vous ?

— Je camperai devant votre porte tant que je n'aurai pas obtenu les réponses que je suis venu chercher.

— Ce ne sera pas nécessaire, soupira-t-elle. J'ai beaucoup réfléchi depuis votre coup de fil d'hier. J'en suis arrivée à la conclusion qu'on ne pouvait rien me faire. Absolument rien. J'ai soixante-quinze ans et on ne met pas les femmes de mon âge en prison. Je peux donc tout vous raconter ; sinon vous n'allez pas cesser de m'empoisonner l'existence. »

Elle s'écarta, ouvrit la porte toute grande et les fit entrer.

Dans le grenier, Bruno se réveilla en hurlant. Il faisait noir. Sa lampe de poche avait rendu l'âme pendant son sommeil.

Des murmures. Tout autour de lui.

Des murmures étouffés, chuintants, malfaisants.

Se frappant la figure, le cou, la poitrine et les bras pour essayer de se débarrasser des choses hideuses qui rampaient sur lui, Bruno tomba du grand lit. Il semblait y en avoir encore plus au niveau du sol ; des milliers de choses murmuraient, murmuraient. Il se mit à gémir et à sangloter en se plaquant une main sur le nez et les lèvres pour les empêcher de se faufiler dans sa bouche.

De la lumière. Des rais de lumière.

Des traits de lumière, minces comme des fils d'argent, qui traversaient de part en part le grenier autrement plongé dans le noir total. Peu nombreux, et ne donnant qu'une maigre lumière, mais c'était mieux que rien.

Il fonça à quatre pattes en direction de cette faible source de lumière, se débarrassant des choses qui rampaient sur lui comme un chien qui s'ébroue, et trouva une fenêtre. Les volets étaient fermés et seule une maigre lumière filtrait par les interstices.

Il se releva en vacillant et chercha la poignée à tâtons dans l'obscurité. Il la trouva enfin, mais elle refusa de tourner. Le métal était tout rouillé.

Il retourna vers le lit en titubant, sans cesser de crier et de battre des bras, s'empara de la lampe de la table de nuit, l'amena jusqu'à la fenêtre et, s'en servant comme d'un gourdin, fit voler la vitre en éclats. Il parvint à ouvrir les volets en secouant violemment le crochet qui les retenait. Quand, enfin, la lumière entra à flots, il se mit à pleurer de soulagement.

Les murmures s'éloignèrent.

Le salon de Rita Yancy, comme elle l'appelait, au lieu d'utiliser un nom plus moderne et moins évocateur, tel que living, était presque la caricature de celui dans lequel les braves petites vieilles comme elle étaient réputées passer leurs dernières années. Des rideaux de chintz ; des travaux de broderie accrochés partout sur les murs — principalement des maximes inspirées, entourées de guirlandes de fleurettes et d'envolées de petits oiseaux, parfaits exemples de bonne volonté, de bonne humeur et de mauvais goût ; des sièges garnis de glands et de fanfreluches ; des fauteuils à oreillettes ; des exemplaires du Reader's Digest posés sur un frêle guéridon ; une corbeille pleine de pelotes de laine et d'aiguilles à tricoter ; un tapis à fleurs protégé par un chemin semblablement fleuri ; des châles de laine jetés sur le canapé et, enfin, une pendule au tic-tac sourd trônant sur la cheminée.

Hilary et Tony s'assirent à l'extrême bord du canapé, comme s'ils craignaient de froisser les châles posés dessus. Hilary remarqua que les bibelots étaient tous soigneusement époussetés et astiqués. Elle avait l'impression que Rita Yancy se précipiterait sur son chiffon si quelqu'un faisait mine de toucher à ses précieux objets.

Joshua s'installa dans un fauteuil pourvu d'une têtière. Mme Yancy s'enfonça dans ce qui était manifestement son fauteuil favori, dont elle semblait avoir acquis plusieurs des caractéristiques. Hilary se prit à imaginer la vieille dame et son fauteuil sous les traits d'une seule et même créature, avec six pieds et une peau de velours gratté.

La vieille dame prit le châle en tricot bleu et vert qui était plié à ses pieds sur un tabouret et l'étala sur ses genoux. Il y eut un moment de silence absolu où la pendule elle-même sembla marquer une pause, comme si le temps s'était arrêté ; figée dans le silence, la scène n'aurait pas été plus étrange s'ils avaient été transportés comme par magie, eux et tout le salon, sur une lointaine planète pour être exhibés à titre de spécimens dans un musée extra-galactique d'anthropologie terrienne.

Rita Yancy parla enfin et ses paroles démolirent totalement l'image de brave petite vieille respectable qu'Hilary s'était faite d'elle.

« Je n'irai pas par quatre chemins. Je n'ai pas l'intention de perdre ma journée à cause de ces conneries. Parlons franchement. Vous voulez savoir pourquoi Bruno Frye me donnait cinq cents tickets par mois. C'était le prix du silence. Pour que je la ferme, tout simplement. Sa mère m'a versé la même somme pendant près de trente-cinq ans et, quand elle est morte, Bruno a continué. Je dois reconnaître que ça m'a épatée. Ce n'est pas fréquent, aujourd'hui, de voir un fils casquer pour protéger l'honneur de sa mère, surtout une fois qu'elle a passé l'arme à gauche.

— Vous voulez dire que vous avez fait chanter M. Frye et, avant lui, sa mère ? demanda Tony, stupéfait.

— Appelez ça comme vous voudrez. Prix du silence, chantage, tout ce qui vous plaira.

— D'après ce que vous nous avez dit, il me semble que, du point de vue légal, cela s'appelle du chantage et rien d'autre, remarqua Tony.

— Et vous vous imaginez que ce mot me gêne ? dit Rita Yancy avec un sourire. Vous croyez qu'il me fait peur ? Qu'il me donne des tremblements ? Laissez-moi vous dire une bonne chose, mon petit : j'en ai entendu d'autres, au cours de ma vie, pensez. Vous tenez au mot chantage. Parfait. Du chantage, donc. Inutile de vouloir enjoliver les choses. Naturellement, si vous étiez assez fou pour vouloir traîner une vieille bonne femme en justice, je changerais de tactique. Je prétendrais alors que j'ai simplement rendu un grand service à Katherine Frye, il y a fort longtemps, et qu'elle a tenu à me le rendre en m'envoyant un chèque mensuel. Vous ne pourrez pas prouver le contraire, n'est-ce pas ? C'est pour ça que j'ai voulu que ce soit fait mensuellement, dès le début. Dame, les maîtres chanteurs sont censés prendre le gros paquet et s'évaporer. Seulement, le gros lot en une fois, c'est un jeu pour la police d'en retrouver la trace. Qui croira qu'un maître chanteur se soit contenté d'un modeste versement mensuel sur son compte en banque ?

— Nous n'avons aucunement l'intention de vous traîner devant les tribunaux, la rassura Joshua. De plus, nous n'avons pas le moindre intérêt à essayer de récupérer l'argent que vous avez touché. Ce serait futile.

— Bon. Dans le cas contraire, je vous aurais donné du fil à retordre, croyez-moi », dit-elle en rajustant son châle.

Il faudra que je m'en resserve, se dit Hilary. Rita Yancy aurait fait un excellent second rôle de composition dans un film d'atmosphère : l'aïeule caustique et sarcastique un rien crapule.

« Nous cherchons uniquement à obtenir quelques renseignements, déclara Joshua. J'en ai besoin pour finir de régler la succession. Vous dites que vous ne voulez pas perdre votre journée sur une « connerie pareille ». Eh bien, moi, je n'ai pas envie de passer des mois à liquider la succession Frye. Si je suis venu vous trouver, c'est seulement dans le but de recueillir les informations dont j'ai besoin. »

Mme Yancy les regarda tour à tour tous les trois. Elle avait l'œil perçant et semblait les évaluer. Elle hocha la tête avec un air d'évidente satisfaction, comme si elle avait lu dans leurs pensées et qu'elle avait aimé ce qu'elle y avait lu.

« D'accord. Je vous crois. Posez-moi vos questions.

— La première chose que nous voudrions savoir, bien entendu, c'est pourquoi Katherine Frye, puis son fils Bruno, vous ont versé près d'un quart de million de dollars pendant quarante ans.

— Pour que vous le compreniez, il faut d'abord que je vous parle un peu de moi. Voyez-vous, quand j'étais jeune, au plus fort de la grande dépression, je me suis demandé quel travail je pourrais bien faire pour arriver à joindre les deux bouts et j'ai très vite compris que même en me tuant à la tâche, je parviendrais tout juste à survivre. Je me suis dit qu'il existait un seul métier qui me permettrait de bien gagner ma vie, je veux dire le plus vieux métier du monde. A dix-huit ans, je me suis donc jetée à l'eau. A cette époque, les filles comme moi, on les appelait des demoiselles de petite vertu. De nos jours, on n'emploie pas tant de périphrases. On appelle un chat un chat. »

Une mèche de cheveux gris s'était échappée de son chignon ; elle la rabattit derrière son oreille et poursuivit :

« C'est stupéfiant comme les choses ont changé en matière de sexe.

— Vous voulez dire que vous étiez une... une prostituée ? bafouilla Tony, exprimant la surprise ressentie aussi par Hilary.

— J'étais exceptionnellement jolie, déclara fièrement Rita Yancy. Je n'ai jamais travaillé dans la rue, ni dans les bars ou dans les hôtels. Je faisais partie de l'une des maisons les plus chics de San Francisco. La clientèle était très choisie. Rien que des messieurs du meilleur monde. Nous étions entre dix et quinze pensionnaires, toutes belles et distinguées. Comme je l'avais escompté, je gagnais bien. Puis, quand j'ai eu vingt-quatre ans, je me suis dit que ce serait bien plus avantageux pour moi d'ouvrir mon propre établissement, plutôt que de travailler chez les autres. J'ai acquis une maison pleine de charme et j'ai consacré toutes mes économies à la redécorer. Ensuite, j'ai monté une équipe de jolies pouliches, et, pendant trente-six ans, j'ai été patronne de maison close ; et pas n'importe laquelle, vous savez. Quand j'ai eu soixante ans, il y a quinze ans de ça, j'ai pris ma retraite, parce que j'avais envie de venir m'installer à Hollister auprès de ma fille et de son mari. Je voulais me rapprocher de mes petits-enfants, vous comprenez. Les petits-enfants, c'est la joie de la vieillesse. »

Hilary s'enfonça dans le canapé, sans plus se soucier de froisser les châles qui le recouvraient.

« Tout ceci est très intéressant, dit Joshua. Mais je ne saisis pas très bien le rapport avec Katherine Frye.

— Son père venait régulièrement chez moi, à San Francisco.

— Leo Frye ?

— Oui. C'était un drôle de type. Personnellement, je n'ai jamais été avec lui. Après être devenue patronne, je couchais rarement avec les clients ; j'avais trop à faire avec le reste. Mais je savais tout ce que mes filles racontaient sur lui. Apparemment, c'était une ordure de première classe. Il aimait les filles dociles et soumises et son grand plaisir était de les insulter, de les couvrir de grossièretés pendant qu'il couchait avec. C'était un adepte de la discipline, si vous voyez ce que je veux dire. Il avait une prédilection pour deux ou trois petites choses et mettait le prix qu'il fallait pour avoir le droit de se livrer à ses fantaisies. Quoi qu'il en soit, voilà qu'un jour, en avril 1940, sa fille, Katherine, débarque chez moi. Je ne l'avais jamais vue. Je ne savais même pas que Leo avait un enfant. Il me l'envoyait pour qu'elle puisse accoucher secrètement.

— Accoucher ? répéta Joshua, sidéré.

— Elle était enceinte.

— Alors, Bruno était son fils ?

— Et Mary Gunther ? demanda Hilary.

— Il n'y a jamais eu de Mary Gunther. Katherine et Leo l'ont inventée pour les besoins de la cause.

— J'en étais sûr ! s'écria Tony. C'était trop beau, trop vrai.

— A St. Helena, personne ne savait qu'elle était enceinte, poursuivit Rita Yancy. Elle portait plusieurs gaines. Incroyable ce que cette pauvre fille pouvait être serrée, la malheureuse. C'était affreux. Dès la fin de ses règles, bien avant qu'elle commence à s'arrondir, elle avait commencé à se sangler dans des gaines de plus en plus serrées, puis elle en avait mis plusieurs, l'une sur l'autre. Elle ne mangeait plus pour grossir le moins possible. C'est un miracle si elle n'a pas fait une fausse couche et si elle n'y a pas laissé la peau.

— Ainsi, vous l'avez recueillie ?

— Je ne vais pas prétendre que je l'ai fait par bonté d'âme. Je ne peux pas souffrir les vieilles bonnes femmes hypocrites et drapées dans leur vertu, comme j'en rencontre quand je vais jouer au bridge, aux réunions paroissiales. Je ne l'ai pas prise par pitié, ni parce que je me sentais des obligations envers son père ; je ne lui devais rien du tout. Et puis, avec tout ce que m'avaient raconté mes filles, je dois dire que je ne l'aimais pas beaucoup. De plus, il était mort depuis six semaines quand Katherine a rappliqué. Non, si je l'ai recueillie chez moi, c'est pour une seule raison : elle avait trois mille dollars pour payer sa pension et les honoraires du médecin. Ça représentait bien plus de fric qu'aujourd'hui.

— Je ne comprends toujours pas, fit Joshua en secouant la tête. On disait qu'elle n'était guère portée sur la chose, on ne lui connaissait pas d'amoureux. Qui donc était le père ?

— Leo.

— Oh ! mon Dieu ! murmura Hilary.

Vous en êtes sûre ? demanda Joshua.

— Absolument sûre. Il s'amusait avec sa fille depuis qu'elle avait quatre ans. Toute petite, il l'obligeait à le sucer. Plus tard, quand elle a été plus vieille, il lui a tout fait. Tout. »

Bruno avait espéré qu'une bonne nuit de sommeil dégagerait son esprit embrumé et dissiperait la confusion où il errait depuis la veille. Mais, tandis qu'il se laissait chauffer par la lumière grise d'octobre, debout devant la vitre cassée du grenier, il se sentait tout aussi peu sûr de lui. L'esprit torturé de pensées chaotiques, rongé de doutes, de craintes et d'interrogations, des souvenirs de toute nature, souvenirs plaisants mêlés aux pires cauchemars, se bousculaient dans sa tête à une allure folle.

Il savait ce qui n'allait pas. Il était seul. Tout seul. Il n'était plus qu'une moitié d'être humain. Il était coupé en deux. Voilà ce qui n'allait pas. Depuis que son autre moitié était morte, il était de plus en plus nerveux et de moins en moins sûr de lui. Il n'avait plus les mêmes ressources que lorsqu'ils ne faisaient qu'un. Réduit à une moitié d'être incomplet, il était incapable de faire face ; les problèmes les plus minimes lui paraissaient insurmontables.

Il s'éloigna de la fenêtre et revint près du lit à pas chancelants. Il se mit à genoux par terre et posa sa tête sur la poitrine du cadavre.

« Dis quelque chose. Dis-moi quelque chose. Dis-moi ce que je dois faire. Aide-moi, je t'en prie, aide-moi ! »

Mais le Bruno mort n'avait rien à dire au Bruno qui était encore en vie.

Le salon de madame Yancy.

Le tic-tac de la pendule.

Un chat blanc arriva de la salle à manger et sauta sur les genoux de la vieille femme.

« Comment savez-vous que Leo abusait de Katherine ? demanda Joshua. Ce n'est certainement pas lui qui vous l'a dit.

— Non, bien sûr. C'est Katherine. Elle était dans un état épouvantable. Elle avait presque perdu la tête. Elle pensait que son père l'amènerait chez moi, le moment venu, mais il était mort six semaines avant. Elle était seule et complètement paniquée. A cause du martyre qu'elle s'était imposé — les gaines et le régime draconien — l'accouchement a été très difficile. J'ai fait venir le médecin qui examinait mes filles chaque semaine ; je savais qu'il serait discret. Il était persuadé que l'enfant serait mort-né et il pensait que Katherine avait, elle aussi, de fortes chances d'y rester. Les douleurs ont duré quatorze longues heures interminables. Elle a souffert le martyre ; jamais je n'ai vu quelqu'un souffrir autant. Elle délirait la plupart du temps. Quand elle reprenait ses esprits, elle voulait à tout prix me raconter tout ce que son père lui avait fait subir. Je crois qu'elle redoutait de mourir avec ce secret et elle avait recours à moi comme à un prêtre qui l'aurait confessée. Son père a commencé à lui faire subir des actes oraux tout de suite après la mort de sa femme. Quand ils ont emménagé dans la maison sur la falaise, qui est complètement isolée, à ce que j'ai compris, il en a fait son esclave sexuelle, soumise à tous ses plaisirs. Quand elle a été en âge d'avoir des enfants, il a pris des précautions mais, un beau jour, après des années de ce régime, ils ont fait une erreur. Katherine est tombée enceinte.

Tout à coup, Hilary se sentit saisie de l'envie de prendre le châle sur lequel elle était assise et de s'en envelopper pour se prémunir contre le froid qui était en train de l'envahir. Malgré les coups, les séances d'intimidation, la torture physique et morale qu'elle avait dû supporter pendant son enfance, elle se rendait compte qu'elle avait eu de la chance d'échapper au viol. Elle était convaincue qu'Earl était impuissant ; seul son incapacité à accomplir l'acte sexuel l'avait sauvée de cet ultime outrage. Ce cauchemar-là, au moins, lui avait été épargné. Katherine Frye, en revanche, n'avait pas eu cette chance et Hilary se sentit soudain étrangement proche de cette femme.

Semblant deviner ce qui se passait en elle, Tony lui prit la main et la pressa tendrement, comme pour la rassurer.

Rita Yancy caressa le chat blanc qui fit entendre un faible ronronnement enroué.

« Il y a quelque chose que je ne comprends pas, dit Joshua. Pourquoi Leo ne vous a-t-il pas envoyé Katherine dès qu'il a su qu'elle attendait un enfant ? Pourquoi ne vous a-t-il pas demandé de la faire avorter ? Vous en aviez sûrement la possibilité.

— Oh ! ça oui ! Dans ce métier, il faut connaître des médecins qui acceptent de se charger de ce genre de besogne. Oui, Leo aurait très bien pu me le demander. J'ignore pourquoi il ne l'a pas fait, mais, réflexion faite, je le soupçonne d'avoir espéré que Katherine aurait une jolie petite fille.

— Je ne vous suis pas très bien, déclara Joshua.

— Ah ! vraiment ? fit Rita Yancy en grattant son chat sous le menton. S'il avait eu une petite fille, au bout de quelques années, il aurait pu commencer à la dresser, comme Katherine. Ainsi, il en aurait eu deux. Une sorte de petit harem, quoi. »

N'obtenant aucune réponse de son autre lui-même, Bruno se releva et se mit à errer comme une âme en peine dans l'immense grenier. Ses pas soulevaient la poussière du parquet et des centaines de petites molécules argentées se mirent à tourbillonner dans le rayon de lumière laiteuse provenant de la fenêtre.

Au bout d'un moment, il remarqua la présence d'une paire d'haltères, pesant chacun vingt-cinq kilos. Ils faisaient partie de la série de poids qu'il avait manipulés six jours par semaine, entre douze et trente-cinq ans. La plus grande partie de son équipement était au sous-sol. Mais, il avait toujours eu un jeu d'haltères dans sa chambre qu'il utilisait à ses moments perdus, pour chasser l'ennui.

Il saisit les poids et se lança dans quelques mouvements. Ses énormes épaules et ses bras puissants eurent tôt fait de reprendre le rythme familier et il ne tarda pas à transpirer.

Vingt-huit ans auparavant, quand il avait exprimé le désir de soulever des poids et de faire du culturisme, sa mère avait jugé que c'était une très bonne idée. Des exercices physiques violents et prolongés ne pouvaient que l'aider à dissiper des appétits sexuels qui commençaient à se manifester, tourmenté qu'il était par les affres de la puberté. Comme il n'oserait pas montrer son pénis démoniaque à une fille, les pompes et les haltères remplaceraient le sexe dans son imagination. Oui, une très bonne idée.

Par la suite, le voyant devenir un vrai paquet de muscles, un véritable athlète, elle s'était demandé si elle avait bien fait de lui laisser pratiquer ce sport car elle craignait qu'il ne se retourne un jour contre elle. Elle avait voulu lui confisquer ses haltères mais, en le voyant éclater en sanglots, la suppliant de revenir sur sa décision, elle s'était rendu compte qu'elle n'aurait jamais rien à craindre de lui.

Comment aurait-il pu en être autrement ? se demanda Bruno, tout en laissant retomber lentement ses haltères. Ne savait-elle pas qu'elle serait toujours la plus forte ? Après tout, c'est elle qui détenait la clef de la porte qui menait sous la terre. Elle avait le pouvoir d'ouvrir cette porte et de le faire entrer dans ce trou noir. Peu importait qu'il eût autant de biceps et de triceps ; c'est elle qui avait la clef et qui serait toujours la plus forte.

Ce fut à peu près à cette époque, au moment où son corps commençait à se développer, qu'elle lui confia pour la première fois qu'elle connaissait le moyen de sortir de la tombe. Elle désirait qu'il sache qu'après sa mort, elle continuerait à le surveiller et elle avait juré de revenir s'il se conduisait mal ou s'il ne prenait pas garde à cacher son héritage démoniaque aux yeux des autres.

Elle l'avait averti, des milliers de fois, que s'il était méchant et l'obligeait à revenir de l'au-delà, elle le jetterait dans le trou, fermerait la porte à clef et le laisserait là pour toujours.

Soudain, Bruno se demanda si cette menace n'était pas vaine. Avait-elle réellement des pouvoirs surnaturels ? Pouvait-elle vraiment sortir de la tombe ? Ne lui avait-elle pas menti ? Est-ce qu'elle ne lui avait pas menti parce qu'elle avait peur de lui ? Peur qu'une fois devenu grand et fort, il lui torde le cou ? Cette histoire n'avait-elle pas uniquement pour but de l'empêcher de songer à la tuer, afin d'en être débarrassé à jamais ?

Toutes ces questions lui venaient à l'esprit, mais il était incapable d'y réfléchir assez longtemps pour leur trouver une réponse. Des pensées déconnectées parcouraient son cerveau court-circuité, comme des décharges électriques. Les idées s'envolaient aussi vite qu'elles lui venaient.

Mais ses craintes, en revanche, ne s'envolaient pas. Elles demeuraient, bien présentes, dans les recoins sombres de son cerveau. Il pensa à Katherine-Hilary, sa dernière incarnation, et se souvint qu'il lui fallait la retrouver.

Avant qu'elle ne le trouve.

Il se mit à trembler. Il laissa tomber un des haltères avec un grand fracas. Puis, l'autre. Le plancher vibra.

« La garce », murmura-t-il, furieux et paniqué.

« Leo et Katherine ont alors mis au point une histoire compliquée pour expliquer la présence du bébé, reprit Mme Yancy, tandis que son chat lui léchait la main. Il ne fallait surtout pas qu'on sache qu'il était d'elle. Car il aurait alors fallu désigner le responsable, quelque jeune soupirant, sans doute. Mais il n'y avait pas de soupirant. A part lui, le vieux voulait que personne ne la touche. Rien que lui. Ça me donne la chair de poule. Quel est l'homme qui ferait subir des violences sexuelles à sa propre fille ? Dire que ce salaud a commencé alors qu'elle n'avait que quatre ans ! Elle n'était même pas assez grande pour comprendre, ajouta Mme Yancy en secouant sa tête grise en signe d'indignation et de tristesse. Comment un homme adulte peut-il en arriver à désirer sexuellement un petit bout de chou comme ça ? Si c'était moi qui faisais les lois, on castrerait tous les hommes qui se conduisent comme ça, ou qui font pire encore. Oui, pire. Je vous le dis, ça me dégoûte.

— Pourquoi n'ont-ils pas prétendu que Katherine avait été violée par un ouvrier saisonnier ou un étranger de passage ? demanda Joshua. Elle n'aurait pas eu besoin d'envoyer un innocent en prison pour étayer ce genre d'histoire. Elle aurait pu donner à la police un signalement entièrement bidon. Et même si, par malchance, on avait trouvé un type qui correspondait à sa description, un pauvre bougre sans alibi... eh bien, elle pouvait toujours dire que ce n'était pas lui.

— C'est vrai, dit Tony. La plupart des affaires de viol de ce genre ne sont jamais résolues. Presque toujours, la femme n'est pas capable de reconnaître son agresseur.

— Je crois comprendre pourquoi elle n'avait guère envie de crier au viol, objecta Hilary. Il lui aurait ensuite fallu supporter des regards et des humiliations sans fin. Beaucoup de gens pensent que lorsqu'une femme a été violée, c'est parce qu'elle l'a cherché.

— J'en suis bien conscient, répliqua Joshua. C'est moi qui ne cesse de répéter que presque tous mes semblables sont des idiots, des pantins ou des ânes bâtés, rappelez-vous. Mais St. Helena a toujours été une communauté à l'esprit relativement ouvert. Les gens ne lui auraient pas jeté le blâme si elle avait été violée. Enfin, la plupart d'entre eux. Naturellement, elle aurait été en butte à certaines personnes à l'esprit mal tourné mais, à la longue, elle aurait obtenu la sympathie générale. Il me semble en effet que cette solution aurait été bien plus facile que d'inventer cette Mary Gunther et d'avoir à soutenir ce mensonge à perpétuité. »

Le chat se retourna sur les genoux de Mme Yancy qui se mit aussitôt à lui caresser le ventre.

« Il n'était pas question pour Leo de prétexter un viol, car la police serait venue mettre son nez dans l'affaire, expliqua la vieille dame. Leo avait beaucoup de respect pour les flics. Il était du genre autoritaire. Il estimait qu'il ne fallait pas sous-estimer les flics dans leur travail et il avait peur qu'ils ne reniflent quelque chose si jamais il devait y avoir une enquête. Il ne voulait pas attirer l'attention sur lui, surtout pas. Il avait une trouille bleue que la police renifle la vérité et n'avait aucune envie de se retrouver en prison pour inceste et violences à enfant.

— C'est Katherine qui vous l'a dit ? demanda Hilary.

— Oui. Elle avait honte de ce que Leo lui avait fait subir et, comme elle craignait de mourir en accouchant, elle a voulu se confier à quelqu'un. De toute façon Leo a estimé qu'il était plus sage que Katherine dissimule sa grossesse, qu'elle la cache complètement, que personne, à St. Helena, ne s'en aperçoive. Il serait alors possible de faire passer l'enfant pour le fils illégitime d'une malheureuse amie d'université.

— Son père l'a donc obligée à se serrer dans des gaines, dit Hilary qui commençait à éprouver de la compassion pour Katherine. Il lui a imposé toutes ces souffrances pour se protéger. L'idée venait de lui.

— Oui, acquiesça Rita Yancy. Elle n'avait jamais pu lui résister. Elle avait toujours fait ce qu'il lui disait de faire. Cette fois, les choses ne se sont pas passées différemment. Elle s'est donc étouffée avec des corsets et s'est presque laissée mourir de faim ; elle a souffert mille maux. Et elle l'a fait parce qu'elle avait peur de désobéir, ce qui n'est pas étonnant si on considère que, depuis vingt et un ans, il avait systématiquement démoli toute volonté de résistance en elle.

— Elle est allée à l'université, pourtant, objecta Tony. Est-ce que ce n'était pas une tentative d'indépendance ?

— Non. L'université, c'était encore une idée de Leo. En 1937, il est resté six ou sept mois en Europe pour vendre la dernière propriété qu'il possédait sur le vieux continent. Il sentait la guerre approcher et estimait qu'il valait mieux tout liquider. Il n'a pas voulu s'encombrer de Katherine. Je suppose qu'il avait l'intention de combiner affaires et plaisir. Il était très porté sur la chose et j'ai entendu dire que certains bordels européens permettaient de satisfaire les goûts les plus bizarres, ce qui ne pouvait que lui plaire. Le vieux cochon. Katherine aurait été un embarras pour lui, aussi il a décidé qu'elle irait à l'université pendant son absence et il a demandé à une famille qu'il connaissait à San Francisco de l'héberger. Des négociants en vins, bières et spiritueux qui fournissaient toute la Baie et distribuaient, entre autres, la production des Shade Tree Vineyards.

— C'était un risque de la laisser échapper à sa coupe pendant si longtemps.

— Ce n'était certainement pas son avis et la suite a prouvé qu'il avait raison. Elle n'en a pas profité pour secouer ses chaînes. Elle n'a jamais parlé à quiconque de ce qu'il lui faisait subir. Elle n'y pensait même pas. Elle était psychiquement détruite, je vous le dis. Réduite en esclavage ; c'est le terme exact. Pas comme les esclaves, dans les plantations, mais esclave psychologiquement, mentalement. Quand il est rentré, il lui a fait quitter l'université. Il l'a ramenée avec lui à St. Helena et elle n'a pas cherché à s'y opposer. Elle en aurait été incapable.

La pendule sonna l'heure sur la cheminée. Deux tons en cadence. Le son se répercuta doucement contre le plafond.

Assis jusque-là sur le bord de son fauteuil, Joshua s'y cala et posa la nuque sur la têtière. Il était pâle et avait les yeux cernés. Plats, rêches, ses cheveux blancs n'avaient plus rien d'élégant. Depuis le peu de temps qu'Hilary le connaissait, il semblait avoir vieilli. Il avait l'air épuisé.

Hilary savait ce qu'il éprouvait. L'histoire de la famille Frye était un exemple particulièrement sinistre de la barbarie humaine. A chaque nouvelle révélation macabre, chaque nouvelle plongée dans l'ignominie, le cœur se serrait, déchiré, et l'esprit reculait, épouvanté.

« Ainsi, ils sont retournés à St. Helena, dit Joshua, comme s'il se parlait à lui-même. Ils ont repris leurs relations perverses là où ils les avaient laissées, puis, un jour, il l'a mise enceinte — ce que personne n'a suspecté.

— Incroyable, remarqua Tony. D'ordinaire, les mensonges les plus simples sont les meilleurs parce qu'on risque moins de se contredire. Cette invention de Mary Gunther, c'est de la véritable acrobatie. Et pourtant, c'est passé comme une lettre à la poste.

— Enfin, presque, dit Mme Yancy. Il y a tout de même eu un accroc.
— Lequel ?
— Eh bien, le jour où Katherine a quitté St. Helena pour venir chez moi, elle a prétendu que la fameuse Mary Gunther venait d'avoir son enfant. Ce n'était pas vraiment malin. Elle a dit à tout le monde qu'elle allait à San Francisco pour chercher le bébé, sans préciser s'il s'agissait d'un garçon ou d'une fille. C'était une façon de se couvrir puisqu'elle ne pouvait pas connaître le sexe de l'enfant tant qu'il n'était pas né. Quelle idiote ! Elle aurait dû réfléchir. Ç'a été sa seule erreur de dire que l'enfant était né avant de partir de St. Helena. Oh ! je sais bien qu'elle était dans un état de nerfs lamentable. Elle ne raisonnait pas correctement. Ce n'était plus quelqu'un de très équilibré, après ce que Leo lui avait fait subir pendant tant d'années. Et puis, cette grossesse, par-dessus le marché, qu'elle a dû cacher sous des épaisseurs de gaines et de corsets ; la mort de Leo au moment où elle aurait eu le plus besoin de lui ; elle ne savait plus où elle en était. Tout ça lui avait fait perdre la tête.
— Je ne comprends pas, demanda Joshua. Pourquoi était-ce une erreur de sa part d'avoir dit que le bébé était déjà né ?
— Elle aurait dû dire que le bébé *allait naître*, que l'accouchement était imminent, qu'elle allait à San Francisco pour assister son amie dans cette épreuve difficile. Comme ça, elle ne se serait pas retrouvée coincée. Quelle idée, aussi, de parler d'un bébé. Mais elle n'y avait pas pensé. Elle avait parlé à tout le monde d'un bébé mais, quand elle est venue chez moi, elle a mis au monde des jumeaux.
— Des jumeaux ? fit Hilary.
— 'de Dieu ! » s'exclama Tony
De surprise, Joshua se leva d'un bond. Le chat blanc sentit le changement d'atmosphère, releva la tête et, de ses yeux jaunes qui semblaient luire d'un éclat intérieur, dévisagea d'un regard interrogateur chacun des présents.

Le grenier était vaste, mais pas suffisamment, toutefois, pour empêcher Bruno d'avoir l'impression que ses murs se refermaient peu à peu sur lui. Il cherchait une occupation, car l'inaction aggravait son sentiment de claustrophobie. Très vite, il en eut assez de faire des haltères. Il prit un livre sur une étagère et essaya de lire, mais il ne parvenait pas à se concentrer. Son esprit ne s'était pas encore apaisé. Il sautait d'une idée à l'autre, comme un papillon qui va de fleur en fleur.

Il parla à son moi défunt.

Fit les quatre coins des combles pour chasser les toiles d'araignées.

Il se chanta une chanson.

Parfois, il riait sans trop savoir pourquoi.

Il pleurait, aussi.

Et maudissait alors Katherine.

Il échafaudait des plans.

Il tournait en rond comme un ours en cage.

Il avait hâte de quitter le grenier et de se lancer à la recherche de Katherine-Hilary, mais savait que ce serait une folie de sortir en plein jour. Il était sûr que Katherine avait des complices partout dans la ville. Ses amis d'outre-tombe. Des morts vivants, comme elle, des hommes et des femmes qui se cachaient sous une enveloppe qui n'était pas la leur. Tous à l'affût, sans aucun doute. Oh ! oui ! Des dizaines, peut-être. Non, sortir en plein jour aurait été trop inconsidéré ; il allait lui falloir attendre le coucher du soleil pour aller débusquer cette vieille truie. Certes, la nuit était le meilleur moment de la journée pour les morts vivants, le moment où ils rôdaient en plus grand nombre, mais, d'un autre côté, même s'il y avait péril mortel à chasser une lamie comme Katherine-Hilary la nuit, il bénéficierait tout de même de l'avantage de l'obscurité. Si les morts vivants pouvaient se cacher à la faveur de la nuit, il pouvait en faire tout autant. La balance étant égale, le succès de la chasse dépendrait uniquement de qui serait le plus malin — lui ou Katherine. Dans ce cas-là, il avait toutes les chances de son côté ; Katherine avait beau être plus intelligente, plus vicieuse et plus sournoise que lui, elle était loin d'être aussi fine mouche.

Ironie du sort, c'est en restant dans la maison où,

pourtant, il n'avait pas connu une minute de tranquillité pendant les trente-cinq années qu'il y avait passées avec Katherine qu'il était le plus en sécurité, du moins pendant la journée. Voilà que cette maison devenait un abri sûr ; c'était le dernier endroit où Katherine et ses acolytes viendraient le chercher. Elle voulait l'attraper et l'amener ici même. Il le savait. Il en était certain ! Elle était sortie de la tombe pour cette seule raison : le ramener sur la falaise, devant la porte qui s'ouvrait dans le sol, au bout de la pelouse, sur l'arrière-cour, le pousser dans le trou et l'enfermer pour l'éternité. Elle lui avait dit que c'était ce qu'elle ferait, que c'était ainsi qu'elle le punirait, si jamais elle était forcée de revenir. Il ne l'avait pas oublié. Elle s'attendait donc qu'il évite à tout prix les parages de la vieille demeure. Jamais elle ne penserait à aller le chercher dans le grenier abandonné.

Il était si satisfait du bien-fondé de sa tactique qu'il éclata de rire. Mais, soudain, une idée atroce lui traversa l'esprit. Si, malgré tout, elle pensait à venir le chercher là, accompagnée de quelques-uns de ses amis, d'autres morts vivants, ils auraient facilement raison de lui. La porte dans le sol était juste derrière la maison. Si Katherine et ses sbires le surprenaient ici, ils n'auraient aucun mal à l'y traîner et à le jeter dans le trou noir, plein de murmures.

Pris de panique, il courut vers le lit, s'assit à côté de lui et tâcha de se raisonner et de se persuader que tout se passerait bien.

Joshua ne tenait plus en place. Il se mit à aller et venir sur le chemin fleuri qui recouvrait le tapis.

« Quand elle a mis ses jumeaux au monde, reprit la vieille femme, Katherine a réalisé que son beau mensonge ne tenait plus debout. Les gens de St. Helena s'attendaient à voir arriver un enfant, pas deux. Elle aurait beau chercher un subterfuge pour expliquer la présence du second, la suspicion s'établirait. L'idée que tout le monde finirait par découvrir ce qu'elle avait fait avec son père... bref, j'imagine que c'en était trop. Elle a craqué. Pendant trois jours, elle a déliré et n'a cessé de dégoiser. Le docteur lui donnait des calmants, mais ils ne faisaient pas toujours assez d'effet. Elle divaguait et déraisonnait. J'ai cru que j'allais être obligée d'appeler les flics pour qu'on l'enferme. Et, pourtant, ça ne me plaisait guère, je vous jure.

— Mais elle avait besoin d'être soignée, rétorqua Hilary. La laisser délirer comme ça pendant trois jours... Vous auriez dû le faire. Vous auriez dû.

— Peut-être. Mais je ne pouvais rien faire d'autre. Quand on tient un bordel, on voit les cognes quand ils viennent toucher leur bakchich mais c'est tout. Et puis moins on les voit, mieux on se porte, hein ? En général, ils ne venaient pas fourrer leur nez dans des établissements chics comme le mien. Certains de mes clients étaient des hommes très en vue ou de riches hommes d'affaires, et la police ne tient pas à se retrouver avec tout ce beau linge sur les bras en cas de descente. Si j'avais envoyé Katherine à l'hôpital, les journaux se seraient emparés de cette histoire, à coup sûr, et on m'aurait obligée à fermer. Je ne pouvais pas m'offrir ce genre de publicité. J'aurais tout perdu et mon médecin craignait que sa carrière ne soit ruinée si sa clientèle officielle découvrait qu'il soignait des prostituées. Remarquez qu'aujourd'hui, un médecin ne perdrait même plus sa clientèle s'il opérait chrétiens et crocodiles avec les mêmes instruments. Mais en 1940, les gens étaient... disons plus à cheval. Que voulez-vous, il fallait bien que je pense à mes intérêts, à ceux de mes filles et de mon médecin... »

Joshua s'approcha de la vieille femme. Il la regarda comme s'il cherchait à découvrir sa véritable personnalité sous l'image de bonne grand-mère qu'elle offrait.

« En acceptant les trois mille dollars de Katherine, n'avez-vous pas accepté en même temps certaines responsabilités envers elle ?

— Je ne lui avais pas demandé de venir accoucher chez moi ! Ma maison valait bien plus de trois mille dollars. Je n'allais pas tout sacrifier pour des principes. Vous pensez que j'aurais dû le faire ? Dans ce cas, c'est que vous vivez dans un monde imaginaire, mon cher monsieur ! » s'égosilla-t-elle, soulignant ses propos de vigoureux hochements de tête indignés.

Joshua la regardait fixement, n'osant pas prononcer une parole, de peur de se mettre à crier. Il ne voulait pas qu'elle le mette à la porte avant d'avoir raconté tout ce qu'elle savait sur l'accouchement de Katherine et sur les jumeaux.

Des jumeaux !

« Dites-moi, madame Yancy, intervint Tony, quand Katherine est arrivée chez vous, quand vous avez vu qu'elle se sanglait le ventre de corsets, vous avez pensé qu'elle risquait de perdre son enfant, n'est-ce pas ? Vous avez reconnu que le médecin en avait évoqué la possibilité.

— Oui.

— Et qu'il avait dit également que Katherine pouvait mourir, elle aussi.

— Et alors ?

— La mort d'un enfant ou d'une femme en couches vous aurait contrainte à fermer votre maison tout aussi sûrement que si vous aviez appelé la police pour sauver une femme en pleine dépression nerveuse qui commençait à perdre la raison. Pourtant, vous n'avez pas chassé Katherine tant qu'il en était encore temps. Même si vous saviez que c'était risqué, vous avez gardé les trois mille dollars et lui avez permis de rester. Vous vous doutez bien qu'en cas de malheur, il vous aurait fallu en informer la police, ce qui était risquer la fermeture.

— Non, non, rétorqua Mme Yancy. Au cas où les jumeaux n'auraient pas survécu, on les aurait emportés dans une valise et enterrés quelque part dans les montagnes du comté de Marin, ou bien on aurait lesté la valise et on l'aurait balancée par-dessus le Golden Gate. »

Joshua se sentit une envie folle de saisir la vieille par le chignon, de la faire dégringoler de son fauteuil et de l'obliger à abandonner son air satisfait. Mais il se retint, prit une longue inspiration et se remit à arpenter le tapis, les yeux fixés sur le sol.

« Et Katherine ? demanda Hilary. Qu'auriez-vous fait si elle était morte ?

— La même chose, déclara Mme Yancy, imperturbable. Sauf qu'on n'aurait pas pu la faire entrer dans une seule valise. »

Joshua s'immobilisa, parvenu à l'extrémité du tapis, et se retourna, pétrifié. Elle ne cherchait pas à être drôle. Elle n'avait aucune conscience de l'humour noir de sa remarque. Elle ne faisait que constater un fait.

« Si les choses avaient mal tourné, on se serait débarrassé du corps, expliqua-t-elle en réponse à la question d'Hilary. Ne prenez pas cet air choqué, ma petite dame. Je n'ai tué personne. Nous sommes en train de discuter de ce que j'aurais fait — de ce qu'aurait fait n'importe quelle personne sensée dans ma position — si Katherine ou les jumeaux étaient morts de mort naturelle. Naturelle, bon Dieu ! Si j'étais une meurtrière, si j'avais dû me débarrasser de cette pauvre Katherine, je l'aurais fait pendant qu'elle battait la campagne, alors que je ne savais même pas si elle n'allait pas perdre complètement la raison. Elle représentait une menace pour moi ; pourtant je ne l'ai pas étranglée. Qu'est-ce que vous croyez, ça ne m'est même pas venu à l'idée ! Je l'ai soignée, je me suis occupée d'elle et puis, tout a fini par rentrer dans l'ordre. Trois jours après, elle était complètement rétablie.

— Vous nous avez dit que Katherine délirait, qu'elle tenait des propos extravagants, qu'elle « dégoisait », dit Tony. Ça ressemble à...

— Trois jours seulement, dit Mme Yancy. Un moment, on a même dû l'attacher à son lit pour l'empêcher de se blesser ou de se faire mal. Mais elle n'a été malade que pendant trois jours. Moi, je ne crois pas qu'elle ait fait une dépression nerveuse, comme vous dites. Non, elle a juste craqué un moment, c'est tout. Au bout de trois jours, elle était fraîche comme une rose.

— Les jumeaux, dit Joshua. Revenons-en aux jumeaux. C'est ce qui nous intéresse par-dessus tout.

— Je pense vous avoir tout dit.

— C'étaient de vrais jumeaux ?

— Comment le savoir ? Ils étaient tout rouges et tout ridés. On ne pouvait pas dire si c'étaient des vrais ou des faux jumeaux.

— Le docteur n'a pas fait d'examen ?

— Nous étions dans un bordel de luxe, monsieur Rhinehart, pas dans un hôpital. »

Elle grattouilla son chat sous le menton et l'animal leva la patte pour jouer.

« Le docteur n'avait ni le temps ni la possibilité de faire ce que vous dites, poursuivit la vieille. Et puis, qu'est-ce que ça pouvait faire qu'ils soient ou non de vrais jumeaux ?

— Katherine en a appelé un Bruno, n'est-ce pas ? dit Hilary.

— Oui. Je l'ai su quand il a commencé à m'envoyer des chèques après la mort de sa mère.

— Et l'autre, quel nom lui a-t-elle donné ?

— Aucune idée. Quand elle est partie, elle ne leur avait toujours pas donné de nom, ni à l'un ni à l'autre.

— Mais il a bien fallu mettre un nom sur l'acte de naissance ? fit Tony.

— Il n'y a pas eu d'acte de naissance.

— Comment est ce possible ?

— Ils n'ont pas été déclarés.

— Mais la loi...

— Katherine n'a absolument pas voulu déclarer leurs naissances. Elle payait, elle faisait ce qu'elle voulait.

— Et le docteur a marché dans la combine ?

— Il a encaissé mille dollars pour l'accouchement et pour fermer sa gueule. Ça faisait un sacré paquet à l'époque.

— Les enfants étaient tous deux en bonne santé ? demanda Joshua.

— Ils étaient tout chétifs, les pauvres. Des petits chats écorchés. Mais ils pleuraient aussi fort que les autres bébés et avaient bon appétit. Oui, ils paraissaient en bonne santé. Petits, c'est tout.

— Combien de temps Katherine est-elle restée chez vous ?

— Près de deux semaines. Il lui a bien fallu ça pour retrouver ses forces après une telle épreuve. Et puis, les enfants avaient besoin de se remplumer un peu.

— Elle les a emmenés avec elle, en partant ?

— Bien sûr. Je ne tenais pas une pouponnière. J'étais bien contente de la voir s'en aller.

— Saviez-vous qu'elle avait l'intention de ne ramener qu'un seul enfant à St. Helena ? demanda Hilary.

— Oui. C'est ce que j'avais cru comprendre.

— Elle vous a dit ce qu'elle allait faire de l'autre ? enchaîna Joshua.

— Je crois qu'elle avait projeté de le faire adopter.

— Vous croyez ? répéta Joshua, hors de lui. Vous n'aviez donc pas le moindre souci de ce qui pouvait arriver à ces malheureuses créatures sans défense, laissées aux mains d'une femme mentalement perturbée ?

— Elle s'était remise.

— Tiens donc !

— Je vous assure que si vous l'aviez croisée dans la rue, vous n'auriez jamais dit qu'elle avait des problèmes.

— Mais, bon Dieu, sous cette façade...

— C'était leur mère, coupa Mme Yancy d'un air pincé. Elle n'allait pas leur faire du mal.

— Vous ne pouviez pas en être sûre, répliqua Joshua.

— Si, j'en étais sûre. J'ai toujours eu le plus grand respect pour la maternité et l'amour maternel. L'amour d'une mère peut faire des miracles. »

Cette fois encore, Joshua dut faire un violent effort sur lui-même pour ne pas la saisir par le chignon.

« Katherine ne pouvait pas faire adopter un de ses jumeaux, puisqu'elle n'avait pas d'acte de naissance, fit observer Tony.

— Ce qui ne nous laisse que des perspectives bien peu réjouissantes, conclut Joshua.

— Honnêtement, vous m'étonnez, déclara Rita Yancy, tout en secouant la tête et en continuant à grattouiller son chat. Vous imaginez toujours le pire. Je n'ai jamais vu de gens aussi pessimistes que vous trois. Vous pensez qu'elle a pu abandonner un de ses petits devant une porte ? Elle a dû le conduire dans un orphelinat ou dans une église, quelque part où on s'est tout de suite occupé de lui. J'imagine qu'il a été adopté par un jeune couple méritant, qu'il a été élevé dans un bon foyer, qu'il a bénéficié de beaucoup d'amour, d'une parfaite éducation et de toutes sortes d'avantages. »

Mourant d'ennui, nerveux, esseulé, angoissé, tour à tour apathique et agité, Bruno passa la plus grande partie de l'après-midi dans le grenier à converser avec sa moitié défunte, attendant la tombée de la nuit.

Il espérait ainsi apaiser son esprit enfiévré et retrouver son esprit d'initiative, mais le résultat fut médiocre. Il pensa qu'il se sentirait plus calme, plus heureux et moins solitaire s'il pouvait, au moins, plonger son regard dans celui de son autre lui-même, comme autrefois, quand ils restaient de longues heures à se regarder et qu'ils communiquaient si bien sans l'intermédiaire de mots, partageant tout, ne faisant plus qu'un. Il se rappelait cet instant, dans la salle de bains de Sally, quand il s'était arrêté devant la glace et avait pris son reflet pour son autre lui-même. Quand il avait plongé dans les yeux qu'il croyait être ceux de l'autre et qu'il s'était senti gagné par une paix miséricordieuse, ineffable. Il voulait désespérément retrouver cet instant, cet état de communion intime. Et, pour ce faire, quel meilleur moyen que de regarder dans les vrais yeux de son autre lui-même, même s'ils étaient vides et creux ? Il gisait sur le lit, les yeux hermétiquement clos. Bruno toucha les yeux de l'autre Bruno, celui qui était mort. C'étaient des globes froids ; les paupières refusaient de se soulever sous la douce pression de ses doigts. Il explora le contour de ces yeux voilés et sentit les points invisibles des sutures, minuscules nœuds qui fermaient les paupières. Electrisé par la perspective de regarder encore une fois dans les yeux de l'autre, Bruno se redressa et se précipita au rez-de-chaussée pour chercher des lames de rasoir, des petits ciseaux à ongles, des aiguilles, un crochet et divers instruments chirurgicaux de fortune, tout ce qu'il lui fallait pour rouvrir les yeux de l'autre Bruno.

Si Rita Yancy possédait d'autres informations à propos des jumeaux Frye, ni Hilary ni Joshua ne pourraient les lui arracher. Tony avait bien compris la situation. A tout instant, ils risquaient l'un ou l'autre de prononcer une parole malheureuse, trop vive ou mordante ; la vieille dame s'en offenserait et les jetterait dehors tous les trois.

Tony se rendait compte qu'Hilary était profondément bouleversée par les similitudes existant entre sa propre enfance et celle de Katherine. Il la sentait hérissée par l'attitude de Rita Yancy — ces éclats de moralisme indigné et ces brefs accès de sensiblerie, aux accents aussi sirupeux que factices, qui cachaient mal la pierre qu'elle avait en réalité à la place du cœur.

Quant à Joshua, il se faisait des reproches, car il avait travaillé pendant vingt-cinq ans pour Katherine Frye sans soupçonner la folie qui devait bouillonner derrière son apparence de placidité parfaitement contrôlée. Il n'était pas fier de lui, ce qui le rendait encore plus irritable qu'à l'accoutumée. Rita Yancy étant tout à fait le genre de personne qu'il méprisait déjà en temps ordinaire, la patience qu'il conservait à son égard aurait pu tenir dans un dé à coudre, encore y aurait-il eu assez de place pour la petite culotte de Madonna et la sagesse réunie des quatre derniers présidents des Etats-Unis.

Tony se leva et s'assit sur le tabouret posé devant le fauteuil de Rita Yancy. Censé être venu là pour caresser le chat, il pouvait à la fois s'interposer entre la vieille femme et Hilary et neutraliser discrètement Joshua, qui semblait sur le point de se jeter sur elle et de la secouer comme un prunier. Le tabouret était l'endroit idéal pour poursuivre l'interrogatoire comme si de rien n'était. Tout en flattant le dos du chat, il bavardait avec la vieille dame, se faisait bien voir, l'attendrissant, gagnant ses bonnes grâces et usant du fameux don de persuasion qui le servait si bien dans son métier de policier. Finalement, il lui demanda si aucun fait inhabituel n'avait marqué la naissance des jumeaux.

« Un fait inhabituel ? répéta-t-elle, perplexe. Vous ne trouvez pas que toute cette histoire est déjà bien inhabituelle en elle-même ?

— Vous avez raison. J'ai mal formulé ma question. Je voulais savoir si vous n'aviez rien remarqué de particulier quand les bébés sont apparus, quelque chose d'anormal ou d'étrange. »

Tony s'aperçut que sa question avait produit un déclic dans la mémoire de Rita Yancy.

« En effet. Il y a bien eu quelque chose d'inhabituel.

— Attendez, dit-il, laissez-moi deviner. Les deux bébés sont nés coiffés.

— C'est ça ! Comment le savez-vous ?

— J'ai dit ça au hasard.

— Mon œil, fit-elle en agitant son index sous le nez de Tony. Vous êtes plus malin que vous voulez le laisser croire. »

Tony se força à sourire. Rien, dans la vieille dame, n'aurait pu provoquer un sourire sincère de sa part.

« Ils sont nés coiffés tous les deux, poursuivit-elle. Leurs petites têtes étaient presque entièrement couvertes. Ce n'est pas la première fois que le médecin voyait un bébé coiffé, bien sûr, mais il a dit qu'il était rarissime que deux jumeaux le soient.

— Est-ce que Katherine s'en est rendu compte ?

— Pas tout de suite. Elle délirait sous l'effet de la douleur. Ensuite, pendant trois jours, elle a complètement déraisonné.

— Mais ensuite ?

— Je suis certaine qu'on le lui a dit. Ce n'est pas le genre de chose qu'on oublie de dire à une mère. Ah ! tiens... je me rappelle, maintenant. C'est moi-même qui lui ai dit. Oui, oui. C'est moi. Je m'en souviens très bien, maintenant. Ça l'a fascinée. Vous comprenez, il y a des gens qui croient qu'un enfant né coiffé a le don de double vue.

— Et Katherine le croyait ?

— Non, répondit Rita Yancy avec un froncement de sourcils. Elle disait au contraire que c'était mauvais signe. Leo s'intéressait au surnaturel et Katherine avait lu quelques livres de sa collection d'ouvrages occultes. Dans l'un d'eux, il était dit que lorsque des jumeaux naissaient coiffés, c'était... je ne me souviens plus exactement, mais ce n'était pas bon. Un mauvais présage, je ne sais plus trop.

— La marque du démon ? demanda Tony.

— Oui, oui ! C'est ça !

— Elle croyait donc que ses enfants avaient été marqués par le démon ? Que leurs âmes étaient déjà damnées ?

— Dire que j'avais complètement oublié tout ça... »

Son regard se perdit dans le vague, plongeant dans le passé. Elle essayait de rassembler ses souvenirs. Hilary et Joshua se tenaient cois. Tony leur savait gré de lui laisser la direction de l'entretien. Au bout de quelques secondes, Rita Yancy reprit la parole.

« Après m'avoir fait cette réflexion, Katherine est restée bouche cousue. Impossible de lui tirer un mot de plus. Pendant deux jours, elle n'a pas fait plus de bruit qu'une petite souris. Elle restait au lit, le regard perdu au plafond, presque sans bouger. On avait l'impression qu'elle réfléchissait intensément à quelque chose. Puis, tout à coup, elle a commencé à se comporter si bizarrement que je me suis demandé à nouveau si je n'allais pas l'envoyer au cabanon.

— Elle s'est remise à divaguer, comme avant ?

— Non, non. Cette fois, elle a commencé à tenir des propos incohérents. Vraiment, des choses qui n'avaient ni queue ni tête. Que les jumeaux étaient les enfants d'un démon. Elle prétendait qu'elle avait été violée par une créature infernale, toute verte, couverte d'écailles, un monstre ignoble avec des yeux énormes, une langue fourchue et de longues griffes. Un monstre qui était sorti des enfers et l'avait fécondée contre sa volonté. Dément, non ? Elle jurait ses grands dieux que c'était la vérité. Elle m'a même décrit le démon. Une sacré bonne description, ça oui. Plein de détails et tout. Quand elle en est arrivée au moment du viol, elle a réussi à me foutre la trouille, même si ce n'étaient que des contes à dormir debout. Au début, j'ai cru que c'était une sorte de jeu, quelque chose qu'elle faisait pour s'amuser ; mais il n'y avait plus moyen de lui en faire démordre et j'ai commencé à trouver ça moins drôle. Je lui ai reparlé de ce qu'elle m'avait dit au sujet de Leo, mais elle s'est mise à hurler. Ah ! la ! la ! ces cris ! J'ai cru que les fenêtres allaient se briser. Elle a nié m'avoir dit des choses pareilles ; elle s'est prétendue insultée. Il fallait la voir qui hurlait au scandale, furieuse après moi parce que j'avais parlé d'inceste ; elle voulait absolument que je lui fasse des excuses, la sainte nitouche. Pensez si je lui ai ri au nez ! Ça l'a rendue encore plus furieuse. Elle ne cessait de répéter que ce n'était pas Leo le père des jumeaux, alors qu'on le savait très bien toutes les deux. Elle a vraiment fait des pieds et des mains pour me convaincre que c'était un démon qui était leur père. Ah ! elle jouait bien la comédie, je vous le jure ! Je n'y ai pas cru une seule seconde, évidemment. Non mais franchement, je vous jure, soutenir mordicus qu'elle s'était fait culbuter par une créature échappée des enfers, quelle foutaise ! Il y avait des moments où je me demandais si elle n'en était pas elle-même persuadée. Elle paraissait sincère. Elle semblait y croire dur comme fer. Elle disait qu'elle avait peur qu'on les brûle vivants, elle et ses enfants, si quelqu'un découvrait qu'elle avait frayé avec un démon. Elle m'a suppliée de garder le secret et de ne dire à personne que les enfants étaient nés coiffés. Elle disait aussi que les jumeaux avaient la marque du démon entre leurs jambes et qu'il fallait également garder le secret là-dessus.

— Entre leurs jambes ? répéta Tony.

— Oh ! elle déraillait complètement ! Elle disait qu'ils avaient tous les deux les organes génitaux de leur père, qu'ils n'étaient pas humains sous ce rapport et qu'elle savait que je m'en étais aperçue ; elle m'a suppliée de n'en rien dire à personne. C'était vraiment ridicule. Les deux pauvres marmots avaient des petits zizis tout ce qu'il y a de normal. Mais Katherine n'a pas arrêté d'extravaguer à propos de démons pendant deux jours. Parfois, elle était carrément hystérique. Elle m'a demandé combien j'exigeais pour garder le secret. Je lui ai répondu que je ne lui prendrais pas un centime, mais qu'en revanche, j'accepterais bien cinq cents dollars par mois pour ne pas parler de Leo et de tout le reste, de la vérité, quoi. Alors, elle s'est un peu calmée, mais son histoire de démon continuait à lui trotter dans la tête. J'étais prête à faire revenir le médecin, persuadée qu'elle croyait vraiment tout ce qu'elle racontait, quand elle n'a brusquement plus dit un mot sur le sujet. Elle a semblé reprendre ses esprits. Ou alors, elle s'est fatiguée de sa plaisanterie. Quoi qu'il en soit, elle n'a plus parlé de rien et elle s'est conduite tout à fait normalement jusqu'au moment où elle est partie avec ses enfants, environ une semaine plus tard. »

Tony se mit à réfléchir à ce que Mme Yancy venait de lui dire. La vieille femme caressait le chat blanc, comme une sorcière qui chouchoute un félin familier.

« Et si, murmura Tony. Et si, et si, et si ?

— Et si quoi ? demanda Hilary.

— Je ne sais pas. Les pièces ont l'air de se mettre en place... mais ça paraît... si étrange. Il se peut que je sois en train de remonter le puzzle tout de travers. Il faut que je réfléchisse encore.

— Bon, vous avez d'autres questions à me poser ? demanda Rita Yancy.

— Non, dit Tony en se levant du tabouret. Je ne vois rien d'autre.

— Je pense que nous avons obtenu ce que nous étions venu chercher, remarqua Joshua.

— Et même davantage », renchérit Hilary.

Mme Yancy ôta le chat de ses genoux, le posa par terre et se leva.

« Vous m'avez fait perdre du temps avec cette foutue histoire. Je devrais être dans ma cuisine. J'ai du travail. Ce matin, j'ai préparé quatre tourtes aux fruits de mer. Maintenant, il faut que je mélange la garniture et que je mette le tout au four. Mes petits-enfants viennent dîner et chacun d'eux a sa tourte favorite. Ces petits chenapans sont un vrai fléau, allez ! D'un autre côté, je serais complètement perdue sans eux. »

Le chat fit un bond soudain, fila sur le tapis, passa devant Joshua, et alla se terrer sous une petite table d'angle.

Au moment même où l'animal s'immobilisait, deux cygnes miniatures en verre dégringolèrent d'une étagère et rebondirent sur l'épais tapis sans se casser. Deux petits tableaux brodés se décrochèrent du mur. Les vitres se mirent à vibrer.

« Un tremblement de terre », constata Mme Yancy.

Le sol roulait comme le pont d'un navire bercé par la houle.

« Rien de grave », assura-t-elle.

Le mouvement s'apaisa. La terre courroucée se rasséréna. Le calme revint.

« Vous voyez, fit Mme Yancy. C'est déjà fini. »

Pourtant Tony sentait venir d'autres ondes de choc qui, elles, n'avaient rien à voir avec les tremblements de terre.

Bruno parvint enfin à ouvrir les yeux de son autre

lui-même ; il fut d'abord bouleversé par ce qu'il découvrit. Ce n'était plus les yeux bleu-gris, clairs, envoûteurs, qu'il avait connus et aimés. C'étaient les yeux d'un monstre. Des yeux gonflés, putréfiés et protubérants. La cornée barbouillée de sang à demi séché, les vaisseaux éclatés ; l'iris opaque, voilé d'une taie grisâtre, et non plus bleu comme lorsqu'il était encore en vie, un bleu malsain d'hématome, de meurtrissure.

Pourtant, à contempler ces yeux, plus il les regardait et moins il les trouvait hideux ou objets de répulsion. C'étaient toujours, après tout, les yeux de sa moitié, d'une partie de lui-même, des yeux qu'il connaissait mieux que tout autre, des yeux qu'il aimait et auxquels il pouvait faire confiance. Qui l'aimaient et qui lui faisaient confiance. Il essaya de ne pas simplement les regarder, mais de lire à l'intérieur, tout au fond, au-delà de la sclérotique ravagée, jusqu'à ce point où, instant magique, il s'était miré si souvent dans l'autre partie de son âme. Mais le charme était rompu ; les yeux de l'autre Bruno ne lui rendirent pas son regard. Néanmoins, le seul fait de pouvoir scruter ces yeux morts raviva le souvenir de ce qu'avait été l'identification totale avec l'autre, de ce qu'avaient été le plaisir intense et la joie inexprimable d'être ensemble, rien que lui et lui-même, face au monde entier, sans avoir peur de la solitude.

Il s'accrocha à ce souvenir, car c'était tout ce qu'il lui restait.

Il resta des heures assis sur le lit, le regard dardé sur les yeux du cadavre.

Le Cessna Turbo Skylane RG de Joshua déchirait le ciel en direction de Napa.

Hilary contemplait les nuages éparpillés sous l'appareil et les collines pelées par l'automne qui s'étalaient à plusieurs milliers de pieds plus bas. Au-dessus, on ne voyait que le ciel cristallin et la traînée floconneuse et lointaine d'un avion militaire.

Venu de la mer, un immense train de nuages gris-bleu pesait comme une barre sombre sur l'horizon. Chargée d'électricité, l'armada silencieuse progressait rapidement. Au crépuscule, la vallée de Napa — en fait tout le tiers du nord de l'État, depuis la presqu'île de Monterey jusqu'à la frontière de l'Oregon — serait recouvert de nuages menaçants.

Pendant les dix minutes qui avaient suivi le décollage, Hilary, Tony et Joshua étaient restés silencieux. Chacun était plongé dans ses pensées... et dans ses craintes.

Joshua fut le premier à rompre le silence.

« Le jumeau est sans doute le sosie que nous recherchons.

— Oui, de toute évidence, dit Tony.

— Mais lequel des deux ai-je tué ? demanda Hilary. Bruno ou son frère ?

— L'exhumation du corps nous apprendra peut-être quelque chose », dit Joshua.

L'avion rencontra un trou d'air, piqua de plus de deux cents pieds, puis reprit son altitude de croisière.

« Bien, déclara Hilary, l'estomac remis en place. Discutons sérieusement et voyons où cela nous mène. Nous butons toujours sur le même problème. Si Katherine n'a pas supprimé le frère jumeau de Bruno, alors qu'en a-t-elle fait ? Où est-il passé pendant toute ces années ?

— Il y a toujours la solution proposée par Rita Yancy, à savoir que Katherine l'aurait laissé devant une église ou un orphelinat, proposa Joshua.

— Cette idée ne me satisfait pas, dit Hilary d'un air dubitatif. Elle ne me plaît pas... sans que je sache trop pourquoi. Elle me paraît trop conventionnelle... trop romanesque. Oh ! zut ! je ne trouve pas le mot. Je ne sais pas comment le dire, mais j'ai le sentiment que Katherine n'a pas agi de la sorte. C'est trop...

— Trop cliché, compléta Tony. Exactement comme l'histoire de Mary Gunther. Abandonner un des enfants aurait été le moyen le plus simple, le plus commode et le plus sûr de résoudre le problème. Mais on ne choisit pas toujours la solution la plus facile, surtout quand on est dans l'état nerveux qui était celui de Katherine quand elle a quitté le bordel de Rita Yancy.

— Cependant, on ne peut pas éliminer cette possibilité, dit Joshua.

— Je pense que si, dit Tony. Car si on accepte l'éventualité que Bruno ait été abandonné et adopté par des étrangers, reste à expliquer comment les deux frères ont pu se retrouver. Puisque la naissance du frère n'a pas été déclarée, celui-ci n'avait aucun moyen de remonter sa filiation. Leur réunion n'aurait pu être que le fruit du hasard. Mais dans ce cas, reste à savoir pourquoi ce frère élevé dans une autre famille et ignorant jusqu'à l'existence de Katherine aurait pu concevoir pour celle-ci une haine aussi féroce et en avoir une peur aussi panique.

— C'est bien difficile, en effet, reconnut Joshua.

— Et pourquoi il serait devenu, lui aussi, un psychopathe souffrant d'hallucinations semblables en tout point à celles de Bruno. »

Le Cessna filait vers le nord. Le vent malmenait le petit appareil.

« Vous avez raison, dit Joshua. Je ne vois pas comment, en effet, le frère de Bruno aurait pu être atteint de la même psychose en ayant été élevé tout à fait séparément.

— Ainsi, d'après toi, Bruno et son frère n'auraient jamais été séparés ? demanda Hilary.

— Elle les a ramenés tous les deux à St. Helena, affirma Tony.

— Mais, qu'a-t-elle fait du second jumeau ? Elle l'a enfermé dans un placard ? plaisanta Joshua.

— Non. Vous avez probablement dû le voir bien souvent.

— Quoi ? Moi ? Mais non. Jamais. Je ne connais que Bruno.

— Et si... et s'ils étaient Bruno, tous les deux ? A tour de rôle ? »

Joshua se tourna vers Tony et le considéra avec un certain ébahissement.

« Vous voudriez me faire croire qu'ils se seraient amusés à je ne sais trop quel petit jeu puéril pendant quarante ans ? demanda Joshua, sceptique.

— Un jeu ? Non. Du moins, pas pour eux. Plutôt une nécessité vitale... absolue.

— Vous êtes trop mystérieux pour moi, dit Joshua.

— Je sais que tu avais quelque chose en tête, intervint Hilary, quand tu lui as demandé si Katherine s'était rendu compte que les jumeaux étaient coiffés et quelle avait été sa réaction.

— Oui, dit Tony. Katherine grosse d'un démon. C'est ça qui m'a fourni un bon morceau du puzzle.

— Pour l'amour du Ciel, s'impatienta Joshua, ne faites pas tant de mystères ! Exprimez-vous qu'on puisse tous les deux vous comprendre.

— Excusez-moi. Je pensais tout haut. Il va falloir que je reprenne au commencement. Pour comprendre ce que je vais vous dire, il faut comprendre Katherine ou, du moins, la façon dont je la vois. Telles que je vois les choses, il faut imaginer une famille... où la folie s'est transmise sur trois générations, comme une sorte d'héritage. A chaque génération, le dérèglement s'accroît un peu plus, comme un capital qui produirait des intérêts. Commençons par Leo. Un homme extrêmement autoritaire. Son plaisir, ce qui fait le sel de la vie, c'est de dominer totalement les autres. C'est une des raisons pour lesquelles il a si bien réussi dans les affaires et aussi pourquoi il avait si peu d'amis. Il est fréquent que des individus agressifs comme lui aient une attitude entièrement différente sur le plan sexuel ; au lit, ces hommes-là aiment être déchargés de toute initiative ; ils aiment être commandés et dominés à leur tour, pour changer. Ce n'était pas le cas de Leo. Dans ce domaine également il voulait être le maître. Il prenait du plaisir à blesser et à humilier les femmes, à les insulter, à les contraindre à faire des choses dégradantes. Il était violent, un rien sadique, même. C'est ce que nous a appris Mme Yancy.

— Peut-être, mais il y a un grand pas entre le fait de satisfaire des tendances perverses avec des prostituées et celui de maltraiter sa propre fille, rétorqua Joshua.

— Peut-être, mais Leo l'a sautée, répondit Tony. Nous savons qu'il a abusé d'elle pendant des années. Ça n'a même pas dû lui poser de graves problèmes de conscience. Il devait considérer qu'il pouvait user à sa guise des filles de Mme Yancy parce qu'il les payait, et par conséquent qu'elles lui appartenaient, du moins pour le temps convenu. C'était un homme qui avait un sens de la propriété très aigu — et une définition très large et personnelle du mot propriété. Définition qui peut expliquer sa conduite à l'égard de Katherine. Pour les hommes tels que lui, un enfant est un bien comme un autre, et pour lui, Katherine n'était sans doute qu'une de ses possessions. Une chose, un objet, inutile s'il ne servait à rien.

— Je suis heureux de ne pas avoir connu ce beau salaud. La seule idée de lui serrer la main me donne la nausée, dit Joshua.

— D'après moi, poursuivit Tony, Katherine a été soumise, dès l'enfance, aux brutalités d'un homme capable de n'importe quoi ; dans ces conditions, il était pratiquement impossible qu'elle reste saine d'esprit. Leo était un pisse-froid, un homme froid et ennuyeux, un solitaire taciturne, un égoïste forcené, un individu à la libido particulièrement torturée. Il est possible, probable, sans doute, qu'il ait été psychologiquement perturbé. Peut-être même complètement détraqué, totalement coupé de la réalité mais capable de le cacher. Il y a des psychopathes qui contrôlent très bien leur folie ; ils sont capables de canaliser une grande partie de leur perversité — de la sublimer — vers des activités socialement acceptables et de passer ainsi pour normaux. Chez ce genre de malades mentaux, la folie reste généralement cantonnée à la sphère du privé. Dans le cas de Leo, sa perversité se manifestait un peu de temps à autre, lorsqu'il allait se soulager avec des prostituées, mais c'est surtout Katherine, qu'il avait constamment sous la main, qui en a fait les frais. Il faut comprendre que Leo n'abusait pas seulement d'elle sur le plan physique. Son désir allait au-delà. Il briguait la mainmise absolue sur son être. Après l'avoir détruite physiquement, ce qu'il voulait, c'était la détruire aussi sur le plan mental, psychique et émotionnel. Quand Katherine a débarqué chez Rita Yancy pour accoucher, elle devait être aussi déséquilibrée que Leo, mais, comme lui, elle avait appris à se contrôler et à passer pour quelqu'un de normal. Après la naissance des jumeaux, elle a craqué pendant trois jours, mais elle s'est ressaisie rapidement.

— Et puis, elle a craqué une deuxième fois, remarqua Hilary, tandis que l'avion entrait dans une zone de turbulences.

— Oui, dit Joshua. Au moment où elle a raconté à Mme Yancy qu'elle avait été violée par un démon.

— Si mon hypothèse est correcte, Katherine a dû considérablement changer après la naissance des jumeaux. Elle est tombée d'un état psychotique grave à un autre, encore plus grave. D'autres hantises sont apparues sous les vieilles. Jusque-là, elle avait réussi à sauver les apparences, malgré les relations incestueuses que lui imposait son père, malgré les tortures physiques et mentales qu'il lui infligeait, malgré le fait d'être enceinte de ses œuvres, et même malgré le supplice quotidien que cela a dû être de rester sanglée nuit et jour, pendant des mois, dans des corsets de plus en plus serrés, à l'encontre de toutes les lois de la nature. Même dans les pires épreuves, elle avait toujours plus ou moins réussi à maintenir un semblant de normalité. Mais, après la naissance des jumeaux, quand elle s'est rendu compte que l'histoire de Mary Gunther ne tenait plus debout, la coupe a débordé. Elle a perdu la boule et s'est mis dans la tête qu'elle avait été violée par un démon. Rita Yancy nous a dit que Leo s'intéressait à l'occultisme et que Katherine avait lu des ouvrages sur la question. Elle a dû lire quelque part que des jumeaux nés coiffés étaient un signe de possession diabolique. Et, comme c'était le cas pour les siens... bref, elle a commencé à fantasmer. L'idée qu'elle était la victime innocente d'une créature infernale a fait peu à peu son chemin dans son esprit. Cette solution était on ne peut plus séduisante car elle la débarrassait de la honte et de la culpabilité qu'elle éprouvait pour avoir mis au monde les enfants de son propre père. Il fallait le cacher au monde entier, mais elle n'avait plus besoin de se le cacher à elle-même. Ce n'était plus quelque chose de honteux et elle n'avait plus à se chercher d'excuses, personne ne pouvant résister à un être doté d'une puissance surnaturelle. Violée par un monstre, elle devenait une malheureuse victime innocente.

— De toute façon, elle était une victime. La victime de son père, dit Hilary. Ce n'était pas de sa faute ; c'est lui qui a abusé d'elle.

— Oui, dit Tony. Mais il a probablement fait tout ce qu'il fallait pour la convaincre qu'elle était fautive, que c'était elle qui était responsable de leurs rapports contre nature. Transférer la culpabilité sur sa fille, voilà un moyen très commun pour un esprit malade d'échapper à la mauvaise conscience, et c'est une attitude qui cadre parfaitement avec le tempérament despotique de Leo.

— Je suis d'accord avec tout ce que vous venez de dire, déclara Joshua. Je ne sais pas si c'est la vérité, mais c'est logique et ça pourrait être une explication. Donc Katherine met ses jumeaux au monde, délire pendant trois jours puis refait surface grâce à un nouveau fantasme, une nouvelle illusion. En croyant avoir été violée par un démon, elle oublie tout ce que son père lui a fait, tire un trait sur l'inceste et retrouve un peu d'estime pour elle-même. En somme, cette période a dû être la meilleure époque de sa vie.

— Exactement, acquiesça Tony.

— Mme Yancy était la seule personne à qui elle ait jamais parlé d'inceste, dit Hilary. C'est pour ça que, lorsqu'elle est partie sur son histoire de démon, elle a tellement insisté pour la mettre au courant de la « vérité ». Elle se rongeait à l'idée que Mme Yancy pût la considérer comme un être foncièrement mauvais, une détraquée sexuelle, et voulait donc qu'elle sache qu'elle n'était que la victime impuissante d'une *chose* surnaturelle.

— Voyant que Mme Yancy ne la croyait pas, elle a décidé de garder tout ça pour elle, enchaîna Tony. Elle s'est dit que personne ne la croirait. Mais peu lui importait, puisque en son for intérieur, elle était sûre que c'était la vérité. C'était un secret plus facile à garder que l'autre, celui de Leo.

— De plus, Leo était mort quelques semaines plus tôt et n'était plus là pour lui rappeler des choses qu'elle préférait oublier.

— Moi qui me croyais trop vieux et trop cynique pour trembler à l'écoute d'une histoire d'horreur, je dois avouer que celle-là est à faire frémir, dit Joshua en ôtant les mains une seconde des commandes pour les essuyer sur sa chemise. Il y a quelque chose de terrible dans ce que vous venez de dire, Hilary. Certes, Leo n'était plus là pour lui rappeler son passé, mais il lui fallait absolument les deux jumeaux auprès d'elle pour continuer à nourrir ses fantasmes. Ils en étaient la preuve vivante et elle ne pouvait les faire adopter ni l'un ni l'autre.

— C'est vrai, approuva Tony. Le fait de les avoir auprès d'elle consolidait l'illusion. Quand elle regardait ces deux bébés en bonne santé et incontestablement humains, elle voyait véritablement une différence dans leurs organes génitaux, comme elle l'a dit à Mme Yancy. Elle y voyait effectivement un détail, une particularité, quelque chose qui était le signe de leur paternité diabolique. Des jumeaux engendrés par un démon étaient une illusion confortable, et je dis « confortable » uniquement en comparaison du cauchemar que devait être sa vie du vivant de son père. »

L'esprit d'Hilary tournait plus vite que le moteur de l'avion. A mesure qu'elle comprenait où menaient les suppositions de Tony, elle commençait à s'enflammer.

« Katherine a donc ramené les jumeaux chez elle. Dans la maison sur la falaise. Mais il a fallu qu'elle continue à soutenir la fable Mary Gunther. D'abord, elle tenait à conserver sa bonne réputation. Mais elle avait une autre raison, bien plus importante qu'une simple question de cancans. Une psychose trouve sa source dans le subconscient mais, à ce que j'ai cru comprendre, les fantasmes, manière dont le psychopathe appréhende son tourment intérieur, sont eux des produits de l'esprit conscient. Donc, elle avait beau être absolument persuadée de son histoire de démon au niveau conscient, en même temps... dans son subconscient, des doutes devaient subsister. Elle savait que si elle rentrait chez elle avec des jumeaux, les gens ne croiraient plus à l'existence de la fameuse Mary Gunther et finiraient par comprendre que Leo en était le père. Elle serait alors montrée du doigt ; impossible de soutenir plus longtemps l'hypothèse commode d'une paternité diabolique. Plus question de se bercer d'illusions ; c'est tout un passé douloureux qui referait surface. Pour éloigner à tout prix cette perspective qui l'épouvantait et la remplacer dans son esprit par la version diabolique, elle était obligée de ne montrer qu'un seul enfant. Elle a donc donné le même nom aux deux petits garçons et ne leur a permis de sortir qu'à tour de rôle. Elle les a contraints à ne vivre qu'une seule vie pour deux.

— Et finalement, ajouta Tony, ils en sont venus à se considérer comme un seul et même être.

— Vous y allez un peu fort, protesta Joshua. Peut-être qu'en public, ils étaient capables de passer l'un pour l'autre ou de répondre au même prénom. Et encore, j'ai du mal à le croire. Mais, en privé, ils se sentaient forcément deux êtres distincts.

— Ce n'est pas sûr, dit Tony. Nous avons des preuves qu'ils se voyaient comme... une seule et même personne dans deux corps.

— Des preuves ? Quelles preuves ? demanda Joshua.

— La lettre que vous avez trouvée dans le coffre de la banque de San Francisco. Bruno y a écrit qu'il avait été tué à Los Angeles. Il ne dit pas que c'est son frère qui est tué ; il affirme que c'est lui, en personne, qui est mort.

— Cette lettre ne prouve rien, rétorqua Joshua. C'est un vrai galimatias. Elle n'a aucun sens.

— Si. Elle a un sens pour Bruno, qui ne perçoit pas son frère comme quelqu'un de différent de lui, mais comme une partie, une extension de lui-même. Dans ce cas, la lettre a bien un sens.

— Je ne comprends toujours pas comment on peut arriver à faire croire à deux personnes qu'elles n'en font qu'une, dit Joshua en secouant la tête.

— Vous avez déjà entendu parler de dédoublement de personnalité. Docteur Jekyll et Mr. Hyde. Ou bien l'histoire véridique de cette femme qui est racontée dans *Les trois visages d'Eve*. Il y a eu un livre, aussi, sur un cas semblable. Un succès de librairie, il y a quelques années. *Sybil*. Sybil avait seize personnalités distinctes. Eh bien, si je vois juste à propos des jumeaux Frye, ils ont développé une psychose qui est exactement l'opposé du dédoublement de personnalité. L'esprit des deux garçons ne s'est pas fragmenté en quatre, six, huit ou dix personnalités, mais, sous la formidable pression de leur mère, ils se sont... psychologiquement fondus en un seul être. Deux individus avec une unique personnalité, une conscience unique, une image de soi unique. Une telle chose ne s'était sans doute encore jamais produite et risque de ne plus jamais se produire, mais cela ne signifie pas qu'elle est impossible.

— Ils se sont vus virtuellement contraints d'adopter une seule personnalité pour pouvoir indifféremment sortir dans le monde extérieur, dit à son tour Hilary. Des différences, même les plus minimes, auraient fait échouer toute leur comédie.

— Mais comment ? demanda Joshua. Qu'est-ce que Katherine leur a fait ? Comment s'y est-elle prise pour arriver à ce résultat ?

— Nous ne le saurons sans doute jamais avec certitude, dit Hilary. Mais j'ai ma petite idée là-dessus.

— Moi aussi, fit Tony. Commençons par toi. »

Vers le milieu de l'après-midi, la lumière commença à décliner dans le grenier. L'obscurité prit lentement possession des quatre coins de la pièce. A mesure que les ombres envahissaient le plancher, Bruno redoutait de plus en plus de se retrouver dans le noir. L'électricité ne marchait plus et les piles de sa lampe de poche étaient mortes.

En voyant les choses environnantes se couvrir peu à peu d'un voile gris, Bruno sentit la panique le gagner. Dehors, il n'avait pas peur de la nuit ; il y avait toujours une lumière quelconque provenant des maisons, des lampadaires, des phares de voitures, de la lune ou des étoiles. Mais dans une pièce totalement obscure, les murmures et les choses rampantes revenaient. Il fallait à tout prix qu'il empêche ce double fléau de pénétrer.

Des bougies.

Sa mère gardait toujours deux boîtes de grandes bougies dans le placard de la cuisine. Elles étaient là en cas de panne d'électricité. Il devait y avoir également des allumettes. Lorsqu'il avait déménagé, il n'avait touché à rien ; il n'avait emporté que ses affaires personnelles et les quelques objets d'art qu'il avait personnellement achetés. Il se tourna vers l'autre Bruno pour le rassurer.

« Je descends une minute », dit-il.

Les yeux troubles et injectés de sang n'eurent aucune réaction.

« Je ne serai pas long », assura-t-il.

Il ne répondit pas.

« Je vais aller chercher des bougies pour ne pas être pris par la nuit. Tu peux rester seul quelques instants ? »

L'autre Bruno ne dit mot.

Il se dirigea vers l'escalier qui partait du coin du grenier et menait dans une chambre du premier étage. Il n'y faisait pas complètement noir, car un filet de lumière provenant de la fenêtre des combles l'éclairait. Mais, quand il poussa la porte du bas, Bruno fut consterné de trouver la chambre plongée dans l'obscurité.

Les volets. Ce matin, quand il s'était réveillé, il avait ouvert les volets du grenier mais pas ceux des autres pièces. Il n'avait pas osé. Autant il était peu probable que les créatures de Katherine-Hilary remarquent sa présence s'il se contentait des volets de la fenêtre du grenier, autant pousser tous les contrevents les aurait fait aussitôt rappliquer. La chambre était noire comme une tombe, antre profond où ne régnait que le silence.

Il s'immobilisa sur l'avant-dernière marche et scruta les ténèbres, redoutant d'avancer, prêtant l'oreille à d'éventuels chuchotements.

Pas un bruit.

Pas un mouvement non plus.

Il serait bien remonté immédiatement au grenier, mais ce n'était pas une solution à son problème. Dans quelques heures, il ferait nuit et il se retrouverait sans lumière. Il *fallait* qu'il atteigne ce placard et qu'il trouve les bougies.

La gorge sèche, il pénétra dans la chambre du premier, maintenant la porte ouverte pour profiter de la maigre clarté en provenance du palier. Deux pas. Il s'arrêta.

Attendit.

Ecouta.

Pas de chuchotements.

Il laissa la porte se refermer et traversa précipitamment la pièce en cherchant son chemin à tâtons.

Pas de chuchotements.

Il trouva une autre porte sous ses doigts et se retrouva dans le couloir du premier.

Rien. Pas de murmures.

Cerné de tous côtés par des ténèbres de catacombes, il ne savait plus de quel côté il fallait aller pour rejoindre l'escalier qui desservait le rez-de-chaussée ; il se força à reprendre ses esprits et prit à droite, les bras tendus devant lui comme un aveugle, la paume des mains ouverte et les doigts écartés.

Pas de chuchotements.

Il faillit s'étaler dans les marches en arrivant au bout du palier. Le sol se déroba brusquement sous lui, mais il put se rattraper en s'agrippant à la rampe invisible.

Pas de chuchotements.

Accroché à la rampe, n'y voyant toujours rien, il retint son souffle, l'oreille tendue.

Des chuchotements.

Derrière lui. Qui le poursuivaient.

Il poussa un cri et se lança dans les marches en titubant. Il lâcha la rampe, perdit l'équilibre, battit vainement des bras et atterrit rudement sur le palier intermédiaire, la face contre le tapis moisi, la jambe gauche traversée par une douleur fulgurante qui heureusement ne dura pas. Il dressa la tête ; les murmures se rapprochaient de plus en plus. Il se releva en gémissant d'épouvante, dégringola en boitillant la dernière volée de marches, chancela en parvenant au rez-de-chaussée, se retourna et scruta les ténèbres. Les murmures s'étaient encore rapprochés ; c'étaient maintenant des sifflements stridents. *Non, non !* hurla-t-il en se précipitant vers la cuisine, à l'autre bout de la maison. Les murmures étaient partout, tout autour de lui, au-dessus, au-dessous, devant, derrière, de tous les côtés, des murmures et des choses, aussi, d'horribles choses rampantes. Une ou plusieurs, il n'en savait rien. Il se rua en avant, se cognant contre les murs dans sa terreur, essayant désespérément de se débarrasser de l'immonde vermine qui grouillait sur sa peau, et s'écrasa contre la porte battante de la cuisine qui s'ouvrit sous son poids. Se dirigeant à tâtons, il explora la vieille pièce familière, reconnut la cuisinière, le réfrigérateur, le buffet et finit par trouver la porte du placard. C'était pire que jamais, la vermine grouillait à mesure que les murmures augmentaient d'intensité. Il se mit à crier, à crier de toute sa voix râpeuse, tira violemment la porte du placard, libérant une puanteur fétide, et tendit la main dans le noir. Comprenant qu'il ne trouverait pas les bougies au milieu des boîtes, des bouteilles et des pots qui encombraient les étagères, il abandonna le placard et, en se donnant de grands coups pour chasser les choses accrochées à son visage, il se précipita en gémissant vers la porte qui ouvrait sur la véranda. Il manipula nerveusement les verrous grippés et réussit à ouvrir.

La lumière.

La lumière rasante de l'après-midi qui tombait des monts Mayacamas pénétra en avalanche par la porte ouverte et illumina la cuisine.

La lumière.

Il resta un moment sur le seuil et se laissa inonder par cette clarté merveilleuse. Il était couvert de sueur. Il avait la respiration courte et saccadée.

Une fois apaisé, il retourna vers le placard. L'odeur nauséabonde provenait de vieilles boîtes de conserve qui avaient fermenté, puis explosé, répandant partout des aliments avariés et causant l'apparition de moisissures et de champignons. Au milieu de cette pourriture, il aperçut les bougies et la boîte d'allumettes.

Celles-ci paraissaient bien sèches. Il en frotta une pour s'assurer qu'elles étaient encore utilisables et une petite flamme crépitante lui réchauffa le cœur.

A l'ouest du Cessna, à deux mille pieds sous l'appareil environ, des nuages d'orage s'amassaient inexorablement, venus du Pacifique.

« Comment ? répéta Joshua. Comment Katherine a-t-elle fait pour que les jumeaux en viennent à penser, à agir et à exister comme un seul être ?

— Je vous l'ai déjà dit, reprit Hilary. Nous ne le saurons sans doute jamais de façon certaine. Mais, à mon avis, Katherine a dû leur faire partager son fantasme du jour où elle les a ramenés à St. Helena, bien avant qu'ils soient assez grands pour comprendre ce qu'elle disait. Des centaines, des milliers de fois, peut-être, elle leur aura répété qu'ils étaient les fils d'un démon, qu'ils étaient nés coiffés et que leurs organes sexuels n'étaient pas comme ceux des autres petits garçons. Elle leur a certainement dit qu'ils seraient exécutés si quelqu'un s'en apercevait. Arrivés à l'âge où ils auraient pu poser des questions, ils étaient si bien endoctrinés que tout ce qu'elle disait était pour eux paroles d'évangile. Non seulement ils auraient été incapables de mettre ses paroles en doute, mais ils partageaient sa psychose et ses fantasmes. Ils ont dû grandir avec, profondément implantée en eux, la peur perpétuelle d'être découverts et mis à mort. La peur est un moyen de pression considérable qui rend l'esprit très malléable. Il n'est pas invraisemblable de penser qu'après des années de pression constante et répétée, des années d'endoctrinement, les deux petits garçons aient fini par se considérer comme un seul et même être, comme Tony en a émis l'hypothèse.

— D'après les enregistrements que le docteur Rudge nous a fait écouter, dit Tony, Bruno savait que son frère et lui étaient nés coiffés. Il connaissait la superstition attachée à ce phénomène rare. Comme sa mère, il voyait là l'œuvre du Malin. La lettre trouvée dans le coffre le prouve également. Il y écrit qu'il ne peut pas demander la protection de la police, car on découvrirait alors sa particularité. Il dit que si les gens apprenaient la vérité, ils le lapideraient. Cela s'explique très bien si l'on admet qu'il a repris à son compte les délires psychotiques de sa mère.

— D'accord, reconnut Joshua. Les jumeaux croyaient peut-être, en effet, à toutes ces absurdités ; de toute façon, ils n'ont guère dû avoir la possibilité de ne pas y croire. Mais cela n'explique pas comment et pourquoi Katherine les a obligés à ne faire qu'un seul être, à... se fondre en une seule personne, comme vous dites.

— Il est facile de savoir pourquoi, dit Hilary. Tant que les jumeaux se considéreraient comme des individus distincts, il subsisterait toujours quelques différences entre eux. Par conséquent, il y avait toujours le risque, un jour ou l'autre, qu'ils fassent une gaffe et que cesse la mascarade. Plus Katherine les forcerait à penser, à parler, à raisonner, à agir et à réagir comme un seul être, plus elle serait tranquille, voilà pourquoi.

— Quant au comment, enchaîna Tony, il ne faut pas oublier que Katherine connaissait tous les moyens de briser et de façonner un caractère. Après tout, elle avait été à bonne école. Leo avait employé sur elle toutes les ressources possibles et imaginables pour la réduire à sa merci et la soumettre à son seul bon plaisir. Son propre calvaire lui a servi de leçon. Elle aurait certainement pu écrire un manuel entier sur les techniques de tortures, tant physiques que mentales.

— Et pour obliger les jumeaux à penser comme une seule personne, ajouta Hilary, elle les a traités comme une seule et même personne ; c'était là la condition de la réussite, en quelque sorte. Sans en préférer un, elle les a aimés autant tous les deux, si jamais il y a eu de l'amour entre eux. Les deux étaient punis quand l'un faisait une bêtise, récompensés quand l'autre le méritait. Elle s'est toujours adressée à eux comme s'il n'y avait qu'un Bruno, pas deux, et a fini par leur faire perdre toute notion d'individualité.

— Chaque fois qu'elle décelait la moindre originalité chez l'un d'eux, il fallait soit la supprimer, soit que l'autre la partage. L'emploi du pronom était capital.

— L'emploi du pronom ? fit Joshua, perplexe.

— Oui. Ça peut paraître un peu tiré par les cheveux. Peut-être même insensé. Mais la compréhension et l'utilisation du langage nous déterminent plus que toute autre chose. Le langage nous sert à exprimer toutes nos pensées. Une pensée nébuleuse aboutit à un langage verbeux. Mais le contraire est également vrai : un langage maîtrisé engendre une pensée claire et précise. C'est un des fondements de la sémantique. Hypothèse vraisemblable, Katherine a dû sévèrement limiter l'usage des pronoms pour réussir à imposer à ses deux enfants l'image complètement faussée à laquelle elle voulait qu'ils se conforment. Quand les jumeaux s'adressaient la parole, ils n'avaient pas le droit de se dire tu, parce que tu implique de nommer l'autre, de le distinguer de soi. Par exemple, l'un ne pouvait pas dire à l'autre : « Tu veux jouer au Monopoly avec moi ? » Il fallait qu'il lui demande, par exemple : « Pourquoi est-ce que je ne jouerais pas au Monopoly avec moi ? » De la même façon, ils n'étaient pas autorisés à dire *nous*, ou *on*, pour parler d'eux-mêmes, car même le pronom indéfini, à plus forte raison, la première personne du *pluriel,* contient en germe l'existence d'au moins deux personnes, celui qui parle et celui ou ceux dont parle celui qui parle. Mieux encore, quand il voulait parler de son frère, chaque jumeau n'avait pas le droit d'employer les pronoms *il,* ou *lui* ; toujours pour la même raison, il devait dire *je,* ou *moi,* ou une périphrase comme *moi et moi, moi et moi-même.* C'est compliqué, hein ?

— Délirant, dit Joshua.

— Exactement.

— C'est trop. C'est de la folie pure.

— Evidemment, c'est de la folie pure. C'était une idée de Katherine et Katherine était folle.

— Mais comment a-t-elle pu leur imposer toutes ces règles bizarres ?

— De la même façon qu'on impose des règles ordinaires aux enfants ordinaires, répondit Hilary. S'ils obéissent, on les récompense ; s'ils désobéissent, on les punit.

— Pour que ses enfants en arrivent à se comporter de façon aussi contre nature, il a dû falloir qu'elle leur fasse subir un traitement véritablement monstrueux, dit Joshua.

— Nous savons que c'était quelque chose de monstrueux, reprit Tony. Nous avons tous entendu l'enregistrement de la dernière séance de Bruno avec le docteur Rudge, où celui-ci a pu l'hypnotiser. Souvenez-vous, Bruno disait que sa mère le punissait en l'enfermant dans un trou noir pour, et je cite, « ne pas agir et penser comme il fallait », quand il oubliait qu'il était « seul ». Je pense qu'il voulait dire par là qu'elle les enfermait tous les deux dans le noir quand son frère et lui refusaient de penser et d'agir comme un seul être. Elle les laissait longtemps dans une espèce de cachot où il devait y avoir quelque chose de vivant, quelque chose dont ils avaient peur et qui grouillait partout. En tout cas, quelque chose de si épouvantable qu'ils en ont fait des cauchemars toutes les nuits, pendant des dizaines d'années. La punition semble avoir été efficace et Katherine est finalement parvenue à obtenir ce qu'elle désirait : les fondre en un seul individu. »

Joshua regardait fixement le ciel au-dessus de lui. Il finit par déclarer :

« Je veux bien croire qu'en quittant le bordel de Mme Yancy, elle s'est trouvée confrontée au grave problème de devoir rentrer à St. Helena avec des jumeaux alors qu'elle avait imprudemment annoncé la venue d'un seul enfant. Mais elle aurait pu tout aussi bien sauver les apparences en enfermant l'un des jumeaux à la maison et en laissant l'autre libre d'aller et de venir. Ç'aurait été une solution plus simple, plus sûre et plus commode.

— Sans doute. Mais tout le monde connaît *la première loi de Clemenza*, dit Hilary.

— Ah ! oui, la première loi de Clemenza : très peu de gens agissent de façon rationnelle et adoptent les solutions les plus simples et les plus commodes !

— En outre, poursuivit Hilary, Katherine n'a peut-être pas eu le cœur d'enfermer définitivement l'un des petits garçons, tandis que l'autre aurait mené une existence normale. A cause des souffrances qu'elle avait elle-même endurées, peut-être y avait-il des limites qu'elle n'a jamais osé franchir.

— Je trouve pourtant qu'elle leur en a fait rudement baver ! s'écria Joshua. Elle les a rendus fous !

— Oui, mais sans le vouloir. Elle n'avait pas l'intention de les faire sombrer dans la folie. Elle croyait agir pour leur bien, même si ses facultés de jugement était profondément perturbées.

— Votre thèse est extravagante, soupira Joshua.

— Pas tant que ça, rétorqua Tony. Elle cadre parfaitement avec les faits.

— Le pire, c'est que je pense que vous avez raison, dit Joshua en hochant la tête. Enfin, en partie. J'aurais préféré que tous les méchants de ce drame soient des individus totalement vils et méprisables. J'ai mauvaise conscience à éprouver tant de sympathie pour eux. »

Quand l'avion eut atterri à Napa, sous un ciel de plus en plus sombre, ils se rendirent directement chez le shérif pour le mettre au courant. D'abord Peter Laurenski les regarda, bouche bée, comme s'ils avaient perdu la tête, mais peu à peu, son incrédulité se mua en un assentiment réticent et stupéfait. C'était une réaction qu'il leur fallait s'attendre à rencontrer souvent chez les autres, dans les jours à venir.

Laurenski prit le téléphone pour appeler la police de Los Angeles et apprit que le F.B.I. avait déjà contacté cette dernière au sujet du détournement de fonds commis à San Francisco par un sosie de Bruno Frye, dont il y avait tout lieu de croire qu'il était à Los Angeles en ce moment-même. Laurenski informa ses collègues des derniers développements de la situation, à savoir que le suspect n'était pas un sosie, mais un original, même si un autre Bruno Frye authentique se trouvait sous plusieurs pieds de terre. Il ajouta qu'il avait des raisons de penser qu'au cours des cinq dernières années, les deux Bruno s'étaient relayés pour commettre toute une série de meurtres dans la moitié nord de l'État. Pour le moment, il ne disposait que de preuves indirectes : l'interprétation sinistre, mais logique, de la lettre déposée dans le coffre, à la lumière de ce qui venait d'être découvert touchant Leo, Katherine et les jumeaux ; le fait que les deux jumeaux aient tour à tour attenté à la vie d'Hilary ; le fait que l'un des deux frères ait tenté de couvrir l'autre la semaine précédente, lors de la première agression contre Hilary, ce qui impliquait une complicité, dans le cas présent tout au moins ; enfin, la conviction, partagée par Hilary, Tony et Joshua, que la haine de Bruno envers sa mère était si forte qu'il n'avait pas hésité à supprimer les femmes dans lesquelles il croyait qu'elle s'était réincarnée.

Pendant que Joshua et Hilary se réchauffaient avec une tasse de café apportée par la secrétaire de Laurenski, Tony prit le téléphone, à la demande du shérif, pour s'entretenir avec deux de ses supérieurs. Il corrobora ce que venait de dire Laurenski et son récit convainquit suffisamment les autorités pour qu'elles se décident enfin à engager une action immédiate. Compte tenu qu'un malade mental rôdait peut-être aux abords de la villa d'Hilary, la police de Los Angeles décida d'établir une surveillance permanente autour de la demeure de Westwood.

Le shérif Laurenski rédigea ensuite rapidement un

avis de recherche, résumant les faits principaux de l'affaire, destiné à toutes les brigades de la Californie du Nord, avis qui se doublait d'une demande officielle d'informations concernant les assassinats de jeunes femmes brunes commis au cours des cinq dernières années et dont le ou les coupables étaient restés impunis — en particulier ceux où les cadavres avaient été décapités ou mutilés, ou ceux où l'on avait pu noter un comportement fétichiste à l'égard du sang.

Tout en regardant le shérif distribuer ses ordres à ses employés et à ses agents, songeant aux événements des dernières vingt-quatre heures, Hilary avait l'impression d'être emportée par un vent de folie — un monstrueux tourbillon d'événements inconcevables et de secrets épouvantables, comme la tornade chargée de mottes de terre arrachées et de débris de toute sorte ; tout allait beaucoup trop vite et elle courait vers un précipice qu'elle ne distinguait pas encore mais qui allait s'ouvrir sous ses pieds. Elle aurait aimé pouvoir tendre les deux mains et saisir le temps à bras le corps, le retenir, ralentir sa course ; elle aurait aimé bénéficier de quelques jours de réflexion et méditer tout ce qu'elle avait appris pour pouvoir suivre jusqu'au bout, l'esprit clair, les derniers rebondissements de l'affaire Frye. Elle sentait que se précipiter était stupide, peut-être même fatal, mais, une fois mis en branle, tout comme il est impossible de maîtriser le temps comme on chevauche un étalon sauvage, il est impossible d'arrêter l'engrenage de la machine judiciaire.

Pourvu qu'il n'y ait pas de précipice.

Vers cinq heures trente, Laurenski et Joshua se mirent en quête d'un juge. Ils en trouvèrent un, le juge Julian Harwey, qui se montra fasciné par l'histoire de Frye et comprit aussitôt la nécessité d'exhumer son cadavre et de le soumettre à des examens approfondis. Si on parvenait à arrêter le second Bruno Frye et que celui-ci soit déclaré sain d'esprit par les psychiatres, ce qui n'avait rien d'impossible, la justice aurait besoin d'une preuve tangible de leur gémellité. Harwey se déclara prêt à signer un permis d'exhumer et, à six heures et demie, le shérif avait le papier entre les mains.

« Les fossoyeurs ne pourront pas rouvrir la tombe dans l'obscurité, dit Laurenski. Mais ils se mettront au travail demain, à la première heure. »

Le shérif effectua encore quelques appels téléphoniques, l'un au directeur du cimetière de Napa, où Bruno Frye était enterré, un autre au médecin légiste du comté, qui déclara pouvoir mener l'opération à bien dès qu'il aurait les autorisations nécessaires entre les mains, un autre enfin à Avril Tannerton, l'ordonnateur des pompes funèbres, pour qu'il prenne d'ores et déjà toutes dispositions utiles afin d'assurer le transport du corps du cimetière au laboratoire du médecin légiste.

« Je suppose que vous allez faire une perquisition chez Frye, fit remarquer Joshua.

— Naturellement. Nous allons tâcher de trouver des preuves que la maison était habitée par deux personnes. De plus, si Frye a assassiné d'autres femmes, il y a peut-être chez lui des pièces à conviction. J'estime aussi qu'il serait bon d'aller faire un tour dans la maison sur la falaise.

— Il n'y a pas d'électricité là-haut. Il faudra attendre le jour, dit Joshua.

— D'accord, répondit Laurenski. Mais j'aimerais bien aller jeter un coup d'œil chez Frye dès ce soir.

— Maintenant ? demanda Joshua en se levant du banc de fer sur lequel il était assis.

— Aucun d'entre nous n'a dîné », répondit Laurenski.

Un peu plus tôt, avant même qu'ils lui aient dit la moitié de ce qu'ils avaient appris du docteur Rudge et de Rita Yancy, il avait appelé sa femme pour lui dire qu'il ne rentrerait pas de bonne heure.

« Allons d'abord manger un morceau au snack du coin. Ensuite, nous irons là-bas, tous ensemble. »

Avant de partir, Laurenski laissa ses coordonnées à la téléphoniste de garde en lui disant de l'appeler immédiatement au cas où la police de Los Angeles arrêterait le second Bruno Frye.

« Ça ne va sûrement pas être facile, fit observer Hilary.

— J'ai peur qu'elle n'aie raison, reconnut Tony. Bruno a su garder un formidable secret pendant quarante ans. Il est peut-être fou, mais il est sûrement intelligent. La police ne lui mettra pas le grappin dessus aussi facilement. Il va falloir jouer un bon moment au chat et à la souris avant de le coincer. »

A la tombée de la nuit, Bruno referma les volets du grenier.

Il avait placé une bougie sur chaque table de nuit et deux autres sur la commode. L'ombre des flammes jaunes et vacillantes dansait sur les murs et le plafond. Il aurait déjà dû partir à la recherche de Katherine-Hilary ; mais il n'avait pas encore pu trouver le courage de se lever et retardait sans cesse le moment du départ.

Il avait faim et réalisa soudain qu'il n'avait rien mangé depuis la veille. Son estomac gargouillait.

Il resta un moment assis sur le lit, à côté du cadavre aux yeux ouverts, se demandant où il pourrait trouver de quoi manger. Les boîtes de conserve du placard n'avaient pas toutes éclaté mais il était certain que tout était avarié. Pendant près d'une heure, il se débattit avec la question de savoir comment il allait pouvoir manger quelque chose sans être repéré par les créatures à la solde de Katherine. Il était sûr que la garce avait posté des espions partout. Partout. Ses idées étaient pour le moins confuses. Il avait beau mourir de faim, il avait du mal à se concentrer sur cette question. Il se rappela qu'il y avait des provisions dans la maison qu'il avait fait construire au milieu des vignes. Le lait avait dû tourner et le pain moisir, mais il y avait un plein placard de boîtes de conserve et le frigo était bourré de fromages et de fruits. Il y avait même de la glace dans le congélateur. L'idée de manger un peu de crème glacée le fit saliver comme un petit garçon.

Entraîné par cette vision délicieuse, espérant qu'un bon dîner lui rendrait l'énergie dont il avait besoin pour partir à la poursuite de Katherine-Hilary, il quitta les combles et gagna le rez-de-chaussée à l'aide d'une bougie. Une fois dehors, il souffla la flamme et fit disparaître la bougie dans la poche de sa veste. Il redescendit de la falaise par l'escalier croulant et traversa les vignes plongées dans l'obscurité.

En arrivant chez lui, dix minutes plus tard, il frotta une allumette et ralluma sa bougie, car il craignait d'attirer l'attention en utilisant l'électricité. Il prit une cuillère dans un tiroir de la cuisine, sortit un grand carton de glace au chocolat du congélateur et resta un bon quart d'heure à s'en goinfrer, piochant à même la boîte.

Quand il fut rassasié, il laissa tomber la cuillère dans la boîte à moitié vide et remit le tout au frais. Il se dit qu'il ferait bien de rassembler quelques provisions pour les ramener avec lui ; il allait peut-être lui falloir plusieurs nuits pour trouver où se terrait Katherine-Hilary et, en attendant, il ne voulait pas courir le risque de sortir chaque fois qu'il avait besoin de manger. Tôt ou tard, cette chienne penserait à faire surveiller la maison dans les vignes par ses gens et il serait pris. A l'inverse, jamais elle ne penserait qu'il pût être caché dans la maison sur la falaise et c'était donc là qu'il fallait constituer une provision d'aliments.

Il alla dans sa chambre, prit une grande valise dans l'armoire et la ramena dans la cuisine pour la remplir de boîtes de pêches, de poires et de mandarines au sirop, d'olives, de saucisses sous emballage plastique, de pots de confitures et de beurre d'arachide, chaque pot enveloppé de papier pour ne pas qu'il se brise. Une fois pleine, la valise était horriblement lourde, mais il était assez fort pour la porter.

Il ne s'était pas lavé depuis la veille, chez Sally à Culver City ; il se sentait poisseux. Il ne supportait pas d'être sale car cela lui rappelait immanquablement les chuchotements et les affreuses choses qui rampaient dans le noir. Il décida de prendre une douche rapide avant de regagner la maison sur la falaise, même s'il s'exposait de la sorte à se faire surprendre nu et sans défense. Mais, au moment où il traversait la salle de séjour pour passer dans la salle de bains, il entendit des voitures arriver sur le chemin. Le grondement des moteurs semblait irréel dans le silence total de la campagne.

Bruno courut vers une fenêtre et écarta légèrement les rideaux.

Deux voitures. Quatre phares. Qui se dirigeaient vers la maison.

Katherine. La *garce !*

La garce et ses créatures. Sa bande de morts vivants.

Pris de panique, il retourna ventre à terre à la cuisine, empoigna la valise, éteignit sa bougie et la mit dans sa poche. Il sortit par la porte de derrière, traversa la pelouse et courut se mettre à l'abri dans les vignes. Les voitures stoppèrent devant l'entrée.

À quatre pattes, traînant sa valise après lui en s'efforçant de faire le moins de bruit possible, Bruno se fraya un chemin par les rangées de vignes, contourna la maison et alla se poster à un endroit d'où il pouvait voir les voitures. Tapi à côté de sa valise, couché dans la terre humide et protégé par la noirceur de la nuit, il observa les passagers sortir des deux véhicules. Le martèlement de son cœur s'accélérait chaque fois qu'il reconnaissait un visage.

Le shérif Laurenski accompagné d'un de ses adjoints. La police faisait donc partie de la bande ! Il ne s'en était jamais douté.

Joshua Rhinehart. Le vieux notaire trempait dans la conspiration, lui aussi ! Lui aussi était l'un des amis infernaux de Katherine.

Et *elle*, maintenant ! La garce ! La garce qui avait pris si belle apparence. Avec ce type de Los Angeles.

Ils entrèrent tous dans la maison.

Les pièces s'illuminèrent une à une.

Bruno se demanda s'il avait laissé des traces de son passage. Quelques gouttes de cire peut-être. Toutefois, elles avaient dû durcir et rien ne disait si elles dataient de cinq minutes ou d'une semaine. Heureusement, il n'avait pas eu le temps de prendre de douche. L'eau répandue par terre et la serviette mouillée l'auraient trahi. Ils auraient aussitôt compris qu'il était de retour à St. Helena et intensifié leurs recherches.

Il se leva, prit la valise et s'éloigna le plus vite possible. Il prit d'abord la direction des chais, puis obliqua vers la falaise.

Jamais ils ne viendraient le chercher là-haut. Il y serait en sécurité, car ils s'imaginaient tous qu'il n'aurait jamais le courage d'aller se réfugier dans la grande demeure.

S'il restait caché dans le grenier, il aurait tout le temps de réfléchir et de s'organiser. Il n'osait pas passer directement à l'attaque. Depuis quelque temps, depuis que son autre moitié était morte, ses pensées étaient confuses et il ne voulait rien tenter contre cette salope sans avoir prévu toute les éventualités.

Désormais, il savait comment la trouver. Par Joshua Rhinehart. Il la coincerait quand il le voudrait.

Mais avant tout, il devait prendre son temps pour établir une stratégie à toute épreuve. Il avait hâte de retourner dans le grenier pour en discuter avec lui-même.

Laurenski, l'agent Tim Larsson, Joshua, Tony et Hilary se répandirent dans toute la maison et se mirent à fouiller placards, tiroirs et débarras.

Tout d'abord, ils ne trouvèrent rien qui prouvât que deux hommes et non un seul avaient vécu là. Bien sûr, il y avait peut-être plus de vêtements que nécessaire et des provisions en quantité abondante, mais cela ne prouvait rien.

Puis, en inspectant les tiroirs du bureau, Hilary tomba sur des liasses de factures récentes qui n'avaient pas encore été réglées. Deux d'entre elles étaient des notes de dentistes, l'un près de Napa et l'autre à San Francisco.

« Mais naturellement ! s'écria Hilary, tandis que tout le monde s'était rassemblé autour d'elle pour examiner ses découvertes. Ils étaient bien obligés d'aller chez des médecins différents et surtout chez des dentistes différents. Le Bruno numéro un ne pouvait décemment pas se faire plomber une dent par le même dentiste qui avait soigné le Bruno numéro deux pour la même dent, la semaine précédente.

— Voilà qui est fort intéressant, dit Laurenski avec enthousiasme. Deux jumeaux, même deux vrais jumeaux, ne peuvent pas avoir la même denture ; il y a toujours des différences. Avec deux dossiers médicaux en notre possession, nous allons pouvoir obtenir la preuve qu'il y avait bien deux Bruno Frye. »

Peu après, alors qu'il fouillait un placard, l'agent Larsson fit une inquiétante découverte. Dans une boîte à chaussures, il trouva les photographies d'une douzaine de jeunes femmes, avec les permis de conduire de six d'entres elles, ainsi que onze autres permis au nom de onze autres femmes. Toutes avaient certains points communs entre elles : de jolis traits, des yeux noirs, des cheveux bruns et quelque chose d'indéfinissable dans la physionomie générale du visage.

« Vingt-trois femmes qui ressemblent vaguement à Katherine, murmura Joshua. Mon Dieu ! Vingt-trois !

— Une galerie de mortes, dit Hilary en frissonnant.

— Au moins, avec les permis de conduire, nous avons leurs noms et leurs adresses, remarqua Tony, pratique.

— On va se renseigner immédiatement, dit Laurenski en envoyant Larsson contacter le Q.G. par la radio de la voiture de police. Malheureusement, je crains que la réponse ne soit pas une surprise.

— Vingt-trois assassinats mystérieux en cinq ans, dit Tony.

— Ou vingt-trois disparitions », corrigea le shérif.

La perquisition se poursuivit encore pendant deux heures, mais on ne découvrit rien d'important. Hilary avait les nerfs en pelote. Il s'en était fallu de peu qu'on ne retrouve aussi sa photo et son permis de conduire dans la boîte à chaussures. A chaque fois qu'elle ouvrait un tiroir ou la porte d'un placard, elle s'attendait à découvrir un cœur lacéré, percé d'un pieu, ou une tête de femme putréfiée. Elle poussa un soupir de soulagement quand on décida d'arrêter la fouille.

En sortant, ils furent saisis par l'air froid de la nuit.

« Est-ce que vous viendrez demain avec moi chez le médecin légiste ? leur demanda Laurenski.

— Ne comptez pas sur moi, dit Hilary.

— Non merci, fit Tony.

— Je ne vois pas à quoi nous pourrions être utiles, enchaina Joshua.

— A quelle heure voulez-vous qu'on se retrouve pour visiter la maison de la falaise ?

— Dès demain matin, je monterai là-haut avec Hilary et Tony pour ouvrir les fenêtres, déclara Joshua. La maison est fermée depuis cinq ans ; elle a besoin d'être aérée. Venez nous rejoindre quand vous en aurez terminé avec le médecin légiste.

— Entendu. A demain, donc. La police de Los Angeles arrivera peut-être à coincer ce salopard pendant la nuit.

— Peut-être », murmura Hilary avec espoir.

Là-haut, dans les montagnes, le tonnerre gronda sourdement.

Bruno Frye passa la moitié de la nuit à s'entretenir avec lui et à échafauder des plans minutieux pour se débarrasser de Katherine-Hilary.

Puis il s'endormit à la lueur vacillante des bougies. De minces colonnes de fumée montaient des mèches. Les flammes dansantes projetaient des ombres macabres sur les murs et se reflétaient dans les yeux fixes du cadavre.

Joshua Rhinehart n'arrivait pas à dormir. Il se tournait et retournait, empêtré dans ses draps. A trois heures du matin, il se leva, se versa une double ration de bourbon qu'il avala d'un trait mais n'y trouva aucun réconfort.

Plus que jamais, Cora lui manquait.

Des cauchemars réveillèrent Hilary à plusieurs reprises, pourtant la nuit ne lui parut pas longue. Elle passa comme l'éclair. Elle avait toujours l'impression d'être poussée vers un précipice et de ne rien pouvoir faire pour empêcher sa chute.

Au petit matin, elle se tourna vers Tony endormi, se blottit contre lui et lui dit :

« Fais-moi l'amour. »

Pendant un moment, ils se perdirent l'un dans l'autre. Une union douce et feutrée. Ensuite, elle lui dit :

« Je t'aime.

— Moi aussi.

— Peu importe ce qui peut arriver. Nous avons eu ces quelques jours à nous.

— Allons, ne prends pas cet air fataliste.

— C'est que... on ne sait jamais.

— Nous avons la vie devant nous. Des années et des années à vivre ensemble. Personne ne pourra venir nous les prendre.

— Comme tu es optimiste ! Quel dommage que je ne t'aie pas connu plus tôt !

— Le pire est passé. Nous connaissons maintenant la vérité.

— Frye n'a pas encore été arrêté.

— Ce ne sera pas long, dit Tony d'une voix rassurante. Il croit que tu es Katherine et ne va sans doute guère s'éloigner de Westwood. Il ne va pas cesser de rôder autour de chez toi pour voir si tu te montres et, tôt ou tard, il sera repéré.

— Serre-moi dans tes bras.

— Avec plaisir.

— Mmmm. C'est bon. Je me sens déjà mieux.

— Tout ira bien.

— Oui. Tant que je t'aurai...

— Toujours, dans ce cas. »

Le ciel était bas, sombre et menaçant. Les sommets des Macayamas étaient enveloppés de brouillard.

Les mains dans les poches de son pantalon, les épaules ramassées contre la froidure matinale, Peter Laurenski attendait dans le cimetière.

Fouillant la terre molle de leurs pelles, les fossoyeurs dégageaient la tombe de Bruno Frye, tout en se plaignant au shérif de n'avoir reçu aucune prime pour s'être levés de si grand matin et être partis au travail sans même avoir pris leur petit déjeuner. Ces doléances suscitèrent peu de compassion de la part de Laurenski qui leur enjoignit de se dépêcher un peu.

A huit heures moins le quart, Avril Tannerton et Gary Olmstead arrivèrent dans un fourgon mortuaire. Olmstead avait l'air sombre, mais Tannerton souriait, aspirant l'air frais à pleins poumons, comme s'il était uniquement venu là pour accomplir son petit footing matinal.

« Bonjour Peter, dit-il. Ils en ont pour combien de temps ?

— Environ un quart d'heure. »

A huit heures cinq, l'un des fossoyeurs se hissa hors du trou pratiqué et demanda :

« Prêts pour le remonter ?

— Allons-y », dit Laurenski.

On passa des chaînes autour du cercueil et on le hissa par le même procédé par lequel il avait été descendu le dimanche précédent. Les poignées et les décorations en bronze étaient incrustées de terre, mais le bois avait gardé son brillant.

A huit heures quarante, Tannerton et Olmstead finirent de charger le cercueil dans le fourgon.

« Je vous suis jusqu'au labo, déclara le shérif.

— Je vous jure que nous n'allons pas essayer de nous enfuir avec les restes de Bruno Frye ! » plaisanta Tannerton.

A huit heures vingt, au moment même où on exhumait le cercueil de Bruno Frye, Tony et Hilary étaient en train d'empiler la vaisselle du petit déjeuner dans l'évier de la cuisine de Joshua.

« Je la laverai tout à l'heure, dit celui-ci. Allons ouvrir la maison. Ça doit puer là-dedans. J'espère seulement que la moisissure n'a pas trop endommagé les collections de Katherine. J'en ai parlé à Bruno des centaines de fois, mais il n'avait pas l'air de s'en préoccuper. Puisqu'elles avaient appartenu à sa mère, il devait s'en moquer royalement. »

Ils montèrent tous les trois dans la voiture de Joshua. Il faisait un temps triste ; la lumière avait une couleur grisâtre. Joshua s'arrêta sur le parking du personnel des Shade Tree Vineyards.

Gilbert Ulman, le mécanicien chargé de veiller à l'entretien du téléphérique ainsi que des camions et du matériel de l'entreprise, n'était pas encore arrivé. La clef qui permettait de mettre le téléphérique en marche était accrochée à un tableau, dans le garage. Iannucci, l'imposant veilleur de nuit, ne fit aucune difficulté pour la remettre à Joshua.

La clef à la main, Joshua conduisit Hilary et Tony au premier étage de l'énorme chai principal ; après avoir traversé des bureaux, puis un laboratoire, ils parvinrent sur une large plate-forme. La moitié du sol avait été enlevée, formant une seule pièce gigantesque, des soubassements du rez-de-chaussée au plafond du premier étage ; dans cette caverne titanesque, béaient des réservoirs et des bassins de fermentation. Un air froid et glacé s'échappait des réservoirs et une forte odeur de levure imprégnait l'atmosphère. A l'extrémité de la longue plate-forme, au coin sud-ouest du bâtiment, ils franchirent une lourde porte en pin aux ferrures d'acier et passèrent dans une petite pièce, entièrement ouverte du côté opposé par où ils étaient entrés. Un auvent s'avançait au-dessus du mur manquant pour empêcher la pluie de pénétrer à l'intérieur. Une cabine à quatre places, tout en verre et d'un rouge de véhicule d'incendie, était logée dessous, au bord du vide.

Le laboratoire avait une vague et désagréable odeur de produits chimiques. Le médecin légiste, le docteur Amos Garnet, suçait vigoureusement une pastille à la menthe pour y remédier.

Cinq personnes étaient réunies dans la pièce. Laurenski, Larsson, Garnet, Tannerton et Olmstead. Aucune d'elles, en dehors peut-être de Tannerton, qui ne se départait jamais de sa bonne humeur, ne semblait ravie d'être là.

« Ouvrez, dit Laurenski. J'ai un rendez-vous avec Joshua Rhinehart. »

Tannerton et Olmstead dégagèrent les crochets de bronze. Quelques mottes de terre tombèrent par terre. Ils soulevèrent le couvercle.

Le corps avait disparu.

La boîte capitonnée de velours et de soie ne contenait que les trois sacs de ciment de vingt-cinq kilos volés dans le sous-sol de Tannerton, la semaine précédente.

Hilary et Tony se placèrent d'un côté de la cabine et Joshua s'assit en face. Les genoux du notaire venaient frotter contre ceux de Tony.

La cabine rouge suspendue s'ébranla doucement vers le sommet de la falaise. Hilary prit la main de Tony. Elle n'avait pas le vertige, mais l'engin semblait si fragile qu'elle ne pouvait s'empêcher de claquer des dents.

« Ne vous inquiétez pas ; c'est très solide, malgré les

apparences, lui dit Joshua en s'apercevant de son trouble. Et Gilbert l'a toujours entretenu en parfait état. »

La cabine se balançait légèrement, au gré du vent. La vue qu'on avait de la vallée était stupéfiante. Hilary tenta de concentrer toute son attention dessus et de ne pas entendre les craquements et les crissements de la machine.

La cabine arriva enfin en vue du sommet de la falaise et s'immobilisa. Joshua ouvrit la porte et ils prirent pied sur la station supérieure. Un éclair blanc zébra le ciel, suivi d'un violent coup de tonnerre. La pluie se mit à tomber. Une pluie froide et oblique. Ils s'élancèrent vers les marches du perron et se mirent à l'abri sous le porche d'entrée.

« Vous avez dit qu'il n'y a pas de chauffage ? demanda Hilary.

— La chaudière ne fonctionne plus depuis cinq ans. C'est pourquoi je vous ai conseillé de vous habiller chaudement. Ce n'est pas qu'il fasse vraiment froid, aujourd'hui, mais à rester comme ça dans l'humidité, vous risqueriez d'attraper un coup de froid. »

Joshua ouvrit la porte et ils entrèrent tous les trois après avoir allumé leurs lampes de poche.

« Ça sent mauvais, remarqua Hilary.

— C'est la moisissure. Je le craignais. »

Ils traversèrent l'entrée et pénétrèrent dans le grand salon. Les rayons de leurs lampes tombèrent sur ce qui paraissait être un entrepôt de meubles anciens.

« Mon Dieu ! s'exclama Tony. C'est encore pire que chez Bruno. On peut à peine bouger.

— Elle avait l'obsession des pièces de collection. Pas comme placement, ni, non plus, parce qu'elle aimait les regarder. Les placards sont bourrés d'objets à craquer. Il y a des tableaux empilés dans tous les coins. Comme vous pouvez le constater, même dans les pièces principales, tout est entassé et rien n'attire vraiment l'œil.

— Si le mobilier des autres pièces est de cette qualité, il y en a pour une fortune, remarqua Hilary.

— Oui. A condition que tout n'ait pas été bouffé par les vers, les termites ou Dieu sait quoi, dit Joshua en baladant la lumière de sa lampe aux quatre coins du salon. Je n'ai jamais très bien compris cette manie qu'elle avait de collectionner. Mais, maintenant, je me demande si... Quand je regarde tout ça et que je pense à ce que nous a dit Mme Yancy...

— Vous pensez que ce désir de posséder de belles choses était une réaction contre la laideur de la vie qu'elle avait connue du vivant de son père ? demanda Hilary.

— Oui. Leo l'avait brisée. Il avait détruit son esprit, réduit son âme en miettes et l'avait laissée avec une image d'elle-même qui devait la révolter profondément. Elle a dû finir par se prendre en horreur, toutes les années où elle lui a permis d'abuser d'elle, même si elle ne pouvait pas faire autrement, et a peut-être cru qu'elle pourrait se refaire une virginité en vivant entourée de belles choses. »

Ils restèrent un moment sans rien dire, contemplant le décor surchargé.

« Comme c'est triste, dit Tony.

— Allons ouvrir les fenêtres pour faire entrer la lumière, déclara Joshua, émergeant enfin de sa rêverie.

— Cette odeur est insupportable, dit Hilary en se bouchant le nez. Mais si on ouvre, la pluie va rentrer et tout abîmer.

— On va simplement les entrouvrir, rétorqua Joshua. Et puis, ce ne sont pas quelques gouttes de pluie qui changeront grand-chose à tout ce gâchis.

— Il est même étonnant qu'il n'y ait pas de champignons sur les tapis », dit Tony.

Ils levèrent les vitres dans toutes les pièces du rez-de-chaussée et poussèrent les volets pour laisser entrer la lumière grise et l'air frais qui sentait bon la pluie. Quand ils eurent presque terminé, Joshua dit à Hilary :

« Il ne reste plus que la cuisine et la salle à manger. Allez-y, pendant que je monte au premier avec Tony.

— D'accord, dit-elle. Je vous rejoins dans une minute. »

Se guidant sur le rayon de sa lampe, elle pénétra dans la salle à manger obscure tandis que les deux hommes montaient l'escalier.

« Pouah ! s'écria Tony. Ça sent encore plus mauvais ici. »

Le tonnerre secoua la vieille maison. Les fenêtres se mirent à vibrer et les portes à frémir dans leur encadrement.

« Prenez les pièces de droite. Je prends celles de gauche », décréta Joshua.

La première pièce où Tony entra devait servir d'atelier de couture. Une antique machine à coudre à pédalier trônait dans un coin, tandis qu'un modèle électrique, plus moderne, était posé sur une table dans le coin opposé. Elles étaient toutes deux recouvertes de toiles d'araignées. Il y avait aussi une table à ouvrage et deux mannequins.

Tony s'approcha de l'unique fenêtre, posa sa torche sur le parquet et essaya de débloquer la fermeture, coincée par la rouille. Il entreprit avec elle une lutte acharnée, tandis que la pluie tambourinait sur les volets.

Joshua braqua sa lampe dans la première pièce de gauche et aperçut un lit, une coiffeuse et une grande commode. Le mur opposé était percé de deux fenêtres.

Il franchit le seuil et avança de deux pas ; sentant quelque chose bouger derrière lui, il s'apprêtait à se retourner quand il sentit un frisson glacé lui traverser l'échine, une décharge brûlante qui se changea en douleur fulgurante. Il comprit qu'il venait de recevoir un coup de couteau. Il sentit l'arme ressortir, se retourna et, dans le cône de lumière de sa torche électrique, aperçut Bruno Frye. Les yeux fous, le déséquilibré avait un air démoniaque. Le couteau s'éleva, redescendit et un second frisson glacé parcourut le corps de Joshua. Cette fois la lame pénétra profondément dans son épaule droite et Bruno dut tirer et tordre l'arme de toutes ses forces pour la récupérer. Joshua leva le bras gauche pour se protéger. La lame lui entailla l'avant-bras. Il chancela, roula à terre, glissant dans son propre sang, et alla buter contre le lit.

Bruno s'enfuit dans le couloir et se fondit dans les ténèbres. Joshua se rendit compte qu'il n'avait même pas poussé un cri pour avertir Tony. Il essaya de hurler, mais sa première blessure devait vraiment être sérieuse, car, quand il tenta d'émettre un son, la douleur explosa dans sa poitrine et il ne put que geindre comme un animal blessé.

Grognant, Tony s'attaqua vigoureusement à la fenêtre réfractaire ; le crochet rouillé céda brusquement avec un squiiik et sauta. Tony leva le châssis et le bruit de la pluie s'amplifia. Une fine vapeur d'eau s'infiltra par les étroites fentes des contrevents et vint lui humecter le visage. La fermeture des volets était également rongée par la rouille mais Tony parvint à la débloquer. Il rabattit les persiennes contre le mur et les fixa pour que le vent ne les fît pas claquer.

Il était trempé et frigorifié. Il avait hâte de poursuivre la fouille de la maison, espérant que l'activité le réchaufferait.

Une nouvelle bordée de coups de tonnerre éclata sur les monts Macayamas, roula dans toute la vallée et fit trembler une nouvelle fois la maison. Tony sortit de l'atelier de couture et faillit heurter Bruno Frye.

Hilary ouvrit les volets de la fenêtre de la cuisine qui donnait sur le porche arrière et resta un moment à contempler l'herbe mouillée et les arbres battus par le vent. Au bout de la pelouse, à une vingtaine de mètres, une porte était encastrée dans le roc.

Sa surprise fut si grande qu'elle crut d'abord que son imagination lui jouait des tours. Elle plissa les yeux, regarda attentivement à travers le rideau de pluie mais la porte ne s'évanouit pas comme un mirage comme elle s'y attendait à demi.

Après le pelouse, le sol venait buter contre le rempart vertical de la falaise. C'était là que la porte était encastrée, maintenue par une poutre faîtière et des pierres cimentées. Hilary se précipita hors de la cuisine, tout à sa hâte de faire part de sa découverte à Tony et à Joshua.

Tony savait comment faire face à un homme armé d'un couteau. Il s'était entraîné à l'autodéfense et il lui était déjà arrivé à une ou deux reprises de se trouver dans une pareille situation. Mais cette fois, il fut pris de court par la rapidité et la soudaineté de l'attaque.

Le regard fulgurant, sa large figure fendue par un affreux rictus, Frye lança son couteau au visage de Tony. Celui-ci réussit à esquiver partiellement le coup, mais la lame l'atteignit sur le côté de la tête, lui ouvrant le crâne et faisant jaillir le sang.

Avec l'impression d'avoir été brûlé par un acide, Tony laissa tomber sa torche qui roula au loin, faisant sauter et tanguer les ombres.

Frye était vif, terriblement vif. Il frappa Tony une seconde fois au moment où celui-ci se mettait en position de défense. Le couteau piqua droit dans le haut de son épaule gauche, déchirant sa veste et son chandail, pénétrant dans le muscle et le cartilage, et le priva instantanément de toutes forces. Tony tomba à genoux.

Sans trop savoir comment, il trouva l'énergie nécessaire pour lever le poing droit et l'expédier dans les testicules de son adversaire. Le colosse poussa un cri et recula en vacillant ; Tony sentit la lame se retirer de son épaule.

Totalement ignorante du drame qui se jouait à l'étage au-dessus, Hilary courut vers l'escalier et se mit à crier :

« Tony ! Joshua ! Descendez, venez voir ce que j'ai découvert ! »

En entendant la voix d'Hilary, Frye fit volte-face et se rua vers l'escalier, oubliant apparemment qu'il laissait un homme blessé, mais vivant, derrière lui. Tony voulut se relever mais la douleur lui brûla le bras comme une explosion de napalm. Il vacilla et, étourdi, pris de nausées, fut obligé de s'appuyer contre le mur.

« Hilary, sauve-toi ! Sauve-toi ! Frye est là ! » cria-t-il.

C'était tout ce qu'il pouvait faire pour elle.

Hilary s'apprêtait à appeler de nouveau quand elle entendit l'avertissement de Tony. D'abord, elle n'y crut pas, puis elle entendit des pas pesants qui descendaient l'escalier. Frye était hors de son champ de vision, mais elle savait que ce ne pouvait être que lui.

« Salope ! Salope ! Salope ! Salope ! » tonnait la voix rocailleuse.

Saisie, mais non paralysée par la peur, Hilary recula précipitamment et, au même moment, vit Frye déboucher sur le palier. Elle se rendit alors compte, mais trop tard, qu'elle aurait dû sortir de la maison par le devant, vers le téléphérique. Au lieu de cela, elle se dirigeait vers la cuisine et ne pouvait plus faire demi-tour. Elle poussa la porte battante à l'instant où Frye dévalait les dernières marches de l'escalier et s'engageait dans le couloir. Il y avait sans doute un couteau dans les tiroirs de la cuisine.

Impossible. Elle n'avait pas le temps de chercher.

Elle courut vers la porte qui donnait sur l'extérieur, l'ouvrit et se précipita dehors au moment où Frye entrait par l'autre porte. Armée de sa seule lampe de poche, elle dégringola les quelques marches de la véranda, fouettée par le vent et la pluie.

« Salope, salope, salope ! »

Il était sur ses talons. Jamais elle n'aurait le temps de faire le tour de la maison et de sauter dans le téléphérique avant qu'il ne la rattrape. Il était juste derrière elle et gagnait du terrain. L'herbe était glissante ; elle avait peur de tomber. Et de mourir.

Tony ?

Elle courut vers le seul endroit qui pouvait lui offrir un refuge. La porte dans la falaise. Un éclair éventra le ciel, suivi d'un fracas épouvantable.

Frye ne criait plus. Elle l'entendit émettre un grognement de plaisir profond et animal.

Tout près.

Ce fut à son tour de crier.

Elle atteignit enfin la porte ; les deux battants étaient retenus ensemble par deux verrous, placés l'un en haut et l'autre en bas. Elle dégagea d'abord celui du haut, puis se baissa pour tirer l'autre, s'attendant à tout instant à recevoir un coup de couteau entre les omoplates. Rien ne se produisit. La porte s'ouvrit sur une nuit d'encre.

Elle se retourna. La pluie lui cinglait le visage. Frye s'était immobilisé à deux mètres d'elle.

Coincée entre le dément et les ténèbres de la porte, Hilary aurait bien voulu savoir ce qu'il y avait au-delà de la volée de marches.

« *Salope* », répéta Frye.

Mais il y avait maintenant plus de terreur que de colère dans ses yeux.

« Pose ce couteau, dit-elle, sans savoir s'il allait obéir mais en se disant que c'était sa seule chance. Obéis à ta mère, Bruno. Pose ce couteau. »

Il avança d'un pas.

Hilary ne bougea pas. Son cœur était près d'exploser. Frye s'approcha encore. Tremblante comme une feuille, elle recula sur la première marche, juste au-delà du seuil de la porte.

Parvenu en haut de l'escalier, avançant en se retenant d'une main au mur, Tony entendit du bruit derrière lui et se retourna. Joshua avait réussi à sortir de la chambre en se traînant. Il était plein de sang et son visage était presque aussi blanc que ses cheveux. Il paraissait regarder dans le vide.

« C'est grave ? » demanda Tony.

Joshua passa sa langue sur ses lèvres blêmes.

« Je m'en sortirai, dit Joshua d'une drôle de voix, à la fois sifflante et coassante. Hilary. Pour l'amour du Ciel... Hilary ! »

Tony s'écarta du mur et descendit l'escalier en chancelant. Il suivit le couloir qui menait à la cuisine, car il entendait Frye hurler sur l'arrière de la maison. Arrivé dans la cuisine, il ouvrit un à un les tiroirs, à la recherche d'une arme.

« Bordel, c'est pas vrai que je ne vais pas en trouver un ! Merde ! »

Dans le troisième tiroir, il trouva enfin ce qu'il cherchait et choisit le couteau qui lui parut le plus grand. La lame était tachée de rouille mais était dangereusement aiguisée. Son bras gauche lui faisait souffrir le martyre. Impossible de le soutenir de sa main droite car il en avait besoin pour se battre contre Frye.

Serrant les dents, repoussant la douleur de toute sa volonté, titubant comme un homme ivre, il sortit sous la véranda. Il repéra Frye sur-le-champ. Le déséquilibré était planté devant une porte à deux battants. Une porte grande ouverte qui s'enfonçait dans le roc.

Hilary n'était nulle part en vue.

Hilary descendit la sixième marche. C'était la dernière.

Bruno était toujours en haut de l'escalier. Il n'osait pas avancer davantage. Tour à tour il la traitait de salope, puis se mettait à pleurnicher comme un gamin. Il était visiblement déchiré entre deux envies : l'envie de la tuer et celle de fuir cet endroit détesté.

Des murmures.

Soudain, Hilary entendit les murmures et toute sa chair se glaça instantanément. Un sifflement feutré, mais qui s'amplifiait de seconde en seconde.

Puis, elle sentit quelque chose grimper sur sa jambe. Elle poussa un cri et fit un pas en avant, se rapprochant de Frye. Elle porta la main à sa jambe et rencontra quelque chose.

Frissonnante, elle alluma la lampe, se retourna et la dirigea vers la bouche d'ombre du souterrain.

Des cafards. Des centaines et des centaines de monstrueux cafards qui grouillaient partout sur le sol, au plafond et sur les murs. Ce n'étaient pas des cafards ordinaires mais des insectes énormes, des bêtes de cinq centimètres de long et larges de deux, avec des pattes toujours en mouvement et d'immenses antennes qui frémissaient nerveusement. Leurs carapaces, d'un brun-vert brillant, paraissaient visqueuses comme des crachats.

Les murmures étaient produits par le frottement incessant des pattes et des antennes de ces bestioles qui frétillaient et s'agitaient dans tous les sens.

Hilary hurla. Elle aurait voulu remonter l'escalier et sortir de là, mais Frye était en haut qui l'attendait.

La lumière fit fuir les cafards. C'étaient des insectes qui ne pouvaient vivre que dans le noir et elle pria pour que les piles de sa lampe tiennent bon.

Les murmures étaient de plus en plus forts.

Des centaines de nouveaux cafards se déversaient dans le réduit. Se faufilant hors d'une fissure dans le sol, il en sortait des dizaines, des vingtaines, des centaines. Déjà, plusieurs milliers de ces immondes créatures avaient envahi le bas de la cage d'escalier, couvrant un espace qui ne faisait pas plus de six mètres carrés. Elles s'entassaient dans la partie qui n'était pas éclairée mais devenaient de plus en plus audacieuses à chaque seconde.

Un entomologiste ne leur aurait certainement pas donné le nom de cafards. Hilary ne savait comment, au juste, il aurait baptisé ces énormes blattes qui vivaient dans les entrailles de la terre, sans doute leur aurait-il décerné un joli nom latin, bien propre, mais, à ses yeux, c'étaient tout simplement des cancrelats.

Elle leva les yeux vers Bruno.

« Salope », dit-il.

En 1918, Leo avait fait creuser une cave, une fantaisie commune au début du siècle. Mais l'endroit choisi était situé sur une crevasse. A plusieurs reprises, ainsi qu'Hilary pouvait le constater, il avait bien tenté de boucher la fissure, mais, à chaque tremblement de terre, celle-ci se rouvrait. Or, dans la région la terre tremblait souvent.

Et les cafards remontaient des enfers.

Ils continuaient toujours à sortir du trou, masse ondoyante et grouillante ; agglutinés sur cinq, six ou sept épaisseurs, ils recouvraient tout le plafond et les parois des murs. Le murmure glaçant produit par cette multitude de pattes, d'antennes, d'élytres et de corps chitineux s'était maintenant changé en un sourd grondement.

C'est là que Katherine mettait Bruno pour le punir. Dans le noir. Pendant des heures.

Soudain, un mouvement agita la marée d'insectes. Poussée par les milliers de nouveaux venus qui ne cessaient de surgir de la crevasse, toute la masse creva et, malgré le rayonnement de sa torche, déferla vers Hilary comme une lame de fond, un torrent de corps bruns et verdâtres enchevêtrés.

Hilary remonta l'escalier en hurlant, préférant encore le couteau de Frye à cette horde hideuse.

« Ça te plaît, hein, salope ? » ricana Frye en claquant sur elle les deux battants de la porte.

La pelouse ne faisait qu'une vingtaine de mètres de long mais, pour Tony, Frye semblait être à des kilomètres de là. Il glissa sur l'herbe mouillée et se reçut sur son épaule blessée. Sa vision s'obscurcit, mais il résista à l'envie de rester allongé et de dormir, d'abandonner le combat. Il se releva et vit Frye refermer la porte. Hilary était certainement derrière, prisonnière.

Tony parcourut les derniers mètres de pelouse avec la certitude que Frye allait se retourner et le voir. Mais le molosse demeurait face aux portes, grisé par les cris d'Hilary. Tony se glissa furtivement derrière lui et lui plongea son couteau entre les omoplates.

Frye poussa un cri de douleur et se retourna.

Tony recula en trébuchant, espérant lui avoir infligé un coup mortel. Il savait qu'il ne pouvait pas vaincre Frye au corps à corps, surtout avec un seul bras valide.

Frye lança désespérément ses bras en arrière pour tenter de saisir le couteau que Tony lui avait planté dans le dos, mais ne réussit pas à l'attraper. Un filet de sang lui coula sur le menton.

Tony recula d'un pas. D'un autre encore.

Frye avança vers lui en chancelant.

Debout sur la dernière marche, Hilary martelait les portes de ses poings, criant à l'aide. Derrière elle, les chuchotements se gonflaient du battement désordonné de son propre cœur.

Elle risqua un coup d'œil en arrière et braqua sa torche en bas des marches. La seule vue de cette masse d'insectes bourdonnants l'emplissait de dégoût. Agglutinés en une seule masse gigantesque, on aurait dit qu'ils ne formaient qu'un seul organisme, une créature monstrueuse faite de milliers de pattes, d'antennes et de bouches affamées.

Elle se rendit compte qu'elle criait toujours. Sans arrêt. La voix enrouée, elle ne pouvait plus s'arrêter.

Malgré la lumière de sa torche, quelques insectes s'étaient aventurés sur les degrés. Deux d'entre eux parvinrent jusqu'à ses pieds. Elle les écrasa. D'autres suivirent. Elle se remit à tambouriner contre les portes de toutes ses forces.

Soudain la lampe s'éteignit. Dans sa volonté désespérée qu'on vienne à son secours, elle l'avait cognée contre la porte, sans le faire exprès. Le verre se cassa. La lumière s'évanouit.

D'abord, le murmure parut décroître, mais, très vite, il reprit avec encore plus d'intensité.

Le dos plaqué à la porte, elle pensait à l'enregistrement qu'elle avait entendu dans le cabinet du docteur Rudge, le matin précédent. Elle pensa aux jumeaux, enfants enfermés là, les mains plaquées sur le nez et la bouche, essayant d'empêcher les cafards de grimper sur eux. C'est pour cela qu'ils avaient ces voix enrouées et rocailleuses, parce qu'ils avaient passé des heures et des heures, des jours entiers à hurler de terreur.

Horrifiée, Hilary plongea son regard dans les ténèbres, s'attendant à être engloutie par la marée des cancrelats.

Elle en sentit quelques-uns lui chatouiller les chevilles et se baissa pour les chasser. L'un d'eux lui courut prestement sur le bras gauche. Elle l'écrasa d'une grande claque.

Le chuintement terrifiant était maintenant presque assourdissant. Elle se boucha les oreilles. Une bestiole tomba du plafond et atterrit sur sa tête. Elle l'arracha de ses cheveux en hurlant et la jeta au loin.

Tout à coup, derrière elle, la porte s'ouvrit et la lumière inonda la cave. Une vague de cafards avait atteint l'avant-dernière marche mais le flot immonde reflua devant le soleil. Tony la tira à l'extérieur, sous la pluie et la merveilleuse lumière grise, et chassa les quelques cafards qui étaient restés accrochés à ses vêtements.

« Mon Dieu, murmura-t-elle. Mon Dieu, mon Dieu. »

Elle se serra contre lui. Elle n'avait plus de cafards sur elle, mais elle croyait encore les sentir, grimper, ramper.

Elle fut prise d'une crise de tremblements incoercibles. Tony l'entoura de son bras valide et lui parla doucement pour l'apaiser. Elle s'arrêta enfin de crier.

« Tu es blessé ? demanda-t-elle.

— Je survivrai. Et je peindrai. »

Elle aperçut alors Frye, étalé face contre terre sur le gazon de la pelouse, mort, selon toute apparence. Le manche d'un couteau sortait de son dos et sa chemise était poissée de sang.

« Je n'avais pas le choix, dit Tony. Je n'avais pas

véritablement envie de le tuer ; il me faisait de la peine... sachant tout ce que Katherine lui a fait subir. Mais je n'avais pas le choix. »

Ils s'éloignèrent du cadavre. Hilary avait les jambes en coton.

« C'est là qu'elle enfermait les jumeaux quand elle voulait les punir, dit Hilary. Combien de fois l'a-t-elle fait ? Cent ? Deux cents ? Mille fois ?

— N'y pense plus. Pense seulement à la vie. A notre vie ensemble. Pense à ce que ce sera d'être la femme d'un ex-flic, légèrement estropié, qui essaie vaille que vaille de gagner sa vie en peignant.

— Je crois que ça m'ira très bien. »

A ce moment, le shérif Laurenski fit irruption dans la cuisine et cria :

« Que s'est-il passé ? Vous n'avez rien ? »

Tony ne lui répondit même pas.

« Nous avons des années et des années à vivre ensemble, dit-il à Hilary. Et, à partir d'aujourd'hui, tout ira bien. Pour la première fois de notre vie, nous savons qui nous sommes, ce que nous voulons et où nous allons. Nous avons surmonté notre passé. L'avenir sera facile. »

Ils allèrent à la rencontre de Laurenski. La pluie d'automne pianotait sur eux et murmurait dans l'herbe.

Achevé d'imprimer en mars 1996
sur les presses de l'Imprimerie Bussière
à Saint-Amand (Cher)

POCKET - 12, avenue d'Italie - 75627 Paris Cedex 13
Tél. : 44-16-05-00

— N° d'imp. 636. —
Dépôt légal : mai 1991.

Imprimé en France